KB047198

RS MADE POSSIBL

알렉스 퍼거슨
나의 이야기

알렉스 퍼거슨
나의 이야기
ALEX FERGUSON
MY AUTOBIOGRAPHY

알렉스 퍼거슨 지음 | 임지현 옮김

문학사상

캐시의 언니이며 가장 좋은 친구이자 든든한 의지가 되어주었던

브리짓에게 이 책을 바친다.

감사의 말

이 책을 만드는 데 도움을 준 몇몇 사람들에게 감사를 전하고 싶다.

우선 나의 편집자인 로디 블룸필드와 그의 조수인 케이트 마일스에게 찬사를 보낸다. 로디의 도움과 그의 풍부한 경험은 전적으로 하늘이 내려준 선물이었다. 케이트의 부지런함까지 더해져 두 사람은 굉장한 팀을 이루었다.

폴 헤이워드는 같이 일하기 좋은 사람이었고 진짜 프로페셔널이었다. 그는 내가 편안하게 일하도록 배려해주었고 내 생각을 모아서 내가 바랐던 것보다 훨씬 더 멋지게 선보이도록 해주었다.

사진가 숀 폴록은 지난 4년간 수많은 영상을 담아내며 훌륭한 일을 해냈다. 그의 느긋하고 신중한 태도는 아무 문제 없이 자신이 원하는 것을 얻게 해주었다.

나의 변호사인 레스 달가르노는 책 내용을 집필하는 동안 든든하게 인도해주었다. 그는 나의 조언자들 중에 가장 충실하고 신뢰할 수 있는 좋은 친구다.

한마디로 여기에 이르기까지 많은 사람들이 수많은 시간을 바쳤다. 그들의 수고에 나는 깊은 감사를 드리며 그토록 재능 있는 팀이 내 뒤에 있었던 것은 정말 큰 기쁨이었다.

사진 출처

작가와 출판사는 사진 사용을 허가해준 아래의 단체들에 감사를 표합니다.

Action Images, Roy Beardsworth / Offside, Simon Bellis / Reuters / Action Images, Jason Cairnduff / Livepic / Action Images, Chris Coleman / Manchester United / Getty Images, Dave Hodges / Sporting Pictures / Action Images, Ian Hodgson / Reuters / Action Images, Eddie Keogh / Reuters / Action Images, Mark Leech / Offside, Alex Livesey / Getty Images, Clive Mason / Getty Images, Mirrorpix, Gerry Penny / AFP / Getty Images, John Peters / Manchester United / Getty Images, Matthew Peters / Manchester United / Getty Images, Kai Pfaffenbach / Reuters / Action Images, Popperfoto / Getty Images, Nick Potts / Press Association, John Powell / Liverpool FC / Getty Images, Tom Purslow / Manchester United / Getty Images, Ben Radford / Getty Images, Carl Recine / Livepic / Action Images, Reuters / Action Images, Rex Features, Martin Rickett / Press Association, Matt Roberts / Offside, Neal

Simpson / Empics Sport/Press Association, SMG / Press Association, SNS Group, Simon Stacpoole / Offside, Darren Staples / Reuters / Action Images, Bob Thomas / Getty Images, Glyn Thomas / Offside, John Walton / Empics Sport / Press Association, Kirsty Wrigglesworth / Press Association.

그 외 사진들은 숀 폴록의 허가를 받아 제공되었습니다.

머리말

몇 년 전부터 나는 바쁜 일정 사이 생긴 자투리 시간에 메모를 하면서 이 책에 담을 이야기를 모으기 시작했다. 예전부터 늘 축구계 안팎의 모든 사람들에게 흥미를 줄 수 있는 이야기들을 엮어보고 싶다는 계획을 갖고 있었다.

비록 나의 은퇴는 축구계에 예상 밖의 사건이었지만 이 이야기는 오랜 세월 동안 내 머릿속에 있었다. 이 책은 전작인 《매니징 마이 라이프》Managing My Life와 한 쌍을 이룬다. 그러므로 글래스고에서 보낸 어린 시절과 애버딘에서 사귄 평생 친구들에 관한 회고는 간략하게 줄인 대신 맨체스터에서 보낸 마법 같은 나날에 초점을 맞춰 쓰게 되었다. 열렬한 독서가이기도 한 나는 내 직업에 대한 미스터리를 설명해주는 책을 쓰고 싶었다.

일생의 여정을 축구와 함께 보내는 동안 슬럼프도 있었고 바닥을 친 적도 있었으며 실패와 실망도 겪었다. 감독생활 초기, 애버딘과 맨체스터 유나이티드에 부임하자마자 결심했다. 선수들에게 신뢰와 충성심을 바란다면 내가 우선 그들에게 그것을 줘야 한다고. 이것이 위대한 팀이 성공하는 데 꼭 필요한, 결속력을 다지는 시발점이다. 나는 관찰력을 십분 활용했다. 방에 들어와서도 아무것도 눈치채지 못하는 사람도 있다. 자신의 눈을 사용하라! 모든 것은 바로 눈앞에 있다. 나는 이 기술을 선수의 훈련 습관, 기분 그리고 품행을 평가하는 데 사용했다.

물론 드레싱룸에서 오가던 짓궂은 농담과 적으로 만났던 모든 감독이 그리울 것이다. 그들은 1986년 내가 맨체스터 유나이티드에 처음 왔을 때 이미 축구계의 거물들이었던 전통적인 축구인이다. 론 앳킨슨(옥스퍼드 유나이티드에서 선수생활을 한 후 맨체스터 유나이티드와 애스턴 빌라 등의 감독을 역임, 현재는 영국을 대표하는 축구 해설가로 활약 중)은 클럽을 떠난 후에도 전혀 악감정을 드러낸 적이 없고 우리에게 찬사만을 던졌다. 짐 스미스(스코틀랜드 출신. 블랙번, 뉴캐슬 등에서 감독 역임 후, 현재 4부 리그 팀인 옥스퍼드 유나이티드의 단장)는 대단한 기개를 가진 인물로 나의 좋은 친구이기도 하다. 그의 환대는 나를 밤늦게까지 붙잡아놓곤 했다. 그러고 나서 간신히 집에 돌아와보면 셔츠에 시가 재 얼룩이 남아 있기 마련이었다.

코번트리 시티의 감독이었던 빅 존 실렛은 또 한 명의 좋은 동료다. 그리고 자신의 귀중한 시간을 아낌없이 할애해서 초보 감독이었던 나를 이끌어줬던, 지금은 고인이 된 존 라이얼(웨스트 햄에서 부상으로 선수생활을 조기 마감한 뒤 웨스트 햄과 입스위치 타운에서 감독 역임, 2006년 작고)도 결코 잊지 못할 것이다. 보비 롭슨(1982년 국가대표 감독이 되어 1990년 월드컵에서 잉글랜드를 4강에 올려놓았다)과의 첫 만남은 1981년 UEFA컵에서 입스위치 타운을 애버딘이 탈락시켰을 때였다. 보비는 우리 팀 드레싱룸으로 찾아와 모든 선수들과 악수를 나눴다. 진정 훌륭한 인품을 지닌 사람이며 그와의 소중한 우정은 결코 잊지 못할 것이다. 그를 잃은 일은 인생의 커다란 상실이었다.

전통적인 축구인들 중 경탄할 만한 직업윤리를 가졌기에 살아남은 이들도 있다. 리저브 경기(2군 경기)에 가면 존 러지(토키 유나이티드와 브리스틀 로버스 등에서 선수생활을 한 후 포트 베일에서 감독 역임)와 레니 로런스(볼턴 원더러스의 수석코치)의 모습을 볼 수 있다. 그들과 함께 그의 올덤 팀에 다시는 대체될 수 없는 신선함을 불어넣었던 축구계의 거물도 함께 모습을 나타낸다. 조 로일(올덤에서 감독생활을 시작, 에버턴과 시티를 거쳐 다시 올덤으로 복귀) 말이다. 올덤은 우리에게 몇몇 오싹한 순간을 겪게 했었다. 그런 것들이 모두 그리워질 것이다. 해리 레드냅(토트넘과 QPR의 감독으로 잘 알려져 있다)과 토니 풀리스(스토크 시티 이후 크리스털 팰리스의 감독) 역시 우리 세대의 위대한 감독 중 하나다. 샘 앨러다이스(웨스트 햄 감독)는 소중한 친구가 되어주었다.

유나이티드에서 능력 있고 충성스러운 스태프와 함께 일할 수 있었던 것은 축복이었다. 그들 중 몇몇 사람들은 나와 20년 넘게 일했다. 나의 비서인 린 라핀은 나와 함께 맨체스터 유나이티드를 떠나 지금도 새로운 사무실에서 내 개인 비서로 일하고 있다. 레스 커쇼, 데이브 부셸, 토니 휠런 그리고 폴 맥기니스. 리셉션에서 일하며 올드 트래퍼드에서 내 애프터매치 라운지를 관리하기도 했던 캐스 핍스는 유나이티드에서 40년도 넘게 있었다. 지금은 은퇴한 짐 라이언, 17년 동안 외국을 돌아다니며 나를 위해 선수들을 스카우트했던(아주 어려운 일이다) 내 동생 마틴. 그리고 브라이언 맥클레어 등이 있다.

노먼 데이비스는 정말 대단한 사람이다. 충실한 친구였던 그는 몇 년 전 유명을 달리했다. 그의 후임으로 온 장비 담당 앨버트 모건은 한 번도 충성심이 흔들리지 않았던 사람이었다. 우리 팀 닥터 스티비 맥널

리. 수석 물리치료사인 롭 스와이어와 그의 모든 스태프, 토니 스트러드윅과 그의 원기왕성한 스포츠 과학자 일동, 세탁 담당자들 그리고 모든 주방 스태프. 존 알렉산더의 구단 사무국, 애니 와일리 또 모든 여직원. 짐 라울러와 그의 모든 스카우트 스태프. 에릭 스틸, 비디오 분석팀의 사이먼 웰스와 스티브 브라운. 조 팸버턴과 토니 싱클레어가 이끄는 경기장 관리팀, 스튜어트, 그레이엄, 토니의 보수유지반, 모두 열심히 일하는 사람들이다. 혹시 한두 명 정도 빠뜨렸을지 모르지만 그렇더라도 분명 내가 그들을 모두 존경하고 있다는 것을 알고 있을 것이다.

코치와 보조코치들은 그 오랜 시간 동안 나를 물심양면으로 도와줬다. 초창기에 든든한 아군이 되어줬던 아치 녹스. 진정으로 훌륭한 유스 팀(유소년팀 혹은 청소년팀을 말한다) 코치인 브라이언 키드, 노비 스타일스, 에릭 해리슨. 매우 혁신적이며 에너지가 넘치는 스티브 매클래런 코치. 두 훌륭한 코치들, 카를루스 케이로스와 르네 뮐렌스틴. 그리고 기민하고 예리한 진정한 축구인이자 나의 수석코치인 믹 펠란.

나의 긴 감독생활의 토대는 보비 찰턴과 마틴 에드워즈에 빚을 지고 있다. 그들이 나에게 준 가장 큰 선물은 축구팀이 아니라 축구클럽을 만들도록 시간을 준 것이다. 그들의 지원은 지난 10년 동안 데이비드 길과 맺은 굳건한 유대로 이어졌다.

이 책에서 다뤄야 할 내용은 아주 많다. 내가 지나온 길을 되새겨보는 과정을 함께 즐겨주면 좋겠다.

서문

지금으로부터 30여 년 전, 홈 데뷔전을 치르기 위해 터널을 지나 피치 (그라운드) 위를 걸어가던 나는 불안하고 무방비로 노출된 느낌을 받았었다. 그날 나는 스트렛퍼드 엔드(현재 공식명은 웨스트 스탠드로 맨체스터 유나이티드 서포터 전용석)를 향해 손을 흔들고 센터서클에서 맨체스터 유나이티드의 새로운 감독으로 소개되었다. 그러나 이제 확신에 차서 작별을 위해 같은 그라운드로 나가고 있다.

다른 감독들은 거의 가질 수 없었던 지배력을 내가 맨체스터 유나이티드에 행사할 수 있었던 것은 행운이었다. 그렇지만 내가 1986년 가을, 애버딘을 떠나 남쪽으로 옮겨오면서 내 자신의 능력에 아무리 확신을 가졌다 해도 이 정도로 일이 잘 풀릴 거라고는 미처 예상하지 못했다.

2013년 5월 작별을 고하고 나서 내 머릿속을 가득 채웠던 것은 1990년 1월 FA컵(축구협회에 등록된 모든 클럽 간의 최강자를 가리는 대회로, 토너먼트 시스템으로 치러지며 결승전은 웸블리에서 열린다) 3라운드에서 노팅엄 포리스트를 상대로 승리를 거뒀던 중요한 순간이었다. 마크 로빈스의 골이 우리를 결승까지 오르게 했을 때 나는 감독 자리가 위태위태한 상황이었다. 한 달 내내 한 번도 승리를 거두지 못했고 자신감에도 금이 가고 있었다.

들어온 지 거의 4년 만에 크리스털 팰리스를 상대로 FA컵을 들어올리지 못했더라면 감독 자격에 대한 심각한 의심이 제기될 터였다. 이사회에서 결코 그 문제를 강압하지 않았으므로 경질에 얼마나 가까이 다가갔는지 알지 못하겠지만. 그래도 웸블리에서 승리하지 않았다면 관중은 급격히 줄어들고 클럽은 불만에 휩싸였을 것이다.

보비 찰턴이 나를 해임하려는 어떠한 움직임도 사전에 차단했던 것 같다. 그는 내가 하는 일에 대해 잘 알고 있었다. 유스 팀 육성을 위한 기반을 다지고 많은 시간과 땀을 쏟아부어서 축구클럽의 운영체제를 개조하는 중이라는 것을. 마틴 에드워즈 단장 역시 그 사실을 알고 있었다. 이것은 이 두 사람이 암흑기에 나를 지지해줄 용기가 있었다는 사실을 여실히 증명해준다. 마틴은 아마 나의 해임을 요구하는 성난 팬들의 편지를 수없이 받았을 텐데도 말이다.

1990년 FA컵 우승은 우리에게 숨 쉴 공간을 허락해줬고 맨체스터 유나이티드가 함께 트로피들을 들어올릴 만한 멋진 클럽이라는 내 신념을 더욱 굳건하게 했다. 웸블리에서 FA컵을 차지한 것은 전성기의 서막이었다. 하지만 우승 다음 날 한 아침신문은 "OK, FA컵에서 우승할 수 있다는 것을 증명했으니 이제 스코틀랜드로 썩 돌아가기를"이라고 대서특필했다. 나는 결코 그 일을 잊지 못한다.

회상

만약 맨체스터가 어떤 팀이었는지 요약할 스코어가 필요했다면 그것
은 나의 마지막 경기였던 1,500번째 게임을 보면 된다. 웨스트 브로미
치 앨비언 5, 맨체스터 유나이티드 5. 멋지고 재미있고 엄청나고 말도
안 되는 경기였다.

　만약 당신이 맨체스터 유나이티드 경기를 보러 가는 길이었다면 골
과 드라마를 보게 되었을 것이다. 당신의 심장은 시험받았을 것이다.
우리가 겨우 9분 만에 웨스트 브롬과의 5대 2 리드를 걷어차버린 것에
대해 나는 아무런 불평을 할 수 없었다. 그래도 어쩔 수 없이 화가 난
표정을 짓기는 했지만 선수들은 속아 넘어가지 않았다. 경기가 끝난 뒤
나는 선수들에게 말했다. "고맙다, 이 녀석들아. 정말 더럽게 멋진 작
별 선물이었다."

　이미 데이비드 모이스가 나의 후임으로 지명된 후였다. 경기가 끝나
고 드레싱룸에 앉아 있는데 라이언 긱스가 농담을 했다. "데이비드 모
이스가 방금 사임했다고 하네요."

그날 수비진이 구멍투성이긴 했지만 나는 그들이 자랑스러웠고 이 멋진 팀과 코치진을 데이비드에게 물려주게 되어서 안도했다. 내 일은 끝났다. 나의 가족은 웨스트 브롬 경기장의 레지스 스위트룸에 있었고 새로운 인생이 내 앞에 펼쳐져 있었다.

마치 꿈처럼 전개된 그런 하루였다. 웨스트 브롬은 나의 고별전을 품격 있게 치러줬고 나를 극진하게 대접했다. 경기가 끝난 뒤 웨스트 브롬은 출전선수 명단에 있는 양 팀 선수 모두의 사인을 받아 보내줬다. 가족의 대부분이 나와 함께했다. 세 명의 아들, 여덟 명의 손주 그리고 가까운 친구 한두 명. 우리는 그 자리에서 모두 함께 마지막 경기를 경험할 수 있어서 매우 행복했다. 우리 가족은 하나가 되어 걸어나갔다.

웨스트 브롬 경기장 밖에 주차되어 있는 버스를 향해 계단을 걸어내려가면서 나는 그날의 모든 순간을 되새겨볼 작정이었다. 지금이 그때라는 것을 알았기에 감독직을 내려놓는 것은 그다지 어려운 일이 아니었다. 경기 전날 밤, 선수들이 나의 은퇴를 맞아 뭔가 선물을 하고 싶다고 이야기했다. 그들이 준 특별한 선물은 내가 태어난 해인 1941년에 제조된 아름다운 롤렉스 시계였다. 시계는 오후 3시 3분에 맞춰져 있었다. 1941년 12월 31일, 내가 글래스고에서 태어났던 시간이었다. 그와 함께 유나이티드 재임 시절을 담은 사진집도 받았는데, 가운데에 손주들을 포함한 가족들과 함께 찍은 내 사진이 브로마이드로 들어 있었다. 시계에 조예가 깊은 리오 퍼디낸드가 선물의 배후 인물이었다.

시계와 사진집을 받고 나서 방 안에 박수 소리가 울려퍼졌고 나는 선수 몇몇에게서 같은 표정을 보았다. 그들은 언제나 나와 함께했기에 이 순간을 어떻게 받아들여야 할지 모르는 얼굴이었다. 20여 년을 나와 같이한 선수들도 있었다. 그들의 망연한 표정은 이렇게 말하는 듯했다.

이제 우리는 어떻게 되는 거죠? 그들 중에는 나 말고는 다른 감독을 겪어보지 못한 선수도 있었다.

아직 경기가 하나 더 남아 있었고 나는 제대로 마치고 싶었다. 30분 동안 우리는 세 골을 몰아넣었지만 웨스트 브롬은 나의 고별 경기를 쉽게 만들어주려고 하지 않았다. 욘 시베백(덴마크 국가대표 미드필더로 맨유와 모나코 등에서 선수생활을 하고 은퇴 후에는 에이전트로 활동 중)이 1986년 11월 22일에 내 임기 중 첫 골을 기록했다. 마지막 골은 2013년 5월 19일 하비에르 에르난데스가 넣었다. 5대 2가 되자 경기 흐름이 우리 쪽으로 유리하게 돌아가면 20대 2로 마칠 수도 있을 것 같았다. 5대 5가 되자 우리가 20대 5로 질 수도 있을 것처럼 보였다. 수비적으로 우리는 엉망진창이었다. 웨스트 브롬은 로멜루 루카쿠가 해트트릭을 기록하며 5분 동안 세 골을 몰아쳤다.

경기 후반에 산사태처럼 실점하긴 했어도 드레싱룸의 분위기는 유쾌하기만 했다. 경기 종료 휘슬이 울린 뒤 우리는 그라운드에 남아 유나이티드의 원정팬을 향해 손을 흔들었다. 긱스가 나에게 앞으로 가라고 손짓하고 모든 선수들이 뒤에 남아 자리를 지켰다. 나는 홀로 행복한 얼굴들이 빚어낸 모자이크 앞에 섰다. 우리 팬들은 온종일 겅중겅중 뛰며 응원가를 부르고 구호를 외쳤다. 5대 2로 이겼으면 좋았겠지만 5대 5는 어떻게 보면 적절한 마무리였다. 그것은 내 커리어와 프리미어리그 역사상 첫 5대 5 무승부 경기였다. 나의 마지막 90분 동안 역사의 한 장을 끝으로 장식한 것이다.

맨체스터로 돌아오자 내 사무실은 우편물 사태가 나 있었다. 레알 마드리드는 멋진 선물을 보내왔다. 그들이 리그 우승을 할 때 축하 행사를 벌이는 마드리드의 분수, 시벨레스 광장의 순은 모형과 플로렌티노 페레스 회장이 쓴 따뜻한 편지. 아약스와 에드빈 판데르사르에게서도 선물이 왔다. 나의 비서 린은 우편물 더미를 정리했다.

그 전 주말, 나의 마지막 올드 트래퍼드 경기였던 스완지 시티 전을 말하자면, 나는 의장대 외에는 뭘 기대해야 할지 감이 잡히지 않았다. 그때쯤 나는 가족, 친구, 선수들 그리고 스태프에게 내 인생의 새로운 장을 시작하기로 결정했다는 사실을 알리는 힘든 한 주일을 보낸 후였다.

퇴임 결정의 씨앗은 2012년에 이미 심어졌다. 크리스마스를 즈음하여 내 머릿속에서 그 생각은 선명하고 뚜렷해졌다. "나는 은퇴할 거야."

"왜 은퇴하려는데요?" 캐시가 물었다.

"지난 시즌 우승 타이틀을 마지막 게임에서 잃은 뒤 또다시 그런 일을 겪을 자신이 없기 때문이지." 나는 아내에게 말했다. "이번에는 그저 리그 우승을 하고 챔피언스리그 출전권을 따내거나, 아니면 FA컵 우승을 할 수 있었으면 좋겠어. 그렇다면 멋진 끝맺음이 될 테니까."

10월에 언니 브리짓을 잃은 상실감을 극복하느라 힘겨워하던 캐시는 곧 올바른 결정이라고 고개를 끄덕였다. 만약 내가 인생에서 다른 일을 하고 싶다면 아직 충분히 젊다는 게 아내의 이유였다. 그해 여름에 물러나려면 나는 계약상 3월 31일까지 클럽에 통고해야 했다.

우연하게도 데이비드 길은 2월의 어느 일요일에 내게 전화를 걸어와 오후에 집으로 방문해도 되겠느냐고 물었다. "아마 그는 사장 자리에서 물러나겠다고 할 거 같은데." 나는 말했다. "그게 아니면 당신을 해고하려는 거겠죠." 캐시가 말했다. 데이비드가 가져온 소식은 시즌이 끝나고 사장직을 그만둔다는 것이었다. "세상에, 데이비드." 나는 말했다. 그리고 그에게 나 역시 같은 결심을 했다고 이야기했다.

며칠 후, 데이비드는 내게 전화를 걸어와 글레이저가家로부터 연락이 올 걸 각오하라고 말했다. 조엘 글레이저로부터 전화가 왔을 때 나는 데이비드가 매일매일의 영향권을 포기한 사실과 내 결정은 아무 관련이 없다고 안심시켰다. 나는 크리스마스에 이미 마음을 정했노라고 그에게 말했다. 지난 10월, 캐시의 언니가 세상을 뜬 일은 우리 부부의 삶을 바꾸는 계기가 되었다. 캐시는 혼자라고 느꼈다. 조엘은 이해해줬다. 우리는 뉴욕에서 만날 것을 약속했고, 그곳에서 그는 내가 퇴임을 번복하게 하려고 회유했다. 나는 그에게 그의 노력을 인정하며 그동안의 지지에 감사한다고 말했다. 그는 내가 한 모든 일에 사의를 표했다.

내 생각을 바꿀 가망이 없자 누가 내 후임으로 적당한지에 대한 토론으로 바뀌었다. 우리 둘 다 이견이 없었다. 데이비드 모이스가 적임자였다.

데이비드가 자신의 잠재적 능력에 대해 의논하기 위해 우리 집으로 찾아왔다. 내 은퇴가 공식적인 것이 되었을 때 심사숙고할 시간이 별로 없었다는 게 글레이저 가문에게 중요했다. 그들은 단 며칠 사이의 기간에 새로운 사람이 자리 잡기를 바랐다.

많은 스코틀랜드인은 뚱한 구석이 있다. 강한 의지를 가졌다는 의미다. 그들이 스코틀랜드를 떠나는 건 오직 하나 때문이다. 성공하기 위해서. 스코틀랜드인들은 과거에서 벗어나기 위해 떠나는 게 아니다. 자신을 더 나은 사람으로 만들기 위해 떠나는 것이다. 전 세계, 특히 미국과 캐나다에 퍼져 있는 스코틀랜드인들에게서 그런 자질을 찾아볼 수 있을 것이다. 고향을 떠나는 일은 굳은 결심을 낳는다. 이것은 구실이 아니라 뭔가를 이루려는 결단이다. 다른 사람들이 이야기하는 뚱한 스코틀랜드인의 이미지는 나도 가지고 있다.

외국으로 이주한 스코틀랜드인이라고 유머감각이 모자란 게 아니다.

데이비드 모이스는 풍부한 위트의 소유자다. 다만 스코틀랜드인은 자신의 일과 노동에 대해서는 진지하며 이것은 아주 귀중한 자질이다. 사람들은 종종 나에게 이렇게 말한다. "경기 중에 한 번도 웃는 모습을 못 봤어요." 그러면 나는 이렇게 대답한다. "저는 웃기 위해 그곳에 앉아 있는 게 아닙니다. 경기를 이기기 위해 있는 거예요."

데이비드는 이러한 자질을 적잖이 가지고 있다. 나는 그의 가정환경에 대해 잘 알고 있다. 그의 부친은 내가 어린 시절 뛰었던 드럼시플 아마추어 FC의 코치였던 데이비드 모이스 시니어다. 그들 가족은 화목해 보였다. 그것이 누군가를 채용하려는 이유라고 말하는 게 아니다. 다만 그렇게 높은 직위에 임명되는 사람이라면 그 안에 건전한 기반을 가지고 있는지 확인하고 싶어하기에 하는 이야기다. 데이비드 시니어가 아직 젊은 청년이었던 1957년에 나는 드럼시플을 떠났기 때문에 그 아들과 직접적인 만남은 없었지만 그들의 이야기는 대충 알고 있었다.

글레이저가는 데이비드를 마음에 들어했고 그를 보자마자 깊은 인상을 받았다. 그들이 제일 먼저 알게 된 것은 데이비드가 단도직입적으로 말을 한다는 사실이었다. 자신에 대해 단도직입적일 수 있다는 것은 좋은 일이다. 그리고 우려 하나를 불식시키자면 내가 데이비드의 방식에 끼어들 여지가 없다는 것이다. 27년이나 감독생활을 한 내가 왜 축구에 미련을 두겠는가? 지금은 그쪽 생활을 뒤로해야 할 시점인 것이다. 데이비드 역시 우리의 전통을 포용하는 데 아무 문제가 없었다. 그는 재능을 알아보는 안목이 뛰어났으며 특급 선수와 계약할 수 있었을 때에는 에버턴에서 환상적인 축구를 선보였다.

나는 자신에게 은퇴에 대해서는 아무 후회가 없다고 이야기했다. 그것은 변하지 않을 것이다. 칠십 대에 들어서면 정신적으로나 육체적으로나 내리막길로 접어드는 건 순식간이다. 하지만 감독직에서 내려오자마자 미국에서 맡은 프로젝트와 다른 대륙에서의 일들로 바빠졌다. 내가 게으름에 빠질 위험은 없었다. 나는 새로운 도전을 찾고 있었으니까.

사임 발표를 앞두고 정말로 힘들었던 일은 훈련장이 있는 캐링턴 쪽 스태프에게 그 사실을 알리는 것이었다. 캐시의 언니가 죽어가고 있으며 그로 인한 내 인생의 변화에 대해 이야기했을 때 사람들이 '아' 하는 가슴 아픈 탄식을 내뱉은 일을 잊을 수가 없었다. 그 소리는 내 벽을 완전히 무너뜨렸다. 나는 진실된 연민을 느낄 수 있었다.

공식 발표 하루 전부터 소문이 떠돌아다녔다. 나는 그 시점에서도 여전히 내 동생 마틴에게 알리지 않은 채였다. 그 과정은 아주 대처하기 힘들었다. 특히 뉴욕 증권거래소의 관점에서 보자면. 그렇기 때문에 뉴스가 일부 새어나간 일은 신뢰하는 사람들 중 몇몇과의 관계를 위태롭게 했다.

5월 8일 수요일 아침 8시에 나는, 팀의 주요 스태프는 구내식당에, 다른 모든 스태프는 비디오 분석실 그리고 선수들은 드레싱룸에 모이도록 했다. 선수들에게 이야기를 전하기 위해 내가 드레싱룸으로 걸어 들어온 순간 클럽 웹사이트를 통해 중계가 될 예정이었다. 휴대전화는 허락되지 않았다. 훈련장에 있는 모두에게 내가 소식을 전하기 전에 아무도 밖으로 뉴스를 흘려보내길 원하지 않았기 때문이다. 하지만 소문을 통해 사람들은 뭔가 큰일이 벌어질 줄 알고 있었다.

나는 선수들에게 말했다. "내가 너희 중 누군가를 실망시키지 않았기를 바란다. 분명 내가 이곳에 계속 있을 줄 알고 합류했을 테니까." 우리는 선수들, 예를 들어 로빈 판페르시와 가가와 신지에게 내가 가까운 시일에 은퇴하는 일은 없을 거라고 말했었다. 그 말을 했을 당시에는 엄연한 사실이었다.

"모든 건 변하는 법이다." 내가 말했다. "처형의 죽음은 내 인생에 크나큰 변화를 가져왔다. 또한 나는 승리자로 떠나고 싶다. 그리고 나는 승리자로 떠난다."

몇몇 선수들은 충격받은 얼굴을 하고 있었다. "오늘은 나가서 레이스를 즐겨라." 내가 말했다. "목요일에 보자." 이미 선수들이 체스터(매년 5월, 네 살 이상의 말들이 참가하며 능력별로 하중에 차등을 두는 핸디캡 레이스인 체스터컵이 열리는 곳)로 갈 수 있도록 수요일 오후 휴가를 준 상태였다. 모두가 알고 있는 사실이었고 계획의 일부였다. 내 은퇴 소식을 들은 날 체스터 레이스에 참석하는 선수들이 매정해 보이지 않도록 일부러 일주일 전에 그들의 참석을 확정 지은 것이었다.

그러고 나서 나는 위층에 있는 축구 스태프에게 가 그들에게 말했다. 그들 모두는 박수를 쳤다. "당신을 치워버릴 수 있어서 기쁘군요." 그들 중 하나가 말했다.

두 개의 주요 그룹 중 선수들 쪽이 더 충격을 받았다. 그 순간 즉시 그들 머릿속에 온갖 의문이 가득 찼을 것이다. '새로 온 감독이 날 과연 마음에 들어할 것인가? 다음 시즌에도 내가 여기에 있게 될까?' 코치들은 아마 이렇게 생각했으리라. '이게 끝이 될 수도 있겠구나.' 이제 사실을 공표하고 설명하는 자리에서 물러나 내 생각을 정리할 시간이 다가오고 있었다.

언론이 경천동지할 반응을 보일 것을 알았기 때문에 미리 집에 들어갈 계획이었다. 구름같이 몰려든 기자들과 카메라 플래시 사이를 뚫고 캐링턴을 나서긴 싫었다.

집에 돌아온 뒤 문을 걸어 잠그고 틀어박혔다. 내 변호사인 제이슨과 린이 발표 시각과 거의 동시에 보낸 문자메시지가 들어와 있었다. 린은 15분 동안 계속해서 문자를 보냈다. 《뉴욕타임스》를 비롯해서 전 세계 서른여덟 개 신문에서 내 은퇴 소식을 톱뉴스로 실은 모양이었다. 영국 신문들은 10에서 12쪽에 걸친 특집 기사를 마련했다.

기사들이 다룬 범위와 깊이는 황송할 정도였다. 그동안 신문기자들과 여러 차례 충돌하긴 했지만 나는 절대 원한 같은 건 품지 않았다. 기자들이 스트레스를 많이 받는다는 사실은 잘 알고 있다. 그들은 텔레비전, 인터넷, 페이스북, 트위터 등 많은 경쟁자를 물리쳐야 하며 항상 편집자들에게 시달린다. 매우 힘든 직업이다.

우리의 모든 갈등에도 불구하고 신문기사는 언론 역시 나에 대한 아무런 원한이 없다는 사실을 증명해주었다. 동시에 그동안 감독으로서의 내 업적과 기자회견 때 가져다줬던 기삿거리들을 인정했다. 심지어 선물까지 증정했다. 헤어드라이어를 얹은 케이크와 근사한 와인 한 병을 나는 감사히 받아들였다.

스완지와의 경기에서 장내 아나운서는 시나트라의 〈마이 웨이〉My Way와 냇 킹 콜의 〈언포게터블〉Unforgettable을 내보내줬다. 우리 팀은 지난 895번의 경기에서 거의 그래왔듯이 게임 막판에 골을 넣는 방식으로 승리했다. 87분 리오 퍼디낸드의 득점이었다.

피치 위에서의 연설은 즉석에서 이루어졌다. 대본 같은 건 없었다. 내가 알고 있었던 모든 건 개인에 대한 칭찬은 하지 않는다는 원칙이었다. 경영진이나 서포터, 선수에 관한 연설이 아니었다. 맨체스터 유나이티드 축구클럽에 관한 연설이 되어야 했다.

관중들에게 후임 감독인 데이비드 모이스를 지지해달라고 호소했다. "여러분, 우리가 한때 이곳에서 어려운 시기를 겪었던 걸 잊지 말아주

십시오." 나는 PA 시스템에 대고 말했다. "클럽은 절 지지해줬습니다. 모든 스태프도 절 지지해줬습니다. 선수들 또한 절 지지해줬습니다. 그러므로 여러분의 의무는 이제 새로운 감독을 지지해야 하는 겁니다. 이것은 중요한 문제입니다."

데이비드에 대해 이야기해놓지 않았다면 사람들은 이렇게 물었을지도 모른다. "이봐, 혹시 퍼거슨이 모이스를 원하지 않았을까?" 우리는 그를 향한 무조건적인 지원을 보여줘야 했다. 클럽은 계속해서 승리를 해야 했다. 그것이 우리 모두를 묶어주는 바람이었다. 나는 클럽의 감독이며 누구보다도 그 성공이 계속되기를 원한다. 이제 나는 보비 찰턴이 은퇴한 뒤 그랬던 것처럼 게임을 즐길 수 있게 되었다. 사람들은 경기를 이긴 뒤 보비가 눈을 빛내며 손을 비비는 것을 본다. 그는 즐기고 있다. 나도 그렇게 하고 싶다. 유럽 대항전을 관전하고 사람들에게 "나는 우리 팀이 자랑스럽네. 이건 위대한 클럽이야." 하고 말하고 싶다.

은퇴식에서 나는 폴 스콜즈를 따로 앞으로 불러냈다. 그가 싫어할 줄 알고 있었지만 도저히 그냥 넘어갈 수 없었다. 폴 역시 곧 은퇴할 예정이었다. 또한 대런 플레처가 흔히 걸리지 않는 질병인 대장염에서 회복될 수 있도록 행운을 빌어주고 싶었다.

며칠 뒤 공항에서 어떤 남자가 내게 다가오더니 이렇게 말하면서 봉투를 내밀었다. "원래는 우편으로 부치려고 했어요." 그 안에 든 한 아일랜드 신문기사의 스크랩은 내가 원하던 방식으로 클럽을 떠났다고 주장하고 있었다. 기자는 퍼거슨다운 은퇴였다고 썼다. 기사는 마음에 들었다. 그것은 나 자신의 유나이티드 재임 기간에 대한 평가와 일치했고 신문에서 그렇게 묘사해서 자랑스러웠다.

내가 일선에서 물러나면서 데이비드는 자신이 거느리던 세 명의 코치진을 데리고 왔다. 스티브 라운드, 크리스 우즈 그리고 지미 럼스덴이었다. 그는 거기에 라이언 긱스와 필 네빌을 더했다. 그것은 르네 뮐렌스틴, 믹 펠란 그리고 에릭 스틸이 잘린다는 것을 의미했다. 그것은 데이비드의 판단이었다. 그에게 내 스태프와 그대로 간다면 기쁠 것이라고 말하긴 했지만, 사실 내가 간섭할 문제는 아니었고 자신의 보좌진을 데려오는 것을 막을 권한도 없었다.

지미 럼스덴은 데이비드와 오랜 세월을 함께했다. 나는 글래스고 시절부터 그를 알고 있었다. 지미는 내가 살고 있던 고반과 1마일 정도 떨어진 옆 동네에서 태어났다. 그는 선량한 소년이었고 훌륭한 축구선수였다. 좋은 사람들이 일자리를 잃게 된 것은 실망스러웠지만 축구계에서는 흔히 일어나는 일이다. 하지만 잘되었다. 나는 세 사람에게 계속 있지 못하게 되어서 얼마나 유감인지 모른다고 말했다. 나와 20년을 동고동락했던 믹은 내가 사과할 만한 일이 전혀 아니라면서 그동안 함께 보냈던 멋진 시간에 대해 고마웠다고 말했다.

지난날을 돌이켜보면서 나는 승리뿐 아니라 패배의 기억도 떠올렸다. 나는 세 번의 FA컵 결승에서 패배했다. 상대는 에버턴, 아스널 그리고 첼시였다. 리그컵 결승전에서 셰필드 웬즈데이, 애스턴 빌라 그리고 리버풀에게 졌다. 그리고 챔피언스리그 결승에서 바르셀로나에게 두 번 패배했다. 회복하는 일 역시 맨체스터 유나이티드라는 태피스트리의 일부다. 나는 언제나 승리만 거두며 카퍼레이드만 즐길 수 없다는 것을 늘 명심했다. 1995년 FA컵 결승에서 에버턴에게 졌을 때 나는 "좋아, 이제 완전히 뜯어고칠 거야." 하고 말했다. 그리고 우리는 정말로 완전히 뜯어고쳐버렸다. 우선 나중에 사람들에게 92세대라고 불리게 되는 어린 선수들을 데리고 왔다. 더 이상 그들을 구석에 처박아놓을 수 없었다. 그들은 아주 특출 난 소년들이었다.

맨체스터 유나이티드가 경기에 지면 패배는 나를 크게 흔들어놓는다. 잠시 되짚어보고 나서 예전 방식대로 계속해나가는 건 한 번도 내 선택권에 들어 있지 않았다. 결승전에서 패배하는 것은 매우 부정적인 영향을 준다. 특히 23회나 슈팅을 하고 상대팀은 2회밖에 안 했는데 졌다든지 승부차기까지 가서 패배하게 되면 더욱 그렇다. 첫 번째 떠오르는 생각은 '네가 해야 할 일을 빨리 생각해내라.' 다. 내 머리는 곧장 개선과 회복의 문제로 달려갔다. 낙담하는 게 더 쉬울 때도 재빨리 계산하는 것은 내게 큰 도움이 되었다.

가끔 패배는 최선의 결과를 가져오기도 한다. 불행에 대응할 수 있는 것도 자질이다. 가장 부진한 시기에도 힘을 낸다는 의미니까. 아주 좋은 말이 있다. 오늘은 단지 맨체스터 유나이티드 역사 중 하루에 지나지 않을 뿐이다. 다시 말해서 반격은 늘 우리 존재의 일부였다. 패배했다고 시름에 잠기고만 있다면 그런 일은 반드시 반복될 거라고 단언할 수 있다. 경기에서 상대에게 두 점 차로 뒤지고 있다가 마지막 킥으로 동점을 이룬 뒤 6연승이나 7연승을 거두는 일은 우리에게 흔한 일이다. 이것은 결코 우연이 아니었다.

팬들에게는 주말 경기에서 받은 상처를 안고 월요일에 출근하는 문화가 있다. 2010년 내게 편지를 보낸 남자는 이렇게 말했다. "일요일에 산 티켓값 41파운드를 환불해줄 수 있나요? 당신은 내게 즐거움을 약속했지만 나는 일요일에 전혀 즐겁지 않았습니다. 내 41파운드를 돌려줄 수 있나요?" 팬이란 그런 것이다. 나는 이렇게 답장을 보냈다. "지난 24년 동안 내가 얻은 소득에서 41파운드를 인출해줄 수 있나요?"

그동안 유벤투스와 레알 마드리드 같은 팀에게 여러 차례 승리를 거뒤왔는데 일요일에 조금 맥 빠진 경기를 봤다고 누군가 돈을 돌려달라고 요구한다. 세상에 어떠한 클럽이 맨체스터 유나이티드보다 가슴 졸이는 순간을 선사할 수 있겠는가? 경기 프로그램에 서포터들에게 보내는 경고문을 썼어야 했다. 만약 우리가 20분을 남기고 10점을 뒤지고 있다면 집으로 돌아가십시오. 안 그러면 들것에 실려나가게 될지도 모릅니다. 맨체스터 로열 병원 신세를 질 수도 있습니다.

내가 "아무도 손해 보지 않았다."라고 말할 때 부정하는 사람이 없기를 바란다. 우리 경기는 절대로 지루하지 않았다.

글래스고의 뿌리

스코틀랜드의 퍼거슨 문중의 모토는 "Dulcius ex asperis"(라틴어로 어려움 뒤에 달콤함이 온다는 뜻) 또는 "고생 끝에 낙이 온다"이다. 이러한 낙관주의는 39년간의 축구감독생활에 많은 도움을 줬다. 1974년 이스트 스털링서에서의 짧은 4개월부터 2013년 맨체스터 유나이티드까지 이르는 세월 동안 나는 줄곧 역경 너머 그 건너편에 있는 성공을 바라봐 왔다. 해가 바뀔 때마다 엄청난 변화를 관리하는 과제는 우리가 그 어떠한 도전자도 이겨낼 수 있다는 믿음에 의해 지탱되었다.

　몇 년 전, 나에 대한 한 신문기사를 읽은 적이 있다. "알렉스 퍼거슨은 고반 출신임에도 불구하고 매우 성공적인 인생을 살았다." 이 모욕적인 구절을 한번 짚어보라. 내가 축구에서 업적을 쌓을 수 있었던 것은 바로 내가 글래스고의 조선소 구역에서 인생을 시작했기 때문이다. 출신은 절대로 성공을 가로막는 장벽이 되어서는 안 된다. 인생의 소박한 출발은 장애보다 오히려 도움이 될 수 있다. 만약 성공한 사람들에 대해 연구하면서 그들의 에너지와 동기에 대한 단서를 찾으려면, 그들의 어머니와 아버지를 살펴보고, 그들이 무엇을 했는지 살펴보라. 노동 계급 출신이라는 것은 나의 가장 위대한 선수들에게 있어 조금의 장벽도 되지 못했다. 오히려 그들이 뛰어날 수 있었던 이유 중 하나였다.

더그아웃에 있으면서 나는 주급 6파운드를 받는 이스트 스털링 선수들을 감독하는 일에서 시작해 크리스티아누 호날두를 레알 마드리드에 8,000만 파운드로 파는 데까지 이르렀다. 나의 세인트 미렌(스코틀랜드 프리미어리그 팀으로 2006년 승격, 글래스고의 페이즐리에 연고) 선수들은 주급 15파운드를 받았고 전업 선수가 아니었기 때문에 여름 휴식 기간에는 알아서 생활비를 벌어야 했다. 피토드리(애버딘 홈구장)에서 8년 동안 있으면서 애버딘 주전 선수의 최대 임금은 단장인 딕 도널드가 정한 상한선에 준하는 주급 200파운드였다. 그러므로 거의 40년 동안 내가 감독했던 수천 명의 선수들의 금전적 규모는 주급 6파운드에서 연봉 600만 파운드까지 불어난 셈이다.

내가 파일에 보관하고 있는 편지를 보내온 남자는 1959년부터 60년까지 고반의 드라이독에서 일하던 시절 어떤 펍의 단골이었다고 했다. 그는 깡통을 든 젊은 선동가가 이 술집에 들어와 견습생들의 파업기금을 모금하고 선동적인 연설을 하곤 했다고 기억했다. 그가 그 청년에 대해 알고 있는 유일한 사실은 세인트 존스턴의 선수였다는 것뿐이었다. 편지 마지막에 그가 질문을 남겼다. 혹시 그 청년이 당신이었습니까?

처음에는 이런 정치적인 무대를 방문한 기억이 전혀 나지 않았지만 그의 글은 내 기억을 일깨웠고 마침내 파업기금을 모금하기 위해 우리 동네의 펍들을 순회했던 기억이 살아났다. 정계에 투신하려고 기웃거렸던 것은 아니었다. 내 고함을 '연설'이라고 부른 것은 거의 있지도 않은 연설적인 요소를 있다고 미화시킨 탓이다. 돈을 줄 만한 이유를 대라는 요구에 얼간이 같은 헛소리를 늘어놓았던 기억은 난다. 모든 사람들은 적당히 취해 있어서 모금하는 애송이가 파업의 목적에 대해 설명하는 동안 참을성 있게 들어주었다.

펍은 내 어린 시절 추억의 많은 부분을 차지하고 있다. 내 첫 번째 비즈니스 아이디어는 장래를 대비하기 위해 나의 보잘것없는 수입을 투자해 펍을 여는 것이었다. 나의 첫 가게는 부두 노동자들이 많이 사는 고반 로드와 페이즐리 로드 웨스트의 모퉁이에 있었다. 펍을 운영하면서 사람들과, 그들의 꿈과 절망에 대해 많은 것을 배울 수 있었고 당시에는 미처 깨닫지 못했지만 어떤 면에서는 축구계를 이해하려는 나의 노력을 보완해주었다.

예를 들어, 내 펍 중 하나에서 '웸블리 클럽'을 만들었다. 모금함 안에 회원들이 2년 동안 돈을 넣으면 웸블리에 가서 잉글랜드 대 스코틀랜드 경기를 관전할 수 있게 된다. 내가 모금함 안에 있는 액수만큼 또 돈을 넣으면 회원들은 4, 5일 정도의 여정으로 런던으로 떠나는 것이다. 그것이 원래 계획이었다. 나는 경기 당일 그들과 합류할 예정이었다. 내 가장 친한 친구인 빌리는 목요일에 웸블리로 떠난 뒤 이레가 지나서야 돌아왔다. 아니나 다를까, 여행 기간을 계획에 없이 늘린 탓에 그의 가족들은 난리법석을 피웠다.

웸블리에서의 토요일 경기가 있고 나서 그다음 목요일, 전화가 울렸을 때 나는 집에 있었다. 빌리의 아내 애나였다. "캐시, 알렉스에게 가서 빌리가 어디에 있는지 물어봐요." 나는 모른다고 대답했다. 아마 마흔 명이나 되는 우리 손님들은 트윈 타워스(구웸블리 구장의 애칭)로 갔을 테지만 왜 빌리가 말도 하지 않고 사라졌는지 알 도리가 없었다. 하지만 내 세대의 노동자들에게 빅 매치는 성스러운 순례와 같은 것이었고 그들은 경기만큼이나 동지애를 쌓는 시간을 소중히 여겼다.

우리 펍이 있었던 브리지턴의 메인 스트리트는 글래스고에서 가장 큰 신교도 구역 중 하나였다. 오렌지 당원(18세기 아일랜드에서 결성된 신교도 동맹)들의 행진이 있기 전의 토요일, 우체부인 빅 탐이 나에게 다가오더니 이렇게 말했다. "알렉스 씨, 사람들이 다음 주 토요일 오전 몇 시부터 문을 여는지 물어보래요. 행진 때문에 우리는 아드로산까지 갈 거거든요." 아드로산은 스코틀랜드 서부 해안에 있다. "버스는 아침 10시에 출발해요." 탐이 말했다. "모든 펍이 문을 열고 있을 테니 거기도 문을 열어야 해요."

나는 어리둥절해졌다. "글쎄요, 그렇다면 몇 시에 문을 열어야 하죠?"

탐이 말했다. "7시요."

그래서 나는 아침 6시 15분에 아버지, 동생 마틴 그리고 직원인 작달막한 이탈리아인 바텐더와 함께 펍에 나와 있었다. 탐이 "창고를 가득 채워놓으세요. 술이 아주 많이 필요할 겁니다."라고 말해줬기 때문에 준비는 단단히 해두고 있었다. 나는 7시에 문을 열었다. 펍은 순식간에 큰 소리로 떠드는 오렌지 당원과 말없이 지나가던 경찰들로 꽉 찼다.

7시와 9시 반 사이에 나는 4,000파운드를 벌었다. 보드카 더블 같은 걸로. 아버지는 머리를 흔들며 앉아 있었다. 아침 9시 반이 되자 우리는 나머지 손님들을 맞이하기 위한 준비를 하느라 정신이 없었다. 우리는 고생해가며 바닥을 깨끗이 닦았다. 그래도 계산대에는 4,000파운드가 들어 있었다.

펍을 경영하는 것은 힘든 일이었다. 1978년이 되자 나는 두 개의 술집을 관리하는 성가신 책임에서 탈출할 준비가 되어 있었다. 애버딘을 감독하는 일은 술꾼들과 씨름하거나 매상을 유지하느라 머리를 싸맬

시간을 전혀 남겨주지 않았다. 하지만 덕분에 그동안 얼마나 즐거운 추억을 많이 간직할 수 있었는가. 그 이야기만 해도 책 한 권은 넉넉히 쓸 수 있을 것이다. 예를 들어, 부두 노동자들은 금요일 저녁에 받은 주급을 우리 바 뒤에 있는 야간금고에 맡기고 토요일 아침이면 아내와 함께 돈을 돌려받기 위해 펍으로 찾아오곤 했다. 금요일 밤에는 마치 백만장자가 된 기분이 들었다. 금고나 계산대에 있는 돈이 우리 것인지 그들의 것인지 분간이 안 갔으니까. 초기에는 캐시가 카페트 위에 돈을 늘어놓고 세곤 했다. 토요일 아침에 남편들이 돈을 찾으러 오면 금고는 다시 텅 비어버렸다. 이렇게 급여가 오고 간 걸 기록한 장부를 우리는 틱북이라고 불렀다.

낸이라는 이름의 여자 단골은 남편의 돈이 움직인 기록을 특별히 더 날카로운 눈으로 추적했다. 게다가 그녀는 부두 노동자만큼 입이 험했다. "우리가 다 얼간이로 보인다 이거지?" 그녀는 나를 뚫어지게 노려보며 이렇게 말하곤 했다.

"뭐요?" 나는 시간을 벌기 위해 물었다.

"우리가 다 얼간이인 줄 아냐고? 그 틱북 말이야. 좀 보여줘."

"아, 그건 보여드릴 수 없어요." 나는 즉석에서 말을 지어냈다. "그건 신성불가침하답니다. 세무사가 못하게 하니까요. 매주 장부를 조사하거든요. 그러니까 보실 수 없어요."

이제 조금 진정이 된 낸은 남편을 쳐다보며 묻는다. "그게 정말이야?"

"어, 잘 모르겠는데." 남편이 말한다.

태풍은 지나갔다. "만약 우리 남편 이름을 거기서 본다면 여기에 다신 발도 안 들여놓을 줄 알아." 낸이 말한다.

모두 젊은 시절 활기 넘치고 대쪽 같은 성격의 사람들과 함께 보낸 잊을 수 없는 추억들이다. 그들은 거친 사람들이기도 했다. 그러다 보니 눈에 멍이 들거나 머리가 찢어져서 집에 돌아오는 일도 가끔 있었다. 그게 펍의 일상이다. 분위기가 지나치게 과열되거나 싸움이 벌어지면 질서를 회복하기 위해 개입해야 하는 일도 생긴다. 그래도 돌이켜보면 정말로 즐거웠다. 사람들과 그들을 둘러싼 코미디.

지미 웨스트워터라는 사람이 숨을 제대로 못 쉬면서 들어왔을 때의 일은 잊을 수 없을 것이다. 그의 얼굴은 흙빛이었다. "맙소사, 괜찮아요?" 나는 물었다. 지미는 산둥 비단으로 몸을 칭칭 감은 채 잡히지 않고 부두를 몰래 빠져나왔다. 산둥 비단 한 필이 전부 감겨 있었다. 하지만 그는 비단을 너무 몸에 꼭 감은 바람에 거의 숨을 쉴 수 없었던 것이다.

가게를 말끔하게 청소하는 일을 위해 고용된 또 다른 지미는 어느 날 밤 나비넥타이 차림으로 나타났다. 단골 중 하나가 황당해하며 물었다. "고반에서 나비넥타이라니? 농담이겠지?" 어느 금요일 밤, 가게에 돌아와보니 누군가가 바 옆에서 새 모이를 팔고 있었다. 글래스고의 그쪽 동네에서는 모두 비둘기를 길렀다.

"이게 뭐죠?" 내가 물었다.

"새 모이요." 그는 세상에서 가장 당연한 대답이라는 듯이 말했다.

그릇, 포크나이프 통, 냉장고 등 살림에 필요한 건 모두 대줄 수 있다는 데 자부심을 갖고 있었던 마틴 코리건이라는 아일랜드 청년도 생각난다. 하루는 어떤 남자가 와서는 이렇게 말했다. "혹시 쌍안경 안 필요해요? 돈이 급해서 그래요." 그는 기름종이에 싸인 근사한 쌍안경을 꺼냈다. "5파운드만 내요." 그가 말했다.

"조건이 있어요." 내가 말했다. "여기서 마신다면 5파운드에 사겠소.

그러니까 박스터네 가게로는 가지 말아요." 그는 언어장애가 있는 건실한 사내였다. 그래서 나는 쌍안경을 샀고 그는 우리 가게에서 금세 3파운드를 써버렸다.

이런 식으로 내가 그날 산 물건을 갖고 돌아오면 캐시는 화를 내곤했다. 아름다운 이탈리아제 화병을 들고 들어온 적이 있었다. 그런데 캐시는 나중에 같은 화병을 가게에서 10파운드에 파는 걸 봐버렸다. 문제는 내가 그 화병을 바에서 25파운드에 샀다는 거였다. 하루는 나에게 딱 어울리는 새 스웨이드 재킷을 걸치고 당당하게 현관으로 들어섰다.

"얼마 줬어요?" 캐시가 물었다.

"7파운드." 내가 씩 웃으며 말했다.

그래서 나는 재킷을 걸어놓았다. 2주 후 우리는 처형의 작은 파티에 참석했다. 나는 재킷을 걸치고 거울 앞에 서서 흐뭇하게 내 모습을 쳐다봤다. 남자들이 보통 옷을 제대로 몸에 맞추기 위해 소매 끝을 잡아당기는 건 알고 있을 것이다. 내가 그렇게 하자 양쪽 소매가 통째로 쑥 뽑혀버렸다. 졸지에 나는 소매 없는 재킷을 걸치고 서 있게 되었다.

"그 녀석 죽여버리겠어!" 내가 고래고래 소리치는 동안 캐시는 배를 잡고 웃었다. 재킷 안에는 안감조차 없었다.

우리 당구장 벽에는 내 가장 친한 친구 빌의 사진이 걸려 있었다. 엄청난 녀석이었다, 빌리는. 차 한잔도 못 끓이는 친구였다. 하루는 둘이 밖에서 식사를 하고 그의 집으로 돌아왔다. 그에게 차 한잔 끓여달라고 말했더니 15분도 넘게 감감무소식이었다. 대체 어디에 있었느냐고? 그는 그의 아내인 애나에게 전화로 물어보고 있었다. "차를 어떻게 끓이는 거지?"

어느 날 밤, 애나는 빌리가 〈타워링〉The Towering Inferno이라는 영화를 보고 있는 동안 오븐에 스테이크 파이를 두고 나간 적이 있었다. 두 시간 후에 돌아온 애나는 부엌에서 연기가 자욱이 피어오르는 것을 보았다.

"맙소사, 오븐을 꺼두지도 않았어? 이 연기 좀 보라고!" 그녀가 씩씩거리며 소리쳤다.

"난 또 텔레비전에서 나오는 연기인 줄 알았지." 빌리가 말했다. 그는 연기가 불타는 빌딩에서 나오는 특수효과인 줄 알았던 것이다.

마치 나방이 빛을 쫓아 모이듯 사람들은 곧잘 빌리네 집에 모이곤 했다. 하지만 빌리라는 이름 대신 모두 그를 매케니라고 불렀다. 그의 두 아들인 스티븐과 대런은 그와 애나의 자랑이었고 여전히 내 아들들과 매우 가까이 지낸다. 빌리는 이제 세상에 없다. 하지만 우리가 같이한 온갖 즐거운 시간과 함께 내 기억 속에 여전히 남아 있을 것이다.

나에게는 어린 시절부터 같이 자란 죽마고우들이 있다. 던컨 피터슨, 토미 헨드리 그리고 짐 맥밀런은 네 살 때 같이 유아원을 다녔을 무렵부터 알았다. 던컨은 그레인지머스의 ICI(영국의 종합화학회사)에서 일했던 배관공이고 아주 이른 나이에 은퇴했다. 현재 플로리다 주의 클리어워터에 작고 아늑한 집을 갖고 있으며 부부 동반으로 여행을 즐긴다. 심장에 문제가 있던 토미는 짐과 마찬가지로 엔지니어였다. 네 번째 친구인 앵거스 쇼는 병든 아내를 돌보고 있다. 나와 절친한 존 그랜트는 1960년대에 남아프리카공화국으로 이주했다. 지금은 그의 아내와 딸과 함께 도매업을 하고 있다.

소년 시절 하모니 로를 떠났을 때 고반의 친구들과 나 사이에 커다란 균열이 생겼다. 그들은 내가 팀을 떠나 드럼시플 아마추어로 옮긴 것이 잘못된 일이라고 생각했다. 하모니 로를 운영했던 믹 맥고완은 두 번 다시 나와 말하지 않았다. 그는 완고했다. 믹 '외눈박이' 맥고완. 그는 하모니 로에 믿기지 않을 정도로 정열을 쏟아부었고 내가 떠나자 그냥 기억에서 지워버렸다. 하지만 고반의 친구들은 열아홉, 스무 살이 될 때까지도 함께 어울려서 춤추러 갔다. 우리는 모두 그맘때쯤 여자친구를 사귀기 시작했다.

그러고 나서 우리는 소원해지기 시작했다. 나는 캐시와 결혼해서 침실로 갔다. 그들도 전부 결혼을 했다. 우정에 금이 가는 것처럼 보였다. 연락도 뜨문뜨문해졌다. 존과 던컨은 1958년부터 1960년까지 나와 퀸스파크에서 뛰었다. 감독이 되면 업무상 요구되는 일 외에 다른 일을 할 짬이 거의 없어진다. 세인트 미렌에서는 확실히 여가시간을 가질 수 없었다. 하지만 우리의 유대는 완전히 끊어지지 않았다. 1986년 애버딘을 떠나기 두 달 전, 던컨은 내게 전화를 걸어와 10월에 결혼 25주년을 맞는다고 말하며 캐시와 내가 와줄 수 있느냐고 물었다. 기꺼이 가겠다고 말했다. 그것이 내 인생의 전환점이 되었다. 친구들은 모두 그 자리에 와 있었고 그걸 계기로 다시 가까워졌다. 우리는 각자 가족을 거느린 성숙한 어른이 되어 있었다. 그다음 달 나는 유나이티드로 떠났지만 그 이후로 우리는 내내 친하게 지냈다.

열아홉 살에서 스무 살쯤 되면 조용히 서로 제 갈 길을 가기 마련이다. 하지만 그들은 모두 함께 있었다. 나만이 다른 방식의 삶을 살게 된 것이다. 피하거나 그런 건 절대로 아니다. 다만 내 인생이 그런 식으로 펼쳐진 것뿐이다. 나는 세인트 미렌의 감독을 맡고 있으면서 펍을 두 곳 운영했다. 그 뒤 1978년, 애버딘에 자리가 났다.

그들의 우정은 맨체스터 유나이티드에서의 나를 지탱해줬다. 친구들은 다 함께 체셔에 있는 우리 집에 와서 음식을 먹으며 노래를 부르고 옛날 레코드를 틀곤 했다. 그들은 모두 노래를 잘했다. 내 차례가 되자 와인 때문에 내 노래 실력이 더 나아진 것 같은 착각이 들었다. 이건 거의 프랭크 시나트라와 막상막하가 아닌가. 생각 같아서는 관중에게 〈문 리버〉Moon River를 근사하게 뽑아줄 수 있을 것 같았다. 가사의 첫 두 단어를 읊고 눈을 뜨니 방 안이 텅 비어 있었다. "우리 집에 와서 밥까지 먹더니 내가 노래하는 동안 옆방에 가 텔레비전이나 보고 있는 게 말이 되냐?" 나는 불평을 늘어놓았다.

"네 끔찍한 노래는 정말 못 들어주겠거든."이라는 대답이 돌아왔다. 그들은 선량하고 건실한 사람들이다. 거의 모두 40년도 넘게 결혼생활을 지속하고 있다. 맙소사, 그들은 날 비난한다. 가차 없이 뭉개버린다. 그런데도 봐주는 건 그들은 나와 매우 같기 때문이다. 그들은 한편이다. 나와 함께 자랐고 또한 나를 지지해준다. 친구들이 내려와 경기를 보면 대개는 이긴다. 하지만 만약 우리가 경기에서 지면 "힘든 경기였어." 하면서 따뜻한 위로를 건넨다. "형편없는 경기였어."가 아니라 "힘든 경기였어."라고.

애버딘에 있는 내 친구들과는 여전히 친하게 지낸다. 내가 스코틀랜드에 대해 알게 된 것은 북쪽으로 갈수록 사람들이 과묵해진다는 것이다. 그들은 친구가 될 때까지 더 오랜 시간이 필요하지만 한번 친해지면 아주 깊은 유대를 맺는다. 고든 캠벨은 내 변호사 레스 달가르노, 앨런 맥레이, 조지 램지, 고든 허치엔과 함께 휴가를 가는 사이다.

유나이티드에서의 일에 더욱 얽매이게 되자 내 사교생활은 줄어들었다. 토요일 밤에 외출하는 일도 그만두었다. 축구는 날 기진맥진하게 만들었다. 오후 3시 경기가 끝나고 스타디움을 벗어나면 오후 8시 40

분이 될 때까지 집에 돌아가지 못했다. 성공의 대가였다. 7만 6천 명이나 되는 사람들이 한꺼번에 집에 가려고 하니까. 점점 외출 같은 건 하기 싫어졌다. 하지만 많은 이들과 깊은 우정을 쌓아나갔다. 앨덜리 에지 호텔의 매니저인 아메트 커서, 소티리오스, 밈모, 마리우스, 팀, 론 우드, 피터 돈, 잭 핸슨, 팻 머피, 피트 모건, 제드 메이슨, 멋있는 해럴드 라일리 그리고 물론 충실한 내 스태프들. 두 고향 친구인 제임스 모티머와 윌리 호기, 뉴욕의 마틴 오코너와 찰리 스틸리타노 그리고 독일의 에크하르트 크라우춘 모두 좋은 사람이다. 나갈 기운이 있는 한 우리는 즐거운 밤을 보내곤 했다.

맨체스터 초창기 시절 나는 멜 머신과 친하게 지냈다. 그는 맨체스터 시티의 감독으로 우리에게 5대 1로 이긴 뒤 얼마 지나지 않아 경질되었다. 내 기억에 의하면, 그가 잘 웃지 않았다는 이유에서였다. 유나이티드도 그런 논리를 적용했다면 나는 아주 예전에 해고당했을 것이다. 웨스트 햄의 감독 존 라이얼은 당시 나의 지주였다. 나라고 해서 잉글랜드의 모든 선수를 알 수는 없는 노릇이고 유나이티드의 스카우트 팀은 썩 신뢰가 가지 않았다. 그래서 종종 존에게 전화를 걸면 우리 팀에 보충 가능한 자원들에 대한 보고서를 보내주곤 했다. 그는 신뢰할 수 있었고 속내를 털어놓은 적도 많았다. 유나이티드의 경기력이 좋지 못하면 그는 이렇게 말했다. "그 팀에는 알렉스 퍼거슨이 보이지 않았어."

성격이 불같은 레인저스의 전 감독 족 월리스 역시 한 호텔에서 어느날 밤 내게 이렇게 말해준 적이 있다. "그 팀에는 알렉스 퍼거슨이 보이지 않았어. 어서 알렉스 퍼거슨을 다시 데려오는 게 좋을 걸세." 그들의 관찰 기저에 다름 아닌 우정이 있다는 것을 알기에 그들은 자진해서 내게 충고를 던졌다. 나는 그것을 최고의 우정이라고 부른다. 보비 롭슨은 잉글랜드 대표팀 감독이었으므로 처음에는 관계의 성질이 달랐지만 역시 얼마 안 가 친해지게 되었다. 레니 로런스는 그 시절의 또 다른 친구였고 지금까지도 돈독한 사이다.

보비 롭슨과 나는 당시 포르투갈에서 그가 포르투와 스포르팅 리스본과 함께 친선전을 하고 있을 때 에우제비우의 주선으로 다시 가까워졌다. 그 경기에서 에리크 캉토나가 데뷔했다. 보비는 우리가 묵고 있던 호텔로 찾아왔고 나는 그가 다른 선수들이 있는 앞에서 스티브 브루스에게 "스티브, 자네에게 잘못한 게 있네. 난 자네를 대표선수로 선발했어야 했어. 그것에 대해 사과하고 싶네." 하고 말했던 일을 절대 잊지 못할 것이다.

커리어가 끝날 무렵 내가 알고 있던 것 중 많은 부분이 햇병아리 감독 시절 배운 것이다. 때로는 당시 얻은 교훈이 내 안에 새겨지고 있다는 사실을 미처 깨닫지 못한 경우도 있었다. 유나이티드로 가기 위해 남쪽으로 향하기 훨씬 전에 나는 이미 인간의 본성에 대해 알게 되었다.

다른 사람들은 우리가 보는 방식으로 축구 경기나 세계를 보지 않으며 가끔 우리는 그러한 현실에 적응해야 할 필요가 생긴다. 데이비 캠벨은 내가 세인트 미렌에 있었을 때 우리 선수였다. 그는 사슴처럼 뛸 수 있었지만 토끼 한 마리도 잡지 못했다. 하프타임에 그에게 야단을 치고 있는데 문이 열리더니 그의 아버지가 나타나 "데이비, 정말 멋진 플레이였다. 잘했다, 아들!" 이렇게 말하고는 사라져버렸다.

하루는 우리가 이스트 스털링과 함께 카우던비스에 와 있었는데 날씨를 확인하지 않은 실수를 저질렀다. 피치는 벽돌처럼 단단했다. 그래서 우리는 카우던비스 시내로 가서 야구화 열두 켤레를 사야 했다. 당시에는 고무 스터드 축구화가 없었기 때문이다. 전반전은 우리가 3대 1로 뒤진 채 끝이 났다. 누군가 내 어깨를 툭 쳤다. 예전 팀 동료였던 빌리 렌턴이었다. 그가 말했다. "알렉스, 그냥 내 아들을 소개하고 싶어서."

내가 말했다. "맙소사. 빌리, 우리는 지금 3대 0으로 지고 있다고."

그날, 좋은 사람이지만 성격이 불같은 프랭크 코너는 자기 팀에 불리한 판정이 나오자 벤치를 피치 위에 던져버렸다. 나는 말했다. "제기랄, 프랭크 자네는 지금 3대 0으로 이기는 중이잖나."

"이건 창피한 일이야." 프랭크가 격하게 맞받아쳤다. 이런 것들이 내 주변에서 휘몰아치던 열정이었다.

족 스테인(셀틱의 전 감독으로 영국 프로팀 최초로 유러피언컵에서 우승)이 훌륭한 축구선수이자 전설적인 술고래인 지미 존스턴(스코틀랜드 선수로 1975년까지 셀틱에서 활약)과 씨름했던 이야기가 떠오른다. 어느 날 오후, 족은 지미가 유럽 대항전 원정 경기에 따라가는 걸 거부하자 벌로 경기 중에 교체시켜버렸다. 지미는 들어오면서 말했다. "이 개 같은 자식." 그러고는 더그아웃을 발로 찼다. 지미는 터널로 뛰어들어갔고 빅 족은 그를 쫓아갔다. 지미는 드레싱룸 문을 걸어 잠갔다.

"문 열어." 족이 소리쳤다.

"싫어요, 때릴 거잖아요." 지미가 대답했다.

"문 열어!" 족이 반복해서 소리쳤다. "이건 경고야."

지미는 문을 열고는 펄펄 끓는 탕 속으로 곧바로 뛰어들었다.

"거기서 나오지 못해." 족이 소리쳤다.

"싫어요, 안 나갈래요." 지미가 말했다. 밖에서는 피치 위에서 여전히 경기가 진행 중이었다.

축구팀의 감독을 맡으면 끊이지 않는 도전과 맞부딪치게 된다. 그중 많은 부분이 인간의 연약함과 관련이 있다. 한번은 스코틀랜드 선수들이 야밤에 거하게 술을 마신 뒤 보트를 타기로 한 적이 있었다. 이 소동은 '꼬마 징키' 지미 존스턴이 노에 튕겨져서 바다로 떨어진 뒤 파도가 그를 쓸어가면서 끝났다. 그 와중에도 그는 내내 큰 소리로 노래를 부르고 있었다. 셀틱 파크에 있다가 지미 존스턴이 퍼스 오브 클라이드에서 보트를 타고 있던 인명구조원에 의해 구조되었다는 소식을 들은 족 스테인은 농을 던졌다. "그 녀석 그냥 빠져 죽으면 안 됩니까? 녀석에게 감사장을 주고 애그니스는 우리가 보살피고 나는 머리숱을 가지게 될 텐데요."

족은 굉장한 유머감각을 가지고 있었다. 스코틀랜드에 함께 있을 때인 1985년 5월, 우리는 잉글랜드를 1대 0으로 이긴 뒤에 레이캬비크로 날아가 아이슬란드를 상대해야 했다. 우리는 스스로 대견하고 상당히 기분이 좋은 상태였다. 도착한 날 밤 스태프와 함께 대하, 연어, 캐비아가 놓인 테이블 앞에 앉았다. 빅 족은 평소 술은 입에도 대지 않지만 나는 잉글랜드를 꺾은 걸 축하하기 위해 화이트와인 한 잔만 하라고 부추겼다.

아이슬란드 전에서 우리는 간신히 1대 0으로 승리했다. 형편없는 경기력이었다. 경기가 끝난 뒤 빅 족은 내게 몸을 돌리면서 말했다. "봤지? 화이트와인을 마시게 한 자네 잘못이야."

그 전에 풍부한 경험을 쌓았음에도 불구하고 맨체스터 유나이티드 초기에는 매사를 조심스레 더듬어나가야 했다. 화를 잘 내는 것도 도움이 되었다. 화를 내면 본모습이 드러나는 법이니까. 라이언 긱스도 한 성질 했지만 그는 천천히 타오르는 타입이었다. 내 분노는 유용한 도구였다. 분노를 터뜨리는 일은 내 권위를 확고히 하는 데 도움이 되었다. 선수들과 스태프에게 내가 함부로 대해서는 안 될 인간이라는 메시지를 주었다. 그래도 대들고 거역하려는 인간들은 언제나 있기 마련이다. 이스트 스털링에서 이제 막 감독 경력이 시작됐을 때 센터포워드와 결정적으로 충돌한 적이 있었다. 그는 이사진 중의 하나인 밥 쇼의 사위였다.

선수 중 하나인 짐 미킨이 9월 어느 주말에 가족 여행을 가야 한다고 통고했다. 전통이라고 했다.

"그게 무슨 말이지?" 내가 물었다.

"아시잖아요, 토요일 경기에 못 나간다는 뜻이죠." 짐이 말했다.

"그래, 그럼 이렇게 하지. 토요일에 나오지 마. 그리고 다시는 돌아오지 마." 내가 말했다.

그래서 그는 경기에 출전했고 끝나자마자 블랙풀로 차를 몰고 내려가서 가족과 합류했다.

월요일에 나는 전화를 받았다. "감독님, 차가 고장 났어요." 아마 칼라일에서라고 했던 것 같다. 녀석은 틀림없이 내가 얼간이라고 생각했나 보다. 번개처럼 재빨리 나는 말했다. "잘 안 들리니까 네 전화번호를 줘. 그럼 내 쪽에서 다시 걸지."

침묵.

"돌아오지 마." 내가 말했다.

이사인 밥 쇼는 그런 나를 엄청나게 못마땅해했다. 신경전은 몇 주간이고 이어졌다. 결국 회장이 내게 호소했다. "알렉스, 제발 밥 쇼가 날 그만 괴롭히게 해줘. 짐을 다시 경기에 내보내라고."

나는 말했다. "안 돼요, 윌리. 그 문제는 끝났어요. 설마 지금 나한테 자기 멋대로 휴가를 가는 녀석들이랑 함께 일을 할 수 있다고 말하는 겁니까?"

"자네 고충은 알겠지만 3주간 안 내보냈으면 충분하지 않나?" 그가 말했다.

그다음 주에는 포퍼(스코틀랜드 앵거스의 한 구역)의 공중화장실까지 따라와 내 옆에서 끙끙댔다. "제발 부탁이네, 알렉스. 자네 안에 그리스도교인의 자비가 조금이라도 있다면 말일세."

잠시 침묵했다가 내가 말했다. "좋습니다."

그리고 그는 내게 키스했다. "이 바보 같은 늙은이, 대체 지금 뭐 하는 겁니까?" 내가 말했다. "지금 공중화장실에서 내게 키스하고 있는 거잖아요."

1974년 10월, 나는 견습생활의 다음 무대인 세인트 미렌으로 가게 됐다. 첫 번째 날, 우리 팀의 단체 사진이 《페이즐리 익스프레스》Paisley Express에 실렸다. 사진을 보니 우리 팀 주장이 내 등 뒤에서 손가락 욕을 하고 있었다. 그다음 주 월요일에 나는 그를 불러서 이야기했다. "네가 원하면 자유이적으로 놓아주겠다. 팀에 네 자리는 없어. 널 경기에 출장시키지 않을 거야."

"왜요?" 그가 말했다.

"우선, 감독 등에 대고 브이사인(손등을 보이면서 브이를 만드는 건 욕이다)을 하는 건 네가 경험 없는 선수거나 성숙한 인간이 아니라는 걸 의미하지. 그런 건 나이 어린 학생들이나 하는 짓이야. 넌 이 팀에서 나가야 해."

자신의 위치를 분명히 해야 한다. 빅 족이 내게 선수들에 관해 해준 말이 있다. 절대로 선수들과 사랑에 빠지지 마라. 왜냐하면 널 배신할 테니까.

애버딘에서 나는 온갖 종류의 규율 위반과 씨름해야 했다. 많은 선수를 적발했다. 그러고 나면 그들의 반응은 날 웃다 죽게 만들었다.

"저요?" 그들은 이렇게 말하면서 상처받은 표정을 아주 근사하게 짓는다.

"그래, 너."

"아, 친구를 만나러 나간 것뿐인데요."

"어, 그랬어? 세 시간 동안이나? 그리고 꼭지까지 취하도록 마신 건가?" 마크 맥기와 조 하퍼는 나를 여러 차례 시험했다. 그 후 세인트 미렌에서 프랭크 맥가비(1970~1980년대 세인트 미렌과 셀틱에서 공격수로 활약)가 등장했다. 1977년 어느 일요일, 우리는 1만 5천 명이나 되는 팬들을 퍼 파크에서 열리는 컵 게임에 초대했지만 2대 1로 패했다. 머더웰은 우리를 농락했고 나는 스코틀랜드 축구협회로부터 심판이 엄중하지 못했다고 말했다는 이유로 고발당했다.

같은 주 일요일 밤, 집전화가 울렸다. 내 친구인 존 도나키가 전화로 말했다. "경기 전에 말했으면 네가 열 받을 거 같아서 안 했는데 실은 금요일 밤에 맥가비를 펍에서 봤어. 잔뜩 취해 있더라고." 나는 그의 집에 전화를 걸었다. 그의 어머니가 받았다. "프랭크 집에 있습니까?"

"아뇨." 그녀가 말했다. "시내에 있어요. 제가 뭔가 도울 일이라도 있나요?"

"돌아오면 내게 전화하라고 전해주세요. 전화가 올 때까지 아무리 늦어도 자지 않을 겁니다." 밤 11시 45분에 전화가 왔다. 삑거리는 소리가 들려 공중전화라는 것을 알았다. "집에 있어요." 프랭크가 말했다. "그런데 삑 소리가 나는데." 내가 말했다. "네, 집에 공중전화가 있거든요." 프랭크가 말했다. 설령 그 말이 사실이더라도 나는 그가 집에서 전화를 걸고 있다는 사실을 믿지 않았다.

"금요일 밤 어디에 있었나?"

"생각이 안 나는데요." 그가 말했다.

"그래, 그럼 내가 말해주지. 넌 워털루 바에 있었어. 거기가 네가 있었던 곳이야. 넌 영구 출장정지야. 돌아올 생각 하지 마. 스코틀랜드 21세 이하 대표에서도 빠지게 될 거다. 내가 탈락시킬 거야. 평생 두 번 다시 축구공을 차게 되나 봐라." 그리고 나는 수화기를 내려놓았다.

다음 날 아침, 그의 어머니에게서 전화가 왔다. "우리 프랭크는 술을 마시지 않아요. 다른 사람이랑 착각하셨어요." 나는 그녀에게 말했다. "그런 것 같지 않은데요. 세상의 모든 어머니가 태양이 자기 아들 등 뒤에서 떠오른다고 생각하죠. 하지만 아드님에게 가서 다시 한 번 물어보세요."

그 후 3주 동안 나는 그를 영구적인 출장정지 상태로 두었고 선수들은 모두 뒤에서 불평을 늘어놓았다.

리그 상위권 팀인 클라이드뱅크와의 경기가 다가오자 나는 코치인 빅 데이비드 프로반에게 "이 시합에 녀석이 돌아와서 뛰어야 해." 하고 말했다. 클라이드뱅크 경기 일주일 전에 페이즐리의 시청에서 클럽 파티가 있었다. 캐시와 함께 들어가고 있는데 갑자기 프랭크가 기둥 뒤에서 뛰쳐나오더니 애원했다. "한 번만 기회를 주세요." 하늘에서 내려온 선물이었다. 체면 깎이는 일 없이 그를 선수진에 합류시키려면 어떻게 해야 하나 고민하고 있는데 마침 당사자가 기둥 뒤에서 튀어나온 것이다. 나는 캐시에게 먼저 가라고 한 뒤 최대한 엄숙한 어조로 프랭크에게 말했다. "말했잖아, 넌 평생 뛰지 못할 거라고." 우리 둘을 보고 있던 주장인 토니 피츠패트릭이 앞으로 나섰다. "감독님, 프랭크에게 한 번만 더 기회를 주세요. 제가 앞으로 녀석이 말썽 피우지 않도록 책임지겠습니다."

"내일 아침에 와서 말해. 지금은 안 돼." 나는 딱 잘라 말했다. 나는 의기양양하게 시청 안으로 들어가 캐시와 합류했다. 우리는 3대 1로 클라이드뱅크 전에서 승리했고 프랭크는 골을 넣었다.

젊은 사람들에게는 책임감을 불어넣어야 한다. 만약 그들이 자신의 에너지와 재능에 더 큰 의식을 더할 수 있다면 훌륭한 커리어로 보답받을 것이다.

감독을 시작할 때 내가 가졌던 자산은 결정을 내릴 수 있는 능력이었다. 나는 학생 시절에 팀을 선택할 때조차도 내 자신의 결정에 대해 불안감을 갖지 않았다. 그때부터 나는 선수들에게 지시를 내렸다. "넌 여기서 뛰어. 넌 저기서 뛰고." 당시 나는 그들에게 말했다. 선수 시절 초창기에 나를 지도했던 감독 중 하나인 윌리 커닝엄은 이렇게 말하곤 했다. "그거 알아, 넌 진짜 밥맛없는 놈이다." 나는 그에게 전술에 대해 이야기하며 이렇게 묻곤 했다. "감독님이 무엇을 하려는지 확실히 알고는 있는 거예요?"

"밥맛없는 놈." 그의 대답이었다.

내가 끼어드는 동안 다른 선수들은 가만히 앉아서 깝죽대는 나를 감독이 곧 죽여버릴 거라고 예상했다. 하지만 이것은 단지 내가 언제나 결정을 내릴 수 있기 때문이었다. 어디에서 이런 능력이 비롯됐는지는 모르지만 어렸을 때부터 나는 자신이 관리자이며, 교관이며, 팀을 선택하는 사람이라는 걸 깨닫고 있었다. 아버지는 보통 노동자였으며 매우 지적인 분이었지만 리더와는 거리가 멀었다. 그러니까 부모님에게 배운 것은 아니다.

반면에 내 안에는 혼자 있기 좋아하고 고독한 부분이 있다는 걸 알고 있다. 열다섯 살 때 글래스고 스쿨보이스에서 뛰었을 당시 나는 에딘버러 스쿨보이스를 상대로 골을 집어넣은 뒤 집으로 돌아왔다. 내 인생 최고의 날이 되었던 그날, 아버지가 대형 클럽에서 나와 이야기하고 싶어한다고 전해주었다. 내 대답은 우리 둘 다를 놀라게 했다. "그냥 밖에 나가 있을래요. 영화 보러 가고 싶어요."

"너 어디가 잘못된 거 아니냐?" 아버지가 말했다.

나는 사람들과 떨어져 있고 싶었다. 왜 그랬는지는 모르겠다. 지금까지도 내가 왜 그랬는지 모르겠다. 나는 혼자 있어야만 했다. 아버지는 굉장히 자랑스러워하며 기뻐했고 어머니는 덩실덩실 춤을 추며 "내 아들 정말 잘됐구나." 하고 말했다. 할머니는 무척이나 기뻐해서 정신을 잃을 것만 같았다. 에딘버러 스쿨보이스를 상대로 골을 넣은 것은 대단한 일이었다. 그렇지만 나는 나만의 작은 공간으로 도망쳐야 했다. 이해가 가는가?

거기서부터 여기까지는 엄청난 거리가 있다. 1986년 맨체스터에 부임했을 때 윌리 맥폴(북아일랜드 출신의 선수이자 감독)이 뉴캐슬 유나이티드의 감독이었다. 맨체스터 시티는 지미 프리젤, 그리고 아스널은 조지 그레이엄(스코틀랜드 출신으로 아스널, 토트넘 감독 역임)이 감독이었다. 나는 조지를 좋아했다. 선량한 사람이고 훌륭한 친구다. 계약 문제로 마틴 에드워즈와 충돌이 있었을 때 롤랜드 스미스 경(영국의 기업가이자 학자로 하우스오브프레이저 백화점, 브리티시 에어로스페이스 회장 역임)이 맨체스터 유나이티드 유한회사의 회장이었다. 클럽의 유한회사는 가끔 문제를 복잡하게 했다. 이슈가 안건으로 제시되려면 시간이 걸렸다. 하루는 롤랜드 경이 마틴, 클럽의 변호사인 모리스 왓킨스와 내가 맨 섬으로 가서 내 새 계약을 정리하라고 제안했다. 조지가 아스널에서 받는 급여는 나의 두 배였다.

"원한다면 내 계약서를 빌려주지." 조지가 말했다.

"정말 그래도 괜찮겠나?" 내가 말했다.

그래서 맨 섬으로 조지의 계약서를 들고 갔다. 마틴은 내게 좋은 고용주였다. 그는 강인한 사람이었다. 문제는 클럽의 동전 한 푼까지 자기 것이라고 생각하는 데 있었다. 그는 자신이 생각하는 만큼의 급여를 주었다. 나뿐만 아니라 모든 사람들에게.

그에게 조지의 계약서를 보여주자 그는 믿으려 하지 않았다. "데이비드 데인에게 전화해보시죠." 내가 제안했다. 아스널 회장인 데이비드 데인은 계약서에 적힌 액수를 부정했다. 웃기는 일이었다. 조지는 내게 데이비드 데인이 사인한 서류를 줬다. 모리스와 롤랜드 스미스가 아니었더라면 나는 그날 맨체스터 유나이티드를 떠났을 것이다. 안 그래도 떠나려고 했던 참이었다.

전선에서 보낸 39년 내내 그랬듯이 여기서도 한 가지 교훈을 얻었다. 자기 일은 자기가 챙겨야 한다는 것이다. 다른 방법은 없다.

은퇴 유턴

2001년 크리스마스 밤, 나는 소파에 앉아 텔레비전을 보며 꾸벅꾸벅 졸고 있었다. 그때 부엌에서는 반란이 일어나려 하고 있었다. 전통적으로 본가의 회의실 구실을 해온 그곳에서는 우리 가족 각자의 인생을 바꿀 토론이 진행되는 중이었다. 반란의 수장이 들어오더니 날 깨우기 위해 내 발을 걷어찼다. 문틈에 세 사람의 형체가 보였다. 내 모든 아들이 흔들리지 않는 결속력을 보이며 나란히 서 있었다.

"방금 회의했는데." 캐시가 말했다. "우린 결정했어요. 당신이 은퇴하지 않는 걸로." 그녀가 방금 한 말의 무게를 재는 동안 나는 항변의 필요성을 느끼지 못했다. "첫째, 당신은 건강해요. 둘째, 난 당신이 집 안에 처박혀 있는 건 봐줄 수 없어요. 그리고 셋째, 당신은 어쨌든 너무 젊어요." 캐시가 전부 말했지만 아들들은 어머니를 전폭적으로 지지했다. "그건 어리석은 짓이에요, 아빠." 아들들이 말했다. "은퇴하지 마세요. 아직 아빠가 기여할 수 있는 게 많잖아요. 아빠라면 맨체스터 유나이티드에서 새로운 팀을 만들 수 있어요." 겨우 5분 동안 선잠을 잔 대가는 컸다. 결국 그 때문에 나는 그 후 11년을 더 일해야 했다.

우선 내가 퇴임을 결심한 이유 중에 하나는 1999년 바르셀로나에서 유러피언컵 결승전이 끝난 뒤 마틴 에드워즈가 한 발언 때문이었다. 마틴은 내가 감독직에서 물러난 후 클럽에서 맡을 역할이 있느냐는 질문을 받았다. 그는 이렇게 대답했다. "글쎄요, 우리는 맷 버즈비 때 상황 (1968년 유러피언컵 우승 이듬해 버즈비가 은퇴한 후 후임 월프 맥기니스의 성적 부진을 이유로 버즈비가 1970/71시즌에 다시 일시적으로 팀을 지휘했다. 이후 맨유는 1986년 퍼거슨 부임 전까지 다섯 명의 감독을 거치며 강등까지 경험했다)은 원하지 않습니다." 그의 대답이 마음에 들지 않았다. 두 시대는 비교하기에는 성질이 전혀 달랐다. 내 시대에는 에이전트, 계약 그리고 대중매체로 인해 발생하는 혼란까지 염두에 두어야 했다. 지각이 있는 사람이라면 한번 감독직에서 물러난 후 두 번 다시 그런 문제에 휘말리기 싫어할 것이다. 내가 축구 경기나 감독직의 복잡한 업무에 관여하고 싶어할 가능성은 실낱만큼도 없었다.

처음에 내가 은퇴하려고 했던 다른 이유가 또 무엇이 있었을까? 바르셀로나의 마법 같은 밤이 지나간 후 내가 정점에 이르렀다는 생각을 항상 했다. 예전의 우리 팀은 유러피언컵을 따지 못했고 나는 언제나 무지개 끝자락을 쫓아가는 기분이었다. 일생일대의 야망을 실현하고 나면 또다시 정상에 이를 수 있을까 자문하게 되기 마련이다. 마틴 에드워즈가 맷 버즈비 현상을 피하고 싶다는 발언을 했을 때 처음으로 떠오른 생각은 '말도 안 돼.'였다. 두 번째 생각은 '육십은 은퇴하기 좋은 나이지.'였다.

그러므로 세 가지 요소가 내 머릿속을 파고들었다. 맷 버즈비의 유령을 되살리려는 마틴에 대한 실망, 내가 두 번째 유러피언컵 타이틀을 획득할 수 있을지에 대한 불확실성, 그리고 거기에 육십이라는 숫자가 머리에 박혀버렸다. 나는 서른두 살부터 감독으로 일해왔다.

육십이 된다는 것은 인간에게 깊은 영향을 끼치기 마련이다. 마치 다른 방에 들어선 것 같은 느낌이 든다. 오십이 되면 반세기나 살았으니 인생의 중요한 순간이 왔다고 느낀다. 하지만 자신이 오십이라는 느낌은 들지 않는다. 육십이 되면 이렇게 말한다. "맙소사. 육십 먹은 기분이야. 난 육십이야!" 그 과정을 거치고 나면 육십이 관념의 변화이며 수적인 변화라는 것을 깨닫게 된다. 이제는 내 나이에 대해 그런 식의 느낌은 더 이상 없다. 하지만 당시에는 육십이라는 나이가 내 머릿속에서 심리적인 장벽이 되었다. 자신이 젊다는 생각을 하지 못하게 하는 걸림돌이었다. 나이는 나 자신의 신체와 건강에 대한 의식을 바꿔놓았다. 유러피언컵 우승으로 내 꿈은 모두 완성되었으며 이제 정상에서 떠날 수 있다고 느끼게 되었다. 그것이 내 생각의 기폭제가 되었다. 하지만 마틴이 나를 새 감독의 어깨 위에 얹힌 성가신 유령으로 만들어버리자 나는 중얼거렸다. "웃기고 있네."

물론 감독직으로의 유턴은 안도가 되었지만 캐시와 아이들과 함께 그 실현 가능성에 대해 논쟁을 벌일 필요가 있었다.

"번복할 수는 없을 것 같아. 벌써 클럽에 얘기했다고."

캐시가 말했다. "그 사람들은 당신이 결심을 바꿔도 받아들일 정도의 존경심은 보여야 하지 않을까요?"

"지금쯤이면 벌써 다른 사람을 임명했을걸." 내가 말했다.

"하지만 당신이 이룬 것들을 고려한다면 다시 돌아갈 기회를 줘야 하지 않아요?" 그녀는 우겼다.

다음 날 모리스 왓킨스에게 전화해서 다시 돌아가고 싶다고 이야기하자 그는 웃었다. 헤드헌터들이 다음 주에 내 후임으로 올 후보군을 만날 예정이었다. 스벤 예란 에릭손이 새 유나이티드 감독이 될 예정이었던 것 같았다. 어쨌든 내 해석은 그랬지만 모리스는 내 추측을 뒷받침해준 적이 없다. "왜 에릭손이요?" 나중에 그에게 물었다.

"당신이 맞을 수도 있고 틀릴 수도 있고." 모리스가 말했다.

언젠가 폴 스콜즈에게 이런 질문을 했던 게 기억난다. "스콜지(영국인은 성 뒤에 y를 붙여 애칭을 만든다), 에릭손에게 뭐가 있는 거지?" 하지만 스콜지는 아무런 실마리도 줄 수 없었다. 모리스의 다음 행동은 당시 맨체스터 유나이티드 유한회사의 회장이었던 롤랜드 스미스에게 연락하는 것이었다. 그가 내게 한 대답은 다음과 같았다. "그러니까 내가 말했잖아. 당신이 얼마나 어리석은지 말이야. 이 문제에 관해선 만나서 차분히 의논하지."

롤랜드는 현명한 사람 중 하나였다. 그는 풍요롭고 완성된 삶을 살았다. 온갖 종류의 흥미진진한 경험이 그의 앞을 지나갔고 놀라운 이야기 꾸러미를 펼쳐놓을 수 있는 사람이었다. 언젠가 롤랜드가 우리에게 마거릿 대처와 여왕이 함께했던 어느 만찬에 대해 이야기해준 적이 있다. 여왕 폐하는 왕실 전용기의 내부를 새로 단장하고 싶어했다. 롤랜드가 들어갔을 때 두 사람은 서로 등을 돌린 채 앉아 있었다.

"롤랜드." 여왕이 그를 불렀다. "이 여자에게 내가 내 비행기를 손보고 싶어한다고 말해주지 않겠나?"

"즉시 실행하겠습니다, 폐하." 롤랜드가 말했다.

내가 마음을 바꾼 데 대해서 듣고 싶은 대답이 바로 그것이었다. 나는 그가 즉시 실행에 옮기겠다고 말해주기를 원했다. 롤랜드에게 내건 첫 번째 조건은 새로운 계약서였다. 기존 계약은 그해 여름에 만료될 예정이었다. 우리는 빨리 움직여야 했다.

구체적인 은퇴 날짜를 말한 직후부터 나는 내가 실수했다는 것을 알았다. 다른 사람들도 마찬가지였다. 보비 롭슨은 언제나 말했다. "은퇴하기만 해봐라." 보비는 멋진 사람이었다. 어느 날 오후, 아내와 함께 집에 있을 때 전화가 울렸다.

"알렉스, 나 보비야. 지금 바빠?"

"지금 어디야?" 내가 말했다.

"윔슬로(체셔에 있는 마을)에 있어."

"그럼 우리 집으로 와." 나는 그에게 말했다.

"지금 자네 집 문밖이야." 그가 말했다.

보비는 정말 기분 좋은 사람이었다. 2004/05시즌 초에 해임된 후 칠십 대의 나이에도 불구하고 그는 여전히 다시 뉴캐슬 감독으로 돌아가길 원했다. 보비는 성격상 절대 태만함을 용인할 수 없었고 뉴캐슬 감독직이 그의 능력에 버거워졌다는 사실을 받아들이길 거부했다. 끝까지 그와 함께했던 그러한 저항정신은 그가 얼마나 축구를 사랑했는지 보여준다.

일단 사임을 결정하자 나는 계획 세우는 일을 그만뒀다. 그런데 결정을 번복하자 나는 다시 작전을 짜기 시작했다. 나는 스스로에게 말했다. '우리는 새로운 팀이 필요해.' 에너지가 다시 돌아왔다. 다시 내 안에 승부욕이 넘치는 것을 느낄 수 있었다. 스카우터들에게 말했다. "다시 뛰어봅시다." 우리는 다시 한 번 움직였고 그것은 기분 좋은 일이었다.

일을 계속할 수 없는 신체적 질병이나 장애는 전혀 없었다. 감독을 하다 보면 가끔 무너지게 된다. 자신이 존중받고 있는지 의구심이 생긴다. 내 친구인 휴 매킬바니의 족 스테인, 빌 섕클리(작고한 리버풀 감독으로 팀을 1부 리그로 승격시킨 뒤 리그 우승 3회, FA컵 우승과 UEFA컵 우승을 이끌며 명가의 토대를 다졌다고 평가된다) 그리고 맷 버즈비에 대한 〈아레나〉Arena 티브이 다큐멘터리 3부작이 생각난다. 휴의 연구 주제는 이들이 클럽이 담기에는 너무 큰 인물들이었고 각자 자신의 방식으로 팀에 자기를 맞춰나갔다는 것이다. 빅 족이 구단주와 회장들에 대해 했던 말이 기억난다. "명심해, 알렉스. 우리는 그들이 아니야. 그들이 클럽을 운영하는 거야. 우리는 그들의 고용인이고." 빅 족은 언제나 그렇게 생각했다. 그에게는 지주와 농노, 그들과 우리였다.

그들이 셀틱에서 족 스테인에게 한 일은 불쾌한 것은 물론이고 어리석기 짝이 없는 짓이었다. 그들은 그에게 축구 도박을 관리하라고 지시했다. 셀틱과 함께 스물다섯 개나 되는 트로피를 들어올렸는데 그들은 그에게 축구 도박을 관리하라고 명령한 것이다. 빌 섕클리는 리버풀 이사진에 결코 초대받지 못했고 그 결과 불만이 점점 커져갔다. 심지어 그는 맨체스터 유나이티드 경기나 트랜미어 로버스(머지사이드의 하위 리그 팀) 경기를 보러 오게까지 됐다. 그는 우리의 예전 훈련장인 클리프나 에버턴의 훈련장에 모습을 나타냈다.

이력서가 아무리 휘황찬란하더라도 연약하고 무방비한 느낌이 드는 순간이 오게 된다. 비록 데이비드 길과 보낸 감독생활의 마지막 몇 년 동안 내가 일해온 기반은 일류였지만. 우리의 관계는 최상이었다. 하지만 감독이라면 늘 실패의 두려움이 있기 마련이다. 그리고 대부분 혼자 결정을 내려야 한다. 때로는 자신의 생각과 홀로 남겨지는 것을 어떠한 대가를 치르고서라도 피하고 싶어진다. 내 사무실에 혼자 있을 때면 내가 바쁘다고 지레짐작하고 오후 내내 아무도 노크하지 않을 때가 많았다.

가끔 나는 누가 문을 두드려주기를 바랐다. 믹 펠란이나 르네 뮬렌스틴이 들어와 "차나 한잔 할래요?" 하고 말해주기를 원했다. 나는 누군가 말할 사람을 찾으러 나가 그들의 공간에 들어가야 했다. 감독을 하다 보면 소외감과 마주해야 한다. 사람은 접촉이 필요하다. 하지만 다른 이들은 내가 중요한 일로 바쁘다고 생각해서 가까이 오지 않는다.

1시까지는 유스 팀 코치들, 사무국의 켄 램스덴, 비서 그리고 1군 선수들을 비롯해 사람들이 끊임없이 찾아온다. 나를 신뢰한다는 의미니까 늘 흔쾌히 받아들인다. 때로는 가족 문제까지 의논하기도 한다. 내게 비밀을 털어놓는 선수들에게는 늘 긍정적으로 다가가려고 한다. 설령 그것이 피곤해서 하루 쉬고 싶다거나 계약 문제를 제기하는 경우에도 말이다.

만약 선수가 내게 하루 쉬고 싶다고 말한다면 거기에는 반드시 정당한 이유가 있기 마련이다. 아니라면 누가 유나이티드에서 훈련을 빼먹고 싶겠는가. 나는 언제나 그러라고 말한다. 나는 그들을 믿는다. 왜냐하면 만약 내가 "안 돼. 그런데 왜 넌 휴가가 필요한 거지?" 하고 물은 뒤 그들이 "할머니가 돌아가셔서요."라고 대답한다면 상당히 난처해지기 때문이다. 만약 문제가 있다면 나는 언제나 해결책을 찾는 것을 도와주려 한다.

내게는 100퍼센트 알렉스 퍼거슨의 사람들이 있다. 레스 커쇼, 짐 라이언 그리고 데이브 부셸을 예로 들 수 있다. 나는 레스를 1987년에 데려왔다. 그는 나의 베스트 영입 선수 중 하나였다. 보비 찰턴의 추천을 받아 그를 채용했다. 당시 잉글랜드 프로축구계에 대해 잘 몰랐던 내게 있어 보비 찰턴의 정보는 더할 나위 없이 소중했다. 레스는 보비의 축구교실에서 일했고 크리스털 팰리스를 위해 스카우터로 일했다. 또한 조지 그레이엄과 테리 베너블스(바르셀로나, 토트넘 감독이었으며 잉글랜드 국가대표팀을 이끌었다)와도 일했다. 보비는 레스가 맨체스터 유나이티드를 위해 일하는 것을 사랑할 거라고 판단했다. 잠시도 쉬지 않고 말하는 그는 매주 일요일 저녁 6시 반이면 어김없이 내게 전화를 걸어 모든 스카우트 리포트를 업데이트했다. 캐시는 한 시간 정도 있다가 와서 "아직도 통화 중이에요?" 하고 말하곤 했다.

레스의 말을 가로막는 순간 그는 더욱 속사포처럼 말할 것이다. 굉장한 일꾼이었다. 그는 맨체스터 대학교의 화학교수이기도 했다. 데이브 부셀은 잉글랜드 15세 이하 유소년 대표팀의 감독이었으며 나는 조 브라운이 은퇴한 뒤 그를 데려왔다. 짐 라이언은 1991년부터 함께했다. 믹 펠란은 내 밑에서 선수로 있다가 소중한 보조코치가 되어줬다. 그는 1995년에 우리를 떠났지만 2000년에 코치로 다시 합류했다. 폴 맥기니스는 내가 클럽에 왔을 때부터 나와 함께 있었다. 그는 예전 유나이티드의 선수이자 감독이었던 윌프 맥기니스의 아들로 역시 선수 출신이다. 나는 그를 유소년 아카데미(클럽의 유소년 선수 양성기관)의 코치로 임명했다.

통상적으로 감독은 자신을 보좌할 코치진을 데려와 함께 임기를 보낸다. 유나이티드는 문제가 달랐던 게 내 보좌진의 인지도가 높아져 다른 클럽의 스카우트 대상이 된 것이다. 1991년 유러피언컵 위너스컵 결승전이 있기 2주 전 나는 아치 녹스 코치를 레인저스에 빼앗겼고 아치의 후임으로 브라이언 화이트하우스를 로테르담(그해 결승전이 페예노르트 홈구장에서 열렸다)으로 데려가며 코치진 모두가 그의 공백을 메우도록 했다.

그 후 나는 수석코치를 찾으러 나섰다. 노비 스타일스는 "브라이언 키드를 승진시키면 되지 않아요?"라고 말했다. 브라이언은 클럽을 잘 알았고 지역 사정에 훤한 유나이티드 관계자와 학교 코치 등 여러 옛 친구들을 끌어들이며 지역 스카우트 네트워크를 개선시켰다. 그것이 브라이언의 최대 수훈이었고 큰 성공을 거두었다. 그래서 나는 브라이언에게 일을 주었다. 그는 선수들과 매우 친해졌으며 충실히 훈련을 실시했다. 그는 세리에 A팀들의 경기를 보러 이탈리아에 가서 많은 것을 배우고 돌아왔다.

그가 1998년 블랙번으로 가기 위해 떠날 때 나는 그에게 말했다. "자네가 무슨 일을 하고자 하는지 알고 있기를 바라네." 코치가 떠나면 사람들은 언제나 나에게 이렇게 묻는다. "어떻게 생각하세요?" 아치의 경우, 에드워즈가 레인저스의 오퍼에 맞추도록 하는 데 실패했다. 브라이언의 경우, 그가 감독직에 적합하다고 생각하지 않았다. 스티브 매클래런은 의심할 여지 없이 감독감이다. 내가 스티브에게 한 말은 다음과 같다. 올바로 된 클럽과 회장을 골라라. 그것은 언제나 필수조건이다. 그 단계에서 그를 원했던 클럽은 웨스트 햄과 사우샘프턴이었다.

그러다 뜬금없이 스티브는 미들즈브러의 회장인 스티브 깁슨으로부터 전화를 받았다. 내 충고는 이거였다. "의심의 여지가 없네. 받아들여." 비록 그곳에서 해고되었지만 브라이언 롭슨은 언제나 젊고 신선하고 투자 의욕이 넘치는 스티브 깁슨을 높이 평가했다. 거기에 그들은 훌륭한 연습구장을 가지고 있었다. "그곳이 자네가 갈 곳이야." 내가 스티브에게 말했다.

강인하고 체계적인데다 언제나 새로운 아이디어를 찾아나서는 스티브는 감독을 하기 위해 태어났다고 해도 과언이 아니었다. 그는 성격이 좋고 활기가 넘치는 사람이었다.

또 한 명의 2인자인 카를루스 케이로스는 대단했다. 정말 대단하고 뛰어났다. 지적이고 철저한 사람이었다. 그를 채용하라고 추천한 이는 앤디 록스버그(스코틀랜드 청소년팀과 국가대표팀 감독, UEFA 기술위원장을 거쳐 현재는 뉴욕 레드불스 이사)였다. 마침 우리는 남반구 쪽 선수들을 좀 더 주의 깊게 살펴보려고 할 때라 북유럽 국가 출신이 아니고 외국어를 한두 개 정도 할 수 있는 코치가 필요했다. 앤디는 그의 성공을 장담했다. 카를루스는 매우 뛰어났다. 그는 남아공 국가대표팀 감독을 한 경험이 있었다. 그래서 나는 퀸턴 포춘(남아공 출신 레프트백으로 아틀레티코 마드리드, 맨유, 볼턴에서 선수생활)에게 전화를 해서 의견을 물었다. "끝내줘요." 퀸턴이 말했다. "어느 정도의 레벨까지 그 단어를 쓸 수 있을 것 같나?" "어떤 레벨이든지요." 퀸턴이 말했다. '그럼 나한테는 충분하겠군.' 나는 생각했다.

카를루스가 2002년 우리를 만나러 잉글랜드에 왔을 때 나는 트레이닝복을 입고 그를 기다리고 있었다. 카를루스는 말쑥한 정장 차림이었다. 그에게서는 온화한 분위기가 풍겼다. 그가 매우 인상적이어서 나는 그 자리에서 코치 자리를 제의했다. 그는 실제로 맨체스터 유나이티드의 감독이라는 직위를 갖지 않으면서 그 자리에 제일 가까운 인물이었다. 그는 자신이 관여하지 않아도 될 여러 이슈에 책임을 졌다.

"말할 게 있어요." 카를루스가 2003년 어느 날 프랑스 남부에서 휴가를 보내던 내게 전화를 걸어왔다. 대체 무슨 일일까? 누가 그를 노리는 걸까? "그냥 할 말이 있는 것뿐이에요." 그가 되풀이했다.

그래서 그는 니스로 날아왔고 나는 택시를 타고 니스 공항으로 갔다. 우리는 공항에서 조용한 곳을 찾았다.

"레알 마드리드에서 제의가 들어왔어요." 그가 말했다.

"자네에게 두 가지만 말하지. 하나, 자네는 거절할 수 없어. 둘, 자네는 아주 좋은 클럽을 떠나는 거야. 레알 마드리드에서는 1년 정도밖에 못 버틸 수도 있어. 맨체스터 유나이티드에서는 평생 있을 수 있고."

"알아요. 그저 정말 해볼 만한 도전 같아서요." 카를루스가 말했다.

"카를루스, 난 자네 마음을 바꿀 수 없어. 만약 그랬다가는 몇 년 안에 레알 마드리드가 유러피언컵에서 우승하면 자넨 분명 저 자리에 있을 수도 있었는데, 하고 말할 테니까. 난 단지 레알 마드리드의 감독은 악몽 같은 자리라는 사실을 알려주고 싶은 거야."

석 달 후, 그는 레알 마드리드 감독을 그만두고 싶어했다. 나는 그에게 그건 불가능하다고 말했다. 그를 만나기 위해 스페인으로 날아가 그의 아파트에서 함께 점심을 먹었다. 내 메시지는, 지금은 그만두기에 적절치 않으니 끝맺음을 한 뒤 내년에 재합류하라는 것이었다. 그 시즌에는 따로 코치를 두지 않았는데 카를루스가 돌아올 것이라고 확신했기 때문이다. 나는 짐 라이언과 믹 펠란을 끌어들였다. 둘 다 좋은 사람들이지만 카를루스가 돌아올지도 모른다고 생각했기 때문에 계약에 선뜻 뛰어들지 않았다. 카를루스가 마드리드에서 잘 안 풀리고 있다고 전화하기 1, 2주 전 마르틴 욜(토트넘과 아약스를 거쳐 현재 풀럼 감독)을 면접했다. 마르틴은 인상적이었고 그래서 그에게 자리를 내주고 싶었다. 하지만 그 후 카를루스로부터 전화가 왔고 때문에 나는 마르틴에게 돌아가서 이렇게 말했다. "이보게, 나는 이 문제를 잠시 이대로 놔두고 싶네." 차마 그에게 그 이유를 말할 수는 없었다.

맨체스터 유나이티드 수석코치는 세간의 이목을 끄는 자리다. 수석코치의 위치는 축구라는 스포츠에서 결정적인 역할을 한다. 카를루스가 2008년 7월 두 번째로 팀을 떠났을 때는 조국이 그의 감성을 자극하던 상황이었고 나는 그가 포르투갈로 돌아가고 싶어하는 심정을 이해할 수 있었다. 하지만 그는 굉장했다. 그는 감정적이 될 수 있었지만 내 옆에서 일한 모든 사람들 중 의심할 여지 없이 그가 최고였다. 그는 아주 솔직했다. 나를 찾아와서 단도직입적으로 이러이러한 게 마음에 들지 않아요, 하는 식으로 말했다.

그는 나와 아주 잘 맞았다. 개로 치자면 그는 로트바일러였다. 그는 내 사무실로 뚜벅뚜벅 들어와 이런 문제가 있다고 말하고 칠판에 그림을 그려 설명한다. "좋아. 그렇게 하지, 카를루스." 난 지금 바쁘단 말이야, 하고 생각하며 이렇게 대답하곤 했다. 하지만 반드시 끝마무리를 지어야 하는 성격은 그의 장점이다.

은퇴를 번복했던 해, 우리는 페테르 슈마이헬(덴마크 국가대표로 트레블 당시 주장이며, 1992~1993년 세계 최고의 골키퍼로 선정)과 데니스 어윈(아일랜드 국가대표 수비수였으며 2002년 울버햄프턴으로 이적)을 잃긴 했지만 팀의 구조는 튼튼했다. 우리가 언제나 10점에 8점(거의 완벽하다는 뜻) 데니스라고 불렀던 어윈은 주력이 좋고 민첩하고 두뇌 회전이 빨랐다. 절대로 우리를 실망시키지 않았고 스캔들도 전혀 없었다. 한번은 아스널과의 경기에서 데니스가 데니스 베르흐캄프에게 득점을 허용하자 "데니스에게 실망하셨겠죠?" 하고 기자가 질문했다. "오랜 세월 함께하는 동안 한번도 실수를 저지른 적이 없으니 한 번쯤은 용서할 수 있다고 생각합니다." 내 대답이었다.

가장 큰 어려움은 골키퍼 포지션이었다. 1999년 슈마이헬이 스포르팅 리스본으로 가버린 후 판데르사르 영입에 실패했고 나는 누군가는 제대로 된 골키퍼가 오겠지, 하면서 이런저런 시도를 하는 중이었다. 레이몬트 판데르가우는 뛰어나고 안정된 골키퍼인 동시에 매우 충실하고 양심적인 트레이너였다. 하지만 최우선 후보는 아니었다. 그에 비해 마크 보스니치는 형편없는 프로의식을 가지고 있었다. 마시모 타이비는 그냥 우리와 맞지 않았고 이탈리아로 돌아간 뒤 부활했다. 파비앵 바르테즈는 월드컵 우승팀의 골키퍼였지만 새로 얻은 아들을 보기 위해 프랑스를 자주 오가는 일이 그의 집중력을 흐리게 할 가능성이 있었다. 그는 좋은 청년이며 슈팅을 잘 막고 공도 능숙하게 잡아내지만 골키퍼가 집중력을 잃으면 끝장이다.

내가 떠나자고 마음먹었을 무렵 우리 팀의 사기는 축 처져 있었다. 내 전술 중 한 가지 변하지 않는 것은 선수들이 늘 긴장감을 유지하도록 하며 그것이 언제나 생사의 문제라고 생각하게 하는 것이다. 즉 반드시 이겨야 한다는 접근법이다. 당시 나는 공에서 눈을 떼고 너무 앞일만 생각하며 누가 나를 대체할까 고민하고 있었다. 그런 상황에서는 조금 태만해지며 '다음 시즌에는 난 여기 없을 거야.' 하고 말하는 게 인지상정이라고 할 수 있다.

유나이티드는 내가 있는 것에 너무 익숙해져서 내가 없어진 후 그다음 장이 어떻게 될지 불확실했다. 그리고 그것은 실수였다. 나는 예전 2000년 10월의 경험으로 알고 있었다. 그 단계에 이르러서는 그저 시즌이 끝나기만 바라게 된다. 그때 나는 즐길 수 없었고 자신을 나무랐다. '내가 어리석었어. 애초에 왜 그 말을 해버렸지?' 피치 위의 경기력은 예전 같지 않았다. 자신의 미래에 의구심이 들기 시작했다. 어디로 가야 하지, 무엇을 해야 하지? 유나이티드 감독을 하며 느끼는 절실한 감각이 그리워질 것이라는 사실을 알고 있었다.

2001/02시즌은 우리에게 개점휴업 기간이었다. 우리는 리그를 3위로 마쳤고 챔피언스리그의 준결승에 진출해 바이어 레버쿠젠에게 패

배했다. 더욱이 내가 유턴한 해에는 아무 트로피도 들지 못했다. 3년 연속 프리미어리그 우승을 한 다음이었다.

그해 여름 우리는 뤼트 판니스텔로이와 후안 세바스티안 베론에게 거금을 들였다. 야프 스탐을 판 후에(그 후 여러 번 인정했지만 실수였다) 로랑 블랑도 영입했다. 선수들이 상담할 수 있고 어린 선수들을 지휘할 수 있는 선수가 필요하다는 게 당시 블랑을 영입한 의도였다. 그해 시즌 초기의 가장 기억에 남는 사건은 뉴캐슬에게 4대 3으로 패한 경기에서 로이 킨이 앨런 시어러에게 공을 던졌던 일(그리고 퇴장당했다)과 2001년 9월 29일 토트넘에게 거둔 기적 같은 5대 3 승리였다. 그 경기에서 토트넘은 딘 리처즈, 레스 퍼디낸드(프리미어리그의 6개 팀에서 득점을 한 최초의 선수로 리오와 안톤 퍼디낸드 형제의 사촌), 크리스티안 치게가 골을 넣은 뒤 우리는 경이로운 역전승을 거뒀다.

그 경기는 아주 선명하게 기억한다. 석 점이나 뒤진 선수들은 드레싱룸으로 터벅터벅 걸어들어가며 호되게 꾸중 들을 준비를 했다. 대신 나는 앉아서 말했다. "좋아, 이제 우리가 무엇을 해야 하는지 말해주지. 우선 후반전에 첫 골을 집어넣은 뒤 그 뒤에 어떻게 흘러가는지 보자. 우리는 시작하자마자 공격하고 첫 골을 집어넣을 거다."

양 팀이 다시 복도로 나올 때 토트넘의 주장 테디 셰링엄이 멈춰서서 이런 말을 하는 것을 보았다. "이제 상대가 이른 시간에 골을 넣지 못하게 하자." 언제나 그때 일을 기억할 것이다. 우리는 1분 안에 골을 넣었다.

우리는 점점 기세를 올려갔고 토트넘의 기세는 점점 꺾이는 것을 볼 수 있었다. 후반전은 44분이 남아 있었다. 우리는 계속해서 네 골을 더 넣었다. 정말 믿을 수 없었다. 토트넘의 리그에서의 지위를 생각할 때 단순히 다섯 골 차 역전승이 아니라 마치 윔블던에서의 역전승 이상의 감격을 우리에게 안겨줬다. 그러한 방식으로 위대한 축구클럽에 승리하는 것은 역사적인 파문을 불러일으킨다. 경기가 끝난 후 드레싱룸은 볼 만했다. 선수들은 자신들이 해낸 일이 믿기지 않아 고개를 흔들었다.

그날 토트넘 팀에게 한 테디의 경고는 그동안 적절한 시기에 만회골을 넣어 적들을 두려워하게 하는 데 성공했던 전력을 반영했다. (우리가 부추긴 것이지만) 우리에게 골을 넣는다는 것은 무서운 반격을 부르는 도발 행위라는 인식이 퍼져 있었다. 대부분의 팀은 우리를 상대로 결코 마음 놓지 못한다. 그들은 언제나 카운터펀치를 기다리고 있었다.

경기 도중 내가 손목시계를 손가락으로 두드리는 것은 우리 팀을 격려하기 위해서가 아니라 적을 겁주기 위해서다. 만약 맨체스터 유나이티드의 감독으로 있는 것이 어떤 것이었는지 요약하라고 하면 나는 경기의 마지막 15분을 보라고 말할 것이다. 이때는 마치 골대가 공을 빨아들이는 것처럼 보여 가끔 묘한 느낌이 들곤 한다. 종종 선수들은 공이 골대로 빨려들어갈 거라는 사실을 미리 아는 것처럼 보인다. 선수들은 골이 들어갈지 느낌으로 알 수 있다. 언제나 이런 일이 일어나는 것은 아니지만 우리 팀은 그들이 할 수 있다는 믿음을 어느 순간에도 버리지 않았다. 이것은 굉장히 유용한 자질이다.

나는 언제나 모험을 한다. 내 계획은 "마지막 15분이 될 때까지 패닉에 빠지지 말자. 15분이 남을 때까지 인내하다가 모든 것을 쏟아붓는다."였다.

윔블던과 붙은 컵 대회에서 한번은 페테르 슈마이헬이 골을 넣기 위해 골대를 비우고 달려간 적이 있다. 우리는 데니스 어윈을 상대팀 스트라이커 중 한 명에 대비해 중앙선을 지키도록 남겨뒀다. 슈마이헬은 상대 문전에서 2분이나 있었다. 윔블던은 그들의 장신 포워드에게 패스를 올렸고 단신인 데니스는 그의 앞에서 공을 가로채 다시 우리 박스 안으로 공을 보냈다. 멋진 볼거리였다. 슈마이헬은 신체적 능력이 뛰어났다. 그와 바르테즈는 자주 페널티에어리어를 벗어난다. 바르테즈는 특출한 선수였지만 실제의 자기보다 훨씬 더 뛰어나다고 스스로를 생각했다. 태국에서 투어(순회 경기)를 할 때 그는 공격 진영에서 뛰게 해달라고 계속해서 졸랐다. 그래서 나는 후반전에는 그렇게 하도록 봐주었다. 다른 선수들이 자꾸만 코너로 공을 날려버렸기 때문에 바르테즈는 공을 쫓아 달린 후 혀를 길게 빼물며 다시 돌아오기 마련이었다. 그는 기진맥진해버렸다.

올드 트래퍼드로 들어오는 팀 중에 유나이티드가 순순히 굴복하리라고 생각하는 팀은 하나도 없었다. 우리의 사기를 꺾을 수 있다고 안일한 생각을 해서는 안 된다. 1대 0이나 2대 1로 리드하고 있다 하더라도 상대팀 감독은 마지막 15분이 되면 우리가 죽을힘을 다해 덤빌 것을 알고 있다. 두려움의 요소는 언제나 그들에게 존재한다. 결정적인 기회를 노리고 박스 안으로 몸을 밀치면서 우리는 그들이 의문을 던지게 한다. 과연 우리가 감당해낼 수 있을까? 우리 자신의 필사적인 노력이 더해진 후 우리는 수세에 몰린 팀의 투지를 극한까지 시험한다. 그리고 그들은 그 사실을 알고 있다. 단 하나의 약점이라도 균열을 일으킬 것이다. 언제나 이것이 먹히는 것은 아니다. 하지만 성공하면 때늦은 승리감과 함께 환희를 얻게 된다. 이것은 언제나 도박할 만한 가치가 있다. 우리가 게임을 뒤집으려고 할 때 상대방이 추가득점을 하는 경우는 드물었다. 언젠가 리버풀에서 루크 채드윅이 역습을 끊으려다 반칙으로 퇴장당했을 때 패배한 적이 한 번 있었다. 그때도 다른 리버풀 선수들은 모두 수비 진영 안에 있었다. 우리와 상대하는 팀은 항상 많은 선수들을 수비에 가담시켜야 하기 때문에 달아나는 일은 쉽지 않다.

토트넘과의 경기 하프타임에 우리는 수렁에 빠진 듯해 보였다. 하지만 시즌이 끝날 무렵 내가 말한 것처럼 "위기에 봉착했을 때는 우선 사람들을 진정시켜야 하는 것"이다. 우리는 게임을 이기기 위해 다섯 골을 넣었는데 베론과 데이비드 베컴이 마지막 두 골을 넣었다. 하지만 그 무렵이 되자 골키퍼의 수비력에 문제가 생겼다. 파비앵 바르테즈는 10월에 어처구니없는 실수를 두 번 범했다. 우리는 볼턴에게 홈에서 2대 1로 졌고 리버풀 홈에서는 파비앵이 펀치하러 나오다 놓치는 바람에 3대 1로 졌다. 11월 25일 아스널 홈에서 우리 프랑스 골키퍼는 티에리 앙리에게 곧장 패스했고 그는 지체 없이 골문을 열었다. 그러고 나서 바르테즈는 공을 잡으러 달려나오다가 실패했고 앙리는 다시 골을 넣었다. 3대 1.

2001년 12월의 시작은 더 나아지지 않았다. 홈에서 첼시에게 3대 0으로 졌다. 10경기 중에서 리그 경기 다섯 번을 진 것이다. 그때부터 상황이 나아지기 시작했다. 올레 군나르 솔셰르가 판니스텔로이와 좋은 콤비를 이루었고(앤디 콜은 1월에 블랙번으로 떠날 예정이었다) 2002년 1월 리그 1위에 올랐다. 블랙번에게 2대 1로 승리하면서 판니스텔로이는 10경기 연속골을 기록했다. 그리고 1월 말 우리는 4점 차로 리그 선두를 지키고 있었다.

그러고 나서 2002년 2월, 결국 나는 물러나지 않을 거라고 선언했다.

은퇴 문제가 해결되자 우리는 무서운 속도로 치고 올라갔고 15경기 중 13경기를 승리했다. 나는 2002챔피언스리그 결승이 열리는 글래스고로 가기 위해 필사적이었다. 우리가 반드시 갈 거라고 확신했기 때문에 나는 글래스고의 호텔까지 알아봤다. 내색하지 않으려고 했지만 햄프던 파크(스코틀랜드 국가대표 경기, 스코티시컵과 스코티시 리그컵의 후반 토너먼트 경기가 열리는 곳)에 팀을 데려가고 싶은 욕망이 나를 사로잡았다.

바이어 레버쿠젠과의 준결승 2차전에서 우리는 세 개의 슈팅이 선방에 막혔고 합계 3대 3이었지만 원정골 가산 원칙에 의해 탈락했다. 미하엘 발라크와 올리버 노이빌레가 올드 트래퍼드에서 골을 넣었다. 당시 레버쿠젠에는 어린 디미타르 베르바토프가 있었는데 훗날 토트넘을 거쳐 우리 팀으로 오게 되었다.

하지만 적어도 나는 여전히 감독 자리를 지키고 있었다. 새해 첫날, 내 생일을 축하하기 위해서 우리 가족 전체가 앨덜리 에지 호텔에 모였다. 모두가 한자리에 모인 것은 정말 오랜만이었다. 대런, 제이슨 그리고 캐시와 함께 평소에는 런던에 있는 마크도 올라왔다.

그때의 공모자들이 모두 다 모인 셈이다. 내가 결국 머무를 거라는 뉴스가 선수들에게 들어가자 나는 그들이 퍼부을 가시 돋친 발언을 들을 마음의 준비를 했다. 이런 중대 선언을 하는데 농담이 빠질 수 없었다.

라이언 긱스가 가장 월등한 스킬을 선보였다. "오, 안 돼. 도저히 믿을 수 없어." 라이언이 말했다. "난 방금 다른 팀과 계약했다고요."

새로운 출발

2002년 새 시즌이 시작되자 나는 새로운 에너지로 충만했다. 새 직장에 첫 출근하는 느낌이었다. 은퇴를 고민했을 때의 의구심은 싹 사라졌다. 1998년 이후 처음으로 트로피 없는 시즌을 보낸 나는 선수단을 싹 갈아엎을 준비가 되어 있었다. 나는 거대한 변혁을 수행하는 내내 신이 나 있었다. 이기는 팀으로 재건하는 데 필요한 든든한 기반은 이미 존재했다.

1995년에서 2001년에 이르는 기간은 황금시대였다. 우리는 여섯 시즌 동안 리그 우승을 다섯 번 했고 생애 두 번의 챔피언스리그 트로피 중 첫 번째를 들어올렸다. 그 6년이란 기간의 첫 해에 클럽에서 길러낸 유소년들을 1군으로 끌어올렸다. 그중 데이비드 베컴, 게리 네빌, 폴 스콜즈는 곧 주전이 되었다. 하지만 애스턴 빌라에게 3대 1로 당한 패배로 텔레비전에서 앨런 핸슨(스코틀랜드 국가대표로 리버풀에서 활약했고 현재 BBC의 축구해설가)에게 "아이들을 데리고서는 아무 경기도 이기지 못한다."는 말을 들어야 했다.

리그 타이틀로 해트트릭을 달성한 뒤 우리가 한 가장 큰 실수는 야프 스탐을 내보낸 것이었다. 1,650만 파운드는 좋은 가격이며 아킬레스건 수술 이후 스탐의 기량이 저하되었다고 생각했다. 하지만 그것은 내 실수였다. 나는 여기에서 논란의 여지가 있는 스탐의 자서전이 그를 팔아버리기로 결심하게 된 원인이 되었다는 잘못된 추측을 완전히 종식시키고자 한다. 출판 직후 그에게 전화를 걸긴 했지만 이적시킨 일과는 아무 상관이 없다. 그는 자서전에서 우리가 PSV 에인트호번의 허락 없이 불법으로 그에게 곧장 접촉했다고 비난했다.

"대체 무슨 생각을 한 거야?" 나는 그에게 따졌다. 하지만 그의 책은 내 결정에 전혀 아무런 영향도 끼치지 않았다. 그로부터 얼마 안 있어 한 에이전트가 나에게 로마의 대리인이 접촉하려고 한다고 말해줬다. 그들은 야프에게 1,200만 파운드를 제안했다. 관심없다고 나는 대답했다. 그다음 주에는 라치오가 접근했다. 나는 관심이 없다가 이적료가 1,650만 파운드까지 올라가자 생각이 바뀌었다. 그 당시 야프는 서른이었고 우리는 아킬레스건 수술 후 그의 경과를 우려 섞인 눈으로 바라보고 있었다. 어쨌든 그 결정은 재난을 불러왔다. 그를 주유소에서 만나 사실을 이야기해주었는데 이것은 정말 괴로운 일이었다. 스탐은 클럽을 위해 뛰는 일에 애정을 갖고 있는 정말 괜찮은 사람이었고 팬들에게도 사랑을 받고 있었기 때문이다. 내가 잠시 망령이 났던 것 같다. 나는 이적 시장 마감 이틀 전 훈련장에서 그에게 말하려고 했다. 내가 그의 휴대전화로 전화했을 때는 그는 이미 집으로 가는 도중이었다. 중간 지점이 고속도로 옆의 주유소였기 때문에 우리는 그곳에서 만나게 됐다.

나는 공짜로 로랑 블랑을 데려올 수 있다는 사실을 알고 있었다. 언제나 로랑 블랑을 높이 평가해왔기에 좀 더 빨리 그를 데려오지 않은 게 이상할 정도였다. 그는 매우 침착하고 공을 가지고 후방에서 침투하는 능력이 뛰어났다. 그의 경험이 존 오세이와 웨스 브라운을 성장시키는 데 도움이 될 것으로 생각했다. 야프를 떠나보낸 일은 내 커다란 판단 착오였다.

센터백은 언제나 감독으로서의 내 계획에 큰 비중을 차지했고 리오 퍼디낸드는 내 고향 글래스고에서 열리는 챔피언스리그 결승에 반드시 올라가야 했던 그해 2002년 여름 가장 큰 매물이었다. 태어난 곳에서 레알 마드리드와 붙는다는 것은 내게 특별한 의미가 있었다. 그곳은 또한 내가 처음으로 유럽대회 결승전을 본 장소이기도 했다. 그때 레알이 아인트라흐트 프랑크푸르트에게 7대 3으로 승리했다. 그때 학생 구역에서 봤는데 모두 내가 퀸스파크에서 뛰고 있었기 때문에 가능한 일이었다. 홈구장 선수인 나는 정문을 그냥 통과해서 곧장 자리로 갈 수 있었다. 아침에 일하러 가야 해서 집으로 가는 버스를 타기 위해 경기 끝나기 3분 전에 나오는 바람에 끝부분의 시상식과 뒤풀이는 보지 못했다. 당시의 축구에서 흔히 볼 수 없는 광경이었다. 레알은 컵과 함께 대규모 퍼레이드를 하며 경기장 주변에서 춤판을 벌였다. 나는 이 모든 것을 놓쳐버렸다. 다음 날 아침, 신문마다 실린 사진들을 보면서 나는 생각했다. '젠장, 이런 걸 볼 수 있는 기회를 날려버리다니.'

햄프던 파크는 12만 8천 명이나 되는 사람들로 입추의 여지가 없었다. 큰 경기가 끝난 뒤 일제히 탈출하는 거대한 인파에서 벗어나기 위해 우리는 경기장에서 몇 킬로미터나 되는 거리를 뛰어가곤 했다. 햄프던에서 종점으로 뛰어가 버스를 타는 것이다. 정류장까지 뛰는 거리는 5, 6킬로미터 정도 되지만 그래도 우리는 버스에 탈 수 있었다. 경기장에서 버스를 기다리는 사람들의 줄은 적어도 1킬로미터는 넘을 터였다. 아저씨들이 트럭을 세우고 6펜스에 사람들을 태워주기도 했다. 경기장을 오가는 또 다른 방법이었다. 하지만 2002년 결승전을 위해 맨체스터 유나이티드를 축구 성지인 햄프던 파크에 데리고 가는 것은 죽을 때까지 잊지 못할 경험이 될 수도 있었을 것이다. 그해 결승전은 레알 마드리드의 2대 1 승리로 끝났다.

카를루스 케이로스를 수석코치로 데려오는 것은 그해의 중요 계획이었다. 아스널은 이전 해에 더블(2관왕)을 했고 로이 킨은 2002월드컵에서 집으로 보내졌기 때문에 또 다른 여정을 떠나기 전에 내 머릿속은 꽤나 복잡했다. 로이가 선덜랜드의 제이슨 매카티어와 싸우고 퇴장당했을 때 나는 그가 고관절 수술을 받도록 보내줬고 그 후 그는 4개월 동안 팀을 떠나 내 구상에서 제외되었다. 그 직후에 우리는 부진을 맞게 되어 볼턴에게 홈에서 패하고 리즈에게 원정에서 패했다. 우리는 첫 여섯 경기에서 단 두 경기만 승리했고 순위표에서도 9위에 머물렀다. 결국 재충전한 상태로 후반기에 돌아오길 바라며 몇 명의 선수를 수술받으러 보내는 작은 도박을 하게 됐다.

하지만 2002년 9월 비난은 내게로 향했다. 일이 잘못되어가고 있을 때 대중이 감독을 공격하는 것은 이 일의 성격상 당연한 것이다. 게다가 나는 결코 언론의 신세를 지지 않았고 그들의 지지에 기댄 적도 없다. 《메일 온 선데이》Mail on Sunday지의 봅 캐스를 제외하고는 기자들과 친목을 도모하거나 그들에게 기삿거리를 주거나 잘못을 지적한 적도 없었다. 그러므로 그들은 어려운 시기에 나를 좋아하거나 지지할 이유가 전혀 없었다. 다른 감독들은 언론과 관계를 구축하는 데 보다 능숙했다. 그렇게 하는 것은 그들에게 더 많은 시간을 벌게 해주지만 무기한으로 그러는 것은 불가능하다. 단두대의 칼날이 떨어지느냐 마느

나는 결과에 달려 있는 것이다.

언론으로부터의 압력이 대개 시발점이 된다. 부진한 시기가 길어질 때면 나는 "당신의 시대는 갔어, 퍼기. 이제 떠날 때야" 같은 제목의 기사를 보게 된다. 유통기한에 대한 케케묵은 농담도 있다. 그런 기사를 보고 비웃어도 되지만 초조해져서는 절대 안 된다. 히스테리의 본성은 절대 변하지 않으니까. 최근에는 나에 대해 호의적인 헤드라인을 많이 보게 된다. 우리가 거둔 성공을 감안하면 그런 식의 기사를 쓸 수밖에 없으니까. 하지만 천재라고 불리는 일은 바보라고 불리는 일도 감수해야 한다는 뜻이다.

맷 버즈비는 이렇게 말했다. "경기 결과가 나쁜데 왜 신문을 봐? 난 절대 안 봐." 그렇지만 그는 요즘처럼 언론 매체가 넘쳐나는 시대에 살지 않았다. 맷은 언제나 칭송과 비난의 물결을 타면서 둘 중 어느 것에도 크게 구애받지 않았다.

잘나갈 때나 힘들 때나 우리가 엄수한 것은 연습장을 신성불가침의 장소로 놔둔 것이다. 그곳에서 우리가 하는 훈련의 집중력과 수준은 절대로 내려갔던 적이 없다. 결국 꾸준한 노력의 결과는 토요일에 드러나게 된다. 한 예로, 유나이티드 선수가 한두 번 경기력이 나쁘면 그는 끔찍하고 참을 수 없는 기분이 들 것이다. 가장 뛰어난 선수들조차도 때로는 자신감을 잃을 수 있다. 캉토나 같은 선수도 자기회의에 빠진 적이 있을 정도니까. 하지만 연습장 문화가 바로 서 있다면 선수들은 팀과 스태프에 의지할 수 있다는 것을 안다.

내가 가르친 선수 중에 자신의 실수에 전혀 영향받지 않았던 유일한 선수는 바로 데이비드 베컴이었다. 세상에서 가장 형편없는 경기를 하고도 자신의 기량을 제대로 발휘하지 못했다고는 전혀 생각하지 않았다. 사실을 말하면 그는 무시하거나 당신이 틀렸다고 말할 것이다. 그는 믿기 어려울 정도로 자기 보호의식이 과했다. 그것이 그를 둘러싼 사람들 탓인지 나는 알지 못한다. 하지만 그는 절대로 자신의 경기력이 나빴다거나 실수를 했다고 인정하지 않았다.

어떻게 보면 감탄할 만한 엄청난 자질이다. 아무리 많은 실수를 해도 (그의 눈이 아니라 내 눈에) 그는 언제나 공을 달라고 한다. 그의 자신감은 결코 허물어지지 않는다. 하지만 그것은 모든 축구선수나 많은 감독들에게 타고나는 부분이긴 하다. 팬이나 언론 또는 대중의 날카로운 눈은 육체적 보호막을 관통하기 마련이니까.

11월의 메인 로드에서 열린 마지막 더비 경기에서 우리는 바닥을 쳤다. 3대 1 시티의 승리였다. 공을 가지고 꾸물거리다 시티의 숀 고터에게 뺏겨 두 번째 골을 내줬던 게리 네빌의 실수가 기억에 남는 경기였다. 경기가 끝난 후 나는 선수들의 투지에 의문을 제기했다. 평소에는 거의 하지 않는 핵폭탄급 선택이었다. 더비 경기에서 패배한 후의 드레싱룸 분위기는 처참하다. 경기 시작 전에 내 오랜 친구이자 골수 시티 팬인 키스 피너가 "메인 로드에서의 마지막 더비 경기니까 끝나고 나서 한잔할까?" 하고 말했다.

그의 뻔뻔스러움에 질린 내가 말했다. "우리가 이긴다면."

그래서 3대 1로 패배한 후 버스에 올라타려는데 전화가 왔다. 피너였다.

"지금 어디야? 안 나올 건가?" 그가 말했다.

"저리 가." 아니면 이와 비슷한 대답을 했던 것 같다. "평생 자네 얼굴 보고 싶지 않으니까."

"깨끗하게 패배를 인정 못하는군, 안 그래?" 피너가 웃으며 말했다.

결국 나는 술을 마시러 갔다.

그해 시즌이 끝날 무렵 게리 네빌의 논평이다. "그 경기는 우리에게 커다란 기로였습니다. 그날 나는 팬들이 우리를 비난할 것이라고 생각했습니다."

간혹 감독은 선수들보다도 서포터에게 솔직해야 한다. 그들은 바보가 아니다. 선수 개개인을 공개적으로 비난하지 않는 한, 팀 전체를 책망하는 것은 문제가 없다. 우리는 함께 비난을 나눠 받을 수 있다. 감독, 코치진, 선수들이 다 함께.

적절하게 표출된 비판은 책임을 팀 전체가 수용한다는 의미가 될 수 있다. 형편없는 경기에서 오는 압박감으로 우리는 경기 방식을 바꾸었다. 점유율에 집중하기보다는 전진패스 속도와 횟수를 늘렸다. 로이 킨이 존재하는 한 공을 소유하는 일은 결코 문제되는 법이 없었다. 그가 클럽에 오자마자 내가 한 말도 같은 맥락이었다. "그 친구는 결코 공을 내주지 않는다." 선수들과 스태프에게 한 말이다. 공 소유권은 맨체스터 유나이티드에서 종교나 마찬가지다. 하지만 상대 진영으로의 침투가 되지 않은 채 점유율만 높은 것은 시간 낭비다. 우리는 제대로 된 전방 침투가 줄어들기 시작하고 있었다. 판니스텔로이 같은 선수를 포워드진에 두고 있는 한 우리는 그에게 공을 빨리 공급해야 할 필요가 있었다. 한 박자 빠른 패스, 중앙에서 사이드로 벌려주는 패스, 또는 수비수 간 패스. 이 부분에서 변화가 있어야 했다.

디에고 포를란을 전방에서 시험해보려고 했지만 우리는 베론, 스콜즈 그리고 킨으로 이루어진 미드필드에서 많은 플레이가 이루어지고 있었다. 베론은 프리롤(정해진 위치 없이 자유롭게 움직이는 선수)이었고 스콜즈는 박스 안으로 들어갈 수 있었다. 베컴은 라이트윙, 긱스는 레프트윙에서 뛰었다. 우리는 환상적인 재능을 팀 안에 두고 있었다. 우리의 득점 무기는 훌륭했다. 판니스텔로이는 무자비하게 골을 집어넣었다. 베컴은 언제나 10점 만점에 가까운 활약을 펼쳤다. 스콜즈는 그 이상이었다.

필 네빌은 중앙 미드필드에서도 뛰어난 활약을 벌였다. 필은 내가 꿈꾸던 선수였다. 그와 니키 버트는 내게 완벽한 아군이 되어줬다. 그들이 원하는 것은 단지 맨체스터 유나이티드에서 뛰는 것뿐이었다. 그들은 결코 떠나고 싶어하지 않았다. 그런 타입의 선수들을 보내야 할 시기는 후보나 대체선수로 쓰는 것이 그들을 돕기보다 상처 주고 있다는 사실을 알게 될 때다.

그런 선수들은 극도의 충성심과 1군 경기에 좀 더 참여하지 못한다는 슬픔 사이에서 부대끼게 마련이다. 필은 안정적인 경기가 필요할 때는 훌륭하게 제 역할을 했으며 대단한 절제력을 지녔다. "필, 언덕 위까지 뛰어간 다음 다시 내려와서 저 나무 좀 베줘." 그는 내가 이런 말을 할 수 있는 선수였다.

그리고 그라면 이렇게 말할 것이다. "네, 감독님. 전기톱이 어디 있죠?"

그런 선수를 데리고 있었던 적은 별로 없었다. 필은 팀을 위해서라면 무엇이든 하려고 했다. 그는 오직 팀만을 생각했다. 대부분의 경우 팀의 중심에서 벗어나 제한적인 부분만 수행하게 되어도 그는 만족했다. 하지만 결국 게리가 내게 와서 필의 역할이 점점 줄어드는 데 대한 내 의견을 물었다.

"어떻게 해야 할지 모르겠어, 필은 정말 좋은 친구인데." 나는 게리에게 말했다.

"그게 문제라고요." 게리가 말했다. "동생은 감독님과 말하려 하질 않아요." 필은 게리처럼 단도직입적인 성격이 아니었다.

나는 이야기를 나누려고 필을 집으로 초대했다. 그는 아내인 줄리와 함께 왔다. 처음에 우리는 그녀가 차 안에 있는 것을 보지 못했다. "캐시, 가서 줄리를 안으로 데리고 와요." 내가 말했다. 하지만 캐시가 차로 갔을 때 줄리는 울기 시작했다. "우리는 맨유를 떠나고 싶지 않아요." 그녀는 말했다. "우리는 클럽에 있고 싶어요." 캐시는 줄리에게 차를 권했지만 줄리는 집 안으로 들어오지는 않으려 했다. 아마 울음을 터뜨려서 남편을 난처하게 할까 봐 걱정했던 것 같다.

필에게 한 말의 요지는 내가 그를 사용하는 방식은 그에게 도움보다 해가 된다는 것이었다. 그는 동의하며 이제 새 팀으로 옮겨야 할 때라고 말했다. 줄리에게 이 말을 어떻게 전할지는 그의 몫으로 남겨졌다.

그들이 떠나자 캐시가 말했다. "필을 보내지 않을 거죠? 그렇게 좋은 사람은 내보내는 게 아니에요."

"캐시, 이건 필을 위한 거야. 알겠어? 필보다 내보내는 내가 더 괴롭다고." 내가 말했다.

나는 360만 파운드라는 낮은 가격에 그를 팔았다. 사실은 그 두 배의 가치가 있는 선수였다. 풀백이든 모든 미드필드 위치든 상관없이 다섯 가지 다른 포지션에서 뛸 수 있었기 때문이다. 에버턴에서는 심지어 필 자기엘카와 조지프 요보가 부상당했을 때 센터하프백까지 뛰었다.

니키 버트는 자기주장을 하는 데 어려움이 없는 타입이었지만 그를 보내는 일 역시 매우 고통스러웠다. 니키는 다소 건방진 데가 있는 고턴(맨체스터의 중심가 근처의 한 구역) 출신이었다. 정말 좋은 청년이지만 그림자에게도 덤빌 쌈닭이었다.

그는 불쑥 들어와서 이렇게 말했다. "왜 난 경기를 못 뛰는 거죠?"

니키다운 행동이었다. 그의 그런 면이 좋았다. 나는 말했다. "니키, 네가 뛰지 못하는 이유는 스콜즈하고 킨이 너보다 낫기 때문이야." 가끔 원정 경기에서는 그를 스콜지보다 우선 투입하기도 했다. 예를 들어 챔피언스리그에서 유벤투스와의 준결승전에는 스콜즈 대신 버트가 선발로 들어갔다. 스콜즈와 킨이 경고 두 장을 받은 상태라서 결승전에 두 사람이 다 못 뛰는 위험을 무릅쓸 수 없었기 때문이다. 그러나 결승 당일에는 둘 다 출장정지로 출전하지 못했다. 니키가 부상을 당해서 스콜즈를 투입했는데 경고를 받아버렸다. 결국 나는 니키를 뉴캐슬의 보비 롭슨에게 200만 파운드에 팔았다. 정말 훌륭한 영입이 아닐 수 없다.

2002년 11월에 있었던 뉴캐슬 전에서 5대 3으로 이기면서 구름이 걷히기 시작했다. 마카비 하이파 전에서 페널티킥을 성공시킴으로써 27경기 만에 맨체스터 유나이티드에서 첫 골을 신고했던 디에고 포를란은 리버풀 전 2대 1 승리의 공신이었다. 제이미 캐러거가 예르지 두덱에게 헤더로 백패스를 하는데 떨어뜨린 공을 포를란이 가로채서 골로 만들었다. 그러고 나서 포를란이 또다시 결승골을 기록하며 아스널에게 2대 0, 첼시에게 2대 1로 승리했다. 그해 겨울, 우리는 연습장에서 수비 훈련을 집중적으로 했다.

2003년 2월 우리는 FA컵 5차전에서 아스널에게 홈경기 2대 0 패배를 당했다. 라이언 긱스가 텅 빈 골대 앞에서 오른발로 공을 골대 너머로 넘겼던 경기다. "긱시, 넌 FA컵에서 사상 최고의 골을 넣었고 이제는 사상 최고의 실수를 거기에 더하게 됐어." 나는 그에게 말했다. 그에게는 시간이 넉넉하게 있었다. 걸어가면서 공을 네트 안으로 밀어넣을 수도 있었다.

날 노발대발하게 만들었던 그 경기에서 1992년 FA 유스컵 우승팀의 또 다른 졸업생과의 관계에 심각한 결과를 초래할 수 있는 상황이 벌어졌다. 나비 무늬 일회용밴드가 붙여졌지만 상처를 아물게 할 수는 없었다. 내가 홧김에 찬 축구화는 우연히 데이비드 베컴의 눈썹으로 곧장 날아가버렸다.

리버풀에게 칼링컵 결승에서 패배한 뒤 우리는 당시의 또 다른 숙적과 부딪쳤다. 내가 감독을 그만둘 무렵 리즈 유나이티드는 위험한 라이벌 리스트에서 완전히 사라져버렸다. 그러나 2003년 봄, 비록 우리가 2대 1로 이기긴 했지만 그들은 위협적인 존재였다. 심각할 정도로 격렬했던 리즈와의 라이벌 관계에 대해 몇 마디를 해야 할 것 같다.

내가 처음 맨체스터에 도착했을 때 시티와의 더비 게임과 유나이티드의 머지사이드 라이벌인 에버턴과 리버풀의 충돌에 대해서는 알고 있었다. 그러나 유나이티드와 리즈 사이의 적대감에 대해서는 아무것도 몰랐다. 예전 1부 리그 시절, 아치 녹스와 나는 크리스털 팰리스가 리즈를 격파한 경기를 보러 갔었다.

하프타임 스코어는 0대 0이었다. 후반전이 되자 경기의 주도권을 리즈가 잡았다. 경기 종료 20분을 남겨놓고 페널티킥이 인정되지 않자 관중은 분노했다. 한 리즈 팬이 내게 소리치기 시작했다. "너, 맨체스터 놈, 너 말이야."

"대체 뭔 소리를 하고 있는지 아나, 아치?" 내가 말했다.

"전혀." 아치가 대답했다.

그래서 나는 경기 진행요원을 찾았다. 리즈의 감독 전용 구역은 작아서 팬들로 둘러싸여 있었다. 팰리스가 상대 진영으로 밀고 올라가 득점했다. 그러자 관중들은 완전히 광기에 휩싸였다. 아치는 돌아가고 싶어 했지만 나는 더 있자고 고집을 부렸다. 팰리스가 추가득점을 했고 그때 우리의 새로운 친구가 보브릴(뜨거운 물에 타 먹는 쇠고기 농축액, 대표적인 영국 축구문화의 일부) 컵으로 내 등을 때렸다. 엄청난 욕이었다. "여기서 나가자." 나는 아치에게 말했다.

다음 날 나는 당시 우리 팀 주무主務였던 노먼 데이비스와 이야기를 나누었는데 그때 그가 말했다. "리즈에 대해 말씀드렸잖아요. 순수한 증오 관계라고."

"대체 언제부터 그렇게 된 건가?"

"1960년대부터요." 노먼이 말했다.

리즈에는 예전에 잭이라는 이름의 수위가 일하고 있었다. 엘런드 로드(리즈 홈구장)에 우리가 탄 버스가 도착하면 그는 타운 크라이어(포고 내용을 알리고 다니는 관원)처럼 소리쳤다. "리즈 유나이티드의 감독, 선수 그리고 서포터를 대표해서 엘런드 로드에 오신 것을 환영합니다." 그러면 나는 "괜찮은데." 하고 중얼거리곤 했다.

어떤 팬들은 아이들을 목말 태운 채 믿기 힘들 정도로 격렬한 증오를 발산하기도 했다. 1991년 리그컵 준결승전은 리즈 원정 경기였는데 그들은 후반전에 우리를 밀어붙였지만 리 샤프가 종료 2분을 남겨놓고 역습에 성공했다. 거의 10미터 정도 오프사이드처럼 보였다. 나는 피치 위에 있었고 에릭 해리슨 감독은 더그아웃에 있었다. 많은 사람들이 에릭과 내가 닮았다고 생각한다. 리즈 서포터 중 하나는 확실히 그랬던 것 같다. 그는 에릭을 후려쳤다. 그러고는 완전히 깜짝 놀랐다. 그 남자는 자기가 나를 때리고 있다고 생각했던 것이다. 다른 팬들도 가세했다. 혼란의 도가니였다. 그래도 엘런드 로드의 적대적인 분위기에는 내 맘에 드는 뭔가가 있었다.

피터 리즈데일이 회장인 시절, 리즈가 나중에 표현한 바에 따르면

'꿈속에 살고 있었을 때' 나는 클럽이 모래 위에 쌓인 성 같다는 느낌을 받았다. 그들이 연봉으로 지급하는 액수를 듣는 순간 내 안에서 경보가 울렸다. 우리가 그들에게 리 샤프를 팔았을 때 아마 리의 급여가 3만 5천 파운드로 두 배 정도 인상되었을 것이다.

하지만 그들은 훌륭한 팀을 구축했다. 앨런 스미스, 해리 큐얼, 데이비드 배티가 그 멤버였다. 역대 우승팀 중 가장 수수한 전력으로 1992년에 리그 우승을 했지만 그들은 놀라울 정도로 헌신적인 선수들을 갖췄었다. 그리고 하워드 윌킨슨 감독은 훌륭하게 팀을 이끌었다. 10년 후, 우리는 리즈가 새로 영입한 세스 존슨이라는 더비 카운티 출신 청년이 에이전트와 함께 주급 교섭을 준비하는 과정을 들었다. 소문에 의하면 그들이 적당하다고 생각한 금액은 2만 5천 파운드였다. 리즈의 제안은 주급 3만 5천 파운드였고 4만 파운드에서 4만 5천 파운드까지 올라갔다.

클럽들은 이러한 교훈에서 배우려 하지 않는다. 게임이 주는 감정적 영향은 사람의 이성을 마비시킨다.

맨체스터 지역의 한 기업가와 나누었던 대화가 생각난다. "버밍엄 시티를 살까 생각 중인데 어떻게 생각합니까?"

"만약 위험한 투자에 쓸 여유 자금이 수억 파운드라면 해보시죠."

"아니, 그건 아니죠. 그들의 부채는 1,100만 파운드밖에 안 돼요." 그가 말했다.

"하지만 그들의 스타디움을 보셨습니까?" 내가 대답했다. "새 경기장이 필요할 거예요. 아마 6,000만 파운드 정도 들겠죠. 그리고 프리미어리그에 진입하려면 4,000만 파운드가 더 필요해요."

사람들은 축구에 통상적인 기업 원칙을 적용하려고 한다. 하지만 그것은 선반旋盤도 아니고 제분기도 아니고 인간 집단이다. 거기에 차이가 있다.

우리는 그해 시즌 말미에 엄청난 규모의 변화를 겪었다. 리버풀과 홈 경기에서 4대 0으로 승리했다. 사미 휘피에는 판니스텔로이의 드리블을 막으려다 5분 만에 퇴장당했고 우리는 레알 마드리드와의 챔피언스리그 경기에 나섰다. 마드리드와의 1차전에서 판니스텔로이만이 우리 팀에서 득점했다. 루이스 피구가 한 골, 그리고 라울이 두 골을 넣어 3대 1의 불리한 스코어로 홈경기를 맞이하게 되었다. 나는 그 경기에서 베컴을 벤치에 앉혀두었다. 한 편의 드라마 같은 경기였다. 소문에 의하면 그 경기를 본 로만 아브라모비치가 우리의 4대 3 승리와 스트라이커 호나우두의 해트트릭을 보고 나서 감명한 나머지 첼시를 매입해 스스로 위대한 지구촌 드라마에 참여하기로 결심했다고 한다.

우리는 한때 1위와 승점 9점까지 차이가 났지만 2003년 5월 찰턴에게 4대 1로 승리하며 승점 차이를 1점으로 좁혔다. 그 경기에서 판니스텔로이는 해트트릭을 기록하며 시즌 통산 43골을 기록하게 된다. 시즌이 끝나기 2주일이 남았을 때 아스널은 하이버리에서 리즈를 이겨야 우리를 추격할 가능성이 있었다. 그러나 마크 비두카가 우리의 요크셔 라이벌을 위해 후반전 막판에 골을 넣어 우리를 살렸다. 에버턴과 2대 1로 이긴 경기에서, 데이비드 베컴은 그의 맨체스터 유나이티드 마지막 경기를 프리킥 골로 장식했다. 우리는 다시 챔피언이 되었다. 열한 시즌 중 여덟 번째 우승이었다. 선수들은 춤추면서 "트로피를 되찾았다."고 노래했다.

우리는 다시 리그를 평정했지만 베컴에게 작별을 고했다.

베컴

데이비드 베컴은 처음으로 공에 발을 갖다댔을 때부터 자신의 재능을 최대한 살리려는 꺾을 수 없는 의지를 보여줬다. 그와 나는 같은 해 여름 무대에서 내려왔다. 그는 여전히 유럽 축구의 저명인사였고 그의 앞에는 무수한 기회가 놓여 있었다. 내가 유나이티드에서 그랬던 것처럼 그는 자기 방식대로 파리 생제르맹PSG에서 뛰었다.

뭔가를 얼마나 사랑하고 있는지 알려면 그것을 빼앗겨봐야 한다. 베컴이 LA 갤럭시에 입단하기 위해 미국으로 떠났을 때 그가 자신의 커리어를 일부 희생했다는 사실을 깨닫기 시작했을 거라고 생각한다. 그는 전성기의 기량을 다시 되찾기 위해 엄청난 노력을 해야 했고 우리와 했던 마지막 시즌보다 더욱 열심히 뛰었다.

데이비드가 2007년에 레알 마드리드에서 미국 프로축구 리그로 이적했을 때는 선택의 여지가 별로 없었다. 내 생각으로는 커리어의 다음 단계에 미칠 영향을 위해 할리우드에도 시선을 뒀던 것 같다. 축구에 한해서라면 그가 미국에 갈 이유는 없었다. 나중에 자기 힘으로 잉글랜드 국가대표팀에 복귀하긴 했지만 미국으로의 이적은 정상급 클럽축구와 국가대표 경기를 포기한다는 의미였다. 그의 커리어 후반에 내가 느낀 실망감도 컸다. 나중에 그는 다시 엘리트 축구 수준에서 자신의 두드러진 위상을 되찾는 엄청난 회복력을 보여줬다.

긱스, 스콜즈와 함께 자라나는 것을 지켜본 만큼 데이비드는 내게 아들 같은 존재였다. 그는 런던 소년이었던 1991년 7월 유나이티드에 들어왔다. 1년 안에 그는 속칭 92세대의 일원으로서 니키 버트, 게리 네빌 그리고 라이언 긱스와 함께 FA 유스컵에서 우승했다. 그는 1군 경기에 394경기를 출장했고 85골을 넣었다. 그중 하나가 그를 세계에 알린, 윔블던과의 경기 중에 하프라인에서 성공시킨 골이었다.

내가 2013년 5월 유나이티드 더그아웃을 떠났을 때 긱스와 스콜즈는 여전히 우리와 함께 있었다. 하지만 데이비드는 이미 10년 전에 스페인으로 떠난 뒤였다. 2003년 6월 18일 수요일, 우리는 증권거래소에 그가 2,450만 파운드에 레알 마드리드에 합류한다고 알렸다. 데이비드의 나이 스물여덟 살 때였다. 뉴스는 전 세계에 퍼졌다. 우리 클럽의 세계적인 순간 중 하나였다.

나는 데이비드에게 전혀 원한이 없다. 그를 좋아한다. 정말 좋은 청년이라고 생각한다. 하지만 절대 자신의 재능을 희생해서는 안 된다.

데이비드는 내가 감독한 선수 중 유명해지는 길을 택한 유일한 선수였다. 그는 축구 외의 세계에서 알려지는 것을 자신의 사명으로 삼았다. 웨인 루니는 그(루니)를 바꿔놓으려는 업계의 레이더 선상에 있었다. 십 대에 이미 확고부동한 인지도를 쌓았던 루니에게 보통 사람은 기절초풍할 만한 제의가 쇄도했다. 연봉보다 두 배 이상 많은 돈을 축구 외적 활동으로 벌어들이고 있었다. 사람들은 긱시 역시 손에 넣으려고 했지만 그런 것은 절대 긱시의 스타일이 아니었다.

우리와 마지막 시즌을 보내는 동안 데이비드의 활동량은 점차 줄어들었고 그의 측근과 레알 마드리드가 밀담한다는 소문까지 들렸다. 중요한 문제는 예전에는 자신의 모든 것을 쏟아붓던 그가 예전 같지 않았다는 것이다.

우리 두 사람의 대립으로 많은 풍파를 불러왔던 경기는 2003년 2월 올드 트래퍼드에서 벌어진 아스널과의 FA컵 5차전이었고 우리는 2대 0으로 패배했다.

그 경기에서 데이비드의 잘못은 실뱅 윌토르가 넣은 아스널의 두 번째 골 상황에서 되돌아와 수비를 돕지 않았다는 것이다. 데이비드는 설렁설렁 뛰며 그로부터 도망 다니기만 했다. 경기가 끝나고 나는 그를 야단쳤다. 그즈음의 데이비드가 항상 그랬듯 그는 내 비난을 무시했다. 선수로서의 그를 있게 했던 자질, 수비에 가담하고 공을 쫓아다니는 일을 자신이 더 이상 할 필요가 없다고 생각하기 시작했을 수도 있었다.

그는 나와 3미터 반 정도 떨어진 거리에 있었다. 우리 둘 사이에는 축구화가 한 줄로 바닥에 놓여 있었다. 그쪽으로 다가가면서 나는 축구화 한 짝을 걷어찼다. 축구화는 그의 눈 위를 정통으로 맞혔다. 물론 그는 벌떡 일어나서 내게 덤벼들려 했고 선수들은 그를 말렸다. "앉아." 내가 말했다. "넌 우리 팀을 실망시켰다. 할 말 있으면 해봐."

다음 날, 나는 그를 불러들여 경기 비디오를 보여줬고 그는 여전히 자신의 실수를 인정하려 들지 않았다. 앉아서 내 말을 듣는 동안 그는 한마디도 하지 않았다. 단 한마디도.

"우리가 지금 무슨 말을 하고 있는지 알겠나, 왜 우리가 널 비난하는지?" 내가 물었다.

그는 내 말에 대답조차 하지 않았다.

다음 날, 신문에 기사가 떴다. 그가 하고 있던 헤어밴드는 축구화가 낸 상처를 또렷하게 강조해줬다. 그즈음 나는 이사진에게 데이비드를 내보내야 한다고 말했다. 나를 잘 알고 있는 이사들이라면 그 안에 담긴 메시지가 낯설지 않았을 것이다. 맨체스터 유나이티드 선수가 자신이 감독보다 더 큰 존재라고 생각하게 되는 순간 선수는 나가야 한다. 예전에 말한 적이 있다. "감독이 권위를 잃는 순간, 그는 클럽을 잃는다. 선수들이 클럽을 움직일 것이고 문제가 생기게 된다."

데이비드는 자기가 알렉스 퍼거슨보다 더 대단한 존재라고 생각했다. 내 생각으로는 의심의 여지가 없었다. 알렉스 퍼거슨인지 배관공 피트인지가 중요한 게 아니다. 감독의 이름은 중요한 게 아니다. 권위가 중요한 것이다. 선수 하나가 드레싱룸을 장악하게 둬서는 안 된다. 많은 선수가 그렇게 하려고 했다. 맨체스터 유나이티드 권위의 중심은 감독의 사무실이다. 그것은 데이비드에게 종말의 신호탄이 되었다.

챔피언스리그에서 조 수위로 조별 리그를 마친 뒤 우리는 레알 마드리드와 붙게 되었다. 스페인에서의 1차전을 앞두고 데이비드는 마드리드의 레프트백인 호베르투 카를루스와 악수하고 싶어하는 눈치였다. 그다음 토요일 베르나베우에서의 3대 1 패배 후, 그는 몸 상태가 좋지 않다며 뉴캐슬 전에는 뛰지 않았다. 나는 솔셰르를 내보냈다. 그는 측면에서 훌륭한 플레이를 펼치며 6대 2 승리에 기여했다.

데이비드의 폼(몸 상태나 경기력 등을 통틀어 쓰는 말)은 간단히 말해, 레알과의 올드 트래퍼드 경기에서 솔셰르를 빼고 기용할 정도로 좋지는 않았다. 2차전을 앞두고 헤드 테니스로 몸을 푼 다음 나는 데이비드를 한쪽으로 데리고 가 일러줬다. "난 올레를 선발로 쓸 거다." 그는 씩씩거리며 나갔다.

그날 밤 데이비드가 베론과 교체되어 63분에 들어가 올드 트래퍼드 관중에게 고별을 고하는 것 같은 경기를 펼치자 경기장은 크게 술렁였다. 그는 프리킥으로 득점을 했고 85분에 결승골을 넣었다. 우리는 4대 3으로 이겼으나 호나우두의 멋진 해트트릭과 스페인에서의 패배 때문에 탈락하고 말았다.

데이비드는 팬들의 동정을 구하려 했다. 나에 대해 직접적인 공격을 했다는 것은 의심할 여지가 없었다. 레알 마드리드로의 이적은 급물살을 탔다. 우리가 아는 바로는 그의 에이전트와 레알 마드리드 사이에 대화가 오갔다. 우리에게 처음으로 접촉한 것은 아마 시즌이 끝난 5월 중순이었을 것이다. 피터 케니언 회장이 내게 전화를 걸어왔다. "레알 마드리드가 연락해왔습니다."

"그래요, 그럴 거라고 생각했어요." 내가 말했다. 우리는 2,500만 파운드로 잡고 있었다. 프랑스에서 휴가를 보내는데 피터가 휴대전화로 연락을 해왔다. 나는 그 근처 아파트에서 살고 있던 영화감독 짐 셰리든을 레스토랑에서 만나 함께 저녁을 먹는 중이었다. 나는 집전화가 필요했다.

"우리 아파트로 가서 거기 전화를 쓰시죠." 짐이 말했다. 일은 그렇게 이루어졌다. "2,500만을 받지 않으면 베컴은 안 내보내요." 피터에게 말했다. 결국 이적료는 1,800만 파운드였고 나머지 비용은 나중에 옵션으로 받았다.

데이비드는 팀에서 완전히 사라진 것이 아니었다. 2003년 5월 3일 올드 트래퍼드에서 찰턴에게 4대 1 승리를 거두며 우리는 우승을 확정지었다. 그 경기에서 그는 득점을 기록했고 5월 11일 다시 에버턴을 상대로 골을 넣으며 시즌의 마지막 경기를 2대 1 승리로 이끌었다. 18미터 거리의 프리킥 골은 그날 우리 측 수비가 웨인 루니라는 에버턴의 어린 재능을 상대로 고전했던 걸 감안하면 작별 인사로 나쁘지 않았다. 데이비드는 우리의 성공적인 시즌에서 자신의 역할을 다했으므로 구디슨 파크 경기에 내보내지 않을 이유가 없었다.

어쩌면 그는 자신의 인생에서 벌어지는 모든 것을 처리할 정도로 성숙하지 못했을지도 모른다. 요즘은 그가 예전보다 상황을 좀 더 잘 대처하는 것처럼 보인다. 인생에서 자신의 위치에 대해 좀 더 확고한 신념을 갖고 제어하게 되었다. 하지만 당시는 그의 유명세에 내가 불편함을 느꼈을 시기였다.

예를 들어보자면, 레스터 시티로 원정을 떠나기 전 오후 3시에 연습장에 도착했을 때의 일이다. 캐링턴으로 들어오는 길목에 기자들이 진을 치고 있는 게 보였다. 사진기자가 적어도 스무 명은 되었다.

"무슨 일이요?" 내가 물으니까 이런 대답이 돌아왔다. "베컴이 내일 새로운 헤어스타일을 선보일 예정이래요."

데이비드는 비니를 쓰고 나타났다. 그날 밤 저녁을 먹을 때도 여전히 모자를 쓴 채였다. "데이비드, 그 비니 좀 벗지. 지금 식당에 와 있지 않나." 내가 말했다. 그는 거절했다. "바보 같은 짓 하지 말고 당장 벗어." 나는 계속해서 설득했지만 그는 모자를 벗으려 하지 않았다.

그래서 나는 화가 났다. 그에게 벌금을 매길 도리는 없었다. 많은 선수가 경기장으로 가면서 야구 모자 같은 걸 썼다. 하지만 단체로 식사하는 자리에서 모자를 계속 쓰고 있을 정도로 반항하는 선수는 아무도 없었다. "데이비드." 내가 말했다. "그 모자 쓰고 나가지 못할 줄 알아. 넌 오늘 경기에 뛰지 못해. 지금 내가 명단에서 제외시킬 테니까."

그는 펄펄 뛰었다. 모자를 벗으니까 박박 깎은 중머리가 나타났다. 내가 말했다. "그것 때문에 요란을 떤 거야? 아무도 보지 못할 까까머리 때문에?" 그의 계획은 비니를 쓰고 있다가 경기 시작 직전에 벗는 것이었다. 그때 나는 그에게 실망하기 시작했다. 그가 언론과 홍보 에이전트에 의해 함락돼가는 모습을 볼 수 있었다.

데이비드는 위대한 클럽에 몸담으며 훌륭한 경력을 쌓고 있었다. 그는 한 시즌에 열두 골 내지 열다섯 골을 내게 선사하며 몸을 사리지 않고 헌신적으로 뛰었다. 그런 모습이 그에게서 사라지고 있었다. 그리고 그것이 사라진 후 그는 최정상급 선수가 될 기회를 잃었다. 그 변화 이후 그는 두 번 다시 '최정상급 선수'라는 평가를 들을 수준에 도달하지 못했다고 생각한다.

그 과정은 베컴이 스물두세 살 때 일어나기 시작했다. 그는 진정으로 위대한 축구선수로 발전하는 데 방해되는 결정을 내리기 시작했다. 실망스럽기 짝이 없었다. 우리 사이에 적의는 없으며 내게는 단지 실망만 남았을 뿐이었다. 낙담과 함께. 그를 보며 '지금 대체 무슨 짓을 하고 있는 거지?' 하고 생각하곤 했다.

그가 처음 우리 팀에 들어왔을 때 그는 초롱초롱한 눈을 가진 조그만 소년이었다. 축구에 미친 아이였다. 열여섯 살 때만 해도 그는 체육관에서 나오지 않았고 절대 연습을 멈추지 않았다. 그는 원하던 모든 것을 손에 쥐었다. 그러고 나서 그는 새로운 커리어, 새로운 생활방식, 스타덤을 위해 모든 것을 포기하려 했다.

다른 관점에서 보면 그가 잘못된 결정을 내렸다고 하는 것은 나의 편협한 생각일 수도 있다. 아무튼 그는 이제 엄청난 부자가 되었으니까. 그는 아이콘이 되었다. 사람들은 그의 스타일이 변할 때마다 관심을 보인다. 그의 패션을 따라한다. 하지만 나는 축구인이다. 그리고 그 어떤 것도 축구를 희생할 만한 가치가 있다고는 생각지 않는다. 취미를 가지는 것은 좋다. 나는 경주마를 소유한 마주다. 마이클 오언과 스콜즈도 마찬가지다. 미술에 취미가 있는 선수도 한두 명 있었다. 내 사무실에는 키런 리처드슨이 그렸던 근사한 그림이 걸려 있다. 해서는 안 되는 일은 축구의 기본을 포기하는 것이다.

결별 1년 전, 물론 데이비드는 2002한일월드컵에 참가했다. 2002년 봄, 올드 트래퍼드에서 열렸던 챔피언스리그 경기에서 발허리뼈 부상을 입은 지 몇 주일 지나지 않은 상태였다. 온통 난리였다.

4년 후 웨인 루니가 데이비드와 똑같은 부상을 당했지만 회복 과정은 판이했다. 데이비드는 선천적으로 타고난 체력의 소유자였다. 웨인의 경우, 최상의 컨디션을 되찾으려면 좀 더 많은 노력이 필요했다. 그래서 나는 데이비드가 월드컵에서 뛸 수 있을 것이라고 추측했고 그 사실을 공개적으로 말했다.

잉글랜드가 일본에 도착했을 때 그는 여전히 부상 후유증을 지닌 채였을지도 모른다. 선수에 따라 부상 사실을 알기 어려운 경우도 있다. 월드컵에서 뛰고 싶은 마음이 간절한 나머지 괜찮다고 말하는 경우도 있기 때문이다. 토너먼트 경기에서 본 바로는 데이비드는 괜찮지 않았다. 육체적인 약점이 여전히 그의 정신적인 짐이 되고 있다는 증거는 시즈오카에서 열린 브라질과의 8강전이었다. 그는 터치라인 근처에서 상대방의 태클이 들어오자 껑충 뛰며 피했고 결과적으로 브라질이 동점골을 넣는 빌미가 되었다.

그가 체력적으로 형편없어 보여서 놀랐다. 원래 체력 하나는 끝내줬던 선수였다. 육체적이든 정신적이든 그는 문제가 있었다. 사람들은 내

탓을 했다. 내가 스코틀랜드인이기 때문에 잉글랜드가 월드컵에서 부진하기를 바란 것이라고 비난했다. 만약 잉글랜드가 지금 스코틀랜드와 붙으면 당연히 나는 잉글랜드가 이기는 것을 바라지 않을 것이다. 하지만 내 팀에는 다른 어떤 국적의 선수들보다도 잉글랜드 대표가 많았고 나는 그들이 언제나 잘해주기를 바랐다.

베컴 정도로 유명한 선수를 데리고 있게 되면(나중에 그런 선수를 또 하나 데리고 있게 되었다. 루니라고) 늘 의료진이 따라다니며 간섭하려고 하기 마련이다. 잉글랜드 대표팀의 의료진은 우리 연습장을 찾아오려고까지 했다. 나는 종종 그것이 우리에 대한 모욕으로 느껴졌다. 내 안의 스코틀랜드인다운 부분이 그렇게 느꼈을까. 나를 신뢰하지 못한 이유 중 하나였을지도 모른다.

2006월드컵 전에 루니가 뒤늦게 독일에 가 있는 잉글랜드 대표팀에 합류했을 때, 잉글랜드 대표팀은 거의 하루도 빠짐없이 우리에게 문자를 보내 그의 몸 상태가 어떤지, 자기들이 직접 치료하면 안 되는지를 물었다. 사람들은 공황상태에 빠져 겁에 질려 있었다. 2006년에는 내가 100퍼센트 옳았다. 웨인 루니는 월드컵 토너먼트에서 뛰면 안 되었다. 그는 준비되지 않았던 것이다.

잉글랜드의 베이스캠프가 있는 바덴바덴에 절대 가서는 안 되었다. 그것은 그 자신, 나머지 선수 그리고 서포터들에게도 좋지 않았다. 물론 웨인은 팀의 커다란 희망이었고 그 사실은 현실을 무시하려는 중압감에 보태졌다. 데이비드의 경우라면 그의 기록과 모든 통계 수치를 봐왔기 때문에 그가 좋은 몸 상태로 나타날 것이라 자신할 수 있었다. 그는 올드 트래퍼드에서 단연 체력이 제일 좋은 선수였다. 프리시즌(정규시즌 전에 선수들이 훈련하며 컨디션을 조절하는 기간) 훈련의 체력 테스트에서 그는 다른 모든 선수를 월등한 차이로 제쳤다. 우리는 잉글랜드 대표팀에게 데이비드가 시간 안에 회복할 수 있을 것이라고 통보했다.

데이비드의 회복에 대한 집착은 예상이 가능했다. 캐링턴으로 산소 탱크가 보내졌다. 로이 킨이 챔피언스리그를 앞두고 햄스트링(다리 뒤에 있는 힘줄) 부상을 당했을 때 좋은 결과를 가져다준 기구다. 하지만 뼈는 문제가 다르다. 회복에는 휴식과 시간이 필요하다. 발허리뼈 부상은 6주에서 7주의 시간이 필요하다.

2002월드컵에서 잉글랜드는 별로 큰 인상을 남기지 못했다. 브라질과의 경기에서는 열 명과 싸워 압도당했다. 조별 예선 1차전에서 그들을 잘 알고 있는 스웨덴에게 롱볼 축구로 대항했으나 이런 직선적인 플레이로는 상대의 허를 찌를 수 없었다.

잉글랜드의 청소년 대표팀은 이 시대에 뒤떨어진 전술의 폐단 때문에 뒤처졌다. 너무 많은 팀이 롱볼 축구를 한다. 언젠가 톰 클레벌리가 21세 이하 경기에서 그리스와 맞붙었을 때 우리는 그의 플레이를 모니터했다. 우리 측 스카우트는 잉글랜드가 원톱을 세우고 사이드에 측면 플레이어를 세우는 전술을 사용했다고 보고했다. 클레벌리는 두 윙어 중 하나였는데 공을 찰 기회도 없었다. 크리스 스몰링은 계속 공을 앞으로 길게 차기만 했다. 잉글랜드는 항상 이 부분에서 곤경에 빠지게 되었다. 기술과 감독의 능력이 부족하기 때문에 9세에서 16세까지의 기간이 고스란히 버려지게 된다.

그렇다면 약점을 어떻게 보완해야 하는가? 청소년들은 체력적으로 경쟁한다. 그들은 훌륭한 태도를 갖고 있다. 팔을 걷어붙이고 덤빈다. 그렇지만 잉글랜드는 선수를 양성하지 않는다. 그런 시스템과 정신력으로는 절대 월드컵 우승을 할 수 없을 것이다. 브라질은 위치나 각도에 구애받지 않고 공을 찰 수 있는 젊은 선수들을 길러냈다. 그들은 유연하게 움직인다. 다섯 살이나 여섯 살 무렵부터 축구에 익숙해졌기 때문에 축구 지능이 뛰어나다.

데이비드는 축구의 기술적인 측면을 연마하는 데 엄청난 노력을 기울였다. 또한 그는 인맥을 쌓는 데도 탁월했다. 2012년 여름 영국 올림픽 축구팀 명단에 이름을 올리지 못했을 때도 축구협회가 아니라 그의 홍보팀에서 뉴스를 내보냈다. 그의 심경을 인용한 문구는 모두 너그럽기 그지없었다. 하지만 그가 엄청나게 속이 쓰렸으리라고 나는 확신한다.

멜 머신이 내게 이런 말을 했던 게 생각난다. "긱스와 베컴, 그들은 세계 정상급 선수들이죠. 그런데도 감독님은 그런 선수들이 박스에서 박스로 정신없이 뛰어다니게 하잖아요. 대체 어떻게 그게 가능한 겁니까?" 나는 그들이 선천적인 재능 외에도 피치 끝에서 끝까지 뛰어다니는 활동량을 뒷받침해줄 체력을 갖췄기 때문이라고 대답할 수밖에 없었다. 우리는 이 두 선수와 특별한 무언가를 갖고 있었다.

그 관계는 데이비드가 변화를 원했기 때문에 변하게 되었다. 그의 눈은 공을 바라보고 있지 않았다. 애석한 일이다. 그는 내가 떠난 뒤에도 맨체스터 유나이티드에 남아 있을 수 있었기 때문이다. 그는 맨체스터 유나이티드의 가장 위대한 전설 중 하나가 될 수 있었다. LA 갤럭시와 그 이후에 그를 전설로 만든 유일한 것은 그의 우상적 지위였다. 그는 인생 어느 시점에서 이렇게 말하고 싶은 충동을 느꼈을지도 모른다. 내가 실수했어.

하지만 그에게 칭찬도 해주고 싶다. 그의 끈기는 놀라웠다. 2013년 1월 파리 생제르맹에 입단했을 때 그것을 보여줬다. 유나이티드에서 그는 언제나 팀에서 가장 체력이 좋은 소년이었다. 그것이 그를 서른일곱까지 선수생활을 할 수 있게 했다. 유년 시절부터 몸속에 쌓아온 체력이 남은 것이다.

MLS(Major League Soccer, 미국 프로축구 리그)는 미키마우스 리그가 아니다. 실은 꽤나 운동 능력이 필요한 리그다. MLS컵 결승에서 베컴을 봤는데 수비에 가담하고 위치를 바꾸는 것을 얼마나 잘해냈는지 모른다. 밀란으로 임대되었을 때도 자신의 명성에 흠이 생기게 하지 않았다. PSG에서는 챔피언스리그 8강전에서 한 시간 동안 뛰었다. 그는 많이 보이지 않았지만 자신의 의무를 준수하게 수행했다. 열심히 뛰었고 경기 초반에 좋은 패스를 몇 번 뿌렸다.

나는 자문했다. '대체 어떻게 저렇게 할 수 있지?'

체력이 첫 번째 대답이었다. 하지만 데이비드는 모든 사람들을 어리둥절하게 하려는 욕망 또한 가지고 있었다. 그리고 그는 여전히 멋진 크로스를 날릴 수 있었다. 필드를 가로지르는 멋진 패스는 그가 한 번도 잃지 않은 특기였다. 그것은 운동선수로서 몸에 밴 자질이었다. 5년이라는 세월을 미국 프로축구에서 보낸 뒤에 거의 서른여덟 살이 다 된 나이에 챔피언스리그 후반 라운드에 뛴 것은 대단한 업적이 아닐 수 없다. 그는 다시 정상으로 돌아왔다. 그것에 대해서는 칭찬밖에 할 말이 없다.

한두 사람 정도 내게 그가 LA를 떠나오면 다시 받아들일 거냐고 물은 적이 있었다. 서른일곱의 나이에 다시 그 길을 돌아가는 것은 의미가 없다. PSG가 그와 6개월 계약을 맺었을 때에는 어느 정도는 홍보성도 있었다. 하지만 데이비드는 그 부분을 무시했다. 그것에 관한 한 그는 여전히 위대한 선수였다. 어느 날 긱스, 스콜즈와 함께 그에 대해 이야기했다. 내가 말했듯이 그는 나쁜 경기력을 무시해버리는 재능이 있었다. 내가 야단을 치면 그는 씩씩거리다 자리를 박차고 나가며 아마 이렇게 생각할 것이다. '감독은 미쳤어. 난 오늘 잘했다고.'

LA에서 그는 아마 할리우드가 인생의 다음 무대라고 생각했을 것이다. 그가 로스앤젤레스로 갔을 때 어떤 목적과 계획을 세웠을 것이라고 생각한다. 그것을 제외하면 그의 완강함은 칭찬해야 한다. 그는 나를 놀라게 했고 맨체스터 유나이티드의 모두를 놀라게 했다. 인생에서 무엇을 좇든지 간에 그는 계속해서 전진한다.

리오

리오 퍼디낸드의 8개월 출장정지는 맨체스터 유나이티드의 중심을 뒤
흔드는 충격적인 일이었고 오늘날까지도 분노가 가시지 않는다. 내 논
점은 약물검사의 규칙에 있는 것이 아니라 리오가 우리 훈련장에서 일
상샘플을 제출해야 했던 날 그 절차가 진행된 과정에 있다.

2003년 9월 23일, 우리 선수 네 명에게서 무작위 샘플을 수거하기
위해 영국 체육부에서 온 약물검사팀이 캐링턴에 도착했다. 검사받을
선수는 모자에 이름을 넣고 추첨으로 뽑기로 했다. 일상훈련으로 시작
된 하루는 리오와 그 가족, 맨체스터 유나이티드와 잉글랜드에 거대한
파문을 일으켰다. 이름이 뽑힌 선수 중 하나인 리오는 샘플을 제출하지
않고 캐링턴을 떠났고 우리가 그를 찾았을 때에는 검사팀이 이미 퇴근
한 후였다. 그는 다음 날인 9월 24일 테스트를 받았지만 약물검사의
'무과실 책임' 규정에 걸려 처벌받을 거라는 통고를 받았다.

그 결과 리오는 2004년 1월 20일에서 9월 2일까지 경기출장이 금지
되었고 벌금으로 5만 파운드를 내야 했다. 맨체스터 유나이티드의 모

든 경기를 나가지 못하는 것 외에도 포르투갈에서 열리는 2004유러피언 챔피언십에도 나갈 수 없다는 것을 의미했다. 축구협회가 2003년 10월 터키와의 예선전을 앞두고 잉글랜드 팀 명단에서 그를 제외해버린 일로 잉글랜드 선수들은 거의 들고일어날 뻔했다.

9월 운명의 그날, 검사팀은 홍차를 마시고 있었고 내 기준으로 볼 때 그들은 의무를 다하지 않았다. 그들은 리오를 찾으러 가지 않았다. 검사자들은 피치로 가서 선수들이 훈련을 끝낼 때까지 대기하다가 그를 따라 드레싱룸으로 들어갔어야 했다고 생각한다. 비슷한 시기에 검사자들은 렉섬 풋볼클럽으로 가서 내 아들 대런과 다른 두 명의 선수를 검사했다. 그들은 피치에서 기다리다가 탈의실까지 동행한 뒤 검사에 필요한 소변 샘플을 채취했다. 왜 캐링턴에서 리오에게 똑같이 하지 않았을까?

팀 닥터인 마이크 스톤이 말해주어서 약물검사팀이 우리 훈련장에 왔다는 사실을 알고 있었다. 마이크가 그들과 차를 마시는 동안 드레싱룸에 있던 검사받을 선수들에게 메시지가 전해졌다. 리오가 메시지를 받았다는 것은 의심할 여지가 없지만 느긋한 그의 성격을 고려하면 그가 어디에도 보이지 않는 사람들을 만나려고 굳이 애쓰지 않았다는 것은 그리 놀라운 일이 아니다.

그는 불법 약물과는 상관이 없다. 리오 퍼디낸드는 약물에 의존하는 사람이 아니었다. 그랬더라면 우리는 진작 알았을 것이다. 그런 사람은 눈에 다 나타난다. 그리고 그는 단 한 번도 훈련을 빼먹은 적이 없었다. 약물중독자는 그럴 만한 자제력이 없다. 그들은 일관성이 없어진다. 리오는 선수로서의 책임감 때문에라도 절대로 약물 같은 것은 사용하지 않았을 것이다. 리오는 지적인 사람이었지만 성격이 느긋했다. 그가 실수를 저지른 건 사실이더라도 그것은 검사자들도 마찬가지다. 그들은 사고를 방지하기 위한 절차를 밟지 않았다. 그를 데리고 검사받으러 갈 수 있도록 연습장에서 기다리고 있어야 했다.

리오가 약물검사 규정을 심각하게 위반했다는 사실은 알았지만 그토록 잔인한 처벌을 받을 것이라고는 예상하지 못했다. 우리는 선수를 자식처럼 대했고 집 밖에서 제기된 그 어떤 혐의도 사실이 아니라고 믿는 경향이 있었다.

구단 변호사인 모리스 왓킨스는 검사관들이 물리적으로 리오를 테스트에 데리고 가지 않았다는 사실을 근거로 우리가 이길 것이라고 자신했다. 그에 반해 맨체스터는 자주 본보기가 되어왔다는 것이 내 의견이었다. 첫 번째 사례는 에리크 캉토나로 그는 1995년 관중에게 쿵후 킥을 날린 혐의로 징역 2주와 9개월 출장정지 처분을 받았다(그의 형량은 그 후 120분간의 사회봉사로 대체되었다). 그리고 나서 2008년 파트리스 에브라는 스탬퍼드 브리지에서 진행요원과 다툰 혐의로 FA로부터 주의를 받았다. 파트리스는 모두 집으로 돌아간 뒤 벌인 진행요원과의 충돌로 4경기 출장정지 처분을 받았다. 사람들은 맨체스터 유나이티드가 특별대우를 받는다고 생각한다. 그러나 실은 그 반대의 경우가 많았다.

법적 서류가 여러 차례 오간 후에 축구협회 징계위원회가 주최한 리오의 청문회가 2003년 12월 볼턴의 리복 스타디움에서 열렸고 열여덟 시간이나 계속되었다. 검사를 치르지 못하고 86일이 지난 후였다. 나는 리오를 대신해서 증거를 제시한 사람들 중 하나였다. 하지만 세 사람으로 이루어진 패널은 리오의 위법 행위를 인정해 유죄판결을 내렸다. 모리스 왓킨스는 판결을 "야만적이고 전례가 없다."고 했고 데이비드 길은 리오가 '희생양'이 되었다고 말했다. 프로축구 선수협회의 고든 테일러는 '가혹한' 판결이라고 불렀다.

나는 즉시 리오의 어머니와 직접 이야기했다. 그 가련한 여인이 비탄에 잠겨 있었기 때문이다. 우리는 중요한 선수를 잃어서 충격을 받았지만 그러한 처벌의 진짜 무게를 짊어질 사람은 다름 아닌 그의 어머니였다. 우리는 리오를 높이 평가하고 있으며 그것은 지난 4개월 동안의 일로 바뀌지 않을 거라고 말하자 재니스는 수화기에 대고 울음을 터뜨렸다. 우리는 그가 결백하다는 것을 알고 있었다. 그가 부주의했고 너무 가혹한 처벌을 받았다는 것을 말이다.

그 단계에서 우리는 항소를 고려했지만 명백하게 이길 가능성이 없었다. 약물검사에 출두하지 않은 것이 양성반응을 나타낸 것만큼이나 엄중하게 처벌받아야 할 일이라는 건 절대 이해할 수가 없다. 만약 약물복용자라는 사실을 인정하면 재활 치료를 받게 된다. 우리는 선수가 진실을 말해도 시스템이 인정하지 못한다는 느낌을 받았다. 축구협회로부터 언론으로 정보가 새어나가는 것처럼 보이는 사실도 마음에 들지 않았다. 우리가 보기에는 비밀원칙 위반이었다.

나는 볼턴의 청문회에서 결과가 어떻게 나오든 간에 리오는 바로 주말에 있을 스퍼스(토트넘)와의 경기에 출전할 거라고 말했다. 그는 미카엘 실베스트르와 함께 화이트 하트 레인에서 뛰며 2대 1 승리를 이끌었다. 2004년 1월 17일, 8개월 출장정지 전의 마지막 경기였던 울버햄프턴 전에서 리오는 선발로 출전했다. 1대 0으로 이겼지만 그는 50분에 부상으로 교체되었다. 웨스 브라운이 그를 대신해 들어갔다. 케니 밀러가 그 경기에서 유일하게 골을 넣었다.

오랜 시간 그를 잃게 되어 괴로웠다. 우리의 관계는 어떻게 보면 잉글랜드 축구 역사상 가장 비싼 이적료로 그를 영입하기 훨씬 전부터 시작되었다. 나는 멜 머신과 매우 친했는데 1997년 어느 날 그는 본머스에서 전화를 걸어와 웨스트 햄에서 임대 온 소년이 있다고 말했다. "빨리 그 선수를 사놓으라고." 멜이 말했다.

"이름이 뭔데?"

"리오 퍼디낸드."

잉글랜드 청소년 대표팀을 통해 들은 낯익은 이름이었다. 멜은 고집스럽게 우겼다. 물론 멜은 당시 리오를 키우고 있던 해리 레드냅 웨스트 햄 감독과도 친했기 때문에 그의 평가가 확고한 정보에 기반을 두고 있다는 것은 틀림없었다. 나는 마틴 에드워즈에게 이 어린 본머스 임대 선수에 대해 이야기했다. 우리는 본머스에 가서 그의 자질을 직접 보고 평가를 내렸다. 우아하고 균형이 잡혔고 센터포워드와 같은 퍼스트 터치를 갖고 있었다. 그러고 나서 우리는 그의 배경을 조사했다. 마틴은 웨스트 햄의 회장 테리 브라운에게 전화했다. 그의 대답은 "100만 파운드에 데이비드 베컴을 얹어달라."였다. 다른 말로 하면 팔 수 없는 선수라는 뜻이었다.

당시는 야프 스탐과 로니 욘센이 확고하게 수비의 중심에 자리를 잡고 있었고 웨스 브라운은 촉망받는 젊은 센터백으로 떠오르고 있을 때였다. 리오는 정작 1,800만 파운드에 우리의 라이벌인 리즈로 이적했다. 요크셔에서 가진 데뷔전에서 그는 백 스리의 한 사람으로 출전해 무참하게 당했다. 그 경기를 보며 나는 안도의 한숨을 내쉬었지만 지금 생각하면 웃음이 나올 뿐이다. 우리가 그를 사지 않아서 정말 다행이었다. 그는 엉망이었다. 그러나 두말하면 잔소리겠지만 그 후 그는 일취월장했다.

센터백들은 내 맨체스터 유나이티드 팀의 토대다. 언제나 센터백들이 먼저다. 나는 안정성과 일관성을 중요시했다. 스티브 브루스(맨유의 센터백으로 활동했으며 현재 헐 시티 감독)와 게리 팔리스터(10년간 브루스와 함께 맨유의 센터백이었으며 현재 티브이 해설가)를 떠올려보라. 그 두 사람을 찾을 때까지 우리는 답이 없었다. 폴 맥그래스는 늘 부상을 달고 살았고 케빈 모란은 항상 두통에 시달렸다. 내가 그의 감독으로 부임했을 때는 이미 펀치드렁크 증세에 시달리는 복서 같은 상태였다. 언젠가 노르웨이로 경기를 보러 갔던 자리에서 리버풀의 영입 책임자로 관전 중이었던 론 예이츠(1960년대 리버풀 주장으로 전성기를 이끌었던 선수)를 만났다.

"자네의 옛날 선수를 블랙번에서 봤네, 케빈 모런이라고." 론이 술자리에서 말했다. "어땠나?" 내가 물었다.

그가 대답했다. "한 15분 정도 버텼나. 그러고 나서 두통으로 교체되었지."

"늘 그 모양이지." 내가 말했다.

한편 그래임 호그는 우리가 요구하는 기준에 못 미쳤다. 그래서 나는 언제나 회장에게 "매주 경기에 나갈 수 있는 센터백들이 필요해요. 그들은 팀에 꾸준함과 일관성 그리고 연속성을 줄 겁니다." 하고 말해왔다. 그렇게 해서 우리는 브루스, 팔리스터와 연결되었다. 그들은 영원히 뛸 수 있을 것 같았고 부상 같은 것은 전혀 입을 것 같지 않아 보였다. 어느 금요일 우리가 리버풀과 경기를 앞두고 있었을 때 클리프 연습장에서 브루스가 햄스트링을 문지르며 절뚝거리고 있었다. "아직 명단을 확정하지 말아주세요." 그가 말했다. 그는 전주에 그 부위에 부상을 입었다. 나는 세트피스 같은 연습을 할 수 있도록 금요일에 출장명단을 확정 짓는 걸 선호하는 편이었다. "그게 무슨 말이지?" 내가 물었다.

"괜찮아질 거라고요." 스티브가 대답했다.

"바보 같은 소리 하지 마." 내가 말했다.

그러자 그는 클리프를 뛰어다니기 시작했다. 경기장을 조깅으로 두 바퀴 돌고 나서 그가 말했다. "괜찮은 것 같네요." 그가 말했다. 리버풀에서 이언 러시(리버풀의 최다 득점자로 리버풀의 전설)와 존 알드리지 같은 선수를 상대해야 했는데 그는 햄스트링을 끊임없이 문지르고 있었다. 브루스는 경기를 끝까지 소화해냈다. 그와 팔리는 황홀한 플레이를 보여줬다. 스탐은 우리에게 그들과 똑같은 터프함과 안정감을 선사했다. 퍼디낸드와 비디치와의 파트너십도 주목해보라. 그들의 단단하고 뛰어난 수비력은 상대에게 아무것도 내주지 않는다. 내가 재임했던 시절의 맨체스터 유나이티드 팀을 살펴보면 센터백들이 언제나 전면이었음을 알 수 있다.

그러므로 2002년 7월 퍼디낸드의 영입은 중앙의 강화라는 나의 신성한 팀빌딩(팀원들의 작업과 소통, 문제 해결 능력을 향상시켜 조직의 효율을 높이려는 조직개발 기법) 정책에 따른 것이었다. 많은 돈을 쓰긴 했지만 그만한 영입 비용을 10년에서 12년 동안 쪼개서 센터하프 영입에 쓴다고 생각한다면 우리는 오히려 남는 장사를 한 것이다. 실력이 되지 않는 도전자들을 영입하는 데 많은 돈을 낭비할 수 있다. 그럴 바엔 차라리 의심할 여지 없는 클래스를 가진 선수 하나에 돈을 더 쓰는 게 훨씬 낫다.

우리는 로이 킨에게 당시 최고 이적료인 375만 파운드를 지불했지만 12년을 데리고 있었다. 유나이티드에 있는 동안 나는 사람들에게 잘 알려지지 않았던 많은 선수를 이적시켰다. 주로 젊은 2군 선수들이었다. 시즌 끄트머리에 스코틀랜드 서부를 크루즈로 돌고 있다가 문득 내가 시즌당 평균 500만 파운드 미만의 지출로 끝냈다는 걸 계산해냈다.

리오가 합류하자마자 나는 그에게 말했다. "넌 덩치 크고 속 편한 녀석이야."

그가 말했다. "그건 제가 어쩔 수 있는 문제가 아니죠."

"어쩔 수 있어야 할걸. 왜냐하면 네가 골을 허용할 때마다 돈이 나가는 거니까. 그러면 난 널 족칠 거다." 내가 말했다.

그는 정말로 태평스러웠다. 기어를 2단이나 3단에 넣고 미끄러지듯 다니다가도 갑자기 스포츠카처럼 속도를 냈다. 키가 189센티미터나 되는 커다란 덩치가 그렇게 인상적으로 페이스를 바꾸는 것을 본 적이 없었다. 시간이 지나면서 그의 집중력이 향상되었으며 스스로에 대한 기대치도 나날이 높아졌다. 또 팀과 클럽에서 자진하여 책임을 맡으려는 의식도 강해졌다. 그는 완벽한 축구선수가 되었다.

어린 선수를 영입하게 되면 구매 당일에 완전한 상품이 손에 들어오지는 않는다. 거기에는 노력이 따른다. 만약 리오가 경기 중 스위치를 꺼버리는 일이 있다면 그것은 그가 위협으로 느끼지 않는 약팀을 상대로 할 때다. 판이 커질수록 그는 더욱 타오른다.

게리 네빌의 부상 빈도가 잦아지기 시작했고 비디치와 에브라가 자리를 잡으면서 리오와 에드빈 판데르사르는 2000년대 후반 팀 수비의 버팀목이 되어줬다. 한번은 리오를 중앙 미드필더로 기용한 적이 있다. 2006년 블랙번 로버스와의 경기였는데 그는 퇴장당했다. 로비 새비지가 태클의 희생자였고 리오는 탈의실로 돌려보내졌다.

놀랄 이들도 있겠지만 팔리스터는 리오처럼 좋은 축구선수였다. 게다가 그는 훨씬 민첩했다. 다만 이상하게도 뛰어다니는 건 별로 좋아하지 않았다. 내 애정 어린 표현을 빌리자면 안티-워크형anti-work 선수였다. 그는 자신이 하는 일이 적을수록 더 뿌듯하다고 말하곤 했다. 훈런장에서는 세계 최악이었다. 나는 언제나 그를 쫓아다녔다. 15분만 지나면 상대 공격이 끝난 뒤 우리 페널티에어리어에서 비틀거리며 나와 가쁜 숨을 몰아쉬었다. 나는 당시 코치였던 브라이언 키드에게 이렇게 말하곤 했다. "팔리 좀 봐. 다 죽어가고 있어!" 그에게 얼마나 심한 욕을 많이 했던지.

클럽 만찬에 데려가기 위해서 그의 집에 갔을 때 벽난로 옆 테이블에 초대형 코카콜라 병과 커다란 과자 봉지가 놓여 있는 것을 봤다. 크런치, 롤로, 마스바(모두 초코바 이름). 그의 아내인 메리에게 물었다. "이게 대체 뭐죠?"

"제가 얼마나 그이에게 잔소리를 했는지 몰라요, 감독님. 하지만 들으려고 하질 않아요." 메리가 말했다.

그때 발소리가 들리며 팔리가 내려와 엄청난 부피의 애들 과자를 들여다보고 있는 나를 봤다. "여보, 웬 과자부스러기를 이렇게 많이 사들이는 거야?" 그가 아내에게 말했다. 나는 소리를 꽥 질렀다. "이 게으른 ○○ 같은 녀석, 넌 벌금이야!"

게리는 아도니스 같은 미남은 아니었지만 다정한 성격의 훌륭한 축구선수였다. 호감 가는 청년이었다. 리오처럼 그는 공을 기가 막히게 패스했고 자신이 원할 때면 민첩해졌다. 우리와의 마지막 시즌에 팔리는 눈썹 부위가 찢어지는 부상을 당한 적이 있다. 그는 비명을 지르며 누군가 살을 찢어놓은 건 난생처음이라고 불평했다. 외모와는 영 어울리지 않는 행동이었다. 그는 자신이 케리 그랜트라고 생각했다.

나는 수비 진영 밖으로 공을 운반하거나 프란츠 베켄바워처럼 예리한 패스를 넣어줄 센터백을 의식적으로 찾은 것은 아니었다. 속도와 경기를 읽는 능력은 현대 축구의 정상급 선수라면 반드시 갖춰야 할 능력이다. 리오는 둘 다 갖췄고 그것이 내가 그를 데려온 이유다. 수비뿐 아니라 공을 밖으로 연결할 줄 알았기 때문에. 그의 수비 능력에 우선 주목하긴 했어도 우리 새로운 센터백이 후방에서 공격의 기점 역할을 할 수 있다는 사실은 고무적이었다. 나중에 바르셀로나를 비롯한 다른 팀들도 즐겨 쓰게 된 전술이다.

커리어의 어느 시점에서 리오의 삶이 우리가 바람직하다고 생각하는 것보다 더 많은 분야로 확장해나간 것은 사실이다. 만찬과 론칭 행사 기사에서 그에 대한 이야기를 읽는 게 지긋지긋하다고 말했다. "축구에 대해 한 가지 말해줄까? 축구는 결국 너 자신을 보여주게 되어 있어. 축구장 위에서 벌어지는 일이 모든 사람에게 말해주지." 나는 그에게 말했다. 일단 내리막에 접어들게 되면 진행은 매우 빠르다. 작은 클럽이라면 어찌어찌 넘어갈 수 있다. 그러나 7만 6천 명의 눈이 주시하고 있는 맨체스터 유나이티드에서 속이는 것은 절대 불가능하다. 나는 리오에게 이런 종류의 도락이 축구선수로서의 그의 효율성을 좀먹는 일이 생긴다면 우리와 더 이상 함께하지 못할 거라고 말해줬다. 왜냐하면 내가 그를 선발하지 않을 테니까.

하지만 그는 이런 경고에 적절히 대응했다. 우리는 리오의 에이전트에게 그의 일거수일투족을 보고하게 해서 그를 더 효율적으로 통제할 수 있는 시스템을 개발했다. 음반회사, 영화사, 텔레비전 프로그램 제작사 그리고 잡지사가 그를 미국으로 데려가서 피 디디P Diddy를 인터뷰하게 했다. "집어치워, 리오." 그가 미국의 랩뮤직 스타를 만날 계획이라는 소식을 듣고 내가 말했다. "그 작자가 널 더 훌륭한 센터백으로 만들어준다는 거야?"

다른 배출구를 찾는 것은 리오뿐만이 아니었다. 이 모든 것은 현대 축구선수가 유명인사의 지위를 얻게 된 현상에서 비롯되었다. 어떤 이들은 그것을 기반으로 더욱 자신의 영역을 확장하려고 한다. 베컴이 그 중 하나였고 리오는 또 다른 이였다. 그 점에서 데이비드의 성공은 기적이었다.

리오의 모든 외부 활동이 다 연예 활동 위주는 아니었다. 아프리카에서 유니세프 활동을 한 일은 훌륭한 것이었다. 아프리카 흑인 아동의 삶에 리오 퍼디낸드가 미친 영향은 결코 무시할 수 없을 것이다. 그는 애초에 자신이 성공할 수 있었던 바탕을 늘 잊지 않을 필요가 있었다. 우리의 메시지는 자신의 명성과 그 필요성의 균형을 맞추라는 것뿐이었다. 어떤 이들은 그 일을 하지 않으려 들고 어떤 이들은 할 수 없다.

우리는 언제나 리오가 축구 이후의 삶을 준비하고 있다고 생각했다. 그 점은 충분히 이해가 갔다. 나도 코치 자격증을 따면서 같은 일을 했으니까. 그 일을 해내기까지 4년이 걸렸다. 그래서 나 역시 경기가 끝난 뒤 내 인생의 후반전에 대한 준비가 되어 있다. 하지만 그것이 피 디디를 만나는 일은 아니다. 선수에게는 장래 무엇을 할 것인지 스스로에게 묻는 순간이 오기 마련이다. 왜냐하면 축구를 그만두는 것은 공백과 다름없으니까. 바로 얼마 전까지만 해도 챔피언스리그 결승, FA컵 결승, 리그 우승을 위해 뛰다가 다음 순간 모든 것이 흔적도 없이 사라진다. 그것에 어떻게 대처하는가는 모든 축구선수들이 맞서야 할 도전이다. 명성은 감정적 붕괴로부터 아무런 면역성을 가져다주지 못한다. 후반전은 전반전만큼 화려한 것이 아니다. 그렇다면 어떻게 그것을 다시 창조하는가? 어떻게 하면 리그 우승을 결정짓는 경기가 시작되기 10분 전에 드레싱룸에 앉아서 느끼는 흥분을 대체할 무언가를 찾을 수 있을까?

내 임기가 끝날 무렵 리오는 허리에 문제가 생겼다. 우리는 2009년 맨체스터 더비에서 시티의 크레이그 벨러미에게 골을 내준 상황을 그가 육체적으로 불리한 조건을 안고 경기에 임한 예로 꼽았다. 2년 전이었다면 그는 벨러미로부터 공을 빼앗은 후 그를 한쪽으로 밀어냈을 것이다. 또 다른 예는 페르난도 토레스가 리버풀에서 넣은 골이다. 토레스가 스피드로 그를 제친 후 캅(안필드 경기장 외에도 축구장에서 홈서포터가 앉는 구역을 말한다) 앞에 있는 페널티박스에서 일대일 몸싸움을 이겨냈다.

우리는 그와 함께 디브이디를 분석했다. 리오는 토레스를 오프사이드 트랩으로 몰아넣기 위해 앞으로 나왔다. 1년 전이라면 그를 놓친 실수에서 벗어나 다시 공을 빼앗았을 것이다. 하지만 이번에는 다시 돌아가 공격을 저지하려 했고 토레스는 어깨싸움에서 그를 밀어낸 후 그물 안으로 공을 차넣었다. 아무도 리오에게 그렇게 한 사람이 없었다. 그 장면은 그의 허리 부상이 그에게 고통뿐 아니라 몸의 균형에 부정적인 영향을 끼치고 있다는 사실을 말해줬다.

리오는 언제나 손쉽게 경기했다. 그는 힘들게 달릴 필요가 없었다. 부상으로 겨울 경기를 거의 다 놓친 후 다시 훌륭하게 훈련에 복귀했다. 그리고 거의 3개월을 쉰 뒤, 2010년 올드 트래퍼드에서 열린 준결승 2차전에서 시티를 상대로 뛰어난 경기를 펼쳤다.

선수생활의 황혼기에 접어든 그에게 나이를 고려해서 경기 방식을 바꾸라고 이야기하며 그것이 우리 모두에게 어떻게 작용하는지 말해줬다. 세월은 사람을 따라잡는다. 나는 그에게 공석에서 또 사석에서 말해줬다. 스트라이커들로부터 더 나은 기회를 잡기 위해 1, 2미터 정도 뒤로 물러서서 경기해야 한다고. 5년 전이었으면 사탕 먹는 것처럼 쉬운 일이었을 것이다. 속도가 느려진 만큼 그는 스트라이커가 기회라고 생각할 때 막아야 했다. 즉 범죄가 일어나기 전에 현장에 먼저 가 있어야 할 필요가 있었다.

그는 내 분석을 흔쾌히 받아들였다. 나는 그를 모욕한 게 아니라 단지 그의 몸에 일어난 변화를 설명했을 뿐이었다. 그리고 그는 유로 2012 때 잉글랜드 대표팀 명단에서 제외된 것을 제외하고는 멋진 2011/12시즌을 보냈다. 로이 호지슨이 리오를 존 테리와 함께 세워도 되느냐고 물어왔을 때 나는 그에게 도저히 답을 줄 수 없었기에 이렇게 대답했다. "본인에게 물어보게. 리오에게 그와의 관계에 대해 물어봐."

리오와 얽힌 또 하나의 작은 사건으로는 2012/13시즌에 'Kick It Out'(추방하자) 티셔츠 입기를 거부한 일을 들 수 있겠다. 나는 공적으로 팀 전체가 캠페인에 동참하는 데 동의했다고 생각했다. 의사소통이 부족한 탓이었다. 리오가 'Kick It Out' 티셔츠를 거부하기로 결정했을 때 그는 나에게 먼저 왔어야 했다. 우리 모두 그 티셔츠를 입을 예정이었다는 사실을 알고 있었기 때문이다. 그가 동생 안톤과 존 테리와의 사건 때문에 거부감을 느끼고 있는 것은 알았지만 그런 식으로 일이 확산되리라고는 예상하지 못했다. 퀸스파크 레인저스가 첼시와 가진 로프터스 로드 홈경기에서 안톤에게 인종차별적인 단어를 사용한 혐의로 테리는 축구협회로부터 당연히 처벌받았다.

사무실에 있는데 마크 할시 심판이 들어와서 리오가 'Kick It Out' 티셔츠를 입지 않았다고 했다. 나는 주무인 앨버트를 찾아서 리오에게 티셔츠를 입을 것을 전달하라고 지시했다.

티셔츠를 입지 않겠다는 리오의 대답이 돌아왔다.

내가 그에게 이유를 묻자 그는 아무 말도 하지 않았다. 그러나 경기 후 찾아와 프로축구협회PFA가 인종주의와 싸우기 위해 충분한 조치를 취하지 않고 있다고 느꼈기 때문이라고 설명했다. 그 티셔츠를 입지 않음으로써 그는 반인종주의 캠페인을 지지하지 않은 셈이라고 내 입장을 그에게 말했다. 만약 그가 프로축구협회와 문제가 있다면 그들에게 직접 이야기했어야 한다. 티셔츠를 입지 않은 것은 분열을 초래할 뿐이라고 생각했다.

대체 어떻게 하면 피부색에 따라 사람을 싫어할 수 있는지 이해할 수 없다는 게 인종주의에 대한 내 견해다.

올드 트래퍼드 스탠드에 내 이름이 붙을 거라고는 전혀 생각지도 못했다. 나를 무척 뿌듯하게 한 음모였다.

보비 롭슨의 카리스마는 대단했다. 1981년 그가 감독했던 입스위치 타운과 내가 감독했던 애버딘의 챔피언스
리그 경기가 끝나고 우리는 번갈아가며 인터뷰를 가졌다.

왼쪽: 챔피언스리그 대약진— 1983년 유러피언컵 위너스컵에서
애버딘은 레알 마드리드에게 승리를 거두었다.

오른쪽: 예테보리에서 윌리 밀러가 우승컵을 들어올리고 있다.
애버딘은 최고의 축구 클럽 중 하나를 꺾었다.

는 스코틀랜드 대표팀 감독이었던 족 스테인의 수석코치였다. 천재적인 감독이었던 그에게 나는 감독 일에
한 질문을 수도 없이 던졌다.

오른쪽: 유나이티드의 회장인 마틴 에드워즈는 내가
첫 우승컵을 들어올리기 전 암울한 시기에 나를 지
지해주었다.

왼쪽: 1990년 크리스털 팰리스에게 거둔 FA컵 결승
재경기의 승리가 유나이티드에서 내 감독 생명을 연
장해주었을까? 그래도 살아남았을 것이라고 나는
생각한다. 내 왼쪽에 있는 사람은 주무였던 노먼 데
이비스로 나와는 친한 친구이기도 했지만 슬프게도
더 이상 우리 곁에 없다.

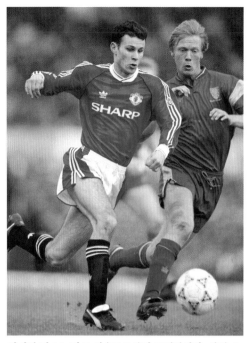

라이언 긱스는 다른 선수들로부터 존경받았다. 아직 소년 같은 모습이 남아 있던 초창기 시절 윔블던의 워런 바턴을 제치는 장면이다.

폴 스콜즈는 폴 개스코인보다 더 나았다. '너무 작네.' 처음 그를 봤을 때 든 생각이었다. 틀린 생각이었다.

1992 빈티지: 훗날 위대한 맨체스터 유나이티드 팀의 중심이 된 황금세대와 포즈를 취하는 에릭 해리슨 코치. (왼쪽에서 오른쪽으로) 긱스, 버트, 베컴, 개리 네빌, 필 네빌, 스콜즈, 테리 쿡.

스티브 브루스(왼쪽)와 개리 팔리스터는 항상 농담을 주고받았지만 그들은 맨체스터 유나이티드의 가장 뛰어난 센터백 조합 중 하나였다.

에리크 캉토나는 자신의 예술적인 이미지대로 경기를 만들어나갈 수 있었다. 그의 막판 골로 1996년 FA컵에서 우승을 거두었다.

페테르 슈마이헬은 대단한 골키퍼였다. 그가 우리 팀에 오자마자 가진 윔블던 전에서 크레이지 갱(1980~1990년대 윔블던의 별명)의 빗발치는 공격에도 그는 꺾이지 않았다.

절대 포기하지 않는다. 2001년 스퍼스 전에서 3대 1로 뒤진 상황을 5대 3으로 뒤집는 데 성공했다. 배론이 막 네 번째 골을 넣은 장면이다.

데이비드 베컴의 자신감은 절대 흔들리지 않았다. 그는 굉장한 체력을 지닌 킥의 명수였다.

2003년 5월 다시 챔피언 자리에 등극했다. 베컴이 마지막으로 우리와 같이했던 경기였다. 베컴이 자신의 커리어를 되살린 것은 아무리 칭찬을 해도 부족하다.

003년 호나우두는 올드 트래퍼드에서 해트트릭을 기록했고 팬들은 그에게 기립박수를 보냈다.
나이티드 팬들은 재능을 알아볼 줄 안다.

럽 대항전의 중대한 결전이 다가오면 심적 부담이 이루 말할 수 없다. 2003 챔피언스리그에서 동점인 레알 마드
드와의 경기를 앞두고 우리는 압박감에 시달렸다.

왼쪽: 리오 퍼디낸드가 약물검사에서 빠진 사건으로 청문회에 출두하게 되자 로이 킨이 올드 트래퍼드를 나서면서 그를 위로하고 있다.

오른쪽: 너무나 과중한 처분이었다. 리오는 8개월간 출장이 금지되었다. 그러나 클럽은 그를 버리지 않았다.

로이 킨은 나를 대신해 피치 위에서 팀을 지휘했다. 그러나 말년에는 부상 때문에 더 이상 운동장 끝에서 끝까지 뛰어다닐 수 없게 되었다.

힘든 시기

변화의 바람이 불고 있었다. 하지만 아직 여기까지는 이르지 않았다. 2003년 여름부터 2006년 5월까지는 재임 기간 중 가장 빈약한 수확을 거두었던 시기였다. 우리는 2004년 FA컵과 2년 후 리그컵에서 우승했지만 아스널과 첼시가 그 기간 동안 리그 타이틀을 차지했다.

크리스티아누 호날두와 웨인 루니가 2008챔피언스리그 우승팀의 중심으로 자리 잡기 이전, 우리는 경험 많은 선수를 이식하려고 시도하면서 자갈길을 지나고 있었다. 많은 선수가 기대치에 미치지 못했다. 데이비드 베컴은 레알 마드리드로 떠났고 베론은 첼시로 갈 예정이었다. 바르테즈는 팀 하워드로 대체되었고 클레베르송, 에릭 젬바젬바 그리고 다비드 벨리옹이 새롭게 합류했다. 호나우디뉴도 올 수 있었다. 그가 우리 제안에 예스라고 한 뒤 다시 노라고 하지만 않았다면.

그 기간 동안의 진실은 회피할 수 없다. 우리는 즉시 전력으로 쓸 수 있다고 생각한 검증된 선수를 성급하게 사들였다. 예를 들어 클레베르송은 월드컵 우승국인 브라질 대표팀의 일원이었고 스물네 살에 불과했다. 베론은 세계적인 명성을 지닌 인정받는 선수였다. 젬바젬바는 프랑스에서 준수한 수준의 플레이를 보여주고 있었다. 그들은 손쉽거나 확실한 영입이었고 그 점이 날 걱정스럽게 했다. 나는 쉬운 영입은 좋아하지 않는다. 선수를 둘러싼 영입 전쟁을 즐긴다. 선수를 해방시키려는 싸움을 통해 뭔가 귀중한 것을 손에 넣는다는 의미가 있기 때문이다. 셀링 클럽(선수를 팔아 유지되는 클럽)이 그들의 선수를 필사적으로 지키려고 하는 게 좋다. 하지만 우리가 그즈음 산 선수들은 아주 쉽게 손 안에 들어왔다.

마치 우리가 나라 안의 모든 골키퍼를 영입하는 기분이었다. 마크 보스니치가 단적인 예다. 보스니치 영입은 페테르 슈마이헬이 그의 마지막 시즌 가을에 은퇴를 선언한 데서 비롯되었다. 우리에게는 날벼락 같은 소식이었다. 우리는 곧바로 결정을 내렸다.

그의 경기장 밖 행실에 대한 소문에도 불구하고 우리는 1월에 마크 보스니치와 접촉했다. 나는 사람을 보내 그의 훈련 모습을 지켜보게 했다. 그런데 그는 맨체스터 유나이티드에 적합한 인물이라는 확신이 들 만할 모습을 훈련에서 전혀 보여주지 못했다. 나는 방향을 바꿔 대신 에드빈 판데르사르를 노리기로 하고 그의 에이전트와 이야기한 후 마틴 에드워즈를 만났다. 그가 내게 말했다. "미안해요, 알렉스. 이미 보스니치와 악수를 했소."

엄청난 충격이었다. 마틴은 마크와 이미 계약을 했고 그의 결정을 철회하려고 하지 않았다. 나는 그의 결정을 존중했다. 하지만 그것은 밑지는 장사였다. 보스니치는 문제덩어리였다. 그의 훈련과 체력 수준은 우리가 필요한 기준에 못 미쳤다. 우리는 그를 더 높은 단계로 끌어올렸고 상당히 만족스러운 성과를 올렸다고 생각했다. 그는 인터컨티넨탈컵(피파 클럽 월드컵의 전신으로 당시는 남미와 유럽의 클럽 챔피언 대항전) 대회의 팔메이라스에게 거둔 승리에서 긱스 대신 최우수 선수로 뽑혀야 했을 정도로 훌륭한 플레이를 보여줬다. 그 후 얼마 지나지 않은 2월, 윔블던으로 원정 갔을 때 보스니치는 눈에 보이는 모든 것을 먹어치웠다. 샌드위치, 수프, 스테이크. 그는 메뉴에 있는 모든 음식을 주문하며 소처럼 먹어댔다.

"맙소사, 마크. 체중 감량 좀 해야겠어. 왜 그렇게 게걸스럽게 먹는 거지?" 내가 그에게 말했다.

"지금 전 배가 고파 죽을 지경이라고요, 감독님." 마크가 말했다.

다시 맨체스터로 돌아오자 마크는 휴대전화를 이용해 중국집에 음식을 시키고 있었다. "대체 네 식욕에는 끝이 없는 거냐?" 그에게 물었다. "네가 무슨 짓을 하고 있는지 잘 생각해봐." 나는 도저히 그를 설득할 수 없었다.

페테르 슈마이헬 같은 골키퍼를 잃은 뒤 회복하는 일은 쉽지 않다. 슈마이헬은 세계 제일의 골키퍼였는데 그의 존재와 독특한 분위기가 갑자기 사라진 것이다. 우리는 슈마이헬의 자리에 판데르사르를 데리고 왔어야 했다. 판데르사르의 에이전트가 내게 말했다. "아마 부지런하셔야 할 겁니다. 지금 그는 유벤투스와 연결되고 있거든요." 결국 우리는 배를 놓쳤다. 에드빈의 에이전트에게 우리가 이미 다른 사람을 구했기 때문에 그에 대한 관심을 거둬야 한다고 답해야 했다.

판데르사르도 두 번째 영입으로 데려왔어야 했다. 우리는 보스니치에 대해 곧 알게 될 것이고 에드빈은 슈마이헬 시대의 끝 무렵부터 내가 은퇴할 때까지 골키퍼로 뛸 수 있었을 것이다. 그랬으면 나는 마시모 타이비나 좋은 골키퍼이긴 하지만 프랑스에 있는 가족에게 문제가 있던 바르테즈한테 돈을 쓰지 않아도 되었다.

나중에 우리는 판데르사르의 자질이 슈마이헬과 거의 같은 수준이라는 사실을 알게 되었다. 재능 면에서 두 사람의 차이는 거의 없었다. 슈마이헬은 도저히 막을 수 없는 슛을 막곤 했다. 그러한 마법 같은 순간을 종종 볼 수 있었다. "맙소사, 어떻게 저걸 막았지?" 하고 나는 묻곤 했다. 그는 몸에 스프링을 단 것처럼 엄청난 운동 능력을 지녔다. 판데르사르의 경우는 그의 침착성, 평정심, 공의 사용법과 수비진을 지휘하는 능력이 돋보였다. 전혀 다른 스타일의 골키퍼였지만 그래도 귀중한 자원이었고 주변 사람들에게 좋은 방식으로 영향을 끼쳤다.

대조적으로 슈마이헬은 스티브 브루스, 게리 팔리스터와 애증 관계에 있었다. 그는 앞으로 나와 고함을 지르며 그들에게 야단을 쳤고 그럴 때면 브루시는 이렇게 말했다. "골대로 돌아가기나 해. 이 덩치 큰 독일 녀석아." 그러면 슈마이헬은 질색했다. "난 독일 사람이 아니야." 그는 씩씩거리며 말했다. 그래도 피치 위를 벗어나면 그들은 좋은 친구였다. 운동장에만 서면 슈마이헬은 다혈질로 변했다.

드레싱룸에서 판데르사르는 팀 경기력에 매우 이해심이 깊었다. 그는 네덜란드인의 힘찬 목소리를 지녔다. "정신 똑바로 차린다!" 그는 이렇게 소리치곤 했다. 슈마이헬 역시 팀에 자신의 목소리를 냈다. 30년에 걸쳐 최고의 골키퍼를 둘이나 데리고 있었던 나는 운이 좋았다. 위대한 골키퍼를 꼽자면 피터 실턴(1970년부터 20년 동안 잉글랜드 국가대표 골키퍼로 활약)과 잔루이지 부폰이 될 것이다. 그러나 내게 1990년에서 2010년까지는 슈마이헬과 판데르사르가 최고의 골키퍼였다.

골 수비는 단순히 기술의 문제만이 아니다. 그것은 임무에 투영하는 개성의 문제다. 키퍼들은 선방하는 일만 생각해야 하는 것이 아니라 실수를 저지르는 과정까지 대처해야 한다. 세상의 이목이 집중된 실수의 후유증을 이겨내려면 맨체스터 유나이티드의 골키퍼에게는 강인한 의지가 필요하다. 나는 슈마이헬을 영입하기 전에 여섯 번이나 스카우터를 보내 살펴보게 했다. 골키퍼 코치인 앨런 호지킨슨은 나에게 말했다. "애는 확실한 물건이에요. 질러버리세요."

처음에는 잉글랜드 팀에 외국인 골키퍼를 데리고 오는 일이 내키지 않았다. 슈마이헬의 초창기 경기 중 하나는 윔블던 전이었다. '미친 갱'들은 그를 향해 폭격하고 머리 위로 폭탄을 떨어뜨리고 팔꿈치로 찔러댔다. 슈마이헬은 미칠 지경이었다. 그는 심판에게 도움을 요청했다. "심판, 심판!"

나는 눈앞에서 벌어지는 광경을 지켜보며 생각했다. '저래서는 틀렸어.' 심판은 충돌이 일어나고 있는 지점을 신속하게 오가지 못한다. 그의 다른 초창기 경기에서 페테르는 뒤쪽 포스트를 노린 크로스를 잡으러 나왔다가 완전히 놓쳐버렸고 리 채프먼(당시 리즈 유나이티드의 스트라이커)이 공을 차넣었다. 그래서 그는 이 나라의 경기 스타일에 적응하는 동안 실수를 저질렀고 사람들은 "문제가 뭐지?"라면서 수군거렸다. 하지만 그는 엄청난 체격으로 골대를 커버했고 용기를 냈다. 그의 공 배급은 훌륭했다. 이러한 모든 자질이 험난했던 초창기에 그에게 보탬이 되었다.

판데르사르는 우리 수비에 많은 변화를 가져왔다. 슈마이헬은 매주 똑같은 백 포 수비진 뒤에 서 있었다. 파커, 브루스, 팔리스터 그리고 어윈. 그들은 거의 매 경기 출장했다. 판데르사르는 다른 센터백들과 새로운 풀백들에게 익숙해져야 했다. 한 차례 선수 유입이 있었고 그러한 상황에서 팀의 수비진을 잘 꾸려나갈 수 있었던 것은 대단한 일이다.

피터 케니언이 우리 회장으로 이적 협상을 책임지고 있었던 시기였다. 피터에게 아스널에 전화해서 우리가 눈독 들이던 파트리크 비에이라에 대해 물어보라고 부탁했다. 그는 이야기했다고 말했다. 나중에 그 이야기를 데이비드 데인에게 꺼내자 그는 마치 내 머리에 뿔이라도 달려 있는 듯이 쳐다봤다. 내가 무슨 이야기를 하는지 전혀 알지 못하는 눈치였다. 둘 중 한 사람은 뭔가 숨기고 있었다. 오늘날까지도 나는 어느 쪽이었는지 알지 못한다.

에이전트들은 내게 여러 차례 전화해서 "우리 선수는 맨체스터 유나이티드에서 뛰고 싶어합니다." 하고 말하곤 한다. 그 말이 진실임을 절대 의심하지 않는다. 하지만 그들이 동시에 아스널, 레알 마드리드, 바이에른 뮌헨 그리고 다른 모든 엘리트 팀에서도 뛰고 싶어한다는 사실을 알고 있다. 선수들은 당연히 대형 클럽에 가고 싶어한다. 에이전트들에게도 더 많은 이익이 돌아간다. 영입 시장이 이렇게 돌아가고 있을 때 우리는 베론에게 시선을 고정하고 있었다.

팀은 변화하고 있었다. 감독으로서 길고 긴 변화의 길을 걸어가야 하는 일은 쉽지 않다. 기존 백 포가 가장 빠르게 무너졌다. 갑작스러운 변화가 몰아닥쳤을 때 대안을 갖고 있지 않음을 깨닫게 된 것이다. 훗날 나는 먼 미래까지 계획을 세워두는 것을 방침으로 삼게 되었다.

베론은 엄청난 스태미나를 가진 훌륭한 축구선수였다. 아르헨티나 축구선수들과 일하는 건 매우 힘들었다. 그들은 엄청난 애국심을 가졌고 언제나 국기를 두르고 다녔다. 거기에는 아무 문제가 없었다. 하지만 내가 감독한 선수들은 특별히 영어로 말하려고 노력하지 않았다. 베론에게는 그저 '미스터' 한 마디면 되었다.

하지만 진짜로 뛰어난 축구선수였다. 그의 축구 지능과 체력은 일류였다. 문제는? 우리는 그가 뛸 위치를 찾을 수 없었다. 만약 우리가 그를 중앙 미드필드에 세운다면 그는 센터포워드 위치나 오른쪽 또는 왼쪽에서 뛰게 되었다. 그를 스콜즈, 킨과 함께 미드필드에 끼워 맞추는 일이 점점 어려워졌다.

그가 우리를 위해 멋진 활약을 보인 경기가 있긴 했지만 새로 만들어질 팀이 어떤 형태를 갖출지 가늠하기 쉽지 않았다. 통상 요구되는 포지션별 안정성은 보이지 않았다. 베컴은 우리를 떠났고 라이언은 노쇠해가고 있었다. 로이와 폴도 마찬가지였다. 우리는 진화할 추진력을 마련해줄 새로운 피가 필요했다. 눈부신 플레이로 팀에 기여하긴 했지만 왠지 베론은 우리 팀에 맞지 않았다. 그는 독립적인 선수였다. 가령 훈련장에서 홍팀 황팀으로 나누어 시합을 한다고 할 때 그는 양 팀 모두를 위한 플레이를 했다. 그냥 운동장 모든 곳, 자신이 뛰고 싶은 곳에서 게임을 했다. 한 백 년 정도 그를 감독해도 그를 어디에서 뛰게 해야 할지 알 수 없을 것 같았다. 그는 와일드카드고 조커였다. 누군가 내게 한번 이렇게 이야기한 적이 있다. "베론을 두 센터백 앞에서 홀딩 미드필더로 세우는 건 어때?" 나는 대답했다. "지금 농담하는 건가? 이제까지 그 어떤 포지션에서도 가만히 있지 못했는데 그 자리라고 별수 있겠나?" 들은 바에 의하면 그는 라치오에서 홀딩 미드필더로 뛰며 엄청난 위력을 발휘했다고 했다. 하지만 그는 어디로든 마음대로 날아가는 한 마리 자유로운 새였다.

그가 나를 천국으로 데려간 순간들도 있었다. 프리시즌 게임 중 하나로 골라인 바깥에서 수비수 몇 명을 제친 뒤 판니스텔로이의 골을 어시스트했을 때라든지, 리프트 동작 없이 발 바깥쪽으로 차서 베컴에게 보낸 패스가 수비수들 앞을 휘어들어갈 때라든지. 베컴은 공을 향해 달려와 골키퍼 키를 넘기는 슛을 날렸었다. 그 순간 베론의 플레이는 절묘하기 이를 데 없었다. 재능 면에서 봤을 때 그는 절대 잘못된 영입이 아니었다. 민첩한 발을 가졌고 주력도 뛰어났다. 볼 다루는 기술은 엄청났고 시야도 넓었다. 그냥 팀에 녹아들지 못했을 뿐이었다. 영국식 게임이 그에게 장벽은 아니었다. 그는 용기가 있었고 언제나 대담했다.

베론이 우리와 있었을 때 다른 선수들과 다퉜다는 소리가 들렸지만 사실이 아니라고 생각한다. 그 근거는 상당 부분 그가 아예 아무하고도 이야기하지 않았다는 데 있다. 그는 드레싱룸에서 늘 혼자였다. 다른 선수들과 의사소통이 되지 않은 것이지 그가 사교성이 없어서 그런 건 아니다. 그는 다만 말을 많이 하지 않을 뿐이었다.

출근해서 "안녕, 세바." 하고 내가 인사하면 그는 "안녕하세요, 미스터."라고 말했고 그걸로 끝이었다. 그에게서 더 이상 아무런 대화도 끌어낼 수 없었다. 유럽 대항전이 끝난 뒤 로이 킨하고 싸웠던 일은 생각난다. 나중에 조금 과격해지긴 했지만 그는 팀을 분열시키는 존재는 아니었다.

우리는 유럽 대항전 경기 스타일을 바꾸려던 중이었다. 1999 챔피언스리그에서 우승한 후 2년이 지났고 우리는 벨기에의 안더레흐트와 에인트호번의 PSV로 원정을 가서 단지 역습만으로 형편없는 참패를 당했다. 우리는 전통적인 유나이티드의 4-4-2 진영을 사용했고 무참히 짓밟혔다. 선수들과 스태프에게 우리가 공을 더 소유하지 못하고 중원 싸움에서 계속해서 밀린다면 상대에게 파악당한 우리는 더 많은 패배를 당할 것이라고 말했다. 그래서 우리는 세 명의 미드필더를 세우는 전략으로 바꿨고 베론은 새로운 변화의 일부가 되어주었다.

변화를 처리하는 일, 그것은 10년 동안 내가 수없이 해온 일이었다.

덕분에 좋아하는 많은 선수와 이 문제로 부딪쳤다. 예를 들어 나는 파올로 디카니오를 데려오기 위해 엄청나게 노력했다. 계약은 거의 성사 직전에 이르렀다. 그는 우리의 제안을 수락했지만 다시 돌아와 더 많은 것을 원했다. 그의 새로운 요구에는 응할 수 없었다. 그러나 그는 맨체스터 유나이티드가 가져야 할 종류의 선수였다. 관중을 불러 모을 수 있고 그다음에는 자리를 박차고 일어나 환호할 수 있게 하는 선수 말이다. 그곳에 있었을 때 나는 늘 그런 선수들을 데리고 있었다.

그리고 낚시에서 빠져나간 또 다른 선수로는 호나우디뉴가 있었다. 그를 올드 트래퍼드로 데려오는 계약을 승인했다. 카를루스 케이로스도 같이 있었고 그 사실을 보증할 것이다. 호나우디뉴를 영입하려는 시도는 유나이티드가 언제나 부적 같은 선수들을 두고 있었다는 사실을 반영했다. 나는 항상 그런 종류의 재능을 가진 선수를 찾아 헤맸다. 내 생각은 이랬다. '우리는 베컴을 팔아서 2,500만 파운드를 벌었고 호나우디뉴를 1,900만 파운드에 사려고 한다. 제발 정신 차려, 이건 공짜나 다름없다고.'

미국에서 돌아오는 길에 비행기는 급유를 위해 캐나다의 작은 섬 뉴펀들랜드를 경유했다. 허허벌판에는 오두막 한 채밖에 보이지 않았다. 급유를 기다리는 동안 승무원이 환기를 위해 문을 열자 조그만 소년이 유나이티드 깃발을 들고 혼자 담장 앞에 서 있었다. 승객들은 비행기에서 내리는 일이 허락되지 않았다. 트랩에 서 있을 수는 있지만 활주로에는 내려갈 수 없었다. 우리가 할 수 있는 유일한 일은 허허벌판에서 담장에 찰싹 달라붙어 있는 꼬마 유나이티드 팬에게 손을 흔들어주는 것뿐이었다.

유럽으로 돌아온 뒤 포르투갈로 가서 베론을 팔았다. 그는 퀸턴 포춘에게 첼시로 갈 거라고 말했다. 나는 1,500만 파운드 이하로는 그를 팔고 싶지 않았지만 첼시는 900만 파운드만 제시했다. "절대 안 돼. 베론을 900만에 보낼 수는 없어." 내가 말했다. 하지만 포르투갈에서 케니언이 내게 말했다. "1,500만 파운드에 합의했습니다." 그러고 나서 스포르팅 리스본과의 경기가 있었고 호날두와 존 오셰이의 대결이 이루어졌다. 아직도 존에게 고함을 치던 내 목소리가 귓가에 울리는 듯하다. "녀석에게 좀 더 바짝 붙으라고, 셰이지."

"못하겠어요." 애처러운 대답이 들려왔다.

한 달 후, 데이비드 길이 전화를 걸어왔다. "이건 어때요, 케니언이 첼시로 가는 건." 데이비드는 회장으로 취임했고 클럽에 커다란 발전을 가져왔다. 피터 케니언은 너무 많은 일을 벌이려다 가장 중요한 일을 완수하는 데 실패하는 느낌이었다. 클럽 회장직에 필요한 능력은, 임무를 완수하는 재능이다.

데이비드 길이 회장이라는 뜨거운 의자에 앉았을 때 나는 그가 자신이 해야 할 일이 무엇인지 확신하지 못하는 건 아닌가 의심했다. 데이비드는 직업상 회계사였다. 내 충고는 다음과 같았다. "피터 케니언처럼 너무 많은 일을 벌이지 말고 다른 이에게 위임하시오." 의심할 여지 없이 그는 내가 부딪쳐야 했던 모든 회장 중 가장 뛰어난 관리자였다. 일류였다. 주사위처럼 명료했고 매우 접근하기 쉬웠다. 현실감각이 있었으며 축구의 가치를 알았다. 또한 축구를 이해하고 있었다. 마틴 에드워즈 역시 축구에 대한 지식이 풍부했지만 데이비드와는 복잡한 문제가 일어나는 법이 없었다. 데이비드는 마음에 들지 않는 소리를 할지 모르지만 그런 말을 회피하지 않고 곧장 말해줬다. 아주 바람직한 방식이었다.

마틴은 가장 중요한 순간 나를 지지했지만 데이비드가 올 때까지 나는 낮은 급여를 받고 있었다. 일에서 존중받는 것을 대체할 수 있는 것은 없다. 자신이 일을 훌륭하게 해내고 있다는 말은 그 자체로 기분 좋은 일이지만 그게 전부다. 거기에는 금전적인 인정이 따라야 한다.

소유주가 바뀌는 큰 변화는 클럽 회장에게는 엄청나게 힘든 일이다. 새 소유주가 클럽을 인수한 뒤 전체 그림이 바뀌었다. 그들이 날 좋아하는가? 그들이 새로운 감독, 새로운 경영자를 원하는가? 글레이저가가 인수함으로써 데이비드는 가장 힘든 시간을 보냈다. 언론의 관심은 폭발적이었다. 부채 문제는 한 번도 나오지 않은 적이 없었다. 데이비드의 회계사 자격증은 이 부분에서 그에게 유리하게 작용했다.

내가 가진 클럽의 비전은 젊은 선수들이 기량을 발전시킬 수 있는 곳이다. 그 목표를 유지하기 위해 우리는 긱스, 스콜즈, 네빌 그리고 로이 킨이라는 토대를 유지해야 했다. 우리는 중추적인 선수들을 충분히 보유하고 있었기 때문에 유망주들을 자유롭게 영입할 수 있었다. 판데르 사르는 토대 역할을 하는 또 다른 선수였다. 그는 최고의 영입 중 하나였다.

새로운 브라이언 롭슨을 찾는 일은 우리에게 킨을 안겨줬다. 에릭 젬바젬바는 정상급 미드필더가 될 잠재성을 보였다. 그의 경기를 보러 나는 프랑스에 갔고 그는 매우 뛰어난 활약을 보였다. 그는 경기를 이해했고 공격의 초기 단계에 능숙하게 끊었으며 400만 유로면 영입이 가능했다. 스타드 렌의 골키퍼였던 페트르 체흐도 그 경기를 보러 간 이유 중 하나였다. 그는 열여덟 아니면 열아홉 살이었다. 나는 우리에게는 너무 어리다고 결론 내렸다.

가끔 선수 하나를 잃게 되면 그와 비슷한 다른 선수를 얻게 되곤 한다. 폴 개스코인을 잃었지만 폴 인스를 얻은 것이 그 예다. 우리는 앨런 시어러와 함께하는 데는 실패했지만 대신 에리크 캉토나와 계약했다.

데려올 선수들은 언제나 있기 마련이다. 내가 선택할 수 있는 범위는 넓었고 한 선수를 놓치면 리스트에서 그를 보완할 다른 선수를 데려오면 됐다. 통합적인 목표는 우리 손안에 들어온 선수가 누구든지 잘 갈고 다듬는 것이다. 캉토나는 이십 대 중반에 왔지만 우리는 통상적으로 더 어린 선수들을 표적으로 삼아왔다. 루니와 호날두는 십 대 소년이었다. 2006년 이후인가부터 우리는 팀이 다 함께 늙어가는 오래된 덫에 걸리는 것을 피하려는 노력에 더욱 박차를 가했다. 우리는 다시 거기에 초점을 맞췄다. 앤디 콜, 드와이트 요크 그리고 테디 셰링엄의 예처럼 기량의 저하나 노쇠화가 나타날 수 있었다. 그런 상황이 되면 영입 네트워크에 대한 요구는 더욱 무거워진다. 선수를 찾아내는 스카우터들은 바빠진다. 우리는 항상 그들을 닦달하게 된다. "어이 괜찮은 애 좀 찾아냈나?"

클레베르송의 영입은 2002월드컵 브라질 대표팀에서 좋은 활약을 펼친 뒤에 이루어졌다. 그와 계약했을 때 여전히 브라질 팀에서 뛰고 있었다. 하지만 그는 충동구매의 위험을 보여준 사례로 남게 되었다. 우리가 찾고 있던 것은 킨의 뒤를 이을 누군가였다. 그래서 비에이라가 계획에 들어온 것이다. 그랬다면 이상적인 결과였을 것이다. 그는 잉글랜드식 축구에 익숙했고 카리스마 넘치는 리더였다. 위대한 선수임을 나타내는 표상 중 하나는 상대팀 팬들이 그를 조롱하는 노래를 부를 때다. 상대팀 팬들은 언제나 파트리크 비에이라를 조롱하는 노래를 불렀다. 그를 두려워한다는 증거다. 그 부류의 또 다른 선수로는 앨런 시어러가 있다. 언제나 원정석에서 그에 대한 노래가 들려온다.

클레베르송은 재능 있는 선수였다. 하지만 그는 성격과 배경에 대한 조심스러운 조사가 이루어져야 한다는 내 평소 의견을 증명해주는 사례가 되었다. 우리는 그를 너무 쉽게 손에 넣었다. 그 사실이 나를 불안하게 했다. 클레베르송이 도착했을 때 그에게 열여섯 살의 아내가 있다는 사실을 알았다. 그는 스물세 살이었다. 그녀는 자기 가족을 모두 데리고 왔다. 포르투갈의 발리 두 로부에 있던 프리시즌 훈련장에서는 오직 선수들만 훈련 전 아침식사 자리에 올 수 있었다. 클레베르송은 장인을 데리고 왔다. 그는 처가에 대해서는 아무런 권위가 없는 것처럼 보였다. 좋은 청년이었지만 영어를 배우려는 자신감이 부족했다.

그는 경기에서 우수한 체력과 높은 수준의 기술을 선보였지만 개성을 보일 수는 없었다. 브라질이 그를 썼던 방식은 아마 우리가 원했던 방식과 다른 것 같았다. 브라질 팀에서 그는 백 포 앞에 서서 호베르투 카를루스와 카푸가 풀백으로 공격에 가담하는 일을 도왔다.

해결해야 할 문제가 쏟아질 때 실수가 생기게 마련이다. 세부적인 정보를 바탕으로 관찰한 선수들을 가지고 여러 해에 걸쳐 계획을 차근차근 실행에 옮길 때 우리는 가장 잘할 수 있었다. 크리스티아누 호날두와 계약하기 전에 우리는 이미 그에 대한 모든 것을 알고 있었다. 우리는 루니를 열네 살에 데려오려 했고 열여섯 살 때 다시 시도했다. 그리고 마침내 열일곱 살이 되었을 때 그를 데려오는 데 성공했다. 루니라면 계획을 세울 만하다. 그는 우리에게 확실한 표적이었다. 그것이 맨체스터 유나이티드의 최상급 스카우트 능력이다. 베론이나 클레베르송의 경우는 급조된 영입이었다. 공황에 빠져 충동구매한 것은 아니었지만 너무 성급했다.

잼바잼바 역시 좋은 청년이었지만 대형 영입이 아닌 탓에 언론으로부터 무자비하게 공격당했다. 그들은 언제나 스타를 원했고 잘 알려지지 않은 선수들에게는 시큰둥한 전망을 보인다. 처음에는 그들도 베론을 좋아했다. 클레베르송과 젬바젬바에게는 미지근한 반응을 보였다. 다비드 벨리옹의 경우 아직 어렸기 때문에 우리는 그를 좋은 선수로 키울 수 있을 거라고 생각했다. 그는 번개처럼 빠르고 매력적이며 기독교인이었지만 매우 수줍음을 탔다. 그가 선덜랜드에 있었을 때 우리를 상대로 교체 투입되었고 우리를 완전히 무너뜨렸다. 그의 계약이 끝나자마자 우리는 그를 영입하려고 했다. 그의 배경을 좀 더 자세히 조사했다면 그가 소극적인 성격이라는 사실을 알았을 것이다. 결국 우리는 그를 니스에 100만 파운드에 팔았고 이후 보르도로 이적하며 우리에게 추가 이적료를 안겼다. 벨리옹의 이적은 새로운 팀의 주춧돌을 놓기 위한 시도로 분류할 수 없을 것이다. 그는 마침 좋은 가격으로 구할 수 있었던 추가적인 영입이었을 뿐이다.

이 시기의 전환점은 호날두와 루니를 데려오면서 찾아왔다. 우리에게 필요했던 대형 영입이었다. 우리의 전통인, 경기를 승리로 이끄는 팀의 부적 같은 선수들이었다. 2006년 들어온 파트리스 에브라와 네마냐 비디치 역시 또 다른 스타 영입이었다. 우리가 비디치에게 우선 주목한 자질은 용기와 투지였다. 그는 멋진 태클을 구사했고 능숙하게 공을 머리로 걷어낼 수 있었다. 우리는 전형적인 잉글랜드 센터백을 찾는 중이었다. 비다(비디치의 애칭)는 모스크바의 마지막 시즌이 끝난 11월 이후에는 경기에 나서지 못한 상태였다. 블랙번과 가진 데뷔전 때 그는 수비진에서 거친 숨을 몰아쉬었다. 그에게는 프리시즌이 필요했다. 그게 다였다.

데니스 어윈의 오랜 포지션이었던 레프트백 위치에는 잠시 에인세를 기용했다가 모나코에서 윙백으로 뛰던 에브라로 갈아탔다. 그는 포르투와 벌인 챔피언스리그 결승전 주전 멤버였다.

풀백을 구하는 것은 진귀한 새를 찾아 헤매는 일과 비슷하다. 처음 에브라를 봤을 때 그는 윙백으로 뛰고 있었다. 하지만 발이 빨랐고 우리 시스템에서 풀백으로 전환시킬 수 있을 만큼 아직 어린 선수였다. 우리는 그의 공격 능력에 대해서는 잘 알고 있었다. 빠르고 훌륭한 기술 그리고 매우 강한 의지를 갖고 있었다. 한마디로 아주 강했다. 에인세는 또 다른 성격의 선수였다. 자기 할머니도 걷어찰 정도로 인정사정 없었다. 하지만 센터백도 가능한 완벽한 재능을 갖췄다. 이 두 건의 영입은 성공으로 끝났다.

모든 유나이티드 팬이 기억하는 것처럼 에브라의 데뷔전은 이스틀랜즈에서 벌어진 맨체스터 더비였고 거기서 형편없는 모습을 보였다. 그가 '내가 왜 여기에 와 있는 거지?' 하고 생각하는 게 보일 정도였다. 결국 그는 자리를 잡고 기량을 발전시켜갔다. 한편 에인세는 용병 기질이 있었고 그에게는 언제나 다음 계약을 찾아 지평선을 응시하는 분위기가 풍겼다. 1년이 지난 후 그는 떠나길 원했다. 우리는 비야레알 원정 중이었고 발렌시아 외곽의 근사한 숙소에 머물고 있었다. 에인세의 에이전트가 날 찾아와 그가 떠나길 원한다고 말했다.

그 후로는 모든 일이 예전 같지 않았다. 다음 날 그는 십자인대 부상을 당했다. 우리는 그의 모든 요구를 들어줬다. 재활을 위해 스페인에 남도록 허락도 해줬다. 그는 그곳에서 6개월을 보냈고 돌아와서는 단한 경기에 나섰다. 우리는 전력을 다했다. 그러나 12월 말 그는 돌아와서 이적을 원하고 새로운 조건과 새로운 계약을 원했다. 부상에서 완전히 회복해서 복귀한 후 그는 에이전트와 함께 데이비드 길을 찾아갔고 우리는 그가 없는 편이 낫다는 결론에 도달했다. 우리는 900만 파운드에 그를 내보내는 데 합의했다. 두 사람은 곧장 리버풀로 갔고 리버풀은 그를 영입했다.

가브리엘은 전통적으로 맨체스터 유나이티드가 선수들을 리버풀에 팔지 않고 리버풀도 유나이티드에 팔지 않는다는 이야기를 확실하게 오해의 여지 없이 들었다. 에인세의 변호사들은 이 건을 가지고 법률적 문제로 비화시키려고 했고 결국 런던 재판까지 가야 했다. 거기에서 프리미어리그는 우리의 손을 들었다.

이 과정을 거치는 동안 크리스털 팰리스의 회장은 데이비드 길에게 에인세의 대리인 중 누군가가 찾아와서 에인세를 산 뒤에 나중에 리버풀에 팔 것을 제의했다고 말했다. 우리는 이 정보를 우리 측 증거의 하나로 확보했다. 판결은 우리에게 유리하게 내려졌고 결국 우리는 그를 레알 마드리드로 떠넘길 수 있었다. 이런 선수들은 떠돌아다니게 된다. 에인세는 PSG로 가기 전에 이미 두 개의 스페인 클럽에 있었고 그 뒤에 우리에게 왔다.

앨런 스미스는 그즈음 우리가 영입한 또 다른 선수였다. 2004년 5월 700만 파운드에 데려왔다. 리즈의 재정 파탄이 공공연한 사실이 되었을 때 데이비드 길에게 500만이면 앨런을 살 수 있다는 정보가 들어왔다. 나는 언제나 앨런을 좋아했다. 그는 내가 오만한 선수라고 부르는 유에 속하는 것처럼 보이지만 실은 좋은 성격의 소유자였다. 그는 라이트윙, 미드필드, 센터포워드 등 여러 위치에서 뛸 수 있었다. 골을 많이 넣지 못하지만 팀에 보탬이 되는 마크 휴스 같은 선수였다. 우리는 나중에 600만 파운드에 그를 뉴캐슬로 팔았다. 앨런은 우리를 위해 열심히 뛰었고 가끔 번뜩이는 플레이를 보여주기도 했다. 2006년 리버풀 원정에서 그의 다리가 부러진 사건은 내가 본 가장 끔찍한 광경이었다. 리버풀 치료대에 누운 그를 보러 달려갔던 일을 잊을 수 없을 것이다. 리버풀 의료진은 그가 쇼크에 빠지는 걸 방지하기 위해 주사를 놓고 있었고 믿음직해 보였다.

그의 발은 잘못된 방향으로 꺾여 있었다. 나와 함께 있었던 보비 찰턴은 움찔했다. 그는 뮌헨 참사(1958년 2월 뮌헨 공항에서 맨유 선수단을 실은 비행기가 이륙에 실패한 후 화염에 휩싸여 많은 사상자가 나온 사건)에서 살아남은 사람인데도 말이다. 한편 앨런은 태연했다. 그는 무표정한 얼굴로 앉아 있었다. 끔찍한 사고였다. 앨런의 반응은 사람에 따라 고통의 문턱이 다르다는 걸 알게 했다. 나는 주사를 무서워한다. 바늘이라면 끔찍하다. 글래스고에서 펍을 열고 있었을 때의 일이다. 어느 일요일 술통을 갈던 도중에 공기를 내보내려고 술통의 창날 부분을 젖히는데 쥐가 어깨 위로 뛰어올랐다. 깜짝 놀라 뒤로 껑충 뛴 순간 창날이 뺨에 박혔다. 아직도 뺨 위에는 그때의 흉터가 남아 있다. 무서워서 상처에 손을 댈 수 없었던 나는 3킬로미터 떨어진 병원까지 차를 몰고 갔다. 간호사는 아무렇지도 않게 창날을 빼냈고 나는 그들이 주사를 놓자마자 정신을 잃었다. "레인저스의 덩치 큰 센터포워드가 이 정도 가지고 기절을 해요." 간호사가 말했다. 나는 거기서 죽는 줄 알았다. 앨런은 내가 본 것 중에서 가장 끔찍한 부상을 입었는데도 어떤 동요도 보이지 않았다. 그것이 바로 앨런이었다. 놀라울 정도로 용감한 청년이다.

그는 성실하고 정직한 직업윤리를 가진 축구선수이기도 했다. 그에게 부족한 것은 최정상급 레벨에서 두각을 나타낼 수 있는 최고의 재능이었다. 뉴캐슬이 우리에게 금액을 제시했을 때 우리는 그를 보낼 수밖에 없었다.

우리를 위해 그가 맡은 마지막 역할은 수비형 미드필더였다. 그는 태클은 잘했지만 진짜 홀딩형 선수처럼 경기를 읽는 능력이 부족했다. 그는 공이 있는 곳마다 쫓아가서 태클할 수 있는 미드필더였다. 그가 센터포워드로 뛸 때는 상대편 센터백들을 애먹었다. 하지만 로이를 대신할 선수를 찾는 과정에서 우리는 피치의 중앙을 지킬 선수를 찾아야 했다. 오언 하그리브스가 잠시 그 역할을 맡았다. 앨런은 그런 역할에 들어맞는 유형의 선수는 아니지만 우리를 위해 뛰는 일 자체를 사랑하는 선량하고 정직한 선수였다. 그에게 경기 출장을 장담할 수 없다고 설득하는 데는 많은 시간이 필요했다. 팀은 전진해야 했다.

2004년 풀럼에서 데려온 루이 사아는 또 하나의 대형 영입이었다. 하지만 끊임없는 부상은 그와 우리에게 불리하게 작용했다. 우리는 메츠에서 뛰는 그를 몇 번 보러 갔지만 스카우터들의 보고서는 초대형 클럽들의 영입 리스트에 오를 만한 자질을 찾아내지 못했다. 그는 풀럼 선수로 나타났고 그때마다 우리를 힘들게 했다. 크레이븐 코티지에서 열린 FA컵 경기 때 그는 중앙선에서 웨스 브라운을 따돌리고 우리 편 골대로 달려가 공을 받은 뒤 득점했다. 그때부터 우리는 항상 그를 지켜봤고 1월이 되자 영입할 준비를 마칠 수 있었다.

풀럼의 구단주인 모하메드 알파예드와의 협상은 복잡한 과정을 거치는 일이었다. 금액에 합의했다는 소식과 함께 "이것이 우리가 양보할 수 있는 최대한이오."라는 대답을 들었다. 그리고 가격은 양쪽의 중간치인 1,200만 파운드였다.

우리가 고용한 모든 센터포워드 중에서 재능(양발을 다 사용하고 공중볼에 능하며 순발력, 스피드, 파워가 있어야 한다)만을 놓고 본다면 사아는 최고 중의 하나일 것이다. 그는 끊임없이 상대에게 위협을 선사했다. 하지만 그 뒤에는 부상이 이어졌다. 우리 집에서 50미터도 안 되는 곳에 살던 루이는 호감 가는 청년이었지만 몸 상태가 150퍼센트 만족스러워야 경기에 뛸 수 있었다. 우리에게는 괴로운 일이었다. 단지 몇 주를 못 나오는 정도가 아니었다. 그의 부상은 여러 달 동안 이어지게 마련이었다. 그를 팔게 된 이유는 아무리 재능이 뛰어나더라도 그를 데리고 계획을 세울 수 없기 때문이었다. "이것이 앞으로 2, 3년 동안 내 팀이 될 것이다." 나는 그에 맞춰서는 이렇게 말할 수 없었다. 사아는 주춧돌이 될 선수로 간주될 만큼 어렸지만 그의 지속적인 결장으로 인한 불확실성은 먼 미래를 내다보는 일을 불가능하게 했다.

부상은 그에게 너무나 성가신 문제라 은퇴를 고민하게 할 정도였다. "넌 젊어. 부상 때문에 포기해서는 안 돼. 그저 돌아오기 위해 노력해야 할 뿐이야. 언제까지나 이런 상태가 계속되지는 않을 거다." 나는 그에게 말했다.

그는 죄책감에 시달렸다. 우리를 실망시켰다고 생각했다. 그는 사과의 뜻을 담은 문자를 보내오곤 했다. 나는 그를 위로하기 위해 단지 운이 없었으며 운이 없는 선수는 축구 역사에 많이 있다고 이야기해줬다. 비브 앤더슨이 그중 하나다. 우리가 아스널에서 비브의 기록을 검토하고 있었을 때 4년 동안 네 경기에 결장한 것을 발견했다. 모두 경고 누적에 의한 것이었다. 비브는 우리에게 왔고 한 번도 경기에 뛸 만한 몸 상태를 갖추지 못했다. 우리는 셰필드 웬즈데이에 자유이적으로 보냈고 그는 3년 동안 그곳에서 뛰면서 경기를 놓친 적이 거의 없었다. 나는 이걸 가지고 종종 그를 놀렸다. "넌 우리 팀에서 뛰는 게 싫었던 거야." 그는 맨체스터 유나이티드의 열렬한 팬이었고 우리를 위해 좋은 플레이를 하기를 간절히 원했다. 하지만 고질적인 무릎 부상이 그의 발목을 잡았다.

루이는 그의 부상이 폼을 망치고 있다는 것을 알았다. 그로부터 그를 좀먹어가던 죄책감이 시작되었다. 카를루스는 그를 위해 재활 프로그램을 고안했다. 14일 안에 그가 완벽한 몸 상태를 회복할 수 있도록 한 카를루스가 직접 만든 맞춤용 프로그램이었다. 우리가 루이에게 설명해주자 그는 적극적으로 받아들이며 혼신의 힘을 다해 슈팅, 턴 동작 등 준비운동 프로그램을 실행했다. 그는 연습에서 날아다녔다. 경기 전날 금요일, 사아가 운동장 밖으로 나가더니 햄스트링에 이상이 있다고 말했다. 결국 도저히 그의 섬세한 육체를 정복할 수 없을 것 같아서 2008년 에버턴과 이적 협상을 마쳤다.

에버턴은 우리의 접근 방식을 그대로 따르면서 그가 자신 있게 플레이할 수 있는 수준으로 향상시키려고 시도했다. 맨체스터 유나이티드의 압박으로부터 벗어난 게 그에게 좋은 쪽으로 작용했을지도 모르겠다. 그래도 그는 환상적인 센터포워드였다. 2009/10시즌 프랑스가 그를 월드컵 출전선수 명단에서 제외했을 때 프랑스가 미쳤다고 생각했으니까.

어린 선수에 대한 우리의 끊임없는 논란거리, 즉 그들이 올드 트래퍼드 관중과 인내심 없는 언론의 요구에 부응해야 하는 문제를 극복할 수 있을지 없을지는 기질에 달려 있다. 그들이 유나이티드 셔츠를 입고 자랄 것인가, 쪼그라들 것인가? 훈련장과 2군을 거쳐 유나이티드의 베스트 11에 들게 된 토착 유스 팀 선수들의 기질에 대해서는 모두가 알고 있다.

드레싱룸에 자기 성격을 두고 나갈 수는 없다. 그것은 그 방을 벗어나 터널을 지나 피치 위로 나서야 한다.

2003/04시즌에 우리는 무패의 아스널 아래에서 3위로 리그를 마쳤다. 하지만 카디프에서 열린 FA컵 결승에서 밀월을 3대 0으로 이겼다. 호날두는 그 경기에서 엄청난 활약을 했다. 그는 헤더로 팀의 포문을 열었고 판니스텔로이가 페널티킥 하나를 포함해 두 골을 더 넣었다.

그해의 모든 것은 지미 데이비스를 교통사고로 잃은 비극에 가려졌다. 스물한 살이었던 지미는 쾌활하고 밝은 젊은이였다. 그에게는 기회가 있었다. 축구선수로 성공할 수도 있었을 것이다. 우리는 왓퍼드로 그를 임대 보냈었다. 토요일 아침 우리 아카데미 경기를 보러 가던 중에 나는 왓퍼드의 오후 경기가 연기되었다는 소식을 들었다. 자세한 이유는 언급되지 않았다. 그리고 아카데미 경기 도중 지미가 교통사고로 죽었다는 소식을 들었다.

그는 끈질긴 선수였고 인기도 많았다. 클럽의 많은 사람들이 그의 장례식에 참석했다. 2년 후 어느 결혼식에서 나는 선뜩한 기시감을 느꼈다. 야외에서 사진을 찍고 있는데 목사가 내게 와서 "지미의 무덤을 보러 가지 않겠습니까?" 하고 물었다. 얼른 연결이 안 돼 멍하니 있다가 갑자기 등골까지 싸늘해졌다. 너무 슬픈 비극이었다. 그는 맨체스터 유나이티드에서 영원히 기억될 것이다.

호날두

크리스티아누 호날두는 내가 감독했던 선수 중 가장 출중한 재능을 지닌 선수다. 그는 내가 지도했던 다른 모든 위대한 선수들을 뛰어넘었다. 그리고 나는 많은 위대한 선수를 겪어봤다. 클럽에서 길러낸 두 선수, 폴 스콜즈와 라이언 긱스가 굳이 그에 근접했다고 할 수 있지 않을까. 그 두 사람은 맨체스터 유나이티드에 20년 동안 비상하게 기여해 왔기 때문이다. 그러한 일관성과 오랫동안 지속될 수 있었던 능력, 그리고 행동양식은 상당히 독보적이다.

우리는 결국 우리의 마법사 크리스티아누를 레알 마드리드에 뺏겼지만 그와 함께했던 시간을 자긍심과 고마움으로 돌아보게 된다. 2003년에서 2009년까지 우리와 여섯 시즌을 함께하면서 그는 292경기에서 118골을 넣었으며 챔피언스리그 우승 1회, 프리미어리그 우승 3회, FA컵 우승 1회 그리고 리그컵 우승 2회를 하는 데 기여했다. 그는 모스크바에서 벌어진 2008챔피언스리그 결승전에서 첼시를 상대로 득점했고 12개월 후 로마에서 열린 챔피언스리그 결승전에서 바르셀로나를 상대로 마지막 경기를 했다.

경기 사이사이에 우리는 캐링턴에 있는 훈련장 피치 위와 2000년대 중반의 힘든 시기를 넘긴 베스트 11 속에서 특별한 재능이 개화하는 모습을 지켜보았다. 우리는 호날두가 현재의 선수로 성장하는 것을 도왔고 그는 우리가 과거 맨체스터 유나이티드 팀들이 지녔던 흥분과 자기표현을 되찾는 것을 도왔다.

마드리드는 그의 몸값으로 현금 8,000만 파운드를 내놨다. 그 이유를 아는가? 그것은 그들의 회장인 플로렌티노 페레스가 세상에 대고 "우리는 레알 마드리드다. 전 세계에서 가장 위대한 클럽이다."라고 말하기 위해서였다. 그것은 그들에게는 현명한 이적이었고 축구계에서 가장 유명한 선수들로 팀을 만들겠다는 의지를 천명한 행위였다.

페레스의 전임자인 라몬 칼데론은 그 전해에 크리스티아누가 언젠가는 레알 마드리드의 선수가 될 것이라고 주장했다. 그들이 8,000만 파운드를 내놓는다면 그를 보낼 수밖에 없는 현실을 너무나 잘 알고 있었다. 우리는 이베리아반도로 돌아가서 디스테파노나 지단이 걸쳤던 하얀 셔츠를 입겠다는 그의 열망을 막을 길이 없었다. 십 대의 나이에 맨체스터 유나이티드로 온 다른 재능 있는 선수들과 마찬가지로 호날두를 감독하는 것은 매우 편했다. 그들이 아직 세계적인 우상이 아니고 위로 올라가는 중이었기 때문이다. 호날두가 그랬듯이 이들이 대스타가 되는 시점에 이르게 되면 카를루스 케이로스와 내가 항상 의논했던 질문을 던지게 된다. "우리는 얼마나 더 오래 크리스티아누 호날두를 데리고 있게 될까?"

카를루스는 최대한 엄정한 결론을 내렸다. 그가 말했다. "알렉스, 우리가 호날두를 5년 동안 데리고 있으면 우리는 금맥을 캔 거예요. 열일곱 살에 외국으로 간 포르투갈 선수가 5년을 버틴 전례는 없거든요."
우리가 그를 6년 동안 데리고 있었던 것은 보너스였다. 그 기간 동안
우리는 챔피언스리그 우승컵, 세 번의 리그 우승을 그와 함께 달성했
다. 상당히 좋은 보답을 받았다고 생각한다.

그가 떠날 가능성이 현실로 다가오자 그와 신사협정을 체결했다. 포
르투갈에 있는 카를루스의 집으로 찾아갔을 때 호날두는 레알 마드리
드로 가고 싶다는 욕망을 숨기지 않았다. 나는 그에게 말했다. "넌 올
해는 갈 수 없어. 특히 이 문제를 칼데론이 저런 식으로 접근한 후에
는." 나는 덧붙였다. "네가 레알 마드리드로 가고 싶어하는 건 안다. 하
지만 그 작자에게 널 파느니 차라리 널 쏘아버리겠어. 만약 네가 좋은
활약을 하고, 그걸 꾸준히 지켜낸다면 누군가 찾아와서 우리에게 사상
최대의 금액을 제의할 거야. 그러면 우리는 널 보낼 거다." 나는 이미
이 메시지를 그의 에이전트인 조르즈 멘데스에게 전한 바 있다.

나는 그를 가라앉히는 데 성공했다. 내가 그해에 그를 팔지 않으려는
이유는 칼데론 때문이라고 말했다. "만약 내가 너를 팔면 내 모든 명예
는 사라진다. 모든 것을 잃는 거야. 그리고 난 네가 관중석에 앉아 있게
돼도 상관없어. 그렇게까지 되진 않겠지만 단지 올해엔 널 팔지 않겠다
는 건 말해둬야겠다."

우리의 대화 내용을 데이비드 길에게 전했다. 그는 그대로 글레이저
가에 전달했다. 내 발언이 레알 마드리드까지 들어갔으리라고 확신한
다. 그 시점에서 혹시 우리가 맺은 협정의 세부 내용이 새나갈까 두려
워했다. 호날두에게 그 여파에 대해 미리 경고해두기는 했다. 그가 레
알 마드리드에 말하지 않았을 거라고 믿는다. 그의 에이전트 조르즈 멘
데스는 의심할 여지 없이 내가 겪어본 에이전트 중에 가장 유능했다.

그는 책임감으로 무장하고 자신의 선수들을 믿을 수 없을 정도로 세심하게 돌보면서 클럽들을 매우 공평하게 대했다. 그에게서 크리스티아누가 스페인으로 갈까 봐 불안해하는 느낌을 받았다. 레알이 호날두를 그냥 삼켜버릴 거라는 뻔한 이유에서였다. 다른 에이전트, 다른 사람들에게 그를 넘겨주게 될 것이었다. 나는 그가 호날두를 잃는 것을 두려워했다고 생각한다.

내가 호날두에 대해 늘상 하는 생각이 있는데 설사 그가 형편없는 경기를 할지라도 언제나 세 번의 기회를 만들어낸다는 것이다. 모든 경기에서. 그의 모든 경기를 한번 살펴보라. 산처럼 쌓인 영상 증거 속에서 그가 기회를 적어도 세 번 이상 만들지 못한 경기는 하나도 찾지 못할 것이다. 그는 믿을 수 없는 재능을 지녔다. 나는 리스트에 그의 모든 것을 올려놓을 수 있다. 훈련 퍼포먼스, 힘, 용기, 발과 머리를 쓰는 기술 모두.

초창기에는 그가 할리우드 액션을 조금 했던 것은 사실이다. 그는 연극적인 축구 문화가 있는 곳에서 처음으로 축구를 배웠다. 불의는 그의 주위에 형성된 비판에서 결코 멀리 떨어져 있지 않았다. 하지만 그는 변했다. 비판자들에게 흔히 무시되어온 측면은 움직이는 속도다. 그렇게 빨리 달리는 선수는 살짝만 건드려도 넘어지는 경향이 있다. 인간의 균형감각은 부자연스러울 정도로 빨리 달리는 사람이 넘어지지 않도록 보호할 만큼 세밀하지 않다. 다리 옆을 살짝 밀거나 팔꿈치를 몸통에 찌르는 정도로 평형은 깨질 수 있다. 속도와 균형의 요인을 고려하지 않는 것은 불공평한 일이다.

처음에는 그가 과시성 플레이를 많이 했다는 사실을 인정한다. 그리고 카를루스는 그의 경기 방식 중 그 부분을 고치기 위해 열심히 노력했다. 그는 언제나 크리스티아누에게 이렇게 이야기했다. "클럽 밖의 사람들이 널 위대한 선수라고 인정하기 시작할 때에야 비로소 위대해지는 거야. 맨체스터 유나이티드한테 위대한 선수가 되는 것으로는 충분하지 않아. 네가 패스와 크로스를 때맞춰 뿌리기 시작하면 사람들은 널 읽을 수 없게 돼. 그때 위대한 선수가 모습을 드러내는 거지."

상대팀은 그에게서 무엇을 기대해야 하는지 알고 있었다. 그들은 그가 공을 끌 것임을 알았다. 만약 아스널과의 준결승전에서 기록한 그의 골을 유심히 보면 그가 변화를 거치는 중이라는 것을 알 수 있을 것이다. 역습을 시도하는 중에 호날두는 박지성에게 힐패스를 했고 우리는 불과 9초 만에 경기장 반대편에 가 있었다. 공을 네트 안에 꽂아넣을 때까지 9초 걸린 셈이다.

그것은 모든 사람들에게 자기가 얼마나 훌륭한 선수인지 보여주기 위해 안간힘을 쓰던 애송이의 변신이었다. 그렇다. 수많은 천재적인 선수들은 자신이 얼마나 축복받았는지 증명하고 싶어한다. 그리고 아무도 그런 욕구를 무리하게 억누를 수는 없다. 태클이나 파울이 무수히 쏟아져도 그는 존재 자체로 저항을 표현한다. "너희는 나를 경기에서 몰아낼 수 없어. 나는 호날두다." 그는 자신의 능력에 대해 훌륭한 용기와 자신감을 가졌다. 내 생각에 그는 다른 유나이티드 선수들이 그의 재능에 경외심을 가질 정도로 자신을 한 단계 올려놨다.

선수들은 훈련 중에 그에게 친절을 베풀며 이것저것 배울 수 있도록 도왔다. 처음에 캐링턴에서 태클을 당하면 그는 고통스러운 비명을 지르곤 했다. "아아악!" 선수들은 그때마다 그를 야단쳤다. 곧 그는 호들갑을 떨지 않게 되었다. 그의 머리도 도움이 되었다. 그는 매우 영리한 소년이었다. 선수들이 훈련 중에 자신의 비명과 아마추어 연기를 참지 않는다는 사실을 깨닫게 되자 그는 더 이상 그런 짓을 하지 않았다. 시간이 흐르며 그런 모습은 자취를 감췄다. 그의 마지막 시즌에 파울을 얻어내기 위해 두세 번 과잉반응을 보인 적은 있지만 다른 선수들보다 심한 것은 아니었다. 2008년 볼턴 전에서 얻은 페널티킥은 절대 페널티킥 상황이 아니었다. 마찬가지로 그도 고의로 페널티킥을 얻어내려고 한 게 아니었다. 다만 심판의 실수에 불과했다. 수비수가 공을 빼앗기 위해 다리를 뻗어서 깨끗하게 가로챘고 호날두는 넘어졌다. 부끄러운 일이었다. 호날두가 아니라 경기 주심이었던 롭 스타일스의 관점에서.

호날두를 영입할 수도 있었다고 모든 사람들이 말하지만(레알 마드리드와 아스널이 그런 주장을 했다) 우리는 포르투갈에서 그의 첫 번째 클럽이었던 스포르팅 리스본과 동맹을 맺고 있었다. 우리는 그곳으로 코치들을 보냈고 그들은 자기네 코치들을 우리 쪽으로 파견했다. 카를루스가 2002년 우리에게 왔을 때 말했다. "스포르팅에 어린애가 있는데 눈여겨봐야 해요."

"누군데?" 내가 물었다. 그런 선수가 두셋 있었기 때문이다.

"호날두요." 그가 말했다. 우리는 그에 대한 모든 것을 알고 있었다. 그때 그는 센터포워드로 뛰고 있었다. 이 아이는 특별하기 때문에 우리가 빨리 행동에 나서야 한다고 카를루스가 말했다. 그래서 두 클럽 간의 상호교류 협정의 일환으로 짐 라이언을 스포르팅 리스본에 보내 훈련을 참관하게 했다. 짐은 돌아와서 이렇게 말했다. "와우, 선수 하나를 봤어요. 내 생각에 윙어가 딱인데 유스 팀에서는 센터포워드를 하고 있더라고요. 나라면 너무 오래 기다리지 않을 겁니다. 열일곱 살이면 누군가 도박하려 할 거예요."

그래서 우리는 스포르팅과의 대화에 천재 소년의 이름을 던져봤다.

그들의 대답은 2년 더 데리고 있기를 원한다는 것이었다. 나는 우리가 그를 잉글랜드로 데려올 때까지 그 기간 동안 스포르팅에 적을 두는 방향으로 협상을 제의했다. 그렇지만 이 시점에는 선수나 그의 에이전트하고 이야기하지 않은 상태였다. 순수하게 클럽 대 클럽 사이의 논의였다.

그해 여름 카를루스가 레알 마드리드 감독으로 떠났고 우리는 투어를 위해 미국으로 갔다. 피터 케니언과 후안 세바스티안 베론도 떠났다. 합의한 내용의 일부에 따라 우리는 2004유러피언 챔피언십을 위해 건설된 스포르팅의 새로운 경기장에서 경기를 가지도록 돼 있었다.

그래서 우리는 포르투갈로 갔다. 존 오셰이가 라이트백이었다. 사람들은 게리 네빌이 그 부러워할 것 없는 포지션에 적격이라고 끈질기게 권유했지만 그 자리는 오셰이의 것이었다. 호날두가 받은 첫 번째 패스는 나도 모르게 고함을 지르게 했다. "젠장. 존, 녀석한테 바짝 붙어!"

존은 어깨를 으쓱했다. 고통과 당혹스러움이 그의 얼굴을 스쳐갔다. 더그아웃에 앉은 다른 선수들도 말했다. "우와, 감독님. 쟤 장난 아닌데요."

"괜찮아. 쟨 우리 거야." 마치 10년 전에 계약한 것처럼 내가 말했다. 나는 주무인 앨버트에게 말했다. "회장석으로 가서 케니언한테 하프타임 때 내려오라고 하게."

나는 피터에게 말했다. "저 아이와 계약할 때까지 우린 이 운동장을 떠나지 않을 거요."

"그렇게 좋은 선수입니까?" 케니언이 물었다.

"존 오셰이가 저 녀석 때문에 머리가 아팠다니까! 어서 그와 계약해요." 나는 말했다.

케니언은 리스본 사람들과 말해서 크리스티아누와 이야기할 수 있도록 허락해달라고 양해를 구했다. 그들은 우리에게 레알 마드리드가 호날두에게 800만 파운드를 제의했다고 경고했다.

"그렇다면 900만을 제시해요." 내가 말했다.

호날두는 아래층에 있는 작은 방에 그의 에이전트와 함께 있었다. 그곳에서 그를 맨체스터 유나이티드에 영입하고 싶다고 이야기했다. 조르즈 멘데스 앞에서 내가 말했다. "지금 말해두겠는데 넌 매주 뛰게 되지는 않을 거야. 하지만 1군 선수가 될 거다. 그 사실에 대해서는 한 치의 의심도 없다. 넌 아직 열일곱이고 적응할 시간이 필요해. 우리가 널 키워주마."

그가 다음 날 올 수 있도록 전용기를 빌렸다. 그의 어머니, 누나 그리고 조르즈 멘데스와 그의 변호사도 함께였다. 우리는 협상을 속히 마무리 지어야 했고 발 빠른 행동이 제일 중요했다. 글래스고에 있을 때는 토요일 아침에 내가 직접 선수들을 스카우트했다. 그리고 스카우터 노릇을 하면서 고용하는 남자들에게 항상 이렇게 말했다. "내가 아는 사람이 물건이 될 거라고 집어내는 것은 정말 멋진 일이지."

어느 날 밤, 나는 〈늑대개〉White Fang라는 영화를 보고 있었다. 클론다이크에 황금을 찾으러 가는 이야기를 그린 잭 런던의 책이 원작이다. 스카우트란 것도 아마 비슷할 것이다. 토요일 아침 축구 경기를 구경하며 서 있는데 조지 베스트, 라이언 긱스 또는 보비 찰턴이 보이는 것이다. 그날 내가 리스본에서 바로 그런 기분이었다. 계시.

내가 축구감독을 하면서 경험해본 가장 큰 흥분과 기대의 물결이 밀려왔다. 두 번째는 폴 개스코인을 봤을 때 다른 이유에서 느꼈던 흥분이었다. 뉴캐슬은 강등권 탈출을 위해 싸우는 중이었고 개스코인은 부상으로 뛰지 못했다. 우리는 부활절 이튿날 세인트제임스 파크 경기장에 와 있었다. 나는 노먼 화이트사이드와 레미 모지스를 중앙에 세웠다. 그들은 절대 성가대 단원 같은 미드필더가 아니었다. 이 듀오 옆을 춤추며 지나갈 엄두를 낼 사람은 없었다. 그런데도 개스코인은 내 눈앞에서 모지스의 다리 사이로 공을 툭 차서 통과시킨 다음 그의 머리를 쓰다듬었다. 나는 더그아웃에서 뛰쳐나와 소리쳤다. "저 뭐 같은 녀석을 당장 막……."

화이트사이드와 모지스는 개스코인이 크나큰 판단 착오를 했다고 알리려 했다. 간단한 재교육이 시작될 터였다. 하지만 개스코인은 그 두 사람 주위를 미끄러지듯 빠져나갔다.

그해 여름 그를 잡기 위해 온갖 수단을 다 동원했다. 하지만 뉴캐슬은 대신 토트넘에 그를 팔아버렸다. 뛰어난 선수를 눈앞에서 발견하게 된다면 감독 하는 내내 갈구하던 순간을 경험하는 중이라는 것을 깨닫는다. 그래서 뛰어난 재능을 발견한 흥분으로 그날 당장 개스코인의 영입에 달려들게 된 것이다.

반대로 호날두의 경우 케니언은 협상을 성공시켰다. 스포르팅은 스페인 클럽에 그를 팔지 않아서 기분이 좋았을지도 모른다는 느낌이 들었다. 협상은 빠르게 이루어졌고 옵션까지 합하면 1,200만 파운드에 이르렀다. 만약에 그를 팔게 되는 일이 생긴다면 스포르팅은 그를 다시 돌려받을 수 있는 선택권을 가지게 된다는 게 그들이 내세운 유일한 옵션이었다. 레알 마드리드로 호날두를 팔기 이틀 전 우리는 스포르팅에 그를 다시 돌려받겠느냐고 물었다. 다만 그러려면 8,000만 파운드의 돈이 들 것이라고. 당연한 얘기지만 거래는 이루어지지 않았다.

크리스티아누가 체셔에서 새로운 생활을 시작하게 되면서 그의 어머

니와 누나가 따라왔다. 그것은 좋은 일이었다. 예상했듯이 그의 어머니
는 호날두를 끔찍이 보호했다. 다행스러운 일이었다. 그녀는 말을 직설
적으로 하고 거만한 데라고는 없는, 모성이 매우 강한 여성이었다. 호
날두에게 린과 배리 무어하우스가 그들을 위해 예금계좌나 집안일 같
은 것들을 봐줄 것이라고 설명해줬다. 앨덜리 에지 근처에 있는 조용한
동네에 살 집도 마련해줬다. 그들은 빠르게 자리를 잡았다.

　스포르팅 리스본 전이 끝나자 우리를 위해 여름 동안 대여해준 댈러
스 카우보이스 소유의 전용기를 타고 미국에서 돌아왔다. 퍼디낸드, 긱
스, 스콜즈 그리고 네빌은 호날두에 대해 열광적인 반응을 보였다. "빨
리 그와 계약해요, 빨리 계약하라고요."

　그래서 호날두는 우리 선수들이 자신의 모든 것과 얼마나 좋은 선수
인지 알고 있다는 사실을 인식한 채 훈련장으로 들어왔다. 그 점은 그
에게 도움이 되었다고 생각한다.

　첫 출장이었던 2003년 8월 16일 볼턴과의 홈경기를 그는 벤치에서
시작했다. 볼턴 수비수들은 곤경에 빠졌다. 볼턴의 라이트백은 중원에
서 곧장 그를 넘어뜨리며 공을 따냈지만 크리스티아누는 곧바로 일어
나 패스를 요구했다. 곧바로 말이다. '어쨌든 배짱 있는 녀석이군.' 나
는 생각했다.

　얼마 후 그는 수비수가 잡아당기는 바람에 넘어져 페널티를 얻었고
판니스텔로이는 실축했다. 그러고 나서 자신의 판단대로 호날두는 오
른쪽으로 자리를 옮겨 멋진 크로스를 두 차례 넣었다. 그중 하나를 스
콜즈가 받아 판니스텔로이에게 넘겼고 그가 한 슛은 골키퍼에게 막혔
다. 긱스가 튕겨나온 공을 밀어넣으며 두 번째 골을 기록했다. 골대가
있던 쪽의 관중들은 마치 눈앞에 메시아가 나타난 걸 본 사람들 같았

다. 올드 트래퍼드 관중은 영웅을 순식간에 만들어낸다. 그들은 선수가 벤치에서 엉덩이를 떼는 순간 애정을 준다. 호날두는 에리크 캉토나 이후 맨체스터 팬들에게 가장 강렬한 인상을 준 선수다. 에리크의 모든 반항적인 카리스마가 몰고 온 우상숭배에는 결코 미치지 못했지만 그의 재능은 한눈에 알아볼 수 있는 것이었다.

2009년 아스널과의 챔피언스리그 준결승전 때 호날두가 역습 상황에서 넣은 골은 카운터어태커로서의 위엄을 확고히 해주었다. 공은 박지성에서 루니 그리고 호날두에게로 눈 깜짝할 사이에 이어졌다. 언제나 그에게 이렇게 말했다. "골대를 향해 달려갈 때는 보폭을 넓혀라." 보폭을 넓힘으로써 속도가 줄고 동시에 타이밍이 좋아진다. 달리고 있는 상태에서는 몸의 움직임을 조절하기가 힘들지만 속도를 줄이면 두뇌에게 좀 더 좋은 기회를 주게 된다. 그는 그렇게 했다. 그리고 나는 그를 지켜봤다.

2004년 봄, 카디프에서 열린 FA컵 결승전에서 우리는 밀월을 3대 0으로 꺾었다. 3월에 코치로 들어온 월터 스미스는 우리 선수들이 지닌 재능의 다양한 레벨에 대해 물었다.

"호날두는 어때요? 정말로 그렇게 좋은 선수인가요?" 그가 물었다.

나는 그에게 말했다. "오 물론이지. 믿을 수 없을 정도야. 공중볼까지 강해. 아름다운 헤더를 하는 선수야."

나중에 월터는 조심스럽게 이야기를 꺼냈다. "자꾸만 제게 호날두가 아름다운 헤더를 하는 선수라고 말씀하시는데 전 걔가 훈련 중에 헤더를 하는 건 봤어도 경기 중에 하는 건 한 번도 보지 못했어요."

같은 주 토요일, 버밍엄과의 경기에서 호날두가 멋진 헤더로 득점했다. 나는 월터를 쳐다봤다. "알겠어요, 알겠어요." 그가 말했다.

밀월이 선덜랜드에게 승리를 거두는 것을 보며 코치들에게 말했다. "저 팀 케이힐은 나쁘지 않은데그래." 작은 신장치고는 점프력도 좋고 공을 다루는 재능은 그리 대단하지 않았지만 끈질기게 상대팀을 괴롭히는 점이 마음에 들었다. 성가신 녀석. 당시에는 그를 100만 파운드면 살 수 있었다. 괜찮은 팀에서라면 많은 골을 기록할 수 있었을 것이다. 데니스 와이즈는 그 경기에서 특히 투지가 넘쳤다. 하지만 그동안 그처럼 작고 거친 선수는 얼마든지 있었다. '젠장, 내가 아직 현역이었더라면.' 하고 생각하게 하는 유형이라고나 할까. 데니스 와이즈에 대해 그렇게 말할 사람은 많을 것이다. 과거 같으면 그는 절대 살아남지 못했을 것이다. 그 점은 장담한다.

충분히 영리하기만 하다면 현대 축구에서는 음흉한 반칙을 들키지 않고 그냥 넘어갈 수 있다. 그는 살짝 늦게 태클에 들어가 발을 조금 늦게 빼는 데 능했고 이 기술을 감쪽같이 사용했다. 현대 축구는 작정하고 상대방을 다치게 하는 진짜 깡패 같은 선수를 가려내기 어렵다. 그런 것은 별로 중요하지 않았다. 호날두가 그날 밀월을 박살 냈기 때문이다.

우리가 호날두 때문에 겪었던 정치적인 드라마는 물론 2006월드컵에서 벌어졌던 사건이었다. 웨인 루니가 히카르두 카르발류를 발로 밟은 반칙을 한 후 호날두는 포르투갈 벤치를 향해 윙크했다. 이 일 때문에 의가 상한 두 사람이 다시는 한 팀에서 같이 뛰지 않을지도 모른다는 가능성이 잠시 제기됐다. 호날두를 구해준 것은 기특하게도 루니였다. 휴일날, 나는 루니에게 전화해달라고 문자를 보냈다. 그는 나쁜 감정이 없다는 것을 보여주기 위해 둘이서 함께 기자회견을 하는 게 어떠냐고 제안했다.

다음 날 나는 믹 펠란과 마주쳤다. 그는 기자회견이 약간 인위적이고 억지스럽게 보일 수도 있다고 생각했다. 그의 의견이 옳다는 결론을 내렸지만 루니의 너그러움이 호날두를 감동시켰다. 호날두는 맨체스터로 돌아가지 못할지도 모른다고 생각했다. 스스로 배를 불태운지라 언론에 의해 매장될 거라고 여겼다. 루니는 그에게 몇 번 전화를 걸어 안심시켰다. 유나이티드의 선수들이 국제대회에서 충돌한 게 처음 있는 일도 아니었다. 1965년 스코틀랜드 대 잉글랜드의 경기를 한번 돌아보자. 노비 스타일스의 조국을 위한 첫 경기였다. 데니스 로가 스코틀랜드 선수로 나섰고 노비는 그에게 다가가 말했다. "잘해보자, 데니스." 데니스는 노비의 우상이었다. "꺼져, 이 뭐 같은 잉글랜드 녀석아." 노비는 충격을 받고 그 자리에서 굳어버렸다.

그렇다. 호날두는 루니를 곤경에 빠뜨리기 위해 심판에게 달려갔고 이런 모습은 요즘 축구 경기에서 흔히 볼 수 있는 성질의 것이다. 하지만 호날두는 그때 조국의 승리 외에는 아무것도 생각하고 있지 않았다. 다음 시즌에 맨체스터 유나이티드에서 뛰는 일 따위는 안중에도 없었다. 그것은 월드컵 경기였다. 후회하긴 했다. 우리가 그를 방문했을 때 자신이 한 일의 여파에 대해 이해하는 모습이었다. 그의 윙크는 오해를 샀다. 감독이 그에게 소동에 말려들지 말라고 말한 데 대한 대답이었지 루니를 퇴장시킨 데 대한 만족감을 표시한 것이 아니었다. 호날두가 '루니를 처리했어요. 제가 루니를 퇴장시켰어요.'라는 뜻으로 윙크한 것이 아니었다고 말했을 때 나는 호날두를 믿었다.

우리는 포르투갈에 있는 별장에서 만나 점심을 먹었다. 조르즈 멘데스도 그 자리에 있었다. 루니의 전화는 호날두의 결심을 바꾸게 하고 안심시키는 데 도움을 줬다. 크리스티아누에게 말했다. "너는 맨체스터 유나이티드에 온 선수들 중에서 가장 용기 있는 선수 중 하나지만 이렇게 도망가는 것은 용기 있는 게 아니다." 나는 1998년 베컴의 상황을 인용했다(1998 프랑스 월드컵 아르헨티나 전에서 베컴은 상대편 시메오네를 걸어차 퇴장당하고, 팀이 승부차기에서 패배하자 모든 비난이 베컴에게 쏟아졌다). "이번 사건과 완전히 같지는 않지만 런던의 여러 펍 앞에 베컴의 허수아비를 매달 정도였다. 그는 악마의 화신처럼 취급당했지만 그런 상황에 맞설 용기가 있었지."

그 사건이 있은 다음 베컴의 첫 경기는 웨스트 햄 원정이었고 잉글랜드 팀에서 그런 드라마를 쓴 후 가기에는 최악의 장소였지만 그는 멋진 경기를 펼쳤다. 나는 호날두에게 말했다. "너는 그 고비를 넘겨야 한다." 호날두의 다음 런던 경기는 찰턴과의 수요일 밤 경기였다. 처음에는 감독석에서 지켜보고 있는데 한 런던 남자가 믿지 못할 정도의 욕설을 고래고래 퍼부었다. "이 망할 놈의 포르투갈 자식!"은 비교적 점잖은 편이었다. 전반 종료 5분 전에 호날두는 공을 받더니 선수 네 명을 춤추듯 돌파해 골대 밑을 맞혔다. 그 남자는 두 번 다시 자기 자리에서 일어서지 않았다. 호날두의 슛은 그를 주눅 들게 했다. 어쩌면 자신의 욕설이 그에게 동기를 부여했다고 생각했을지도 모른다.

호날두는 아무렇지도 않았고 시즌을 상큼하게 출발한 동시에 루니와도 잘 지냈다. 어린 선수들은 서로 충돌하기 마련이다. 루니는 어차피 퇴장당했겠지만 마찬가지로 호날두가 끼어든 것은 도움이 되지 못했다. 사건이 지나가고 그를 팀에 붙들어둘 수 있게 되어서 안도했다. 우리 팀은 그 후 2008년 모스크바에서 열린 챔피언스리그 결승전에서 승리하게 된다.

2012년 여름 BBC의 댄 워커가 사회를 본 질의응답 코너에 페테르 슈마이헬과 샘 앨러다이스와 함께 참석했다. 한 남자가 물었다. "호날두와 메시 중 누가 더 뛰어난 선수입니까?"

나는 다음과 같이 대답했다. "글쎄요, 호날두는 메시보다 더 나은 체격 조건을 가지고 있죠. 공중볼에도 강하고 양발잡이에 더 빠르죠. 메시는 공이 그의 발에 닿는 순간 뭔가 마법 같은 일이 일어나요. 마치 공이 깃털에 내려앉은 것 같죠. 그의 낮은 무게중심은 무시무시할 정도입니다."

슈마이헬은 호날두라면 약한 팀에서도 뛸 수 있는 반면 메시는 그러지 못할 거라고 생각했다. 적절한 지적이었다. 그래도 메시라면 발끝으로 여전히 멋진 순간을 창출해낼 것이다. 페테르의 논점은, 메시는 차비와 이니에스타가 그에게 공을 배급해주는 데 의존한다는 것이었다. 공을 배급해줘야 한다는 측면에서는 호날두의 경우도 다르지 않다. 이런 질문을 받을 때마다 확답하는 것이 불가능한 건 둘 중에 하나를 2인자로 격하시키는 것은 잘못이라는 생각이 들기 때문이다.

우리 유니폼을 입고 보여준 훌륭한 플레이만큼 중요한 것은 그가 마드리드로 떠난 후에도 우리는 여전히 가깝게 지낸다는 점이다. 우리의 유대는 이별을 넘어섰다. 일시적인 관계가 넘쳐나는 축구계에서 행복한 결말이라 할 수 있다.

킨

로이 킨은 축구와 그 전술에 대한 날카로운 본능을 지닌, 호전적인 에너지가 넘치는 선수였다. 우리가 함께 일했던 당시 드레싱룸에서 가장 영향력 있는 존재였다. 로이가 그곳에서 높은 수준의 동기부여 아래 선수들을 움직일 수 있도록 내 책임 중 많은 부분을 나눠줬다. 감독이라면 선수로부터 받는 도움을 결코 무시할 수 없다.

하지만 로이가 2005년 11월 유나이티드를 떠날 때 즈음에 우리 관계는 무너진 상태였다. 그를 셀틱에 입단하게 한 일련의 사건들에 대해서는 나름대로의 의견을 가지고 있다. 하지만 우선, 우리 클럽에서 그가 왜 그토록 강력한 추진력이 되었는지 설명하고 싶다.

만약 누군가 제대로 자기 의무를 다하지 않는다고 생각된다면 로이는 당장 덤벼들 것이다. 많은 선수들이 그러한 죄로 그의 분노와 마주했으며 그로부터 숨을 장소는 없었다. 그것이 로이의 성격 가운데 나쁜 측면이라고 생각해본 적은 한 번도 없었다. 내가 재임한 기간 동안 강한 카리스마를 가진 선수들은 팀이 제대로 기능하도록 도왔다. 브라이언 롭슨, 스티브 브루스, 에리크 캉토나. 이런 선수들이 감독과 클럽의 의지를 집행해왔다.

내가 선수생활을 하던 시기에는 경기가 끝난 직후 감독이 아드레날린이 넘치는 선수들을 다그친 적이 거의 없었다. 최초의 비난은 대개 목욕탕에서 선수들로부터 나왔다. 아니면 아직 욕조에 물을 받고 있는데 싸우고 있는 경우도 있었다. "네가 그때 기회를 날려버렸잖아, 네가……."

선수로서 나는 언제나 골을 내줬을 때 골키퍼와 수비수들을 비난했다. 그래서 만약 내가 경기장 반대쪽에서 기회를 놓친다면 지난번에 내게 비난받았던 덜 화려한 포지션의 선수들이 이자까지 쳐서 비난을 그대로 돌려줄 것이라는 사실을 알았다. 그것이 말을 함부로 하는 데 대한 위험이었다. 요즘 감독들은 경기가 끝나면 언제나 할 말이 많다. 만약 그들이 분석하거나 비난하거나 또는 칭찬해줄 필요가 있다면 경기 종료 휘슬이 울린 후 영향력이 집중될 수 있는 10분에서 15분 정도 안에 해야 한다. 그때라야 감독이 개입할 수 있는 여지가 있는 것이다.

로이가 자신의 의지를 팀에 강요하는 한 심한 마찰과 드라마가 난무하기 마련이었다. 한번은 드레싱룸에 들어가는데 로이와 뤼트 판니스텔로이가 맹렬히 싸우고 있었다. 다른 선수들이 떼놓아야 할 정도였다. 적어도 판니스텔로이는 로이에게 맞설 용기가 있었지만 모든 선수들이 그랬던 것은 아니다. 로이는 위협적이고 흉포한 인간이었다. 그가 화를 낸다는 것은 다른 사람에게 주먹질을 한다는 의미였다.

로이 킨의 행동양식이 바뀐 것은 그가 더 이상 예전의 자신이 아니라는 사실을 깨달았을 때였다. 이에 대해서는 카를루스 케이로스도 나와 같은 생각이었다. 부상과 나이가 그의 장점을 앗아갔다는 확신에 우리는 그가 맡았던 역할을 바꾸려고 했다. 그를 위한 것일뿐더러 우리 팀을 위한 결정이기도 했다.

우리는 그가 운동장 구석구석을 뛰어다니고 전방으로 달려나가는 일을 자제시킴으로써 역할에 변화를 주려고 했다. 팀 동료가 공을 받을 때마다 로이는 그 공을 자기가 차지하려고 했다. 칭찬할 만한 자질이었다. 유나이티드의 종교는 선수 중 하나가 공을 소유하면 모두 움직이며 그의 플레이를 지원하는 것이었다. 로이는 그런 일을 할 수 없는 나이가 되었지만 새로운 현실을 받아들이기도 쉽지 않았다.

그도 우리가 하는 말이 맞는 말임을 알았을 테지만 그것에 굴복한다는 것은 자존심에 너무나 큰 상처가 되는 일이었다. 그는 자신의 열정으로 빚어진 선수였다. 그와 사이가 틀어지기 1년 전부터 그는 수비 의무를 다하기 위해 돌아오는 게 버거워지며 신체적으로 약해진 모습을 보이기 시작했다. 그는 예전의 그가 아니었다. 그토록 오랜 세월 격렬한 전투의 선봉에 서왔고 고관절 수술과 무릎 십자인대 수술까지 받았는데 어떻게 가능하겠는가?

로이가 경기마다 보여준 에너지는 독보적이었지만 삼십 줄에 들어서면 자신이 무엇을 잘못하고 있는지 알기 어렵다. 수많은 성공을 안겨줬던 스타일을 바꿀 수 없으니까. 로이 킨이 더 이상 예전 같지 않다는 사실은 우리에게 분명해졌다.

우리의 해결책은 중앙 미드필드에 머물러 있으라고 그에게 말하는 것이었다. 그는 그곳에서 경기를 장악할 수 있었다. 중원 깊숙이. 그는 그 사실을 누구보다도 잘 알았으나 자신의 부적 같은 역할을 단념해야 한다는 현실을 받아들이기 힘들었을 뿐이라고 믿는다.

이것이 그가 클럽을 떠나 셀틱으로 가게 된 갈등에 이르기까지의 경위다. 그는 자신이 피터 팬이라고 생각했다. 아무도 그렇게 될 수 없다. 영원히 나이를 먹지 않는 신비한 존재에 가장 가까이 다가간 것은 라이언 긱스지만 긱스는 어떠한 심각한 부상도 입지 않았다. 로이는 심한 부상에 시달렸다. 고관절 문제는 그의 신체적 능력이 저하된 가장 큰 요인이었다.

우리 관계의 첫 번째 심각한 균열은 2005/06 프리시즌에 나타났다. 포르투갈의 전지훈련 캠프에서였다. 케이로스의 아이디어였기 때문에 미리 가서 준비하고 있었던 그가 환상적인 시설로 우리를 인도했다. 발리 두 로부. 아주 훌륭한 캠프였다. 훈련장, 실내 체육관 그리고 작은 별장들. 선수들에게는 완벽한 환경이었다.

나는 프랑스에서 여름휴가를 마치고 그곳에 도착했다. 모든 스태프와 선수들은 각자의 빌라에 아늑하게 자리를 잡고 있었다. 하지만 나쁜 소식이 기다리고 있었다. 카를루스는 로이 때문에 악몽 같은 시간을 겪는 중이었다.

나는 무슨 문제가 있느냐고 물었다. 카를루스는 로이가 발리 두 로부에 있는 별장들이 수준 이하라고 생각하고 자기에게 할당된 집에 머무는 것을 거부하고 있다고 말했다. 카를루스에 의하면 로이는 방 하나에 에어컨이 없다는 이유로 첫 번째 집을 거부했다. 두 번째 집도 비슷한 이유로 거절했다. 세 번째 집은 내가 보기에는 환상적이었다. 그래도 로이는 들어가지 않으려 했다. 그는 가족과 함께 옆 마을인 킨타 두 라구에 있겠다고 했다.

첫날 밤, 우리는 호텔 안뜰에서 바비큐 파티를 열었다. 테이블이 근사하게 차려졌다. 로이가 내게 다가오더니 할 이야기가 있다고 했다.

"이봐, 로이. 지금은 곤란해. 아침에 이야기하자고." 내가 말했다.

훈련이 끝난 후 나는 그를 구석으로 데리고 갔다. "대체 무슨 일이지, 로이?" 나는 이야기를 꺼냈다. "별장들을 둘러봤는데 다 근사하던데."

로이는 폭발하더니 에어컨 문제를 비롯해서 불평을 끝도 없이 늘어 놨다. 그러더니 카를루스를 비난했다. 왜 여기에서 프리시즌을 보내는 가 등등. 모두 험담 일색이었다. 그의 태도는 우리 관계에 금이 가게 했 다. 전지훈련에서 그는 혼자 처박혀서 지냈다. 카를루스가 모두에게 만 족스러운 전지훈련이 되도록 힘들게 노력했기 때문에 나는 로이에게 실망했다.

전지훈련이 끝나고 로이를 사무실로 불러서 적어도 케이로스에게 사 과할 기회를 주기로 했다. 하지만 그는 응하지 않았다.

언젠가 우리가 언쟁을 가졌을 때 로이는 내게 말했다. "감독님은 변 했어요."

나는 대답했다. "오늘이 어제가 아니기 때문에 내가 변하는 건 당연 한 일이야. 이제 우리는 예전과는 다른 세계에 살고 있어. 우리는 여기 에 스무 개나 되는 여러 나라 선수를 데리고 있다고. 지금 내가 변했다 고 말하는 거야? 그 말이 맞기를 바란다. 변하지 않았다면 살아남지 못 했을 테니까."

그가 말했다. "다른 사람이 됐다고요."

우리는 진짜로 싸웠다. 제대로 된 말싸움이었다. 나는 그에게 제멋대 로라고 말했다. "넌 주장이야. 그런데도 다른 선수들에게 책임 있는 모 습을 보이지 못했어. 우리가 네게 오두막에 가서 살라고 한 것도 아니 잖아. 멋진 집인데다 좋은 곳이었다고."

감정의 앙금은 가라앉지 않았다. 그 사건은 우리 관계가 틀어지기 시 작한 시점이 되었다. 그러고 나서 MUTV(맨체스터 유나이티드에서 운영하는 채널) 인터뷰 사건이 일어났다. 로이는 인터뷰에서 어린 선수들이 제몫을 하지 않고 있다며 사정없이 질타했다. 우리는 번갈아가며 MUTV 인터뷰를 했고 이번에는 게리 네빌의 차례였다. 미들즈브러와 경기를 치른 뒤 월요일에 홍보 담당이 내게 로이가 게리 대신 인터뷰를 하게 되었다고 알려주었을 때 별로 신경을 쓰지 않았다. 그다지 중요한 일이라고 생각되지 않았기 때문이다.

하지만 나중에 보니 로이는 토요일 경기를 가지고 다른 선수들을 무자비하게 비난했다. 오후 4시에 집으로 전화가 왔다. "이걸 좀 보셔야겠는데요."

인터뷰에서 로이는 키런 리처드슨을 '게으른 수비수'라고 부르며 왜 '스코틀랜드 사람들이 대런 플레처에 열광'하는지 이해하지 못하겠고 리오 퍼디낸드가 "일주일에 12만 파운드를 받으면서 토트넘 전에서 20분 정도 좋은 활약을 했다고 자기가 슈퍼스타인 줄 안다."고 말했다.

홍보부는 즉시 데이비드 길에게 전화했다. 녹화 테이프를 어떻게 할지는 내 결정에 달려 있었다. "알았어, 내일 아침 사무실로 비디오를 가지고 와. 내가 한번 볼 테니까." 나는 말했다.

맙소사. 비디오는 도저히 믿을 수 없을 정도였다. 그는 모든 사람들을 깔아뭉개고 있었다. 대런 플레처도 공격받았고 앨런 스미스와 판데르사르도 마찬가지였다. 로이는 그들 모두를 끌어내렸다.

그 주에는 경기가 없었기 때문에 두바이의 축구학교로 갈 예정이었다. 그날 아침, 게리 네빌이 선수 드레싱룸에서 전화로 와달라고 부탁했다. 로이가 사과했기를 기대하며 나는 내려갔다. 내가 자리에 앉자마자 게리는 선수들이 훈련에 불만을 갖고 있다고 통고했다. 나는 귀를 의심하며 말했다. "뭐라고?" 드레싱룸의 실세인 로이가 자신의 영향력을 이용해 상황을 반전시키려고 했던 것 같다. 카를루스 케이로스는 훌륭한 코치이자 트레이너였다. 그렇다. 그는 몇몇 운동을 반복적으로 시킬 수 있다. 하지만 그것은 좋은 축구선수를 만들기 위해서다. 습관의 힘이란 말이다.

나는 당연히 그들을 야단쳤다. "훈련에 대해 불평하기 위해 날 내려오게 했나? 말하지 마, 너희 둘 다…… 너희들은 대체 내가 누구라고 생각하는 거냐?" 그리고 걸어나왔다.

나중에 로이가 나를 만나러 올라오자 나는 말했다. "무슨 일이 있었는지 알고 있다." 그러고 나서 비디오를 틀었다. "넌 인터뷰에서 망신스럽고 한심한 행위를 저질렀어. 자기 동료를 비난하다니. 게다가 그것이 밖으로 퍼지기를 기다리고 있었어."

로이는 그 비디오를 선수들에게 보여주고 그들이 결정하게 하자고 제안했다. 나는 동의했고 팀 전체가 올라와서 같이 보기로 했다. 데이비드 길은 건물 안에 있었지만 비디오 상영회로의 초대를 거절했다. 그는 전적으로 내게 맡기는 게 가장 좋다고 생각했다. 하지만 카를루스와 모든 스태프는 관객으로 동참했다.

로이는 선수들에게 방금 본 것에 대해 할 말이 있느냐고 물었다.

에드빈 판데르사르는 그렇다고 말했다. 그는 로이가 동료에게 할 수 있는 비판의 선을 넘었다고 말했다. 그러자 로이는 에드빈을 공격했다. 대체 넌 네가 뭐라고 생각하는 거냐, 네가 맨체스터 유나이티드에 대해 뭘 안다는 거냐? 판니스텔로이가 용감하게도 에드빈의 편을 들고 나서자 로이는 뤼트에게 화살을 돌렸다. 그러고는 카를루스에게 비난을 퍼부었다. 하지만 가장 좋은 것은 나를 위해 남겨뒀다.

"감독님은 매그니어(존 매그니어. 1억 파운드짜리 경주마 소유권 분쟁으로 퍼거슨과 사이가 틀어졌고 그가 갖고 있던 유나이티드의 지분을 글레이저에게 매도했다)와의 다툼으로 사생활을 클럽 안으로 끌어들였잖아요." 그가 말했다.

그 시점에 선수들은 방을 나가기 시작했다. 스콜즈, 판니스텔로이, 포춘까지.

로이의 신체에서 가장 무서운 부분은 그의 혀다. 상상이 가듯 그는 가장 잔인한 혀를 가졌다. 세상에서 자신감으로 똘똘 뭉친 사람을 그 혀로 몇 초 안에 무너뜨릴 수 있다. 그날 그와 설전을 벌이고 있는데 그의 눈이 점점 가늘어지더니 작고 검은 구슬처럼 변하는 것을 봤다. 무시무시한 광경이었다. 나는 글래스고에서 왔는데도 말이다.

로이가 나간 후 카를루스는 내가 심하게 동요하는 걸 알았다. 살면서 그런 지독한 광경은 생전 처음 봤다고 그가 말했다. 프로축구의 세계에서 상상할 수 있는 최악의 사태라고 했다. "그를 내보내야 해, 카를루스." 내가 말했다. "반드시." 그가 말했다. "잘라버려요."

나는 다음 수요일까지 자리를 비웠지만 두바이에서 데이비드 길에게 전화로 말했다. "로이를 내보내야 되겠소." 내 이야기를 전부 들은 데이비드는 선택의 여지가 없을 것 같다고 대답했다. 그는 선수의 이적과 영입을 승인하는 글레이저가 사람들에게 알려줘야 한다고 했다. 로이에게 남은 임금을 지불하고 그의 고별기념 경기까지 열어주자는 데이비드 길의 의견에 동의했다. 이로써 아무도 우리가 로이를 부당하게 취급했다고 말할 수는 없을 것이다.

중동에서 돌아오자 데이비드는 글레이저가 사람들이 금요일에 찾아올 예정이라고 알려주며 로이의 에이전트인 마이클 케네디에게 전화해 회의를 잡았다고 했다. 우리는 마이클과 로이에게 전화해서 회의에 오게 한 후 우리 결정의 모든 세부 상황을 조율했다.

로이는 나중에 공개적으로 자신의 맨체스터 유나이티드 커리어를 내 손으로 직접 끝내지 않아서 실망했다고 말했다. 그러나 앞서 있었던 충돌 후에 나는 그와 완전히 끝내버렸다. 그와 또 다른 전쟁을 치르거나 상종하는 일은 절대로 원하지 않았다.

나는 연습구장으로 가서 이 사실을 선수들에게 들려주었다. 선수들은 저마다 충격을 받은 듯 얼굴에 놀란 빛이 역력했다.

감독으로서 가장 마음에 드는 순간은 반박할 수 없는 사실과 확신에 의거해 신속한 결정을 내릴 때라고 언제나 생각해왔다. 이 위기를 멈춰야 한다는 것은 명백했다. 대충 얼버무리는 것으로 끝낸다면 로이에게 더 큰 드레싱룸 권력을 줄 터였고 그는 자신이 옳았으며 올바른 행동을 했다고 확신하고 이를 모든 사람에게 납득시킬 더 많은 시간을 가질 게 뻔했다. 그리고 그는 옳지 않았다. 그는 잘못했다.

로이 킨이 전직 맨체스터 선수가 되면서 내게는 되돌아보며 삭여야 할 것이 많아졌다. 그 목록 윗부분에 있는 것은 아마 2002월드컵 때의 일일 것이다. 로이는 아일랜드 감독인 믹 매카시와 불화를 겪고 나서 집으로 돌아왔다.

동생 마틴은 내 예순 번째 생일을 위해 일주일간의 휴가 여행에 날 데려갔다. 식당에서 저녁식사를 마치고 일어서려는데 마틴의 전화가 울렸다. 나는 마침 휴대전화를 가지고 있지 않았다. 마이클 케네디였다. 그는 내게 연락하려고 갖은 애를 썼다는 것이다. 마이클은 아일랜드 팀이 월드컵을 준비하기 위해 도착한 사이판에서 일이 터졌다고 전했다. "로이와 이야기 좀 해주세요. 그가 말을 들을 사람은 감독님밖에 없어요." 마이클이 말했다. 나는 어이가 없었다. 마이클이 그렇게 곤란해할 일이 대체 뭔지 상상이 가지 않았다. 그는 내게 로이가 믹 매카시와 부딪친 이야기를 했다. 마이클이 내게 준 전화번호로 연결되지 않았기 때문에 대신 로이가 직접 내게 전화하도록 했다.

킨의 목소리가 수화기 너머 들렸다. "로이, 대체 무슨 생각을 하는 거지?" 로이는 매카시를 향한 모든 분노를 쏟아냈다. 나는 말했다. "진정해. 충고 하나 하지. 네 자식들이 아일랜드의 월드컵을 망친 아버지를 두었다는 멍에를 지고 매일 학교에 가게 할 작정인가. 네 가족을 좀 생각해봐. 얼마나 끔찍하겠어. 월드컵 결승전 같은 건 댈 것도 아니야. 이건 여름 내내 최대 뉴스거리가 될 거라고."

그는 내가 옳다는 것을 알았다. 그에게 매카시한테 가서 앙금을 풀고 월드컵에 나가겠다고 말하라고 했다. 로이는 동의했다. 하지만 그가 돌아갔을 때 믹은 이미 무슨 일이 있었는지 기자회견을 한 뒤였다. 로이가 다시 돌아갈 길은 없었다.

로이가 맨체스터 유나이티드 소속이기 때문에 나는 우리가 할 수 있는 한 끝까지 그를 변호했다. 훈련 장비도 갖춰지지 않은 수준 이하의 베이스캠프는 충분히 화를 낼 수 있는 문제였으며 그는 주장으로서 불평할 이유가 많았다. 인생에 대한 질문은 '불만으로 인해 어디까지 행동할 수 있는가'이다.

설사 월드컵 준비 상황이 좋지 않았다 해도 로이는 자신의 분노를 그런 수준까지 밀어붙여서는 안 되었다. 하지만 그것이 로이였다. 그는 극단적인 남자였다.

나는 언제나 내 선수들을 보호했고 로이 역시 예외는 아니었다. 그것이 내 일이다. 그렇기 때문에 나는 다른 편을 들어야 할 이유가 충분했을 때에도 그들 편을 들었던 시간에 대해 사과할 수 없다. 때로는 '맙소사, 너 무슨 생각을 했던 거야?' 하고 여겨질 때도 있었다. 캐시는 내게 그 질문을 여러 번 했다. 하지만 나는 선수들의 반대편에 설 수 없다. 그들을 공개적으로 책망하는 것 말고 나는 다른 해결책을 찾아야 했다. 물론 때때로 그들에게 벌금을 물리거나 처벌을 가하긴 해도 절대 그 사실이 드레싱룸을 벗어나 세간에 알려지지 못하게 했다. 그렇게 된다면 감독하는 시간 동안 일관성 있게 지켜온 원칙 하나를 배반한 느낌이 들 것이다. 막아준다는 것, 아니 단순히 막아준다는 것보다 바깥세상의 비난으로부터 선수들을 보호한다는 의미가 더 클 것이다.

현대 축구에서는 유명인사로서의 지위가 감독의 권한을 넘어설 수 있다. 내가 선수였을 때는 감독에 대해서는 단 한마디도 함부로 말하지 못했다. 혹여 갑작스러운 죽음을 맞을까 두려웠다. 감독 말미에 자신의 권력을 행사하여 감독한테 맞서는 선수들의 이야기가 끊임없이 들려왔다. 그런 선수들은 대중뿐만 아니라 클럽의 지지까지 받았다. 선수는 들을 사람이 있으면 언제나 자신의 불만을 흘리고 다닌다. 그러나 감독은 그래서는 안 된다. 더 큰 책임이 있기 때문이다.

로이는 아마 자신이 선수생활의 황혼기에 접어들었다는 사실을 깨달았고 자신이 감독이라고 생각하기 시작했던 것 같다. 그는 감독의 책임을 행사하려 했다. 물론 맨체스터 유나이티드 텔레비전에서 팀 동료를 질책하는 것은 감독의 책임에 들지 않는다.

그 사실이 밖으로 퍼져나가지 못하게 함으로써 우리는 로이가 드레싱룸에 있는 모두의 존경심을 잃는 사태에서 구해줬다. 하지만 내 사무실에서의 회동이 그토록 악의에 찬 분위기로 전개된 이상 그것으로 그도 끝이었다.

내가 절대 용납할 수 없는 것은 지휘권을 잃는 것이다. 지휘권이 나를 구할 유일한 수단이기 때문이다. 데이비드 베컴의 경우에서도 볼 수 있듯이, 일개 축구선수가 클럽을 움직이려 하기 시작하는 순간 팀은 끝장난다는 것을 알고 있다. 진정한 선수들은 통제되는 것을 좋아한다. 그들은 터프하거나 필요할 때 터프해질 수 있는 감독을 좋아한다.

그들은 감독이 진정한 남자이기를 바란다. 거기에는 보상이 있다. 선수라면 이렇게 생각할 것이다. '첫째, 그가 우리를 승리자로 만들어줄 수 있을까? 둘째, 그가 나를 더 나은 축구선수로 발전시킬 수 있을까? 셋째, 그가 우리에게 헌신적일 것인가?' 선수 입장에서 이것들은 필수적인 고려 대상이다. 만약 이 세 가지 질문에 대한 대답이 모두 예스라면 그들은 살인도 견딜 것이다. 경기가 끝난 후 가끔 끔찍한 감정의 폭풍을 겪기도 하지만 화를 폭발시킨 나 스스로가 자랑스러웠던 적은 한 번도 없었다. 그런 밤이면 그 여파에 대한 두려움에 휩싸여 집으로 돌아가곤 했다. 어쩌면 다음번 연습구장에 들어가면 선수들이 내게 말도 하지 않을지 모른다. 어쩌면 그들은 분노에 떨거나 나에 대한 음모를 꾸미고 있을지도 모른다. 하지만 월요일이면 내가 그들을 두려워하는 것보다 그들이 나를 더 두려워했다. 내가 이성을 잃는 것을 봤고 또다시 그런 일이 벌어지는 걸 원치 않기 때문이다.

로이는 지적인 남자다. 그가 흥미로운 책을 읽고 있는 모습도 여러 번 봤다. 대화를 잘 이끌었고 그의 기분이 좋은 상태라면 함께 시간 보내기 좋은 친구다. 물리치료사는 묻곤 했다. "로이는 오늘 기분이 어때요?" 그의 기분이 드레싱룸의 전체 분위기를 결정하기 때문이었다. 우리 일상에 그의 영향력이 얼마나 컸는지 알 수 있는 대목이다.

모순된 성격과 갑작스러운 감정 변화로 그는 온순했다가도 다음 순간 무섭게 화를 냈다. 그 변화는 눈 깜짝할 사이에 이루어지곤 했다.

깊이 생각해본다면 어쩌면 그가 떠난 것이 최상의 일일 수 있었다.

많은 선수들이 드레싱룸에서 그에게 위협받았기 때문이다. 그리고 그 선수들은 그가 떠남과 동시에 두각을 나타내기 시작했다. 존 오세이와 대런 플레처는 확실히 그 혜택을 받았다. 우리가 릴 OSC와 경기하기 위해 2005년 11월 프랑스 파리로 갔을 때 선수들이 운동장에서 몸을 풀고 있는데 야유가 퍼부어졌다. 로이의 MUTV 인터뷰가 원인의 일부였다. 플레처와 오세이가 가장 많은 비난을 받았다.

로이가 떠나고 나자 드레싱룸의 분위기가 좀 편안하게 바뀌었던 것 같다. 안도감이 방 안을 휩쓸었다. 그들은 익숙해져버린 그의 폭언을 더 이상 듣지 않아도 되었다. 이미 하향세에 접어들던 그의 빈자리는 그리 크지 않았다. 3년 전이었다면 이야기가 달랐겠지만. 셀틱과 레인저스 경기에서 그가 뛰는 모습을 보러 가기 전에 카를루스에게 말했다. "그는 오늘 밤 스타가 될 거야."

그러나 로이는 경기에 결코 집중하지 못했다. 그는 수동적인 역할을 맡았다. 반면에 역동적이고 주먹을 불끈 쥐며 탐욕을 부리는 로이 킨은 그곳에 없었다. 그는 셀틱 파크에서 뛰는 것을 사랑했다. 내가 그 말을 하자 그는 셀틱의 훈련 방식과 시설 그리고 프로존 분석 프로그램(경기를 비디오로 분석해 팀의 상태에 대한 통계를 제공한다)에 대해 칭찬을 늘어놓았다. 우리 사이에서 벌어졌던 일은 이렇게 일단락되었다. 두 달 정도 지난 후 사무실에 앉아 있는데 스태프 한 명이 로이가 날 만나러 왔다고 전해왔다. 나는 깜짝 놀랐다.

"전 그저 제 행동을 사과하고 싶어서 온 거예요." 그가 말했다. 그리고 나서 셀틱에서의 일상과 자신의 일이 얼마나 잘돼가고 있는지 이야기했다. 하지만 레인저스와 셀틱 전에서 그를 보고 나서는 그가 선수생활을 계속하지 못할 것을 알았다.

로이가 떠나기도 전에 변화는 이미 시작되고 있었지만 그때까지는 눈에 보이지 않았다. 맨체스터 유나이티드에는 변하지 않는 진실이 있다. 우리는 언제나 새로운 선수, 새로운 이름을 내놓을 수 있다. 그리고 로이가 떠나자 다시 새롭게 재능 있는 선수들을 선보였다. 나는 박지성을 클럽에 데려왔다. 조니 에번스는 두각을 나타내기 시작했다.

1군 선수들은 종종 주위에서 팀이 재건되고 있어도 깨닫지 못할 때가 있다. 그들 자신을 넘어 더 먼 곳을 내다보지 못하기 때문이다. 저 아래 쪽에서 무슨 일이 벌어지는지 그들은 전혀 알지 못한다. 긱스, 스콜즈, 네빌은 예외였다. 리오와 웨스 브라운 정도면 알지도 모르겠다. 나머지는 전혀 눈치채지 못한다. 그들은 자기 일이 경기를 뛰는 것이라고 생각한다. 하지만 내 눈에는 토대가 자리 잡히는 모습이 보인다. 트로피 개수는 별 볼일 없었지만 나는 변화를 지휘하고 있었다. 아무튼 팀을 재건하려면 잠잠하게 보내는 시간을 받아들이고 개혁은 1년 이상 걸린다는 사실을 인정해야 한다.

변화를 이루기 위해 3년이나 4년을 달라고 할 수는 없었다. 맨체스터 유나이티드는 절대 그럴 만한 시간이 없기 때문이다. 그래서 서두르게 된다. 어린 선수들을 기용해서 테스트하는 일을 나는 한 번도 두려워하지 않았다. 단지 의무감에서가 아니라 이 일의 즐거움 중 하나이기 때문이다. 그것이 나라는 사람이다. 나는 세인트 미렌에서도 그랬고 애버딘과 맨체스터에서도 같은 일을 했다. 그래서 그런 시기에 직면하게 되면 우리는 언제나 어린 선수들에게 신뢰를 보낸다.

영입 대상으로 카를루스는 안데르송을 강하게 추천했다. 단 하루 만에 데이비드 길은 나니와 사인하기 위해 스포르팅 리스본으로 갔다가 고속도로를 달려 포르투에서 안데르송을 샀다. 그들은 좀 비싸긴 했지만 그것은 클럽으로서 우리가 어린 선수들에 대해 생각하는 바를 보여 줬다. 우리는 퍼디낸드, 비디치, 에브라로 이뤄진 좋은 수비진을 가지고 있었다. 후방의 수비 조직은 견고했다. 루니는 발전하는 중이었다. 루이 사아는 언제나 부상에 시달렸기 때문에 내보냈다. 잠시 동안 함께했던 헨리크 라르손은 신의 계시였다.

최초의 화해 이후 로이와의 관계는 다시 냉랭해졌다. 그가 신문에 맨체스터 유나이티드를 자신의 인생에서 지워버렸다는 의미의 발언을 한 것을 보았다. 그때쯤이면 우리 모두 자기를 잊었을 것이라고 주장했다. 그가 클럽을 위해 한 일을 대체 그 누가 잊을 수 있단 말인가? 그의 승부욕과 팀에 동기를 부여하는 방식 때문에 언론은 그를 반쯤 감독 같은 존재로 바라봤다. 기자들은 내게 언제나 이렇게 묻곤 했다. "로이 킨이 감독이 될 거라고 생각하십니까?" 로이의 감독 경력이 전개되면서 그가 결과를 얻기 위해 돈을 써야 하는 유형이라는 게 분명해졌다. 그는 언제나 선수들을 사려고 했다. 내게는 팀을 건설할 수 있는 인내심이 로이에게 없다고 느껴졌다.

2011/12시즌에 우리 젊은 선수들이 바젤에서 경기에 패하며 챔피언스리그에서 탈락하자 그는 심하게 비난했고 우리는 다시 논쟁을 벌였다. 나는 그를 '티브이 비평가'라고 부르는 것으로 응수했다. 만약 선덜랜드와 입스위치에서 보낸 감독으로서의 마지막 시기를 들여다봤다면 그의 하얗게 센 수염과 새까매진 눈동자가 보였을 것이다. 몇몇은 티브이에 나온 그의 의견에 감명받아 이렇게 생각했을지도 모른다. '이런, 알렉스 퍼거슨을 공격하다니 배짱 한번 두둑한데.' 티브이 비평가가 된 순간부터 화살이 유나이티드를 향할 것을 나는 알고 있었다.

젊은 선수들을 비난한 것에 대해 말하자면? 그는 웨인 루니를 공격하지는 않았을 것이다. 절대 가만히 있지 않을 친구니까. 나이 든 선수들은 그를 손봤을 것이다. 그는 공격의 대상으로 플레처와 오셰이 두 사람을 골랐고 그 결과 그들은 파리에서 릴과 경기할 때 우리 팬들에게 야유를 받았다. 그가 두 팀에서 했던 감독생활은 한 가지 사실을 증명했다. 그는 돈이 필요한 감독이다. 그는 선덜랜드에서 돈을 썼고 실패했다. 입스위치에서도 많은 돈을 썼지만 결과는 그에 미치지 못했다.

그는 《선데이 타임스》Sunday Times 데이비드 월시와의 인터뷰에서 내가 단지 자신만을 돌본다고 말했다. 그러면서 존 매그니어/록오브지브롤터 상황을 그 한 예로 지목했다. 도저히 믿을 수 없었다. 그날 우리가 내 사무실에서 충돌했을 때 나는 로이 안에 있는 분노를 목격했다. 그의 눈은 악의로 새까매졌다. 그날도 그는 존 매그니어에 대한 이야기를 늘어놨다. 나는 결코 록오브지브롤터 사건에 대한 그의 집착을 이해할 수 없었다.

그 결정적인 금요일, 우리는 결별에 대해 다시는 누구도 입에 올리지 않기로 약속했다. 나라면 약속을 지켰을 것이다. 하지만 로이가 먼저 이야기를 꺼내면서 약속을 깨뜨렸다. 선덜랜드에 있었을 때 로이는 유나이티드가 자신을 모독했고 자신이 클럽을 떠나도록 거짓말을 했다고 유나이티드를 비난했다. 클럽은 그를 고소할 것을 고려했다. 로이는 비난을 철회하지 않을 거라고 말했다. 내게는 그가 팬에게 보여주기 위해 재판정에 서게 될 날을 고대하는 것으로 보였다. 결국 그는 팬들에게 여전히 영웅이었으니까. 그래서 데이비드 길에게 고소를 취하하라고 충고했다. 그렇게 해서 우리는 존엄성을 지킬 수 있었다고 생각한다.

축구 외 관심사들

축구를 관전하는 대중은 아마 나를 맨체스터 유나이티드 외에는 낙이 없는 강박증 환자라고 볼지도 모른다. 하지만 일에서 오는 책임이 무거워질수록 나는 정신세계를 넓히기 위해 여러 흥밋거리와 취미에서 피난처를 찾는다. 그 결과 내 서재는 책으로 가득 찼고 와인 창고는 좋은 와인으로 그득하다.

경마에 대한 애정 외에 다른 삶은 대중으로부터 숨겨왔다. 그것은 우리 훈련장이 있는 캐링턴에서 하루 일과를 끝내거나 경기를 마친 뒤 코멘트를 한 후 줄지어 경기장을 나선 다음 내가 돌아오는 세계였다. 지난 10여 년 동안 유나이티드를 더 효율적으로 감독하기 위해 보탬이 된 다양한 영역의 관심사 속에서 나는 휴식을 취해왔다. 예전과 마찬가지로 열심히 일했지만 정신의 근육을 좀 더 여러 방식으로 사용하고 싶었다. 집은 모든 관심거리를 모은 본부였다. 독재자들의 전기에서 케네디의 암살과 내 와인 컬렉션을 정리한 파일까지.

나의 정치적 신념은 고반의 선착장에서 점원으로 일했을 때와 크게 달라지지 않았다. 사람들의 의견은 성공과 부를 경험하며 시간과 함께 변한다. 하지만 젊은 시절, 나는 인생을 보는 방식인 가치관으로서 이데올로기적인 관점을 거의 얻지 못했다.

노동당을 지지하면서 모든 만찬에 참석하고 모든 선거 캠페인에 모습을 나타내는 식으로 적극적인 정치 활동을 한 적은 한 번도 없었다. 그러나 나는 언제나 지역구의 노동당 하원의원들을 지지해왔다. 캐시는 정치에 발을 들여놓는 순간 그들은 언제나 나를 이용하려고 할 것이며 내가 언제든지 그들을 위해 시간을 내주기를 바랄 거라고 말하곤 했다. 노동당과 사회주의 원칙을 신봉하는 사람이 되는 것과 열성적인 노동당원이 되는 것은 별개의 문제다. 그런 요구에 응하기에는 맨체스터 유나이티드의 감독으로서 전혀 시간이 나지 않았다. 단지 투표용지에 기표를 하고 내 지지를 그들에게 시각적으로 보여줄 수 있을 뿐이다. 사람들은 내가 데이비드 캐머런 총리 옆에 앉아 있는 모습을 볼 수는 없을 것이다. 안 그런가? 노동당 하원의원 옆에 있는 나를 볼 수는 있을 것이다. 그것이 내가 영향력을 행사하는 방식이다.

나는 언제나 노동당의 좌파에 속해 있었다. 고든 브라운 전 총리의 업적을 높이 평가하는 것도 그 때문이다. 존 스미스 역시 마찬가지다. 고 존 스미스라면 훌륭한 노동당 총리가 되었을 것이다. 닐 키녁은 유감이다. 좋은 사람이지만 운이 없었다. 다우닝가街 관저에 있는 그의 모습을 보게 되었다면 좋았을 것이다. 그는 불같은 사람이었다. 나는 원칙 면에서 고든 브라운에 더 가까웠지만 블레어의 좀 더 포퓰리슴적 방식이 선거에 당선되는 길이라는 사실은 받아들인다. 그는 자신의 처지를 정확하게 파악했다. 게다가 그에 어울리는 카리스마까지 갖춰서 이라크 침공이 그에 대한 대중의 평가를 악화시키기 전까지 상당한 인기를 누렸다.

앨러스테어 캠벨과의 우정은 스코틀랜드의 베테랑 축구 기자이자 몇몇 노동당 총리의 막역한 친구였던 위대한 짐 로저를 통해 이루어졌다. 로저는 내게 전화해서 당시 《미러》Mirror지와 함께 앨러스테어 취재에 응하지 않겠느냐고 물었다. 앨러스테어와 나는 친해져서 우리는 짧은 편지를 주고받는 사이가 되었다. 인맥을 쌓는 데 능했던 그는 그 후 토니 블레어의 공보수석이 되었고 노동당 안에서의 그의 역할로 인해 우리는 좋은 친구가 되었다. 1997년 선거 전에 앨러스테어와 토니 그리고 셰리와 함께 맨체스터의 미드랜드 호텔에서 같이 저녁을 먹은 적이 있었다. 나는 토니에게 "만약 당신의 정부를 한 방에 몰아넣고 문을 잠글 수 있다면 당신에게 아무 문제도 없을 겁니다. 정부의 문제는 제멋대로 다른 방향으로 날아가는 것이니까요. 그들은 각각의 아군과 언론사의 인맥을 가지고 있어요. 각료들을 통제하는 것은 어려운 일이 될 겁니다."라고 말했다.

토니는 내 메시지를 주의 깊게 들었다. 권력의 어떠한 지위에서도 약점이라는 건 존재하기 마련이다. 한 나라의 리더라는 것은 엄청난 책임과 고독함을 요구한다. 나도 어느 정도 공감할 수 있는 부분이다. 오후에 일을 마치고 사무실에 앉아 있으면 누군가 찾아오기를 바라게 된다. 그런 지위에는 원치 않는 공허함이 따라붙는다. 토니는 그런 자리에 오르기에는 아직 젊었다.

그의 회고록에 고든 브라운을 해임한 데 대한 내 의견을 물었다는 대목이 나온다. 그가 총리였고 고든은 총리 관저의 옆집인 11번지에 살았을 때였다. 내 기억으로는 토니가 고든이라고 명확하게 말하지 않았던 것 같다. 그의 질문은 내가 슈퍼스타들을 어떻게 다루느냐 하는 것이었다. 내 대답은 이랬다. "내 직업에서 가장 중요한 것은 지휘권입니다. 그들이 당신의 지휘권을 위협하는 순간 그들을 몰아내야 합니다." 그가 고든과 문제가 있다고 말했지만 구체적으로 내게 어떻게 해야 할지 의견을 구하지는 않았다. 유명인 이슈에 얽히고 싶지 않았던 나는 일반적인 충고만 했다.

나는 내가 인기가 있든 없든 언제나 힘든 길을 가야만 한다고 생각해 왔다. 만약 스태프 중 하나가 속을 썩이면 그것은 바로 문제가 있다는 징후다. 문제를 잘라버릴 수 있는데도 매일 밤 걱정하면서 잠자리에 드는 것은 어리석기 짝이 없는 짓이다.

권력은 사용하기를 원하는 한 유용한 것이다. 그러나 대부분 노동계급 출신인 축구선수들에게는 잘 먹히지 않는다. 하지만 지휘권은 나의 목표였다. 내가 바란다면 나는 권력을 사용할 수 있었고 또 그렇게 했다. 물론 유나이티드에서의 내 위치에 이르게 되면 권력은 자연스럽게 따라온다. 그런 직업에서 내리는 중대 결단은 외부인에게는 권력을 행사하는 것으로 보인다. 실상은 지휘권의 문제인데도 말이다.

노동당 정치와 넓은 포도밭 외에 미국은 내 지적인 흥미의 원천이었다. JFK, 남북전쟁, 빈스 롬바르디와 위대한 미식축구는 축구의 압박에서 벗어나기 위한 내 도피 수단의 일부다. 뉴욕은 미국 문화를 향한 진입점이 되었다. 우리는 그곳에 아파트를 구입해서 모든 가족이 사용했다. 맨해튼은 A매치 때문에 선수들이 캐링턴을 비워야 할 때 짧은 휴가를 즐기기에는 이상적인 장소였다.

미국은 언제나 내게 흥미를 불러일으키고 영감을 주었다. 나는 미국의 광대함과 에너지 그리고 다양성에 심취했다. 처음으로 미국을 방문한 것은 1983년으로 애버딘이 유러피언컵 위너스컵에서 우승했을 때였다. 나는 통상적인 휴가 삼아 가족을 플로리다로 데려갔다. 그때는 이미 미국과 그 역사에 푹 빠졌을 때였다. 1963년 댈러스에서 벌어진 존 케네디 암살은 뉴스를 들었던 그날 내게 깊은 영향을 주었다. 세월이 흐르면서 나는 누가, 어떻게, 왜 그를 죽였는지 법의학적인 홍미를 갖게 되었다.

나는 세상을 뒤흔들었던 그날을 기억한다. 금요일 밤이었고 친구들과 춤추러 가기 전에 욕실 세면대에서 거울을 보며 면도하던 중이었다. 귀가 약간 어두웠던 아버지가 소리쳤다. "존 케네디가 총에 맞았다는 게 사실이냐?"

"아빠, 아빠는 귀가 어둡잖아. 잘못 들은 걸 거야." 나는 큰 소리로 대답하고 수건으로 얼굴을 닦으면서 더 이상 그 일을 생각하지 않았다. 30분 후 뉴스가 나왔다. 그가 파크랜드 병원으로 후송되었다는 것이다.

고반 근처에 있는 플라밍고라는 댄스클럽에서 차트 1위에 올랐던 프랭크 시나트라의 〈별 위에서 춤추고 싶나요?〉Would You Like to Swing on A Star?를 듣던 일을 잊지 못할 것이다. 분위기는 착 가라앉아 있었다. 춤을 추는 대신 우리는 위층에 앉아 암살 사건에 대해 이야기했다.

나와 같은 젊은 청년에게 케네디는 상상력을 자극하는 인물이었다. 그는 잘생겼고 어딘가 번뜩이는 데가 있었다. 그처럼 생생하고 역동적인 사람이 대통령이 될 수 있다는 사실은 큰 반향을 불러일으켰다. 비록 내 의식 속에 그가 결정적인 인물로 남아 있었지만 브라이언 카트멜이 스토크에서 열린 만찬에 연사로 초청했을 때 비로소 암살에 대한 홍미는 예기치 못한 코스로 전개되기 시작했다.

스탠리 매슈스와 스탠 모텐슨이 지미 암필드와 함께 참석해 있었다. '이런 위대한 축구 원로들과 내가 여기서 뭘 하는 거지? 사람들은 나보다 스탠리 매슈스의 이야기를 더 듣고 싶을 게 아닌가?' 이런 생각을 했던 기억이 난다.

그러나 만찬 중에 브라이언이 내게 물었다. "취미가 뭐죠?"

"취미를 즐길 시간이 없어요." 나는 말했다. 나는 미국이라는 나라에 강한 흥미를 갖고 있을 뿐이었다. "집에 당구대가 있어요. 골프 치는 것도 좋아하고 집에서 영화 보는 것도 즐기죠."

그는 명함을 한 장 꺼냈다. "내 아들이 런던에서 사업을 하는데 상영 영화 전부를 갖고 있어요. 영화 보고 싶으면 언제라도 전화해요."

전날 밤, 나는 윔슬로의 영화관으로 가서 〈JFK〉를 보고 왔었다. "그런 데 흥미가 있어요?" 브라이언이 물었다. 그때는 이미 암살에 대한 책 몇 권을 갖고 있었다. "난 그때 카퍼레이드에서 열다섯 번째 차에 타고 있었어요." 브라이언이 말했다. 포터리스(스토크온트렌트 지역의 지명)에 와 있는데 이 남자는 자신이 JFK의 카퍼레이드 현장에 있었다고 말하고 있는 것이다.

"어떻게요?"

"당시 《데일리 익스프레스》Daily Express 기자였다가 샌프란시스코로 이민 가서 《타임》Time 잡지에서 일했죠." 그가 말했다. "그 후 1958년 케네디 행정부에 지원해서 선거 참모로 일했어요." 브라이언은 존슨이 비행기에서 취임 선서를 했을 때 그 자리에 있었다.

그렇게 개인적인 연관이 생기자 나는 더욱 빠져들었고 급기야 경매를 찾아다니기 시작했다. 그 주제에 대해 내가 관심을 보인 것을 안 미국 청년이 부검 보고서를 보내줬다. 캐링턴 훈련장에는 케네디의 사진이 두 장 있다. 한 장은 경매에서 구입했고 한 장은 선물받은 것이다. 제럴드 포드가 사인한 워런 위원회 보고서도 샀는데 3,000달러가 들었다.

1991년 캐시와 내가 결혼기념일을 맞아 다시 미국에 갔을 때 우리는 시카고, 샌프란시스코, 하와이, 라스베이거스 그리고 텍사스에 있는 친구들에게 들렀다가 마지막엔 뉴욕으로 향했다. 그 후 우리는 매년 미국에 갔다. 내가 수집한 책은 점점 늘어갔다. 존 케네디의 전기 중 가장 권위 있는 책은 아마도 로버트 댈럭의 《케네디 평전》An Unfinished Life, John F. Kennedy 1917-1963일 것이다. 아주 뛰어난 책으로 케네디의 진료서를 열람할 수 있었던 댈럭은 그가 애디슨병과 간질환에 시달리면서도 대통령이 될 수 있었던 살아 있는 기적이라고 쓰고 있다. 재임 기간 3년 동안 그는 비난을 받은 피그스 만 침공과 인종주의 문제, 냉전, 베트남전쟁과 쿠바 미사일 위기 등 많은 싸움을 겪어야 했다. 오늘날과 마찬가지로 의료보험은 또 하나의 골치 아픈 문제였다. 업무량이 얼마나 대단했겠는가. 세계에서 가장 사랑받는 스포츠의 중요성을 일깨워주는 여담 하나가 있다. 1969년 CIA가 어떻게 소련이 쿠바에서 작업 중인 것을 알게 되었는지 아는가? 축구장이다. 소련 인부들이 만들어놓은 축구장이 항공사진에 찍혔다. 쿠바인은 축구를 하지 않는다. 기질적으로 유럽인에 가까웠던 헨리 키신저는 금방 이 사진의 의미를 파악했다.

케네디 가문에 대한 독서로 몇몇 근사한 문학작품을 접하게 되었다. 데이비드 핼버스탬의 《최고의 인재들》The Best and the Brightest이 단연 독보적이다. 베트남과 전쟁하게 된 원인 그리고 케네디 형제의 거짓말을 집중적으로 다루고 있다. 미 국방부장관이며 케네디 가족의 친구였던 로버트 맥나마라조차 그들을 호도했다. 은퇴하면서 그는 케네디가에 사과했다.

2010년 미국 여행 중에 나는 게티즈버그를 방문한 뒤《자유의 함성》

Battle Cry of Freedom이라는 저서를 쓴 위대한 남북전쟁 역사가인 제임스 M. 맥퍼슨과 프린스턴 대학에서 점심을 같이했다. 백악관도 안내받았다. 남북전쟁에 대한 흥미는 누군가 그때의 장군들에 대한 이야기를 다룬 책을 선물해줬을 때부터 시작되었다. 양쪽 진영 모두 수십 명이 있었고 교사들을 장군으로 만들기도 했다. 하루는 고든 브라운이 나한테 무슨 내용의 책을 읽고 있느냐고 물었다. '남북전쟁'이라고 대답했다. 고든은 테이프를 하나 보내주겠다고 했다. 얼마 지나지 않아 제임스 맥퍼슨과 함께 남북전쟁에서 거의 언급되지 않았던 해군의 역할에 대해 연구한 게리 갤러거의 35회 강연 내용이 든 테이프가 배달되었다.

그리고 나서 나의 또 다른 열정이며 배출구가 되어준 경마를 발견했다. 맨체스터 유나이티드 전 회장인 마틴 에드워즈가 하루는 전화로 내게 말했다. "당신은 휴가를 가야 해요."

"난 괜찮아요." 내가 말했다.

그러나 나는 이미 캐시가 말하듯 "그러다가 죽겠어요." 단계에 이른 상태였다. 일을 마치고 집에 있으면 밤 9시까지 전화기에 매달려 있기 일쑤였고 매 순간 축구에 대해서만 생각하고 있었다.

내가 말을 처음으로 산 것은 1996년의 일이었다. 결혼 30주년 기념으로 첼트넘에 갔을 때 존 멀런이라는 멋진 아일랜드 조련사를 처음 만나 점심을 같이했다. 그날 밤, 나는 그의 일행을 런던에서 만나 저녁을 먹었다. 그 여파로 나는 캐시에게 필연적인 질문을 하고야 말았다. "말을 한 마리 사는 건 어떨까? 스트레스를 푸는 데 도움이 될 것 같은데."

"대체 어쩌다 그런 생각을 하게 됐어요?" 그녀가 말했다. "당신, 한 마리 사게 되면 세상의 모든 말을 다 사고 싶어할 거면서."

하지만 말을 산 일은 내게 배출구를 열어줬다. 사무실에서 침체되어 있거나 끝없는 통화로 시간을 때우는 대신 나는 경마장으로 관심을 옮길 수 있었다. 사람의 진을 빼놓는 축구감독 일에서 머리를 식힐 반가운 대상이 생긴 셈이다. 그것이 내가 경마에 미치게 된 이유다. 일에 대한 집착에서 벗어나게 해주었기 때문에. 왓어프렌드와 함께 1등급 레이스인 렉서스 체이스와 에인트리 볼에서 우승한 것이 마주로서 가장 기쁜 순간이었다. 에인트리 레이스 하루 전에 우리는 챔피언스리그에서 바이에른 뮌헨에게 패했다. 나는 잠시 고개를 떨궜지만 다음 날에는 리버풀의 1등급 레이스에서 이기고 있었다.

나의 첫 번째 말인 퀸즐랜드스타는 아버지가 만들었던 배의 이름을 땄다. 조련사들은 내게 한 번도 우승마를 내보지 못한 마주들의 이야기를 들려주었다. 나는 60 내지 70마리의 말을 소유해봤고 현재도 30마리 정도를 공동으로 소유하고 있다. 하이클리어(엘리자베스 2세 소유의 명마였으며 많은 챔피언 말을 낳았다) 신디케이트(마주 그룹)에 많은 관심이 있는데 그 운영자인 해리 허버트는 대단한 인물이며 좋은 세일즈맨이었다. 그는 매일 많은 정보와 함께 말의 상태를 정확하게 알려줬다.

록오브지브롤터는 굉장한 말이었다. 북반구 말로서는 처음으로 그룹 1 레이스를 일곱 번 연속 우승하면서 밀리프(1970년대의 전설적인 명마)의 기록을 갈아치웠다. 아일랜드의 경주마 회사 쿨모어 레이싱 오퍼레이션과의 합의 아래 그 말은 나의 기수복색을 입은 기수를 태우고 경기에 나섰다. 나는 그 말의 소유권 절반을 갖고 있다고 이해했고 그들은 내가 상금의 절반을 가질 권리가 있다고 이해하고 있었다. 그러나 문제는 해결되었다. 양자가 서로 오해했다고 동의하는 걸로 해결점에 도달했고 문제는 종결되었다.

확실히 경마에 대한 내 관심과 클럽의 소유주들 사이에는 잠재적인 갈등의 소지가 있었다. 그리고 어떤 남자가 연례총회 자리에서 내가 물러나야 한다고 했을 때 거북했던 것도 사실이다. 다만 맨체스터 유나이티드의 감독으로서 내 임무를 등한시한 적은 단 한 순간도 없다고 말해두고 싶다. 나에게는 레스 달가르노라는 뛰어난 가족 변호사가 있었고 그는 나를 대신해서 절차를 진행했다. 그 사건은 경마에 대한 나의 애정에 아무런 영향도 주지 못했고 현재 나는 쿨모어의 대표인 존 매그니어와 좋은 관계를 유지하고 있다.

독서와 와인 수집과 함께 경마는 내게 가끔은 스위치를 꺼둘 필요가 있다는 것을 가르쳐줬다. 내 다른 쪽 삶이 진짜로 전개된 것은 1997년부터인데, 내가 막다른 벽에 부딪혔을 때 축구 말고 다른 것에 관심을 기울일 필요가 있다는 것을 깨닫고 나서였다. 와인에 대해 배우는 일도 그런 의미에서 도움이 되었다. 나는 컨템퍼러리 아트의 열성적인 수집가이며 이웃이기도 한 프랭크 코언과 함께 와인을 사 모으기 시작했다. 프랭크가 잠시 외국으로 떠났을 때 나는 혼자서 와인을 구입하기 시작했다.

절대 나 자신을 전문가라고 부를 수는 없겠지만 그렇다고 형편없다고도 생각하지 않는다. 포도 작황이 좋았던 해와 좋은 와인을 구별할 줄은 안다. 와인을 맛보며 특징을 일부 감별하는 것도 가능하다.

와인 공부는 나를 보르도와 샹파뉴 지방으로 이끌었지만 일반적으로 내 지식을 넓힌 것은 책이나 와인 딜러, 전문가들과 함께 한 식탁에서 나누었던 대화를 통해서였다. 흥미진진한 자리였다. 와인 비평가이며 텔레비전 사회자인 오즈 클라크와 와인상인 존 아미트 같은 이들과 나는 저녁을 같이하곤 했다. 코니앤배로 와인바는 훌륭한 점심을 내놓았다. 포도와 빈티지에 대해 내가 따라갈 수도 없는 이야기가 끝없이 이

크리스티아누 호날두는 헤딩까지 포함해서 플레이에 필요한 모든 기술을 갈고닦았다. 2004 FA컵 결승전에 승리할 때 그가 뛰어오르는 모습을 보라.

경기가 끝나고 팬들에게 인사하는 중. 2004 FA컵 결승에서 밀월을 3대 0으로 꺾고 난 바로 뒤다. 내 옆으로 미카엘 실베스트르가 보인다.

열심히 싸우고 열심히 즐긴다. 밀월에게 승리한 후 드레싱룸의 모습이다. 호날두가 참 어려 보인다.

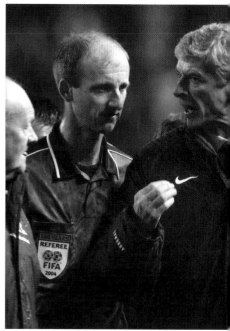

마지막까지 라이벌이었다. 아르센 벵거와 나는 한때 사이가 틀어지기도 했지만 우리를 갈라놓는 것보다 묶는 것이 더 강했다.

2004년 10월 우리가 아스널의 49전 무패 기록을 깨 아르센이 격분하고 있다.

뤼트 판니스텔로이가 선제골을 기록하며 아스널의 50전 무패 기록을 저지하는 데 나섰다. 활화산 같은 하루였다

파 베니테스는 우리의 라이벌 관계를 개인적으로 받아
였다. 나는 그 정도는 감당할 수 있었다.

조제 모리뉴가 첼시로 왔을 때 나는 '신입인가. 자신
만만하군.' 하고 생각했다. 새로운 도전자의 도래였다.

나이티드 감독 20주년을 축하하는 식사 자리에서 나의 영웅 데니스 로와 절친한 친구 보비 롭슨과 함께. 선수
절 나는 데니스 로처럼 되고 싶었다.

호날두는 모범적인 학생이었다. 그의 기량을 발전시키는 데에는 카를루스 케이로스가 중요한 역할을 했다.

올레 군나르 솔셰르는 천부적인 골잡이였다. 나는 언제나 스트라이커들 속에서 내 모습을 보곤 했다.

퍼기 타임. 나는 상대에게 두려움을 주기 위해 시계를 가리켰다. 우리가 자주 경기 후반에 골을 넣는 사실을 그들은 알고 있기 때문이다.

07년 로마를 7대 1로 승리한 올드 트래퍼드의 경기에서 마이클 캐릭이 슛을 하고 있다. 그날 우리는 거의 완벽
플레이를 했다.

마에게 7대 1로 승리했던 경기에서 원더 보이인 호날두와 루니. 호날두가 두 골, 루니가 한 골을 기록했다.

로만 아브라모비치의 안방인 모스크바는 2008 챔피언스리그에서 첼시를 이긴 무대였다. 서든데스 상황에서 라이언 긱스가 페널티킥을 성공시키고 있다.

승부차기 기록은 별로 좋지 못했다. 에드빈 판데르사르가 니콜라 아넬카의 슛을 막으며 승리하자 나는 믿을 수 없었다.

스크바로부터 귀환. 리오 퍼디낸드와 라이언 긱스가 맨체스터 공항 활주로 위에서 2008프리미어리그 우승 트로피와 챔피언스리그 우승컵을 들고 있다.

노동당은 언제나 내 지지를 받을 수 있었다. 토니 블레어와 고든 브라운은 나와 친구가 되었다.

글레이저가는 첫날부터 나를 전폭적으로 지원했다. 그들은 내가 계속 감독을 할 수 있게 해주었다. 내 왼쪽의 아람, 오른쪽의 조엘과 브라이언이 포르투갈의 발리 두 로부에서 우리와 합류했다.

어졌지만 나는 언제나 홀려서 귀를 기울였다. 어쩌면 포도에 대해 더 공부했어야 됐을지도 모른다. 그것이 와인의 본질이니까. 하지만 얼마 지나지 않아서 나는 실용적 지식을 쌓을 수 있었다.

2010년 가을, 은퇴에 대한 질문을 받았을 때 나는 본능적으로 이렇게 대답했다. "은퇴란 젊은 사람들을 위한 것입니다. 그들은 달리 할 수 있는 일이 있기 때문이죠." 일흔 살이 되어서 게으름을 피우면 사람은 급격히 퇴화하게 된다. 은퇴를 하면 뭔가 일 대신 중요한 것을 가져야 한다. 석 달 휴가를 즐긴 후가 아니라 지금 당장, 내일.

젊었을 때는 하루에 열네 시간 일해야 한다. 자리를 잡아야 하니까. 그리고 그것을 이루는 유일한 길은 뼈 빠지게 일하는 것밖에 없다. 그런 식으로 자신을 위해 직업윤리를 확립해야 한다. 만약 가족이 있다면 그들에게 그러한 가치관을 전해줘야 한다. 어머니와 아버지는 당신들 노동의 결실을 내게 전해줬고 나는 내 자식과 그 자식에게 같은 일을 했다. 젊음은 인생 후반기의 안정을 확립할 능력을 갖게 한다. 건강을 유지하라. 사람들은 건강을 유지해야 한다. 바른 식생활을 하라. 나는 잠을 썩 잘 자는 편이 아니지만 그래도 다섯 시간에서 여섯 시간은 수면을 취한다. 나로서는 이 정도면 충분하다. 어떤 사람들은 잠에서 깨어나서도 침대에 계속 누워 있다. 나는 절대 그렇게 할 수 없다. 눈을 뜨자마자 벌떡 일어나면 어딘가 갈 준비가 되어 있다. 시간을 허비하면서 누워 있지는 않는다.

잠에서 깨는 것은 충분히 잤다는 이야기다. 나는 6시나 6시 15분이면 일어나 7시에 15분 거리의 연습장에 도착했다. 그게 내 버릇이었고 일과는 한 번도 바뀌지 않았다.

나는 전쟁 세대다. 즉 태어났을 때의 사회적 지위가 평생 가는 세대다. 동네는 안전했고 도서관과 수영장과 축구장이 있었다. 부모는 언제나 일해야 했기 때문에 할머니가 들러 아이들이 잘 있나 들여다봤다. 그러다가 좀 더 커서 자기 스스로를 돌보게 되든지. 인생의 기본 패턴은 그런 식으로 놓였다. 어머니는 "이건 민스고 저건 타티스(민스 앤 타티스. 다진 고기와 으깬 감자로 이루어진 스코틀랜드 음식)니까 4시 30분에 오븐만 켜면 돼." 하고 나갔다. 그렇게 요리 준비가 되어 있었다. 집에 돌아온 후 불만 붙이면 됐다. 아버지가 5시 45분쯤 돌아와보면 식사는 다 차려져 있었다. 그것이 내 일이었다. 그리고 재를 두엄밭에 갖다 버리는 것 등이 학교에서 돌아와 내가 해야 할 일이었다. 숙제는 나중에 동생과 둘이서 저녁 7시가 넘어서 했다.

현대같이 오락거리가 없었던 시대라 하루 일과는 단순했다.

이제 인간은 보다 더 연약해졌다. 그들은 조선소나 탄광 같은 곳에서 일하지 않는다. 육체노동을 해본 사람도 거의 없다. 우리는 내 아이들까지 포함해, 내가 내 아이들에게 했던 것보다 더 자상한 아버지들의 세대에 살고 있다.

그들은 내가 했던 것보다 아이들과 피크닉을 함께 가는 등 더 많은 가족 행사에 참여한다. 나는 평생 피크닉 한번 가족과 함께 가본 적이 없다. 나는 그저 "애들아, 나가 놀아라." 정도였다. 애버딘에 있는 우리 집 옆에는 학교 운동장이 있었는데 아들들은 매일 친구들과 함께 그곳에서 뛰어놀았다. 우리는 1980년까지 비디오카메라가 없었다. 예전 영상은 정말 화질이 거칠고 형편없다. 진보는 시디와 디브이디를 가져왔고 손주들은 집 컴퓨터로 각자의 판타지 축구팀을 만든다.

나는 아이들을 잘 보살피지 못했다. 그것은 캐시, 내 아내의 몫이었다. 아내는 좋은 어머니였기 때문이다. "아이들이 열여섯 살만 넘으면 아빠만 따를 거예요." 캐시는 이렇게 말하곤 했고 그 말은 사실이었다. 나이가 들면서 애들은 나와 매우 가까워졌고 삼형제끼리 아주 사이좋게 지냈다. 나에게는 흐뭇하기 그지없는 일이었고 캐시는 그런 내게 이렇게 말했다. "그것 봐요."

"하지만 당신이 낳은 아이들이잖아."라고 나는 답하곤 했다. "내가 만약 당신을 안 좋게 말한다면 저 세 아이는 날 죽이려 들걸. 그러니까 당신이 대장이지."

이 세계에서 성공에 대한 비밀은 없다. 비결은 열심히 일하는 것이다. 말콤 글래드웰의 책 《아웃라이어- 성공의 기회를 발견한 사람들》 Outliers: The Story of Success의 제목은 그냥 '열심히 일하기'라고 바꿔도 될 것이다. 엄청난 노력. 그 예는 옛날 카네기에서 록펠러에 이른다. 록펠러의 이야기 중 내가 좋아하는 일화가 있다. 그의 가족은 독실한 기독교도였다. 하루는 신도들이 1달러씩 집어넣는 헌금함이 오는데 아들이 그에게 말했다. "아빠, 그냥 1년에 50달러 내면 안 돼요?"

"그래도 되지." 아버지가 말했다. "하지만 그렇게 되면 우린 이자로 3달러를 밑지는 거란다."

억만장자임에도 불구하고 집사에게 벽난로 불을 한 시간 더 유지할 수 있는 방법을 가르치는 사람이다.

록펠러의 근면성은 그에게 근검성을 불어넣어주었다. 그는 낭비하지 않았다. 나에게도 그런 면이 있다. 오늘날까지도 손주들이 접시에 음식을 남기면 내가 먹어치운다. 세 아이에게도 마찬가지였다. "접시에 음식을 남기지 말아라."는 주문과 같았다. 지금은 내가 마크, 제이슨 또는 대런의 음식에 손을 뻗는다면 아마 그 애들은 내 손을 자를 것이다.

열심히 일하는 자를 이길 수는 없다.

물론 일과 스트레스는 육체에 보이지 않는 중압감을 준다. 나이도 마찬가지다. 그 둘이 합쳐진 결과 언제부터인지 나는 심장에 이상이 생기게 되었다. 어느 날 아침 체육관에서 측정 벨트를 차고 운동을 하고 있는데 심장박동 수가 90에서 160까지 주욱 치솟는 것이 보였다. 웨이트 트레이너인 마이크 클레그를 불러 나는 불평했다. "벨트가 잘못된 것 같아."

우리는 다른 벨트로 검사해봤다. 같은 수치가 나왔다. "의사에게 가보셔야 할 것 같은데요." 마이크가 말했다. "이런 건 좋지 않아요."

나를 진찰한 의사는 그레엄 수네스의 주치의인 데릭 롤런즈였다. 부정맥이었다. 그는 전기충격요법으로 심장박동을 조절해야 한다고 충고했다. 7일 후 다시 심장은 정상으로 돌아왔다. 그러나 우리가 다음 경기에서 패하자 다시 내 심장박동은 치솟았다. 나는 선수들을 나무랐다. 승리했다면 심장박동은 정상 범위 안에 있었을 것이다. 치료 요법은 성공률이 50 내지 60퍼센트라고 했지만 이제는 더 강한 치료를 받아야만 했다. 박동조율기를 삽입하고 하루에 아스피린 한 알을 먹어야 한다고 의사가 충고했다.

2004년 3월 스크린을 통해 지켜본 삽입 수술은 30분 만에 끝났다. 피가 솟구쳐오르던 광경은 잊지 못할 것이다. 2010년 가을에는 기계 수명 8년이 다돼서 갈아야 했다. 이번에는 수술 내내 잤다. 이런 치료를 받는 동안 운동, 일, 와인같이 내가 인생에서 좋아하는 것들을 여전히 즐길 수 있다고 들었다.

솔직히 말해서 처음에는 불안했다. 그 전해에 건강검진을 받았을 때는 심장박동 수가 48이었다. 우리 주무인 앨버트 모건이 말했다. "감독님은 심장이 없다고 늘 생각했어요." 내 건강 상태는 최상이었다. 그런

데 불과 1년 후, 나는 박동조율기가 필요한 신세가 되었다. 이 이야기가 시사하는 것은 나이가 들면 불이익을 감수해야 한다는 것이다. 우리는 모두 이 운명에서 벗어날 수 없다. 아무리 자신이 무적이라고 생각해도 말이다. 내가 그랬다. 언젠가는 눈앞에서 인생의 문이 쾅하고 닫힌다는 사실을 알고 있더라도 그날이 올 때까지는 끄떡없을 거라고 생각했다. 그런데 갑자기 신이 고삐를 당기는 날이 온 것이다.

내가 젊었을 때에는 터치라인 끝에서 끝까지 뛰어다니며 공을 차고 경기의 모든 국면에 몰입했었다. 나이가 들면서 나는 느긋해졌다. 막판에는 감정에 휩쓸리지 않고 관찰하는 편으로 변했다. 어떤 경기는 나를 완전히 빨아들이는 힘을 여전히 갖고 있긴 하지만. 가끔 나는 내가 살아 있다고 상기시키는 제스처를 취하기도 한다. 그러한 메시지는 심판과 선수들 그리고 상대에게 주로 향하게 된다.

건강에 관해서 일반적으로 나는 이렇게 말한다. 경고를 받았으면 엄수해라. 의사의 말을 들어라. 건강검진을 받아라. 몸무게와 섭취하는 음식에 항상 신경을 써라.

독서 같은 단순한 행위가 일과 일상에서 오는 번거로움에서 손쉽게 벗어나게 해준다고 말할 수 있어서 다행이다. 내 서재로 들어온 손님이라면 대통령들, 총리들, 넬슨 만델라, 록펠러, 연설 기술, 닉슨과 키신저, 브라운, 블레어, 마운트배튼, 처칠, 클린턴, 남아프리카공화국과 스코틀랜드 역사 등 여러 주제의 책이 서가에 즐비하게 꽂힌 것을 볼 수 있을 것이다. 스코틀랜드의 사회주의 정치인 제임스 맥스턴에 관한 고든 브라운의 평전도 그 안에 있다. 케네디에 대한 책도 수없이 많다.

그리고 폭군들에 관한 책을 따로 모아놓은 코너도 있다. 내가 이들에 대해 흥미를 갖는 것은 인간의 본성이 어디까지 갈 수 있는지에 대한 극단적인 실례이기 때문이다. 사이먼 시백 몬티피오리의 《젊은 스탈린》Young Stalin, 스탈린, 히틀러 그리고 레닌 같은 독재자를 다룬 로런스 리스의 《닫힌 문 뒤에서 본 2차 세계대전》World War Ⅱ: Behind Closed Doors, 앤터니 비버의 《피의 기록, 스탈린그라드 전투》Stalingrad 와 《베를린- 패망 1945》Berlin: The Downfall 1945 등을 꼽을 수 있겠다.

좀 더 가벼운 독서를 하고 싶으면 에드먼드 힐러리와 데이비드 니븐(영국 영화배우 겸 작가)의 책을 찾는다. 그러다 다시 크래이스(Krays, 1950년대와 1960년대 런던에서 폭력조직의 보스였던 쌍둥이 형제)와 미국 마피아 같은 범죄의 어두운 면을 다룬 소설로 돌아온다.

안 그래도 일 때문에 스포츠에 묻혀 지내느라 가급적 그쪽 책은 피하는 편이다. 하지만 책꽂이에는 그 분야에서 시금석으로 꼽히는 몇 권의 책이 꽂혀 있다. 데이비드 머래니스가 쓴 그린베이 패커스의 위대한 감독인 빈스 롬바르디의 전기 《아직 자부심이 의미를 가질 때》When Pride Still Mattered를 읽을 때면, '그가 나에 대해 쓴 게 아닌가. 나는 마치 롬바르디 같지 않나.' 하고 생각하게 된다. 그의 집착. "우리는 경기를 진 것이 아니다. 다만 시간이 부족했을 뿐이다."라는 롬바르디의 위대한 경구에 많은 부분 공감이 간다.

판니스텔로이

눈 내리던 2010년 1월의 어느 날 밤, 집에 있는데 문자가 왔다는 휴대
전화 신호가 울렸다. '저를 기억하실지 모르지만.' 문자는 이렇게 시작
되었다. '감독님께 전화를 걸고 싶었어요.' 뤼트 판니스텔로이였다. 맙
소사, 이건 대체 무슨 일이지? 캐시에게 말했다. "뤼트는 4년 전에 떠
났잖아." 캐시가 대답했다. "뭘 원하는 걸까요? 어쩌면 유나이티드로
돌아오려고 하는지도 몰라요."

"바보 같은 소리." 나는 아내에게 말했다.

대체 무슨 일인지 감을 잡을 수 없었다. 하지만 그에게 답장을 보냈
다. '좋아.' 그래서 그는 전화를 걸어왔다. 우선 소소한 대화가 이어졌
다. 몇 차례 부상을 당했지만 지금은 회복되었다, 경기 출장을 못하고
있다, 어쩌고저쩌고. 그러고 나서 그는 용건을 말했다. "맨유에서 있었
던 마지막 몇 년 동안의 제 행동에 대해 사과드리고 싶습니다."

나는 사과할 수 있는 사람들이 좋다. 난 항상 그런 일들에 찬사를 보
낸다. 자기중심적 측면이 강한 현대 문화 속에서 사람들은 미안하다는

말이 있다는 사실을 잊고 지낸다. 축구선수들은 자신들을 치켜세우는 감독, 클럽, 언론, 에이전트 또는 친구들에 둘러싸여 지낸다. 아주 나중에라도 전화를 집어들어 "내 잘못이에요, 미안합니다."라고 말하는 누군가를 발견하는 것은 아주 신선한 체험이다.

뤼트는 아무 설명도 하지 않았다. 어쩌면 나는 그 기회를 이용해 "그때 왜 그랬지?" 하고 물을 수도 있었다.

뤼트의 전화에 대해 곰곰이 생각하며 그 겨울밤을 보냈다. 프리미어리그의 클럽 두세 곳 정도에서 그에게 관심을 보이고 있다는 사실을 알았지만 그렇다고 해서 그것이 나에게 전화를 건 이유 같지는 않았다. 잉글랜드의 다른 클럽에서 뛰기 위해 맨체스터 유나이티드와 화해할 필요는 없을 것이다. 어쩌면 죄책감 때문일지도 모르겠다. 아마 몇 년 간이나 그의 마음을 괴롭혀왔을 수도. 그 무렵의 뤼트는 의심의 여지 없이 훨씬 성숙한 인간이 돼 있었으니까.

관계 악화의 첫 징후는 뤼트가 카를루스에게 늘 호날두의 험담을 하는 형태로 나타났다. 격렬한 대립도 있었지만 통제할 수 없는 것은 아니었다. 그러자 뤼트는 표적을 게리 네빌로 바꿨다. 게리는 그에 대해 준비된 상태라 싸움에서 이겼다. 다비드 벨리옹은 뤼트의 화를 북돋운 또 한 사람이었다. 마지막 시즌까지 클럽 내에서 상당히 많은 언쟁이 벌어졌지만 판니스텔로이는 대부분의 경우 호날두를 공격했다.

그 전 시즌인 2004/05시즌 막판에 우리는 FA컵 결승에 올라 아스널을 상대하게 되었다. 판니스텔로이는 형편없는 플레이를 보여줬다. 그 전 수요일 그의 에이전트 로저 린스는 데이비드 길을 찾아가 이적을 요청했다. "뤼트는 떠나고 싶어합니다."

데이비드는 토요일에 FA컵 결승이 있으니까 주전 센터포워드가 이적을 요청할 시기로는 적절하지 않다고 말했다. 그리고 왜 떠나고 싶어 하는지 그 이유를 물었다. 로저는 팀이 정체되어 있어 도저히 챔피언스 리그에서 이길 것 같지 않다고 판니스텔로이가 생각한다고 답했다. 루니나 호날두 같은 어린 선수들을 데리고서는 유러피언컵에서 이길 수 없다는 것이 그의 생각이었다.

FA컵 결승전이 끝나고 데이비드는 로저에게 전화를 걸어 뤼트가 나와 면담을 할 것을 부탁했다. 레알 마드리드가 그를 사기 위해 3,500만 파운드를 지불하지 않을 것이기에 우리 입장은 단호했다. 안 봐도 뻔했다. 그리고 그것이 뤼트가 이적을 요청한 이유라고 생각한다. 레알 마드리드가 3,500만 파운드를 기꺼이 내놓으려고 했다면 그가 이적을 몰아붙일 필요가 없었다. 그는 유나이티드가 받아들일 수 있는 이적료를 클럽과 협상해보려고 한 것이다. 어리석은 생각이었다.

그래서 우리는 면담을 가졌다. 그의 태도는 호날두와 루니가 원숙해질 때까지 기다릴 준비가 돼 있지 않다는 것이었다. "하지만 그들은 뛰어난 선수야." 나는 그에게 말했다. "넌 어린 선수들을 이끌어야 해. 그들을 도와줘야 한다고." 뤼트는 여전히 그때까지 기다리고 싶지 않다고 말했다.

"이봐, 여름이 되면 예전 수준으로 우리를 되돌려줄 선수들을 영입할 계획이야." 내가 말했다. "결승전에서 지는 건 원치 않아, 리그를 우승하지 못하는 것도 그렇고. 그렇지만 팀을 만들 때는 인내심이 필요한 거야. 나뿐만 아니라 선수들도 그 기간을 견뎌야 해. 우리는 좋은 팀이 될 거다." 그는 내 논점을 받아들였고 우리는 악수를 나눴다.

그 시즌의 겨울 이적 시장에서 우리는 비디치와 에브라를 영입했다. 두 선수의 영입은 간접적으로 뤼트와 우리가 가졌던 불화의 도화선에 불을 붙인 격이 되었다. 칼링컵에서 나는 계속해서 루이 사아를 기용했다. 우리가 결승에 올랐을 때 나는 뤼트에게 말했다. "이봐, 내가 사아를 기용하지 않는 건 공평하지 않아. 네가 결승전에서 뛰고 싶어하는 건 알고 있다. 잘하면 널 잠깐 내보낼 수도 있을 거야." 나는 정말로 그렇게 말했다. 의심의 여지가 없다.

위건을 맞아 거의 자동운전 모드처럼 손쉬운 경기를 펼치고 있던 중에 나는 에브라와 비디치가 경기를 맛볼 수 있는 이상적인 기회를 보았다. 그들이 마지막 교체 선수들이었다. 나는 뤼트에게 고개를 돌리며 말했다. "나는 이 둘을 내보낼 거다." 그들은 맨체스터 유나이티드와 함께 뭔가를 쟁취하는 기분을 느끼게 될 것이었다. "당신—" 판니스텔로이가 말했다. 언제나 기억할 것이다. 믿을 수 없었다. 카를루스 케이로스가 그를 가로막았다. 더그아웃에서는 소동이 벌어졌다. 다른 선수들이 그를 말렸다. "예의를 지켜."

그러나 그것이 그와의 마지막이었다. 다시는 그를 되돌릴 수 없다는 것을 알았다. 그는 되돌아갈 배를 불태웠다. 그 사건 이후 그의 행동은 점점 악화되었다.

리그 마지막 주에 우리는 찰턴과의 시즌 마지막 경기에서 승리해야 했다. 사아의 부상 때문에 살얼음판을 걷고 있었다. 아무리 그래도 나는 뤼트를 선택하고 싶지 않았다.

카를루스는 뤼트의 방에 찾아가서 말했다. "우리는 널 내보내지 않을 테니 집으로 가라. 지난 일주일 동안의 네 행동은 도저히 용납이 안 된다."

호날두는 아버지를 잃은 지 얼마 되지 않았었다. 호날두의 아버지가 돌아가신 바로 그 주일에 뤼트는 훈련장에서 호날두에게 성질을 부리며 말했다. "그래서 어쩌겠다는 건데? 아빠한테 가서 이를래?" 그는 크리스티아누의 친아버지가 아니라 카를루스를 의미한 거였다. 아마 아무 생각이 없었을 것이다. 크리스티아누는 너무 화가 나서 판니스텔로이에게 덤벼들려고 했다. 그리고 카를루스는 그에 대한 모욕에 화가 났다. 내가 기대한 대로 카를루스는 호날두를 잘 돌봤다. 그는 호날두와 같은 나라에서 온 포르투갈 출신의 코치니까 당연했다. 여기 아버지가 위독한 젊은이가 있다. 만약 그가 카를루스에게 도움을 청하지 못한다면 달리 누구한테 갈 수 있겠는가?

아주 슬픈 이야기다. 뤼트가 왜 변했는지 나는 알 수 없다. 그의 방식대로 올드 트래퍼드를 떠나려고 그랬던 것일까? 확실히 말하지 못하겠다. 아무 소용도 없는 일이었고 다른 선수들의 존경마저 잃었다.

안타까운 일이다. 그의 기록은 엄청난 것이었기 때문이다. 그는 클럽 역사상 최다 득점자 중 하나다. 문제가 처음 수면에 드러난 것은 그가 원래의 계약서에 준해 새로운 계약을 준비하던 두 번째 시즌이 끝난 후였다. 그는 레알 마드리드로 떠날 것을 허락하는 조항을 요구했다. 구체적으로 말하자면 레알 마드리드가 특정 금액을 제안할 때였다. 바이아웃 조항(계약서에 명시한 금액보다 높이 부르면 선수를 살 수 있는 계약 조건)이었다. 나는 이 문제를 심사숙고했다. 내가 받은 느낌은 만약 여기서 양보하지 않으면 판니스텔로이는 계약서에 사인하지 않을 것이었다. 반대로 그 조건을 양보하면 그에게 주도권을 주게 될 상황이었다. 우리는 다음 시즌 그를 잃을 위험을 무릅쓰고 있었다.

그래서 우리가 써놓은 금액은 3,500만 파운드였다. 우리 생각에는 모든 희망자들, 마드리드조차도 주저할 금액이었다. 그들은 동의했다. 나는 데이비드에게 말했다. "만약 마드리드가 내년에 돌아와서 3,500만 파운드를 내놓는다면 적어도 우리는 두 배의 이익이 남는 거요. 만약 오지 않는다면 우리는 2년간 그를 데리고 있는 것이고, 그때가 되면 그는 스물아홉 살이오. 우리는 4년 동안 그를 데리고 있었소. 우리는 그를 팔 수 있을 것이오." 좋다. 하지만 뤼트는 계약서에 사인하자마자 돌변했다. 마지막 시즌 동안 그는 매우 다루기 힘든 선수가 되었다. 마지막에는 별로 인기가 없었다고 생각한다. 그의 변화는 극적인 것이었다.

내 동생 마틴이 헤이렌베인에서 뛰는 뤼트를 발견하고 말했다. "아주 마음에 드는 아이야. 딱 맞을 것 같은데." 동생의 극찬을 듣고 나는 움직여야 했다. 우리는 뤼트가 뛰는 것을 보려고 다시 돌아갔지만 그가 이미 한 달 전에 PSV와 계약했다는 말을 들었다. 혼란스러웠으나 이미 계약은 끝난 것 같았다. 그럼에도 불구하고 우리는 계속해서 그를 주시했고 2000년에 다시 그의 영입을 시도했다.

A매치 기간 동안 스페인에서 짧은 휴가를 보내는 중이었다. 그때 뤼트가 메디컬 테스트에서 떨어졌다는 팀 닥터의 메시지를 들었다. 나쁜 소식이었다. 우리는 십자인대 손상을 발견했다고 확신했다. PSV는 동의하지 않았고 문제되지 않을 정도의 가벼운 인대 손상만 있어 메디컬 테스트를 통과했다고 주장했다. 그러나 마이크 스톤은 사인하려 들지 않았다. 그래서 우리는 다시 뤼트를 PSV에 보냈고 PSV는 그의 훈련받는 모습을 비디오로 찍어주었다. 그런데 비디오를 통해 뤼트의 무릎이 완전히 나가버리는 걸 보았다. 그가 비명을 지르는 장면은 텔레비전까지 나가게 되었다. 자, 어떻게 해야 될까?

"요즘은 제대로 된 사람들이 돌봐주면 이런 종류의 부상에서는 금방 벗어나 몇 달 안에 복귀할 수 있소." 나는 마틴 에드워즈에게 말했다.

판니스텔로이는 콜로라도의 리처드 스테드먼 박사의 신뢰할 만한 치료를 충실히 따랐고 거의 1년 동안 경기에 나서지 못했다. 그는 해당 시즌의 거의 끄트머리에 가서야 돌아왔고 아약스 전에서의 활약을 지켜본 후 우리는 2001년에 그와 계약했다. 그의 움직임은 정상적이었고 스피드도 죽지 않았다. 그는 애초에 스피드로 먹고사는 스트라이커가 아니었다. 그는 페널티박스에서 두뇌 회전이 빠른 선수였다.

그가 집에서 요양 중이었을 때도 찾아가 부상과 상관없이 올드 트래퍼드로 데리고 가겠다고 말했다. 그에게는 중요한 메시지였다. 왜냐하면 커리어의 그 시점에서는 그가 그리 자신만만하지 않았기 때문이다. 그는 순박한 시골 청년이었다.

그는 전형적인 구식 이탈리아 센터포워드였다. 측면으로 빠져나가거나 태클 같은 것은 잊어야 한다. 과거 1960년대에 유벤투스에는 피에트로 아나스타시라는 센터포워드가 있었다. 경기에 거의 아무 기여도 하지 않다가 갑자기 나타나 골을 넣으면서 팀을 승리로 이끄는 선수였다.

그것이 당시 경기를 지배했던 센터포워드 유형이었다. 페널티박스에서 제 할 일을 하도록 내버려두면 된다. 판니스텔로이는 이런 틀 속에서 나온 선수였다. 기회란 그를 위해 창조된 것이었다. 그러나 그는 진정한 포처(골문 가까이에서 득점할 기회를 노리는 선수)의 골을 넣는, 골결정력 면에서는 무결점 골잡이였다.

사실 그는 내가 본 선수 중에서 가장 이기적인 골잡이 중 하나였다. 그의 개인적인 골기록을 이끄는 것은 집착이었다. 그의 머릿속에는 오직 골밖에 없었고 이것은 그에게 위대한 암살자의 면모를 갖게 했다. 공격을 전개하거나 경기 중 몇 킬로미터를 뛰어다니느냐, 질주를 몇 번 하느냐 따위의 문제에는 전혀 관심이 없었다. 그가 이제까지 유일하게 관심을 가졌던 것은 뤼트 판니스텔로이가 몇 골을 넣느냐, 였다. 그의 빠른 슈팅 타이밍은 굉장했다. 수비수 옆으로 달려가 특유의 빠르고 치명적인 슛을 꽂아넣었다.

만약 내가 데리고 있었던 위대한 골잡이들(앤디 콜, 에리크 캉토나, 판니스텔로이, 루니)을 한자리에 모아놓고 본다면 가장 많은 골을 성공시킨 선수는 뤼트였다. 뭐 가장 천재적인 골잡이는 솔셰르였지만. 판니스텔로이는 몇몇 멋진 골을 넣긴 했지만 대부분 골에어리어 안에서 주워먹는 골이었다. 앤디 콜도 몇 차례 좋은 골을 넣긴 했지만 가까운 거리에서 혼전 상황에 다리를 맞고 간신히 들어간 골도 많았다. 그러나 솔셰르의 결정력은 경이로울 때가 있다. 그의 사고 과정은 테크닉을 뒷받침했다. 그는 분석적인 사고를 지닌 사람이다. 슛을 때릴 위치에 도착하자마자 그는 모든 계산을 끝낸다. 그의 머릿속 그림은 운동장 전체에 걸쳐 있었다. 그럼에도 불구하고 그는 저돌적인 스트라이커가 아니었기 때문에 주전으로 쓸 수 없었다. 연륜이 쌓이며 그 부분도 발달하긴 했지만 적어도 초기에는 돌파할 만한 체격을 갖추지 못한 호리호리한 청년이었다.

경기를 하거나 벤치에 앉아 있거나 훈련을 하거나 그는 늘 메모했다. 그래서 경기에 나설 때가 되면 이미 상대팀이 누구인지, 그들이 어떤 전술로 나올 것인지 이미 분석이 끝난 상태였고 머릿속에는 모든 이미지가 정리되어 있었다. 그에게 경기는 도면처럼 펼쳐져 있었고 언제 어디로 가야 할지를 알았다.

올레는 상냥한 품성의 청년이어서 절대 내게 대드는 법이 없었다. 올레가 사무실 문을 박차고 들어와 선발 명단 안에 넣어달라고 요구할 걱정은 안 해도 됐다. 그가 자신의 역할에 만족한다는 것을 우리는 알고 있었다. 따라서 다른 세 명의 스트라이커 중에 누구를 남겨야 하나 하는 어려운 결정을 내려야 했던 상황에 네 번째 스트라이커라도 조연에 만족한다는 사실은 우리에게 큰 도움이 되었다. 덕분에 우리는 요크, 콜, 셰링엄 등 나머지 세 명의 불평 많은 포워드만 다루면 됐다.

처음에는 뤼트의 활동 반경이 실제 나타난 것보다 더 넓을 것이라고 믿었다. 맨체스터 유나이티드 선수들이라면 으레 해야만 하는 필드 위에서의 단순노동을 그가 더 많이 해내기를 기대했다. 어쩌다 전심전력으로 할당량을 채우기도 했지만 그런 식의 부지런한 선수가 되는 데는 별 흥미가 없었다. 애초에 스태미나가 뛰어난 선수는 아니었다. 그의 체력검사 결과는 절대 뛰어나지 않았다. 하지만 길목으로 공을 배급만 해주면 언제나 그물 속으로 집어넣을 수 있는 선수였다.

그 전해에 우리는 캉토나와 테디 셰링엄을 잃었고 올레 솔셰르는 무릎 부상이었다. 요키는 약간 집중력에 문제가 생겼고 앤디는 여전히 싱싱하고 건강했다. 앤디는 언제나 기댈 수 있는 선수였지만 판니스텔로이를 데려옴으로써 자신이 세계 제일의 공격수라고 생각하는 그와 문제가 생길 것이라고 예측했다. 긍정적인 자기 이미지를 갖는다는 것은 도움이 되었기 때문에 나는 앤디에 대해서 호의적인 입장이다. 그러나 내가 앤디를 뤼트와 짝지어주기 시작하자 그는 불만을 갖게 되었다.

앤디는 캉토나와의 관계에도 불만을 가지고 있다는 게 눈에 보였다. 그가 유일하게 잘 맞았던 동료는 요키였다. 그들의 1998/99시즌은 환상적이었다. 그들의 파트너십과 우정은 경이로웠다. 요키가 클럽에 왔을 때 그들은 서로 알지 못했지만 금방 친해졌다. 훈련에서 그들은 같이 달리며 장애물 연습을 하고 원투패스를 했다. 그들은 아름다운 조화를 이루었고 둘이서 53골을 합작해냈다.

앤디가 판니스텔로이의 파트너로는 잘 맞지 않을 거라는 게 확실해져서 나는 그를 블랙번 로버스에 팔았다. 그때 이미 그는 삼십 대 초반이었고 우리는 여러 해 동안 그를 충분히 활용했다고 느꼈다. 1995년에 앤디를 영입해서 7년 동안 클럽을 위해 뛰게 했으며 블랙번으로부터 650만 파운드를 받았다. 뉴캐슬로부터 키스 길레스피를 얹어서 그를 사온 가격은 700만 파운드였다. 길레스피는 100만 파운드도 안 되는 선수였다. 그러므로 일곱 시즌간의 그의 활약과 함께 이적료도 거의 건진 셈이었다. 나쁘지 않았다.

뤼트의 비범함에 희생된 또 다른 스트라이커는 포를란이라는 훌륭한 선수였다. 뤼트는 1순위 골잡이가 되기를 원했다. 그것이 그의 본성이었다. 디에고 포를란은 그의 레이더에 전혀 잡히지 않았다. 그래서 두 사람을 함께 묶어놓았을 때 호흡은 엉망이었다. 디에고는 파트너와 함께 더 빛나는 선수지만 그래도 우리에게 몇 개의 귀중한 골을 선사했다. 안필드에서 두 골을 넣었고, 첼시와의 경기에서 마지막으로 찬 슛이 골로 연결되었다. 그는 좋은 선수이며 진정한 프로였다.

디에고의 또 다른 문제는 마요르카에 있는 병약한 여동생이었고 그는 여동생을 돌보는 책임을 져야 했다. 하지만 그는 자신의 처지에 훌륭하게 대응했고 얼굴에는 늘 웃음을 띠고 있었다. 5개국어에 능통했던 그는 마치 한줄기 신선한 바람 같았다. 우리는 너무 싸다고 생각했지만 200만 파운드에 디에고를 팔았다. 그의 주급을 그보다 더 높이 부를 클럽은 없었기 때문이다. 그다음에 들려온 소식은 그가 1,500만 파운드에 이적한다는 소식이었다. 그는 떠다니듯 우아하게 움직였다. 체구가 작았지만 상체는 잘 발달하고 강인했다. 훌륭한 테니스 선수이기도 해서 프로가 되기로 결심했을 때 축구와 테니스 선수 중 하나를 선택해야 했다고 한다. 나는 그가 클럽에 들어왔을 때 그 사실을 알게 되었다. 우리 프리시즌 중에 열리는 클럽 내 테니스 대회에서 나는 그에게 베팅을 하려고 했다. 부키를 맡고 있던 게리 네빌에게 가서 물었다. "디에고는 배당이 얼마지?"

"왜요? 왜요?" 게리가 물었다. "걔 테니스 칠 줄 알아요?"

"내가 어떻게 알겠어?" 내가 말했다. "네가 직접 물어보지그래."

하지만 게리는 이미 나에게 넘어간 후였고 디에고에게는 아무도 돈을 걸지 않았다. 그는 모두를 박살 냈다. 산산조각으로.

"우리가 바보 같다고 생각하고 있죠, 그렇죠?" 네빌이 말했다.

내가 말했다. "뭐 시도할 가치는 있었지. 실은 네가 10대 1이라고 말하길 기대했는데."

모리뉴 – '스페셜' 라이벌

내가 조제를 잠재적인 위협으로 처음 인식하게 된 것은 2004년 여름 첼시 감독으로 부임한 그가 시즌 개막 기자회견을 가졌을 때였다. "나는 특별한 사람입니다." 조제가 선언했다. '뭐 저런 건방진 자식이 있나.' 기사에 쓸 인용거리를 풍성하게 제공하며 기자들을 즐겁게 해주는 그를 보며 든 생각이었다.

그때 내 안의 목소리가 들렸다. 신출내기야, 아직 어려. 그에 대해 이야기할 필요 없어. 신경 쓰지 마. 하지만 녀석은 첼시 감독 자리를 감당할 머리와 자신감을 가졌어.

카를루스와 조제에 대해 많은 이야기를 나눴다. 그는 내게 말했다. "조제는 아주 영리한 친구예요." 카를루스와 조제의 인연은 아카데미아 시절까지 거슬러 올라간다. 조제는 포르투갈에서 카를루스의 제자 중 하나였다. "이때까지 가장 뛰어난 제자였죠. 단연코." 카를루스가 말했다. 그 지식으로 미리 무장한 나는 모리뉴가 스스로 일으킨 기대의 파도를 타는 모습을 지켜봤다. 그리고 그 파도는 결국 로만 아브라모비치를 위해 일하도록 그를 포르투에서부터 런던까지 날라다 주었다. 조제는 그 누구보다도 서프보드에서 오래 서 있을 수 있는 사람이었다. 그와의 심리전에 말려드는 일은 현명하지 못하다는 사실을 즉시 알아차렸다. 그에게 태클을 거는 다른 방법을 찾아야 했다.

2004년 8월에서 2006년 5월에 이르는 동안, 우리는 단 하나의 트로피만 들어올렸다. 2006년 리그컵이었다. 첼시와 조제는 그 기간에 두 번 다 프리미어리그에서 우승했다. 아스널이 밑으로 처지면서 아브라모비치의 부와 조제의 감독으로서의 능력은 우리 팀을 재건하는 데 가장 큰 걸림돌이 되었다.

새로운 시즌을 준비하는 우리의 방식은 전통적으로 38경기 프로그램 후반부에 집중하는 것이었다. 우리는 언제나 마지막에 강했다. 정말로 중요한 시기에 경기를 이기는 우리의 능력 뒤에는 정신력 외에도 과학이 있었다.

새로 전입신고를 한 조제는 돈을 쌓아놓고 있는 고용주 밑에서 일하며 과장된 명성으로 그의 앞길을 열고 있었다. 2004년 가을 그는 스탬퍼드 브리지에서의 첫 주를 강한 인상으로 시작해야 했다. 첼시는 승점 6점 차로 1위를 지켰고 우리는 결국 한 번도 따라잡을 수 없었다. 일단 우승 경쟁에서 치고 나간 다음 조제는 많은 경기에서 근소한 점수 차로 이기도록 판을 짰다. 모두 1대 0이나 2대 0 승리였다. 그들은 선취골을 넣은 뒤 굳히기에 들어갔다. 첼시는 도저히 깰 수 없는 팀이 되어갔다. 예전보다 훨씬 조직력이 좋아졌고 나는 모리뉴가 온 뒤로는 스탬퍼드 브리지에서 한 번도 이겨보지 못했다.

조제는 프리시즌의 많은 부분을 수비 조직력을 다지면서 보냈고 초반에는 백 스리, 두 명의 윙백 그리고 다이아몬드형 미드필드를 채택했다. 아주 상대하기 힘든 전형이다.

우리의 첫 만남은 조제가 포르투 감독이었을 때 우리를 탈락시켰던 2003/04시즌 챔피언스리그였다. 1차전이 끝난 뒤 언쟁을 벌였다. 하지만 동료 감독들과 첫 대면에서 의견 차이로 다투는 일은 내게는 흔한 일이다. 나중에 친한 친구가 된 조지 그레이엄조차도 아스널 감독으로 처음 만났을 때 충돌을 피해가지 못했다. 모리뉴와도 마찬가지였다. 그는 언제나 매우 친절하고 속내를 감추는 법이 없었다. 내 생각에 그는 자신이 축구의 모든 극단적인 감정을 체험한 사람과 마주하고 있다는 것을 깨닫고 우리의 대화를 즐겼다고 본다.

1차전에서 내가 화를 낸 이유는 포르투 선수들이 걸핏하면 다이빙(상대 선수가 태클을 걸 때 파울을 유도하기 위해 일부러 넘어지는 것)을 해서였다. 그는 내 분노에 약간 놀란 듯 보였다. 내가 너무 심했다고 생각한다. 조제에게 내 감정을 폭발시킬 필요는 없었다. 사실은 킨이 퇴장당한 게 더화가 났다. 그때 내 머릿속을 떠나지 않던 생각은 포르투와 셀틱이 맞붙었던 UEFA컵 결승전에서 조제 팀 선수들 행동에 대해 마틴 오닐이 한 불평이었다. 이미 내 안에는 씨앗이 뿌려져 있었다. 문제의 결승전을 보긴 했지만 포르투갈 팀의 전형적인 플레이에서 벗어났다고는 생각되지 않았다. 하지만 마틴 오닐이 계속해서 불평을 늘어놨기 때문에 조제 팀이 수상쩍다고 나 자신을 설득하기 시작했다.

원정 경기에서 내가 받은 첫인상은 로이는 오심의 희생자였다는 것이다. 경기를 복기해보니 그는 명백히 골키퍼를 방해하려고 했다. 그일로 우리는 열 명으로 싸워야 했고 킨은 2차전에 나갈 수 없게 되었다.

올드 트래퍼드에서 벌어진 2차전에서 주심은 이상하게 행동했다. 우리는 경기가 끝나기 전 3, 4분간 공격을 감행했다. 풀백이 제껴지자 호날두를 넘어뜨렸다. 부심은 기를 들었지만 러시아 주심은 경기를 속행했다. 포르투는 우리 진영으로 넘어와 골을 넣었다.

경기가 끝나고 나는 조제에게 축하의 말을 건넸다. 상대팀이 우리를 탈락시키면 반드시 "행운을 빈다"라고 말해줄 방법을 찾아야 한다. 함께 와인을 마시는 자리에서 그에게 말했다. "자네는 운이 좋았어. 하지만 다음 라운드에서 행운을 비네."

그가 다음에 올드 트래퍼드에 모습을 드러냈을 때 그는 바르카 벨랴 와인 한 병을 가져왔고 그것이 우리의 전통이 시작된 계기였다. 도저히 이해할 수 없지만 첼시 경기장의 와인은 끔찍했다. 한번은 아브라모비치에게 이렇게 말했다. "이건 페인트 제거제요." 그러자 그다음 주에 그는 티냐넬로 한 상자를 보내왔다. 훌륭한 와인이었다. 세계 최고의 와인 중 하나였다.

올드 트래퍼드에서 조제가 터치라인을 따라 달린 사건에 대해서는 나도 그런 적이 있으니 할 말이 없다. 셰필드 웬즈데이와의 경기에서 우리가 골을 넣었을 때였다. 브라이언 키드가 피치 위에 무릎을 꿇은 채 터치라인에서 나와 기쁨을 나누었다. 자신의 감정을 솔직하게 드러내는 사람이 좋다. 그들이 얼마나 관심 있는지 보여주기 때문이다.

챔피언스리그에서 유나이티드에 거둔 승리는 조제의 앞길을 훤히 열어줬다. UEFA컵 결승전에서 셀틱을 물리친 것은 하나의 업적이었지만 맨체스터 유나이티드에게 승리한 뒤 챔피언스리그에서 우승한 것은 그의 능력을 더욱 확실하게 각인시켰다. 2008년 무렵 그에게 이렇게 말했던 게 기억난다. "내가 언제 은퇴할지 모르겠어. 나이가 들수록 은퇴하는 게 무서워져서 어렵군." 조제가 대답했다. "은퇴하지 마세요. 감독님이 있어서 제가 계속할 수 있는 겁니다." 그는 다른 도전을 하고 있지만 꼭 잉글랜드로 다시 돌아오고 싶다고 말했다. 그는 인터 밀란과 함께 챔피언스리그 우승을 한 뒤 레알 마드리드와 같이 스페인 라 리가(프리메라리가의 약칭)에서 우승했다. 그리고 2013년 6월 첼시로 돌아왔다.

내가 이야기해본 모든 사람이 조제가 선수를 장악하는 데 뛰어나다고 말했다. 그는 세세한 곳까지 철저하게 구상한다. 그는 알게 되면 호감 가는 사람이고 자신에 대해 농담하며 웃을 수 있는 사람이다. 벵거나 베니테스는 그럴 수 있을지 모르겠다.

조제가 2010년 레알 마드리드 감독직과 씨름하는 모습을 지켜보는 일은 흥미진진했다. 내가 기억하는 한 축구계에서 감독 선임으로 그렇게 큰 관심을 불러일으킨 적은 없었다. 감독 성향이나 선수들의 플레이 면에서 매우 흥미로운 스타일의 조합이었다. 레알에서 일한 모든 감독은 클럽의 철학, 즉 갈락티코(레알 마드리드 정책) 철학에 따라야 했다. 그렇지만 모리뉴를 데려올 때 챔피언스리그에서 우승하려면 그의 생각에 맞춰야 한다는 사실을 받아들였을 거라고 확신한다.

어느 직종에서나 마찬가지다. 누군가를 데리고 와서 모든 것이 갑자기 바뀌게 되면 그를 임명한 장본인들은 말한다. "잠깐만, 이런 일이 생길 거라고는 예상 못했어." 베르나베우 경기장에 앉아서 이런 생각을 하는 몇몇 팬도 있을 것이다. '마음에 안 들어. 이런 걸 보려고 돈을 내고 들어온 게 아냐. 1대 0으로 지는 것보다 5대 4로 지는 게 더 낫다고.'

그래서 조제의 임기 동안 벌어진 일은 내가 마드리드에서 눈을 떼지 못하게 했다. 그의 감독생활 중에 부딪친 가장 큰 도전이었다. 그는 포르투, 첼시 그리고 인터 밀란에서 자신의 방식이 옳다는 것을 증명했다. 그는 두 개의 다른 클럽을 데리고 챔피언스리그에서 두 번 우승했다. 그가 자신의 구상대로 레알 마드리드를 바꿀 수 있을까? 화려한 스타플레이어들에 의한 전면 공격이라는 레알의 전통적인 이미지 때문에 자신의 가장 신성한 아이디어를 버릴 전망은 처음부터 보이지 않았다. 그는 현대 축구에서 레알의 방식으로는 성공할 수 없다는 사실을 알고 있었다. 바르셀로나는 아름다운 공격을 펼치지만 공을 빼앗기면 끝까지 쫓아갈 줄 안다. 집단으로서의 그들은 열심히 뛰어다니는 팀이었다. 레알이 챔피언스리그 결승에 세 번 올랐던 5년 동안에는 가장 뛰어난 선수들을 보유하고 있었다. 지단, 피구, 호베르투 카를루스, 페르난도 이에로. 골대 앞은 이케르 카시야스가 지키고 있었고 클로드 마켈렐레는 모든 것을 부숴버리기 위해 중원에 자리 잡고 있었다.

그 후에도 그들은 네덜란드 선수들을 한 무리 데려오며 갈락티코 정책을 고수했다. 데이비드 베컴, 판니스텔로이, 호비뉴도 영입했지만 2002년 글래스고에서 열린 결승전 이후 챔피언스리그 우승은 그들을 비켜갔다. 모리뉴는 대형 클럽을 이길 수 있다는 것을 증명해 보였지만 마드리드에서 자기 방식대로 일하는 것이 허락될지 궁금했다.

조제는 의심의 여지없이 실용주의자였다. 그의 철학의 시발점은 팀이 지지 않도록 하는 것이다. 그 전 시즌 바르셀로나와의 챔피언스리그 준결승전에서 인테르(인터 밀란)가 점유율을 65퍼센트나 기록할 것을 알고 있었다. 모든 팀이 알고 있었다. 바르셀로나의 방침은 언제나 미드필드 지역에서 수적 우세를 점하는 것이다. 만약 우리 팀 선수가 네 명 있다면 그들은 다섯 명을 그 자리에 세우고 여섯 명 있다면 일곱 명으로 숫자를 늘린다. 그렇게 함으로써 그들은 공을 돌릴 수 있고 안전하게 백 포 수비진과 공을 주고받게 된다. 상대는 돌고 도는 공의 흐름 속에서 어느새 그들의 회전목마 위에 올라 현기증을 느끼게 되는 것이다. 어쩌다 공 위로 넘어질 때도 있을 것이다. 회전목마를 가만히 쳐다보면 내 말을 이해할 것이다. 눈앞이 흐려진다.

그러므로 조제는 바르셀로나를 상대로 인테르는 공을 별로 잡지 못할 것을 알고 있었다. 하지만 그에게는 집중력과 위치 선정이라는 자신의 무기가 있었다. 그의 중앙 미드필더인 에스테반 캄비아소는 인테르의 핵심이었다. 만약 메시가 이쪽에 나타나면 캄비아소도 그 자리에 있었다. 메시가 다른 쪽으로 가면 캄비아소 역시 그곳에 있었다. 쉬운 이야기처럼 들리지만 모든 수비수가 연결된 전체적인 팀 플랜의 일부로서는 엄청나게 효과적인 전술이었다. 나중에 레알 마드리드의 한 경기에서 마지막 15분 동안 조제가 교체를 세 번 실행하는 것을 봤다. 모두 확실하게 경기를 이기기 위한 수비 측면의 교체였다.

그러나 이 모든 것은 2000년대 중반 우리의 대결 이후의 일이다. 첼시는 50년 만에 처음으로 리그에서 우승했고 1년 후인 2006년 여름, 타이틀을 방어했다. 2004/05시즌이 트로피 하나 없는 끔찍한 시즌이었다면 다음 해는 겨우 리그컵 하나만 가져올 수 있었다. 새로운 팀은 계속 성장하고 있었지만 우리가 그 후 3회 연속 프리미어리그 우승을 할 거라는 사실을 알 도리가 없었다.

우리의 전략은 킨, 긱스, 스콜즈 그리고 네빌이 팀을 떠나게 될 때를 대비해 팀을 재건하는 것이었다. 이 중 세 명은 계획보다 훨씬 더 오래 머물렀지만 킨은 떠나야 했다. 몇 년에 걸쳐 발전할 수 있는 일군의 젊은 선수들을 모아서 긱스와 스콜즈 그리고 네빌의 경험으로 그 과정을 돕는 것이 의도였다. 지금 돌아보면 그 정책은 유례없는 성공을 거두었다.

우리가 수확 없이 2004/05시즌을 보낸 것은 사실이다. FA컵 결승에서 아스널에게 승부차기로 졌지만 그 중요한 경기를 통해 루니와 호날두의 가능성을 보았다. 그날 그들은 아스널을 괴롭혔다. 우리는 21개의 슛을 날렸다. 챔피언스리그 16강전에서 우리는 밀란에게 홈 원정모두 에르난 크레스포의 골로 패배했다. 1대 0으로. 내게 팀을 재건하는 것은 두렵지 않은 일이다. 그것은 제2의 천성이니까. 축구클럽은 가족과 같다. 때로는 사람들이 떠나는 법이다. 축구에서는 그들이 떠나야 할 때가 있고 그들을 떠나보내고 싶을 때가 있고 나이나 부상 때문에 어떤 선택의 여지도 없을 때가 있다.

위대한 선수들이 떠나게 될 때가 오면 어쩔 수 없이 감상에 젖게 된다. 동시에 내 눈은 마지막에 접어든 선수에게 항상 고정된다. 내 안의 소리는 언제나 질문을 던진다. '그가 언제 떠나게 되는 거지? 얼마 동안 더 버틸 수 있는 거지?' 경험은 내게 중요한 포지션에 젊은 선수들을 비축해두라고 가르쳤다.

그래서 2005년 5월 10일, 새로운 챔피언에 등극한 첼시를 위해 홈에서 우리 선수들이 두 줄로 늘어선 채 박수를 쳐주었을 때 다짐했다. 몇 달 후 펼쳐질 다음 시즌에는 아브라모비치의 돈에 굴복할 생각은 전혀 없다고.

심리적으로 그것은 첼시에게 중요한 순간이었다. 그들은 반세기 만에 처음으로 리그에서 우승했고 다른 관점에서 자신들을 돌아보게 되었다. 우리가 얻은 교훈은 새로운 도전자 첼시를 누르려면 슬로 스타터(시즌 초반 부진하다가 어느 순간 치고 올라간다는 뜻) 방식은 안 된다는 것이다. 그다음 시즌 우리는 좋게 출발했지만 나중에 김이 빠져버렸다. 최저점은 파리에서 벌어진 릴과의 경기였다. MUTV에서 킨이 우리 팀 중 일부가 제 몫을 못한다고 독설을 퍼부었던 덕분에 상당수의 팬이 몸을 풀고 있는 어린 선수들을 향해 야유를 보냈던 것이다.

그것은 해서는 안 될 짓이었다. 로이는 동료들을 표적으로 삼아 우리의 부진한 상태를 악화시켰다. 피치 위에서 선수들의 폼은 충격적일 정도였고 그날 밤의 1대 0 패배는 오랫동안 내 최악의 순간이 되었다.

로이 킨이 클럽을 떠난 것과 같은 달인 2005년 11월, 조지 베스트가 세상을 떠났다. 그는 매우 좋은 친구였다. 어딘가 조금 예민했지만 점잖은 청년이었고 내게 말을 걸어올 때면 조심스러움이 묻어났다. 그의 불안정한 측면은 나를 걱정스럽게 했다. 한번은 일본의 바에 함께 앉아 있는데 데려온 여자친구에게 말도 제대로 하지 못했다. 수줍어서 어쩔 줄 모르는 것 같았다. 조지는 은퇴한 후 행복한 삶을 누릴 수도 있었다. 어린 선수들을 가르칠 수도 있었지만, 아마 교사가 될 만한 성격이 못 되었을 것이다. 거의 모든 사람들이 간과하고 있었는데 조지는 매우 지적인 사람이었다. 벨파스트 시에 의해 성대하게 치러진 장례식은 애도의 물결로 가득 찼다. 국장과 같은 장엄함을 지닌 분위기였다. 조지의 아버지는 작고 겸손한 남자였다. 그를 보며 '저 사람은 사상 최고의 선수를 낳았구나.' 하고 생각했던 게 기억난다. 벨파스트 출신의 작고 말 없는 남자. 조지가 누구를 닮아 그리 과묵했는지 알 수 있었다.

북아일랜드의 축구팬들은 기본적으로 노동계급이었고 어떤 이유에서인지 부족한 점이 있는 사람들을 좋아했다. 베스트, 개스코인, 지미 존스턴. 그들은 이 불완전한 영웅들에게서 자기 자신의 모습을 보는 것이다. 팬들은 이들의 약점을 이해했다. 지미는 매우 호감 가는 청년이라 그의 장난기에 넘어가지 않을 수 없었다.

족 스테인은 매주 금요일 밤이면 전화를 노려보고 있었다. 이유가 궁금해진 아내 진이 물었다. "대체 왜 그렇게 전화만 쳐다보고 있어요?"

"곧 울릴 거니까." 족이 말했다. "곧 전화벨이 울릴 거야."

전화는 늘 이렇게 시작된다. "랭커셔 경찰입니다, 스테인 씨. 여기 지미를 데리고 있어요."

물론 조지 베스트는 유나이티드의 유러피언컵 우승팀의 일원으로 기억될 것이다. 그러나 우리는 그 시즌에 정상에서 멀리 떨어져 있었다. 2005년 9월, 웨인 루니는 비야레알과의 0대 0 경기 도중에 킴 밀턴 닐센 주심에게 냉소적인 박수를 보냈다는 이유로 두 번째 옐로카드를 받고 퇴장당했다. 닐센은 1998월드컵에서 데이비드 베컴을 퇴장시킨 장본인이다. 내가 선호하는 심판은 아니다. 그는 짜증을 유발하는 심판 중 하나였다. 명단에서 그의 이름을 보면 덜컥 겁이 날 정도였으니까. 다른 경기에서는 루니가 그레이엄 폴에게 욕설을 열 번 퍼부었다. 그를 퇴장시킬 수도 있었던 폴은 아마 텔레비전 카메라가 계속 그를 비추는 것을 즐겼을지도 모른다. 그러나 적어도 욕설에 흔들리지 않고 웨인을 인간으로 대우하는 상식을 가지고 있었다. 그런 점에서 루니는 닐센보다 폴을 더 존경할 것이다. 그 경기에서 에인세는 무릎인대가 찢어졌다. 그의 에이전트가 우리에게 이적을 요청한 직후의 일이었다.

한편 12월에 벤피카를 상대로 2대 1 패배를 당함으로써 챔피언스리그에서 탈락하자 언론은 유통기한 이론을 내세웠다. 거듭되는 태만함에 대한 비난이라면 나도 납득했을 것이다. 하지만 내가 나이가 들어 감각을 잃었다는 암시는 역겨웠다. 사람들은 나이를 먹으면서 경험을 쌓는다. 정상급 선수들이 도제 기간을 거치지 않고 곧바로 프리미어리그 팀의 감독으로 임명되던 시기도 있었다. 경험 있는 감독들은 옆으로 치워졌다. 뉴캐슬에 의해 쫓겨난 보비 롭슨을 보라. 검증받은 감독인 샘 앨러다이스는 같은 클럽에서 6개월의 시간만 주어졌다. 웃기는 일이다. 금요일에 기자회견에 참석해야 하는 일은 짜증스러웠다. "감독님은 유통기한이 지나지 않았습니까?"라고 면전에 대고 질문할 기자는 없을 것이다. 하지만 기사에는 쓸 것이다. 그들은 한 감독을 파멸시키기 위해 펜의 힘을 사용할 것이다.

여론의 힘은 자체적인 논리를 지녔다. 서포터들은 이렇게 말할 것이다. "기사에 쓴 게 맞아. 벌써 몇 년 동안이나 내가 해왔던 얘기야." 나는 우리가 어디로 향하는지 알고 있었다. 시간이 좀 더 필요하다는 사실도 알고 있었다. 아주 많이 필요하지는 않았다. 내 나이의 감독에게 무한한 여유가 주어지진 않을 테니까. 곧 훌륭한 팀이 또 하나 탄생할 느낌이 없었다면 나는 스스로 걸어나갔을 것이다. 나는 루니와 호날두를 믿고 있었다. 스카우트 구조가 건실하다고 확신했다. 선수들은 다시 우리를 원래의 자연스러운 레벨로 돌려놓을 것이다. 겨우 리그컵에서만 우승했지만 2006년에는 몇 차례 훌륭한 경기도 있었다.

우리의 폼은 벤피카 패배 후 회복되기 시작했다. 위건, 애스턴 빌라, 웨스트 브롬 그리고 볼턴을 잇따라 격파하면서 리그에서 첼시와의 승점 차가 9점이 되었다. 그러고 나서 에브라와 비디치가 합류했다. 우리는 거의 매주 크로스에 대한 수비에 중점을 둔 연습을 했다. 위치 선정, 공 뺏기, 스트라이커의 움직임과 풀백들의 공격 가담에 대한 대응 따위였다. 두 명의 스트라이커와 좌우 두 조로 이루어진 측면 플레이어들이 센터서클에서 공격을 시작한다. 우리는 스트라이커 중 하나에게 패스하고 그는 슛을 쏜다. 그 일이 이루어지자마자 두 번째 볼이 측면의 크로스 위치로 날아간다. 그러고 나서 세 번째 공이 페널티박스 가장자리에서 다시 안쪽으로 들어온다. 그러면 그들은 슈팅을 막아내고 첫 번째 크로스와 페널티박스 안에 들어온 공에도 반응해야 했다. 한 번에 세 가지 테스트를 하는 것이다.

우리의 경기 방식에 변화가 일어났다. 실제로 수비하기 좋아하는 센터하프를 몇 명이나 이름 댈 수 있는가? 비디치는 좋아했다. 그는 공에 머리를 갖다 대며 상대를 막는 임무를 사랑했다. 루스볼(공 소유권이 동등하게 주어지는 것)을 따내는 상황에서 그가 즐긴다는 것은 보기만 해도 알 수 있다. 스몰링도 약간 그런 면이 있다. 그는 수비하기를 좋아한다. 비디치는 무뚝뚝하고 타협이라는 것은 모르는 녀석이다. 그는 자부심 높은 세르비아인이었다. 2009년 그는 나를 찾아와 어쩌면 징집될지도 모른다고 말했다.

"징집이라니, 그게 무슨 말이지?" 나는 놀라서 물었다.

"코소보요. 전 갈 겁니다." 그가 말했다. "제 의무니까요."

그의 눈은 진지했다.

새로운 재능을 찾는 수색은 대륙과 국경을 넘나든다. 헤라르드 피케는 유스 토너먼트에서 발견했다. 어리고 뛰어난 바르셀로나 선수들을 가두어둔 문은 아스널이 세스크 파브레가스를 영입함으로써 열리게 되었다. 그래서 우리는 피케의 가족들과 협상하면서도 어느 정도 자신 있었다. 문제는 선수의 할아버지가 캄프 노의 지배세력 중 하나라는 거였다. 헤라르드의 가족은 바르셀로나의 역사에 깊이 관여하고 있었다.

그와 동시에 바르셀로나는 1군 감독 교체를 몇 차례 단행해서 유동성이 있었다. 피케는 뛰어난 선수였기 때문에 그가 스페인으로 돌아가고 싶다고 말했을 때 나는 매우 실망했다. 특출한 패서였고 호감 가는 성격에 대단한 승부욕을 가졌다. 그의 가족은 모두 인생의 승리자이며 성공한 사람들이었다. 그의 아버지와 어머니를 보면 알 수 있다. 불행하게도 그는 퍼디낸드와 비디치가 물러날 때까지 기다리기를 원하지 않았다. 그것은 내 문제였다. 피케와 에번스였다면 향후 10년 동안 좋은 파트너십을 유지할 수 있었을 것이다.

우리가 챔피언스리그 준결승전에서 바르셀로나와 맞붙어 0대 0 무승부를 거뒀을 때 헤라르드의 아버지가 우리 팀이 묵고 있던 호텔로 찾아왔다. 그의 가족은 매우 멋진 사람들이었다. 그는 바르셀로나가 아들을 다시 돌려받고 싶어한다고 말했다. 그의 부모 역시 아들이 집으로 돌아오기를 바랐고 보고 싶어했다. 그리고 헤라르드는 1군에서 뛰고 싶어했으며 바르셀로나에서라면 선발로 뛸 수 있을 거라 믿었다. 모든 것은 순조롭게 이루어졌다. 최종 이적료는 800만 유로였다. 영입 당시 적용되었던 FIFA 규정에 의해 우리는 그를 18만 파운드에 데려왔었다.

유럽의 대형 클럽들은 잉글랜드 클럽의 공습을 막기 위해 장벽을 높이고 있었다. 해마다 피케나 파브레가스 같은 선수들이 고국을 떠나는 일을 더 이상 허락하지 않을 것 같았다. 우리 쪽에서 잉글랜드의 어린 재능을 발견하게 되면 500만 파운드를 줘야 했다(1군 선수라면). 하지만 왜 우리가 수준에 도달하지 못하는 선수에게 50만 파운드를 지불하라는 요구를 받아야 하는가? 리처드 에커슬리는 흥미로운 경우였다. 번리는 그를 영입하기 위해 우리에게 50만 파운드를 제의했다. 우리는 100만 파운드를 원했다. 우리는 12년이라는 시간을 들여 그 아이를 성장시켰다. 선수가 1군에 들게 되면 마땅한 보상이 이루어져야 한다. 셀링 클럽이라면 불평하지 않을 것이라 생각한다. 특히 원소속팀에 이적료 일부를 지불하는 조항이 추가된다면 말이다.

우리는 모두 판단 착오를 할 수 있으며 요 몇 년간 나도 클레베르송이나 젬바젬바 같은 선수들로 그런 실수를 몇 차례 저질렀다. 나는 랠프 밀른 때문에 끝까지 욕을 먹었다. 그에게 17만 파운드가 든 것으로 비난받았다. 코칭 스태프는 나를 놀리곤 했다. "우리는 또 다른 랠프 밀른이 필요해요, 보스." 내 모든 스태프는 20년 이상 함께해온 사람들이다. 그들은 잊는 법이 없다. 윌리암 프루니에는 내가 놀림을 받는 또하나의 원인 제공자다. 파트리스 에브라조차도 특유의 높은 목소리로 어느 날 내게 물었다. "감독님, 우리 팀에 윌리암 프루니에가 있었나요?"

라이언 긱스는 입을 떡 벌렸고 에브라는 천연덕스럽게 내 대답을 기다렸다.

"그래, 입단 테스트를 한 번 받았었지." 나는 퉁명스럽게 대답했다.

"입단 테스트요?" 에브라는 새된 목소리로 되물었다. 그는 화제를 내려놓을 생각이 없었다. "얼마 동안이요?"

"경기 두 번."

"경기에 두 번 내보내는 입단 테스트요?"

"재난이었다는 거 나도 알아!"

파트리스는 목적을 달성했다.

새로운 선수가 들어왔을 때 제일 먼저 해야 하는 일은 그가 자리 잡도록 돕는 것이다. 은행, 주택, 언어 그리고 운송 수단 같은 문제를 해결해줘야 한다. 거기에는 거쳐야 할 과정이 있다. 언어는 언제나 가장 높은 장벽이다. 예를 들어 발렌시아의 영어 실력은 문제가 되었다. 안토니오의 경우 그것은 순전히 자신감의 문제였다. 나는 프랑스어로 읽고 쓰는 건 가능했지만 회화는 자신 없었다. 안토니오는 그 사실을 알고 있었다. "감독님의 프랑스어는 어떤데요." 어느 날 그가 말했다. 그의 말도 일리가 있었다. 하지만 내가 프랑스에서 일하는 처지였다면 그 나라 말로 말할 노력은 했을 것이라는 지적은 했다. 발렌시아는 잉글랜드에서 일하고 있었기 때문에 같은 논리가 적용되었다.

그래도 발렌시아는 선수로서는 용감하기 짝이 없었다. 발렌시아를 위협하는 건 불가능했다. 그는 파벨라(브라질의 빈민가) 출신이다. 그는 분명 험한 삶을 살았을 것이고 누구보다도 터프했다. 루스볼 상황이 벌어지면 그는 어김없이 그 안에 들어가서 상대방을 팔로 막고 있었다.

2006년 또 하나의 대형 영입은 마이클 캐릭이었다. 상당히 오랜 시간 동안 캐릭을 높이 평가하고 있었는데 데이비드 길이 스퍼스가 그를 팔 의향이 있을지도 모른다는 정보를 얻었다. "마이클이 얼마만큼의 가치가 있다고 생각하죠?" 데이비드가 물었다.

"800만 파운드에 데려올 수 있다면 당신은 아주 잘해낸 겁니다." 내가 말했다.

데이비드의 대답을 잊지 못할 것이다. "대니얼 레비 말로는 조금 더 올리지 않으면 받아들일 수 없다고 하더군요."

우리는 몇 주에 걸쳐 흥정했다. 시즌 말미에 마이클이 아스널 전에서 뛰는 모습을 다 같이 본 뒤 마틴이 말했다. "그는 확실히 맨체스터 선수입니다." 마이클은 영입의 스타였다. 초기 금액은 1,400만 파운드였지만 옵션 조항으로 1,800만 파운드까지 올라갔을 거라고 생각한다.

스콜즈가 삼십 대 중반을 향하던 무렵에 들어온 마이클은 타고난 패서였다. 캐릭에 대해 감탄한 것은 언제나 전방패스를 노리고 있다는 점이다. 활동 반경이 넓었고 포지션을 바꿀 수 있었다. 우리가 데리고 있는 선수들이라면 그의 롱패스를 잘 활용할 수 있을 것 같았다. 두 달 후 우리는 그에게 왜 아직 팀에서 득점하지 못했는지 이해할 수 없다고 말했다. 훈련 중에는 곧잘 골을 박았지만 경기에서는 슈팅 위치에 있어도 위협이 되지 않았다. 우리는 그 부분을 집중적으로 보완했다. 그에게 좀 더 많은 자유를 주고 자신이 갖고 있다고 의식하지 못한 잠재력을 해방시키려 했다. 어쩌면 스퍼스에서의 역할 때문일지도 몰랐다. 그는 미드필드에서 더 깊게 플레이했고 박스 안으로는 거의 들어가지 않았었다. 그는 우리와 함께 자신의 새로운 능력을 발견했다.

마이클은 뛰어난 축구선수였으나 숫기가 없어서 가끔 격려가 필요했다. 그는 시즌 초반에는 조금 부진한 모습을 보이는 경향이 있었다. 우리는 그 이유를 파악하려고 애썼고 그와 이야기도 나눴다. 하지만 10월 정도 되면 원래의 폼으로 돌아오곤 했다. 그의 느긋함 때문에 자신의 가치나 체질에 대해 사람들의 오해를 사곤 했다.

내가 떠나는 것과 동시에 모리뉴는 첼시로 돌아왔다. 첼시는 예전에 유나이티드 외에 내가 가장 좋아하는 프리미어리그 외국 선수가 있던 팀이었다. 물론 잔프랑코 촐라를 말하는 것이다. 그는 경이로운 선수였다. 스탬퍼드 브리지에서 그가 우리에게 넣은 골을 잊지 못할 것이다. 슛하기 위해 발을 뒤로 빼더니 잠시 멈칫했다. 촐라가 예술적인 마무리를 구상하는 동안 빅 팔리(게리 팔리스터)가 슬라이딩 태클을 시도했다. 촐라는 슈팅을 날렸고 팔리는 계속 미끄러졌다. 오, 그날 팔리는 엄청난 놀림감이 되었다. 선수 중 하나가 그에게 말했다. "네가 두 발로 서 있는 건 불가능한 일이냐?" 하지만 나는 촐라를 사랑했다. 그가 언제나 웃는 얼굴로 경기에 임했기 때문이다.

벵거와의 경쟁

교회에서의 모습이 전장에서의 모습과 같을 수는 없다. 경기에서 벗어난 벵거는 차분하고 감정을 드러내지 않는다. 그는 좋은 친구이고 폭넓은 화젯거리를 갖고 있다. 우리는 함께 와인을 마시며 축구 외의 이야기로 대화를 나눌 수 있다. UEFA 모임에서 그는 다른 감독들을 성심성의껏 도왔다. 그는 축구감독 세계의 양심적인 멤버다. 하지만 경기 당일 자신의 팀 앞에서는 완전히 다른 모습을 보인다.

나는 언제나 아르센을 이해할 수 있었다. 경기 휘슬을 부는 순간 분위기가 확 바뀌는 것도 내가 동질감을 느끼는 부분이다. 내게도 그런 부분이 조금 있으니까 말이다. 만약 우리 두 사람이 공통으로 가지고 있는 특징이라 하면 패배를 절대적으로 혐오한다는 점을 들 수 있을 것이다. 초보 감독으로 세인트 미렌에 있었을 때 레이스 로버스에 패배한 후(그들은 우리를 사정없이 짓밟았다) 나는 친한 친구이자 던펌린에서 함께 뛰었던 버티 패턴 감독과의 악수를 거절했다. 음, 버티는 따지기 위해 나를 쫓아왔다. 아, 그래. 때로는 자기가 틀렸다는 작은 교훈을 얻는 것도 필요하다. 그날 나는 잘못했다. 인생이 경기보다 중요하다는 일깨움을 준 작은 추억이었다. 그런 식으로 행동하면 옹졸하고 자긍심아 없다는 이야기다.

끝에 가서는 아르센과 아주 친하게 지냈다. 우리는 함께 생존했으며 좋은 축구를 하려는 서로의 노력을 존중하는 사이가 되었다. 하지만 우리는 여러 해 동안 충돌을 거듭해왔다. 포문을 연 것은 내가 일정표에 대해 불평한 것을 가지고 그가 불평한 것이다. 불평에 대한 불평. 그래서 그를 우회적으로 조롱했다. "방금 일본에서 온 사람이 뭘 안다는 거야?" 그건 사실이었다.

그 후 2년 동안, 이번에는 아르센이 빡빡한 일정을 탓하며 못마땅해했다. 외국인 감독이 적응 기간 없이 우리 리그에서 한 시즌에 55경기를 돌릴 수 있다고 생각한다면 자신을 속이는 것이다. 프리미어리그는 기력을 소진케 하는 고된 리그다. 그것이 현대 축구에서 부담을 분산시키기 위해 로테이션을 하는 이유다. 아르센은 이런 문화에 적응하는 법을 배웠고 토요일, 수요일, 토요일로 이어지는 일정에 대한 초기의 충격을 극복했다.

아르센이 이끄는 아스널이 처음으로 올드 트래퍼드에서 우리와 붙었을 때 그는 내 사무실로 찾아왔다. 우리는 처음에는 사이가 좋았다. 훌륭한 선수들로 이뤄진 팀이었으나 우리에게 패하자 문제가 시작되었다. 아스널에 문제가 있다는 사실을 받아들이기 힘들었던 그는 대신 상대팀을 비난했다. 그는 종종 거친 축구에 비난을 집중했다. 상대가 그의 선수들을 거칠게 다루는 방식을 쓸 수 있다는 것을 받아들이기 힘들어했다. 거친 축구에 대한 그의 해석은 종종 태클 행위 자체까지 확장시켰다. 아무도 그의 선수들에게 태클을 하려 들면 안 된다는 생각이 머릿속에 자리 잡기라도 한 것 같았다.

그렇지만 나는 그의 가장 뛰어난 아스널 팀의 경기를 봤고 흥분을 느꼈다. 아르센의 팀을 보는 것은 언제나 즐거운 일이다. 그들과 경기하는 것은 특별한 문제를 가져다주기 때문에 많은 시간 그것에 대해 머리를 쥐어짜야 했다. 경기장 전체에 걸쳐 너무나 많은 위협을 가할 수 있으므로 아스널이 하는 모든 것을 검토해야 할 필요성을 매번 느꼈다. 첼시는 다른 종류의 문제를 선사했다. 우리는 축구의 모든 트릭을 알고 있는 경험 많은 선수들을 상대해야 했다. 반대로 아스널은 올바른 방식으로 경기하는 팀이었다.

아르센 감독 초기에 아스널은 최악의 징계 기록을 가진 팀 중 하나였다. 그렇다고 해서 그들이 비열한 선수거나 비열한 팀이라고는 결코 말할 수 없었다. 스티브 볼드와 토니 애덤스는 발로 사람을 보내버릴 수 있었고 그것은 모두가 아는 사실이었다. 그들은 언제나 선수의 뒤쪽을 노린다. 그러나 본질적으로 그의 팀은 절대 더럽지 않았다. 흥분을 잘하는 마초라는 것이 보다 더 정확한 표현일 것이다. 내가 말했듯 볼드와 애덤스는 호전적인 한 쌍이었다. 그 후 그들은 파트리크 비에이라를 영입했다. 그는 거대한 체구로 곧잘 다툼을 일으키곤 했다. 그리고 나이절 윈터번은 언제나 공을 걷어내버리는 조금 짜증 나는 녀석이었다. 초기에 아스널의 주전 스트라이커였던 이언 라이트 역시 거친 구석이 있었다.

2010년 아르센은 폴 스콜즈에게 뜻밖의 비난을 가했다. 그는 기자들에게 스콜즈가 '어두운 면'을 갖고 있다고 말했다. 그가 내 선수 중 하나를 지목해 비난할 이유가 없었다. 그 주일에는 아스널과 경기가 잡혀 있지 않았으며 우리 사이에 아무런 마찰도 없었다. 당시 스콜즈는 이미 프리미어리그에서 10회 우승과 챔피언스리그 우승을 한 번 거둔 선수였는데 아르센은 그의 '어두운 면'을 말하고 있었다. 어이없을 따름이었다.

선수들은 감독을 놀라게 한다. 그들은 갑자기 높은 수준으로 날아오르거나 낮은 수준으로 떨어지며 감독을 놀래주는 것이다. 아르센은 그것을 패배의 원인이라고 받아들이기 어려워했다. 감정이 차지하는 부분이 매우 높기에 축구는 사람들의 최선과 최악을 함께 밖으로 끌어낸다. 큰 경기에서 선수는 불안에 떨 수도 있고 성질을 폭발시킬 수도 있다. 그리고 끝난 뒤에는 후회만이 남게 된다. 아스널은 그런 순간을 많이 겪었다. 하지만 아스널은 내면의 약점이 때로는 패배를 안겨줄 수 있다는 사실을 쉽게 믿으려 하지 않았다. 때로는 내부에서 설명을 찾을 수 있는데도.

감독들이 모든 것을 본다고 말하는 게 아니다. 하지만 우리는 거의 모든 것을 본다. 그러므로 아스널이 걸핏하면 변호용 대사로 쓰는 "나는 보지 못했다."를 나는 사용하지 않는다. 나는 "다시 한 번 봐야겠다."라는 대사를 선호한다. 기본적인 메시지는 같지만 내 경우는 시간을 벌어준다. 다음 날이나 조금 뒤에 사건은 예전 뉴스가 되기 마련이다. 사건의 소용돌이 속에서 뭔가 다른 일이 터지며 주의를 다른 데로 돌리게 되는 것이다.

축구계에 있는 동안 퇴장을 여덟 번 당했지만 마지막 퇴장이 가장 어리석었다. 왜냐하면 나는 감독이었기 때문이다. 상대 선수가 우리 선수 중 하나를 발로 호되게 차서 코치인 데이비 프로반에게 "나가서 저 녀석을 좀 손봐야겠어." 하고 말했다. 데이비는 말했다. "바보 같은 짓 하지 말고 가만히 앉아 계세요."

"저 녀석이 우리 토런스를 또 한 번 차면 난 나갈 거야." 물론 상대 선수는 또 찼다. "더는 못 참아. 나갈 거야." 내가 말했다.

2분 후 나는 다시 퇴장당했다.

드레싱룸에서 나는 말했다. "만약, 이, 일이, 밖으로, 새나간다면. 너희는 모두 죽음이다." 나는 내가 그를 때렸을 때 심판이 등을 돌리고 있었다고 생각했다. 그는 키가 191이나 되는 군인 선수였다.

아스널 감독으로 나와 처음 충돌한 사람은 조지 그레이엄이었다. 이층에 있는 침실에서 1989년 우승 레이스가 절정으로 치닫는 것을 보고 있던 나는 캐시에게 말했다. "전화 받지 않을 테니까 아무도 바꿔주지 마." 마이클 토머스가 리버풀을 상대로 골을 넣으면서 아스널이 리그 우승을 차지하게 되자 나는 펄펄 뛰었다. 2년 후, 우리가 유러피언컵 위너스컵에서 우승했던 해에 그들은 우리를 3대 1로 꺾으면서 다시 리그 우승을 차지했다. 나는 우리의 하이버리 경기가 끝난 지 1년 뒤 조지의 집에 갈 기회가 있었다. 그는 환상적인 몰트위스키 컬렉션을 가지고 있었다. "한 병 마시겠나?" 그가 물었다. "난 위스키는 안 마시는데." 내가 말했다. 그래서 조지는 와인을 땄다.

"손님에게는 저 중에 어떤 몰트위스키를 대접하나?" 내가 물었다.

"안 줘. 아무에게도 몰트는 주지 않아." 그가 말했다. "벨스 위스키(영국의 대중적인 블렌디드 위스키)를 주지."

"전형적인 스코틀랜드인이군." 내가 말했다.

"이게 내 연금이야." 조지가 웃으며 말했다.

그와 올드 트래퍼드에서의 첫 만남은 전쟁이었다. 그 후 조지는 우리 둘 다를 아는 친구로부터 설득당해 내 사무실로 찾아오게 되었다. 맙소사, 당시의 아스널 팀을 상대하는 일은 정말 힘들었다. 아르센이 브루스

리오크의 짧은 임기 후 아스널을 맡았을 때 나는 그에 대해 잘 알지 못했다.

어느 날 나는 에리크 칸토나에게 "벵거는 어떤 사람인가?" 하고 물었다. 에리크가 말했다. "내 생각에 벵거 감독님은 지나치게 수비적이에요." 나는 '아, 다행이군.' 하고 생각했다. 아스널에서 처음 시작했을 때 그는 최후방에 다섯 명의 수비수를 세웠다. 하지만 지금 그의 팀을 보면 수비적이라는 생각은 조금도 들지 않을 것이다. 에리크의 비평을 생각하면 아직도 웃음이 나온다.

1990년대 후반과 새천년의 전반부에 아스널은 우리에게 있어 도전자였다. 새로 나타날 다른 라이벌은 보이지 않았다. 리버풀과 뉴캐슬은 잠시 반짝했다. 블랙번은 리그 우승을 한 번 했다. 그러나 조제 모리뉴가 첼시에 오기 전 우리의 역사를 살펴보면 아스널 외에는 우리의 지배를 상시적으로 위협할 상대가 없었다는 게 사실이다. 첼시는 컵 대회에서는 좋은 모습을 보였지만 프리미어리그 정상권에는 한 번도 오르지 못했다.

블랙번이 맹렬한 돌풍을 일으킬 때 우리는 그것이 지속될 가망이 없다는 것을 알았다. 그 정도 규모의 업적이 유지된 역사는 없었기 때문이다. 그들의 리그 우승은 축구와 앨런 시어러를 비롯해 여러 좋은 선수를 데려올 수 있도록 후원해준 잭 워커에게도 기쁜 일이었다. 블랙번에게는 굉장한 시기였다. 그러나 경험에 의해 큰 트로피를 둘러싼 경쟁에 뛰어드는 전통 있는 팀만 걱정하면 된다는 사실을 알고 있었다. 아스널과 유나이티드가 서로 자웅을 겨루는 오랫동안 역사와 뚜렷한 정체감이 거너스(아스널 애칭)를 떠받치고 있다는 사실을 알게 되었다.

은퇴 전해에 유나이티드 감독으로서 아스널의 홈구장을 방문해 회의

실에서 오찬을 같이한 적이 있었다. 그때 나는 속으로 생각했다. '이것이 바로 진짜 클래스다.' 하이버리에서 허버트 채프먼(1925년에서 1934년까지 아스널 전성기를 이끌었던 감독)의 흉상을 자세히 들여다보면서 그 어떤 향수 어린 감상도 대리석 복도가 전하는 견고함과 목적의식에 압도되는 것을 느꼈다. 허버트 채프먼의 1930년대부터 오늘날에 이르기까지 그들의 업적은 언제나 그곳에 있었다.

드레싱룸도 엄청났다. 경기장을 처음부터 새로 짓는 일의 장점은 무궁무진하다. 백지에서 시작하는 것이다. 아스널 홈의 드레싱룸에 보이는 모든 세세한 디테일은 아르센의 사양을 반영했다. 그는 축구팀이 필요한 모든 것을 갖추게 했다. 방 한가운데 놓인 대리석 탁자 위에는 온갖 음식이 놓여져 경기가 끝난 후 모든 선수의 배를 채워준다. 그들의 품격을 나타내는 또 하나의 사례다. 스태프에게는 그들의 구역이 할당되었다.

그렇기 때문에 아스널이 우리와의 싸움에 투입할 높은 수준의 경기력에 대해서 걱정하지 않은 적이 한 번도 없다. 역사가 우리를 도왔지만 그들 역시 마찬가지였고 그들에게는 딱 맞는 지도자가 있었다. 아르센이 그들에게 적격인 것은 잉글랜드에서 감독을 할 기회가 주어졌을 때 그는 확고하게 자리를 잡았기 때문이다. 한동안 그가 레알 마드리드로 가기 위해 아스널을 떠날지도 모른다는 추측이 나돌았다. 나는 오히려 아르센이 절대 아스널을 떠나지 않을 거라고 생각했다. 절대로. 나자신에게 이렇게 말했다. '우리는 참고 견뎌야 해. 그는 영원히 여기에 있을 테니까. 그들과 싸우는 데 익숙해지지 않으면 안 돼.'

때로는 굉장히 아슬아슬한 상황이 연출되기도 했다. 아르센은 경기가 끝난 후 한잔 걸치러 찾아온 적이 한 번도 없었지만 그의 코치인 팻

라이스는 언제나 술 한잔을 위해 문지방을 넘어오곤 했다. 그의 방문은 올드 트래퍼드에서 피자 투척 사건이 벌어질 때까지 계속되었다.

그 전설적인 일화는 내 기억에 의하면 뤼트 판니스텔로이가 드레싱룸에 들어왔을 때 시작되었다. 그가 피치를 떠날 때 벵거가 그를 비난했다고 불평했다. 나는 곧장 아르센에게 뛰어가서 따졌다. "내 선수들에게 간섭하지 마시오." 그는 경기에 져서 화가 잔뜩 난 참이었다. 그래서 그는 호전적으로 나왔다.

"자기 선수들이나 잘 챙기시오." 내가 아르센에게 말하자 그는 불같이 화를 냈다. 그의 꼭 쥔 주먹이 보였다. 내가 이성을 잃지 않았다는 사실을 알고 있었다. 아르센은 판니스텔로이에게 반감을 가지고 있었다. 자신이 뤼트와 계약할 기회가 있었지만 아스널에서 뛰기에 부족하다는 결정을 내렸다고 들었던 기억이 난다. 나는 판니스텔로이가 위대한 축구선수가 아닐 수도 있다는 의미에서 그에게 맞장구를 쳐주었다. 대신 그는 위대한 골잡이였다.

어쨌든 그다음에 생각나는 것은 내가 피자를 온몸에 뒤집어쓰고 있었다는 것이다.

우리는 경기가 끝난 뒤 매번 원정팀 드레싱룸에 음식을 갖다 놓았다. 주로 피자나 치킨 같은 음식이었다. 대부분의 클럽이 그렇게 했다. 그중 아스널 음식이 가장 좋았다.

그들은 내게 피자를 던진 사람이 세스크 파브레가스라고 말했지만 아직까지도 범인이 누군지 확실하지 않다.

드레싱룸 바깥의 복도는 순식간에 아수라장이 되었다. 아스널은 49경기 무패 기록을 방어하는 중이었고 우리 홈에서 50경기를 채우려는 희망을 품고 있었다. 그 경기에서 져버리는 바람에 아르센의 머리가 혼란스러워진 것 같았다.

그날을 기점으로 우리 사이는 의심의 여지 없이 금이 가버렸다. 그리고 균열은 팻 라이스에게까지 미쳐서 경기가 끝난 뒤 술 마시러 오지 않게 되었다. 그 상처는 아르센이 경기 뒤에 우리를 그의 사무실로 초대해서 축하했던 2009 챔피언스리그 준결승전까지 완전히 회복되지 않았다. 우리가 몇 주 후에 올드 트래퍼드에서 그들과 경기했을 때 아르센은 팻과 함께 단지 몇 분간이지만 우리를 보러 왔다.

축구계에 있다 보면 이렇게 삶의 평범한 갈등을 반영하는 사건을 목격하게 된다. 가정생활에서도 가끔 그런 일이 벌어진다. 아내가 텔레비전을 끄고 말을 걸지 않게 되면 '맙소사, 내가 대체 무슨 잘못을 했지?' 하고 생각하게 마련이다.

"오늘 하루 잘 지냈어?" 나는 묻는다. "으응." 그녀는 웅얼거리며 대답한다. 그러고 나서 화가 가라앉고 정상으로 돌아온다. 축구도 그런 것이다. 아르센과 나 사이의 침묵이 너무 오랫동안 지속되어서 독기를 품게 되는 것을 바라지 않았다.

내게는 패배에 대처하는 방식이 있었다. 드레싱룸에서 짤막한 연설을 한 뒤 신문기자, 텔레비전 방송국, 상대방 감독에게 말하기 위해 문을 나서며 언제나 속으로 이렇게 말했다. '잊어버려. 이미 끝난 게임이야.' 나는 늘 그렇게 했다.

경기가 끝난 뒤 경기장에 있는 내 사무실로 사람들이 찾아올 때마다 나는 좋은 분위기를 만들려고 애쓴다. 우울하거나 차갑게 굴지도 않고 심판을 탓하지도 않는다.

애스턴 빌라가 2009/10시즌에 올드 트래퍼드에서 우리에게 이겼을 때 그것은 그들이 우리 홈에서 거둔 몇십 년 만의 승리였다. 언제나 좋은 대화 상대인 마틴 오닐은 아내와 딸을 대동하고 내 사무실로 와서 죽치고 있다 갔다. 한 시간 반 정도 있었던 것 같다. 아주 즐거운 밤이었다. 마틴의 코치인 존 로버트슨과 내 친구 몇몇이 합석하는 바람에 진짜 파티처럼 변해버렸다. 결국 나는 집에 돌아갈 때 기사를 불러야 했다.

리즈 유나이티드를 상대로 FA컵 3차전에서 패배했을 때 리즈의 물리치료사인 앨런 서턴은 내 사무실에서 시종일관 웃기만 했다. 그가 떠나려 할 때 내가 말했다. "자네 아직도 웃고 있기야!"

"어쩔 수가 없어요." 그가 말했다. 내가 올드 트래퍼드에 있는 동안 리즈에게 당한 첫 홈경기 패배였는데 그는 도저히 웃음을 참을 수 없었던 것이다. 그의 기쁨은 전염성이 강했다. 자신에게 이렇게 일러둬야 했다. 나는 인간이다. 나는 품위를 지켜야 한다.

나는 그런 식으로 경기 후에 찾아온 모든 감독에게 호의를 베풀었다.

지난 몇 년 동안 아르센에게 찾아온 변화를 감지했다. 2002년 정도에 우리는 둘 다 팀을 재건 중이었다. 아르센의 2001/02시즌 팀은 우리 경기장에서 우리를 꺾고 리그 우승을 했다. 그리고 물론 우리 서포터들에게 기립박수를 받았다. 맨체스터 유나이티드 팬의 특징은 그들은 언제나 클래스를 인정한다는 것이다. '그래, 계속 박수 쳐. 계속해주지그래? 나는 그동안 드레싱룸에 가서 우리 선수들 야단 좀 쳐야겠다.' 쓰라린 마음으로 잠시 이렇게 생각하기도 했다. 하지만 유나이티드 서포터들은 원래부터 그런 사람들이다. 호나우두가 우리를 상대로 챔피언스리그에서 해트트릭을 한 뒤 서포터들에게 박수를 받았을 때가 기억난다. 경기장을 떠나면서 호나우두도 그의 감독도 어리둥절한 표정이었다. '이상한 클럽이네.' 아마 이렇게 생각했을 게 틀림없다. 게리 리네커가 토트넘 시절 잉글랜드에서 뛴 마지막 경기(이후 나고야 그램 퍼스로 이적) 역시 따뜻한 박수를 받았다. 그러나 그에 대해서는 할 말이 많다. 팬들의 이런 모습이 축구를 최고의 위치로 올려놓는 것이다. 만약 한 경기 안에서 품격, 흥분, 재미를 보게 된다면 팬은 그것을 인정해야 할 책임이 있는 것이다.

그들은 유나이티드가 갖춰왔던 최고의 팀을 모두 봐온 사람들이다. 그래서 그들은 좋은 팀이 어떤지 안다. 그에 필요한 참고 포인트도 갖고 있다. 최고의 선수가 어떤지도 안다. 무엇보다도 그들이 졌을 때 그 사실을 인정해야 한다. 패배를 돌이킬 방법은 없다. 비통해봤자 소용없다. 2002년 올드 트래퍼드 경기는 우리가 2위 자리를 놓고 경쟁하는 것도 아닌 이상 어떻게 보면 내게 별로 중요한 경기가 아니었다. 이미 마치 운명 지어진 것처럼 아스널의 우승은 분명해 보였다.

패배를 당하고 이를 받아들이는 동안 나는 우리가 어디로 향해야 할지 깨닫게 된다. '마음에 들지 않지만 우리는 이 도전을 받아들여야 한다. 우리는 여기에서 한 단계 더 나아가야 하니까.' 이것이 언제나 내가 느끼는 감정이었다. 나 자신이나 클럽이나 이것이 마지막이다, 이것이 우리가 해왔던 일의 결말이다, 하고 외치며 묵시록적 생각에 무릎을 꿇는 법이 없었다. 그런 건 절대로 용납할 수 없는 일이다.

어쩌다 그런 순간이 우리를 엄습할 때마다 팀을 재정비하고 다시 나갈 채비를 하라는 신호로 받아들였다. 그런 순간들은 동기를 부여한다. 그들은 나를 압박해서 더 멀리 나아갈 수 있게 한다. 그런 도발이 없었더라면 내가 이 일을 그렇게 즐길 수 있었을지 모르겠다.

세월이 흐른 뒤 우리는 아스널의 사고방식을 더 많이 이해할 수 있게 되었다. 아르센은 그의 선수들과 그들의 경기 방식을 평가하는 하나의 틀을 가지고 있었다. 우리는 아스널과 공을 다툴 필요가 없었다. 우리는 공을 가로채야 했다. 가로채기를 하려면 우수한 선수가 필요하다. 골대로부터 등을 돌리고 있던 파브레가스에게 공이 갔을 때 우리는 그에 대한 대비가 되어 있었다. 그는 코너로 공을 돌린 다음 리턴패스를 받았다. 그는 패스를 다시 코너로 보낸 뒤 수비수 뒤로 빠져서 공을 받으려고 했다. 선수들에게 늘 이렇게 말해왔다. "뛰어가는 선수 옆에 붙어 있다가 패스를 가로채." 그러고 나서 우리는 잽싸게 역습에 나섰다.

그들은 자신의 홈 경기장보다 올드 트래퍼드에서 더 위협적이었다. 홈을 떠나면 그들은 우리에게 무차별적으로 공격을 퍼붓지 않고 좀 더 보수적으로 경기에 임했다.

바르셀로나는 아스널보다 훨씬 잘 정비된 팀이었다. 공을 빼앗기면 그들은 끝까지 쫓아간다. 모든 선수가 공을 다시 빼앗기 위해 뛰어든다. 아스널은 점유율을 다시 가져오는 임무에 그 정도로 헌신적이지는 않았다. 한편 바르셀로나는 가끔 지나치게 정교한 아스널을 흉내 내곤 했다. 바르셀로나는 그런 플레이를 굉장히 즐기기 때문이다. 레알 마드리드와 2009년 베르나베우에서 맞붙었을 때 메시는 레알 마드리드 페널티박스 안에서 원투패스를 주고받고 있었다. 한 번도 아니고 두 번도 아니고 세 번이나. 마드리드 수비수들은 우왕좌왕할 뿐이었다. 그들은 6대 2로 이겼지만 한때 경기를 포기할지도 모른다고 생각할 만큼 힘든 순간도 있었다.

우리는 모두 지나치게 거칠게 나오는 선수들에게 주의를 줘야 한다고 생각하지만 아르센은 절대 그럴 수 없었던 게 그의 약점이었다. 선수가 퇴장당했을 때 잘못을 인정하는 것은 범죄가 아니다. 자신의 팀을 실망시킨 이상 미안한 기분이 드는 것은 당연하다. 폴 스콜즈도 그런

점에서 문제가 있었다. 그의 어리석은 행동에 벌금을 물린 적도 있었다. 선수가 태클 때문에 경고를 받는다고 화가 나지는 않는다. 하지만 바보 같은 항의 때문에 경고를 받은 경우는 화가 났고 스콜지는 그 잘못으로 인해 벌금을 내야 했다. 하지만 한 번도 규칙을 어기지 않고 선수가 시즌을 마치기를 바란다면 차라리 기적을 바라는 게 나을 것이다.

내 커리어 후반기에 아르센이 온화해진 것은 그가 클럽에 데려온 선수들에서도 드러났다. 사미르 나스리를 살 수 있게 되자 아르센은 그를 영입했다. 로시츠키가 시장에 나오자 그를 샀다. 자기가 좋아하는 타입의 선수였기 때문이다. 아르샤빈의 영입이 가능해지자 마찬가지로 데리고 갔다. 이런 유형의 선수들을 많이 사들이면 거의 복제인간 팀 같다. 아르센이 물려받았던 팀은 그를 잉글랜드 축구계에서 확고한 입지를 다지게 했는데도 말이다.

우리는 마지막까지 평행선 위에 머물러 있었다. 물론 아르센과 나는 어린 선수들을 찾아 자신의 구상대로 키우려는 공통의 욕망으로 묶인 사이이긴 했지만.

한편 애런 램지는 언젠가 우리와의 경기를 앞둔 자리에서 그가 아르센 팀을 내 팀보다 선호한 이유는 아르센이 맨체스터 유나이티드보다 더 많은 선수를 배출해내기 때문이라고 말했다.

나는 '대체 쟨 어떤 세상에 사는 거야?' 하고 생각했다. 어린 선수들은 어떤 말을 하도록 유도당할 수도 있다고 생각한다. 유나이티드를 거부한 것은 스스로의 결정이었다. 그것에 대해서는 아무 불만도 없다. 다만 그가 잘못된 결정을 했다고 생각했다. 우리 팀에 있었다면 선발에 들기 위해 더 많이 경쟁했을 테지만. 아스널에서 뛰는 많은 선수들은 아스널에서 직접 배출한 게 아니다. 아스널은 선수들을 키워냈던 것이고 이것은 전혀 다른 이야기다. 그들은 프랑스와 세계 곳곳에서 선수들을 사왔다. 진정한 의미에서 아스널이 자신의 토양에서 배출해낸 선수는 잭 윌셔 하나밖에 없다고 생각한다.

긱스, 네빌, 스콜즈, 플레처, 오셰이, 브라운, 웰벡. 이들은 모두 맨체스터 유나이티드에서 낳은 선수들이다.

또 시작해버렸다. 17년간 라이벌이었으니 나도 모르게 경쟁적으로 되어버리는 건 어쩔 수 없나 보다.

92세대

우리 클럽이 유소년 시절부터 길러낸 한 세대의 위대한 선수들이 클럽을 떠날 때마다 나는 그 수를 헤아려본다. 그중 두 명만이 마지막까지 나와 남았다. 폴 스콜즈와 라이언 긱스다. 게리 네빌은 거의 끝까지 내 옆에 있을 뻔했다. 지금도 나는 그 여섯 명의 젊은이들이 훈련을 끝내고 서로 장난치는 모습을 생생하게 떠올릴 수 있다. 니키 버트나 게리의 뒤통수를 공으로 맞히려고 하던 스콜지의 모습을. 그는 정말 지독한 장난꾸러기였다. 그 여섯 청년들은 서로 떨어질 수 없는 사이였다.

그들은 모두 건실했다. 떠나보내기 싫을 정도로 말이다. 그들은 클럽과 그 목적을 이해하고 있었다. 클럽의 운영원칙을 지켰고 나와 함께 같은 길을 걸었다. 어떠한 부모라도 자식이 스물한 살쯤 되면 밖에 집을 구했다거나, 여자친구와 동거하러 나가겠다거나 또는 다른 지방에 일자리를 얻었다거나 하고 말하는 순간을 맞을 것이다. 그들은 부모를 떠나기 마련이다. 나에게 축구는 이와 똑같았다. 92세대라고 불리는, 십 대 때부터 나와 함께한 청년들에게 나는 깊은 애착을 느껴왔다. 아무튼 그들이 열세 살 때부터 봐왔으니까.

니키 버트가 좋은 예다. 그를 보면 주근깨투성이에 큰 귀와 뻐드렁니를 가진 코믹 만화 《매드》(MAD, 미국의 풍자만화 잡지로 앨프레드 뉴먼이라는 캐릭터가 언제나 표지를 장식한다)의 캐릭터가 연상된다. 장난기가 넘치는 니키는 언제나 말썽을 저지르고 다녔다. 아주 오랫동안 보살펴온 나머지 나는 그 선수들이 마치 가족처럼 느껴질 정도였다. 고용된 선수가 아닌 친척 같아서 오히려 다른 선수들보다 더 심하게 야단치곤 했다. 니키는 언제나 뭔가 꾸미고 있었다. 동시에 어떤 도전 앞에서도 굴하는 법이 없는 사자처럼 용맹스러운 청년이었다.

그는 이때까지 클럽에서 가장 인기 많은 선수 중 하나였고 견실하고 강한 정신력을 가진 진짜배기 맨체스터 청년이었다. 필 네빌처럼 니키도 경쟁 욕구를 만족시킬 정도로 출장 기회를 자주 얻지 못하는 시점을 맞았다. 그 일을 계기로 그는 좋은 기회를 찾아 다른 곳으로 눈을 돌렸다. 또다시 우리는 니키를 아주 헐값인 200만 파운드만 받고 놔주었다. 그들은 우리에게 동전 하나도 빚지고 있지 않다. 우리는 클럽 아카데미를 통해 그들을 공짜로 얻었으니까. 니키에게 붙인 이적료는 그가 제일 좋은 계약을 찾아 나서기를 바라는 마음에서 붙인 의례적인 금액이었다. 그는 은퇴할 때까지 자신의 클럽을 유나이티드라고 했다.

분명 이 젊은이들은 등 뒤에서 내 짜증을 참아내는 것에 대해 불평하고 있었을 것이다. '아, 또 나야.' 아마 그들은 이렇게 생각했을 것이다. '쟤도 좀 야단치지.'

내가 가장 먼저 혼내는 사람은 긱시였다. 아직 소년이었을 때 그들은 한 번도 내게 말대꾸하는 법이 없었다. 시간이 흐르자 라이언은 자신을 방어하는 법을 배우게 되었고 니키 역시 때때로 앙갚음했으며 게리는 아예 내게 덤벼들었다. 하지만 게리는 자기 그림자한테도 말대꾸할 녀석이었다. 매일 말싸움하지 않으면 직성이 안 풀리는 모양이었다. 그는 아침 6시면 일어나 신문을 읽으며 당시 홍보부 직원이었던 다이 로, 나중에는 캐런 숏볼트에게 문자를 보냈다. 《텔레그래프》Telegraph나 《타임스》The Times에서 이 기사 읽어봤어요?'

우리는 언제나 게리가 아침에 눈뜰 때부터 화내기 시작할 거라고 말하곤 했다. 워낙 따지기 좋아하는데다 성격마저 단도직입적이었다. 잘못이나 약점을 본다면 그는 곧바로 공격에 들어간다. 교착상태에서 협상하지 않고 자기 의견으로 바로 강한 공격을 펼치는 것이 그의 본능이었다. 게리와 의견 일치를 보는 것은 불가능했다. 금방이라도 폭발해버리는 다혈질 성격인 그는 작은 일에도 쉽게 흥분했다. 하지만 그는 내 인내심의 한계가 어디인지 알았다. "게리, 가서 다른 사람들이나 짜증나게 만들지그래." 내가 이렇게 말하면 그는 웃음을 터뜨리고 드라마는 거기에서 끝났다.

클럽에서 자란 그 아이들 없이 지난 20년을 보냈다고 가정해보면 팀의 기반이 누가 될지 떠올리기가 어렵다. 그들은 우리에게 안정을 가져다주었다. 맨체스터 유나이티드는 브라이언 롭슨, 노먼 화이트사이드 그리고 폴 맥그래스, 이후 캉토나와 호날두까지 내가 그곳에 있었던 26년 동안 발굴해낸 위대한 선수들로 인정받아왔다. 하지만 맨체스터 유나이티드의 정신을 그들에게 전해준 것은 유소년 출신 선수들이다. 정신, 그것이 그들이 클럽에 가져다준 것이다. 그들은 우리 코칭 스태프에게 유소년 프로그램으로 무엇을 이룩할 수 있는지 보여준 훌륭한 예인 동시에 새로 들어오는 어린 선수들에게 등불이 되어주었다. 그들의 존재는 다음에 들어오는 열아홉 살짜리에게 이렇게 말한다.

"할 수 있다. 다음 칸토나는 우리 아카데미, 우리 훈련장에서 만들어질 수 있어."

폴 스콜즈가 클럽에 온 첫날은 언제까지나 기억할 것이다. 그는 폴 오키프라는 작은 소년과 함께 왔다. 그의 아버지 에이먼은 에버턴에서 뛴 적이 있는 선수 출신이었다. 그들은 나에게 싹수가 보이는 두 소년을 데려왔다고 말하는 브라이언 키드 뒤에 서 있었다. 그들은 열세 살이었다. "두 소년이 어디 있는데?" 나는 브라이언에게 물었다. 애들이 너무 작아서 브라이언에게 완전히 가려졌던 것이다.

그들은 142센티미터 정도밖에 되지 않았다. 자그마한 두 아이를 바라보며 나는 생각했다. '애들이 어떻게 축구선수가 될까?' 이 일은 나중에 클럽에서 두고두고 농담 주제로 쓰여졌다. 스콜지가 유스 팀으로 들어왔을 때 나는 코치실에서 이렇게 말했다. "저 스콜즈란 애는 가망이 없어. 너무 작아." 열여섯 살에 정식으로 입단했을 때도 그는 여전히 작았다. 하지만 그 후 부쩍 키가 자랐다. 열여덟이 될 무렵에는 7에서 10센티미터가량 키가 컸다.

폴은 절대 입을 여는 법이 없었다. 그는 놀라울 정도로 수줍음을 탔다. 그의 아버지는 좋은 선수였으며 부자의 별명은 둘 다 아치(미국 만화 아치스에 나오는 빨강머리 남자 주인공)였다. 그의 체구 때문에 의구심을 가졌을 때는 한 번도 그가 경기에 뛰는 모습을 보지 못했다. 하지만 아카데미에서 본 그의 훈련 모습은 대단히 뛰어났다. 실내 축구장에서 우리는 기술 위주로 가르치고 있었다. 그가 유스 A팀으로 승격했을 때는 센터포워드였다. "저 애는 센터포워드로 뛰기에는 스피드가 모자라." 내가 말했다. 그들은 스트라이커 바로 뒤에 폴을 세웠다. 클리프에서 가졌던 초창기 경기에서 그가 박스 바로 밖에 있다가 떨어지는 공을 찼는데 얼마나 강한 슛이었는지 잠시 숨이 멎을 정도였다.

"좋지만 선수로 성공할 가망성은 없어 보여. 너무 작아." 내 옆에서 같이 보고 있던 짐 라이언이 말했다. 그의 말은 클럽에서 폴을 떠올리는 문구가 되었다. 스콜지는 너무 작다.

우리와 함께 훈련을 하던 와중에 폴 스콜즈는 천식이 발병했다. FA 유스컵에서 우리 유스 팀이 우승했던 해 그는 뛰지 못했다. 베컴도 몸이 너무 마르고 허약해진 관계로 대회 후반부가 되어서야 팀에 합류했다. 웨일스 대표였던 사이먼 데이비스는 크리스털 팰리스와의 결승 2차전 때 라이언 긱스에게 승계되기 전까지 우리 팀 주장이었다. 로비 새비지도 우리 팀에 있었다. 그들 중 대부분이 훗날 국가대표가 되었다. 벤 손리(맨유 출신의 윙어로 은퇴 전까지 대부분을 하위 리그에서 보냈다) 역시 무릎에 심각한 부상이 없었더라면 대표 경기에 나갈 수 있었을 것이다.

최종 공격수 뒤에서 뛰는 젊은 포워드로서 스콜즈는 한 시즌에 열다섯 골은 보장했다. 그가 중앙 미드필더로 성장했을 때 그는 패싱게임을 할 두뇌와 조율할 수 있는 재능을 가지고 있었다. 그는 타고난 선수였음이 틀림없다. 그를 막으려고 상대방이 애쓰는 모습을 보는 건 즐거웠다. 그는 상대방을 원하지 않는 방향으로 데려간 뒤 단 한 번의 터치로 공을 돌리거나 페인트로 젖히거나 사이드로 벌려주는 패스를 보냈다. 상대방은 잠시 스콜즈를 쫓아가다 쓸모없게 되어버리거나 심지어 얼간이처럼 보이게 된다. 그들은 결국 서둘러서 자기 진영으로 돌아온다. 그는 그런 식으로 자신을 수비하는 선수를 애먹였다.

폴은 장기 부상으로 몇 차례 실망을 견뎌야 했지만 언제나 더 나은 몸 상태로 돌아왔다. 눈에 문제가 생긴 뒤에도, 무릎 부상 후에도 여전히 훌륭한 선수였다. 마치 휴식이 끝나면 재충전해서 돌아오는 것 같았다.

삼십 대 초반이 되자 미드필더들 간에 경쟁이 심해져서 그는 종종 좌절감을 맛봐야 했다. 내가 중앙 미드필더의 두 자리에 기용하려 했던 선수는 대런 플레처와 마이클 캐릭이었다. 그것이 실수였음을 고백하겠다. 당연하다고 여기는 사고는 당시에는 깨닫지 못하는 실수이며 그것이 희생자에게 어떤 영향을 미쳤는지 맞닥뜨리기 전까지는 고치기 어렵다. 내 태도의 문제는 아쉬울 때면 언제나 스콜지에게 기댔다는 것이다. 그는 충실한 부하였고 언제나 기꺼이 도움을 주러 왔다. 캐릭과 플레처는 나의 새로운 1순위 중앙 미드필더 조합이었고 스콜즈는 백업용 노장이었다. 내 머릿속에는 폴이 커리어의 마지막에 다다랐다는 사실이 너무 오랫동안 자리하고 있었다.

2009년 로마에서 열린 챔피언스리그 결승전에서 우리는 바르셀로나에게 패배했다. 그 경기에서 나는 스콜즈를 후반 교체로 내보냈다. 안데르송은 전반전에 겨우 세 개의 패스만 할 수 있었다. 스콜즈는 마지막 20분 동안 스물다섯 차례나 패스했다. 축구에 대해서 모든 것을 알고 있다고 생각했지만 실은 그렇지 않았다. 사람들을 당연시 여기고 선수생활의 끝으로 접어들고 있는 그들에게 언제나 마음 내킬 때면 손을 내밀 수 있다고 생각한 것은 잘못된 일이었다. 그들이 얼마나 잘하는지 잊은 것이다.

그 결과, 종국에 나는 그를 더 많이 기용하고 알맞을 때 쉬게 했다. 사람들이 내게 맨체스터 유나이티드의 가장 뛰어난 팀을 짜보라고 말할 때면 매우 난감해진다. 스콜즈는 꼭 뽑아야 하고 브라이언 롭슨도 남겨놓을 수 없다. 그들은 둘 다 적어도 시즌당 열 골은 만들어낼 것이다. 하지만 거기서 문제가 발생한다. 어떻게 킨을 뽑지 않을 수 있단 말인가. 세 사람을 다 기용해야만 할 것이다. 하지만 그렇게 하면 언제나 다른 포워드와 짝지을 때 더 나은 플레이를 보였던 캉토나는 누구와 세운단 말인가. 맥클레어, 휴스, 솔셰르, 판니스텔로이, 셰링엄, 요크, 콜, 루니 그리고 판페르시 중에서 스트라이커를 한 명 고르라고 한다면? 그렇다고 긱스를 무시할 수도 없다. 그렇게 해서 역대 베스트 11을 고르는 일은 언제나 불가능한 과제같이 느껴진다. 그렇지만 캉토나, 긱스, 스콜즈, 롭슨 그리고 크리스티아누 호날두는 맨체스터 유나이티드 역대팀에서 결코 빼놓아서는 안 될 선수라고 해야 할 것이다.

스콜즈는 아마 보비 찰턴 이후 최고의 잉글랜드 미드필더일 것이다. 내가 잉글랜드로 온 후 관중을 자리에서 일어나게 하는 데에는 폴 개스코인이 가장 뛰어났다. 그런데 최후의 몇 년간 스콜즈는 폴 개스코인을 뛰어넘었다. 첫째, 오랫동안 현역으로 뛸 수 있었다는 것과 둘째, 삼십대에 접어들어서도 발전된 모습을 보였다는 데에서 그렇다.

스콜즈의 롱패스가 얼마나 뛰어났던지 훈련 도중에 숨어서 볼일을 보는 동료들의 머리를 정확히 맞힐 수 있을 정도였다. 한번은 게리 네빌이 숲 속의 완벽한 은신처를 찾았다고 생각했지만 스콜지는 37미터 거리에서 그를 맞혔다. 언젠가는 페테르 슈마이헬에게 비슷한 장거리 미사일 공격을 감행했다가 화가 난 그가 쫓아오는 바람에 훈련장을 빙빙 돌며 도망 다녀야 했다. 스콜지라면 아마도 일류 저격수가 될 수 있었을 것이다.

선수로서의 나는 캉토나나 폴 스콜즈가 가진 선천적인 능력, 뒤통수에 눈이 달린 것 같은 감각을 절대로 갖추지 못했다. 하지만 많은 경기를 봐왔기 때문에 누군가 그런 능력을 갖춘 것을 알아낼 수는 있다. 그런 선수들이 팀에 얼마나 필요한지 잘 알고 있다.

스콜즈, 캉토나, 베론. 베컴은 역시 좋은 시야를 갖췄다. 멋진 스루패스를 연결해주는 타입이 아니더라도 그는 피치 반대편까지 볼 수 있었다. 로랑 블랑도 시야가 좋았다. 테디 셰링엄과 드와이트 요크는 그들 주위에서 벌어지는 모든 일을 볼 수 있었다. 그러나 정상급에 있는 선수들 중에서 그런 유형의 선수로는 스콜즈가 최고였다. 우리가 쉽게 앞서가고 있을 때면 스콜즈는 가끔 미친 플레이를 시도하곤 했다. 그러면 나는 "저것 봐, 녀석은 지금 심심한 거야." 하고 말하곤 했다.

라이언 긱스는 그 세대에서 가장 큰 주목을 받았다. 그는 천재 소년이라고 인정받을 만한 가능성이 그들 중에서 가장 높았다. 열일곱 나이에 그를 1군에 데뷔시킨 사건은 우리가 전혀 예기치 않았던 문제를 불러왔다. 바로 긱스 현상이다.

라이언이 어렸을 때 어떤 이탈리아 에이전트가 전화를 걸어 물었다. "감독님 아들들은 무슨 일을 하나요?" "마크는 학위를 따는 중이고 제이슨은 방송 관련 일을 해요. 대런은 여기서 견습 중입니다." 내가 말했다. "내게 긱스를 팔면 당신 아들 전부를 부자로 만들어드리죠." 그가 말했다. 당연히 나는 그의 제의를 거절했다.

사람들은 즉시 긱스에게 조지 베스트의 꼬리표를 붙였고 그것을 떼어내는 것은 불가능했다. 모든 사람이 그를 원했다. 하지만 긱스는 영리했다. "감독님과 이야기하세요." 인터뷰나 영입을 원하는 모든 사람에게 그는 이렇게 말했다. 그는 인터뷰하기 싫었고 거절에 대한 원성이 내게 향하게 하는 방법을 찾은 것이다. 그는 영리했다.

하루는 브라이언 롭슨이 라이언을 찾아가 그의 에이전트로 해리 스웨일스를 추천했다. 물론 내 허락을 받은 후였다. 브라이언은 이미 은퇴 직전이었고 해리가 긱스에게 적격이라고 확신했다. 그가 옳았다. 해리는 환상적이었다. 여든한 살에 기차역 플랫폼에서 만난 길 잃은 스위스 여성과 결혼까지 한 그는 자전거 손잡이 같은 수염을 기른 예비역 선임하사였다. 그는 라이언을 정말로 잘 돌봤다. 라이언의 어머니도 강인한 사람이었고 조부모는 아주아주 선량한 분들이었다.

1군 선수 경력을 20년으로 늘리기 위해 라이언은 세심한 체력 단련 프로그램을 개발해야 했다. 요가와 준비운동은 그의 장수 비결이다. 라이언은 요가에 대해 거의 종교적인 믿음을 가지고 있었다. 일주일에 두 번 훈련이 끝난 뒤 요가 전문 강사가 그를 지도하기 위해 찾아왔다. 그 시간은 그에게 필수가 되었다. 햄스트링 부상에 시달리던 시절 우리는 그를 얼마나 더 오래 기용할 수 있을지 확신을 가질 수 없었다. 그의 햄스트링은 늘 걱정을 안겼다. 우리는 그를 다른 경기에 뛸 수 있도록 경기 수를 조절하기도 했다. 결국 그를 쉬게 하는 건 나이밖에 없었다. 몸 상태가 최상이었기 때문에 그는 시즌에 35경기도 뛸 수 있었다.

라이언의 두뇌는 그가 사교생활을 희생하는 데 도움이 되었다. 그는 내성적인 남자지만 92세대 동료들은 그를 우러러봤다. 그는 왕이었다. 그가 잠시 폴 인스와 함께 괴상한 슈트를 입고 다닌 적이 있지만 얼마 가지 못했다. 라이언은 아직도 내가 "대체 그 꼴이 뭐냐?"고 말하게 한 옷을 버리지 않았다.

인시는 요란한 옷차림을 좋아했고 그와 긱스는 좋은 친구 사이였다. 그 둘은 듀오였다. 그러나 라이언은 지극히 프로페셔널한 삶을 살고 있었다. 클럽 안에서 그는 다른 이들의 존경을 한몸에 받았고 모든 사람들이 그를 따랐다.

긱스의 스피드가 예전만 못해지자 우리는 그를 중앙에 자주 기용했다. 더 이상 그가 예전같이 수비수 바깥을 전광석화처럼 돌아 들어가는 모습을 기대하지 않았다. 커리어 후반에 들었어도 그가 단순한 주력보다 더욱 중요한 순간속도를 계속 유지했다는 사실을 알아챈 사람은 별로 없다. 그의 밸런스 역시 그대로였다.

2010년 가을, 페널티박스 안에서 웨스트 햄의 조너선 스펙터가 그를 넘어뜨렸다. 여기서 잠깐, 말이 나온 김에 간단한 퀴즈를 내보겠다. 라이언 긱스가 맨체스터 유나이티드에서 얻은 페널티킥이 몇 개나 될까? 답은 다섯 개다. 그는 언제나 균형을 잃지 않았기 때문에 휘청거려도 결코 넘어지는 법이 없었다. 페널티박스 안에서 심한 파울을 당한 후 넘어져도 괜찮은 상황이었는데 왜 그러지 않았느냐고 그에게 물어봤다. 그랬더니 그는 마치 내 머리에 뿔이 달리기라도 한 듯한 표정으로 날 쳐다봤다. 특유의 멍한 얼굴로 그가 말했다. "난 안 넘어져요."

라이언은 차분한 성격이라 위기 속에서도 침착함을 잃는 법이 없었다. 그런데 이상하게도 말년에 들어서기 전까지는 교체 선수로서는 별로 좋지 않았다. 언제나 선발로 출전해야 더 좋은 경기력을 보여줬다. 그러나 2008년 모스크바에서 열린 챔피언스리그 결승전에서는 교체로 출장해서 위건을 상대로 두 번째 골을 넣으며 많은 기여를 했다. 라이언은 그가 아주 뛰어난 선수일까 하는 우리의 의구심을 날려버리며 훌륭한 벤치 자원 역할을 했다.

긱스는 명성과 상품화에 등을 돌렸다. 내성적인 성격의 그는 그런 수준의 노출을 감당할 성격이 아니었다. 그런 삶을 누리기 위해서는 전 세계를 돌아다니며 카메라 앞에 얼굴을 갖다 대는 엄청난 에너지가 필요하다. 또한 카메라 앞에 서기 위해 자신이 만들어진 것이라는 어느 정도의 허영심이 있어야 한다. 우리는 자주 무대 위나 영화에 나오고 싶었다는 배우들의 인터뷰를 볼 수 있다. 나는 한 번도 그런 명성에 유혹을 느껴본 적이 없다.

내가 가졌던 희망은 우리와 함께 자랐던 선수들이 장차 캐링턴의 일을 이끌며 연속성을 유지시키는 것이었다. 울리 회네스 감독과 카를하인츠 루메니게 회장이 바이에른 뮌헨에서 이룬 것처럼 말이다. 그들은 클럽이 어떻게 움직이는지 이해했고 쇼가 계속되기 위해서는 선수들의 수준을 유지해야 한다는 필요성을 알고 있었다. 결국 그렇게 되려면 감독 쪽 일의 성장에 의지해야 하는 것이기 때문에 클럽의 경영진까지 이어질지 어떨지는 미지수다. 하지만 긱스와 스콜즈는 둘 다 유나이티드의 정신을 이해하는 영리한 사람들이고 훌륭한 선수이기도 한 만큼 올바른 자질을 모두 갖추고 있다고 할 수 있다.

라이언은 매우 지혜롭고 선수들에게 변함없이 존경받기 때문에 분명 감독이 될 수 있을 것이다. 상대적으로 조용한 성격은 장애가 될 수 없다. 말이 없는 감독도 많이 있으니까. 하지만 강한 기질이 필요하다. 맨체스터 유나이티드 같은 클럽을 다루려면, 또는 상황 전체를 움직이려면 감독은 선수들보다 더 큰 개성을 지녀야 한다. 세계적 명성이 있는 부유한 스타 선수들을 거느리려면 그들 위에 군림해야 한다. 맨체스터 유나이티드에는 오직 하나의 보스만 있고 그것은 바로 감독이다. 라이언은 그런 측면을 좀 더 길러야 할 것이다. 하지만 나도 서른두 살부터 그렇게 되기 위해 노력해왔으니 긱스도 잘해낼 것이다.

학교에서 우리는 "나중에 커서 뭐가 되고 싶니?" 하고 질문을 받는다. 나는 "축구선수요."라고 대답하곤 했다. '소방수'가 좀 더 인기 있는 직업이었다. 당시 축구선수가 되고 싶다고 말하는 것은 세계에 걸쳐 이름을 알리고 싶은 마음 같은 건 없고 단지 경기를 뛰면서 살아갈 돈을 버는 것을 의미했다. 아마 긱스가 그런 타입의 선수일 것이다.

어떤 결말을 추구할지 성격에 달려 있다고 말할 수 있다. 데이비드 베컴은 언제나 자신이 어디로 가고 있는지 알고 있다는 분위기를 풍겼다. 그는 그러한 생활방식을 편안히 여겼고 스타의 지위를 갈망했다. 그 밖에 다른 선수들은 세계적으로 인정받는 일 따위는 상상도 하지 못했다. 그런 것은 그들의 일부가 아니었다. 게리 네빌이 패션 포토그래퍼들에게 "젠장, 빨리 서두르지 못해요." 하고 말하는 것을 상상해보라.

그들은 모두 운이 좋게도 아주 훌륭한 가족의 보호 속에서 자랐다. 네빌 부부는 정말로 견실한 사람들이었다. 다른 선수들의 가족도 마찬가지였다. 그들과 우리에게는 축복이었다. 그들은 건전한 양육의 가치를 알고 있다. 현실에 뿌리를 두고 예의를 지키며 윗세대를 존경한다. 만약 내가 어른들을 이름으로 불렀다면 우리 아버지는 아마 내 따귀를 때렸을 것이다. "너, 아저씨를 붙여야지." 아버지는 이렇게 말했을 것이다.

그런 모습은 이제 모두 사라졌다. 내 선수들은 모두 나를 '감독'이나 '보스'라고 부른다. 한번은 리 샤프가 들어와 "잘 지내요, 알렉스?" 하고 말했다. "내가 너랑 같이 학교에 다녔나?" 내가 물었다.

더 웃긴 이야기도 있다. 클리프에서 어린 아일랜드 선수인 패디 리가 계단을 내려오다 맞은편에서 브라이언 롭슨과 함께 올라오는 나를 보고는 말했다. "안녕하세요, 알렉스?"

나는 말했다. "내가 너랑 같이 학교에 다녔나?"

"아뇨." 그가 어리둥절해서 말했다.

"그렇다면 나한테 알렉스라고 부르지 마!"

그때 일을 생각하면 아직도 웃음이 나온다. 화를 내며 대답했지만 속으로는 웃고 있었다. 패디 리는 동물 울음소리 흉내를 잘 냈다. 크리스마스 때마다 그는 오리, 소, 새, 사자, 호랑이 심지어 타조의 울음소리까지 흉내 내곤 했다. 선수들은 데굴거리며 즐거워했다. 패디는 1년 동안 미들즈브러에 가 있었지만 그곳에서 성공하지는 못했다.

조지 스위처는 또 다른 92세대였다. 전형적인 솔퍼드 소년이었다. 훈련장 식당에서 큰 소리로 부르고는 시치미 떼기 일쑤였다. 덕분에 당한 사람은 범인을 찾아 이리저리 식당 안을 둘러봐야 했다.

"안녕 보스!" 또는 "아치!" 하고 아치 녹스에게 소리치고는 숨어버려 오랫동안 범인을 찾는 게 불가능했다. 식사시간인 터라 식당에 가득한 얼굴의 바닷속에서 증거를 발견할 수 없었다.

하지만 어느 날 나는 드디어 녀석을 잡았다. "알겠나? 또 한 번 그러면 현기증이 날 때까지 운동장을 돌게 할 거다." 내가 말했다.

"죄송해요, 보스." 스위처는 더듬거렸다.

언제나 복종을 요구하는 이미지가 박혀버렸음에도 나는 약간 버릇없는 사람들이 좋다. 신선하기 때문이다. 그러려면 자신감과 약간의 오만함이 필요하다. 만약 평소에 자기 의사를 표현하는 걸 두려워하는 사람들 속에 둘러싸이게 된다면 그들은 정말 중요할 때, 운동장이나 경기 도중에 자기 뜻을 밝히는 걸 두려워하게 될 것이다. 1992세대의 소년들은 아무것도 두려운 게 없었다. 그들은 든든한 아군이었다.

리버풀-위대한 전통

진정 위대한 클럽은 나락으로 떨어졌다 해도 다시 우승 사이클로 돌아온다. 어쩌면 내가 유나이티드의 역사 가운데 어려웠던 시기에 부임했던 것은 행운일지도 모르겠다. 19년 동안 리그 우승을 못해봤고 나는 낮은 기대 속에 클럽을 물려받았다. 우리는 컵 대회 전용팀이 되었고 팬들은 우승 희망을 억제했던 리그보다 토너먼트 대회에서 더 좋은 성과를 기대했다.

내 선임자인 데이브 섹스턴, 토미 도허티 그리고 론 앳킨슨은 성공을 거둔 인물들이었지만 임기 동안 꾸준히 우승에 도전한 적은 없었다. 유나이티드가 정상의 자리에 서게 된 1993년부터 리버풀은 어려움을 겪었다. 마치 예전의 우리처럼. 그러나 나는 30마일 밖에서도 목 뒤에 와닿는 그들의 콧김을 언제나 느낄 수 있었다.

2001년 제라르 울리에 감독 밑에서 FA컵, 리그컵 그리고 UEFA컵 우승을 했던 것처럼 리버풀 같은 역사와 전통을 가진 팀이 컵 트레블(축구에서 한 시즌에 한 팀이 세 개의 주요 대회를 동시에 우승하는 것을 지칭하며 주로 유럽에서 쓰인다)을 달성하게 되면 두려움에 떨기 마련이다. 그해 내가 느꼈던 감정은 '안 돼. 다른 팀은 괜찮지만 그들만은 안 돼.'였다. 그들의 배경, 유산 그리고 열광적인 팬과 함께 놀라운 홈경기 승률이 더해져 리버풀은 부진한 해에도 힘든 적수였다.

안필드 이사진에 의해 로이 에번스와의 공동 감독체제 실험이 막을 내린 뒤 혼자 리버풀을 지휘했던 프랑스인 제라르 울리에를 나는 좋아하고 존경한다. 스티븐 제라드는 미드필드의 젊은 지휘자로 떠오르기 시작했고 그들은 마이클 오언과 로비 파울러라는 환상적인 두 골잡이를 소환할 수 있었다.

그들은 리버풀이란 종교의 외부에 있던 인사로부터 투자가 들어오며 커다란 문화적 변화를 겪었다. 샹크스에서 밥 페이즐리, 조 페이건에서 케니 달글리시, 그레엄 수네스에서 로이 에번스까지 이어지는 감독들의 임명은 목표의 일관성을 유지하게 했다. 케니의 첫 임기 끝무렵부터 나는 변화의 조짐을 감지할 수 있었다. 팀은 노쇠해갔고 리버풀은 이상하게도 지미 카터, 데이비드 스피디 같은 선수를 영입하기 시작했다. 이것은 리버풀답지 않은 영입이었다. 그레엄은 올바른 노선을 걸었지만 무리하게 서두른 나머지 노쇠한 팀을 너무 빨리 해체해버렸다. 그의 실수는 어린 선수들 중 가장 돋보였던 스티브 스탠턴(아일랜드 출신으로 리버풀과 애스턴 빌라 등에서 활약. 후에 아일랜드 대표팀 감독을 역임하기도 했다)을 내친 것이었다. 그레엄도 나중에 자신의 잘못을 인정했다. 스탠턴을 보낼 필요는 없었다. 그레엄은 좋은 사람이었지만 성급한 구석이 있었다. 그는 목표에 도달할 때까지 기다릴 참을성이 없었다. 그리고 그의 성급함으로 인해 임기 동안 부진함을 면치 못했다.

당시 리버풀과 경기할 때의 좋은 점은 경기 후에 그들 모두가 내 사무실로 몰려오곤 했다는 것이다. 나는 우리 스태프 전원이 안필드 직원을 만나러 가면 그들이 올드 트래퍼드로 왔을 때 우리의 방문에 보답하는 전통을 물려받았다. 리버풀의 축구화 담당은 그 전통에 관한 한 나보다 훨씬 더 경험이 많았다. 하지만 나는 빨리 습득했다. 이기거나 지거나 또는 비기거나 두 팀의 스태프가 얼굴을 맞대고 우애를 다지는 것이다. 두 팀의 연고 도시가 판이하고 경쟁에 대한 긴장감이 팽배해 있을수록 결과에 상관없이 서로의 긍지를 지키는 일이 더욱 중요했다. 우리의 약점을 숨긴다는 점에서도 꼭 필요했고 이 점에 관해서는 리버풀도 우리 못지않게 신중했다.

제라르는 릴 대학에서 수학할 때 리버풀의 객원 트레이너로 있으면서 학구적인 시선으로 클럽을 관찰했다. 그는 전통에 대해 무지한 채 안필드로 들어온 게 아니었다. 그는 팀의 정신과 그에 대한 기대를 이해하고 있었다. 그는 영리하고 호감 가는 인물이었다. 이듬해, 그가 심각한 심장발작으로 병원에 실려갔을 때 나는 그에게 말했다. "좀 더 편한 자리로 올라가지 그랬어?"

"그럴 순 없어. 난 일하는 게 좋으니까." 제라르가 대답했다. 그는 진정한 축구인이었다. 심장병도 그의 일중독을 고치지 못했다.

리버풀 감독들을 늘 짓누르는 무거운 기대는 결국 케니의 보호막을 꿰뚫었다. 당시 그는 감독을 해본 경험이 없는데도 리버풀의 아이콘이라는 역할을 버리고 더그아웃으로 자리를 옮겼다. 같은 종류의 불균형이 레인저스의 존 그레그를 좀먹었다. 어쩌면 역대 최고의 레인저스 선수일지도 모르는 존은 회생이 불가능해 보이는 붕괴 직전의 팀을 물려받았다. 애버딘과 던디 유나이티드가 두각을 나타내기 시작한 것도 그에게 불리하게 작용했다. 리버풀 최고의 선수 중 하나로 전면에서 화려한 역할을 하던 그가 바로 감독 자리에 오른 것은 케니를 매우 힘들게 했다. 그가 스코틀랜드에 있는 나를 보러 올라와서 감독 자리를 제의받은 데 대한 조언을 구했던 일이 기억난다. 나중에서야 나는 그가 대형 클럽에 대해 이야기하고 있었음을 깨달았다.

"좋은 클럽인가?" 나는 그에게 물었다.

"응, 좋은 클럽이야." 그가 말했다.

그래서 그에게 말했다. 만약 역사와 재정적 여유 그리고 축구를 이해하는 회장이 있는 좋은 클럽이라면 어느 정도 가망이 있겠지만 그 조건 중에 두 개가 충족되지 않는다면 전쟁을 치러야 할 거라고.

애버딘에서 집중적으로 감독 일에 대해 배우지 않았다면 맨체스터 유나이티드를 맡을 자격이 없었을 것이다. 이스트 스털링에서 무일푼으로 감독생활을 시작했을 때는 열한 명 내지 열두 명 정도의 선수밖에 없었지만 일은 즐거웠다. 그러고 나서 세인트 미렌에 마찬가지로 빈손으로 갔다. 나는 첫 시즌에 열일곱 명의 선수를 방출했다. 그들은 수준 미달이었다. 내가 칼을 휘두르기 전에 팀에는 서른세 명의 선수가 있었다. 가자마자 나는 파이와 청소 도구와 프로그램을 주문했다. 그것은 전 과목 교육이었다.

제라르가 많은 외국 선수를 수입하기 시작하자 나는 맨체스터 유나이티드의 트레블 시즌에서 그가 클럽을 다시 정상으로 올려놓을 힌트를 얻었다고 생각했다. 블라디미르 슈미체르, 사미 휘피에, 디트마 하만은 울리에가 선수단을 재건할 튼튼한 토대가 되어줬다. 어떠한 컵 대회라도 트레블은 심각하게 받아들여져야 한다. 아스널과의 FA컵 결승전에서 행운의 여신이 그들에게 미소를 지었다고 말하는 사람들도 있을 것이다. 아르센 벵거의 팀은 마이클 오언의 골이 들어갈 때까지 일

방적으로 리버풀을 두들겨 패고 있었기 때문이다. 오언의 두 번째 골이 결승골이 되었다. 그 당시에는 선수 개개인보다 리버풀이란 이름이 더욱 두려웠다. 리버풀. 그 역사. 상승세가 계속된다면 그들은 아스널과 첼시를 제치고 다시 우리 최대의 라이벌이 될 것이라는 사실을 알고 있었다.

컵 대회 트레블 1년 후, 그들은 모든 컵 대회를 2위로 마쳤으나 제라르가 엘 하지 디우프, 살리프 디아오, 브루노 셰루를 불러온 후 5위로 미끄러졌다. 많은 해설자가 그들의 영입이 원인과 결과를 가져왔다고 평했다. 셰루는 그가 릴에 있을 때 우리가 눈여겨보던 선수였다. 스피드는 없었지만 왼발이 좋았다. 또 강인했지만 민첩하지는 않았다. 디우프는 월드컵 세네갈 경기에서 좋은 모습을 보인 덕분에 유명해졌다. 제라르의 안테나가 반응한 것이 이해되었다. 그런데 나는 토너먼트 대회에서 활약한 것을 근거로 선수들을 영입하는 데 조심스러웠다. 1996유러피언 챔피언십에서의 경험 때문이다. 그때 요르디 크라위프와 카렐 포보르스키를 영입했지만 그해 여름 그들의 고국이 받은 보답을 나는 받지 못했다. 두 선수 다 토너먼트에서는 좋은 활약을 보였는데 말이다. 그들은 나쁜 영입은 아니었다 해도 가끔 선수들은 월드컵이나 유로에는 동기부여가 되어 있다가 대회가 끝난 후 잠잠해지는 경우가 있다.

디우프는 재능은 있었지만 그것을 살리기 위해 보살핌이 필요했다. 그는 살에 박힌 가시 같은 사내였고 그것은 좋은 의미가 아니었다. 그는 피치에서 어리석은 실수를 저질렀지만 적절한 투쟁심이 있었고 무엇보다 능력이 있었다. 리버풀 같은 클럽에 시즌 직전인 8월에 합류하는 것은 그의 반항적인 측면과 잘 맞지 않았다. 그곳에서 성공하기 위한 규율을 따르는 일이 그에게는 힘들었을 것이다. 제라르는 그 점을 얼마 지나지 않아서 눈치챘다. 아스널과 첼시를 상대로 격렬한 경기를 앞두고 있다면 감독한테는 성품 좋은 선수가 필요하다. 그리고 내가 보건대 디우프는 그 점에서 모자랐다. 세루는 그냥 실패한 영입이었다. 그에게는 프리미어리그에서 뛸 만한 스피드가 없었다.

스파이스 보이 문화(술, 차, 여자로 대변되는 일부 리버풀 선수들의 행태)는 제라르가 쓰러뜨려야 할 또 하나의 용이었다. 내 귀에는 리버풀 선수들이 더블린 거리를 쏘다니며 논다는 이야기 같은 게 들려오곤 했다. 스탠 콜리모어가 들어온 것이 팀의 안정에 도움이 되지 않았다고 느꼈다. 그의 엄청난 재능 때문에 나는 콜리모어를 영입할 뻔했다. 하지만 리버풀에서 뛰는 그의 모습에서는 필사적인 면이 하나도 보이지 않았다. 그를 사지 않아서 정말 다행이라고 생각했다. 유나이티드에서도 똑같을 거라고 생각할 수밖에 없었으니까. 그 대신 나는 언제나 사자처럼 용감하고 늘 최선을 다하는 앤디 콜을 샀다.

울리에 밑에서 상승세를 타기 전, 리버풀은 유나이티드가 몇 해 전 걸렸던 덫에 걸려들었다. 그들은 퍼즐 조각을 맞추는 것처럼 선수들을 영입했다. 1970년대 중반에서 1980년대 중반의 맨체스터 유나이티드를 살펴보면 리즈 유나이티드로부터 영입해온 게리 버틀스, 아서 그레이엄과 함께 피터 대븐포트, 테리 깁슨, 앨런 브라질이 있다. 그때는 우리가 매우 절박했다는 것을 알 수 있다. 만약 누군가 유나이티드를 상대로 골을 넣으면 우리는 그를 영입했다. 매우 근시안적인 사고였다. 리버풀도 똑같은 버릇을 배웠다. 로니 로즌솔, 데이비드 스피디, 지미 카터. 리버풀 선수라고 얼른 공감 가지 않는 선수들이 연이어 들어왔다. 콜리모어, 필 밥, 닐 러딕, 마크 라이트, 줄리언 딕스가 그들이다.

제라르는 안필드로 광범위하고 다양한 선수를 데리고 왔다. 밀란 바로시, 루이스 가르시아, 슈미체르 그리고 하만은 그를 위해 좋은 활약을 보였다. 제라르의 영입에서 일정한 패턴이 생기는 게 보였다. 베니테스 밑에서는 그런 전략을 볼 수 없었다. 선수들은 그저 들어오고 나갈 뿐이었다. 베니테스의 선발명단을 보면 내가 경기해본 중 가장 따분한 리버풀 팀이 나타난다. 우리와의 경기에서 한번은 하비에르 마스체라노를 평소대로 백 포 앞 중앙 미드필드에 세웠다. 거기까지는 좋았다. 그는 스티븐 제라드를 왼쪽 미드필더 자리에 놓고 전방에 알베르토 아퀼라니를 배치했다. 디르크 카위트를 리안 바벨과 교체한 후 제라드를 오른쪽으로 가게 했다. 세 선수는 한 조를 이뤄 중앙을 공격했다. 바벨은 왼쪽 바깥에 있었지만 한 번도 터치라인을 타고 달리는 법이 없었다. 그에게 내려진 지시가 무엇인지 알 도리가 없지만 게리 네빌에 맞서기 위해 적절한 타이밍에 레프트윙 자리로 그를 불러냈다고 말한 기억은 난다. 나는 스콜즈를 시켜 게리에게 집중하라는 경고를 전하게 했다. 하지만 리버풀은 측면을 거의 버려두었다.

베니테스는 언젠가 우리 훈련장에 스티브 매클래런의 손님으로 온 모양이었다. 하지만 그를 만났던 기억은 나지 않는다. 외국인 감독의 방문은 늘 있는 일이라 일일이 기억하는 건 무리다. 중국과 몰타에서도 왔었고 스칸디나비아 국가에서도 세 번인가 네 번인가 단체 방문이 있었다. 다른 종목 선수들도 꾸준히 찾아왔다. 오스트레일리아 크리켓 팀, NBA 선수들, 마이클 존슨, 우사인 볼트. 텍사스에서 봄 훈련 프로그램을 운영하는 존슨은 깊은 지식으로 내게 인상을 남겼다.

베니테스가 도착한 지 얼마 지나지 않아 나는 리버풀 경기를 관람했고 그와 그의 아내는 우리를 술자리에 초대했다. 여기까지는 좋았다. 하지만 곧 불화가 생기기 시작했다. 클럽 간의 라이벌 관계를 개인적인 문제로 만든 그의 실수였다. 한번 개인적으로 받아들이기 시작하면 그 것으로 끝이다. 나는 기다릴 수 있었다. 그동안 성적이 좋았으니까. 반 면 베니테스는 나를 상대하려고 애쓰는 동안 트로피도 따야 했다. 실로 지혜롭지 못한 행동이었다.

베니테스가 심판들에게 미치는 내 영향력에 대해 자세한 '사실'을 모 은 유명한 리스트를 공개하던 날, 우리는 그를 지원하기 위해 리버풀 측에서 미리 짜놓은 질문을 기자회견에 내놓을 것이라고 귀띔받았다. 축구계에서는 드문 일이 아니었다. 공공연한 사실이고 나 역시 질문을 심어놓은 적이 있다. 그날의 일을 설명하자면, 우리 홍보부가 내게 경 고했다. "베니테스가 오늘 감독님을 공격할 거예요."

"뭘로?" 내가 물었다.

"모르겠어요. 하지만 그런 정보가 들어왔어요." 그들이 말했다.

텔레비전 방송에 나온 베니테스는 안경을 걸치고는 종이 한 장을 꺼 냈다.

사실들.

그의 사실이라는 것들은 모두 엉터리였다.

우선, 그는 내가 심판들을 협박한다고 말했다. 라파에 의하면 축구협 회는 나를 두려워한다고 했다. 바로 2주 전에 내가 FA로부터 벌금 1만 파운드를 내라는 징계를 받았는데도 말이다. 그리고 내가 리스펙트 Respect 캠페인(심판의 판정에 존중하자는 내용의 FA캠페인)에 위배된 행위를 했다고 고발했다. 리스펙트 캠페인은 그 시즌에 시작하긴 했는데 정작 라파는 그 전해에 내가 컵 대회에서 했던 마틴 앳킨슨에 대한 발언을 트집 잡고 있었다. 당시는 아직 새로운 지침이 나오기 전이었다. 그래 서 처음 두 개는 잘못된 고발이었다. 아무리 정확한 사실이 아니더라도 언론에게는 좋은 먹잇감이었다. 그들은 기자회견이 전쟁으로 확대되어 내가 보복 미사일을 발사하기를 바랐다.

라파가 분명 뭔가 '억울'한 것 같은데 나로서는 그것이 무엇인지 도저히 모르겠다고 한 것이 그때 내가 한 말의 전부였다. "이봐, 자네는 바보 같은 친구야. 승패를 개인적으로 받아들이면 안 되는 거야." 하고 내 방식대로 말했다. 그것이 베니테스의 첫 공격이었고 다음 공격도 비슷한 전술로 개인적인 감정을 담아 날아왔다.

내 정보원에 의하면 예전에 내가 그에게 압박에 무너지지 않고 우승 레이스를 펼칠 수 있을 것 같으냐고 물었던 게 거슬렸다는 것이다. 내가 리버풀 감독이었다면 그 말을 칭찬으로 알아들었을 것이다. 대신 베니테스는 그걸 모욕으로 해석했다. 만약 맨체스터 유나이티드 감독으로서 내가 리버풀을 흔들기 위해 비방했다면 안필드에 있는 그들은 자신들이 나를 걱정하게 했다는 사실을 알아야 할 것이다.

케니 달글리시가 블랙번 감독을 맡고 있었을 때 그들은 우리와 선두 경쟁을 하고 있었다. 나는 한마디 했다. "우리는 이제 데번 록을 생각하고 있다." 그 말은 즉시 히트했다. 데번 록이란 단어는 모든 신문기사에 올라왔다. 그리고 한동안 블랙번은 승점을 쌓지 못하게 되었다. 우리는 그해 리그에서 우승했어야 했지만 로버스는 끈질기게 버텼다. 그러나 에인트리 경주에서 우승한 엘리자베스 모후 명마 데번 록의 유령을 언급하면서 그들을 더욱 힘들게 한 것은 틀림없다.

언론에서는 베니테스가 만사를 자기 멋대로 해야 하는 지독한 통제광이라고 말했다. 정확한 표현이었다. 그는 다른 감독들과 친분을 쌓는 데 아무런 관심도 나타내지 않았다. 위험한 태도다. 작은 클럽의 감독 중에는 그와 한잔하며 한 수 배우고 싶어할 사람이 얼마든지 있었다.

2009/10시즌 안필드에서 베니테스는 나와 한잔하러 왔으나 불편한 기색이 역력했고 조금 있다가 돌아가봐야겠다고 말했다. 그게 끝이었다. 그의 코치인 새미 리에게 말했다. "적어도 시도는 했군."

위건 애슬레틱의 감독 로베르토 마르티네스가 베니테스 문제에 관련해 내가 '친구들'에게 도움을 받고 있다고 한 발언이 인용되었다(그가 가리킨 인물은 샘 앨러다이스였다). 로베르토는 내게 연락을 해온 다음 기사에 대한 정정 발언을 해야 할지 묻기 위해 LMA(잉글랜드리그감독협회)에 전화했다. 로베르토는 내게 자신은 베니테스에게 어떠한 신세도 지지 않았고 그와 아무 연관이 없다고 해명했다. 내 생각에 마르티네스는 스페인 신문에 베니테스가 잉글랜드 라이벌인 우리를 어떻게 보고 있는지 말한 것뿐이지 본인의 견해를 밝힌 것 같지는 않았다. 그는 다만 말을 전하는 사람에 불과했다. 어쨌든 사람들은 잉글랜드에 단 둘밖에 없는 스페인 감독으로서 베니테스와 마르티네스가 동맹을 맺었다고 생각하기 쉬웠을 것이다.

베니테스는 언제나 돈이 없다고 불평했지만 도착한 날부터 나보다 더 많은 돈을 타냈다. 훨씬 더 많이. 기자회견장에 들어선 그가 쓸 돈이 없다고 불평하는 것을 보면 어이가 없었다. 그에게는 넉넉한 돈이 주어졌다. 자신이 한 영입의 질이 그를 실망시키는 것이다. 토레스와 레이나를 제외하면 그가 영입한 선수 중 진정한 리버풀 수준이라고 할 만한 사람은 소수에 불과했다. 마스체라노와 카위트는 부지런하고 쓸 만한 선수들이지만 리버풀 수준에 미치지 못했다. 수네스나 달글리시, 로니 휠런이나 지미 케이스 같은 선수는 어디에도 없었다.

베니테스는 이적 시장에서 두 개의 커다란 성공을 거뒀다. 페페 레이나 골키퍼와 스트라이커인 페르난도 토레스였다. 토레스는 아주아주 재능 있는 선수다. 우리는 그를 여러 번 관찰한 뒤 열여섯 살이 되었을 때 영입을 시도했다. 그가 리버풀로 가기 2년 전에도 관심을 표명한 적이 있었는데 우리의 접촉이 아틀레티코 마드리드와 더 나은 조건으로 재계약하기 위해 이용되고 말 뿐이라는 생각이 들었다. 여러 유소년 대회에서 뛰는 모습을 봤을 때부터 언제나 그를 원했다. 그가 아틀레티코 마드리드라는 팀에 깊은 애착을 가지고 있었기 때문에 리버풀이 데려갔을 때 적잖이 놀라기도 했다. 베니테스가 스페인인이라는 사실이 영향을 주었던 것 같다.

토레스는 매우 교활한 머리를 타고났다. 거의 마키아벨리적인 음모자에 가까운 명민함을 갖췄다. 물리적으로 그렇다는 건 아니지만 그에게는 마치 악마의 손길이 닿은 것 같았다. 게다가 완급 조절이 기가 막혔다. 41미터 달리기할 때의 그는 다른 리버풀 선수들보다 빠르지 않았지만 특유의 완급 조절 능력은 치명적이었다. 그의 보폭은 매우 넓었다. 아무 경고 없이 가속을 낸 뒤 눈앞을 획 가로지른다. 반대로 어려운 경기를 할 때면 소심한 반응을 보이기도 해 최고의 실력을 발휘하지 못할 때도 있다. 아틀레티코 마드리드에서 오랫동안 팀의 인기 선수로 있으면서 너무 응석을 받아줘서 그렇게 됐는지도 모른다. 그는 그곳에서 스물한 살에 주장이 되었다.

토레스는 우수한 체격, 스트라이커의 신장과 골격을 갖췄다. 그리고 오언이나 파울러 이후 리버풀에서 가장 뛰어난 센터포워드였다. 또 다른 스타는 물론 스티븐 제라드로 맨체스터 유나이티드와의 경기에서 항상 좋은 모습을 보이지는 못했지만 혼자 힘으로 경기를 이길 수 있는 능력을 가진 선수였다. 우리는 이적 시장에서 토레스에게 적극적으로 구애를 시도해봤고 첼시도 경쟁에 뛰어들었다. 토레스가 안필드를 떠나고 싶어한다는 소문을 들었기 때문이다. 하지만 클럽 외부에 있는 사람들로부터 뭔가 저지하려는 움직임이 있던 것 같았고 곧 영입은 막다른 벽에 부딪혔다.

토레스의 첼시 이적이 확정된 뒤 의문 하나가 나를 계속해서 괴롭혔다. 왜 베니테스는 제라드를 중앙 미드필더로 쓰지 않는 걸까? 감독 후반기에 리버풀과 계속 부딪쳐보고 확신한 것은 만약 그들의 두 중앙 미드필더가 공을 빼앗아도 그것으로 많은 걸 할 수 없다는 것이다. 만약 제라드가 중앙에 있다가 공을 빼앗았다 치자. 그에게는 두 다리가 있고 앞으로 달려가서 골을 넣으려는 야망이 있다. 왜 리버풀이 너무나 자주 그를 중앙 미드필더 자리가 아닌 다른 포지션에 쓰는지 절대 이해할 수 없었다. 2008/09시즌에 그들은 승점 85점으로 2위로 시즌을 마쳤다. 그때 리버풀에게는 패스를 뿌려줄 알론소가 있었고 제라드는 공을 받아 위로 올라가면 토레스 뒤로 공을 보내줬다.

또 하나 우리가 유리했던 점은 그들이 재능 있는 유스 팀 출신 선수들을 더 이상 내놓지 못했다는 것이다. 마이클 오언이 아마도 마지막이었을 것이다. 만약 마이클이 열두 살에 우리 클럽에 들어왔더라면 그는 가장 뛰어난 스트라이커 중 하나가 될 수 있었을 것이다. 그가 말레이시아 유스 팀 대회에 나갔을 때 우리는 로니 월워크와 존 커티스를 잉글랜드 대표에 합류시켰다. 월워크와 커티스가 돌아오자 나는 한 달 동안 휴가를 보내주었다. 마이클 오언은 휴식이나 기술적 발전 없이 곧바로 리버풀 1군 경기에 나섰다. 마이클 오언은 우리와 함께한 2년 동안 발전해나갔다. 그는 드레싱룸에서 다른 선수들과 잘 어울렸고 호감 가는 청년이었다.

내 생각에는 선수 초기에 휴식이 부족했고 기술 훈련을 제대로 받지 않은 것이 훗날 마이클에게 불리하게 작용한 것 같다. 울리에가 그를 물려받게 된 시점에는 이미 선수로서 물이 올라 팀의 상징으로 떠오른 상태였다. 그때는 그를 옆으로 데려와 기술적인 측면에서 다듬어주기란 불가능했다. 그를 좀 더 일찍 데려오지 않았던 게 잘못이다. 리버풀에서 맨체스터 유나이티드로 곧바로 오는 건 불가능했겠지만 그가 레알 마드리드에서 뉴캐슬로 옮길 때 끼어들었어야 했다. 그는 좋은 청년인데 말이다.

우리를 애먹였던 다른 리버풀 선수들 중에서 디르크 카위트는 내가 만난 가장 정직한 선수 중 하나였다. 그가 처음 리버풀에 왔을 때는 아마 키가 187센티미터였겠지만 다리가 닳도록 너무 열심히 뛰어다니는 바람에 나중에는 178센티미터로 줄었을 것이라 확신한다. 공격수 중에서 그렇게 전력으로 수비에 가담하는 선수를 나는 알지 못한다. 베니테스는 그를 매 경기 출장시켰다. 그러나 만약 상대 페널티박스 안에서 무슨 일이 생긴다면 충분히 공격에 가담할 정도로 빠릿빠릿할까, 아니면 너무 많이 뛰어다닌 나머지 지쳐 있을까?

인간으로서 그리고 감독으로서 그에 대해 유보적인 입장이지만 베니테스는 선수들이 뼈 빠지게 뛰어다니도록 설득했다. 그러므로 그에게는 어딘가 영감을 주는 자질이 있음에 틀림없다. 두려움 또는 존경, 아니면 감독으로서 그의 기량이 뛰어났든지. 그의 팀이 포기하는 것은 보지 못했고 그는 그 점에 대해 칭찬받아야 한다.

내가 보기에 베니테스는 안필드에서 자신의 역량보다 못한 결과를 냈다. 이유가 무엇이었을까? 베니테스는 경기를 엉망으로 하고 이기는 것보다 좋은 경기를 하는 데 더 신경 썼다. 요즘은 그런 접근법으로는 성공할 수 없다.

조제 모리뉴는 선수들을 다루는 데 훨씬 더 빈틈없었다. 그리고 그는 개성이 있었다. 만약 조제와 라파가 함께 터치라인 뒤에 서 있는 모습을 본다면 누가 승자인지 가려낼 수 있을 것이다. 언제나 리버풀을 존경해야 한다. 그들이 매우 꺾기 힘든 팀이며 그들과 함께 챔피언스리그 우승을 한 만큼 베니테스가 기울인 노력도 같은 의미의 존중을 받아야 마땅하다. 거기에 보너스도 있었다. 그는 운이 좋았다. 그러나 나도 가끔은 운이 좋았다.

터치라인에서의 베니테스 방식은 선수들을 끊임없이 피치 위로 뛰어다니게 하는 것이지만 그들이 언제나 그를 보고 있는지, 또 그의 지시에 따라 행동하는지는 모르겠다. 한편, 첼시와 인테르 경기를 보면 선수들이 모리뉴에게 달려가는 모습을 볼 수 있다. 마치 "무슨 일인데요, 감독님?" 하고 물어보려는 것처럼 보였다. 그들은 그의 지시에 신경 쓰고 있었다.

팀에는 강한 감독이 필요하다. 그것은 필수적인 조건이다. 그리고 베니테스는 강하다. 자신에 대한 강한 믿음이 있고 비판을 무시할 만큼 고집도 세다. 그러나 그는 2005년 이스탄불에서 AC 밀란을 상대로 유러피언컵에서 우승했고 그것은 그의 방식을 묵살하려는 사람들로부터 그를 보호해주었다.

전해진 이야기에 따르면 밀란이 3대 0으로 앞서며 전반전이 끝나자 몇몇 밀란 선수들은 우승 기념 티셔츠를 입고 춤을 추며 이미 우승을 따낸 것처럼 축하하고 있었다고 한다. 파올로 말디니와 젠나로 '리노' 가투소는 무섭게 화를 내며 팀 동료들에게 경기는 아직 끝나지 않았다고 따끔하게 야단쳤다는 것이다.

리버풀은 꺾이지 않는 투혼을 보여주며 그날 밤 우승컵을 멋지게 들어올렸다.

안필드에서 짧은 임기를 마친 뒤 로이 호지슨은 다시 케니에게 자리를 물려줬고 리버풀은 다시 대대적인 재건에 들어갔다. 그러나 케니의 몇몇 영입이 밤마다 나를 괴롭혔다. 우리는 선덜랜드의 조던 헨더슨에 많은 관심이 있었는데 스티브 브루스 감독도 완전히 그에게 빠져 있었다. 그런데 우리는 엉덩이에서 뛰는 동작이 시작되는 요즘 선수들과는 달리 그가 등을 꼿꼿이 세우고 무릎으로 뛰는 것을 알아챘다. 우리는 그의 걸음걸이 때문에 나중에 문제가 생길지도 모른다고 생각했다.

스튜어트 다우닝을 사는 데 리버풀은 2,000만 파운드가 들었다. 그에게는 재능이 있었지만 가장 용맹하거나 빠른 선수는 아니었다. 좋은 크로스를 날렸고 킥도 좋았다. 하지만 2,000만 파운드? 앤디 캐럴도 3,500만 파운드에 영입했다. 그는 다우닝 그리고 웨스트 브롬과 미들즈브러에서 뛴 스코틀랜드 국가대표 제임스 모리슨과 함께 우리 스쿨 오브엑설런스 북동부 지부 출신 선수였다. FA는 선덜랜드와 뉴캐슬로부터 항의를 받고 그곳을 폐쇄했다. 아카데미들이 시작되던 시점의 일이었다. 캐럴의 영입은 토레스를 5,000만 파운드에 팔며 뜻밖의 횡재를 얻은 데 대한 반응이었다. 앤디의 문제는 활동량과 속도였다. 공이 박스 안에 내내 머무르지 않는 이상 수비수들의 밀어내는 기술이 발달된 요즘, 캐럴이 하는 방식으로 경기하는 것은 매우 어렵다. 현대 스트라이커에게는 움직임이 요구된다. 수아레스는 빠른 선수는 아니지만 빠른 두뇌를 갖고 있다.

케니가 유스 팀에서 데려온 소년들은 좋은 활약을 보여줬다. 특히 제이 스피어링은 뛰어났다. 소년 시절 존 플래너건이 풀백이었을 때 그는 센터백이었다. 스피어링은 그들 중에 단연 우수한 선수였다. 혈기 왕성하고 민첩하기도 한 좋은 리더였다. 그에게 뭔가 특별한 게 있다는 걸

볼 수 있었다. 그는 중앙 미드필드에서 괜찮은 모습을 보였지만 먼 미래의 모습을 그려보는 건 어려웠다. 그의 왜소한 체격이 아마 불리하게 작용했을 것이다.

케니는 리그컵에서 물론 우승했고 FA컵 결승까지 진출했지만 그와 코치인 스티브 클라크가 보스턴에 있는 구단주에게 소환당했다는 소식을 들었을 때 나는 그들에게 최악의 결과가 있을까 걱정되었다. 항의 메시지를 담은 티셔츠와 파트리스 에브라 사건 때 수아레스 편을 들어준 일도 그에게 불리하게 작용했으리라 생각한다. 감독으로서 특히 뛰어난 선수에 관련된 일이라면 주위 상황에 판단 착오를 일으킬 수도 있다. 만약 문제를 일으켰던 게 수아레스가 아니라 2군 선수였다면 케니가 그를 변호하기 위해 그토록 발벗고 나섰을까?

《뉴욕 타임스》New York Times와 《보스턴 글로브》Boston Globe의 사설은 뒤이어진 에브라의 수아레스 악수 거부 사건을 다루며 논쟁이 어떤 방향으로 흘러가는지 보여줬다. 내 생각에 케니의 문제는 너무 많은 젊은 선수가 그를 우상화했다는 데 있는 것 같다. 리버풀의 영광의 시대를 함께했던 피터 로빈슨 회장이라면 상황이 이렇게 되기 전에 종지부를 찍었을 것이다. 클럽은 그 어떤 개인보다도 우선시되어야 한다.

다음 감독인 브렌던 로저스는 겨우 서른아홉 살이었다. 리버풀이 그렇게 어린 감독에게 자리를 내준 걸 보고 깜짝 놀랐다. 존 헨리의 실수라고 여겼던 사건은 2012년 6월 브렌던이 부임한 첫 주에 리버풀의 일상을 보여주는 다큐멘터리를 방영하도록 허가한 일이었다. 그렇게 젊은 사람에게 스포트라이트를 비추는 것은 가혹했고 나쁜 인상을 주었다. 미국에서도 별로 반향을 얻지 못했기 때문에 애초에 왜 그런 걸 만들었는지 이해가 가지 않았다. 내 생각에 화면으로 본 인터뷰는 선수들에게 강제로 하게 한 것 같았다.

브렌던은 확실히 유스 팀 출신에게 기회를 줬다. 감탄할 만한 일이었다. 그리고 선수들로부터 적절한 반응을 얻었다. 그는 실패한 영입이 몇 건 있었다는 사실을 알고 있었던 것 같다. 헨더슨과 다우닝은 자신의 가치를 증명해 보여야 했다. 대개 자신이 마뜩잖게 생각하는 선수들에게도 기회를 줘야 하는 법이다.

리버풀에 대한 우리의 라이벌 의식은 매우 강렬했다. 언제나 그랬다. 그러나 적대감 아래로는 서로에 대한 존중심이 있었다. 2012년 힐즈버러 참사(1989년 4월 15일 셰필드 웬즈데이의 홈구장 힐즈버러에서 열린 리버풀과 노팅엄 포레스트와의 FA컵 준결승전 때 스탠드가 무너져 아흔여섯 명이 사망했고 이후 영국에서 축구장 스탠딩석을 없애는 계기가 됐다)에 대한 보고서가 출간되던 날을 기념한 우리 클럽이 자랑스러웠다. 리버풀과 정의를 위해 싸워온 이들에게는 중요한 일주일이었다. 리버풀이 그날을 기념하기 위해 부탁한 것을 우리는 뭐든 들어주었고, 그들은 우리의 노력에 진심 어린 감사를 표시했다.

나는 선수들에게 자극성 골 세리머니를 하지 말고 만약 리버풀 선수에게 파울을 하면 일으켜주라고 말했다. 마크 할시 주심은 적절한 수위를 유지하며 경기를 진행했다. 킥오프 전에 보비 찰턴이 화환을 들고 나타나 이언 러시에게 건넸고 그는 화환을 샹클리 게이트 옆에 있는 힐즈버러 추모비 앞에 내려놓았다. 화환은 아흔여섯 송이의 장미로 이뤄졌는데 힐즈버러 참사에서 목숨을 잃은 리버풀 서포터의 숫자였다. 원래 리버풀은 내가 화환을 들고 나타나길 원했지만 나는 보비가 더 적절한 인물이라고 생각했다. 극소수의 서포터가 욕설을 하는 사태가 벌어졌지만 전체적으로 평온하게 흘러간 하루였다.

리버풀이 우리와 맨체스터 시티 수준으로 다시 돌아오려면 대규모 투자가 이뤄져야 할 것이다. 경기장은 또 다른 장애 요인이다. 클럽의 미국인 구단주들은 보스턴 레드 삭스의 홈구장을 신축하는 것보다 기존의 펜웨이 파크를 개조하는 쪽을 택했다. 오늘날 거대한 스타디움을 짓는 일은 아마 7억 파운드짜리 사업일 것이다. 안필드는 시대에 뒤떨어졌다. 드레싱룸들까지 20년 전과 똑같다. 동시에 선수단은 우승을 경쟁하는 수준에 오르려면 여덟 명 정도의 선수들이 더 필요해 보였다. 그리고 이적 시장에서 실수한다면 그 선수들을 헐값에 팔아야 하는 사태가 종종 발생한다.

브렌던 로저스가 계속해서 자신의 일을 해나가는 동안, 라파 베니테스와 나는 서로 만나지 못하고 있었다. 5월에 챔피언스리그를 우승시킨 로베르토 디마테오가 2012년 가을에 경질되자 베니테스는 첼시의 임시 감독으로 잉글랜드 축구계에 돌아왔다. 그의 임명이 알려진 지 얼마 안 되어 열린 유나이티드의 기자회견에서 나는 베니테스가 이미 완성된 팀을 물려받게 되어 운이 좋은 사람이라고 지적했다.

베니테스의 기록은 문맥 안에서 살펴봐야 할 것 같다. 그는 2001/02 시즌에 51골로 스페인 리그에서 우승했다. 그가 능수능란한 실용주의자라는 것을 암시하는 대목이다. 하지만 그가 감독을 하던 당시 리버풀 경기를 보는 건 힘들었다. 내게는 따분한 팀으로 보였다. 첼시가 베니테스를 부른 건 의외였다. 디마테오의 기록과 나란히 놓으면 베니테스의 기록은 발렌시아의 리그 우승 2회, 리버풀의 챔피언스리그, FA컵 우승이 될 것이다. 6개월 동안 디마테오는 FA컵과 챔피언스리그에서 우승했다.

비슷한 기록이다. 그러나 라파는 또 한 번 난관을 타개했다.

재능의 세계

1991년 맨체스터 유나이티드가 유한책임회사가 된 순간, 나는 클럽이 매각되어 개인 소유가 될 거라고 확신했다. 루퍼트 머독의 영국 위성방송 BSkyB는 맬컴 글레이저가 2003년 처음 지분을 소유하기 전에는 최대의 개인 입찰자였다. 개인 투자자들에게 무시되기에는 우리의 역사와 오라가 너무나 큰 상품이었다. 글레이저가 지휘권을 쥐기 위해 입성했을 때 나를 유일하게 놀라게 한 것은 부유한 입찰자들이 떼를 지어 몰려들지 않았다는 점이다.

일단 글레이저 가문이 기회를 잡자 유나이티드 서포터스 회장인 앤디 월시는 내게 전화해서 사퇴를 종용했다. 앤디는 좋은 청년이지만 그 요구에 응할 만한 생각이 전혀 들지 않았다. 나는 감독이지 회장이 아니었다. 클럽을 팔아넘긴 주주 중의 한 사람도 아니었다. 클럽의 인수 문제는 내게 어떤 선택권도 없었다.

"우리 모두는 감독님을 지지할 겁니다." 앤디가 말했다. 내 대답은 다음과 같았다. "하지만 내 스태프 모두에게는 어떤 일이 벌어질 거라고 생각하나?" 내가 떠난 순간 거의 모든 코치들은 직장을 잃게 될 것이다. 그들 중 어떤 이들은 나와 20년을 함께했다. 감독이 입장을 바꿀때 미치는 영향력은 외부 세계에 있는 사람들에게는 아무 의미가 없는경우가 종종 있다.

걱정스러운 시기였음은 인정한다. 내 염려 중 하나는 팀에 얼마만큼의 돈을 투자할 수 있느냐였다. 그러나 조직의 구조와 좋은 선수를 알아보는 나 자신의 능력에 자신감을 가져야 했다. 글레이저가는 안정된좋은 클럽을 샀고 그들은 처음부터 그 사실을 알고 있었다.

그들과의 첫 접촉은 글레이저가의 아버지, 맬컴으로부터 온 전화였다. 2주 후, 그의 두 아들 조엘과 아비가 자리를 잡기 위해 건너왔다.그들은 나에게 축구팀 운영 방식에는 아무런 변화가 없을 거라고 말했다. 그들의 눈에 클럽은 믿을 수 있는 사람들에게 잘 관리되고 있었다.나는 감독으로서 성공을 거두고 있었다. 그들은 걱정할 게 없었고 나를전적으로 지원했다. 나는 그들로부터 듣고 싶었던 모든 말을 그날 들었다. 물론 겉치레 요소는 언제나 존재한다는 것을 알고 있다. 사람들은모든 것이 잘돼간다고 말하고는 골백번도 더 변경한다. 누군가는 일자리를 잃었고, 빚을 갚아야 하기 때문에 예산도 삭감되었다. 그러나 사람들이 말하던 대출과 이자 상환 문제에도 불구하고 유나이티드는 새로운 소유권자 밑에서 굳건히 버텼다.

그동안 몇몇 서포터 집단에서 클럽 부채에 관한 내 견해를 밝힐 것을촉구해왔는데 내 대답은 언제나 하나였다. "나는 감독이다. 그리고 미국에 있는 사람들이 소유한 클럽을 위해 일하고 있다." 그것이 내 관점이었다. 소유권의 형태에 관한 토론으로 클럽의 경영진을 힘들게 해서문제를 더하는 것은 현명하지 않다고 생각해왔다. 만약 글레이저가가 좀 더 대립적인 노선을 택했다면 문제는 달라졌을 것이다. 예를 들어 만약, 그들이 내 코치 중 하나를 해고하라고 지시한다면 말이다. 클럽을 운영할 내 능력을 손상시킬지도 모르는 그 어떤 변화가 있었다면 역학 관계를 바꿔놨을 테지만 그런 종류의 압력은 절대 받지 않았다. 그러므로 몇몇 서포터가 나보고 자리를 박차고 나가라 종용한다고, 연장을 내려놓고 평생 바친 일을 그만둘 것인가?

내가 처음 유나이티드에 부임했을 때, 세컨드 보드라고 알려진 서포터 집단이 있었다. 그들은 그릴룸에서 만남을 갖고 맨체스터 유나이티드가 무엇이 잘못되었는지 토론을 나눠왔다. 당시에는 내 지위가 훨씬 더 불안했고 그들이 내게 등을 돌린다면 내 위치에 어떤 식으로 해가 될지 신경 써야 했다. 나 이전의 유나이티드 감독들도 같은 생각이었다. 레인저스에서 선수로 있을 때 한 무리의 강력한 팬들이 1군 선수들과 함께 다녔는데 그들은 영향력 있는 로비스트이기도 했다. 유나이티드에는 더 많은 서포터 집단이 다양한 목소리를 내고 있었다. 글레이저 인수에 환멸을 느낀 일부는 시즌 티켓을 반납하고 FC 유나이티드 오브 맨체스터를 창단하기도 했다.

축구클럽을 지지할 때에는 치러야 할 대가가 있는데 그것은 팀이 모든 경기를 이길 수 없다는 것이다. 평생 감독을 할 수는 없다. 유나이티드는 반세기 동안 두 명의 그런 감독을 갖는 행운을 가졌다. 경기에 지고 이기면서 감정은 고양되고 침체된다. 축구는 자연스럽게 반대 의견을 생성하기 마련이다. 레인저스에게 패했을 때 서포터들이 창문으로 벽돌을 던진 적도 있었다.

2005년 여름 글레이저 가문이 내 나이 말고는 감독 교체를 고려할 이유는 없었다. 나는 그런 가능성을 한 번도 생각한 적이 없고 감독 자리가 위협당한다고 느낀 적도 없었다.

수천만 파운드가 대출이자로 나가는 상황은 클럽을 보호하려는 감정을 불러일으켰다. 이해는 가지만 어떠한 국면에도 그것이 선수를 팔아치우거나 영입할 때 지나치게 주저하는 상황으로 번지지는 않았다. 그들의 강점 중 하나는 전 세계에서 수십 개의 스폰서를 유치하는 런던의 상무부였다. 우리는 터키항공, 사우디아라비아의 전화회사, 홍콩, 태국, 극동의 맥주회사를 스폰서로 얻었다. 이들 스폰서는 수천만 파운드를 벌어들여 부채를 상환하는 데 도움을 주었다. 축구팀 쪽에서는 엄청난 수입을 올렸다. 7만 6천 명의 관중은 큰 도움이 되었다.

그러므로 어떠한 국면에서도 글레이저 치하에서 내가 제약을 받은 적은 없었다. 종종 이적료나 주급 요구가 어이없을 정도로 올라가 특정 선수에 대한 관심을 거둘 때가 있었다. 이러한 결정은 나와 데이비드 길에 의해 내려졌다. 위에서부터 클럽의 부채에 맞춰 돈을 쓰라는 칙령이 내려온 적은 없었다.

오히려 우리 은하계는 계속해서 팽창해나갔다. 2007년부터 남미, 포르투갈, 불가리아 등지에서 더 많은 재능 있는 외국 선수들이 캐링턴에 유입되었다. 그 무렵 수입된 외국 선수 중 카를로스 테베스보다 더 큰 주목을 받은 선수는 없었다. 그는 프리미어리그에서 셰필드 유나이티드가 강등되었을 때 논란의 중심에 있었고(웨스트 햄이 소속에 논란이 있는 테베스를 불법으로 기용해서 셰필드가 강등되었다고 보상금을 요구했다) 훗날 라이벌인 맨체스터 시티로 옮긴 뒤에는 "맨체스터에 온 것을 환영합니다"라는 문구 위로 하늘색 유니폼을 입은 그가 활짝 웃고 있는 자극적인 옥외광고판까지 만들어졌다.

테베스가 웨스트 햄에 있었을 때 데이비드 길은 그의 에이전트인 키아 주라브키안의 전화를 받았다. 그는 테베스가 맨체스터 유나이티드에서 뛰고 싶어한다고 말했다. 그런 이야기는 수없이 들어왔다. 선수의 에이전트가 자신의 고객이 우리 엠블럼에 특별한 감정을 가지고 있다고 전화하는 건 우리에게는 일상이었다. 테베스 측의 복잡한 협상에 우리는 발을 들여놓지 말아야 한다고 나는 충고했다. 데이비드는 수긍했다. 그의 소유권이 컨소시엄에 있는 것은 분명했다(선수를 지원해주는 대신 소유권 일부를 가진 서드파티로 이적 시에 발생하는 이익을 가져간다. 남미의 흔한 계약 형태). 그러나 데이비드에게 이런 말을 덧붙였다. "테베스는 그의 에너지로 팀에 영향을 주는 것은 확실해요. 골기록도 준수하고. 그의 계약이 어떤지에 따라 우리가 할 행동이 달라질 겁니다."

데이비드는 임대료를 물고 2년 임대로 테베스를 데려올 수 있다고 말했다. 테베스는 그렇게 해서 우리 클럽에 왔고 리옹, 블랙번, 토트넘, 첼시를 상대로 중요한 골을 뽑아내는 등 첫 시즌에는 좋은 모습을 보였다. 그에게는 진정한 열정과 에너지가 있었다. 주력은 빠르지 않았고 훈련 태도는 좋다고 할 수 없었다. 장딴지가 아프다는 둥 언제나 엄살을 떨기 일쑤였다. 경기를 준비하는 우리 방식에 비춰볼 때 그의 태도는 종종 신경을 거슬렀다. 우리는 언제나 전력을 다해 훈련에 임하는 태도를 보기 원했다. 정상급 선수는 그런 자질을 갖추고 있다. 그러나 테베스는 경기에서의 열정으로 그러한 약점을 상당 부분 상쇄했다.

모스크바에서 열린 2008챔피언스리그 결승전에서 그는 경기에 출장하여 첼시와의 승부차기에서 킥을 성공시켰다. 그는 우리의 첫 번째 키커였다. 경기 중에 나는 루니는 교체하고 테베스는 피치 위에 남겼는데 그가 웨인보다 더 나은 플레이를 보였기 때문이다. 내 머릿속에 의구심이 뿌리내린 것은 그의 두 번째 시즌에 디미타르 베르바토프를 영입한 후 베르바토프와 루니의 포워드 조합이 강조되었을 때였다.

토트넘에서 디미타르를 보고 나는 그의 침착성과 신중함이 우리 팀 스트라이커들에게 부족한 면을 채워줄 거라고 느꼈다. 그는 칸토나 또는 테디 셰링엄의 능력을 보여줬다. 전광석화 같은 플레이를 보여주지는 않았지만 고개를 들고 넓은 시야로 창조적인 패스를 했다. 그가 우리의 수준을 한 단계 높이고 우리가 가진 재능의 범위를 넓힐 것이라고 생각했다.

결국 베르바토프의 입성으로 테베스는 벤치로 밀려났다. 그리고 그의 두 번째 시즌의 12월, 우리는 테베스가 경기력이 나빠졌다고 느끼기 시작했다. 그는 언제나 경기에 나서야 하는 유형의 선수라는 게 그 이유라고 생각한다. 만약 훈련할 때 그처럼 철두철미한 모습을 보여주지 않는다면 정기적으로 경기에 출장해야 한다. 그해 겨울, 데이비드가 내게 물었다. "어떻게 하고 싶습니까?" 나는 시즌 후반기가 될 때까지 결정을 미뤄야 한다고 생각했다. "맨 시티는 바로 지금 그를 원해요." 데이비드가 말했다.

"그렇다면 그들에게 지금 그를 더 많은 경기에 내보내서 적절한 가치를 매기려 한다고 말해주시오. 왜냐하면 지금은 베르바토프가 경기에 많이 나오는 상황이니까."

테베스는 2008/09시즌 후반기의 우리 성적에 많은 영향을 주었다. 특히 스퍼스와의 홈경기에서 우리가 2대 0으로 뒤지고 있을 때 나는 상대 진영을 휘저어놓기 위해 그를 투입했다. 그는 한마디로 모든 플레이에 쫓아다니며 관여했다. 경기에 거대한 열정을 가져다줬으며 우리가 그 경기를 5대 2로 이기게 한 일등 공신이었다. 그의 투입은 경기의 결과를 바꿔놓았다.

2009 챔피언스리그 준결승전에서 우리는 아스널과 맞붙었고 나는 호날두, 루니 그리고 박지성 이렇게 세 사람을 기용했다. 이들이 결승전을 위해 내가 선택한 공격진이었고 테베스는 탐탁지 않아 보였다. 로마에서 열린 결승전에서 바르셀로나와 붙은 우리는 형편없는 경기를 했다. 호텔 선택부터가 잘못됐다. 완전히 난장판이었다. 계획을 잘못 세운 우리의 과실이었다.

어쨌든 나는 하프타임이 끝나고 테베스를 내보냈지만 그는 단지 자신을 위한 플레이를 했을 뿐이었다. 시티로 가기 전에 이미 마음을 정한 듯한 인상을 받았다. 로마에서의 경기가 끝난 뒤 그가 내게 말했다. "감독님은 한 번도 날 완전 이적시키려고 한 적이 없잖아요." 나는 먼저 시즌이 어떻게 전개되는지 봐야만 했으며 내가 확신을 가지기 위해서 그를 경기에 많이 내보내지 못했다고 설명했다. 데이비드는 그를 위해 2,500만 파운드를 책정했으나 내가 보기에 그는 벽에다 대고 말하는 것 같았다. 그래서 우리는 그가 이미 도시 다른 쪽에 있는 클럽으로 가기로 결정했다고 생각하게 되었다.

확인되지 않은 소문에 의하면 우리 맨체스터 라이벌은 4,700만 파운드를 지불했다고 한다. 테베스는 잠시 첼시하고도 이야기가 오갔다. 그러고 나서 그의 조언자들이 첼시와 시티를 경쟁시킨 것 같았다. 들리는 말에 첼시는 3,500만 파운드를 제시했지만 시티가 더 많은 금액을 내놓았다고 했다. 도저히 믿기 어려운 금액이었다. 그가 좋은 선수이기는 했지만 나라면 그만한 돈을 내지는 않았을 것이다. 내 생각에 그는 상대에게 강한 충격을 안기는 선수다. 베르바토프는 내가 갈구하는 선수였기 때문에 그가 성공하는 것을 보고 싶었던 것이 실수였다. 그는 자신이 훌륭한 선수라고 안심시켜주기를 원하는 유형의 선수이기도 했기 때문이다. 그와 테베스의 난제는 항상 그 부분에 있었다.

우리와 함께 있었을 때에는 테베스가 로베르토 만치니에게 했던 것처럼 말썽을 일으킨 적은 없었다. 테베스는 독일에서 열린 챔피언스리그 경기에서 몸을 풀라는 지시를 거부했다. 2007년 셰필드 유나이티드가 강등되었을 때 그가 맡았다는 역할에 대해서는 엄청난 논란이 벌어졌다. 웨스트 햄이 시즌 말엽에 우리 경기장으로 왔을 때 테베스가 넣은 골들이 그들을 강등에서 구했다는 것이다. 그들은 테베스와 관련해 서드파티 소유권에 대한 규정을 어겼다는 이유로 벌금을 물었지만 프리미어리그에 의해 승점이 삭감되지는 않았다. 테베스는 웨스트 햄을 위해 우리에게 골을 기록했고 그 일로 셰필드가 강등당하게 되자 그들의 감독이던 닐 워녹은 해머스(웨스트 햄의 애칭) 상대로 후보를 내보냈다며 우리에게 비난의 화살을 돌렸다.

우리는 웨스트 햄 경기의 다음 주에 FA컵 결승전을 치렀다. 우리 선수단은 리그에서 가장 강한 편에 들지만 나는 시즌 내내 상황에 따라 선수 구성을 바꾸었다. 만약 그때 우리 경기를 봤다면 우리가 페널티킥을 두세 개 정도 받지 못하고 상대편 골키퍼는 환상적인 선방을 펼치고 있는 모습을 보게 될 것이다. 그들은 달아났고 테베스는 득점을 했다. 웨스트 햄은 좋은 경기를 하지 못했다. 우리가 그들을 밀어붙였다. 하지만 호날두, 루니 그리고 긱스를 후반전에 투입했어도 그들을 쓰러뜨리지는 못했다.

한편 미스터 워녹은 우리가 경기를 포기했다고 비난했다. 그들의 마지막 경기에서 그들은 위건과 홈에서 붙었고 무승부만 거두면 됐다. 1월 초, 워녹은 데이비드 언스워스가 자유 이적으로 위건에 가도록 내버려뒀다. 그리고 언스워스는 페널티킥을 성공시키며 셰필드 유나이티드를 프리미어리그에서 탈락시켰다. 제대로 된 사람이라면 내가 그 일에 책임이 있다고 말할 수 있겠는가? 거울에 비친 자기 모습을 보고 "우리가 필요한 것은 홈 무승부뿐이었지만 위건으로부터 승점을 빼앗기에는 역량이 부족했다."라고 말해보기나 했을까? 그의 비난은 얼토당토하지 않은 것이었다.

2007년 1월 우리는 진정한 축구계의 귀족을 두 달 동안 임대했다. 어쨌든 루이 사아는 시즌 초에 희망차게 복귀했으나 또다시 부상을 당하고 말았다. 10월경 유나이티드의 스카우터인 짐 라울러는 우리에게 이런 말을 했다. 헨리크 라르손은 더 큰 무대에서 얼마든지 더 좋은 모습을 보일 수 있는데 스웨덴에서 뛰고 있는 것이 정말 아깝다고. 헨리크가 뛰던 헬싱보리는 그를 팔지 않으려 했다. 그러나 나는 짐에게 헨리크를 1월에 우리 쪽으로 임대 보내는 것은 어떤지 헬싱보리의 회장을 한번 떠보라고 했다. 결국 헨리크가 자신의 고용주를 움직여 임대는 성사되었다.

유나이티드에 온 헨리크는 선수들에게 우상이나 다름없었다. 그들은 경외심을 담아 그의 이름을 불렀다. 서른다섯 살의 선수라고 하기에는 코치들의 지시를 수용하는 능력이 경이로웠다. 늘 전적으로 몰입해서 훈련에 임했다. 그는 카를루스의 전술 강좌를 듣고 싶어했고 우리가 하는 일의 모든 뉘앙스를 포착하려고 했다.

훈련에서 그의 모습은 대단했다. 그의 움직임, 위치 선정이라니. 그가 우리에게 안겨준 세 골로 그의 기여를 평가할 수는 없다. 우리의 유니폼을 입고 뛴 마지막 경기인 미들즈브러 전에서 2대 1로 지고 있자 그는 미드필드로 내려가 죽도록 뛰어다녔다. 그가 드레싱룸으로 돌아왔을 때 모든 선수가 그에게 기립박수를 보냈고 스태프진도 이에 합류했다. 단 두 달 만에 그런 유의 반응을 끌어낸 것은 그가 얼마나 대단한 선수인지를 보여주는 예이다. 우상의 지위 따위는 선수가 제대로 자기 맡은 일을 해내지 않으면 2분 안에 사라지고 만다. 그러나 헨리크는 그러한 오라를 우리와 있는 내내 간직했다. 그의 용기와 움직임은 헨리크를 천부적인 맨체스터 유나이티드 선수처럼 보이게 했다. 그리고 단신 선수치고는 엄청난 점프력을 지녔다.

그를 좀 더 일찍 영입할 수도 있었다. 그가 셀틱에 있었을 때 나는 그를 영입할 준비가 되어 있었지만 셀틱의 대주주인 더멋 데즈먼드가 나에게 전화를 걸어 "자넨 날 실망시켰어. 알렉스, 자네에겐 선수가 산더미처럼 많잖나. 우리는 라르손이 필요해." 하고 말했다.

한 달 뒤 헨리크는 스웨덴으로 돌아갔다. 4월 10일, 우리는 로마 전에서 7대 1로 챔피언스리그 경기 중 최대 점수 차로 승리했다. 마이클 캐릭과 호날두가 각각 두 골을, 루니와 앨런 스미스가 한 골씩 넣었으며 파트리스 에브라조차 유럽 대항전 첫 골을 기록했다.

축구의 정상급 경기는 보통 여덟 명의 선수가 승리를 좌우한다. 세 선수는 컨디션이 좋지 않아도 죽어라 뛰거나 승리를 확실히 하기 위해 순전히 전술적인 역할만 수행해도 묻어갈 수 있다. 그런데 열한 명 모두가 최상의 모습을 보여주며 완벽한 경기를 해낸 경우가 내 커리어에 여섯 차례 있었다.

우리가 그날 밤 했던 모든 것이 맞아떨어졌다. 두 번째 골에서는 여섯 명의 선수가 원터치패스로 상대 진영까지 간 뒤 앨런 스미스가 라이언 긱스의 패스를 받아 두 센터백 사이로 골을 넣었다. 대포알 같은 슛은 그대로 그물에 꽂혔다. 환상적인 골이었다. 이런 순간은 이보다 더 나아질 수 없다는 말을 할 수 있는 경우다.

1999년 노팅엄 포리스트로 원정을 가서 8대 1로 이겼던 일이 생각나는 경기였다. 2대 0으로 끝날 수도 있었다. 로마는 엄청나게 노련한 팀이기도 했다. 그들에겐 다니엘레 데 로시, 크리스티안 키부 그리고 프란체스코 토티가 있었지만 우리는 그들을 완벽하게 박살 냈다. 로마 원정에서는 2대 1로 패했다. 스콜즈가 터치라인 바로 위에서 자살행위 같은 태클을 날려 퇴장당한 경기였다. 폴이 태클했을 때 그 로마 선수는 거의 피치 밖에 있었다. 그래서 2차전에 임하는 우리는 상당한 압박감 아래 있었다. 골이 마구 터지기 전까지는.

1994년 2월 FA컵 5라운드 윔블던 원정 경기는 또 다른 명승부였다. 3대 0 승리에서 우리는 그중 한 골을 서른여덟 번의 패스를 거쳐 넣었다. 사람들은 맨체스터 유나이티드 최고의 골로 그해 FA컵 준결승전에서 아스널에게 기록한 라이언 긱스의 골이나 맨체스터 시티 전에서 루니가 넣은 오버헤드킥을 꼽지만 내게는 윔블던 전에서의 절묘한 골도 충분히 환상적이었다. 골이 들어가기 전 공은 팀의 모든 선수들을 거쳤다. 경기 시작 1분 후 비니 존스(윔블던과 리즈에서 뛰었고 은퇴 후에는 영화배우로 활약)는 캉토나를 보내버리려 했다. 둔탁한 소리와 함께 에리크는 쓰러졌다. 모든 선수들이 존스에게 뛰어갔지만 캉토나는 "그냥 놔둬." 하고 말했다. 빈스가 그의 리즈 시절 동료여서 연대감을 느꼈기 때문일 것이다. 그러고 나서 그는 존스의 등을 두들겼다. 마치 "날 차려면 차봐. 하지만 날 멈추게 할 수는 없을 거야." 하고 말하려는 것 같았다. 캉토나는 그날 뛰어난 활약을 보였고 오른발로 공을 위로 차올린 뒤 아름다운 발리슛으로 우리의 첫 골을 넣었다.

사람들은 언제나 윔블던이 졸전을 벌였다고 이야기한다. 그것은 사실이 아니다. 윔블던 공격진의 역량은 상당히 높았고 특히 크로스가 위력적이었다. 세트피스 상황에서 들어오는 공은 훌륭했다. 그들은 충분히 재능 있는 선수들을 지녔다. 다만 그들의 재능은 더 약한 팀에 무기가 되었던 것이다. 그들을 상대로 헤더를 따내지 못하면 끝장이었다. 만약 세트피스 상황을 처리하지 못하면 죽은 거나 마찬가지였다. 그들을 상대로 루즈볼을 따내는 건 가망이 없었다. 그들은 힘든 상대였다. 그러므로 그들 홈에서 거둔 3대 0 승리는 우리에게 각별했다.

아스널을 상대로 거둔 두 번의 대승도 두드러진 성과였다. 1990년 하이버리의 리그컵 경기에서 6대 2로 이겼고 이날 리 샤프는 해트트릭을 기록했다. 또 다른 아스널 대승은 2001년 2월 올드 트래퍼드에서 그들에게 6대 1로 이겼을 때였다. 2000년 12월 한 아일랜드 가족이 경매로 우리 경기를 볼 수 있는 경품을 사서 리버풀 원정전을 보러 오려고 했으나 안개 때문에 여행을 취소했다. 우리는 끔찍한 경기 끝에 1대 0으로 패했다. 그들이 내게 전화로 물었다. "이제 우리는 어떻게 해야 하나요?" 나는 그들에게 말했다. "곧 아스널과의 홈경기가 있을 겁니다." 그리고 그들은 우리가 6대 1로 아스널을 학살하는 모습을 지켜볼 수 있었다. 얼마나 큰 점수 차인가. 전반전이 끝났을 때 이미 5대 1이었다. 드와이트 요크는 그들을 완전히 유린했다.

로마에게 7대 1로 승리했음에도 불구하고 우리의 챔피언스리그는 5월 2일 밀란에게 3대 0으로 패하면서 막을 내렸다. 우리는 그 전 토요일에 구디슨 파크에서 에버턴에게 4대 2로 이기기 위해 주전을 모두 가동해야 했지만 밀란은 우리 경기에 대비해서 아홉 명의 선수를 그 전 화요일 리그 경기에서 쉬게 했다. 한마디로 우리는 이탈리아 상대팀에 비해 준비가 덜 되어 있었다. 우리는 억수같이 쏟아지는 빗속에서 15분 안에 두 골을 내줬고 아예 중앙선도 넘지 못했다. 우리는 졸전을 받아들일 준비가 되어 있지 않았다. 토요일 에버턴 경기는 2대 0으로 지고 있는 게임이라 매우 힘들었지만 끝내 뒤집는 데 성공해서 5점 차로 리그 선두를 달리게 되었다.

테베스와 라르손에 이어 다른 국제적인 재능 있는 선수들이 우리한테 합류했다. 카를루스는 그의 포르투갈 소식통을 통해 들은 안데르송이라는 이름의 브라질 출신 포르투 선수를 추천했다. 그는 열여섯인가 열일곱 살 정도였다. 우리는 그를 계속해서 주시했다. 그는 경기에 불규칙하게 출장했다. 한번은 경기에 나가고 다른 한번은 벤치에 대기하는 식이었다. 그러고 나서 암스테르담 토너먼트(아약스가 주최하는 프리시즌 대회)에서 우리 상대로 출장한 그를 보고 마침내 마음을 굳혔지만 그 다음 주에 그는 다리가 부러지는 부상을 당했다.

그가 완전히 회복하자 나는 4주나 5주 동안 매주 마틴을 그쪽으로 보내 살피게 했다. 마틴이 말했다. "알렉스, 앤 루니보다 나아요."

"세상에, 그런 말은 하지 말게." 그에게 말했다. "안데르송이 루니보다 나으려면 더 잘해야 해." 마틴은 자기 의견을 굽히지 않았다. 이때 안데르송은 처진 스트라이커 위치에서 뛰고 있었다. 대회가 막바지에 이르렀을 때 우리는 안데르송과 내가 직접 보러 갔던 나니를 사기 위해 움직였다. 내가 나니에게 끌린 것은 그의 스피드, 힘 그리고 공중볼 능력이었다. 게다가 양발을 능숙하게 사용했다. 개별적인 특성은 파악했으므로 우리는 낡은 질문으로 돌아갔다. 질문: 이 소년은 어떠한 유형의 선수인가? 답: 좋은 선수. 조용하고 영어도 꽤 잘함. 스포르팅 리스본에 있을 때 어떤 문제도 일으킨 적 없고 훈련 태도도 우수. 내 의견은 그는 체력이 좋고 유연하고 경기를 읽는 능력이 언제나 일류라는 것이었다. 즉 기반은 갖춰진 선수였다. 카를루스는 데이비드 길과 스포르팅

리스본으로 건너가서 나니와 계약하고 포르투로 차를 몰고 가서 안데르송을 데려왔다. 모두 하루 동안 벌어진 일이었다.

2년이 흘렀고 우리는 그들과 계약한 이유가 틀리지 않았다고 말할 수 있었다. 2009/10시즌에 안데르송에게는 복잡한 문제가 생겼다. 그는 자신이 원하는 만큼 자주 경기에 나서지 못하게 되자 집으로 돌아가고 싶어했다. 그는 브라질인이었고 복잡한 문제는 변함없이, 바로 월드컵이었다. 그는 간절하게 월드컵에서 뛰고 싶어했다. 그의 구상은 2010남아공월드컵에 참가할 수 있도록 바스코 다가마로 가서 남은 시즌을 보내는 것이었다. "넌 이곳을 떠날 수 없다. 우리는 브라질 클럽으로 보내려고 선수 하나에 수백만 파운드라는 돈을 투자한 게 아니야." 나는 그에게 말했다. 정말이지 사랑스러운 성격이었다, 안데르송은.

나는 언제나 브라질 축구선수들을 존경했다. 큰 경기에서 더 빛을 발하지 못하는 브라질 선수 이름을 한번 대볼 수 있는가? 그들은 큰 대회를 위해 태어났다. 브라질 축구선수의 특별한 장점은 자신들에 대한 자부심을 뼛속 깊이 간직하고 있다는 점이다. 거대한 신념을. 흔히들 브라질 선수들은 훈련이 삶의 즐거움을 방해하는 부담스러운 무엇이라고 생각한다고 믿는다. 사실이 아니다. 그들은 양심적으로 훈련에 임한다. 그들이 추운 날씨를 질색한다는 믿음도 잘못된 것이다. 다시우바 형제를 예로 들어보자. 그들은 긴 트레이닝 바지도 입지 않고 장갑도 없이 나간다. 브라질만큼 여러 장점을 풍부하게 갖추고 있는 정상급 선수를 배출하는 나라는 없다. 아르헨티나 선수들은 투철한 애국심을 가지고 있지만 내가 보기엔 브라질 선수들 같은 표현력을 갖지 못했다.

나니를 산다는 것은 순수한 원자재를 사는 것과 같았다. 그는 미숙하고 기복이 심했지만 축구에 대한 본능 하나는 기가 막혔다. 머리와 양발을 이용해 자유자재로 공을 다뤘고 육체적으로 힘이 넘쳐흘렀다. 크로스와 슛도 뛰어났다. 이 모든 재능을 가진 선수를 사게 되면 이런 재능들을 순서대로 잘 배열해주는 것이 중요하다. 그는 그런 방면으로는 약간 정돈되지 않았고 좀 더 일관성을 가질 필요가 있었다. 그가 호날두의 그림자 속에서 뛰어야 했던 것은 동일한 장점을 일부분 공유하는 같은 포르투갈 출신 윙어로서 피할 수 없는 일이었다. 그가 세르비아 출신이었다면 아무도 그런 비교를 하지 않았으리라. 하지만 호날두와 나니 두 사람 다 스포르팅 리스본에서 온 이상 사람들은 언제나 그들을 나란히 놓고 비교했다.

호날두는 엄청난 재능을 선사받았고 배짱이 있는데다 훌륭한 양발잡이에 멋진 점프력까지 갖추었다. 그런 배경을 갖췄으니 나니로서는 맨체스터 유나이티드 선발 선수로 자신을 내세우기가 벅찼을 것이다. 호날두와 선발 대결을 하는 것은 그 자체로 문제였다. 그래서 첫 해에는 벤치에 앉아 있는 일이 많았다. 나니는 영어를 빨리 배웠지만 안데르송은 그보다 더 오래 걸렸다. 하지만 그가 브라질인이었기 때문에 자신의 일에 믿기 어려울 정도의 자신감이 있었다. 브라질 선수들은 자신이 어떠한 선수와도 대결할 수 있다고 생각한다.

안데르송에게 이렇게 묻곤 했다. "브라질에 있는 네이마르를 본 적이 있나?"

"아, 훌륭한 선수죠. 환상적이에요."

"호비뉴는 봤나?"

"멋지죠. 놀라운 선수예요."

내가 거론한 모든 브라질 선수의 이름은 이러한 반응을 이끌어냈다. 그는 고국에서 뛰고 있는 모든 이들이 세계 정상급 선수라고 생각했다.

브라질이 포르투갈을 친선경기에서 밟아줬을 때 안데르송이 호날두에게 이렇게 말했다. "다음번에는 너희에게 기회를 주기 위해 우리 5진을 내보낼 거다." 호날두는 그의 말에 별로 즐거워하지 않았다. 그것이 브라질이라는 나라다. 리오에서 열리는 새로운 10번을 발굴하는 대회에 수천 명이 참가 신청을 했다는 이야기는 나를 흐뭇하게 해줬다. 한 소년은 버스로 스물두 시간을 달려왔다고 한다. 재능 있는 선수가 어디에나 있는 방대한 나라가 바로 브라질이다.

오언 하그리브스를 영입한 일은 별로 기분 좋은 추억이 아니다. 그는 2006년 여름 경이적인 플레이를 선보였으며 킨의 공백을 메우기에 딱 맞는 유형의 선수였다. 우리는 그를 입찰하기 위해 나섰다. 그러나 그의 경기 기록을 살펴본 나는 어딘지 의구심이 들었다. 그에 대해서 이렇다 할 강한 느낌이 오지 않았다. 데이비드 길은 바이에른과의 협상에 공을 들었다. 베를린에서 열린 월드컵 결승전에서 나는 그의 에이전트와 만났다. 건실해 보이는 변호사였다. 그에게 유나이티드는 하그리브스를 선수로서 더욱 발전시킬 수 있을 것이라고 말했다. 하지만 그의 영입은 결국 재난이었다.

오언은 스스로에 대한 그 어떤 자신감도 없었다. 자신의 육체적인 한계를 극복하기 위한 의지를 충분히 보여주지도 못했다. 훈련에서도 가능하면 쉬운 선택을 하는 모습을 보이곤 했다. 그는 내 커리어를 통해 가장 실망스러운 영입의 하나였다.

몸 여기저기에 입은 부상을 치유하기 위해 그는 안 다녀본 곳이 없었다. 독일, 미국, 캐나다. 내가 느끼기에는 자신의 부상을 극복할 자신감이 부족해 보였다. 장딴지 부상을 치료하려고 바이에른 뮌헨의 팀 닥터인 한스 뮐러-볼파르트를 찾아가기도 했다. 실제로 뛴 경기에서 그의

는 감독직에서 느끼는 압박감으로부터 탈출할 수
게 해주었다. 동료 마주인 제드 메이슨과 왓어프렌드
게인트리 우승을 축하하고 있는 중이다.

루비 월시가 자신이 어떻게 왓어프렌드의 우승을 이끌
었는지 말하고 있다. 기수들과 어울리는 일은 언제나
즐겁다.

투. 벳프레드 볼 체이스에서 왓어프렌드가 가장 먼저 들어오고 있다.

비디치와 퍼디낸드는 팀을 건설하는 초석이었다. 네마냐가 챔피언스리그에서 인터 밀란을 상대로 막 골을 넣
퍼디낸드가 등에 올라타며 축하하고 있다.

레프트백은 희귀한 새처럼 드물다. 하지만 우리는 파트리스 에브라라는 최고의 레프트백 중 하나를 지녔다. 그
타고난 승자다.

나이티드에 있는 동안 내가 본 가장 멋진 골은 2011년 2월 맨체스터 시티 전에서 루니가 보여준 바이시클킥이다.

웸블리에서 열린 바르셀로나와의 2011챔피언스리그 결승전을 위해 우리는 철저히 준비했다. 계획이 언제나 대로 되는 것은 아니지만.

내가 상대한 가장 뛰어난 팀. 2011년 위대한 바르셀로나의 선수들.

비 찰턴 말고 옆에 둘 더 나은 사람이 또 있을까? 그는 내게 있어 충실하고 현명한 친구다.

래된 버스정류장이 아니다. 1999년까지 우리 훈련장이었던 클리프의 모습이다. 스콜즈와 긱스가 나와 함께 시
을 거슬러 올라갔다.

없어서는 안 될 비서 린 라핀은 매일 산적한 행정 업무를 도와준다.

데이비드 길은 나와 함께 일했던 사람 중 가장 뛰어난 최고경영자였다. 단도직입적이고 축구를 잘 알고 있으며 언제나 충실했다.

신문이 나왔어요. 우리의 홍보국장인 필 타운센드는 그날 나온 기사를 정리해서 내게 말해준다.

럽에서 26년 6개월을 보내면서 스태프 인원이 엄청나
늘었다. 나는 그들 모두를 소중히 생각한다. 세탁 담당
과 함께.

주무인 앨버트 모건은 내 친구이며 익살꾼이다. 2011년
8월 올드 트래퍼드 드레싱룸에서.

드빈 판데르사르는 지난 30년간 가장 뛰어난 골키퍼 중
나였다. 그를 더 빨리 영입했어야 했다.

엄청난 운동신경을 지닌 젊은 골키퍼 다비드 데 헤아는
스페인에서 우리 클럽에 온 뒤 한층 위상이 높아졌다.

사랑의 터널. 2011년 8월 올드 트래퍼드에서 경기장으로 향하며.

한때 올드 트래퍼드의 왕이었던 에리크 캉토나. 2011년 여름 폴 스콜즈의 기념 경기에 찾아왔다.

믹 펠란과 르네 뮐렌스틴은 끝까지 내 충실한 코치가 되어주었다. 내 모든 코치들에게 나는 크나큰 빚을 지고 있다

활약에 불만은 없다. 그는 전광석화 같은 움직임에 좋은 세트피스 키커였고 라이트백, 라이트윙 혹은 중앙 미드필더로 뛸 수 있었다. 그를 중앙에 세우고 루니를 라이트윙에 세웠는데 이 조합은 위력을 발휘했다. 그에게는 확실한 가치가 있었다. 하지만 경기 출장 부족의 안갯속으로 모든 것이 날아가버렸다. 그럼에도 불구하고 하그리브스는 2006년 잉글랜드 대표로 나와 공간을 메우고 공을 쫓아다니며 환상적인 모습을 보여줬다.

2011년 9월, 우리는 하그리브스가 맨체스터에 있었을 때 우리 의료진에게 실망했다며 비난하는 걸 들어야 했다. 그의 인대와 다양한 무릎 부상을 치료하며 우리가 자신을 기니피그처럼 이용했다고 주장했다. 우리는 법률 상담을 받고 그를 고소할 수도 있었지만 의사가 법률적 보상을 받을 정도로 기분이 상하지는 않아서 그만두었다. 의료 스태프가 그에게 무엇을 했든지 간에 문제는 그가 스스로 만든 것이었다.

내가 그에게 "오늘 아침은 기분이 어떤가?" 하고 물어보면 그는 이렇게 대답하곤 했다.

"아주 좋아요, 감독님. 하지만 오늘은 혼자 운동할래요. 몸이 조금 안 좋아서요."

그의 주장 중 하나는 우리가 2010년 11월 초 그가 못 뛰겠다고 했는데도 울브스 경기에 내보냈다는 것이었다. 말도 안 된다. 경기 3주 전에 그는 언제 언제 준비가 될 거라 알렸고 그 언제라는 것은 챔피언스리그 경기였다. 그토록 오랫동안 쉬었는데 유럽 대항전에 다시 내보낸다는 게 마음 내키지 않았다. 그 주에 그가 뛰기로 한 2군 경기가 있었지만 그는 출장을 철회했다.

내가 알기로는 울브스 경기가 있던 주에 그는 스태프에게 몸에 문제가 있다는 그 어떤 보고도 하지 않았다. 믹 펠란에게도 털어놨지만 나는 그가 워밍업을 하다 부상을 입지 않았나 생각했다. 내가 알게 된 사실은 그가 한 선수에게 햄스트링에 이상이 조금 생겼다고 말했다는 것이다. 그가 워밍업을 하러 왔을 때 나는 특별히 그에게 괜찮으냐고 물었다. 그를 안심시키려고 한 말이었다. 내 메시지는, 훈련을 즐겨라, 였다. 그런데 그는 고작 5분도 버티지 못했다. 그의 햄스트링이 나갔다고 했다. 하지만 하등 놀랄 일이 아니었다.

내가 그를 영입했지만 한편으로 뭔가 마음에 들지 않는 구석이 있었다. 모든 유능한 리더가 갖춰야 할 자질은 직감이다. 내 직감은 이렇게 말했다. "이건 마음에 안 들어." 그가 올드 트래퍼드에 메디컬 테스트를 받으러 왔을 때 나는 여전히 말로 설명할 수 없는 의구심을 갖고 있었다. 그는 매우 사근사근했다. 지나칠 정도로 그랬다. 클레베르송에게도 약간 꺼림칙한 마음이 있었는데 그건 그가 너무 숫기가 없어서 내 눈도 제대로 쳐다보지 못할 정도였기 때문이다. 클레베르송은 능력 있는 선수였지만 자신의 장인과 아내한테 너무 많은 신경을 썼다.

나중에 축구협회가 단계를 뛰어넘어 하그리브스에게 코치를 시킬 예정이라는 말을 들었다. 그것이야말로 잉글랜드 축구계의 잘못된 관행 중 하나다. 프랑스나 독일 또는 네덜란드처럼 코치가 되려면 3년이 걸리는 나라에서는 절대 일어나지 않을 일이다.

베베는 내가 직접 뛰는 모습을 보지 않고 영입한 유일한 선수다. 우리의 유능한 포르투갈 현지 스카우터가 그를 적극 추천했다. 그는 포르투갈의 홈리스 축구팀에서 뛰다가 2부 리그 팀에 테스트를 받았고 매우 좋은 결과가 나왔다. 스카우터는 우리에게 "그를 지켜봐야 한다."라고 말했다. 그리고 나서 레알 마드리드가 그를 노렸다. 모리뉴에게 직접 들었기 때문에 이건 사실이다. 레알은 그를 영입할 준비가 되었는데 유나이티드가 끼어들었다는 것이다. 우리는 700만 유로 정도를 들여 작은 도박을 했다.

베베는 한계가 보였지만 어느 정도의 재능은 있었다. 그는 발재간이 좋았고 양발의 무결점 킥력은 대단했다. 그는 완성되지는 않았지만 우리는 그를 더 나은 선수로 이끌 예정이었다. 우리는 그를 터키에 데려갔으나 2주 후에 십자인대 부상을 입었다. 다시 잉글랜드에 데려와서 재활시킨 뒤 2군 경기를 뛰게 했다. 나쁘지 않았다. 미니 게임에서 좋은 모습을 보였다. 더 큰 피치 위에 세우니 팀플레이를 가다듬어야 할 필요성이 보였다. 그 정도의 킥이라면 시즌당 스무 골은 넣을 수 있을 것 같았다. 그는 내성적인 청년이었고 영어도 괜찮게 구사했으며 리스본의 길거리를 배회하며 힘든 성장기를 보낸 게 분명했다.

많은 선수가 들어오게 되자 우리가 키워내 다른 클럽으로 가게 된 선수들에 대해 자랑스러운 기분이 들었다. 예를 들어 2010년 봄 당시, 스코틀랜드, 유럽, 잉글랜드 클럽에 맨체스터 유나이티드에서 견습 과정을 거친 선수가 일흔두 명 있었다. 일흔두 명이다.

파비오 카펠로가 내 친한 친구에게 말하기를 맨체스터 유나이티드 출신 선수들에게 가운과 마스크를 뒤집어쓰게 해도 수마일 밖에서 그들을 가려낼 수 있을 거라고 했다. 대단한 칭찬이었다. 그들의 행동과 훈련 모습은 확실히 두드러진다. 덴마크에 셋, 독일에 하나, 벨기에에 둘 그리고 나머지는 잉글랜드 구석구석에 퍼져 있다. 그중에는 마이클 폴릿, 벤 윌리엄스, 루크 스틸 등 골키퍼 여섯 명도 있지만 아무도 1군에는 뽑히지 못했다.

우리는 1군에서 주전으로 뛸 선수들을 가리는 데 능했다. 정상급 맨체스터 유나이티드 선수에게는 1군으로 승격시키지 않고는 배길 수 없는 뭔가가 보인다. 대런 깁슨이 그런 식으로 1군 선수가 될지 안 될지 갈림길에서 결정을 하도록 만든 선수의 예다.

2009/10시즌에 우리는 그에게 잘못을 저지를 뻔했다. 다른 미드필더들이 갖지 못한 특별한 자질을 가진 그의 주요 장점은 박스 밖에서 득점할 수 있다는 것이다. 스콜즈가 그런 일을 할 수 있는 유일한 선수였으나 은퇴가 다가오고 있었다. 그래서 왓퍼드에 있던 톰 클레벌리에 관해 어려운 결정을 내려야 했다. 그는 그곳 미드필드에서 열한 골을 넣었다. 클레벌리는 체구가 빈약했지만 철사처럼 강단이 있었고 사자처럼 용감했다. 양발을 훌륭하게 썼고 골도 넣을 수 있었다. 데이비드 길이 어느 날 말했다. "클레벌리를 내년에는 어떻게 할 겁니까? 지금 왓퍼드에서 골을 많이 넣고 있는데요." 내 대답은 다음과 같았다. "어떻게 할지 말해줄게요. 나는 왓퍼드에서처럼 나를 위해 골을 넣을 수 있을지 알아보기 위해 그를 기용할 겁니다."

그가 나를 위해 여섯 골은 넣을 수 있을까? 미드필드에서부터 여섯 골을 넣을 수 있는 선수는 달리 없었다. 그 부문에서 그나마 제일 나은 마이클 캐릭은 다섯 골을 넣었다. 만약 클레벌리가 프리미어리그에서 여섯 골을 미드필드에서 넣게 된다면 그는 고려 대상이 될 것이다. 경계선은 언제나 그들이 무엇을 할 수 있으며 무엇을 할 수 없는가에 달려 있다. 할 수 있다면 그 뒤에 해야 하는 질문은 "그들이 경기를 이길 수 있을까?" 이다. 만약 그들이 여섯 골을 넣는다면 몇몇 단점은 무시할 수 있었다.

가끔 선수들은 스무 살이나 스물한 살이 되면 성장이 정체되는 경우가 있다. 만약 그들이 그때까지 1군 명단에 오르지 않는다면 용기를 잃을 수 있다. 나 자신이 선수생활을 할 때 그런 순간을 겪어봤다. 스물한 살에 나는 세인트 존스턴에서 축구에 싫증을 느꼈고 캐나다로 이민할 준비를 했다. 나는 환멸을 느꼈다. 축구는 나한테 맞지 않는다고 자신에게 말하고 있었다. 더 이상 가망이 없어 보였다. 유나이티드 2군에서 우리는 이런 문제에 매일 부딪혔다. 그렇게 되면 더 나은 실력을 갖추고 돌아오지 않을까 하는 희망에서 선수들을 임대로 보내곤 했지만 장기적인 측면에서 그들에게 더 맞는 수준의 팀으로 보내 축구선수 커리어를 쌓을 수 있게 하는 일도 자주 있었다. 우리는 앞에 언급한 일흔두 명의 선수를 다른 팀으로 이적시킨 일에 자부심을 갖고 있다.

성공하는 선수들은 자신이 그 수준에 도달할 수 있는 확실한 물건이라고 자신만의 독자적인 방식으로 전한다. 웰벡이 그 예다. 한때 나는 파비오 카펠로의 2010년 월드컵 명단에 그를 추천하려고 했지만 안타깝게도 그는 성장통을 겪고 있었다. 열아홉 살까지도 그는 계속해서 키가 자라서 무릎에 무리가 가게 되었다. 나는 그에게 조심스럽게 훈련에 임하고 최고의 경기를 위해 몸을 아껴두라고 말했다. 그는 190대로 자라는 도중이었다. 하지만 얼마나 뛰어난 선수인가. 그에게서는 자신감이 넘쳤다. 나는 그에게 "언젠가는 널 죽여버리고 말 거다." 하고 말했다. 그가 상당히 시건방진 녀석이었기 때문이다. 그가 대답했다. "전 그래도 싸요, 아마도." 정곡을 찔렀다. 그는 모든 것에 대한 대답을 갖고 있었다.

어린 선수들에 대한 우리의 끊임없는 토론 주제는 그들이 올드 트래퍼드 관중의 요구와 인내심이라고는 찾아볼 수 없는 언론을 다룰 수 있을까, 이다. 그들이 유나이티드 유니폼 안에서 졸아들까, 아니면 성장할까? 우리는 훈련장과 2군에서 출발해 열한 명의 선발명단에 들게 된 모든 유소년 출신 선수들의 기질을 꿰고 있었다. 선수가 유스 팀을 졸업해서 2군 축구를 경험하게 될 즈음이면 그들의 기질이나 성격, 능력을 확실히 파악하려고 했다.

우리가 선수를 외국에서 사올 경우 아무리 그의 배경에 대해 조사를 자세히 했어도 분명 그에 대해 잘 알지는 못한다. 유나이티드를 위해 뛴다는 독특한 소용돌이에 휩쓸려 수입 선수들을 좌절시킬 가능성이 있다. 2009/10시즌에 우리는 치차리토(작은 콩이란 뜻이다)라는 별명을 가진 하비에르 에르난데스에 대해 알아보고 있었다. 그는 스물한 살이었다. 우리는 스카우터를 보내 멕시코에서 한 달을 살게 했다. 우리가 받은 정보에 따르면 그는 멕시코를 떠나기 주저하는 가족을 무엇보다 중시하는 청년이었다. 멕시코에 있는 정보원은 우리가 그의 배경의 모든 세세한 부분까지 조사하는 일을 도왔다.

유나이티드의 서포터들은 어떤 면에서는 별났다. 만약 200만 파운드에 선수를 영입하면 몇몇 팬은 별 볼일 없는 영입이라고 하면서 우리가 스스로의 수준을 낮췄다고 믿는다. 가브리엘 오베르탕이 그런 가격대의 선수였다. 그는 엄청나게 빠른 선수였다. 그러나 골대 앞에서는 그의 움직임은 두서없었다. 가브리엘에게 주어진 임무는 그의 스피드와 두뇌를 조화시켜 문전 앞에서 결과를 만들어내는 것이었다.

마메 비람 디우프는 올레 군나르 솔셰르가 노르웨이 몰데에 있는 연줄을 통해 추천했다. 하노버 96과 아인트라흐트 프랑크푸르트가 촉각을 세우고 그의 주위를 맴돌았을 때 우리는 관심 수위를 높였다. 그래서 우리는 올레와 클럽 간부를 그곳에 보내 400만 유로에 그를 얻었다. 또다시 배경 조사가 맞았지만 그는 자신이 우리와 함께하게 되리라고는 꿈에도 상상하지 못했다.

크리스 스몰링은 2010년 1월 풀럼으로부터 사왔다. 2010/11시즌이 시작되면 우리 팀에 합류시키는 게 원래의 계산이었다. 그는 논리그(프리미어리그와 풋볼 리그를 제외한 리그) 팀인 메이드스톤에서 2008년까지 뛰었으나 풀럼의 로이 호지슨이 많은 관심을 보였다. 그를 사는 데 1,000만 파운드가 들었다. 리오 퍼디낸드가 허리와 다른 곳에 무리가 생기기 시작하자 우리는 그에게 다가갔다. 당시 우리는 모든 팀의 센터백들을 조사하던 중이었다. 2009/10시즌을 거쳐 센터백 전부를 관찰했고 스몰링이 몸집에 걸맞게 성숙해질 젊은이라고 생각했다. 장기적인 관점에서 크리스 스몰링과 조니 에번스로 이루어진 센터백 조합이 어떨지 눈앞에 그릴 수 있었다.

현상 유지를 하려면 쉴 시간이란 없다, 최고의 순간일 때조차도. 내가 오래 머물수록 나는 더 멀리 앞을 내다봤다. 개혁은 일상 임무였다.

모스크바에서의 하룻밤

2008 모스크바 챔피언스리그 결승전 이전에 나는 본의 아니게 최악의 승부차기 기록 소유자였다. 애버딘에서 준결승전 두 번, 유러피언컵 경기 한 번, 올드 트래퍼드에서 FA컵 사우스샘프턴 전, 아스널과의 FA컵 결승전, 모스크바에서의 유러피언컵 경기에서 모두 승부차기로 졌다. 6승 1패, 로만 아브라모비치의 본거지에서 첼시와 승부차기에 들어가, 카를로스 테베스가 페널티슛 지점에 공을 내려놓았을 때 우리에게는 불길한 기운이 흐르고 있었다.

　그런 기억을 가지고 있으니 내가 낙관적일 수는 없었다. 경기가 연장전으로 넘어가자 경험했던 과거의 모든 실의가 머릿속에서 되살아났다. 그리고 영국시간 10시 45분에 시작된 경기는 다음 날 새벽으로 넘어가고 있었다. 판데르사르가 니콜라 아넬카의 슛을 막아 우승이 확정됐을 때 나는 자리에서 일어날 수 없었다. 우리가 이겼다는 사실이 도저히 믿어지지 않았다. 나는 몇 분 동안 움직일 수 없었다. 승부차기에서 실축했던 호날두는 잔디 위에 누워서 여전히 울고 있었다.

우리 골키퍼 코치는 우리에게 필요한 모든 비디오 분석 자료를 모아 뒀고 첼시 선수들이 각각 어떤 식으로 승부차기를 할 것인지 데이터를 스크린 위에 띄워 판데르사르에게 한눈에 보여주었었다. 우리는 누가 키커가 될지 어떤 순서로 찰지 정하는 데 며칠을 보냈다. 시즌 내내 페 널티킥을 성공시킨 호날두를 제외하고는 모두 좋아 보였다. 긱스의 승 부차기가 단연 최고였다. 골대 안으로 강하고 낮게 깔렸다. 하그리브스 는 상단 구석으로 공을 차넣었고 나니는 골키퍼의 손이 닿아 막힐 수도 있었지만 운 좋게 들어갔다. 캐릭의 킥은 단순했고, 호날두는 망설이다 멈칫했다.

이제 첼시의 존 테리만 골을 성공하면 그들이 이기는 상황이었다. 이 때 나는 말없이 차분히 지켜보며 생각했다. '선수들에게 뭐라고 말해 야 할까?' 패배했을 때 말을 가려서 해야 한다는 것은 잘 알고 있었다. 나는 자신에게 말했다. 챔피언스리그 결승전 뒤에 야단치는 것은 부당 한 일이다. 우리 선수들이 여기까지 오기 위해 아주 열심히 노력했고 실제로 피치 위에서 경기를 펼쳤던 그들에게 지금은 아주 가슴 아픈 순 간일 것이다. 그런데 존 테리는 열 번째 승부차기를 실패했다. 결국 우 리는 서든데스로 접어들었고 내 낙관주의는 다시 돌아왔다. 실패하면 그대로 경기가 끝나는 상황에서 첫 번째 키커로 나선 안데르송은 서포 터들을 들었다 놨다 했다. 그가 골을 넣고 그들 앞으로 뛰어들어가 세 리머니를 했기 때문이다. 서포터들은 다시 기세가 올랐다. 우리 서포터 앞에서 승부차기를 하는 것도 유리하게 작용했다.

이것은 결코 통상적인 챔피언스리그 결승전이 아니었다. 우선 시차 가 있다는 것부터 이상했다. 우리 시간으로 10시 45분에 킥오프가 이 루어지는 셈이니 말이다. 비가 퍼부어서 몸이 흠뻑 젖고 구두를 버린 것도 잊지 못할 것이다. 그래서 경기 후 열린 승리 축하 파티에 나는 운동화를 신고 나가 선수들로부터 핀잔을 들었다. 구두를 한 켤레 더 가지고 갔어야 했는데, 거기까지는 미처 생각지 못했다. 우리가 뷔페 음식을 먹으려고 앉았을 때 시간은 새벽 4시에서 5시 사이였다. 음식은 형편없었지만 선수들은 긱스에게 보비 찰턴의 출장 기록을 깬 것을 기념하는 멋진 선물을 줬다. 이 경기는 그의 759번째 경기였다. 무대에서서 그들은 긱스의 이름을 노래했다.

경기 자체는 멋진 드라마였고 우리 팀에서 몇몇 훌륭한 퍼포먼스를 끌어냈다. 특히 웨스 브라운에게 있어 최고의 유나이티드 경기 중 하나라고 생각한다. 그는 멋진 크로스로 호날두의 골을 도왔다.

첼시의 준결승전 때 마이클 에시엔은 라이트백으로 뛰었고 나는 아브람 그랜트의 팀을 보면서 호날두를 레프트윙으로 내세워 속성상 미드필더의 성격이 강한 에시엔을 힘들게 하기로 마음먹었다.

우리의 골 상황에서 호날두는 에시엔보다 훨씬 높이 뛰었으므로 계획이 먹힌 셈이다. 호날두같이 뛰어난 공격수를 상대로 미드필더를 라이트백으로 세우는 것은 능력을 넘어서는 요구이며 우리 선수는 그를 쩔쩔매게 했다. 호날두를 왼쪽으로 옮긴 것은 라이트윙 자리에 대신 뛸 누군가에게 문을 열어준 셈이 되었다. 나는 민첩하고 활기차면서도 크로스가 좋은 하그리브스를 선택했다. 그는 그 역할을 잘 수행했다. 미드필드 중앙에는 스콜즈와 캐릭을 세웠으나 스콜즈는 코피 때문에 교체시켜야 했다. 코가 막혀서 호흡이 힘들어졌기 때문이다. 긱스가 그 자리로 들어가 멋지게 활약했다.

모스크바라는 도시와 호텔로 인한 문화적 충격에도 불구하고 준비는 순조로웠다. 준결승전에서 우리는 원정에서 0대 0 무승부를 거둔 뒤 홈에서 한 골을 넣어 바르셀로나를 꺾었다. 20미터 밖에서 날린 스콜즈의 대포알 같은 슛은 아름다웠다. 캄프 노에서의 첫 20분 동안 우리는 그들과 이제까지 대결해왔던 대로 골대를 맞히고 페널티킥을 실축하며 잘 싸웠다. 그들이 경기를 지배하기 시작하자 우리는 그저 박스 안으로 후퇴하는 수밖에 없었다. 내가 꼭 우리 방식대로 이기려고 마음먹지 않았다면 2009년과 2011년 결승전에서도 같은 일을 되풀이했을 것이다.

전술적으로 순진하다고 말할 수도 있겠지만 나는 다르게 생각한다. 우리는 바른 방식으로 승리하려는 우리의 철학을 굳건히 지키려고 노력했다. 심장이 멈출 것 같은 순간을 여러 번 견뎌야만 했다는 것이 두 준결승전에 대한 내 생각이다. 우리는 박스 가장자리나 안쪽에 진을 치고 탈출하기 위해 필사적이었다. 올드 트래퍼드에서 가진 대등한 경기에서 우리는 좋은 역습으로 좀 더 많은 골을 넣어야 했다. 마찬가지로 바르셀로나가 후반 종료 15분 전에 티에리 앙리를 내보냈을 때 그들은 우리를 페널티박스 안에 가둬놨다. 터치라인에서 시계를 들여다보며 기다리는 것은 고통스러웠다. 그 경기는 우리가 얼마나 충성스러운 서포터를 가지고 있는지 보여준 예였다. 우리 쪽 박스 안에서 공을 걷어낼 때마다 환성이 터져나왔다. 이례적인 일이었다. 앙리는 문전 노마킹 상태에서 실축했다. 우리는 불굴의 의지를 보였다. 우리 팀은 엄청난 압박감을 견뎌내면서 집중력을 유지했다.

경기가 끝난 후 나는 이런 말도 했다. "우리는 겁을 먹고 물러설 수 없었어. 사나이답게 맞서야 했고 우리는 그날 밤 그렇게 했어."

우리가 모스크바에서 공 소유권을 빨리 가져갈 수 있다면 1968년과 1999년에 가져갔던 유러피언컵에 또 하나를 덧붙일 기회가 올 것이었다. 우리는 경기 시작부터 그렇게 했다. 우리는 패기와 독창성이 넘쳤으며 세 골 내지는 네 골 차로 앞설 수도 있었다. 난 첼시가 우리에게 대패할 것이라고 생각하기 시작했다.

그러나 골은 경기의 판세를 완전히 뒤집어놓을 수 있다. 첼시는 전반전이 끝나기 직전에 엄청난 행운을 얻었다. 프랭크 램퍼드가 넣은 동점골은 우리를 수세에 몰리게 했다. 첼시는 그 시점부터 다시 살아나 후반 25분 동안 우리보다 더 나은 경기를 펼쳤다. 드로그바의 슛이 골대를 때렸다. 그것이 우리가 어떻게 경기의 주도권을 다시 찾을 수 있을지 빨리 생각해내라는 신호가 됐다. 루니를 라이트윙 자리로 내보내고 하그리브스를 좀 더 중앙으로 오게 해서 다시 경기의 주도권을 잡을 수 있었다. 경기 종료가 다가오자 우리 선수들이 더 우수하다는 느낌이 들었다.

피치 위에서 경기의 추이를 지켜보다 보면 눈앞에 펼쳐지는 광경이 흥미진진하다는 생각은 도무지 들지 않는다. 하지만 모든 이들이 이 경기가 한 편의 영화 같은 승부였고 최고의 챔피언스리그 결승전 중 하나라고 느꼈다. 우리 프리미어리그를 호의적으로 선보일 수 있는 쇼에 참여해서 만족스러웠다. 에드빈 판데르사르의 영리한 승부차기 방어에 대해 칭찬해야 할 것만 같다. 아넬카가 페널티킥 지점으로 뛰어오는 동안 나는 생각했다— 왼쪽으로 몸을 날려라. 그 전에 찼던 두 번의 페널티킥, 테리는 실축했고 칼루는 성공했던 장면에서 에드빈은 오른쪽으로 몸을 날렸다. 그래서 아넬카는 결정적인 순간으로 다가가면서 아마 자신에게 이렇게 물어봤을 것이다. '판데르사르가 오른쪽으로 몸을 날릴까, 아니면 왼쪽으로 몸을 날릴까?' 그렇다, 아넬카의 페널티킥은 좋지 않았지만 에드빈은 오른쪽으로 몸을 날리면서 정확한 선택을 했다.

아브람 그랜트는 좋은 사람이다. 그가 첼시 선수들을 장악하기에는 너무 온순한 것 같아 언제나 걱정스러웠다. 결승전에서 그들의 태도는 형편없었다. 후반전에 한 사람씩 띄엄띄엄 경기장을 나가면서 드레싱 룸으로 가는 도중에 심판을 비난하기까지 했다. 팀이란 나갈 때도 함께여야 하지 어슬렁거리며 한 명씩 나가는 게 아니다. 심판이 그들에게 빨리 움직이라고 말했지만 그들은 그를 무시했다. 하프타임에 그들은 생각할 수 있는 모든 장난을 쳤다. 그들의 행동은 드로그바가 퇴장당했을 때 심판의 생각에 영향을 미쳤을 수도 있다.

카를로스 테베스와의 충돌 후 드로그바는 레드카드를 받았다. 비디치가 동료를 도와주러 나서자 드로그바가 손을 들어 비디치의 얼굴을 쳤다. 손을 들어올리게 되면 그걸로 끝이다. 내가 알기로는 주심이 부심에게 누구 잘못이냐고 물었던 것 같다. 그리고 쾅, 드로그바는 피치를 떠났다. 그때는 우리가 이미 경기의 주도권을 회복한 후였다. 드로그바의 퇴장은 경기의 전환점이 아니었다. 긱스는 라인을 벗어난 슛을 날렸다. 우리는 추가시간에 기회를 여러 번 만들었고 그들을 꺾어놔야 했다. 내가 보기에 첼시는 무승부를 노린 뒤 승부차기에 도박을 걸었던 것 같다.

몸싸움으로 그날 밤 퇴장당했지만 드로그바는 언제나 우리를 애먹였다. 그는 거대한 체구를 가진 강인한 청년이었고 그를 경계해야 하는 이유는 턴 동작을 하면서 30미터 중거리슛 같은 묘기에 가까운 골을 넣는 능력 때문이었다. 카를로 안첼로티가 감독으로 있는 마지막 주에 우리와 가진 경기에서 그가 선발 출장 명단에서 빠진 것을 보고 놀랐다. 토레스가 선발로 나섰지만 드로그바가 교체로 들어와 골을 넣으며 첼시를 다시 승부의 세계로 끌어들였다.

우리에게 어려운 상대였던 그 첼시 팀에서 골키퍼인 페트르 체흐는 독보적이었다. 예전에 기회가 있었을 때 열아홉 살의 그를 영입했어야 했다. 대신 첼시가 800만 파운드에 그를 데려갔다.

존 테리는 언제나 그의 팀에 영향을 주었다. 애슐리 콜은 늘 그들의 공격에 활기를 불어넣었다. 그리고 프랭크 램퍼드는 항상 믿고 의지할 수 있는 선수로 끊임없이 공격과 수비 진영을 오갔다. 프랭크는 전성기 때는 수비 임무를 회피했지만 운동장 끝에서 끝까지 뛰어다녔고 좀처럼 경기를 건너뛰는 법이 없었다. 드로그바와 함께 그들 센트럴 파이브는 첼시의 핵을 이루고 있었다. 그들은 드레싱룸에서 강력한 영향력을 행사했다.

경기 전 나는 아브라모비치의 모스크바에서 싸우는 덕분에 첼시가 우리보다 더한 압박감을 느낄 거라는 사실을 받아들이지 않았다. 하지만 아브라모비치는 스탠드에서 자신의 방대한 투자 결과를 굽어보고 있었다. 나는 그 사실이 경기 자체에 영향을 주는 요인이라고 보지 않았다. 내가 가장 염려한 것은 안전 문제였다. 모스크바는 거대한 미스터리 도시였다. 러시아혁명과 차르(제정 러시아 때 황제 칭호)보다 더 악랄했던 스탈린에 관한 책을 몇 권 읽었다. 그는 농업을 집단화하기 위해 국민을 사지로 보냈다. 우리는 요리사를 두 명 데려왔고 음식은 로마에서 먹은 형편없던 것과는 달리 괜찮았다.

챔피언스리그에서 우승한 해에 호날두는 엄청난 시즌을 보냈다. 어떻게 윙어가 42골을 넣을 수 있단 말인가? 일부 경기에서는 센터포워드를 맡기도 했지만 근본적으로 그는 우리 시스템에서 측면 플레이어였다. 모든 경기에서 그는 적어도 세 번의 기회를 만들어냈다. 언젠가 그가 뛰는 레알 마드리드의 경기를 보러 갔을 때 마흔 개 정도의 유효 슈팅을 기록한 적도 있었다.

　모스크바는 무엇보다도 나의 숨통을 틔워줬다. 나는 언제나 맨체스터 유나이티드가 유럽 대항전에서 더 큰 성과를 내야 한다고 말해왔기 때문이다. 우리의 세 번째 유럽컵 우승이었고 이로써 리버풀의 5회 우승에 좀 더 가까이 다가갈 수 있게 되었다. 2009년과 2011년에 바르셀로나에게 두 번 패배당한 후에도 나는 언제나 리버풀의 우승 횟수를 조만간 따라잡을 수 있으리라고 느꼈다. 우리가 유럽 축구계에서 더 큰 존경을 받는 존재가 되었기 때문이다. 바르셀로나와의 결승전 중 하나만 이겼어도 우리는 4회 우승으로 당시의 바이에른 뮌헨과 아약스와 동등해졌을 것이다.

　승리의 순간에 루즈니키 경기장 어느 곳에서도 샴페인은 찾아볼 수 없었다. 진짜 샴페인을 구하지 못하고 우리는 스태프를 근처 바로 보내 거품 나는 술을 아무거나 사오게 했다. 그게 무엇이었는지는 하늘이 알 것이다. "자네에게 샴페인 한잔도 대접하지 못하는군." 나는 우리에게 축하를 해주기 위해 드레싱룸에 찾아온 앤디 록스버그에게 사과했다. 그 병 안에 담긴 게 무엇이었든 간에 우리는 흔들고 난리법석을 피웠다. 많은 웃음과 실없는 장난이 이어졌고 선수들은 각자를 놀려댔다. 나는 우리 선수들이 자랑스러웠다. 비 때문에 속옷까지 흠뻑 젖어서 나는 트레이닝복으로 갈아입어야 했다. 아브라모비치는 보이지 않았고 첼시 선수들이 찾아온 기억도 나지 않는다.

　1999년 바르셀로나에서의 결승전 때는 우리는 고 맷 버즈비 경의 탄생일에 바이에른 뮌헨에 승리했다. 가끔은 신이 우리와 함께하기를 원한다. 아니면 맷 영감이 굽어보고 있든지. 나는 우연을 거의 믿지 않지만 세상에는 운명이라는 게 있는 것 같다. 가끔 그 두 번의 승리에서 운

명의 여신이 장난을 친 건지 궁금해질 때가 있다. 맷은 잉글랜드 리그가 완고하게 문을 걸어 잠그고 있었을 때 우리 클럽을 유럽 무대에 올려놨다. 이제 잉글랜드 축구가 유럽에서 영광스러운 밤을 맞았으니 맷은 그가 옳다는 것을 증명한 셈이다.

주요 우승컵을 손에 넣은 다음에는 선수단에 새로운 피를 수혈해 정체를 막아야 한다. 디미타르 베르바토프를 우리 선수단에 더한 것은 모스크바 결승전 이후 몇 주 후의 일이었다. 베르바토프는 스퍼스로 이적하기 전부터 우리의 타깃 리스트에 올라 있었다. 그는 풍부한 재능을 지녔다. 좋은 균형감각, 볼을 다룰 때의 침착함과 훌륭한 골기록이 있었다. 전성기의 연령대였고 키가 크고 운동 능력이 좋았다. 나는 경기장의 마지막 3분의 1 지역, 즉 공격 진영에 좀 더 침착성이 필요하다고 느끼던 참이었다.

그러나 그의 영입으로 인해 토트넘 회장인 대니얼 레비와 사이가 나빠져서 이후에 선수들을 구하러 스퍼스로 가는 일이 껄끄러워지고 말았다. 이것은 마이클 캐릭 이후 두 번째 롤러코스터였다. 거기서 내릴 때는 머리가 어질어질해진다. 대니얼과는 양측의 입장을 다 고려해서 논의할 수 없다. 그는 자신과 토트넘 외에는 아무 이야기도 하지 않는다. 그러나 그의 클럽의 관점에서 보면 그리 나쁜 일은 아니다.

심리전

우선 나는 진실을 말해야만 한다. 자신의 기량을 잃은 선수에게 엄연한 사실을 알리는 것은 전혀 잘못된 일이 아니다. 자신감이 흔들리고 있는 그 어떤 선수에게도 나는 같은 이야기를 한다. 우리는 맨체스터 유나이티드이며 다른 팀들과 같은 수준으로 떨어지는 일은 절대 스스로 허락해서는 안 된다고.

기대치에 못 미치는 활약을 한 선수들과 대면해야 할 필요가 생기면 나는 이렇게 말할지도 모른다. "그건 쓰레기 같은 플레이였어." 그리고는 이렇게 덧붙인다. "너 같은 능력을 가진 선수에게는." 첫 번째 주먹에 나가떨어진 선수를 다시 일으켜 세우기 위해 하는 말이다. 비판은 하되 그다음에는 격려를 하며 균형을 맞춰라. "왜 그래? 넌 이것보다 잘할 수 있잖아."

끊임없이 칭찬을 늘어놓으면 진실성이 떨어진다. 그들은 아첨을 꿰뚫어본다. 감독과 선수의 관계에 있어 중심적인 요소는 선수들이 스스로 행동, 실수, 경기 수준 그리고 결과까지 책임지게 해야 한다는 것이다. 우리는 결과가 모든 것인 업계에서 일하고 있다. 때로는 졸전 끝에 거둔 승리 하나가 패스를 스물다섯 번 해서 넣은 골이 포함된 6대 0 승리보다 우리에게 더 큰 의미가 있을 수 있다. 요점은 맨체스터 유나이티드는 언제나 이겨야 한다는 것이다. 승리의 문화는 선수에게 그의 경기력이 어땠는지 내 생각을 솔직히 말해줘야만 유지될 수 있다. 그리고 물론 강압적이고 공격적이 되어야 할 때가 있다. 나는 선수에게 클럽이 무엇을 요구하는지 말해준다.

젊은 감독들에게 말해둔다. 맞대결을 찾아다니지 마라. 굳이 찾아다니지 않아도 네 쪽으로 찾아올 테니까. 정 부딪치고 싶다면 상대는 너보다 유리한 역습 위치에 있다는 사실을 명심해라. 예전에 애버딘과 유나이티드에 있었고 스코틀랜드 국가대표를 했던 마틴 버컨이 번리의 감독을 맡았는데, 그는 첫 토요일 날 팀의 주장을 주먹으로 때렸다. "잘했어. 멋진 출발이야, 마틴." 내가 그에게 말했다.

마틴 버컨, 그는 매우 원칙적인 사내였다. 선수 시절 그는 올덤으로 이적해 4만 파운드의 계약료를 받았다. 당시로서는 아주 큰 금액이었다. 기량을 되찾기 위해 애쓰던 그는 4만 파운드를 다시 클럽에 돌려주었다. 그는 자신이 가질 자격이 없다고 생각하는 돈을 갖고 있을 수가 없었다. 그런 일이 오늘날 일어난다고 상상해보라.

일반적으로 나는 커리어 전반에 걸쳐 언제나 사람들로부터 마키아벨리적인 정교한 음모를 숨기고 있다고 의혹받고는 했다. 실제로는 내가 그런 식의 흑마술에 통달하려고 시도한 적은 없다. 가끔 속임수를 쓴 적은 있다. 우리가 언제나 시즌을 더 높은 경기력과 의지로 마치는 것에는 심리전이 큰 역할을 한다. 그리고 첼시 감독인 카를로 안첼로티가 2009년 겨울 그것을 깨달은 것은 흥미로웠다. 다른 말로 하자면 그는 이렇게 말했다. "알렉스는 유나이티드가 시즌 후반기로 가면 더 강해진다고 말하는데 우리도 마찬가지다."

나는 매년 그 일을 해냈다. "시즌 후반기까지 기다려라." 내가 잘하는 말이다. 그리고 언제나 효과가 있었다. 그 사실은 우리 선수들의 머릿속으로 파고들었고 상대방에게는 떨칠 수 없는 두려움으로 변했다. 시즌이 후반기에 들어서면 유나이티드는 지옥불 같은 눈빛을 가진 침략군이 되어 달려든다. 내 말은 자기실현적인 예언이 된다.

시계를 툭툭 치는 것은 또 하나의 심리적 술책이다. 나는 경기를 하는 동안 시간을 재지 않는다. 별생각 없이 그쪽으로 눈길이 향하기는 하지만 경기가 언제 끝날지 정확히 알기 위해 추가시간을 계산하는 것은 너무 어려운 일이다. 여기에 열쇠가 있다. 그것은 우리 팀이 아니라 다른 팀에 영향을 주자는 게 의도였다. 내가 시계를 툭툭 치며 손짓하면 상대방은 겁을 집어먹게 된다. 그들은 즉시 추가시간으로 10분이 더해질 거라고 생각한다. 모든 사람들은 유나이티드가 늦은 시간에 골을 집어넣는 재주가 있다는 사실을 알고 있다. 내가 시계를 가리키는 동작을 보면 우리 상대는 영원처럼 느껴지는 시간 동안 우리를 막아내야 한다고 느끼게 되는 것이다.

그들은 포위된 느낌을 받는다. 우리가 절대 포기하지 않으며 막판에 드라마를 만드는 특기가 있다는 것을 상대방도 안다. 클라이브 틸슬리가 1999챔피언스리그 결승전 1TV 중계 해설을 하며 이렇게 말했다. "유나이티드는 언제나 득점합니다." 케네스 울스턴홈이 1966년 월드컵 결승전에서 "그들은 이제 끝났다고 생각합니다…… 하지만 경기는 이제부터입니다!"라고 말한 것과 비길 수 있다. 그것이 심리전이다.

선수 개인을 다룰 때는 심리적 측면을 고려해야 한다. 잘못된 행동을 할 때는 잠시 그들의 시각에서 그들이 한 일을 들여다보는 게 도움이 된다. 나도 한때는 젊었으니 그들의 처지에 자신을 놓고 본다. 뭔가를 잘못했으면 벌 받기를 기다리게 되는 것이다. '감독이 무슨 말을 할까?' 아니면 '아빠는 뭐라고 할까?' 하고 생각하기 마련이다. 목적은 가능한 한 가장 큰 효과를 노리는 것이다. 그 시절의 나였다면 무엇이 가장 깊게 새겨질까?

감독의 유리한 점은 선수라면 누구나 경기에 나오고 싶어한다는 사실을 알고 있다는 것이다. 근본적으로 그들은 모두 피치 위에 있고 싶어한다. 그러므로 선수들에게서 그 즐거움을 앗아버리면 생명을 앗아버리는 것이나 마찬가지다. 그것이 궁극적인 무기가 된다. 내 손안에 쥐어진 가장 큰 권력이다.

세인트 미런에서 프랭크 맥가비와 있었던 일을 떠올려보면, 나는 그에게 끊임없이 "넌 다시는 경기에 나갈 수 없을 거다."라고 말했다. 그는 내 말을 믿었다. 무려 3주 동안이나 믿었다. 결국 그는 한 번만 더 기회를 달라고 애원하기까지 했다. 머릿속에는 모든 권력이 감독 편에 있다는 생각이 들었을 것이다. 당시는 계약의 자유라는 게 존재하지 않았을 때였다.

사람들은 끊임없이 내 심리전에 대해 거론한다. 내가 공적인 발언을 할 때마다 숨은 의미를 찾기 위해 분석가들이 모여든다. 98퍼센트의 확률로 거기에는 다른 아무 의미도 없다. 하지만 심리적 압박감은 나름대로 쓸모가 있다. 심지어 미신조차도. 모든 사람이 미신적인 생각 한 가지 정도는 가지고 있기 때문이다.

2010년 어느 날 해이독 레이스에서 한 여자가 내게 말했다. "텔레비전에서 봤을 때는 굉장히 진지해 보였는데 여기서는 웃으면서 즐기고 계시네요."

　나는 그녀에게 말했다. "내가 일할 때 진지하지 않길 바라는 건가요? 내 일은 집중력이 제일 중요해요. 내 머릿속에 있는 모든 것은 선수들에게 도움이 되어야 하죠. 나는 실수할 여유가 없어요. 나는 메모도 하지 않고 비디오 자료에 의존하지도 않아요. 그리고 나는 옳아야 해요. 내 일은 무엇보다 중요하니까 실수하고 싶지 않은 겁니다."

　물론 나는 많은 실수를 저질렀다. 보루시아 도르트문트와의 챔피언스리그 준결승전에서 페테르 슈마이헬이 실수를 범했다고 확신했다. 그러나 그때 경기장에서 나는 안경을 쓰지 않고 있었다. 페테르는 말했다. "몸 맞고 나간 거예요."

　"몸 맞고 나간 거라고? 웃기지 마." 내가 소리쳤다.

　다시 그 장면을 돌려보니까 공의 방향이 갑자기 심하게 꺾인 것을 알 수 있었다. 그때부터 나는 경기장에 안경을 끼고 나가기 시작했다. 그런 창피한 실수를 또 저지를 여유가 없었다. 만약 수비수에게 "왜 그에게 오프사이드를 유도했지?" 하고 물어볼 때 그가 "난 오프사이드를 유도하려고 했던 게 아니에요." 하고 대답하면 낭패다. 이런 경우 자신의 주장이 옳다는 것을 확실히 해둬야 할 필요가 있다.

　선수들에게 내 실수를 쉽게 알아차리게 해서는 안 된다. "우리 감독은 정신이 나갔어." 이런 식으로 그들이 내 지식을 믿지 않게 된다면 그들은 나에 대한 믿음 또한 잃고 말 것이다. 언제나 높은 수준에서 사실 파악이 이루어져야 한다. 선수들에게 하는 말은 정확해야 한다. 항상 옳게 보이려는 것은 재미있는 일이기도 하다. 진실에 대한 탐구와는 성격이 다른 일이다. 우리가 했던 게임 중에 상대방의 선발 명단 알아맞히기라는 게임이 있었다. 어느 날 밤, 나는 여느 때와 마찬가지로 누가 나올지 자신 있게 예상해봤다. 챔피언스리그 경기 당일, 우리 팀이 경기장에 들어섰을 때 르네가 말했다. "감독님, 여섯 명이 바뀌었어요."

나는 그 자리에서 얼어붙었지만 만회할 기회를 포착했다. 화를 버럭 내면 곤경에서 벗어날 수 있을 것 같았다. "알겠나!" 나는 선수들에게 소리쳤다. "그들은 우리를 우습게 봤어. 고작 2군으로 우리와 상대할 수 있다고 생각한 거야."

맨체스터 감독 초기의 경험인데, FA컵 3차전 때 맨체스터 시티를 탈락시킨 뒤 올드 트래퍼드에서 코번트리와 붙었을 때의 일이다. 경기 일주일 전에 코번트리가 셰필드 웬즈데이와 대결하는 모습을 봤다. 코번트리가 얼마나 형편없었는지 믿기지 않을 정도였다. 아치 녹스와 나는 아무런 걱정 없이 경기장에 도착했다. 무슨 일이 벌어졌는지 짐작할 수 있겠는가? 올드 트래퍼드에서 우리와 맞붙은 코번트리는 환상적인 팀이 되어 있었다. 이런 식으로 우리 경기장으로 오는 팀들은 전혀 다른 팀이 되어버리곤 한다. 다른 전술, 다른 동기, 모든 면에서 달라진다. 그러한 초기의 교훈으로 인해 홈에 오는 원정팀이 최상의 전력, 최상의 전술, 최상의 플레이를 보일 것이라 가정하고 경기를 준비했다.

강팀들이 올드 트래퍼드에 올 때면 우리에게 한 방 먹일 준비를 하고 온다. 아스널이 특히 그랬고 첼시도 어느 정도는 그런 면이 있었다. 리버풀도 자주 그런 식으로 나왔다. 만수르 시대가 시작된 시티는 확연하게 커진 야망을 안고 우리를 찾아왔다. 맨체스터 유나이티드의 옛 선수들이 감독하는 팀들도 대담하게 나온다. 예를 들어 스티브 브루스의 선덜랜드는 우리 경기장에서 주눅 드는 법이 없었다.

다른 감독들이 3연패를 당했다면 도마 위에 오르거나 온갖 추측에 휘말릴 텐데 워낙 오랫동안 감독을 한 덕분에 나는 그런 일로부터 면제

되었다. 나의 성공은 사퇴를 부르짖는 언론으로부터 나를 보호해주었다. 다른 클럽이라면 혼란에 빠진 모습을 흔히 볼 수 있겠지만 나는 아니다. 그 사실은 드레싱룸에서 나에게 힘을 부여해주며 그로부터 오는 이득은 선수들에게 옮겨진다. 감독도 선수도 그런 식으로 떠나서는 안 된다. 코치들과 스태프진은 감독이 남아 있으면 떠나지 않는다. 안정성. 지속성. 현대 축구에서는 매우 보기 어려운 것들이다. 우리는 경기가 잘 풀리지 않는다고 해서 공황상태에 빠지지 않는다. 짜증은 나겠지만 공황 속에 빠지진 않는다.

또한 우리가 축구의 정신에 대해 높은 의식을 갖고 있다고 생각하고 싶다. 요한 크라위프가 1990년대의 어느 날 밤, 내게 한 말이 있다.

"당신은 절대 유럽컵을 들지 못할 겁니다."

"왜죠?"

"속임수를 쓰지 않고 심판을 매수하지 않으니까."

그의 말에 나는 이렇게 대답했다. "그게 만약 내 묘비명이 될 거라면 그렇게 하겠소."

축구에서 프로로 서기 위해서는 강인함이 요구되고 나는 일찍부터 그 사실을 깨달았다. 데이비드 매카이(하츠와 토트넘에서 뛰었고 더비 카운티의 감독을 역임)의 예를 들어보겠다. 나는 열여섯 살 때부터 그와 맞붙었다. 내가 퀸스파크에서 2군으로 뛰고 있었을 때의 일이다. 데이브는 발가락이 부러진 채 당시 훌륭한 팀을 가지고 있었던 하츠의 2군으로 우리와 경기를 하게 되었다.

나는 인사이드 포워드(오늘날의 공격형 미드필더와 비슷, 스트라이커를 보좌한다)였고 그는 라이트하프였다. 그쪽을 보니 황소 같은 거대한 가슴팍을 가진 그가 스트레칭을 하고 있었다. 첫 번째 볼이 나에게 오는데 그가 날 발로 찼다. 2군 경기인데 말이다.

'마음에 안 드는군.' 나는 생각했다.

다음번에 우리가 서로 붙었을 때 나는 그대로 돌려줬다.

데이브는 나를 차가운 눈길로 노려보다 말했다. "이 경기가 끝날 때까지 살아 있고 싶어?"

"네가 아까 날 찼잖아." 나는 더듬거렸다.

"난 그냥 태클을 한 거야. 진짜로 널 찼다면 넌 서 있지도 못했을걸."

그 사건 이후로 나는 그를 무서워하게 되었다. 아무도 무서워하지 않던 내가 말이다. 그는 엄청난 오라를 지녔다. 뛰어난 선수였다. 내 사무실에는 그가 빌리 브렘너(리즈 유나이티드의 전설로 스코틀랜드 국가대표였다)와 싸우는 모습을 담은 사진이 있다. 언젠가 위험을 무릅쓰고 그에게 건방진 질문을 한 적이 있다. "정말로 그때 이겼었나?" 역대 최고의 스코틀랜드 국가대표팀을 선정하는 자리가 햄프던 파크에서 있었는데 그때 나도 참석했다. 데이브의 이름이 보이지 않자 모두 송구스러워해 어쩔 줄 몰랐다.

나는 공개 석상에서 팀을 비난할 수 있지만 경기가 끝난 뒤 언론에 대고 선수 개인을 책망할 수는 없다. 서포터들은 내가 경기에 만족하지 못했을 때를 알 권리가 있다. 하지만 개인의 경우는 다르다. 그런 것은 모두 족 스테인에게 영향 받은 탓이다. 나는 모든 것에 대해 언제나 그에게 물어보곤 했다. 셀틱에서 그는 굉장히 겸손했다. 때로는 짜증 날 정도로 그랬다. 지미 존스턴이나 보비 머독(모두 셀틱의 전설로 1967년 유럽컵 우승 멤버 리스본 라이언스의 일원)에 대해 물어봤을 때 나는 그가 자신의 선수 선발이나 전술에 대해 어느 정도 자화자찬할 것으로 기대했다. 그러나 족은 단지 "아, 지미는 그날 몸 상태가 좋았어." 하고 말할 뿐이었다. 그는 절대로 자신을 칭찬하지 않았다. 한 번만이라도 좋으니 그가 "오늘 4-3-3 포메이션을 사용하기로 했는데 잘 들어맞았어." 하고 말하는 것을 보고 싶었다. 하지만 그렇게 하기에 그는 너무 겸손했다.

자동차 사고가 일어나 숀 팰런(당시 셀틱의 코치. 셀틱의 전설로 아일랜드 국가대표였다)이 선수 세 명을 품행 불량으로 되돌려보내는 일이 일어났다. 그 사건으로 인해 족은 셀틱의 미국 투어에 참여하지 못했다. "아니, 나라면 그렇게 하지 않았을 거야. 숀한테도 그렇게 말했네." 족에게 그라면 어떻게 처리했을 것 같으냐고 추궁하자 나온 대답이었다. "그런 식으로 하면 적을 많이 만들 뿐이야." 그가 말했다.

"하지만 서포터들은 이해했을 겁니다." 내가 반박했다.

"서포터들은 신경 쓰지 마." 족이 말했다. "그 선수들에게는 어머니가 있어. 자기 아들이 나쁜 사람이라고 생각하는 어머니가 있을 것 같나? 그런 식으로 처리하면 그들의 부인들, 형제들, 아버지들, 친구들까지 모두 잃게 되는 거야." 그가 덧붙였다. "분쟁은 사무실 안에서 해결해야 해."

때로는 얼음이 불만큼이나 효과가 있을 때도 있다. 2010년 빌라 파크에서 나니가 퇴장당했을 때 나는 그에게 아무 말도 하지 않았다. 그냥 그가 괴로워하도록 내버려뒀다. 그는 위로의 말 비슷한 거라도 들으려고 자꾸 내 쪽을 바라봤다. 그가 일부러 그러지 않았다는 것은 알고 있었다. 텔레비전 방송에서 물었을 때 나는 그의 행위를 '무지했다'라고 평가했다. 나는 그가 악의 있는 선수가 아니지만 양발 태클을 한 이상 퇴장당해 마땅했다고 말했다. 단도직입적이고 후유증이 없는 발언이었다. 나는 우리 모두가 그럴 수 있듯이 그가 감정적인 경기에서 태클 실수를 저지른 거라고 말했을 뿐이었다.

사람들은 언제나 내가 아르센 벵거를 향해 심리전을 벌이며 늘 그의 화를 폭발시키려 한다고 생각했다. 하지만 나는 작정하고 그를 자극하려 했던 적은 없다. 물론 가끔 작은 영향력을 발휘하기 위해 심리전을 구사한 적은 있긴 하다. 언론이 심리적인 공격이라고 간주하고 떠들어 댈 것을 계산하고서.

당시 애스턴 빌라의 감독이었던 브라이언 리틀이 내가 경기 전에 한 말 때문에 전화했던 적이 있다.

"대체 그게 무슨 뜻이었습니까?" 그가 물었다.

"아무것도 아닐세." 나는 당황해서 말했다. "전 또 감독님이 심리전에 나선 줄 알았습니다." 브라이언이 말했다. 그는 전화기를 내려놓으면서도 여전히 그 생각에서 벗어나지 못했을 것이다. '대체 무슨 꿍꿍이지? 무슨 말을 하려고 했던 거지?'

라이벌 팀을 불안하게 하는 건 나에게 유리하게 작용했지만 때로는 내가 깨닫지 못한 상태에서 아무 의도 없이 상대방을 불안하게 한 경우도 꽤 많이 있다.

바르셀로나(2009~2011)—작은 것이 아름답다

바르셀로나는 이제까지 맨체스터 유나이티드와 대결한 팀 중에서 가장 뛰어난 팀이다. 단연 독보적이다. 그들은 경쟁에 대한 바른 사고방식을 제시해주었다. 잉글랜드의 미드필더들은 파트리크 비에이라, 로이 킨, 브라이언 롭슨처럼 전사 타입의 강인한 승리자들이다. 하지만 바르셀로나의 훌륭한 미드필더들은 진드기처럼 조그만 체구를 지녔다. 170센티미터도 안 되지만 그들은 사자같이 용맹하며 언제나 공을 쫓아다니고 절대 위협받지 않는다. 리오넬 메시, 차비 그리고 안드레스 이니에스타가 이뤄낸 업적은 경이로울 따름이다.

  2011 챔피언스리그 결승전이 열린 웸블리에서 우리를 꺾은 바르셀로나는 2년 전에 우리에게 승리한 팀보다 더 좋은 팀이었다. 절정기에 다다른 선수들로 이뤄져 있던 2011년 팀은 엄청나게 노련했다. 두 번 다 우리가 정말로 좋은 팀이라는 자신감을 갖고 경기에 임했지만 불행히도 그 두 번의 결승전에서 우리보다 더 훌륭한 경기를 펼친 팀과 만나야 했다.

로마 결승전 다음 날 또 재경기를 가졌으면 좋았으리라 생각한다. 바로 그다음 날에 말이다. 로마 스타디오 올림피코의 분위기는 환상적이었고, 그 아름다웠던 밤 나는 다섯 번째 만에 처음으로 챔피언스리그 결승전에서 패배를 맛보았다. 훨씬 더 좋은 경기를 할 수 있었다고 곱씹으며 준우승 메달을 받는 일은 매우 고통스러웠다.

용기는 바르셀로나 팀을 만날 때 우선적으로 갖춰야 할 자질이다. 그들은 1950년대와 1960년대의 레알 마드리드 그리고 1990년대 초 AC 밀란이 그러했듯이 당대 최고의 팀이었다. 세계를 호령한 선수들이 메시를 둘러싸고 있는 바르셀로나는 실로 무시무시했다. 그러나 이 위대한 팀을 부러워하지는 않는다. 우리가 졌을 때 경기 내용에 대해 후회한 적은 있지만 질투 같은 것은 느끼지 않았다.

두 번의 유러피언컵 결승전에서 우리가 수비적으로 경기를 했다면 스페인 최고의 팀과 좀 더 비등하게 싸웠을 것이다. 그러나 이미 나와 맨체스터 유나이티드는 그런 식으로 이기는 데 가치를 두지 않았다. 수비적인 전술은 2008년 바르셀로나를 준결승전에서 꺾을 때 이미 사용했다. 우리는 아주 깊숙이 진을 치고 방어했다. 나는 고문을 받는 것처럼 고통스러웠고 팬들은 지옥을 맛봤다. 다음번에 그들과 대결할 때에는 좀 더 긍정적인 사고방식으로 맞붙고 싶었다. 그리고 역점에 변화가 온 것이 일부 패배 원인이 되었다. 만약 우리 진영까지 후퇴해서 경기 내내 밀집 방어를 했다면 원하는 결과를 얻을 수도 있었을 것이다. 자신을 탓하지는 않는다. 다만 긍정적인 접근이 좀 더 나은 결과를 가져왔더라면 좋았을 것이라고 생각한다.

로마에서 우리에게 거둔 승리는 당대를 지배하는 클럽으로 바르셀로나가 발전할 수 있도록 해주었다. 챔피언스리그 우승은 그들에게 추진력을 주었다. 하나의 승리는 촉매 효과를 낳을 수 있다. 네 시즌 동안 그들의 두 번째 챔피언스리그 우승이었고 펩 과르디올라의 팀은 라 리가 역사상 처음으로 한 시즌에 리그, 코파 델 레이 그리고 챔피언스리그를 모두 우승한 팀이 되었다. 우리는 유럽 챔피언 타이틀 보유자였지만 현대 축구 역사상 처음으로 타이틀을 방어하는 데 실패했다.

하지만 우리는 영원의 도시(로마의 별칭)에서 열렸던 그 경기에서 져서는 안 되었다. 1년 전에 우리가 보여주었듯이 바르셀로나를 상대하는 방법은 존재한다. 그들을, 심지어 메시까지도 멈추게 할 수 있는 방법이 있다. 열두 달 전 우리가 바르셀로나 원정 경기에서 썼던 전술은 테베스를 처진 스트라이커 자리에, 호날두를 센터포워드에 세워 공격 지역을 두 곳으로 만든 것이었다. 호날두가 수비진을 뚫어주면 테베스는 공을 소유할 수 있도록 도왔다.

물론 말처럼 쉽지는 않았다. 바르셀로나는 오랜 시간 점유율을 독점했고, 그러다 보니 우리 선수들이 집중력을 유지하기가 어려웠다. 우리 선수들은 경기를 구경하기 시작했다. 바르셀로나에게 말려든 나머지 공이 운동장을 수놓는 모습을 바라보고 있었다.

원래의 의도는 우리가 공을 어중간하게라도 소유하게 되면 호날두가 공간을 찾아 나서고 테베스가 끼어들어 공을 운반하는 것이었다. 그러나 그들은 구경하느라 정신이 없었다. 하프타임이 되자 그들에게 그것을 지적했다. "너희는 경기를 구경하고 있어." 내가 말했다. "역습 같은 건 전혀 할 생각도 없잖아." 우리 방식은 인터 밀란과는 달랐다. 그들은 자기 진영 깊숙이 방어진을 치고 경기 내내 역습에 의존했다. 우리는 후반전에 들어와 공격 모드로 전환했다.

로마에서의 가장 큰 제약은, 이제는 말할 수 있지만 바로 호텔 선택이었다. 호텔은 엉망진창이었다. 불도 안 들어오는 식당에서 밥을 먹었다. 음식도 늦게 나온데다 차가웠다. 우리 측 요리사를 데려갔지만 그들은 그를 쫓아내고 무시했다. 경기 당일 아침에 두세 명의 선수들, 특히 긱스가 몸이 불편해 보였다. 그들 외에도 몇 명 정도 더 몸이 좋지 않았고 한두 명은 그 여파가 경기 중에도 나타났다. 긱스가 맡은 역할은 많이 뛰어다녀야 했으므로 그의 좋지 않은 몸 상태를 봐서는 그 방법을 쓸 수가 없었다. 바르셀로나의 수비형 미드필더인 세르히오 부스케츠를 상대하다 위로 올라가 스트라이커로서 공격을 한 뒤 수비로 가담하기 위해 다시 되돌아오는 일은 그에게 너무 힘든 숙제였다.

라이언 긱스가 이때까지 우리 클럽을 위해 이뤄놓은 걸 생각하면 몸 상태나 폼이 어떻든 간에 결코 그를 비난할 수 없다. 그날 밤 로마에서 그의 에너지 레벨이 평소보다 낮았다는 게 안타까울 뿐이었다.

호날두가 바르셀로나의 수비진을 세 차례나 위기에 몰아넣는 등 출발은 아주 좋았다. 첫 번째 뚝 떨어지는 프리킥 다음에는 중거리슛을 두 차례 쏘면서 그들의 골키퍼인 빅토르 발데스에게 부담을 가중시켰다. 하지만 경기 시작 10분 후, 이니에스타가 사뮈엘 에토에게 패스하는 것을 우리 측 미드필더가 제시간에 돌아오지 못해 못 막는 바람에 안타깝게 골을 내주고 말았다. 에드빈 판데르사르가 막지 못한 에토의 슛은 가까운 골대 안으로 미끄러져 들어갔다.

바르셀로나는 메시를 라이트윙 자리에 놓고 시작했다. 에토는 가운데 그리고 티에리 앙리는 레프트윙이었다. 골 바로 직전에 그들은 에토를 라이트윙 자리로 그리고 메시를 딥 센트럴 스트라이커로서 미드필드로 이동시켰다. 에토를 오른쪽으로 옮긴 이유는 에브라가 처음부터 메시를 잘 막고 있었기 때문이다. 에브라가 끊임없이 앞으로 달려나가

자 그들은 그를 막기 위해 진형을 바꾸었다. 나중에 과르디올라도 에브라를 상대하는 일에서 벗어나게 하려고 메시를 옮겼다며 그 점을 인정했다.

그러한 변화를 통해 바르셀로나는 중앙에 메시가 즐길 수 있는 포지션을 만든 셈이다. 그때부터 그는 미드필더와 공격수 사이에서 경기했고 백 포는 그를 향해 압박에 들어갈지 안전하게 뒤를 지키고 있을지 결정을 내리지 못해 애를 먹어야 했다.

에토의 골이 들어가고 메시가 중앙으로 옮긴 이후에 바르셀로나는 미드필드에서 한 선수분의 숫자적 우위를 점하게 됐다. 이니에스타와 차비는 그저 저녁 내내 공을 달고 다녔다. 그들은 공을 돌리는 데 우리보다 우월했다. 그 사실에 대해 이의를 제기해서 시간을 낭비하지는 않겠다.

과르디올라의 선수들에게 공을 내주며 끔직한 대가를 치러야 했다. 미드필드에서의 수적 우위로 인해 다시 우리 선수들은 구경꾼으로 전락했기 때문이다. 그들의 패싱게임을 상쇄시키기 위해서 나는 하프타임에 테베스를 안데르송과 교체시켰다. 테베스가 수비수를 돌아 들어갔지만 다시 그를 제치기로 결심하고 나서 공을 잡다가 빼앗기는 모습을 지켜봤다. 바르셀로나의 결승골은 첫 번째 골이 들어간 지 한 시간 후에 터졌다. 차비로부터 크로스를 받은 메시의, 그로서는 흔하지 않은 헤더였다.

나중에 나는 그들의 네덜란드인 감독이었던 루이스 판할과 함께 바르셀로나의 진화에 관해 토론을 가졌다. 그들의 철학 기반은 위대한 감독 요한 크라위프에 의해 규정되었다. 측면 플레이와 점유율, 언제나 미드필드에서 수적 우위를 점한다는 그들의 사상을 낳은 인물이다. 보비 롭슨 이후로 그들은 판할과 프랑크 레이카르트와 함께 네덜란드식 축구로 회귀했다. 과르디올라가 추가한 것은 공을 압박하는 방식이었다. 펩 치하에서 그들은 3초 드릴을 개발했다. 상대가 3초 이상 공을 갖고 있지 못하게 하는 수비 방식이다.

로마에서 승리를 거둔 뒤 과르디올라가 말했다. "우리가 요한 크라위프와 찰리 레샤크(바르셀로나의 전설. 크라위프와 함께 수석코치로 클럽의 황금시대를 이끈 인물)의 유산을 간직할 수 있어서 행운이었다. 크라위피와 찰리는 클럽의 아버지와도 같은 존재이며 우리는 그들을 따라갔다."

내가 절대로 이해할 수 없었던 것은 어떻게 그들의 선수들이 그렇게 많은 경기를 소화할 수 있는가 하는 문제다. 그들은 언제나 똑같은 선수들을 내보냈다. 성공은 종종 침체 기간을 동반하며 주기적으로 반복된다. 바르셀로나는 침체로부터 일어났고 레알 마드리드를 맹렬히 추격하기 시작했다. 우리는 위대한 팀에게 패배했다. 패배라는 단어를 말하고 싶지 않기 때문에 인정하는 것은 싫다. 백번 양보해서 이런 말을 할 수는 있다. 두 위대한 팀이 결승전에서 싸웠다. 그러나 우리는 그 싸움에서 승리를 놓쳤다. 단지 승리를 놓친 것이다. 우리가 언제든지 유럽 최고의 팀과 어깨를 겨룰 수 있는 팀이라고 사람들로부터 평가받을 수 있는 수준을 유지하는 것이 우리의 목표였다.

절정의 시기를 맞은 바르셀로나를 이기려면 매우 적극적인 두 명의 센터백이 필요하다. 리오와 비디치는 지역방어를 선호하는 연령대에 있었다. 그것 자체는 아무런 문제가 없다. 매우 정확한 선택이다. 그러나 바르셀로나 상대로는 제한된 접근법일 수밖에 없다. 필요한 것은 메시를 밀어붙일 준비가 되어 있고 등 뒤에서 무슨 일이 일어나는지 전혀 신경 쓰지 않는 센터백들이다. 그렇다, 그렇게 되면 그는 측면으로 움직일 것이다. 그건 상관없다. 그는 중앙보다 측면에 있는 편이 덜 위험하니까.

그들은 세계 정상급 선수 네 명을 보유했다. 피케, 두 명의 중앙 미드필더 그리고 메시다. 피케는 의심할 여지 없이 팀에서 가장 과소평가되고 있는 선수다. 그는 굉장한 선수다. 그가 우리와 함께했던 아주 어린 시절부터 알고 있었던 사실이다. 유럽컵 회의에서 과르디올라는 나에게 이렇게 말했다. 피케는 바르셀로나가 이때까지 했던 것 중 최고의 영입이라고. 피케는 템포와 정확성, 자신감 그리고 후방으로부터의 빌드업을 창조했다. 그것이 우리 스트라이커들로 하여금 그를 밀어붙이면서 소멸시키려 했던 것이다. 그렇게 함으로써 맨 처음 공을 잡거나 그들이 공을 포기하게 만드는 것이다. 처음 20분 내지 30분 동안은 이 방식이 굉장히 효과가 있었다. 그러나 그들은 득점을 하고 나서 몸을 빼 달아났다.

그들은 탈출 묘기에 대단한 재능이 있다. 강에 미끼를 드리우면 물고기가 덤벼든다. 그러나 가끔은 덤벼들지 않는다. 차비는 이니에스타에게 빼앗을 수 있을 것 같은 속도로 공을 패스한다. 그들로부터 멀리 떨어져 있기 때문에 생기는 착각이다. 패스의 속도, 무게 그리고 각도는 다만 발을 들이면 안 되는 위치로 상대방을 꾀어내고 말 뿐이다. 그들은 이런 종류의 속임수에 뛰어나다.

프리미어리그는 보다 더 관대한 워크퍼미트(취업 허가) 정책을 간절히 원한다. 그러한 자유주의적 접근 방식에는 위험이 따른다. 리그가 오합지졸로 우글거리게 될 수 있다. 그러나 대형 클럽들에게는 그러한 자유가 허용되어야 한다. 가장 뛰어난 선수들을 스카우트할 능력이 있기 때문이다. 상당히 엘리트주의적인 생각이란 것은 안다. 그러나 유럽 대항전에서 이기고 싶다면 클럽에 유리한 쪽으로 워크퍼미트 제도를 바꾸는 것도 한 방법이다. 유럽연합 안에서 우리는 선수들을 열여섯 살에 데려올 수 있었다.

2년 후, 두 클럽은 다시 결승전에서 만났다. 이번에는 웸블리 구장이었다. 우리는 로마에서와 같은 의도를 가지고 경기에 임했고, 초반에는 좋았다. 그러나 중원에서 밀리며 3대 1로 패배했다. 선발로는 골키퍼에 에드빈 판데르사르를, 수비진에 파비우, 퍼디낸드, 비디치, 에브라를, 미드필드에 긱스, 박지성, 캐릭과 발렌시아를 세운 뒤 루니와 에르난데스를 투 톱 위치에 배치했다.

우리는 메시를 막지 못했다. 우리 센터백들은 공을 잡으러 앞으로 움직이지 않았다. 그들은 깊숙이 처박혀 있고 싶어했다. 그러나 이 경기에 대비해 그때까지 해왔던 것 중에서 가장 철저히 준비했다. 열흘 동안 우리는 훈련장에서 열심히 연습해왔다. 문제가 무엇이었는지 아는가? 때때로 선수들은 게임이 아니라 분위기를 탄다. 예를 들어 루니는 실망스러웠다. 우리의 전술은 그에게 풀백 뒤의 공간을 파고들게 한 뒤 에르난데스가 공수 간격을 넓히게 하는 것이었다. 에르난데스는 임무를 수행했지만 우리는 풀백 뒷공간을 뚫는 데 실패했다. 무슨 이유든지 간에 발렌시아는 그날 밤 얼어붙었다. 그는 불안해서 어쩔 줄 몰랐다. 혹평하려는 게 아니다.

우리는 병마로부터 회복된 지 얼마 안 되어 경기를 많이 뛰지 못한 바르셀로나의 레프트백을 거의 공략하지 못했다. 우리는 발렌시아와 푸욜이 그 위치에서 뛰는 걸 보고 우리가 유리하겠다고 생각했다. 결승전 바로 전까지 발렌시아의 폼은 굉장히 좋았다. 그는 웸블리로 가기 2, 3주 전 애슐리 콜을 괴롭게 했고 샬케에서 풀백의 피를 거꾸로 솟구

치게 했다. 바르셀로나 상대로는 우리 편 박스 안으로 돌아가는 게 더 나을 수도 있었으나 메시를 좀 더 잘 막았어야 했다. 마이클 캐릭 역시 최상이 아니었다.

그날 밤 내가 디미타르 베르바토프를 명단에서 제외시켰다는 뉴스가 톱으로 나왔다. 대신 마이클 오언이 벤치에서 스트라이커 자리를 차지했다. 디미타르는 확실히 기분이 상했고 나도 마찬가지였다. 웸블리에는 감독을 위한 방이 있는데 아늑하고 사적인 공간이었다. 그곳에서 나는 그에게 이유를 설명했다. 디미타르는 이전보다 좀 못했고, 항상 이상적인 교체 선수는 아니었다. 나는 그에게 말했다. "만약 우리가 마지막 순간에 페널티박스 안에서 골을 노린다면 몸 상태가 아주 좋은 마이클 오언을 써야 해." 공평하지 않았을지 모르지만 나는 결정을 내려야 했고 자신이 옳다는 것을 증명해야 했다.

나는 베르바토프를 2008년 여름에 데리고 왔는데 그가 공격 지역에서 멋진 균형과 침착성을 지녔기 때문이다. 그는 팀 안에 있는 다른 선수들과 균형을 이룰 것이라고 생각했지만 덕분에 테베스와 문제가 생겨버렸다. 테베스는 교체와 선발을 왔다 갔다 하고 있었다. 공평하게 말해서 경기장 안에서의 활발한 움직임 때문에 언제나 효과적인 투입이었다. 그러나 팀플레이에 정체를 불러오는 측면이 있었고 따라서 팀이 상대와 협상할 여지를 주었다.

베르바토프는 의외로 자신에 대한 확신이 부족했다. 그는 테디 셰링엄의 자신감도 없었고 캉토나 또는 앤디 콜처럼 잘난 척할 줄도 몰랐다. 에르난데스 역시 자신감이 충만한 선수다. 그는 영리하고 경쾌했다. 베르바토프는 자신의 능력에 대한 믿음은 있었지만 그것은 그의 플레이 방식에 기인한 것이었다. 우리의 플레이는 일정한 스피드 위에 이루어지기 때문에 그는 여기에 완전히 적응할 수 없었다. 그는 반사신경이 빠른 선수는 아니어서 느린 경기를 선호했고 자신의 속도에 맞춰 박스 안에 들어갔다. 그게 아니면 페널티박스 밖에서 뭔가 한 뒤에 연계해주는 식이었다. 그의 장점은 상당히 많았다. 2011년 여름 그에 대한 문의가 몇 건 들어왔지만 그 시점에서는 아직 그를 놓아줄 준비가 되어 있지 않았다. 우리는 그에게 3,000만 파운드를 썼고 단지 지난 시즌 큰 경기 몇 개에 출장하지 못했다고 해서 그의 영입이 실패라고 볼 수는 없었다. 우리로서는 어쨌거나 그를 데리고 있으면서 계속 사용하는 편이 나았다.

훈련장에서 베르바토프는 공을 빨리 잡는 연습을 했다. 그러나 경기가 소강상태에 이르면 그는 어슬렁거리기 시작했다. 우리 팀에서는 그래서는 안 된다. 빨리 진영을 재정비하지 않으면 피치 위가 휑하니 비거나 너무 많은 선수가 몰려 있게 된다. 공을 빼앗기는 상황에서는 빨리 반응해 신속하게 상대방을 압박해야 한다. 그러나 그는 경이로운 순간을 만들어낼 수 있었다. 그는 또한 니키 버트만큼이나 대식가였다. 식사시간이면 접시에 고개를 파묻었고 때로는 집으로 음식을 싸가기도 했다.

베르바토프가 벤치에 있었다 해도 웸블리 경기에는 출장하지 못했을 것이다. 나는 파비우를 교체하고 나니를 내보내야만 했다. 그렇게 되면 나에게는 단지 두 번의 교체카드만 남게 된다. 패스를 조율할 경험 많은 선수가 필요했기 때문에 캐릭 자리에 스콜즈를 내보냈다. 여러 달 동안 스콜즈의 은퇴에 대한 이야기가 나왔고 나는 어떻게 해서든 그의 마음을 돌려서 한 시즌 더 뛰게 만들려던 중이었다. 그러나 한 시즌에 25경기 정도 뛰는 것은 그에게 충분하지 않았다. 그리고 그의 다리가 후반 20분이 지나면 무거워지는 사실도 인정했다. 그는 두 번의 무릎 수술에서 살아남았고 눈에 생긴 문제 때문에 몇 달 동안 피치를 떠나 있기도 했다. 그러나 그는 여전히 높은 수준의 플레이를 선보였다. 경이로운 일이다.

스콜즈가 은퇴 기념 경기에서 넣은 골은 그해 여름이 아름다웠다는 증거와도 같았다. 그는 브래드 프리델의 희망을 앗아갔다. 대포알 같은 슛이었다. 객원 감독인 에리크 캉토나는 박수를 보냈다. 나중에 폴이 잉글랜드의 현대 축구선수 탑 4에 들어가지 않는다는 〈토크스포트〉 Talksport 캐스터의 발언을 들었다. 그의 주장은 개스코인, 램퍼드, 제라드가 더 뛰어난 선수라는 거였다. 말도 안 되는 이야기였다.

챔피언스리그 결승전에서 바르셀로나에게 두 번째 패배를 당한 후 나는 의문이 생겼다. 무엇이 문제일까? 첫 번째 사실은 우리 선수 중 일부가 그들의 능력 밑으로 수준이 떨어졌다는 것이다. 덧붙일 요인으로 우리가 평소에는 점유율을 가져가는 경기를 한다는 것도 들 수 있겠다. 유리한 고지가 우리에게서 상대방으로 넘어갔을 때 자신감과 집중력에 금이 갔을 것이다. 이 가설에 신빙성이 있는 게 우리 선수들은 종속적인 역할을 하게 되자 당황해했기 때문이다. 긱스도 그렇고 첼시와의 준준결승전에서 상대 선수를 닥치는 대로 태클하고 피치 끝에서 끝까지 쉬지 않고 뛰어다니던 박지성 같은 선수조차도 당황한 기색이 역력했다. 바르셀로나를 상대로 박지성은 같은 모습을 보여주지 못했다. 바르셀로나의 베스트 11은 발데스, 아우베스, 피케, 아비달, 마스체라노, 부스케츠, 차비, 이니에스타, 메시, 비야 그리고 페드로였다.

차비의 셀 수 없는 절묘한 패스 중 하나를 받은 페드로가 선제골을 넣으며 앞서 나가기 시작했지만 루니가 긱스와 빠른 패스를 주고받은 후 동점골을 넣었다. 그러나 메시가 조종하는 바르셀로나 회전목마가 제대로 돌아가기 시작했다. 메시와 비야는 판데르사르의 은퇴 경기에서 골을 넣으며 우리를 박살 냈다.

하프타임에 실수를 하나 했다. 여전히 이기는 데 집중하고 있던 나는 루니에게 풀백 뒤의 빈 공간을 계속 파고들어야 한다고 말했다. "네가 그걸 계속할 수 있다면 우린 경기에서 이길 수 있을 거다." 나는 그에게 지시를 내렸고 그 와중에 바르셀로나를 상대할 때 생기는 큰 문제를 잊어버렸다. 그들은 수많은 경기에서 후반 15분 내에 승리를 결정지었다는 점이다. 나는 그 사실을 선수들에게 미리 말했어야 했다. 박지성에게 후반 첫 15분 동안 메시를 마크하게 하고 루니를 왼쪽 측면에 배치했다면 더 나은 경기를 펼칠 수 있었을 것이다. 만약 우리가 그런 전술을 선택했다면 아슬아슬하게 승리했을지도 모른다. 역습의 여지는 남아 있었을 것이다. 그러한 변화는 부스케츠를 자유롭게 놔주는 결과를 가져와 우리를 박스 안으로 후퇴하게 했겠지만, 아무튼 루니는 왼쪽 측면 공격으로 더 많은 위협을 가했을 것이다.

나는 후반 10분 후에 발렌시아를 교체시킬 생각이었다. 그런데 파비우가 다시 쥐가 나는 바람에 어쩔 수 없이 교체카드를 사용해야 했다. 결승전에서 내 운은 대개 좋은 편이었다. 그러나 행운의 여신은 이 경기에서는 우리를 저버렸다. 그 많은 큰 경기에서의 승리와 내가 누린 성공을 생각하면 웸블리에서는 나 자신에게 연민을 느낄 수 없었다. 더욱이 1968챔피언스리그 결승전에서 유나이티드가 벤피카에게 승리를 거두었던 웸블리에서는 말이다.

우리는 코너킥에서 기회가 생길 수도 있다고 생각했지만 그런 일은 일어나지 않았다. 우리의 패배가 확정되었으나 바르셀로나는 우쭐해

하지 않았다. 그들의 우월성을 과시하지도 않았다. 종료 휘슬이 울린 뒤 차비가 가장 먼저 한 행동은 스콜즈의 유니폼을 얻으러 온 것이었다. 축구선수들에게는 롤 모델이 있어야 한다. 그들은 자신에게 늘 이렇게 말했다. "그는 내가 도달하고 싶은 곳에 있다." 내게는 데니스 로가 그런 선수였다. 데니스는 나보다 한 살이 많았는데 나는 그를 볼 때마다 그처럼 되고 싶다고 생각하곤 했다.

패배한 다음 날, 나는 우리 아카데미의 코치 방식에 대해 진지하게 검토해봤다. 게리 네빌, 폴 스콜즈와 많은 의견을 교환했다. 아카데미에 또 다른 기술 코치를 임명할까 검토도 했다. 우리 클럽은 언제나 위대한 선수들을 육성할 능력이 있었고 바르셀로나의 다음 세대는 우리보다 좋지 않았다. 어림없는 이야기다. 치아구는 웰벡과 클레벌리와 같은 수준이었지만 그들의 나머지 어린 선수들이 나오는 데 대한 두려움은 없다.

미래를 내다보는 것은 필수다. 우리는 챔피언스리그 결승전 훨씬 전부터 필 존스를 주시하고 있었다. 2010년에 그를 사려고 했지만 블랙번은 팔려고 하지 않았다. 긱스를 대체하기 위해 애슐리 영을 샀다. 골키퍼 상황은 12월에 정리되었다. 다비드 데 헤아는 유나이티드에서 출발이 좋지 않았지만 계속 발전해나갈 것이다. 스몰링과 에번스는 놀라운 가능성을 지녔다. 우리는 파비우와 하파에우가 있었고 웰벡과 클레벌리도 성장 중이었다. 나니는 스물네 살이고 루니는 스물다섯 살이었다. 우리는 많은 젊은 재능을 데리고 있었다.

필 존스가 들어오게 되면 웨스 브라운이나 존 오세이 같은 선수가 베스트 11에 들어가기 쉽지 않으므로 그해 여름 다섯 명을 정리했다. 그들은 나의 좋은 부하였다. 감독으로서 가장 힘든 부분은 자신의 모든 것을 나를 위해 바친 선수들에게 더 이상 그들의 자리가 없다고 말해주는 일이다. 빗속에서 치러진 프리미어리그 우승 기념 퍼레이드가 끝난 뒤 우리는 행렬이 시작된 학교로 되돌아왔다. 나는 대런 깁슨에게 자신의 미래를 어떻게 보느냐고 물었다. 아마 그런 식의 이야기를 꺼내기에 최상의 장소가 아니었을지도 모른다. 하지만 그는 내가 무슨 생각을 하는지 요점을 잡아냈다. 깁슨이 그날 밤 휴가를 떠날 예정이었기 때문에 우리는 그때 말고는 이야기할 기회가 없었다. 웨스 브라운은 통화하기가 어려웠다. 경험 많고 충성스러운 선수들을 내보내는 건 끔찍한 일이었다.

나는 30세 이상 선수 다섯 명과 오언 하그리브스를 내보냈다. 우리는 웰벡, 클레벌리, 마메 디우프와 마케다를 임대로 데려올 생각이었고 신규 영입이 세 건 있을 예정이었다. 선수단의 평균연령은 스물네 살 정도로 낮아졌다.

스콜즈와 네빌에 대한 내 계획은 그들에게 클럽의 유소년 팀, 아카데미 그리고 2군에 관한 일을 맡기는 것이었다. 그러고 나면 우리 세 명이 모여 클럽이 얼마나 강한지 함께 평가할 수 있을 것이다. 나는 미래를 만들기 위해 그들에게 커다란 짐 하나를 떠넘길 예정이었다. 그 두 사람은 유나이티드 선수가 되려면 무엇이 요구되는지 누구보다도 잘 알고 있기 때문이다. 내가 키운 우수한 선수를 계속해서 내보내는 일은 앞으로 오래오래 하고 싶은 일이기도 하다.

스콜즈는 훌륭한 의견을 내놓는 사람이었다. 그의 평가는 날카롭고 언제나 일관성이 있었다. 아마도란 말을 하지 않았다. 우리가 판니스텔로이와 문제가 생겼을 때 폴은 즉시 뤼트가 팀에 분열을 일으키는 걸 두고 봐서는 안 된다고 주장했다. 그의 말투는 언제나 단도직입적이었다. 게리가 "확실해, 스콜지?" 하고 끝맺음을 위해 물었다.

그 당시 코치진으로 브라이언 맥클레어, 믹 펠란, 폴 맥기니스, 짐 라이언, 토니 휠런이 있었다. 그들은 모두 유나이티드 선수이거나 아카데미 졸업생이었다. 나는 그 분야를 좀 더 강화시키고 싶었다. 클래이턴 블랙모어와 퀸턴 포춘은 선수 육성 부문에 약간의 발전을 가져왔다.

검토가 끝난 뒤 자신에게 말했다. "다음에 우리가 바르셀로나와 챔피언스리그 결승에서 싸우게 되면 존스와 스몰링 아니면 스몰링과 에번스에게 메시를 막으라고 해야겠군." 그가 또다시 우리를 고문하게 놔두지는 않을 작정이었다.

미디어

언론에 관해 내가 들은 최고의 충고는 폴 도허티라는 친구가 해준 것이었다. 당시 그는 그라나다 티브이에서 일하고 있었다. 멋진 친구다. 어느 날 그는 나를 불러내더니 이렇게 말했다. "당신의 기자회견을 죽 보고 있자니 이 얘길 해줘야겠다 싶었어요. 당신은 모든 것을 다 드러내 보이고 있더군요. 자기 걱정까지 다 보여주고 있어요. 거울을 보고 알렉스 퍼거슨의 가면을 쓰고 나가세요."

궁지에 몰린 사람 같은 모습으로 나타나는 것은 언론을 다루는 좋은 방법이 절대 아니다. 자신의 괴로움을 그들에게 보이는 것은 팀에게 도움이 되지도 않을뿐더러 토요일 경기에 이길 확률을 높이지도 않는다. 폴의 말이 맞았다. 그가 내게 충고를 해줬을 때 나는 일의 중압감을 그대로 내비치고 있었다. 기자회견이 고문실로 변하는 일은 허락할 수 없었다. 클럽의 위엄과 우리가 하는 모든 일을 보호하는 것이 내 의무였다. 주도권을 잡고 될 수 있는 한 대화를 이끌어가는 게 중요했다.

세상과 마주칠 문을 열고 나서는 순간 나는 자신을 가다듬고 정신적인 준비를 한다. 이때 경험은 도움이 된다. 나중에는 금요일 기자회견에서 기자들이 무엇을 좇고 있는지 훤히 보일 정도가 되었다. 가끔 그들은 기본 방침을 정하고 서로 작당을 한다. "좋아, 네가 그 말을 시작해. 그러면 난 다른 길로 빠질게." 나는 그런 모든 것을 간파했다. 경험이 나에게 그런 능력을 가져다줬다. 거기에 사고 과정이 더 빠르게 진행되기 시작한다. 기자가 나에게 긴 질문을 던지는 걸 좋아한다. 대답을 준비할 시간을 주기 때문이다. 어려운 질문은 짧은 질문들이다. "왜 감독님은 그렇게 형편없었습니까?"

그런 식의 간결한 물음에는 대답을 길게 늘려 한다. 대답하는 동안 생각을 정리하며 자신을 정당화하는 것이다. 자기 팀의 약점을 노출시키지 않는 기술은 언제나 최우선이 되어야 한다. 언제나. 3일 후 경기가 있다면 그것 또한 심문받는 내내 내 사고의 전면에 위치해야 한다. 정말로 중요한 것은 기자회견에서 지적인 스코어를 올리는 게 아니라 경기를 이기는 것이니까.

세 번째 목적은 바보 같은 대답을 해서 자신을 얼간이로 만들어서는 안 된다는 것이다. 기자들에게 닦달당할 때면 그렇게 되지 않으려고 머리를 쥐어짰다. 그러한 기술, 고도의 주의력을 습득하려면 여러 해가 걸린다. 예전에 어린 선수였을 때 텔레비전에 출연해 스코틀랜드 축구협회에서 받은 여섯 경기 출장정지 처분에 대해 경솔한 발언을 한 적이 있다. 방송에서 나는 이렇게 말했다. "네, 그것이 스코틀랜드에서 그 사람들이 움직이는 성법원(형사사건을 전담하던 곳으로 불공평하기로 이름난 제도이며 1641년에 폐지됐다)의 정의라는 것이죠."

스코틀랜드 축구협회에서 클럽으로 곧장 편지가 날아왔다. 시청자에게 재미를 선사하는 의무가 있다고 생각하다 이렇게 후회할 만한 말을 할 수 있다. 그날 스코틀랜드에서 나는 옳다고 생각하는 일을 했지만 결국 스스로 해명하기 위해 축구협회에 편지를 써야 했다. 감독이 내게 물었다. "대체 성법원을 들먹일 생각은 어디에서 나온 거냐?"

난 발언의 출처를 숨길 수 없어 털어놓았다. "책을 하나 읽고 있었는데 그냥 어감이 마음에 들어서요."

물론 미디어와의 전쟁 가운데 가장 길고 컸던 싸움은 BBC를 상대로 해서였다. 그 싸움은 넌더리가 나서 2011년 8월 끝낼 때까지 7년이나 이어졌다. 내 처지에서 보면 《매치 오브 더 데이》Match of the Day 잡지 기사부터 시작해 화낼 만한 일이 많았다. 하지만 진짜 심했던 것은 2004년 5월 27일 BBC3에서 방영된 〈퍼기와 아들〉Fergie and Son이라는 다큐멘터리로 아들 제이슨을 잔인하게 공격했다. 그들은 야프 스탐이 라치오로, 마시모 타이비가 레지나로 이적한 건 제이슨이 엘리트 스포츠 에이전시에 개입하고 있었기 때문이라고 연관 지었다. 방송이 나가기 전, 나와 제이슨 그리고 엘리트 에이전시가 이적 과정 도중 어떠한 잘못된 행위도 하지 않았다는 사실을 유나이티드 이사회가 나서서 증명했으나 제이슨은 더 이상 클럽의 이적 협상에 나설 수 없다는 결정이 내려졌다.

BBC는 아무런 사과도 하지 않았고 그들의 주장이 사실이 아니라는 것도 밝히지 않았다.

그 후에 BBC의 프로듀서인 피터 새먼이 나를 찾아왔고 나는 그에게 말했다. "자네가 직접 그 프로그램을 보고 BBC의 명성에 도움이 될 만한 것인지 내게 말해주게." 그들을 고소하고 싶었지만 내 변호사와 제이슨이 그 생각에 반대했다. 새먼은 그라나다 티브이 시절부터 쌓아온 나와의 친분이 교착상태를 끝낼 것이라고 생각했다.

"BBC는 이제 맨체스터 회사예요." 그가 말했다.

"잘됐네." 내가 말했다. "그리고 자네들은 우리에게 사과해야만 해." 그는 아무 말이 없었다. 그의 계획은 나와 클레어 볼딩(BBC의 티브이 진행자 겸 기자로 BBC 스포츠와 채널 4에서 방송을 맡고 있다)과의 인터뷰에서 내가 〈퍼기와 아들〉이라는 프로그램을 언급하게 하려는 것이었다. 내가 왜 그런 일을 한단 말인가? 결국 우리는 서로의 견해 차이를 인정하고 나는 BBC 스태프와 인터뷰하기로 했다. 하지만 그때 나는 내 의견을 입증한 셈이다.

좀 더 포괄적으로 말해 스카이 텔레비전은 방송을 보다 더 경쟁적으로 만들고 포장을 더함으로써 언론의 환경을 완전히 바꿔놓았다. 2013년 봄에 수아레스의 깨물기 사건을 예로 들어보자. 나는 기자회견에서 그 사건에 대한 질문을 받았다. 내 대답을 다룬 기사의 제목은 다음과 같았다. "퍼거슨 리버풀을 동정해" 그들은 내게 수아레스에 대해 질문했고 나는 이렇게 말했다. "나는 그들이 어떤 심정일지 이해가 간다. 캉토나가 팬에게 쿵후 킥을 날린 사건으로 9개월 출장정지 처분을 받은 적이 있기 때문이다." 고작 열 경기 가지고 뭘 그러느냐, 나는 9개월 출장정지도 당해봤다, 라는 뜻으로 말한 것이었다. 그런데도 그들은 내가 수아레스를 동정한다고 암시하는 기사 제목을 뽑았다.

이런 기사 제목도 있었다. "퍼거슨, 조제 모리뉴의 첼시 행에 대해 입을 열다" 그들이 내게 한 질문은 이거였다. "내년에 누가 당신의 제일 큰 도전자라고 보는가?" 나는 다음 시즌에 첼시가 그 자리에 있을 것 같다고 대답한 뒤 만약 신문에 나온 이야기가 옳다면 모리뉴는 돌아올 것 같다, 그리고 첼시에게는 큰 힘이 될 것이다, 라고 덧붙였다. 기사 제목은 이렇게 변했다. "퍼거슨, 모리뉴가 첼시로 돌아온다고 말해"

나는 모리뉴에게 문자로 해명해야 했다. 그는 내게 문자를 보냈다. '괜찮아요, 나도 봐서 알고 있어요.' 그 기사는 10분마다 인터넷에 떴다. 모리뉴는 정말로 첼시로 돌아오긴 했지만 중요한 건 그게 아니다.

이것이 내가 참기 힘든 현대 언론의 극단적이고 즉흥적인 측면이다. 결국 언론 쪽 사람들하고는 친해지기 어렵다고 생각하게 되었다. 그들은 엄청난 압박 아래 있기 때문에 그들에게 비밀을 털어놓는 것은 어려운 일이다. 내가 처음 맨체스터에 왔을 때, 나는 몇몇 기자에게 조심스러운 태도를 보였지만 말기에 와서처럼 경계하지는 않았다. 존 빈이나 피터 피턴 같은 사람들은 괜찮은 기자다. 빌 손턴, 데이비드 워커, 스티브 밀러. 좋은 사람들이다. 그리고 개중에는 스코틀랜드에서 온 오래된 친구들도 있다.

경기 투어에 나서면 기자들과 밤에 술을 마시기도 했다. 어느 날 저녁 우리 일행은 결국 내 방으로 모이게 됐는데 혈기 왕성한 존 빈이 테이블 위에서 탭댄스를 췄다. 하루는 밤 11시쯤 침대에 누워 있는데 전화벨이 울리더니 어떤 목소리가 이렇게 말했다. "알렉스! 오늘 밤 마크 휴스와 택시를 같이 타고 있었나요?"

존 빈이었다. 그에게 말했다. "그건 불가능했을 거야, 존. 그는 오늘 유럽 대항전에서 바이에른 뮌헨 선수로 뛰고 있었으니까."

존이 말했다. "아, 그래요. 저도 그 경기를 봤어요."

나는 수화기를 쾅하고 내려놨다.

그러고 나서 존은 금요일에 모습을 보였다. "정말 미안해요, 알렉스. 제 사과를 받아주실 거죠." 그리고 내 앞에 앉았다.

최근에는 내가 처음 감독이 되었을 때 알고 지내던 기자들보다 훨씬 더 캐주얼한 복장을 하는 젊은 기자들이 많아졌다. 어쩌면 세대차이일

지도 모르지만 내겐 별로 좋아 보이지 않는다. 편집자로부터 엄청난 압력을 받고 있기 때문에 기자란 직업은 젊은이들에게는 힘든 일일 것이다. 비공개 인터뷰 같은 것은 잊어버려라. 그런 건 더 이상 존재하지 않는다. 나는 2012/13시즌에 오프더레코드 발언을 사용했다는 이유로 기자 두 명을 출입금지시켰다. 루니와 내가 훈련할 때 한마디도 나누지 않았다며 클럽에 있는 모든 사람들이 알고 있다고 한 기자도 금지시켰다. 사실이 아니다.

나는 모든 신문을 읽지는 않지만 가끔은 홍보실 직원이 정확하지 않은 기사를 지적해준다. 그런 과정은 진을 빼게 한다. 여러 해 전에는 직접 행동으로 대응했지만 그러다 보면 결국 많은 돈이 들었다. 정정 기사로 말할 것 같으면 11쪽 구석에 처박힌 40자짜리 기사는 뒤표지의 커다란 헤드라인과는 너무나 동떨어져 있다. 그럼 무슨 소용이 있는가?

기자들을 출입금지시키면서 나는 이렇게 말하곤 했다. "난 사건에 대한 당신네 해석을 받아들이지 않겠소." 한편 나는 맨체스터 유나이티드에서 성공을 거두며 오랜 세월 자리에 앉았기 때문에 유리한 위치에 있었다. 만약 내가 좋지 않은 성적과 씨름하는 불쌍한 감독이었다면 완전히 다른 시나리오가 완성될 것이다. 그들의 맥락에서 벗어난 인용이나 과장된 문장이 업계의 과도한 경쟁의 산물이라는 것을 알기에 대부분의 경우 일말의 동정을 느낀다. 신문은 스카이 텔레비전, 웹사이트 그리고 다른 소셜 미디어와 힘든 경쟁을 펼치고 있으니까.

프리미어리그 감독이라면 누구나 언론을 잘 알고 기사에 재빠른 대응을 할 수 있는 경험 많은 홍보 책임자를 둬야 한다. 모든 기사에 제재를 가할 수는 없지만 기사를 쓴 기자에게 틀린 점을 정정하라고 경고할

수는 있다. 여분으로 훌륭한 홍보 책임자라면 골칫거리에서 해방시켜
줄 수도 있다. 스카이 뉴스는 매일 24시간 동안 뉴스를 내보낸다. 뉴스
는 몇 번이고 되풀이된다. 언론에 대처하는 일은 감독들에게 점점 힘들
어지고 있다.

폴 램버트가 애스턴 빌라에서 어려운 시간을 보내고 있다고 치자. 기
자회견장은 부정적인 분위기로 가득 차게 되어 있다. 언론에 대해서 잘
알고 있는 사람만이 그런 상황에 대비해 감독을 훈련시킬 수 있다. 내
가 유나이티드에서 힘든 시즌을 보내고 있었을 때 폴 도허티가 말했다.
"당신은 너무 긴장하고 있어요. 그러면 그들의 먹잇감이 됩니다. 기자
회견장에 들어가기 전에 거울을 보고 얼굴을 문지른 다음 미소를 짓고
침착하게 마음을 가다듬어보세요. 그들이 당신을 한입에 삼키지 못하
도록 하세요."

그것은 훌륭한 충고였다. 그리고 그것이 내가 취해야 할 행동이었다.
대개의 경우 분위기를 따르다가 그 안에서 최선의 결과가 나오도록 해
야 한다. 일반적인 질문을 하나 예로 들어보자. 압박감을 느끼십니까?
글쎄, 물론이다. 하지만 그들에게 기사제목을 주지는 마라. 나는 훈련
에 들어가기 전에 기자회견을 갖는다. 반면 많은 감독들이 훈련이 끝나
고 기자들과 만난다. 그런데 그런 시나리오대로라면 훈련에 집중하느
라 기자들에 대해 생각하지 않게 된다. 아침 9시 기자회견을 위해 나는
우리 홍보국장인 필 타운센드에게 대충 어떤 질문이 나올지 브리핑을
받는다.

예를 들어 그는 내가 루이 수아레스가 이바노비치를 물었던 사건이
나 경마 고돌핀의 약물 스캔들, 아니면 레반도프스키 같은 선수들의 다
음 행선지 같은 질문을 받을 거라고 말해준다. 나는 언제나 특정 경기

에 뛰게 될 선수들에 관한 이야기로 기자회견을 시작한다. 그 뒤 경기와 그와 관련된 인물들을 둘러싼 이야기로 화제를 옮긴다. 일요일 기자회견은 예를 들면 마이클 캐릭의 상태가 좋다는 등 하나의 주제에 관한 기사를 작성하는 데 할애된다.

나는 대개 기자회견을 잘해내는 편이다. 가장 어려운 문제는 심판의 오심 문제를 어떤 식으로 언급할 것인가다. 심판에 대한 언급 때문에 징계를 받았는데 내 기준은 심판이 아니라 축구를 위한 것이기 때문이었다. 심판들이 세운 기준 같은 건 관심 없었다. 감독으로서 나는 심판들의 판정 수준이 그들이 보고 있는 경기 수준에 따라가기를 바랄 자격이 있다. 집단으로서 심판들은 자신이 해야 하는 만큼 일을 잘해내지 못하고 있다. 그들은 요즘의 심판들은 전업제라고 말하지만 터무니없는 소리다.

심판들 대부분은 소년인 열여섯 살 때부터 그 일을 시작한다. 나는 심판이 되고자 마음먹는 것 자체는 칭찬할 만한 일이라고 생각한다. 경기에는 그들이 필요하다. 내가 보고 싶은 심판은 이탈리아의 로베르토 로세티 같은 이다. 그는 190센티미터에 가까운 키에 권투선수 같은 체격의 소유자로 외모부터가 위압적이다. 그리고 그 덩치로 운동장을 질주하며 선수들을 진정시킨다. 그는 경기를 장악한다. 나는 일류 심판들의 활약을 보고 싶다. 나는 제대로 된 권위가 제대로 적용되는 것을 보는 걸 좋아한다.

무능함이나 몸무게를 기준으로 프리미어리그 심판을 해고하는 일은 어려울 것이다. 그들은 모두 변호사를 두고 있고 심판조합은 매우 강력한 단체다. 게다가 젊은 심판들이 양산되지 않으므로 기존에 있는 심판에게 의지해야 할 처지다.

판정 문제에 대해서는 의견을 말하지 않고 기자회견장을 떠나는 게 더 낫다. 그다음 주에 어쩌면 우리가 유리한 오심의 혜택을 받게 될지도 모르기 때문이다. 그러므로 오심 하나에 흥분하게 되면 나중에 자기가 불리할 때만 선택적으로 분노한다고 받아들여질 수 있다.

나는 심판협회를 지지한다. 애버딘에서 나는 그들을 훈련장으로 초대해 체력 훈련에 도움을 주기도 했다. 나는 기준을 중시하기 때문에 체력적으로 준비된 심판을 보고 싶다. 그리고 최근 잉글랜드 리그 경기에 나오는 심판의 체력 수준은 기준에 못 미친다고 생각한다. 그들이 얼마나 많이 뛸 수 있는가는 정확한 측정 기준이 아니다. 그들이 얼마나 운동장을 빨리 돌아다닐 수 있는가가 중요하게 여겨져야 한다. 만약 역습 상황이 벌어지면 그들이 경기장 반대쪽까지 제시간에 닿을 수 있을까? 일례로 로베르토 로세티가 심판을 봤던 아스널과의 2009 챔피언스리그 준결승전을 살펴보자. 우리가 공을 골대 안에 넣었을 때 그는 아직 20미터 밖에 있었다. 우리가 득점하기까지 9초밖에 걸리지 않았다. 그러므로 주심에게 90미터를 9초 내에 뛰라고 요구한다면 그걸 해낼 사람은 우사인 볼트밖에 없을 것이다.

대체로 축구협회가 호의적인 여론을 얻기 위해 유명한 인물을 표적으로 삼는 경향이 있다고 느꼈다. 만약 웨스트 햄 전에 벌어졌던 웨인 루니 사건을 들여다보면 그가 카메라에 대고 상소리를 내뱉었을 때 우리는 그들이 심판에게 압력을 행사했다는 느낌을 받았다. 그리고 루니는 세 경기 출장정지를 당했다. 그들이 내세우는 명분은 선수들이 카메라에 대고 욕설을 내뱉는 것을 아이들이 보면 좋지 않다는 것이다. 이해할 수 있다. 하지만 지난 수년 동안 상소리를 한 선수들을 얼마나 많이 볼 수 있었는가?

잉글랜드 축구의 이사회를 누가 움직이고 있는지 알아내는 것은 결코 가능한 일이 아니다. 명문 엑세터 고등학교를 나와야 발언권을 얻을 수 있을 것이다. 새로운 회장 그레그 다이크는 의사 결정에 필요한 인원수를 줄여야 했다. 백 명으로 구성된 위원회로는 합리적인 운영을 할 수 없다. 이런 위원회들은 조직이 효율적으로 굴러가게 하기 위한 것이 아니라 축구에 공헌한 인사에게 명예직을 주기 위해 만들어졌다. 그것은 조직적인 문제다. 개혁하려는 사람들은 그곳에 들어갈 때는 키가 190이었다가 나올 때는 160이 된다.

큰 경기에서 우리의 행동은 일반적으로 나무랄 데 없다. 한 신문에서 앤디 두르소라는 심판이 로이 킨과 야프 스탐에게 괴롭힘을 당했다는 기사를 실었지만 우리는 반박했다. 내가 "당신들이 상관할 일이 아니다."라고 말한 사실은 FA의 심기를 건드렸던 것 같다. 그리고 나는 리그컵 경기였지 FA컵이 아니라고 지적했다. 나는 이때까지 한 번도 FA의 감사반이 하는 일에 감명받아본 적이 없었다.

2009년 가을 내가 앨런 와일리의 체구를 비난했던 것은 주심 체력에 관한 광의의 주제에 대해 말한 거였다. 올드 트래퍼드에서 벌어진 선덜랜드와의 2대 2 무승부 경기가 끝난 뒤 내가 지적했듯 앨런 와일리는 비만이었다. 나를 곤경에 몰아넣은 코멘트는 다음과 같았다. "경기의 빠른 페이스는 건강한 심판을 요구한다. 그는 건강하지 않았다. 외국 심판들은 푸줏간 개들처럼 튼튼하기 짝이 없다. 그는 선수에게 경고를 주는 데 30초나 걸렸다. 심판에게는 휴식이 필요했다. 정말 어이없었다."

나중에 앨런 와일리에게 인신공격으로 곤란하게 한 것에 대해 사과하며 내 의도는 '경기의 심각하고 중요한 문제를 부각'시키려는 것이었다고 해명했다. 그러나 선덜랜드와의 경기가 있은 지 16일 후, 나는 FA로부터 부당한 행위에 대한 징계를 받았다. 그때까지 터치라인에서부터 두 번 쫓겨나봤다. 첫 번째는 2003년이었고 2007년에 다시 마크 클래튼버그에 대한 발언으로 더그아웃에 앉는 게 금지되었다. 나중에 첼시에게 2대 1로 패한 후 마틴 앳킨슨 주심에게 한 발언으로 다섯 경기 금지에 3만 달러의 벌금까지 물어야 했다. 앨런 와일리에 대한 코멘트에 대해 은퇴 심판인 제프 윈터는 '피파식 경기장 출입금지'가 더 적절할 거라고 제안했다.

종국에는 오랫동안 일류 프리미어리그 심판이 나오지 않았다는 생각까지 하게 되었다. 그레이엄 폴은 오만한 기질이 있었지만 결정을 내리는 데 있어서는 최고였다. 그의 엄청난 에고는 임무에서부터 주의를 돌리게 했고 그가 짜증스러운 심기에 돌입하게 되면 상대하기 힘든 인간이 되었다. 그는 내가 맨체스터 유나이티드에 있는 동안 판정을 가장 잘 본 심판이었다.

심판이 안필드의 4만 4천 관중 앞 혹은 올드 트래퍼드의 7만 6천 명 앞에서 자신의 임무를 수행할 때 원정팀의 골을 인정하게 되면 관중들은 모두 고함을 지르는 사태가 벌어지게 된다. 많은 심판들은 여기에 영향을 받는다. 흐름을 거스르는, 관중들의 분노에 찬 함성을 거스르는 결정을 내릴 수 있는 능력. 그것이 바로 또 다른 차이를 만들어낸다. 심판은 '홈팀 편'이라는 오래된 경구는 어느 정도 맞아떨어진다. 심판이 부정행위를 한다는 말이 아니라 관중이 내뿜는 감정의 힘에 영향을 받는다는 뜻이다.

안필드는 심판이 객관성을 유지하기 가장 어려운 경기장일 것이다. 폐쇄적이고 일촉즉발의 분위기가 감돌기 때문이다. 심판은 팬들에게 위협을 당한다. 단순히 리버풀만이 아니라 모든 축구 경기에서 벌어지는 일이다.

40년 전의 관중들은 지금처럼 광란하지 않았다. 그러므로 심판이 기자회견에 감독관을 대동하고 나타나는 관례는 그들에게 큰 도움이 되는 동시에 그들의 견해를 설명해준다. 예를 들어 2013년 3월 올드 트래퍼드에서 열린 레알 마드리드와의 챔피언스리그 경기에서 주심을 본 터키 심판이 나니의 어이없는 퇴장에 대해 어떤 말을 하는지 듣는 일은 매우 흥미로웠을 것이다.

심판의 짤막한 기자회견은 일종의 전진이었다. 진보를 멈출 수는 없다. 축구화의 경우를 보라. 원래 나는 현대적인 축구화에 반대하는 입장이었다. 그러나 제조업자들이 축구에 돈을 퍼부었고 마침내 그들을 막을 수 없게 되었다. 축구화의 상술은 매우 높은 수준이라 어린아이들이 분홍색이나 주황색 축구화를 사는 데 돈을 쓰게 한다. 많은 클럽이 유니폼 제조업자들을 선수 영입 시 계약의 일부로 포함시킨다. 우리는 네가 나이키나 아디다스로부터 스폰서를 받게 할 수 있어, 기타 등등. 그들은 돈을 돌려받아야 하며 그것은 축구화를 통해 이루어진다.

관중의 한 사람으로서 사람들은 절대로 심판에게 만족해하는 법이 없다. 모두 자기가 응원하는 팀에게 치우친 시각을 갖기 때문이다. 그러나 전업 심판의 도입은 인력 관리라는 측면을 제외하고는 성공적이지 못했다. 다른 직업을 가지고 있으면서 심판에게 부여된 훈련 프로그램을 소화하기란 불가능한 일이다. 그러므로 애초에 결함 있는 시스템이었다. 그러므로 세인트조지 파크(FA의 국립 축구센터가 위치한 곳)에 매일 보고를 하는 전업 심판들을 길러내야만 한다. 어떻게 그들이 매일 뉴캐슬에서 버턴어폰트렌트까지 왔다 갔다 하느냐고 말할 수도 있다. 글쎄,

만약 우리가 런던에서 선수를 영입하면 우리는 맨체스터에 그가 살 집을 구해준다. 로빈 판페르시가 그 예다. 만약 그들이 최고의 심판제도를 원한다면 엄청난 돈이 축구로 몰리는 지금, 심판 역시 프리미어리그 클럽처럼 프로가 되어야만 한다.

프로축구심판협회 회장인 마이크 라일리는 언젠가 전업 심판제가 실행되는 데 필요한 절차를 취하기 위한 자금이 부족하다고 주장한 적이 있었다. 만약 그의 말이 옳다면 텔레비전 방송국으로부터 5억 파운드의 수입이 들어오는데도 불구하고 축구계는 제대로 된 전업 심판을 양성할 재원이 부족하다는 믿기 어려운 이야기가 돼버린다. 챔피언십으로 강등된 팀을 위한 위로금에 들어가는 액수를 생각해보라. 만약 심판들이 전업화된다면 심판제도는 그 변화를 반영해야 한다. 제도 개혁은 제대로 이루어져야 한다.

유럽의 챔피언스리그 심판들은 오만한 구석이 있다. 운동장에 있는 사람들이 그다음 주에 또 볼 사이가 아니기 때문이다. 결승전을 네 번 경험해봤지만 내가 톱이라고 인정할 만한 심판은 한 명밖에 없었다. 1999년 바르셀로나의 결승전에서 주심을 맡았던 피에를루이지 콜리나이다.

나는 조제 모리뉴에게 두 번의 중요한 유럽 대항전에서 패배했다. 선수들의 경기력이 아니라 심판 때문이었다. 2004년 포르투 전은 믿을 수 없을 정도였다. 그날 밤 심판이 한 최악의 판정은 우리가 2대 0으로 승리할 수도 있었던 스콜즈의 골을 무효로 처리한 게 아니었다. 호날두가 최후의 몇 분만 남은 상태에서 역습에 나섰을 때 그는 레프트백에게 반칙을 당했다. 부심은 기를 올리며 프리킥을 선언했지만 주심은 경기를 계속 진행시켰다. 포르투는 우리 진영으로 올라왔고 프리킥을 얻었다. 팀 하워드 골키퍼는 공을 밖으로 쳐냈고 그들은 추가시간에 골을 넣었다. 그래서 우리는 유럽에서 우리에게 불리한 판정이라면 충분한 경험을 쌓아왔다.

한번은 AC 밀란과 인테르의 경기에 갔는데 인테르 쪽 고위 임원이 내게 말했다. "잉글랜드인과 이탈리아인의 차이점을 아십니까? 잉글랜드에서는 축구에 부패란 있을 수 없다고 생각하지만 이탈리아에서는 축구에 부패가 없을 리 없다고 생각합니다."

잉글랜드에서 긍정적인 면 하나는 인력 관리 측면에서 개선이 이뤄졌다는 점이다. 그것은 좋은 일이다. 경기 심판들과 선수들 사이의 대화는 매우 건설적이다. 고위직에 앉은 사람들은 결정을 내릴 능력이 있어야 한다. 그들 중 많은 이가 빠른 결정을 내리는 능력이 부족하다. 인간적인 관점에서는 심판이 틀릴 수도 있다고 말한다. 그러나 우수한 심판은 정확한 판정을 그렇지 않은 심판보다 훨씬 더 자주 내릴 것이다. 잘못된 판정을 내리는 심판이 꼭 나쁜 심판은 아니다. 그저 주어진 시간 내에 옳은 결정을 내리는 재주가 없을 뿐이다.

그것은 선수들의 경우도 마찬가지다. 공격수 간의 차이를 만들어내는 게 무엇인지 아는가? 그것은 결정을 내리는 능력이다. 우리는 언제나 선수들에게 그 점을 강조한다. 만약 내가 다시 시작할 수 있다면 나는 모든 선수들에게 체스를 배우게 해 집중력을 길러주겠다. 처음에 체스를 배울 때에는 게임 한 판을 끝내는 데 서너 시간은 걸린다. 하지만 체스의 대가가 되어 30초 체스를 두기 시작하면 그것은 궁극의 무기가 된다. 압박감 속에서의 빠른 결정, 그것이 축구의 모든 것이다.

유나이티드의 열아홉 번째 타이틀

잉글랜드 리그의 열아홉 번째 우승으로 가는 길목에서 우리가 리버풀의 기록을 깰 수 있을지에 대한 질문이 끊임없이 제기되었다. 나는 우리가 어느 시점이든지 그들의 18회 우승 기록을 넘어설 수 있었을 것이라고 보았다. 그래서 특정 시즌에 그에 대해 소란을 피울 필요는 없었다고 생각한다. 나는 시즌 자체에 우리의 신경을 집중하고 싶었다. 그러나 리버풀의 기록을 깨는 것은 우리가 꼭 달성해야 할 목표라고 언제나 느끼고 있었다.

내가 처음 국경 남쪽에서 감독을 하게 되었을 때, 수네스-달글리시의 리버풀 팀은 1980년대 잉글랜드 축구의 기준이었다. 그들이 감독으로 있었을 때의 리버풀 팀은 무시무시했다. 애버딘 감독 시절 그들에게 당했던 기억을 안고 맨체스터로 왔다. 피토드리에서 벌어진 유럽 대항전 때 우리는 1대 0으로 패배했다. 안필드에서 첫 20분간은 아주 좋은 경기를 했지만 하프타임에는 2대 0으로 뒤지고 말았다. 나는 드레싱룸에서 늘 하던 일을 했고 선수들이 나가고 있는데 드루 자비라는 선수가 말했다. "자, 힘내자. 빨리 두 골을 넣으면 우린 다시 시작할 수 있어."

우리는 안필드에서 합계 3대 0으로 지고 있었는데 그는 마치 그들이 우리의 먹잇감이라도 되는 양 빨리 두 골을 넣으면 된다고 말하고 있었다. 나는 드루를 쳐다보다 말했다. "네게 신의 축복이 내리길 빈다." 나중에 선수들은 드루가 한 말을 가지고 그를 놀려댔다. 그들은 말했다. "우린 포르파(스코틀랜드의 세미프로팀) 같은 팀을 상대하는 게 아냐."

리버풀같이 위대한 팀이 1대 0으로 앞서고 있을 때 그들로부터 공을 빼앗아오는 것은 불가능했다. 공은 뻥뻥거리며 운동장을 돌았을 뿐이다. 수네스는 운동장을 넓게 썼다. 핸슨, 로렌슨, 톰프슨 등 수비 조합이 누가 됐든지 후방에서 공을 편안하게 다뤘다. 내가 유나이티드로 옮겼을 때 그들은 여전히 이언 러시, 존 알드리지와 그에 걸맞은 선수들을 거느리고 있었다. 존 반스와 피터 비어즐리의 영입은 그들을 다시한 번 높은 위치에 올려놓았다.

그때 이런 말을 했다. "그들의 콧대를 꺾어놓고 말겠다." 진짜 그렇게 말했는지 잘 기억나지는 않지만 그 말은 내게서 유래한 것이다. 어쨌든 그것은 내 감정을 대변해주는 말이니까 신문기사에 실려도 별 반대는 하지 않겠다. 마지막에 바뀌기는 했지만 맨체스터 유나이티드 최대의 라이벌은 역사적으로, 산업적으로 그리고 축구적으로 리버풀이었다. 그들과의 경기는 언제나 감정적으로 격렬했다.

1993년 리그에서 거둔 성공을 시작으로 20세기가 끝날 무렵이 되자 우리는 다섯 번의 타이틀을 더 더했다. 2001년 나는 리버풀을 보고 그들이 다시 일어설 수 있는 쉬운 길은 없다고 느꼈다. 그들은 많은 시간과 노력이 필요한 과업을 앞두고 있었다. 유소년 인재는 띄엄띄엄 나왔고 더 이상 리버풀이 위협적인 존재로 느껴지지 않게 되었다. 추진력은 우리에게 있었다. 그들의 기록과 같은 열여덟 번째 우승을 거둔 날 우리 클럽의 운영 방식이라면 곧 그들의 기록을 넘어설 것이라 확신했다. 우리의 열아홉 번째 대관식이 열리게 될 주말, 맨체스터에는 경사가 겹쳤다. 시티가 1976년 리그컵 이후 첫 우승을 차지한 것이다. 그들은 스토크 시티와의 FA컵 결승전에서 1대 0으로 승리했다. 그리고 우리는 73분에 루니가 페널티킥을 성공시키며 블랙번과 1대 1 무승부를 거뒀다. 내가 유나이티드에 온 1986년, 리버풀은 리그 우승 숫자에서 우리를 16대 7로 앞서고 있었다. 첼시가 5,000만 파운드를 페르난도 토레스에 쓰고 시티가 2,700만 파운드를 에딘 제코에 투자한 시즌이었다. 그에 비하면 600만 파운드의 하비에르 에르난데스는 헐값이나 마찬가지였다.

우리는 2011년 2월 5일 울브스에게 패할 때까지 24경기 연속 무패를 달리고 있었고 단 4패만 안고 시즌을 마쳤다. 경주의 전환점은 4월 초 웨스트 햄에게 거뒀던 4대 2 승리였다. 우리는 하프타임 전까지 2대 0으로 뒤지고 있었다. 우리 선수 중 몇 명은 처음으로 성공을 맛보았고 더욱 많은 것을 원할 거라고 생각했다. 발렌시아, 스몰링, 에르난데스가 그중 몇몇이었다.

리그 우승은 그 시즌에서 가장 중요한 목표였다. 19라는 숫자는 보너스였다. 내가 퇴임했을 때 우리의 우승 횟수는 20으로 올라갔다. 팬들은 이 숫자를 마음껏 만끽하며 연호했다. 내 마지막 시즌에 리버풀은 몇몇 훌륭한 경기에도 불구하고 리그를 우승할 만한 선수단을 갖추지 못하고 있었다. 2013년 4월 그랜드 내셔널(리버풀의 에인트리 경마장에서 열리는 연례 경마대회) 모임에서 캐시와 나오는데 두 리버풀 팬이 다가와 말했다. "헤이, 퍼기. 다음 시즌엔 당신을 밟아드리죠." 그들은 좋은 청년들이었다.

"그러려면 선수를 아홉 명은 더 사야 할걸." 내가 말했다.

그들은 풀이 죽어버렸다. "아홉 명이요?"

그중 한 명이 말했다. "펍에 있는 애들에게 빨리 말해야지." 내 생각에 그는 에버턴 팬이었던 것 같았다. "아홉 명까지는 필요 없을 것 같은데요." 다른 하나가 천천히 자리를 뜨며 웅얼거렸다. 나는 거의 소리를 지르다시피 했다. "그럼 일곱 명만 사든지." 주위의 모든 사람이 웃음을 터뜨렸다.

그해 여름 우리가 꺾어야 할 팀으로 맨체스터 시티가 부상하고 있음을 알게 되었다. 더 이상 런던이나 머지사이드 쪽에서는 위험신호가 오지 않았다. 그들은 너무 가까이 있어서 냄새를 맡을 수 있을 정도였다. 부유한 주인이 우리와 시티 사이의 경쟁을 도시의 주도권을 잡기 위한 심각한 시립 각축전으로 만들어버렸다. 우리는 시즌이 끝날 때까지 버틸 수 있도록 미래를 위해 힘을 기르며 계속 앞으로 나아갔다.

우리가 대체해야 할 중요한 선수는 에드빈 판데르사르였다. 거의 모든 사람이 우리가 노리는 선수가 마누엘 노이어라고 짐작했지만(그는 우리의 리스트에 올랐었다) 우리는 이미 오랜 세월 동안 다비드 데 헤아에 눈독을 들이고 있었다. 데 헤아가 유소년이었을 때부터 말이다. 우리는 언제나 그가 톱 골키퍼가 될 거라고 생각해왔다.

2011년 여름, 애슐리 영의 애스턴 빌라 계약이 1년밖에 남지 않게 되었다. 그는 확실한 영입이었다. 잉글랜드인인데다 다재다능하고 좌우 양쪽에서 다 뛸 수 있었으며 처진 스트라이커도 볼 수 있었다. 게다가 골기록도 준수했다. 박지성이 서른한 살이 되어가고 라이언 긱스는 선수로서 고령에 접어들었다는 사실을 고려해볼 때 영을 데려올 좋은 시점이라고 생각했다. 긱스는 더 이상 젊었을 때처럼 위협적인 레프트 윙 역할을 맡을 수 없었다.

우리는 1,600만 파운드라는 적절한 가격에 영을 데려왔다. 계약이 1년 남은 선수치고는 예상했던 것보다 1,000만 혹은 2,000만 파운드 더 비싼 금액일지도 몰랐지만. 그러나 우리는 서둘러서 계약을 마쳤다.

애슐리는 2011/12시즌 QPR 전에서 말썽에 휘말렸다. 숀 데리가 퇴장당했고 우리 선수가 다이빙했다는 비난을 들었다. 나는 다음 경기에 그를 명단에서 제외시키며 맨체스터 선수로서 절대 해서는 안 되는 일은 다이빙한다는 평판을 얻는 것이라고 말했다. QPR과는 페널티킥 상황이 아니었고 숀 데리의 퇴장은 철회되지 않았다. 애슐리는 2주 연속 다이빙을 했지만 우리는 그것을 멈추게 했다. 너무 빤하게 쓰러지는 건 내가 절대 용납하는 행위가 아니다.

호날두도 선수 초반에 같은 경향의 문제가 있었다. 그러나 다른 선수들이 훈련을 하며 그를 비난하곤 했다. 크리스티아누가 달리는 속도라면 누구든 손가락으로 건드리기만 해도 쓰러뜨릴 수 있을 것이다. 우리는 그와 이 문제에 관해 여러 번 이야기했다. "걔가 파울을 범했어요." 호날두는 이렇게 말하곤 했다. "그래, 하지만 넌 좀 지나쳐. 동작이 너무 과장됐어." 우리는 말했다. 그는 그 버릇을 뿌리 뽑았고 진정으로 성숙한 선수가 되었다.

루카 모드리치는 현대 축구에서 절대로 다이빙을 하지 않는 대표적인 선수다. 언제나 굳건히 버틴다. 긱스와 스콜즈도 절대로 다이빙을 하지 않는다. 드로그바는 그쪽 방면으로 유명한 선수였다. 2012년 스탬퍼드 브리지에서 벌어진 바르셀로나 전은 그 최악의 사례였다. 언론은 챔피언스리그 당일을 제외하고는 절대로 그를 심하게 비난하지 않았다. 만약 언론이 5년 전에 그에게 좀 더 단호하게 나왔더라면 축구를 위해서는 더욱 좋은 일이 되었을 것이다.

필 존스를 산 것은 샘 앨러다이스가 블랙번 감독이었을 때부터 시작된 장기적인 계획이었다. 로버스가 우리를 FA 유스컵에서 꺾자 다음 날 나는 샘에게 전화를 걸어 물었다. "존스라는 애는 어때?"

샘은 웃고 나서 이렇게 말했다. "안 돼. 걘 토요일에 1군에서 뛸 거야." 정말이었다. 그리고 그는 계속 그 자리에 머물렀다. 샘은 존스의 열렬한 팬이었다. 블랙번은 강등 전쟁을 벌이는 중이었기 때문에 2011년 1월 이적 시장에 그를 내놓으려고 하지 않았다. 시즌이 끝날 무렵이 되자 리버풀, 아스널, 첼시를 비롯한 모든 클럽이 그를 뒤쫓았다. 그는 네 클럽 모두와 이야기가 오갔지만 우리는 그를 구슬려서 열아홉 나이에 유나이티드에 들어오게 했다.

우리가 필과 계약을 마치고 나서도 나는 그의 최적 포지션에 대해 확신을 갖지 못했다. 나중에 가서야 그의 자리가 센터백이라는 느낌이 왔다. 그는 우리에게 다재다능함을 선사했다. 그는 거의 모든 위치에서 뛸 수 있었다. 2011 커뮤니티 실드에서 전반전이 끝나고 퍼디낸드와 비디치를 존스와 에번스로 교체, 상대방 공격수 바로 앞쪽에서 밀어붙이게 했다. 에번스는 피치 중앙까지 침투하는 일에도 능했다. 비디치와 퍼디낸드는 조금 더 정통파에 가깝다. 그들은 헤더를 잘했고 게임에 대한 이해도가 높았으며 교묘히 반칙할 수 있었다. 두 선수는 훌륭한 파트너십을 갖췄다. 그러나 나는 센터백 조합에 변화를 주는 실험을 점점 더 자주 시도했고 존스는 내 구상의 중요한 부분을 차지했다.

내 생각으로는 에번스를 흔들 필요가 있었다. 그는 내가 존스와 스몰링을 영입한 걸 탐탁지 않게 여겼다. 그에 대한 내 평가마저 의심하게 되었다. 그러나 그는 스스로를 증명했고 점점 더 좋은 활약을 보였다. 새로운 선수의 영입에 한층 더 열심히 노력하는 걸로 대응하는 선수를 보는 것은 언제나 흐뭇한 일이다.

또 다른 어린 유망주인 톰 클레벌리는 시즌 초 볼턴 전에서 충격적인 태클을 당했고 여러 면으로 그의 1년을 망쳐버렸다. 한 달 후 그가 돌아오자 우리는 곧바로 에버턴 전에 투입했다. 그러고 나서 부상이 재발하여 3개월 정도 뛰지 못했다. 원래는 그를 수술받게 하러 보낼 예정이었지만 본인이 원하지 않았다. 그렇게 되면 9개월을 쉬어야 하기 때문이다. 그는 계속 뛰고 싶어했고 그의 선택은 맞아떨어졌다. 그러나 스콜즈와 캐릭이 돌아오자 톰을 측면에 정기적으로 기용하는 일이 불가능해졌다.

톰은 매우 영리하고 지능적인 선수이며 활발하게 움직일 뿐만 아니라 결정력도 좋다. 그가 런던 올림픽 팀 선수단에 뽑혀서 기뻤다. 그의 자신감을 고취할 수 있는 도전이 필요한 참이었기 때문이다. 한편 대런 플레처는 대장염과 싸우고 있었다. 2012년 여름, 그가 수술받을 가능성이 있다고 들었다. 그러나 칼을 대려면 우선 건강을 되찾아야 했다. 병 때문에 그는 12월까지 돌아오지 못했다. 그 전 시즌에는 대런에게 2군을 지도하는 일을 맡겼었다. 대런은 그 일을 즐겼다. 스콜지는 다시 1군으로 돌아왔다. 대런이 2군 경기에서 하프타임 연설을 하는 걸 두 번 봤는데 상당히 인상적이었다.

우리가 데 헤아를 2,400만 파운드에 아틀레티코 마드리드로부터 영입했을 때 그는 스무 살이었다. 데 헤아는 처음에는 힘든 시기를 겪었다. 그는 판데르사르나 슈마이헬 같은 체격을 갖추지 못했다. 그의 몸은 더 발달해야 했고 우리는 그의 근육량을 늘릴 수 있는 프로그램을 개발했다. 그에게는 엎친 데 덮친 격으로 2011/12시즌의 첫 경기에서 우리는 퍼디낸드와 비디치를 잃었다. 2대 1로 이긴 웨스트 브로미치 앨비언 전이었는데 그 경기에서 데 헤아는 셰인 롱의 약한 슛을 놓치는 실수를 저질렀다. 웨스트 브롬 홈구장의 페널티박스에서 데 헤아가 감수해야만 했던 시련을 나는 그의 '잉글랜드의 환영인사'라고 묘사했다.

비디치는 6주, 리오는 3주 동안 못 나왔다. 데 헤아 앞에는 당시 스몰링과 존스가 있었다. 모두 어린 선수들이었다. 그의 플레이는 괜찮았지만 실수가 없었다고 하기에는 약간 모자랐다. 앞에 있는 선수를 다루는 데 문제가 있었다. 1월에 리버풀을 상대로 FA컵 경기를 치렀을 때, 코너킥으로 첫 골을 내주었다. 그는 좀 더 공을 능숙하게 처리했어야 했다. 데 헤아뿐만 아니라 그 경기에서 센터백을 했던 에번스와 스몰링도 마찬가지였다.

그들의 나쁜 위치 선정 때문에 데 헤아는 골에어리어에 갇히게 되었다. 보통 그런 불안한 순간에 욕을 먹는 것은 결국 골키퍼다. 돌아오는 4월에 에티하드 경기장에서 열린 시티와의 결정적인 프리미어리그 경기에서 존스는 데 헤아의 앞을 가로막아 코너킥을 처리하지 못하게 하여 결국 콩파니의 골까지 이어지게 했다. 수비진의 개선이 시급했다. 그러나 시즌이 막바지로 향하자 그는 좀 더 효과적인 플레이를 했고 자신감도 상승했다. 그가 펼친 몇몇 선방은 기적 같았다. 우리의 직감은 결국 정확했다. 데 헤아는 세계에서 가장 뛰어난 젊은 키퍼 중 하나이며 그가 우리 팀에 있어서 자랑스러웠다. 그는 앞서 우리 클럽에 몸담았던 많은 골키퍼처럼 성장해나갈 것이다. 2013년 2월 챔피언스리그

16강 1차전 레알 마드리드 원정에서 그는 호날두, 파비우 코엔트랑 그리고 사미 케디라의 슛을 멋지게 막아냈다.

다비드는 영어를 못했고 운전도 배워야 했다. 그가 얼마나 어렸는지 알 수 있는 대목이다. 스무 살에 유럽대륙에서 잉글랜드의 골키퍼로 온다는 것은 결코 쉬운 일이 아니다. 지난 20년간 있었던 골키퍼들의 대형 이적을 떠올려보자면, 부폰은 십 대 때 유벤투스에 도착한 순간부터 뛰어난 활약을 펼쳤다. 그러나 유나이티드로 온 데 헤아처럼 곧장 팀에 녹아든 대형 영입 사례는 극히 드물다. 우리는 언제나 미래에 대한 투자에 신경 써왔다. 그는 최정상급 골키퍼 중 하나가 될 것이다. 나의 마지막 시즌에 프로축구선수협회PFA가 선정한 올해의 팀에 그가 선정되었을 때 나는 매우 기뻤다.

존스는 2011/12시즌을 연이은 고질적인 부상 탓에 매우 불운하게 보냈다. 영은 여덟 골을 넣은 시즌을 뿌듯하게 되돌아볼 수 있을 것이다. 윙어로서는 나쁘지 않은 기록이다. 좀 더 경기에 대한 이해도를 높이고 체력을 보강하면 좋을 텐데. 남들보다 한 걸음 더 빠른 속도를 갖추면 그의 무기고는 모두 채워질 것이다. 물론 그의 스피드는 느리지 않으며 주발인 오른발로 침투해 거기서 슛을 날리는 기술은 뛰어나다. 미드필드에서도 아주 뛰어난 플레이를 한다. 그러나 우리는 그 지역에서 풍부한 선택의 여지를 가지는 행운을 누렸다. 그래도 애슐리는 아주 만족스럽다. 조용한 성품에 훈련 태도 역시 성실하다. 존스, 영, 데 헤아는 건실한 녀석들이다.

잠시 폴 스콜즈의 잉글랜드 국가대표팀 복귀설이 흘러나왔지만 거의 실현 가능성이 없는 이야기였다. 선수생활 후반에 이르러 폴은 경기 막판에 피로를 느끼기 일쑤였다. 그가 라이언 긱스의 유전자를 타고나지 못했기 때문이다. 그리고 국가대표 경기에 다시 뛰는 데 별 관심이 없었다. 2012년에 돌아온 스콜지는 여전히 우리 경기에 템포와 발판을 가져다주었다. 우리 팀에 그보다 더 리듬을 잘 타는 선수는 없었다. 다행히 FA는 국가대표 소집이라면 질색하는 스콜즈를 이해했다. 파비오 카펠로 코치가 2010월드컵 전에 그에게 접근했지만 2012 폴란드/우크라이나 유로 대회를 앞두고는 아무 접촉이 없었다.

마이클 캐릭은 또 다른 흥미로운 연구 대상이다. 잉글랜드 감독들 가운데 그를 선발용 미드필더로 간주한 사람은 아무도 없었다. 그는 잉글랜드 벤치에 앉으면서 성장했고 유로 2012에서 관찰자 역할로 여름을 보내고 싶은 마음이 털끝만큼도 없었다. 나중에 밝혀졌듯이, 그는 그것을 자신의 약점을 없애는 기회로 삼았다.

내 생각에 마이클의 약점은 프랭크 램퍼드와 스티븐 제라드 같은 허세가 없다는 것이다. 램퍼드는 첼시를 위한 뛰어난 부하 같다. 그러나 나는 그를 엘리트 국가대표 선수로는 생각하지 않는다. 그리고 나는 제라드가 최고의 선수가 아니라고 느낀 소수 중의 하나였다. 스콜즈와 긱스가 우리 팀에 있었을 때 제라드는 킥 한 번 우리 쪽을 향해 제대로 날려보지 못했다. 잉글랜드 국가대표팀에서 마이클 캐릭은 램퍼드와 제라드, 이 두 스타의 그림자 밑에서 고통받아야 했다.

램퍼드와 제라드를 사용하는 일은 잉글랜드 국가대표 감독에게는 악몽이다. 둘을 4-4-2 포메이션에서 같이 이용할 수 없기 때문이다. 하그리브스를 중앙 미드필더로 기용했던 2006년 잉글랜드 팀이 보다 더 효율적이었다. 여담이지만 잉글랜드가 패배했던 2006년 포르투갈과의 월드컵 8강전 때 나는 스티브 매클래런에게 이런 말을 했다. 루니가 퇴장당한 상태에서 열 명으로 승부차기까지 간 것에 대해 그와 에릭손이 선수들을 크게 칭찬해주었어야 했다고 말이다. 어려움을 극복하고 얻어낸 성취감이 에릭손의 승부차기 키커들에게 전해져야 하기 때문이다. 그런 작은 것들이 도움이 된다. 그렇게 했더라면 잉글랜드 선수들의 사기는 좀 더 높아졌을 것이다.

잉글랜드 대표팀에 대해 좀 기이한 제의를 받았었다. 카펠로가 물러난 뒤 FA는 내게 편지를 보내 잉글랜드 감독 일에 대해 이야기하지 말라고 당부했다. 당시 모든 사람들은 해리 레드납이 후임으로 가장 가능성이 높다고 생각했다. 내가 한 것은 해리가 그 역할에 적역이라는 대중적인 관점을 지지한 것에 불과했다. 왜 그들이 내게 그런 식으로 펄쩍 뛰었는지 모르겠다. 분명한 것은 보통 사람들과는 달리 그들은 해리가 다음 잉글랜드 감독감이 아니라고 생각했다는 것이다.

나는 잉글랜드 국가대표 감독 제의를 두 번 받았다. 2000년에서 2002년 사이에 FA의 회장이었던 애덤 크로지어는 2001년 에릭손을 임명하기 전에 나를 찾아왔다. 첫 번째는 그보다 좀 더 이전의 일이다. 마틴 에드워즈가 FA 회장으로 있었을 때, 1999년 케빈 키건이 국가대표 감독이 될 무렵의 이야기였다.

내가 잉글랜드 감독 건을 고려할 가능성은 전혀 없었다. 상상할 수 있겠는가? 스코틀랜드 사람인 내가? 나는 언제나 만약 내가 잉글랜드 국가대표 감독이 되면 그들의 순위를 팍팍 떨어뜨릴 거라고 농담 삼아 말해왔다. 잉글랜드를 150위까지 떨어뜨려 149위인 스코틀랜드 밑에 두겠다고.

잉글랜드 감독 자리는 특별한 재능을 요구하며 그 재능이란 언론을 다루는 능력이다. 스티브 매클래런은 기자 중 한두 명과 친해지려고 시도하는 실수를 저질렀다. 만약 그들에게 90퍼센트의 기삿거리를 주면 나머지는 나를 잡아먹으려 들 것이다. 만약 한 기자가 호의적인 기사를 쓴다면 그 밖의 다른 기자들은 나를 쫓아다니며 괴롭힐 것이다. 아니, 한 번도 그런 못 침대에 눕고 싶다고 생각한 적이 없다.

맨 시티-챔피언들

다시 우리 집이라는 성역에 돌아온 캐시가 말했다. "내 인생 최악의 하루였어요. 더 이상 이런 일을 얼마나 더 감당할 수 있을지 모르겠네 요." 2012년 5월 13일 일요일 오후는 참담했다. 중립적인 사람들 입장 에서는 역사상 가장 스릴 넘치는 프리미어리그 타이틀 레이스였을 것 이다. 우리에게는 큰 격차로 앞서고 있었던 걸 모두 날려버린 고통스러 운 현실에 불과했다. 우리는 권좌를 내주지 않는다는 맨체스터 유나이 티드의 규칙을 어겼다. 맨체스터 시티가 잉글랜드의 챔피언이었다.

　나 자신도 녹초가 되었으나 아내의 괴로움을 이해할 수 있었다. "캐 시." 내가 말을 꺼냈다. "우리는 행복한 삶을 살고 있고 그동안 환상적 인 성공을 경험했어."

　"알아요." 아내가 말했다. "하지만 난 밖에 안 나갈래요. 이 마을에는 시티 팬들이 너무 많아요."

　가끔 실패가 당사자보다 가족에게 더 힘들다는 사실을 잊게 된다. 세 아들은 승리와 재난의 주기에 익숙해졌다. 손주들은 그것을 이해하기에는 너무 어렸다. 당연한 얘기지만 이번 경우가 더 안 좋은 게 우리의 패배를 대가로 축하하고 있는 팀이 맨 시티이기 때문이다. 더더욱 기분 나쁜 이유는 우승을 거의 손에 넣었다가 던져버렸기 때문이다. 내가 견뎌온 그 모든 좌절 중에서 시티에게 리그 우승을 넘긴 것과 비교할 수 있는 것은 아무것도 없었다.

1986년 이후 나는 지미 프리젤을 시작으로 열네 명의 맨 시티 감독들을 겪어왔다. 마침내 도시 건너편에 있는 감독이 타이틀 레이스에서 나를 이긴 것이다. 1년 후, 로베르토 만치니는 내가 퇴임하기 전에 해임되거나 떠난 열네 번째 시티 감독이 되었다. 로베르토는 2013년 5월 FA컵 결승전에서 위건 애슬레틱에 패배한 후 해임되었다. 그때 우리는 다시 스무 번째로 리그 챔피언 자리에 올랐다. 우리는 시티에게 복수했지만 다시는 그런 일을 겪고 싶지 않았다.

2011/12시즌이 시작되자 나는 우리와 시티 그리고 첼시와의 경쟁이 될 거라고 예상했다. 사상 최고의 아주 좋은 출발을 했지만 부상 선수들 때문에 팀에 많은 변화를 줘야 했다. 우리가 아스널을 상대로 거둔 8대 2 승리는 그들이 1896년 러프버러 타운에게 8대 0으로 패배한 이래 가장 큰 점수 차로 진 경기였다. 2대 0 승부가 될 수도 있었다. 어느 시점에 가서는 제발 더 이상 골을 넣지 말아줘, 하는 생각까지 들었다. 아르센에게는 치욕이었다. 아스널 홈의 분위기는 애초에 고요함과는 거리가 멀었다. 그러나 우리는 그날 환상적인 플레이를 했다. 양쪽이 날려버린 골 기회까지 합치면 12대 4나 12대 5가 될 수도 있었다.

그날 아스널은 어린 선수 하나를 미드필드에 내보냈다. 프랑시스 코클랭은 전혀 들어보지 못한 선수였고 그 이후 거의 경기에 나오지 못했다. 그에게는 완전히 능력 밖이었다. 그날 나를 정말로 실망시킨 선수는 아르샤빈이었다. 그는 공 위로 날린 두 개의 거친 태클 때문에 퇴장당할 수도 있었다. 아르샤빈은 변해 있었다. 다른 모든 사람들에게 당하기만 하던 선수가 갑자기 돌변해서 상대방을 쓰러뜨리기 시작하면 기억해둬야 한다. 그의 행동은 내게 큰 충격이었다. 아르샤빈은 그날 경기에 아무런 도움도 주지 못했다. 상대팀 감독인 나마저도 그의 변해버린 모습을 보는 건 실망스러웠다. 마침내 아르센은 그를 내보내고 더 어린 후보 선수를 데려왔다. 당연히 안 보이는 선수들이 있었다. 파브레가스와 나스리가 없는 그들은 더 이상 전과 같지 않았다.

그 이유로 나는 아스널을 타이틀 도전자의 자리에서 지워버렸다. 내게 센터백인 페어 메르테자커는 주요 영입 대상이 아니었다. 그런 유형의 선수들은 그동안 독일에서 수없이 봐왔다. 그가 팀의 걸림돌이 될 것이라고는 생각하지 않았지만 그렇다고 해서 그가 아스널을 더 높은 곳으로 끌어올릴 거라고 생각하지도 않았다. 그들은 자신들의 경기력과 결과에 보다 더 직접적인 영향을 줄 수 있는 선수들이 필요했다.

아스널의 이적 시장 거래에서 특이한 테마가 형성되고 있는 것을 발견했다. 우리는 아스널 스트라이커인 마루완 샤마크를 보르도 시절부터 지켜봐왔다. 프랑스에 유능한 스카우터들이 있었지만 그들은 그를 절대 높이 평가하지 않았다. 올리비에 지루는 또 다른 영입이었다. 아르센은 그저 그런 수준의 프랑스 선수들을 기꺼이 사들이는 것으로 보였고 나는 그가 어쩌면 프랑스 축구를 너무 과대평가하고 있는 게 아닌가 하는 생각까지 들었다.

아스널에게 거둔 8대 2 승리 이후 홈에서 시티에게 6대 1로 지는 촌극이 벌어졌다. 우리는 40분 동안 그들을 두들겨쳤다. 정말 인정사정없이 팼다. 우리는 세 골 내지는 네 골 차로 앞서야 했다. 심판은 마이카 리처즈가 애슐리 영을 걷어차게 놔뒀고 파울 다섯 개를 연이어 눈감 아줬다. 하프타임까지 우리는 진짜로 경기를 주도했다. 그리고 나서 전 반전 휴식이 끝난 뒤 바로 우리 선수 한 명이 퇴장당했다. 만약 그 장면 을 다시 본다면 마리오 발로텔리가 조니 에번스를 먼저 잡아끈 것을 볼 수 있을 것이다. 그러나 우리 센터백은 그 뒤 그를 태클로 쓰러뜨렸고 퇴장당했다.

그래서 2대 0으로 뒤진 상황에서 나는 교체를 단행해 필 존스를 내보 냈다. 그는 자꾸만 앞으로 달려나갔다. 우리가 3대 1로 따라붙자 관중 들은 열광하기 시작했다. 짜릿한 역전극이 펼쳐질 것만 같았다. 플레처 가 멋진 골을 넣었고 우리는 공격을 시작했다. 그리고 나서 마지막 7분 동안 세 골을 먹었다. 자살행위였다.

창피한 얘기지만 실은 우리가 자멸한 거였다. 경기 중 한순간도 시티 가 우리보다 우월하게 보인 적이 없었다. 3대 0이 되자 그들은 안일해 지기 시작했다. 그들은 우리를 갈기갈기 찢어놓는 스타일의 경기를 하 지 않았다.

경기의 마지막 부분은 망신스러웠다. 한 편의 코미디였다. 그래서 리 오 퍼디낸드에게 더 이상 스피드로 도박하지 말라고 다그쳤지만 거절 당했다. 그가 가장 빠를 때였다면 리오는 공격수에게 어디로 공을 차야 할지 보여주면서 그로부터 공을 빼앗았을 것이다. 그러나 지금은 똑같 은 것을 다비드 실바에게 하려다 그를 쫓아가지 못하는 것이다. 그 경 기는 리오에게 분수령이 되었다.

데 헤아는 어쩔 줄을 몰라 했다. 여섯 골이 그를 지나가는데 아무것 도 잡아내지 못했다. 우리는 한창 쓸모 있어지던 웰벡도 잃었다.

종료 휘슬이 울린 뒤 나는 선수들에게 너희들 스스로 망신을 자초한 거라고 말했다. 그러고 나서 우리는 팀의 수비적인 측면에 주의를 돌렸다. 어디선가 물이 새고 있었고 우린 그 부분을 고쳐야 했다. 개선 작업 덕분에 한동안 우리는 튼튼한 수비를 지니게 되어 안정된 전력을 선보였다. 결국 시티 전은 우리 선수들이 수비에 가담하러 돌아오면서 올바른 위치에 복귀하게 하고 집중력과 수비에 대해 좀 더 심각하게 생각하도록 만들었다.

우리는 그 6대 1 패배로 인해 1월 1일이 되자 맨 시티와 9점 차에서 3점 차로 좁혀졌다. 블랙번 로버스에게 홈에서 패배한 것은 내 일흔 번째 생일과 겹쳐 정말 충격적이었다. 하지만 새삼스러운 일도 아니었다. 쉰 번째 생일날 퀸스파크 레인저스에게 4대 1로 진 적도 있으니까. 에번스, 깁슨 그리고 루니가 밤새 놀다가 다음 날 훈련장에 부스스한 모습으로 나타나자 나는 그들을 출장시키지 않았다. 캐릭과 긱스는 부상이었다. 이 모든 이유로 나는 하파에우와 박지성을 중앙에 서게 할 수밖에 없었다. 블랙번은 그날 좋은 경기를 했다. 우리는 2대 2로 따라잡았고 그들은 코너킥을 얻었으나 데 헤아가 처리를 잘못하는 바람에 그랜트 핸리가 결승골을 터뜨렸다.

한편, 유나이티드는 나 몰래 경기장 스탠드 한 곳에 내 이름을 붙였다. 내가 피치 위로 걸어 들어갈 때, 유나이티드 감독 25주년을 기념하기 위해 양 팀 선수들이 두 줄로 늘어섰는데 아주 감동적이었다. 선덜랜드 선수 중 유나이티드 선수였던 브라운, 바즐리 그리고 리처드슨은 활짝 웃으며 매우 기뻐해줬다. 나는 그들이 자랑스러웠다. 그들은 내게 데이비드 길이 서 있는 센터서클까지 가게 유도했다. 그의 발치에는 뭔가 놓여 있었다. 나는 그 물건을 나에게 주려는 건가 하고 생각했지만 데이비드는 내가 남쪽 스탠드를 바라보게 했다. 그와 실제로 일을 꾸민 사람들만 그 일에 대해 알고 있는 것으로 보였다. 모든 것은 절대 비밀 속에 진행되고 있었다.

데이비드는 연설을 한 뒤 내 몸을 돌려 스탠드 상단의 글자를 보게 했다. 인생을 살면서 '난 이런 걸 받을 자격이 없는데.' 하는 기분과 동시에 가슴 뭉클해진 순간을 맞은 적이 있는가. 바로 그 순간 나는 그 감정을 느꼈다. 데이비드는 25주년을 적절하게 기념하는 것이 무엇일지 고심했고 이것이 그 대답이었다. 데이비드는 다음 순간 나를 깜짝 놀라게 했다. "우리는 당신의 동상을 세울 겁니다. 하지만 당신이 감독을 그만둘 때까지 기다리는 게 좋다고 생각하십니까?" 그 일에 대해 우리가 마지막으로 나눈 대화에서 그는 이렇게 말했다. "뭔가 하긴 할 건데 그게 뭐가 될지는 모르겠어요." 그가 들고 나온 대답은 나를 겸허하게 했다. 나는 유나이티드 감독으로 있으면서 1,410경기를 치렀다. 그 순간은 내가 은퇴에 대해 더 이상 깊이 생각하지 않게 했다. 하지만 2011/12시즌 마지막 경기가 끝난 뒤 나는 선수들에게 이렇게 말했다. "좋아, 한 시즌만 더 하고 나서 끝내자." 정말로 나는 많이 지쳐 있었다. 마지막 1분은 나를 완전히 기진맥진하게 만들었다.

챔피언스리그를 조별 리그에서 탈락한 것은 내 잘못이었다. 나는 챔피언스리그를 당연한 것으로 생각했다. 우리는 이전 조별 리그를 쉽게 통과했고 이번에도 간단할 거라고 생각했다. 물론 이것을 공공연한 자리에서 말할 수는 없었다.

벤피카 원정을 치를 때 두세 명 정도의 선수를 쉬게 했다. 우리는 무승부로 원정 경기를 마쳤고 상당히 좋은 플레이를 했다. 그리고 나서 바젤을 상대로 2대 0으로 앞서게 되자 너무 편하게 경기에 임했고 결국 3대 3 무승부로 끝나고 말았다. 그들은 우리를 1차전에서 이겼기 때문에 우리보다 승점 2점이 앞서게 되었다. 그다음 클루지와의 두 경기는 이겼지만 벤피카와 바젤이 여전히 우리를 쫓는 상황이었다.

우리는 잘 싸웠지만 벤피카와의 홈경기에서 겨우 무승부밖에 거두지 못했다. 그것은 바젤에게 지게 되면 탈락이라는 뜻이었다. 스위스 구장의 잔디는 매우 푹신푹신했고 전반전에 비디치가 심각한 부상을 당해 빠지게 되었다. 그들에게는 프라이와 슈트렐러라는 두 명의 좋은 포워드가 있었고 2대 1로 경기를 이겼다. 바젤과의 홈경기에서 선수들은 수비적인 측면에서 안일한 모습을 보이며 공을 쫓아 수비에 가담하지 않았다.

우리의 어린 선수들에 대한 대비책을 잘 세운 크리스털 팰리스는 우리를 칼링컵에서 탈락시켰다. 리그컵은 이제 언제나 보너스 대회로 간주되고 있다. FA컵에서는 맨 시티를 대회 초반에 꺾은 뒤 4차전에서 탈락했다. 이제 초점이 프리미어리그에 맞춰졌기 때문에 유로파 리그에서는 거의 진전을 보이지 못하다 3월 초 아틀레틱 빌바오와의 홈경기에서 3대 2로 패하며 탈락했다. 나는 유로파 리그에서 우승하며 우리 팀을 제대로 보이고 싶었다. 그러나 유로파 홈경기 기록은 5전 1승으로 매우 초라했다.

그 시점에 우리는 자신감이 흔들리기 시작했다. 챔피언스리그는 조별 리그에서 탈락했고 맨 시티에게 6대 1로 패했고 칼링컵도 홈에서 크리스털 팰리스에게 패하며 탈락했다. 그런데 문제는 더한 도전이 우리 앞에 기다리고 있다는 것이었다. 하지만 우리는 그런 일에 능숙했다. 우리는 전적으로 리그에 집중할 에너지와 기술이 있었다. 블랙번 로버스 경기 결과를 제외하면 이후의 우리 폼은 아주 좋았다. 1월에서 3월 초까지 우리는 아스널과 토트넘을 원정 경기에서 이겼고, 리버풀에게 승리하고 첼시와 비겼다.

2월에는 수아레스가 올드 트래퍼드에서 파트리스와의 악수를 거부하며 수아레스/에브라 사건이 다시 터졌다. 나는 경기 전 화요일에 선수들을 모아놓고 말했다. "너희는 좀 더 큰사람이 되어야 한다." 그들은 그 사건에 대해 곱게 넘어가지 않을 작정이었다. 나는 내 좌우명에 충실했다. 우리는 그들보다 더 나은 사람이 되어야 했다. 그들은 점차 마음을 돌려 악수를 받아들이기로 했다. 가장 경험 많은 선수인 퍼디낸드는 존 테리와 안톤 퍼디낸드 사이에 있었던 일을 마음에 두고 있었다. 금요일이 되자 그들은 악수에 대해 불편하게 여기지 않게 되었다. 에브라 쪽에서도 악수를 할 예정이었다.

나는 그 장면을 여러 번 돌려봤다. 수아레스가 파트리스를 지나칠 때 서두르는 듯 보였다. 아마 아무도 관심 있게 보지 않으리라 생각했을 것이다. 수아레스가 에브라를 지나칠 때, 에브라는 짜증을 내며 그에게 뭐라고 했다. 모든 것은 매우 빨리 끝났지만 사건의 반향은 오래갔다.

케니 달글리시가 그의 첫 경기 전 티브이 인터뷰를 했을 때 그는 수아레스가 악수에 동의한 것 같은 의미의 말을 했다. 리버풀 정도의 위상을 지닌 클럽이라면 뭔가 조치를 취했어야 했지만 수아레스는 여전히 경기에 나왔다. 나는 수아레스를 '리버풀의 수치'라고 불렀고 그들이 현명하다면 그를 '내보내야' 한다고 말했다. 나는 또한 선수들이 운동장을 빠져나갈 때 수아레스와 너무 가까운 곳에서 승리를 축하한 것에 대해 에브라를 꾸짖었다.

사건은 파트리스가 안필드 구석에서 비통한 모습으로 앉은 것에서부터 시작했다. "무슨 일이 있었나?" 내가 물었다.

"그 녀석이 나보고 검둥이라고 불렀어요." 파트리스가 말했다.

나는 그에게 우선 심판한테 그 일을 얘기하라고 말했다. 파트리스와 나는 심판 사무실로 들어가 임원에게 말했다. "파트리스 에브라가 인종차별적인 욕설을 들었답니다."

대기심인 필 다우드가 모든 진술을 받아쓰기 시작했다. 주심인 안드레 마리너는 뭔가 큰일이 벌어진 것 같다고 내게 말했지만 얼마나 큰일인지는 그도 알지 못했다. 파트리스는 한두 번 일어난 일이 아니라고 말했다. 그러고 나서 그들은 케니 달글리시를 불렀다. 나중에 우리가 함께 한잔하고 있는데 존 헨리도 들어왔다. 그를 소개받았지만 별로 많은 대화는 나누지 않았다. 스티브 클라크 수석코치의 아들이 술을 따랐다. 원로 축구인사 몇 명이 들어와 합석했다.

하지만 더 이상의 이야기는 거론되지 않았다. 그러고 나서 신문에 대서특필됐다. 나중에 리버풀 선수들이 수아레스를 지지하는 티셔츠를 입고 나왔는데 리버풀 같은 위상을 지닌 클럽으로서는 정말로 어리석은 짓이라고 생각했다. 내 생각에 우리는 사건에 잘 대처했다. 우리가 올바른 편이라는 것을 알고 있었기 때문이다. FA는 내게 더 이상 그 이야기를 거론하지 말라고 몇 번 부탁했다. 그러나 리버풀은 그 사건을 그냥 놔두지 않았다. 데이비드 길이라면 어떠한 감독도 그런 식으로 사건에 대응하는 걸 내버려두지 않았을 것이다. 보비 찰턴이라도 마찬가지였다. 그들은 인생에 대해 경험이 풍부한 사람들이다. 리버풀에는 케니를 말릴 사람이 아무도 없어 보였다.

수아레스는 청문회에 출석해 그가 에브라를 '네그리토'라고 불렀다고 말했다. 전문가는 친구끼리라면 '네그리토'라고 부를 수 있어도 낯선 사람을 그렇게 부를 수 없으며 그렇게 되면 인종차별이 성립된다고 증언했다.

올드 트래퍼드에서 벌어진 악수 거부 사건으로부터 5일 후에 있을 아약스와의 유로파 리그 경기에서 에브라를 뺐다. 그는 힘든 시간을 보내느라 휴식이 필요했기 때문이다. 그는 작지만 강한 남자였다. 나는 그의 심리 상태를 정기적으로 체크했고 그럴 때마다 그는 "난 괜찮아요. 내가 부끄러워해야 할 것은 아무것도 없고 옳은 일을 했다고 생각해요. 수아레스가 내게 한 말은 수치스러운 거였어요." 하고 말했다.

또한 그는 원칙 문제에 입각해서 오직 자신만을 위해 이런 일을 하는 것이며 흑인 선수들을 대표해 더 큰 정치적인 투쟁을 하려고 하는 게 아니라고 말했다.

나는 케니가 자신의 오랜 불만을 터뜨렸다고 생각했다. 문제는 안필드에 더 이상 피터 로빈슨 같은 사람이 없다는 것이었다. 피터 로빈슨이라면 수아레스 사건을 그런 식으로 다루는 것을 절대로 용납하지 않았을 것이다. 젊은 임원들은 케니를 우상시했기 때문에 "행동 좀 조심하세요, 이건 미친 짓이에요. 여기는 리버풀 축구클럽이란 말입니다." 하고 말할 사람은 아무도 없었다. 마찬가지로 힐즈버러 비극에 대한 케니의 관록 있고 정치가다운 대응은 아무리 칭찬해도 부족하며 훗날의 그 어떠한 정치적 실수로도 상쇄될 수 없는 존경을 얻었다.

그랜드스탠드의 동상 제막식에 이어진 또 하나의 커다란 영예는 2011 FIFA 회장상이었다. 시상식에서 나는 펩 과르디올라 옆에 앉았고 바로 앞줄에는 바르셀로나의 삼총사 메시, 차비 그리고 이니에스타가 있었다. 나는 그들과 함께 있어서 영광스러웠다. 나 혼자 식장에 앉아 있는데 세 사람이 다가와 악수를 청했다. 차비는 "스콜즈는 잘 지냅니까?" 하고 물었다. 메시는 수상 소감에서 자신이 받은 발롱도르 상은 차비와 이니에스타에게 돌아가야 한다고 말했다. "그들이 저를 만

결의 트리오. 폴 스콜즈, 라이언 긱스 그리고 개리 네빌.

)11년 11월 나의 25주년 기념 만찬회. 외국 선수 중 일부는 킬트 차림에 조금 당황했을 것이다.

맨체스터 더비 경기에서 로베르토 만치니가 대기 부심
을 지나치게 괴롭혔다고 생각했고 그에게 그리 전했다.
잠시 충돌이 있었지만 곧 잊어버렸다.

만치니가 시티에서 이룬 업적을 존중한다. 감독으
으면서 여러 시티 감독들을 떠나보냈다.

2012년 9월 안필드에서 있었던 힐스버러 참사 추모식은 두 클럽에 의해 품격 있게 치러졌다. 보비 찰턴 경과 이
언 러시가 악수를 나누고 있다.

자들은 고별 선물로 헤어드라이어가 그려진 케이크를 물했다. 기자회견장에서 나는 인정사정없었지만 종종 께 웃음을 터뜨리는 일도 있었다.

당시에는 알지 못했지만 내 후계자인 데이비드 모이스 는 2013년 2월 에버턴을 이끌고 우리 그라운드로 왔다.

지막 퍼즐. 로빈 판페르시의 애스턴 빌라 전 해트트릭은 2012/13시즌 타이틀을 차지하는 데 결정적인 역할을 다. 훌륭한 영입이었다.

아직도 데이비드 길이 무슨 수로 캐시에게 내 동상의 베일을 벗기게 했는지 알 수가 없다. 그녀는 동상 발치에 고 고개를 숙이는 일은 거절했다.

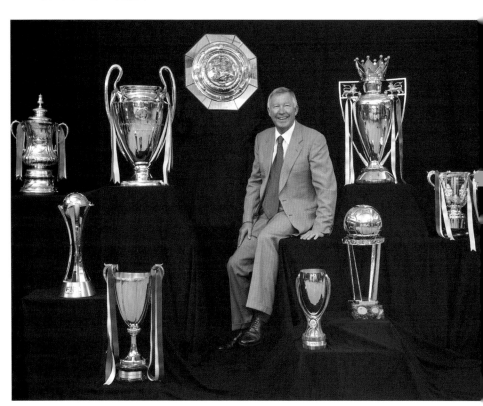

성공은 내게 지휘권을 선사했다. 하나의 트로피를 손에 넣을 때마다 나는 다음 트로피를 생각했다.

상의 베일이 걷히자 농담으로 "나는 죽음을 초월했어." 하고 말했다. 과분한 영광이다.

2012/13시즌 프리미어리그 우승컵이 올드 트래퍼드의 피치 위에서 우리를 기다리고 있었다. 내 임무는 거의 끝났다.

HE IMPOSSIBLE DREAM SIR ALEX 26 YEAR

2013년 5월 올드 트래퍼드에서 특별한 팬들과 특별한 하루. 이렇게 나의 감독생활은 막을 내리려 하고 있었다.

시는 좀체 경기를 보러 오지 않았지만 언제나
를 지지했다. 마지막 프리미어리그 트로피와
께 포즈를 취해보았다.

마지막까지 한 편의 드라마였다. 나의 마지막 경기였던 웨스트
브롬 전에서 경기 시작 전 가족을 향해 손을 흔들고 있다. 스코
어는 5대 5였다.

거슨가의 다음 세대. 나의 멋진 손주들도 고별 파티에 참석했다.

하모니 로 시절 친구들도 2013년 3월 맨체스터에 모여 재회의 기쁨을 나누었다. 여전히 끈끈한 우정이다.

한판 뛰어볼까? 매년 갖는 하모니 로 정기 모임에서 친구들과 함께. 축구팀은 영원하다.

든 겁니다." 메시는 아주 겸손한 청년이었다.

아주 즐거운 밤이었다. 제프 블라터 FIFA 회장은 친절하게 인사를 건넸으며 고든 브라운, 토니 블레어, 조제 모리뉴, 에리크 캉토나, 호날두 그리고 데이비드 베컴으로부터 비디오 메시지를 받았다. 수상의 의의는 맨체스터에서 보낸 25년의 성과를 인정하는 것이었다. 나는 '내 인생 황혼기'에 찾아온 영광이라고 말했다. 만약 시즌 마지막에 나를 볼 수 있었다면 내 말이 옳다고 생각할 것이다.

나는 우리가 주도권을 쥐고 있다고 생각해서 시티와의 경기 때는 심리전을 사용하지 않았다. 파트리크 비에이라는 2012년 1월 은퇴한 스콜즈를 도로 불러들인 것에 대해 우리가 약하다는 증거라고 주장했다. 위건 원정에서 질 때까지 우리는 굉장한 추진력으로 시즌을 치러나갔다. 그날 우리는 좋은 플레이를 하지 못했다. 우리를 진짜로 끝장낸 것은 4월 22일 에버턴과의 홈경기였다. 종료 7분을 앞두고 우리는 4대 2로 앞서고 있었다. 파트리스 에브라가 골대를 맞힌 뒤 에버턴은 역습으로 골을 넣었다. 5대 2가 되는 대신에 4대 3이 되었다. 우리가 4대 4 무승부로 마쳤을 때 나는 리그 우승이 물 건너갔음을 느꼈다. 시티는 울브스에게 손쉽게 승리를 따내며 승점 격차를 3점으로 줄였다. 곧 시티 홈에서 맨체스터 더비가 벌어질 예정이었다. 결과는 자멸이었다. 시티 원정 경기는 언제나 어려운 경기가 될 것이었고 천천히 공을 돌리며 속도를 늦추고 우리 진영에서 파울을 남발하고 나스리와 실바에게 공을 연결한 뒤 그들이 공을 몰고 다니면서 짜증 나는 경기를 할 것이라고 생각했다. 이미 시티는 그런 영리한 전술에 정통했다.

에티하드 경기장에서 두 측면 플레이어들에게 원 톱인 루니를 지원하기 위해 끊임없이 앞으로 나오라고 주문했다. 박지성은 야야 투레가 있는 구역에 배치해 경기 내내 그를 전담하기로 했다. 박지성보다 그 일을 더 잘해낸 선수는 아무도 없었다. 체격적으로 박지성은 뛰어난 신체 조건을 지닌 야야 투레에 미치지 못했지만 그가 약탈할 곳을 찾아다니며 그라운드를 뛰어다니는 위협을 무력화시켜야 했다. 그러나 나는 실수를 저질렀다. 나니는 그날 형편없었다. 대신 발렌시아를 내보냈더니 훨씬 나았다. 그러나 시티는 1대 0으로 앞서게 된 뒤 시간 끌기에 나섰다. 스몰링이 하프타임 직전 뱅상 콩파니의 헤더를 노린 다비드 실바의 코너킥에 허를 찔린 것이다. 받아들이기 힘든 결과였다.

초반 20분 동안 우리는 잘해나갔다. 우리의 공 점유율은 좋았고 기회 비슷한 것도 두어 번 있었다. 우리는 상대의 측면 활동 공간을 줄이기로 했다. 사발레타는 계속 터치라인으로 와서 코너킥을 따냈다. 클리시 쪽은 아무 위협도 없었다. 공은 모두 사발레타 쪽에서만 왔다. 그리고 바로 코너킥이 우리에게 패배를 안겨주었다.

만약 우리가 하프타임까지 0대 0을 유지했다면 이길 수 있었을 것이다. 우리는 후반전에 웰벡이 박지성과 교체되는 것을 포함한 여러 계획과 플레이 방식을 준비했다. 그런데 니헐 더용이 곧바로 백태클을 날렸고 대니는 잉글랜드 국가대표 경기를 뛸 때까지 시즌의 나머지 경기를 뛰지 못했다. 더용은 웰벡의 발목에 태클한 것에 대해서만 경고를 받았다.

로베르토 만치니는 경기 내내 마이크 존스 대기심을 성가시게 했다. 나는 그가 강한 심판이 아니라고 생각한다. 더용이 웰벡에게 문제의 태클을 날렸을 때 만치니는 그의 선수를 보호하기 위해 뛰쳐나갔다. 나는 만치니에게 지옥으로나 가라고 말했다. 그것이 우리의 작은 충돌의 전모다. 로베르토는 대기심을 지배하려 했고 나는 더 이상 참을 수 없었다. 그는 심판이 자신에게 와서 말을 걸기를 원했다. 그렇게 해서 홈 관중의 응원을 등 뒤에 업으려는 속셈이었다. 안드레 마리너는 마이크 존스에게 사태를 해결하게 했다. 경기의 차이를 만들어낸 것은 야야 투레였다. 그는 1대 0으로 끝난 경기에서 가장 뛰어난 선수였다. 그는 환상적이었다.

경기가 끝난 후에는 아무런 적대감도 남지 않았다. 로베르토와 나는 같이 술을 마셨다. 프랭크 시나트라를 제외하고는 구단 사무실에 있는 모든 이가 우리가 이야기하는 동안 몰려왔다. 실내는 사람들로 가득 찼다. 나는 만치니에게 말했다. "이건 말도 안 돼. 이렇게 많은 사람들에게 둘러싸였는데 어떻게 얘길 나눠?"

만치니가 시티 감독이었을 때 나를 놀라게 한 것은 카를로스 테베스에 대해 그가 취한 태도였다. 그는 선수의 권력을 누르고 자신의 위치를 확고히 할 기회가 있었다. 내 생각에 그는 테베스를 쫓아냈어야 했다. 만치니와 테베스가 독일에서 열린 챔피언스리그 경기에서 충돌한 뒤 테베스는 석 달 동안 아르헨티나에 머물렀다. 그곳에서 골프나 치며 지낸 그는 돌아오더니 시티를 위해 리그에서 이기고 싶다고 말했다.

그를 다시 받아들인 일은 만치니가 얼마나 절박했는지 보여준다. 어쩌면 셰이크 만수르가 개입해서 중재했는지도 모른다. 만치니가 "테베스가 앞으로 나를 위해 뛸 일은 없을 것이다."라고 한 말을 똑똑히 기억한다. 만약 에딘 제코나 발로텔리가 3개월 동안 사라져 있었다면 그들이 테베스와 같은 취급을 받았을까? 만치니는 화를 자초했다. 감독으로서의 위신을 보자면 그는 스스로를 추락시켰다.

선수단과 스태프 중에서 그를 좋아하지 않는 사람들이 있다는 이야기를 들었지만 그는 사랑을 받기 위해 그곳에 있는 것이 아니었다. 성적이 그의 방식을 뒷받침했다. 그는 연령대와 포지션별로 균형 있게 선수를 영입했다. 내 생각에 그는 서른이 넘었거나 스물넷이 안 된 선수는 뽑기를 꺼렸던 것 같다. 그의 선수들은 대개 스물넷에서 스물여덟 살 사이였다. 그들 중 대부분은 전성기에 있었고 이론적으로 따지면 그는 2년 내지 3년 동안 이 선수들을 데리고 있을 수 있었다.

전술적으로는 이탈리아 축구 특유의 직감이 보였다. 시티가 공격으로 접어들자마자 그는 수비에 다섯 명을 남겨두었다. 그는 방어적인 사고를 지녔고 아무것도 포기하지 않았다. 그런 감독과 싸우면 이기기 힘들다.

그러나 골득실 차는 여전히 중요한 요소였다. 스완지와 선덜랜드와의 남은 두 경기에서 어떻게 해서든 골득실 차를 줄여야 했다. 스완지 전에서 스몰링과 긱스는 기회를 날려버렸다. 5점 차로 리드하며 하프타임에 들어갈 수도 있었다. 후반전에 루니와 클레벌리 둘 다 문전 슈팅을 실패했다. 만약 우리가 5대 0으로 이겼더라도 다섯 골을 흘려보낸 셈이 된다. 선덜랜드 경기에서 그들의 골키퍼는 엄청났다. 시몽 미뇰레의 선방은 기가 막혔다. 우리는 골대를 두 번 맞혔다. 루니는 크로스바를 맞혔다. 우리는 8대 0으로 이길 수 있었다. 그런 방법으로 리그를 우승하게 되면 얼마나 기가 막히겠는가. 골득실 차로 말이다.

그 경기에서 발렌시아의 크로스를 받은 루니가 시즌 34호골을 터뜨렸고, 그 골이 그날 우리의 유일한 득점이 되었다. 우리 팬들은 훌륭했다. 스카이 텔레비전에 어린 소년이 나와 시티는 아직도 2대 1이라고 말하는 모습을 봤다. 얼마나 남았나? 추가시간이 5분 주어졌다. 그러나 나는 알고 있었다. 시티는 125초 안에 제코와 아궤로가 두 골을 넣었다. 제코의 골은 91분 15초에 터졌다. 그러고 나서 아궤로가 마리오 발로텔리와 패스를 주고받으며 QPR의 수비진을 뚫고 44년 만에 그들에게 우승을 안긴 골을 성공시켰다. 시계는 93분 20초를 가리키고 있었다.

우리는 30초 동안 챔피언이었다. 종료 휘슬이 울렸을 때는 우리가 챔피언이었다. 냉정하게 말하자면 우리 선수들은 자신들 스스로가 망쳐버렸다는 것을 알고 있었다. 변명 따윈 없었다.

나는 그들에게 말했다. "고개를 쳐들고 당당하게 문을 나서라. 너희가 부끄러워할 것은 없다. 약한 모습은 보이지 마라." 그들은 내 말이 전하는 바를 이해했다. 그들의 인터뷰는 긍정적이었다. 나는 내가 해야 할 일을 했다. 시티를 축하하는 것이다. 문제없었다.

시티 대 QPR 경기에서 이렇게 되었더라면 얼마나 좋았을까 하는 식으로 자신을 고문해봤자 아무 소용이 없다. 맨체스터 유나이티드는 몇 번이고 돌아왔고 또 한 번 해낼 것이다. 그해 여름 내 머릿속에 떠오른 질문은 '시티는 더 나아질 것인가?'였다. 그들은 리그 우승으로 자신감을 얻었다. 그 팀에는 어린 선수가 없었다. 경험이 풍부한 이십 대 중반의 선수들로 이뤄진 팀이었다. 그들에게 돈은 문제가 되지 않았다. 그러나 선수단의 규모와 연봉은 재정적 페어플레이(Financial Fair Play, 구단의 지출이 수익보다 많으면 안 되고 구단주의 사적 자금을 제한해 부실 경영을 막으려고 만들어졌다) 규정으로 제한되어 있었다. 나는 우리에게 물었다. 과연 다음 시즌에는 부상자가 적게 나올 수 있을까?

우리 팀에는 어린 스콜즈가 없었다. 우리에게는 그러한 부류의 영향력 있는 플레이메이킹을 할 수 있는 선수가 필요했다. 사람들은 모드리치를 거론하지만 베르바토프 소동 이후 스퍼스와 다시 협상하는 게 꺼려졌다.

하파에우는 아주 아주 좋은 선수로 성장하고 있었지만 그는 실수가 잦았다. 어떤 선수들은 절대로 실수를 멈출 수 없다. 이는 타고난 것이다. 그러나 다른 선수들이 이들을 보고 교훈을 얻을 수는 있다. 하파에 우는 바이에른 뮌헨 전에서 퇴장당하고 나서 징계 기록이 극적으로 좋아졌다. 정말로 경쟁심이 강하고 민첩하고 투지가 넘치는 선수다. 또한 그는 자신을 믿으며 경기에 대해 매우 긍정적인 태도를 지녔다. 우리가 부족한 것은 레프트백의 대체 자원이다. 파트리스 에브라는 한 시즌에 평균 48 내지 50경기를 뛰었다. 우리는 그 틈을 메워야 했다.

기자회견 자리에서 팬들에게 말했다. "이런 일에 익숙해져야 할 겁니다. 우리는 앞으로 계속해서 새로운 맨 시티를 만나게 될 테니까요. 그들과 우리의 경기는 모두 이런 식이 될 겁니다. 다음 챔피언스리그에서 그들과 같은 조에 들기를 바랍니다. 우리에게 살아 있는 목표를 줄 테니까요. 2012/13시즌에는, 인정사정 봐주지 않고 조별 리그 1위를 차지하기 위해 훨씬 더 진지하게 경기에 임할 겁니다."

프리미어리그의 마지막 라운드 전에 믹 펠란과 난 독일컵 결승전을 관전하기 위해 독일로 날아갔다. 가가와 신지, 로베르트 레반도프스키 그리고 마츠 후멜스를 보기 위해서였다. 나는 믹에게 말했다. "믹, 시티가 내일 우리를 이길 방법은 경기 막판에 골을 넣는 것뿐이야. 그들은 퀸스파크 레인저스를 상대로 어려운 경기를 할걸세. 난 QPR이 이겨도 별로 놀라지 않을 거야. 그러나 시티가 나중에 득점하면 우리는 리그 우승을 놓치고 말걸."

우리는 승점 89점으로 리그를 마쳤다. 2위 팀 사상 최대 승점이었다. 전체적인 의견은 수비진에서 안정감이 약간 떨어진다는 거였다. 특히 비디치의 부상이 컸다. 그러나 에번스와 퍼디낸드가 파트너십을 형성하자 우리는 순위표를 치고 올라갔다. 골득실 차는 양호했고 승점

89점은 건실한 수확이었다. 그러나 리그컵, FA컵 그리고 챔피언스리그에서의 조기 탈락 때문에 우리에게는 안 좋은 시즌으로 기록될 수밖에 없었다.

나는 우울했으나 사기가 꺾이지는 않았다. 나는 하파에우, 존스, 스몰링, 데 헤아, 클레벌리, 웰벡, 에르난데스 등 앞으로 더 나아질 선수들을 데리고 있었다. 그들은 길고 힘든 시즌을 견디기에 충분한 선수단의 핵심이었다. 스콜즈를 대체하는 것이 문제였다. 그런 선수를 어디서 찾을 수 있을지 모르겠다. 몸 상태가 좋은 안데르송이라면 그의 공백을 일부 메울 수도 있을 것이다. 우리는 가가와와 크루(체셔의 크루가 연고인 리그 1팀)의 어린 소년 닉 파월과 계약할 것이다. 우리는 다섯 명의 천부적인 센터백을 지니고 있었다. 거기에 발렌시아와 나니가 있다. 영은 측면에서 우리에게 많은 옵션을 선사할 것이다. 우리는 무엇이 걸림돌인지 알고 있었다. 시끄러운 이웃이다. 만약 그들이 유럽 대항전에서 더 좋은 성적을 올리고 리그에 신경을 점점 덜 쓰게 된다면 우리에게는 좋은 일이 될 것이다.

화요일에 우리는 해리 그레그(북아일랜드의 골키퍼였으며 맨유에서 10년간 뛰었다)의 기념 경기에 뛰기 위해 벨파스트로 떠났다. 선수들의 사기를 올리는 일은 쉽지 않았다. 그러나 경기는 매우 감명 깊었다. 해리 그레그는 팀에 충실한 부하였고 관중의 응원은 훌륭했다. 자선 경기는 우리의 실망감을 극복하는 데 도움을 줬다.

고통스러운 대단원의 후기를 말한다면 건강 문제로 가슴을 쓸어내린 일일 것이다. 베를린으로 가서 도르트문트 대 바이에른의 독일컵 결승전을 보고 선덜랜드로 간 뒤 다시 맨체스터로 돌아오고 나서 해리 그레그의 기념 경기를 위해 벨파스트로 간 다음 집으로 돌아왔다. 그리고 레인저스 행사에서 연설을 하기 위해 글래스고로 떠났고 토요일에 뉴욕으로 떠날 비행편이 예약되어 있었다.

글래스고에서 면도를 하고 있는데 피가 몇 방울 떨어졌다. 그리고 다시 몇 방울, 또 몇 방울. 출혈이 멈추지 않아 결국 병원으로 가서 상처를 지져야 했다. 의사는 비행기를 타도 괜찮을 거라고 말했지만 이틀 동안 피가 멈추지 않아서 뉴욕 여행을 취소했다. 금토일 3일 동안 의사가 왕진했고 고통스러웠지만 결국은 가라앉았다.

선수 시절 코피가 자주 났었다. 주로 충돌 때문이었다. 그러나 이번에는 특별히 지독했다. 원인은 너무 비행기를 많이 타고 기내압에 너무 많이 노출되었기 때문이라는 진단이 나왔다.

작은 경고였다. 너무 지나치면 탈이 난다는.

가족

아내는 언제나 늦게까지 자지 않고 나를 기다렸다. 내가 새벽 2시나 3시에 문을 열고 들어와도 캐시는 기다렸다가 나를 반겨주었다. "왜 자지 않고?" 내가 집으로 가면서 전화로 묻는다. "아니, 당신이 올 때까지 기다릴게요." 아내의 대답이다. 47년간 아내는 이 점에 대해서는 한결 같았다.

내가 축구에 전념할 수 있는 것도 가정생활은 아내가 완벽하게 잘 돌보고 있다는 믿음 때문이다. 캐시는 놀랄 만한 사람이다. 데이비드 길은 올드 트래퍼드에 세워진 내 동상의 베일을 벗기는 일을 아내가 맡도록 설득하는 놀라운 재주를 발휘했다. 아내가 사람들 앞에 나설 수 있게 설득하는 건 나한테는 절대 불가능한 일이다.

캐시에 대한 사실 하나는 절대로 변하지 않았다는 것이다. 그녀는 어머니이자 할머니이고 또 주부다. 그것이 그녀의 삶이다. 굳이 환심을 사려고 하면서 친구를 구하지도 않는다. 그렇다고 아내가 친구들을 멀리하는 것은 아니다. 그저 가족과 소수의 가까운 친구들과 함께하는 것을 더 좋아할 뿐이다. 아내는 거의 축구장 근처에도 가보지 않았다. 나와 결혼했을 때 우리는 주말이면 글래스고 친구들과 함께 춤추러 가곤 했다. 그녀는 언제나 글래스고 친구들을 편안히 여겼다. 그러나 우리가 유나이티드로 옮긴 이후 그녀는 전혀 사교활동을 하지 않았다. 그녀는 파티 같은 곳에 가고 싶어하지 않았고 나는 행사나 만찬의 거의 대부분을 혼자 참석했다.

대문이 있는 집은 보수당 정치가들이 선거 유세를 하러 올 때면 그 가치를 드러낸다. 지역의 보수당원들이 스피커로 유세하려고 하면 그녀는 "미안해요. 퍼거슨 부인은 집에 안 계세요. 전 청소부예요." 하고 말했다. 이렇게 모든 면에 있어서 그녀는 자신의 뿌리에 충실했다.

내가 서른두 살에 선수생활을 그만두고 글래스고에 펍 두 개를 열면서 세인트 미렌의 감독으로 일하게 됐을 때 나의 하루는 러브가街에서 시작됐다. 그곳에서 나는 11시까지 있다가 펍으로 가서 오후 2시 반까지 일했다. 가끔 나는 집으로 가기도 하고 아니면 러브가의 훈련장으로 가기도 했다. 그러고 나서 다시 펍으로 갔다가 집으로 향했다.

그래서 아이들은 어렸을 때 아빠를 거의 보지 못했다. 캐시가 혼자 키웠다. 아이들이 어른이 되어서는 나와 많이 가까워졌지만 언제나 가장 큰 사랑과 존경은 엄마를 향했다.

애버딘으로 간 것은 내게 축복이나 다름없었다. 펍도 정리했고 우리 다섯 식구는 좀 더 자주 가족적으로 함께 지낼 수 있었다. 경기가 없는 한 나는 항상 집에 있었다. 대런은 볼보이였고 마크는 친구들과 함께 축구장으로 갔다. 캐시는 그때까지 축구를 그다지 좋아하지 않았던 제이슨을 맡았다.

그러나 제이슨은 열세 살인가 열네 살이 되자 축구를 하기 시작했고 웨일스 대표에 대항할 스코틀랜드 보이스 클럽을 대표하게 되었다. 제이슨은 형편없는 선수가 아니었다. 독서에 취미가 있는 대기만성형 선수였다. 제이슨은 아주 영리한 아이였다. 우리가 올드 트래퍼드로 옮겼을 때 그는 학교를 계속 다니기 위해 애버딘에 머물렀다. 그런 다음 맨체스터에서 우리와 합류했고 그곳에서 우리 B팀을 위해 몇 번 경기를 뛰었다.

뛰어난 왼발을 가진 대런은 언제나 천부적인 선수였다. 마크는 애버딘 2군 경기에 몇 번 뛰었다. 그는 고등학교와 단과대학을 셰필드에서 다니며 토지경제학을 전공했다. 마크는 시티에서 큰 성공을 거두었다. 내 아이들은 모두 잘 자라났다. 영리하고 투지 있는 캐시처럼 모두 의욕이 넘쳤다.

사람들은 내가 아버지와 많이 닮았다고 말하곤 했다. 그러나 나를 정말 잘 알고 있는 사람들은 어머니와 더 많이 닮았다고 말했다. 우리 어머니는 매우 의지가 강한 분이었다. 아버지도 그랬지만 훨씬 더 조용한 성격이었다. 다른 모든 어머니들처럼 우리 어머니는 대장이었다. 가족을 다스리는 것은 어머니였다. 캐시 역시 집안의 모든 대소사를 맡아 챙겼다. 우리 둘 다 여기에 아무 불만이 없다.

대런이 열네 살이 되었을 때 브라이언 클러프 감독이 전화해서 노팅엄 포리스트로 영입하고 싶다고 말했다. 브라이언은 종잡을 수 없는 사람이었다. 그는 내가 전화를 걸어도 받는 법이 없었다. 수화기를 드는 것은 언제나 클러프를 보좌하는 론 펜턴 코치였다. 애버딘에 있을 때 남쪽으로 가서 포리스트와 셀틱이 돌처럼 얼어붙은 운동장 위에서 치르는 UEFA컵 경기를 봤던 적이 있다. 나는 론 펜턴을 상당히 잘 알았다. 임원 라운지에 들어섰을 때 론이 말했다. "알렉스, 우리 보스를 만난 적이 있나?" 없었다. 그래서 그를 만나기를 고대하고 있던 참이었다.

론이 나를 브라이언에게 소개해주자 그가 말했다. "경기를 어떻게 봤나?"

나는 셀틱이 이길 만한 경기라고 생각했다. 그러고 나서 그에게 포리스트는 그들을 셀틱 파크에서 이길 거라고 말했다. "알았네, 젊은이. 충분히 잘 들었네." 브라이언은 이렇게 말하고 자리를 떴다. 아치 녹스는 웃음을 터뜨렸다.

정작 대런은 우리와 함께 유나이티드에 머물렀다. 문제는 그를 1군 안에 데리고 있는 것이었다. 캐시는 아들을 판 것에 대해 결코 나를 용서하지 않았다. 우리가 처음으로 리그에서 우승했던 시즌에 내 아들은 첫 15경기에 선발 출장했다. 그러나 스코틀랜드 21세 대표팀에서 햄스트링이 심하게 찢어지는 부상을 입어 석 달 동안 경기에 나서지 못하고 있었다. 그래서 경기를 뛰지 못하다 2월 복귀할 즈음에 브라이언 롭슨이 건강한 몸으로 돌아왔다. 닐 웨브, 믹 펠란 그리고 폴 인스도 이때 뛰던 선수들이었다. 그러고 나서 로이 킨을 375만 파운드로 살 수 있게 되었다. 그 일로 대런은 1군에서 뛸 희망이 사라졌다.

아들은 나를 보러 와서 일이 잘 안 풀리고 있다며 다른 팀으로 가야겠다고 말했다. 내가 힘든 것을 예민하게 느끼는 아이였다. 그래서 우리는 대런을 혼란 상태의 울브스에 팔았다. 그들은 거대한 팬층을 가진 큰 기대를 받는 클럽이었다.

그곳으로 가서 대런이 경기에 뛰는 모습을 많이 봤다. 대런은 단연 최고의 선수였지만 그레이엄 터너가 해임된 후 울브스는 그레이엄 테일러, 마크 맥기, 콜린 리 등 감독을 너무 여러 번 바꿨다. 맥기가 부임했을 즈음에는 대런은 예전보다 출장 수가 줄어들기 시작했다.

그리고 나서 그는 스파르타 로테르담으로 이적해 또 한 번 좋은 모습을 보였다. 그들은 아들이 휴가 간 사이에 코치를 바꿨고 새 코치는 대런을 원하지 않았다. 대런은 그래서 렉섬으로 돌아왔고 그곳에 정착했다. 그의 선수 경력이 끝날 무렵 배리 프라이가 피터버러에서 내게 전화를 걸어 대런이 무얼 하느냐고 물었다. 대런은 결국 피터버러 감독을 하게 되었고 챔피언십으로 승격까지 시켰지만 그곳은 그들로서는 너무 버거운 리그였다. 단장과 갈등이 생기기 시작하자 아들은 사직서를 내고 프레스턴으로 갔지만 재난과도 같은 결과를 냈다. 그 후 그는 피터버러로 돌아가 자신의 능력을 다시 증명해 보였다.

대런의 접근법은 선수들이 항상 움직이며 패스를 하는 가운데 상대 진영으로 침투하는 축구였다. 리그 밑바닥에 있는 팀으로서는 힘든 일이었다. 밑에 있는 팀들은 필사적으로 되기 마련이니까. 예산과 단장과 선수들 등 내가 초창기 시절에 경험했던 어려움을 대런이 겪는 것을 보는 것은 가슴 아픈 일이었다. 나는 아들에게 가족의 모토를 상기시켰다. "고생 끝에 낙이 온다." 젊은 감독에게 내가 주는 충고는 항상 준비되어 있으라는 것이다. 그리고 일찍 시작하라는 것이다. 마흔이 되기 전에 지도자 자격은 따두는 것이 좋다.

낙하산 코치들에 대해 나는 정면으로 반대하는 입장이다. 아주 창피한 일이다. 네덜란드와 이탈리아에서는 코치 자격증을 딸 때까지 4년에서 5년이 걸린다. 그렇게 힘들고 오랜 과정을 거쳐야 하는 이유는 감독이 되어 겪는 어려움을 견뎌낼 능력을 주기 위해서다. 워릭 경영대학에서 대런이 자격증을 따는 데 8,000파운드가 들었다. 유명한 선수들을 얼른 감독으로 만들어버림으로써 FA는 제대로 절차를 밟아 자격증을 따려는 모든 사람을 짓밟아버렸다.

난 아이들의 어린 시절 항상 집에 없거나 일에 몰두했던 것에 대해 괴로워하지 않는다. 우리 가족은 그럼에도 모두 가까이 지냈기 때문이다. 아이들끼리도 똘똘 뭉쳐 다녔다. 아이들은 언제나 부모와 연락을 주고받았고 모두 자신의 일로 바쁘게 지냈다. 마크는 항상 공에서 눈을 떼지 않아야 하는 일을 하고 있었기 때문에 나조차도 그 애를 자주 볼 수 없었다. 그의 세계는 아주 짧은 찰나의 세계다. 단 몇 초 때문에 영입의 성패가 갈리니까. 그것이 시장이 움직이는 방식이다.

내 아이들이 모두 잘 자라난 것은 늘 그들 곁에 있어주고 언제 현관문에 열쇠를 꽂든지 상관없이 나를 기다려주었던 캐시 덕분이다.

루니

2004년 8월이었고 방금 에버턴과 경기를 마친 후였다. 빌 켄라이트
(유명한 연극, 영화 제작자이며 에버턴의 단장)는 울고 있었다. 그것도 내 사무
실에 앉아 울고 있었다. 함께 있던 사람은 데이비드 모이스, 데이비드
길 그리고 나였다. 모두 비탄에 잠겨 있는 에버턴 구단주를 가만히 바
라보는데 그가 전화를 걸어야겠다고 했다. 그는 울면서 말했다. "어머
니에게 전화해야겠어."

"맨유가 우리 애를 훔쳐가려고 해요, 우리 애를 훔쳐가려고 한다고
요." 그는 수화기에 대고 소리쳤다. 그러고 나서 그는 내게 전화를 바
꿔줬다. "그 애를 거저 먹으려고 들기만 해봐! 그 애는 5,000만 파운드
는 된다고." 어떤 여자가 말했다. 멋지군. "이건 속임수야." 나는 웃음
을 터뜨렸다. "이거 무슨 게임인가요?" 그러나 실제 상황이었다. 에버
턴이란 말만 해도 빌은 울음을 터뜨렸다. 그는 풍부한 감성을 가진 매
우 호감 가는 사람이었다.

데이비드 모이스가 나에게 눈치를 줬다. 잠시 나는 이게 무슨 연극인

가 했다. 빌의 배경은 어쨌든 연극이었으니까. 이 모든 일이 벌어지는 동안 나는 루니의 의료 기록을 살펴봐야겠다는 생각이 들었다. 우리가 미처 알아채지 못한 신체적 문제가 있을까? 그의 몸값을 올리려는 계략일까? 맙소사, 너무 웃기는 일이었다. 실은 그 아이의 다리가 하나밖에 없는 것일까? 내가 거대한 사기극에 말려들고 있는 걸까?

잉글랜드의 가장 촉망받는 어린 재능을 사기 위한 협상은 적어도 거짓말 하나 안 보태고 질질 늘어지고 있었다. 빌은 그 아이의 가치를 알고 있었다. 데이비드 모이스는 좀 더 호전적인 쪽이었는데 내가 그의 처지였다면 마찬가지였을 것이다. 데이비드는 현실적이었다. 에버턴은 돈이 많지 않았고 클럽은 상당한 돈을 얻게 될 것이라는 사실을 그는 알고 있었다. 공식적인 가격은 옵션을 포함해서 2,500만 파운드를 조금 상회했다. 에버턴은 그 돈이 필요했다. 눈물이 마르고 이야기가 끝난 뒤 웨인은 2004년 8월 31일 이적 마감시한이 일곱 시간 남았을 때 우리와 계약했다.

루니가 우리 쪽으로 합류할 무렵 그는 40일 넘게 축구를 하지 못했고 단지 두세 번의 훈련만 마쳤을 뿐이었다. 우리는 루니가 우리 팀 선수가 된 지 28일 만에 열리는 페네르바흐체와의 챔피언스리그 경기에 그를 데뷔시키기로 마음먹었다. 이렇게 조심스러웠던 접근은 엄청난 수확을 거뒀다. 루니의 해트트릭과 6대 2 대승이었다.

드라마틱한 소개 후에 그의 체력 레벨은 약간 떨어졌고 우리는 그를 다른 선수들의 수준으로 끌어올리기 위해 조금 애를 써야 했다. 당연히 다음 몇 주 동안 페네르바흐체 경기 같은 플레이는 나오지 않았다.

이 모든 것도 그를 향한 나의 열광을 잠재울 수 없었다. 웨인은 엄청나게 천부적인 재질을 지녔지만 소년에서 남자가 되기 위해 충분한 시간적 여유를 주어야 했다. 그는 경기에 대한 갈망을 지닌 진지하고 열정적인 축구선수였다. 그는 발달 과정 중 언제나 훈련을 받아야 하는 시기에 있었고 기꺼이 훈련에 임했다. 며칠씩 연습을 빠지는 부류가 아니었다. 그는 몸 상태를 최고로 끌어올리기 위해 집중적인 훈련을 받아야 했다. 부상 때문에 몇 주씩이나 훈련받지 못할 때마다 웨인의 체력은 매우 빠른 속도로 저하되었다. 그는 크고 단단한 골격과 넓적한 발을 지녔다. 그 시기에 그를 괴롭혔던 중족골 부상도 어느 정도는 발의 구조 때문일 것이다.

나는 곧바로 그가 우리의 직감이 말하는 그대로의 선수라는 사실을 알았다. 오른발을 좀 더 많이 썼지만 양발잡이에 가깝고 용맹한 선수였다. 우리는 스물네 살의 선수와 계약할 때 그가 스물여섯 살에 절정기를 맞을 것이라고 생각한다. 훨씬 더 어린 나이에 우리와 계약한 웨인의 발전 과정은 그도 그 나이 대에 전성기를 맞을 거라는 내 확신을 뒷받침했다. 그런 체격 조건으로 스콜즈나 긱스처럼 삼십 대 중반까지 선수생활을 하리라고는 상상하기 어려웠다. 그러나 2010년 10월에 우리와 재계약했을 때 그가 나중에는 미드필더로 뛰리라는 기대를 갖기 시작했다.

에버턴의 어린 학생으로서 우리가 웨인 루니에 대해 가진 지식은 한 줄 문장으로 요약할 수 있을 것이다. 이건 어른이 유소년 축구에서 뛰는 것이다.

우리 아카데미로 오는 보고서는 언제나 찬사로 가득했다. 클럽은 그가 열네 살 때, 다른 아카데미에 있는 유소년 선수를 데려올 수 있는 5월의 마지막 일주일 동안 영입을 시도했다. 그러나 웨인은 에버턴에 있고 싶어했다. 우리는 그가 열여섯 살 때 아카데미와 재계약을 하기 전에 다시 데려오려고 시도했지만 여전히 그는 우리에게 흥미가 없었다. 그에게는 에버턴의 피가 흐르고 있었다.

제프 왓슨과 짐 라이언은 우리 아카데미의 강사로 루니의 발달 과정을 모니터해왔고 다른 클럽과의 대항전을 통해 그에게 깊은 인상을 받았다. 그는 열여섯 살 때 애스턴 빌라를 상대로 FA 유스컵 결승전에서 뛰었다.

월터 스미스가 코치로 왔을 때 그가 말했다. "빨리 루니를 영입해요." 월터는 확신했다. 그는 루니가 자신이 봤던 선수 중에 가장 뛰어나다고 말했다. 월터의 말은 우리가 루니에 관해 알고 있는 모든 것을 확인해줬다. 그러고 나서 웨인의 데뷔전이 열렸다. 열여섯 살인 그는 아스널을 상대로 원더골을 넣었다.

에버턴에 있을 때 호주와의 친선전에서 그는 최연소 잉글랜드 국가대표로 데뷔했다. 그러고 나서 스벤 예란 에릭손이 터키와의 중요한 유로 예선전에 그를 발탁했다. 그는 17세 317일째에 첫 국가대표 데뷔골을 넣었다. 그러므로 우리에게 왔을 때 이미 전국구 스타였다.

첫 만남에서 그가 활발한 성격이라는 기대가 깨졌다. 그는 매우 내성적이었다. 그러나 엄청난 이적료와 자신이 받는 모든 관심 때문에 약간 얼떨떨했기 때문이라고 생각한다. 그는 곧 수줍음을 떨쳐버렸다. 훈련장에서 그는 모든 사람들에게 지옥을 선사했다. 심판들, 다른 선수들 모두에게 말이다. 불쌍한 심판 역할을 맡은 토니 스트러드윅이나 믹이나 르네는 모두 나에게 와서 호소했다. "여기에서 권위를 내세울 수 있는 사람은 감독님밖에 없어요. 그러니까 감독님이 심판을 보세요."

나는 이렇게 대답했다. "내가 연습경기 심판을 볼 일은 절대 없을 거야."

어느 날 유난히 기분이 좋지 않던 로이 킨은 그의 팀, 우리 팀, 심판, 눈에 띈 모든 생물에게 성질을 부리고 있었다. 짐은 그의 반칙에 가냘프게 휘슬을 불고 나서 나를 돌아보며 말했다. "로이의 팀이 이겨야 할 텐데."

"말도 안 되는 소리 하지 말게." 나는 웃음을 참으며 대답했다.

"네, 하지만 만약 지면 드레싱룸에서 제가 무슨 일을 당하게 될지." 짐이 말했다. 한때는 심판을 외부에서 고용하자는 말까지 나왔었다.

몇 번 웨인을 야단쳤던 건 사실이다. 내가 그를 따로 꾸짖으면 그는 드레싱룸에서 분노를 터뜨렸다. 그의 눈은 나를 금방이라도 쓰러뜨릴 듯이 이글거렸다. 그리고 다음 날 사과했다. 화가 가라앉으면 그는 내 말이 옳다는 것을 깨달았다. "그건 내가 언제나 옳기 때문이지." 나는 그에게 농담으로 이렇게 말하곤 했다. 그럼 그는 이렇게 말했다. "다음 주에 날 경기에 내보낼 건가요, 보스?"

"모르겠는데." 내 대답이었다.

내가 보기에 그는 습득 속도가 아주 빠르지는 않지만 경기에 대한 천부적인 본능이 있었다. 그는 축구가 어떻게 이루어지는지 직감적으로 알았다. 다듬어지지 않은 놀라운 재능이었다. 뿐만 아니라 타고난 용기와 에너지는 축복이다. 그 어떤 축구선수라도 마찬가지겠지만. 하루 종일 뛰어다닐 수 있는 능력 또한 과소평가되어서는 안 되었다. 훈련에서 그는 새로운 아이디어나 방식을 빨리 흡수하지는 못했다. 그의 본능은 자신이 이미 알고 있고 신뢰하는 방식으로 되돌아가게 했다. 그는 자신에게 편안함을 느꼈다.

웨인의 유나이티드 초기 시절, 나는 그를 강압적으로 대한 적이 거의 없었다. 피치에서 그는 거친 태클을 하거나 일촉즉발의 상황을 만들곤 했다. 그러나 운동장을 벗어나면 그는 아무런 걱정도 끼치지 않았다. 문제는 내가 센터포워드였기 때문에선지 아무래도 다른 선수들보다 스트라이커들에게 더 가혹하다는 점이다. 물론 그들은 절대 나보다 잘하지 못했다. 미안하지만 내가 선수생활을 할 때 나만큼 잘하는 선수는 없었다. 감독들에게는 그러한 오만함이 허락되었고 다른 선수들에게도 그 사실을 주지시켰다. 마찬가지로 선수들은 실제로 감독이 될 때까지 감독보다 자기가 더 낫다고 생각한다.

공격수들이 내가 선수 시절에 했던 것을 못하면 나는 노발대발한다. 그들은 내 희망이다. 그들을 보면서 나는 생각한다. 너는 나다. 사람들은 누구나 다른 사람에게서 자신의 모습을 보기 마련이다.

나는 로이 킨에게서 나를 볼 수 있었고 브라이언 롭슨에게서 내 모습을 봤으며 폴 스콜즈와 니키 버트 그리고 네빌 형제, 게리와 필에게서도 조금씩 나를 봤다. 팀은 감독의 성격을 반영하기 마련이다. 절대 포기하지 않는다. 그것은 위대한 종교이며 위대한 철학이다. 나는 언제나 포기하지 않는다. 어떠한 상황에서도 뭔가를 구해낼 수 있다고 항상 생각한다.

맨체스터 유나이티드에는 끊이지 않고 일이 터졌다. 언제나 드라마가 펼쳐지는 것이 내게는 일상이었다. 2010년 늦여름 웨인 루니의 사생활이 《뉴스 오브 더 월드》News of the World에 폭로되고 그의 세계에 위기가 닥쳤다. 그때 나는 사무실에서 긴급대책회의를 열지도 않았고 방을 왔다 갔다 하지도 않았다.

뉴스가 나온 다음 날 아침에도 나는 그에게 전화하지 않았다. 그는 내가 전화해주길 바랐을 것이다. 그것이 내 통제력의 강한 부분이다. 그는 전화를 손에 닿을 만한 거리에 두고 내 연락을 기다렸을 것이다.

하지만 나에게 그것은 문제를 다루는 적절한 방식이 아니었다.

이런 식의 폭로 기사가 처음으로 떴을 때 그는 열일곱 살이었고 그가 어리기 때문이라고 이해하는 분위기였다. 그러나 이번에는 그로부터 7년이 지난 후였다. 그의 아내 콜린은 이성을 잃고 말았다. 그녀는 언제나 안정적인 사람으로 내게 비쳐졌는데도 말이다.

남아공 월드컵 기간에 그 때문에 스트레스를 받았다. 2010월드컵 때 나는 뭔가가 그를 성가시게 하고 있다는 것을 눈치챘다. 나는 알 수 있었다. 비록 그가 그 전 시즌에 프로축구선수연맹PFA 올해의 선수상과 축구기자협회 올해의 축구선수에 선정되긴 했지만 남아공에서 그의 분위기는 이상했다. "홈팬들이 야유를 보내주니 좋군요." 케이프타운에서 잉글랜드와 알제리의 0대 0 무승부 경기를 끝내고 그가 티브이 카메라를 향해 말했다. 잉글랜드는 16강에서 탈락했고 네 경기 동안 웨인은 한 골도 넣지 못했다.

나는 그의 관심이 필요했다. 그러나 그것을 얻는 가장 좋은 방법은 그에게 아무 말도 하지 않고 어떤 위로도 하지 않으면서 그가 생각하게 하는 것이다. 9월에 내가 관중의 야유로부터 그를 보호하기 위해 에버턴 원정에 데려가지 않았을 때 그는 안심했다. 내가 그를 위해 옳은 일을 하고 있다는 것을 알았기 때문이다. 선수들에게 가능한 한 최고의 플레이를 이끌어내기 위해 감독은 선수 각자에게 영향을 줘야 한다.

우리는 도덕적인 비난을 가할 수 있지만 모든 사람은 실수를 저지르기 마련이다. 나는 루니에게 도덕적인 비난을 가할 생각은 없었다. 2010년 8월 14일, 웨인은 우리에게 유나이티드와 재계약을 하지 않겠다고 전해왔다. 충격이었다. 월드컵이 끝난 후 곧바로 재계약에 대해 이야기를 꺼낼 계획이었기 때문이다.

사건이 절정으로 치달을 무렵, 데이비드 길이 내게 전화를 걸어왔다. 웨인의 에이전트인 폴 스트렛퍼드가 와서는 웨인이 떠나고 싶다고 했다는 것이다. 그가 한 말의 의미는 클럽이 충분한 야망을 갖고 있지 않다는 것이다. 우리는 그 전해에 리그컵과 리그 우승을 했고 챔피언스리그 결승에 올랐었다.

데이비드는 웨인이 나를 만나러 올 거라고 말했다. 그와의 회동은 10월에 있었고 매우 멋쩍은 모습이었다. 그는 미리 할 말을 연습하고 온 듯한 느낌이었다. 그의 주장을 뒷받침하는 논거는 우리에게 충분한 야망이 없다는 것이었다.

내 반응은 웨인에게 이렇게 묻는 것이었다. "지난 20년 동안 우리가 리그 우승을 누리지 않은 적이 있었나? 지난 3, 4년 동안 우리가 챔피언스 결승에 몇 번 진출했지?"

우리가 야망이 없다고 말하는 것은 말도 안 되는 소리라고 그에게 말했다.

웨인은 우리가 베르더 브레멘에서 레알 마드리드로 간 메수트 외질을 영입해야 했다는 것이다. 나는 우리가 누구를 영입하는가는 그가 상관할 문제가 아니라고 따끔하게 일렀다. 내 임무는 우리에게 맞는 팀을 뽑는 것이다. 그리고 여태까지 나는 틀리지 않았다.

다음 날 우리는 챔피언스리그 경기가 있었다. 10월 20일 부르사스포르 경기 두 시간 전에, 웨인은 다음과 같은 성명서를 발표했다.

"나는 지난주에 데이비드 길 회장과 만났고 그는 내가 추구하고 있는 미래의 선수단에 대한 어떠한 보장도 하지 않았다. 그러고 나서 나는 그에게 재계약하지 않겠다고 말했다. 어제 나는 알렉스 경이 어떤 말을 할지 듣고 싶었고 그의 대답 일부는 나를 놀라게 했다.

알렉스 경이 말한 대로 나의 에이전트와 내가 재계약을 위해 클럽과 몇 차례 회동을 가진 것은 전적으로 사실이다. 8월에 그러한 회동을 가지는 동안 나는 클럽이 세계 정상급 선수들을 끌어들일 수 있는 능력이 있고 그것이 유지될 거라는 보장을 해달라고 요구했다.

나는 MUFC에 완벽한 존경심만을 가져왔다. 클럽의 환상적인 역사와 특히 내가 이에 동참하는 행운이 주어졌던 지난 6년을 달리 어떻게 생각할 수 있단 말인가?

퍼거슨 경 밑에서 클럽이 언제나 해왔던 것처럼 내게 우승이란 무엇보다 중요하다. 그렇기 때문에 내가 물었던 질문들은 정당하다고 생각한다.

최근의 어려움에도 불구하고 나는 언제나 알렉스 퍼거슨 경에게 큰 빚을 지고 있다는 것을 안다. 그는 위대한 감독이며 겨우 열여덟 살짜리 에버턴 소년과 계약한 날부터 도움을 주고 나를 지지한 멘토다.

맨체스터 유나이티드를 위해 나는 그가 영원히 감독을 하길 바란다. 그는 일생에 한 번밖에 볼 수 없는 천재이기 때문이다."

나는 그가 이 성명서를 통해 무엇을 말하려는지 알 수 없었다. 하지만 웨인이 나와 팬들 사이에 모종의 다리를 놓으려고 시도하는 것은 알 것 같았다. 나는 성명서의 내용이 그가 마음을 바꾸고 우리와 있게 되어 행복하다고 말하는 것이기를 바랐다.

경기 후에 열린 기자회견에서 모든 언론이 모였을 때, 내게 말할 기회가 주어졌다. 그때 나는 웨인의 발언이 말도 안 되는 헛소리라고 말했다.

나는 기자들에게 말했다. "내가 말했듯이 프리미어리그 3연패는 환상적인 결과이며 기록적인 4연패에는 1점이 모자랐을 뿐이다. 우리는 실망했고 그것에 대해 보강을 할 것이다. 우리는 괜찮을 것이다. 그 점은 자신 있다. 클럽의 구조는 양호하고 우리에게는 좋은 스태프와 좋은 감독과 좋은 회장이―그는 훌륭한 사람이다―있다. 맨체스터 유나이티드에는 잘못된 것이 없다. 잘못된 것이 하나도 없다. 그러므로 우리는 계속해나갈 것이다."

그리고 나는 텔레비전 방송에 나가 말했다. "나는 웨인과 만났고 그는 자신의 에이전트가 한 말을 되풀이했다. 그는 나가고 싶어했다. 그래서 이렇게 말해주었다. '한 가지 명심해야 할 건 클럽을 존중하라는 것이다. 더 이상 바보 같은 소리는 듣기 싫다. 클럽을 존중해라.' 우리가 지금 언론을 통해 보고 있는 것은 실망스럽기 그지없다. 우리는 웨인 루니가 클럽에 온 순간부터 그를 위해 할 수 있는 모든 것을 했기 때문이다. 우리는 그의 안식처로서 언제나 그와 같이했다. 그에게 문제가 생기면 언제든지 우리는 충고를 해줬다. 그러나 우리는 단지 웨인 루니뿐 아니라 모든 선수에게도 똑같이 했다. 그것이 맨체스터 유나이티드다. 모든 역사와 전통의 바탕을 감독, 선수 그리고 클럽 간의 충성과 신뢰에 두고 있는 클럽이다. 그것은 맷 버즈비 경의 시대까지 거슬러 올라간다. 그것이 이 클럽이 서 있는 기반이다. 웨인은 라이언 긱스, 폴 스콜즈 그리고 클럽에 있었던 다른 모든 선수와 마찬가지로 그러한 도움의 수혜자였다. 그것이 우리가 여기에 있는 이유다."

글레이저 가문과의 회담에서 클럽의 향후 포부에 대해 이야기를 나눴고 웨인은 잉글랜드에서 가장 높은 주급을 받는 선수 중 하나가 되었다고 생각한다. 다음 날 그는 내게 사과하러 왔다. "네가 사과해야 할 사람은 팬들이다." 나는 그에게 말했다.

선수들의 반응은 제각각이었다. 몇몇은 화를 냈고 몇몇은 신경 쓰지 않았다. 웨인 루니에게는 유감스러운 사건이었다. 주급이 오르자마자 악의를 거둬들인 그가 돈만 아는 사람으로 비쳐졌기 때문이다. 그것이 이 사건이 보도된 방식이었지만 나는 웨인이 사건을 재정적인 문제로 몰고 갈 의도는 없었다고 생각한다. 파장은 쉽게 가라앉았지만 팬들은 그에게서 완전히 의혹을 거둘 수 없었다.

골을 넣는 한 그는 아무 문제가 없었지만 부진한 시기에는 과거의 불만이 수면으로 떠오르곤 했다. 선수들은 팬들이 클럽에 갖는 감정의 깊이를 과소평가할 수 있다. 그런데 가장 극단적인 경우에는 서포터들은 자신들이 클럽을 소유하고 있다고 생각해버린다. 그들 중에는 50년 동안 클럽을 지지해온 사람들도 있었다. 그들은 평생 동안 팬으로 있는 것이다. 그러므로 어떤 선수가 배반하는 기색을 보인다면 그들은 가만있지 않는다.

맨체스터 유나이티드를 떠나고 싶어하는 선수는 극소수에 불과하다. 우리는 선수 경력 전체를 우리 클럽에 바친 한 세대의 선수들을 데리고 있다. 긱스, 스콜즈 등이 그들이다. 그러므로 우리 서포터들로서는 이적을 허락해달라고 선동하거나 이적 정책을 비판하는 선수를 보는 건 낯선 경험이었다.

2011년 겨울 나는 웨인, 조니 에번스 그리고 대런 깁슨이 밤에 놀러나간 일로 징계를 내려야 했다. 그들은 위건에게 거둔 5대 0 복싱데이 매치의 승리를 축하하기 위해 사우스포트의 호텔로 갔다. 다음 날 그들은 피곤한 모습으로 훈련장에 나타났다. 나는 그들이 운동하고 있는 체육관으로 들어가 그들에게 일주일 주급만큼의 벌금과 토요일에 있을 블랙번 전에 출장정지가 내려질 것이라고 일렀다.

웨인은 조심할 필요가 있었다. 그에게는 뛰어난 소질이 있지만 체력적인 문제 때문에 망가질 수 있었다. 호날두나 긱스가 자기 관리하는 방식을 보라. 웨인은 곤경에 맞서야 했다. 잉글랜드가 유로 2012 때 그에게 일주일 휴식을 준 것은 현명하지 못했다. 그가 경기에 뛸 몸 상태를 갖추지 못할 수 있기 때문이다. 만약 그가 유나이티드에서 2주 정도 뛰지 못한다면 다시 예전의 날카로움을 갖추기 위해서는 네 경기나 다섯 경기가 필요했다. 우크라이나 대회는 그가 우리와 마지막 경기를 한 지 한 달 후에 열렸다.

그는 내게 그 어떤 관용도 받지 못했다. 그의 몸 상태가 조금이라도 저하되면 나는 그를 무섭게 야단쳤다. 그러면 그는 경기에 나가지 못하게 된다. 어떤 선수들에게나 몸 상태의 문제는 같은 방법으로 대처해왔다. 내 커리어의 마지막 몇 년 동안 이것을 바꿀 아무런 이유도 없었다.

웨인은 경기 중 멋진 순간을 만드는 재능이 있었다. 내 마지막 해에 그는 몇 번 경기에서 제외되거나 경기 중 교체되었다. 그가 부진에 빠졌으며 예전의 추진력을 잃었다고 생각했다. 그러나 그는 놀라운 기회를 만들 수 있는 능력의 소지자였다. 우리가 우승했던 애스턴 빌라 전에서 판페르시에게 찔러준 패스는 기가 막혔다. 맨 시티를 상대로 넣은 오버헤드킥도 마찬가지였다. 이런 찰나의 번뜩임이 그의 명성을 보장해주는 것이다. 하지만 시간이 지나가면서 그가 90분 동안 활약을 펼치는 걸 점점 더 힘들어하는 게 느껴졌다. 그리고 경기 중에 체력이 떨어지는 게 눈에 보였다.

내가 그를 애스턴 빌라 전에 데려간 이유는 빌라는 매우 빠르고 어린 팀이기 때문이다. 그들은 많이 달리는 팀이었고 웨인은 후보에게조차 스피드에서 밀렸다. 그는 우리가 리그에서 우승한 다음 날 내 사무실로 찾아와 이적을 요청했다. 그는 몇몇 경기에서 제외되거나 교체 명단에 포함된 것에 불만을 가졌다. 그의 에이전트 폴 스트렛퍼드는 데이비드에게 전화해서 같은 메시지를 전했다.

선수들은 모두 다르다. 어떤 선수들은 커리어 내내 한 클럽에서 뛰는 걸 행복하게 여긴다. 아스널에서 우리에게 온 판페르시처럼 새로운 도전이 필요한 선수도 있다. 나는 웨인이 모이스와 함께 자신의 미래를 상의하도록 했다. 그가 앞으로도 올드 트래퍼드에서 더 많은 멋진 퍼포먼스를 보여주기를 바라면서.

마지막 시즌

경이로운 재능을 가진 선수를 보는 건 우리에게 드문 일이 아니다. 그러나 로빈 판페르시가 얼마나 대단한 선수인지 파악하는 데는 약간의 시간이 필요했다. 그의 스피드는 우리의 가장 영리한 선수들조차도 금방 알아채지 못했다. 내가 데리고 있던 선수 중 가장 뛰어난 패서 중 하나인 폴 스콜즈와 마이클 캐릭조차도 로빈이 달리는 속도에 맞춰 패스를 해주는 데 처음에는 애를 먹었다.

로빈은 내가 맨체스터 유나이티드 감독으로 보낸 마지막 시즌의 주인공이다. 우리는 1부 리그에서 첫 30경기 중 25경기를 승리한 첫 번째 팀이 되었다. 마지막에 우리를 기다리고 있던 것은 클럽의 스무 번째 리그 우승이었다. 우리는 네 경기를 남겨놓은 상태에서 맨체스터 시티로부터 트로피를 되찾아왔다. 판페르시는 내가 마지막으로 추진한 대형 영입이었고 그의 골 중 몇몇은 정말 경이로웠다. 이미 매우 우수했던 팀에 칸토나 같은 번뜩임을 추가로 선사했다.

2012/13시즌으로 접어들었을 때 우리에게 나쁜 버릇이 하나 있었는

데 바로 중원에서 너무 많은 패스가 이루어지는 것이었다. 선수들은 그 저 무의미하게 공을 돌리고 있었다. 판페르시가 들어온 뒤 선수들은 상 대방 수비진을 가르기 위한 타이밍 빠른 패스를 노려야 한다는 사실을 차츰 알게 되었다. 그러한 가능성을 우리가 이해하기 전까지는 로빈의 환상적인 움직임과 킬러 본능을 충분히 활용하지 못했다.

다행히 시간 안에 우리에게 유리하도록 그 교훈을 습득할 수 있었다. 만약 웨인 루니가 공격형 미드필더 자리에서 공을 소유하게 되면 판페 르시가 빈자리를 찾아 움직이리라는 것을 알 수 있었다. 로빈은 내가 원하는 딱 그런 모습을 보여줬다. 우리에게 오기 전에 그는 독일에서 벌어진 쾰른과 아스널과의 프리시즌 매치에서 21분간 뛴 게 전부였다. 그러므로 경기에 뛸 체력은 약간 모자랐다. 올바른 형태의 관리가 이미 진행되고 있었지만 우리는 경기를 소화할 수 있는 상태로 속히 그의 몸 을 끌어올려야 했다. 나는 처음부터 그에게서 강한 인상을 받았다.

로빈이 우리에게 온 지 얼마 지나지 않아 나는 이런 말을 한 적이 있 다. "다른 선수들에게 가르치는 일을 두려워하지 마. 너는 아스널의 리 더였고 만약 네게 공이 오지 않으면 그들에게 요구해." 내가 기대했던 것보다 그는 조용한 성격이었지만 황금 왼발은 엄청난 파워로 골키퍼 들을 얼어붙게 했다. 사람들은 센터포워드인 그에게 왜 코너킥을 맡기 느냐고 내게 물었다. 그는 페널티박스 안에 있을 때, 왼쪽이 아니라 오 른쪽 코너킥을 찼다. 대답은 그의 오른쪽 코너킥이 훌륭했기 때문이라 고 말할 수밖에. 하워드 윌킨슨 감독은 그 시즌에 세트피스 상황에서 나오는 골이 줄어들었다는, 자신이 감수한 연구 결과를 내게 말한 적이 있다. 그런데도 우리는 2011/12시즌에 열 골을 코너킥 상황에서 만들 었다.

기존의 선수진은 로빈을 전혀 외부인으로 보지 않았다. 그들에게 그는 자신들의 영역으로 기어 들어온 아스널 선수가 아니었다. 우리 선수들은 그를 매우 따뜻하게 맞았고 신입에게 드레싱룸의 전통을 존중하고 클럽의 대의에 헌신할 것을 요구했을 뿐이다. 베론이 클럽에 들어왔을 때 훈련을 마친 모든 선수들이 그와 악수를 나눴던 일이 생각난다. 그들은 언제나 그렇게 따뜻한 친구들이었다. 어쩌면 팽팽한 승부에서 승리를 거둘 수 있게 해주는 최상급 레벨의 필요 불가결한 자원에게 가장 따뜻한 환영 인사를 건넬지도 모른다.

축구계의 다른 모든 사람들처럼 나는 판페르시의 계약이 곧 만료된다는 사실을 알았지만 아스널이 그가 붙잡을 수 있는 계약 조건을 제시할 거라고 확신했다. 그러나 2011/12시즌이 끝나갈 무렵 그가 북런던에 더 이상 머물지 않을 거라는 느낌이 점점 강하게 다가왔다.

그의 에이전트가 우리에게 접촉해왔다. 그때 로빈은 이미 맨 시티와 이야기하고 있었지만 메시지에 의하면 우리와의 이야기에 매우 매우 관심 있어할 거라고 했다. 결국 시티는 그가 오지 않을 것이라는 귀띔을 받았고 그래서 최종적으로 유벤투스와 경쟁하게 되었다. 유벤투스는 내 짐작에 그를 토리노로 데려오려고 엄청난 연봉을 제시한 것 같았다.

나는 선수가 이적을 원하는 이유는 두 가지라고 생각한다. 첫째는 영예이고 둘째는 돈이다. 나는 왜 그가 유벤투스를 원하는지 알 수 있었다. 수많은 트로피를 들어올린 우수한 팀이었기 때문이다. 우리가 그에게 제시할 수 있는 패키지는 우리가 그를 얼마나 높이 평가하고 있는지 보여주기에 충분한 것이었다. 우리의 초대는 열광적인 반응으로 뒷받침되었다.

그다음, 우리는 아스널과 가능한 이적료를 협상하기 시작했다. 데이비드 길은 4월부터 이반 가지디스 아스널 회장에게 여러 번 전화했다. 하지만 그때마다 아스널은 그를 설득해서 재계약할 수 있을 거라고 답변했다. 이런 상태는 얼마간 계속되었고 마침내 데이비드는 내가 직접 아르센에게 전화를 해보는 게 어떻겠느냐고 제안했다. 어떠한 이적도 그에게 최종 결정권이 있는 것으로 보였기 때문이다. 그 무렵에는 그 소년이 떠날 것이라는 사실이 확실해졌다.

아르센의 태도는 이해할 수 있지만 이런 것이었다. 왜 우리가 맨 시티나 유벤투스에게 3,000만 파운드를 받고 팔 수 있는데 유나이티드한테 팔겠는가? 그 말에 내가 지적한 것은 해당 선수는 우리 맨체스터의 라이벌 팀에 갈 생각이 없다는 사실이었다. 아르센의 반박은 시티가 거절할 수 없는 제의를 하게 되면 그의 마음이 바뀔 거라는 거였다.

상당히 가능성이 있었다.

말해두는데 이러한 논의는 상당히 화기애애한 분위기에서 진행되었다. 적대감 같은 것은 조금도 느낄 수 없었다. 우리 둘은 현실을 직시하는 노련한 감독이었다. 걸리는 문제라면 아르센은 팀 최고의 선수를 팔면서 3,000만 파운드 또는 그 이상을 받기 원했다. 이야기는 몇 주 동안 계속 이어졌고 그동안 아르센에게 몇 차례 더 전화를 걸었다.

얼마 후, 아르센은 로빈이 재계약하지 않을 거라는 사실을 알았고 현실을 인정하는 시점에 도달했다. 아스널의 선택지는 유벤투스냐 유나이티드냐였다. 그들은 그를 외국으로 팔고 싶어했지만 당사자는 오직 우리에게 오는 것만 원했다. 판 페르시는 아르센과 자리를 갖고 자신이 선호하는 행선지가 유나이티드라고 말했던 것 같다. 데이비드 길이 가지디스에게 전달한 우리의 제안은 2,000만 파운드였다. 나는 아르센에게 판 페르시의 몸값은 2,500만까지 올라가지는 않을 것이라고 경고했다.

아르센은 의심했다. 맨체스터 유나이티드가 그런 선수를 사가는 데 500만 파운드를 더 내지 않겠다니 믿지 못하는 눈치였다.

나는 그에게 다시 말했다. 나는 2,500만 파운드까지 올리지 않겠다. 아르센은 그렇다면 가능한 최대 금액이 얼마냐고 물었다. 대답은 2,200만 파운드였다. 그의 대답은 아스널은 2,250만 파운드라면 받아들일 것이며 만약 계약 기간 동안 우리가 프리미어리그나 챔피언스리그에서 우승하게 되면 150만 파운드를 추가로 지급하라고 했다.

협상 완료.

나의 직감은 아르센이 판페르시를 맨 시티에 팔지 않아서 안도하는 것 같았다. 맨 시티는 이미 콜로 투레, 가엘 클리시, 에마뉘엘 아데바요르 그리고 사미르 나스리를 아스널에서 빼갔기 때문이다. 어쩌면 그는 시티의 소유권 형태를 탐탁지 않게 여길지도 모른다. 비록 우리가 여러 해 동안 많은 전투를 치른 사이지만 맨체스터 유나이티드가 운영되는 방식을 존중한다고 생각한다. 그는 몇 차례 그런 이야기를 내게 한 적이 있었다. 아르센이 판페르시에 대해 한 이야기를 잊지 못한다. "자네는 지금 얼마나 좋은 선수를 가져가는지 모를 거야."

나는 캉토나와 호날두와 긱스를 떠올렸다. 그러나 아르센의 말이 옳았다. 로빈의 움직임과 질주하는 타이밍은 말을 잊게 할 정도였다. 그는 또한 가공할 만한 신체 조건을 타고나는 축복을 받았다.

판페르시는 자신이 더 큰 성공을 거둘 수 있는 곳으로 가기 위해 우리에게서 예전보다 조금 낮은, 그러나 여전히 어마어마한 주급을 받기로 했다. 그의 첫 공식 인터뷰에서 그는 자기 안의 작은 아이가 '유나이티드를 외쳤다'고 말했다. 그는 나중에 내게 네덜란드에서는 모든 아이가 맨체스터 유나이티드에서 뛰는 꿈을 꾼다고 말했다.

판페르시는 열여섯 살이었을 때 내가 자신을 보러 왔었던 사실을 알고 있었다. 그가 페예노르트에서 스타로 떠오를 때 아스널이 우리를 앞질렀지만 그는 유나이티드 엠블럼이 있는 유니폼을 입는 것이 네덜란드 아이들의 소원이라고 강조했다. 그는 우리 팀의 젊음에 감명받았다. 우리는 긱스와 스콜즈가 있었지만 치차리토와 다시우바 형제, 에번스, 존스 그리고 스몰링, 웰벡도 있었다. 또한 서른한 살의 캐릭은 우리 클럽에 온 이후 최고의 활약을 보여주고 있었다. 몇몇 선수는 자신들이 최고의 모습을 보이면 팀에서 중요한 존재로 자리매김할 수 있다는 사실을 깨달았다. 그리고 그러다 보면 선수는 많은 성장을 하게 된다. 캐릭의 경우가 그랬다.

로빈은 자신이 안정된 클럽에 왔다는 사실을 알고 있었다. 시티는 지난 시즌에 훌륭했지만 그들을 안정된 조직체로 간주할 사람은 없을 것이다. 그곳에서는 언제나 문제가 터졌다. 누군가 폭죽을 터뜨리거나 아르헨티나에서 골프를 치고 싶어하는 테베스와 감독 사이가 틀어지는 등 사건이 끊이지 않았다. 시티가 지난 시즌 우승한 것은 야야 투레, 세르히오 아궤로, 뱅상 콩파니 그리고 조 하트 네 선수의 공이 컸다. 그리고 크리스마스 이후 차츰 잦아들었지만 시즌 전반기의 다비드 실바의 활약도 넣어야 할 것이다.

나는 스트라이커에 대해 말할 때면 항상 꺼내는 이야기가 있다. 캉토나와 앤디 콜은 만약 그들이 뛴 경기에서 골을 넣지 못한다면 다시는 득점하지 못하리라 생각했다고. 3월 동안 잠시 골 침묵에 시달렸던 판페르시는 경기력이 좋지 않았고 그 영향을 받았다. 그러나 4월 14일 스토크 전에서 골을 넣는 순간 그는 다시 살아났다.

여러 해 동안 나는 맨체스터 유나이티드의 불멸의 골을 목격했다. 캉토나가 관중에게 선사한 두세 번의 멋진 칩샷(골키퍼 뒤로 넘어가는 슈팅).
시티를 상대로 터뜨린 루니의 바이시클킥도 능가하기 어려울 것이다.
완벽하게 차넣은 골이었다. 그 잊을 수 없는 오버헤드킥은 골라인 앞에
서 이루어진 게 아니었다. 그는 골대로부터 12미터 밖에 있었다. 게다가
그가 달려오고 있을 때 공은 튕겨나온 상태였다. 나니의 크로스가 시티
의 수비수 몸에 맞고 튕겨나왔기 때문에 루니는 높이를 맞추기 위해 환
상적인 공중 동작을 선보여야 했다. 장담하는데 그 골은 베스트 골이다.

그러나 4월 22일 애스턴 빌라 전에서 3대 0으로 리그 우승을 확정
지은 판페르시의 해트트릭도 특별하다. 어깨 뒤에서 넘어오는 루니의
뚝 떨어지는 롱패스를 발리슛으로 연결한 장면은 압권이었다. 보통 선
수의 경우에 훈련 도중 백번 연습하면 한 번 정도 성공하는 기술이다.
판페르시는 그런 슛을 통상적으로 할 수 있었다. 어깨, 머리, 눈이 모두
공을 향했다. 완벽한 테크닉은 아스널 대 에버턴 전에서 넣은 것과 비
슷한 골을 넣게 했다. 그는 환상적인 영입이었고 리그 통산 26골로 시
즌을 마감했다. 홈경기 12골, 원정 14골. 그는 17골은 왼발 그리고 8골
은 오른발, 거기에 한 번은 헤더로 넣었다. 그 수치들은 프리미어리그
의 최다 득점자에게 수여하는 골든부트 상을 그에게 2년 연속으로 안
겨주었다.

클럽의 반대편 연령대인 어린 유망주에 대해서도 우리는 계속해서
신뢰를 보였다. 2012년 7월에 합류한 닉 파월은 2011년 11월부터 우
리 시야에 있었다. 크루는 아직 깡마른 소년이었던 열일곱 살 때 그를
왼쪽 윙어로 데려왔다. 우리 아카데미의 스태프는 그 이름에 동그라미
를 쳤고 우리는 그를 보기 위해 스카우터들을 보냈다. 짐 라울러는 닉
을 보러 가서 흥미로운 선수이긴 하지만 그의 가장 좋은 포지션이 어디

인지 확실하지 않으며 조금 느긋한 데가 있다고 전했다.

그래서 나는 마틴을 두 번 보내 닉을 관찰하게 했다. 마틴의 의견은 확실히 뭔가가 있긴 한데 아직 선수로 쓸 만한 자질을 다 갖추지 못했다고 했다. 그러고 나서 믹 펠란이 두 경기에서 뛰는 그를 보러 갔다. 마침내 내 차례가 왔다. 크루 대 올더숏과의 경기였다. 5분 동안 스탠드에서 보다가 믹에게 말했다. "저 녀석은 선수야, 믹. 선수라고." 나를 사로잡은 것은 볼 터치와 시야였다.

경기 중 나는 그가 상대방 수비진 안으로 파고들어가 어깨 너머를 흘낏 보고 나서 곧바로 센터포워드에게 공을 올려주며 골을 돕는 모습을 봤다. 그런 다음 그는 우리에게 헤더, 속도 전환 기술을 보여줬다. 경기장을 나오며 나는 믹에게 말했다. "다리오 그라디에게 전화해야겠어." 그는 현재 크루의 단장이다.

"자네들이 경기장에 있는 걸 어제 봤네." 다리오가 말했다.

"그 파월이라는 선수 말인데." 내가 말했다. "너무 앞서 가지 마. 자네가 생각하는 예상 이적료가 얼마지?"

다리오가 말했다. "600만."

나는 웃으면서 지옥에나 가라고 말했다. 그러나 우리는 방향을 그쪽으로 잡고 잠재적인 협상에 들어가 1군과 대표팀 출장에 옵션 조항을 붙였다. 시즌의 플레이오프 경기가 끝나기 전까지는 파월에게 알리지 않았다. 그는 언젠가는 반드시 잉글랜드 대표팀에 들어갈 것이 확실했다. 그는 처진 스트라이커 위치를 포함해 어디에서나 뛸 수 있었다. 번개처럼 빨랐고 양발잡이에 박스 밖에서 슛을 쏠 수 있었다. 2012년 겨울 그는 바이러스에 감염되었고 여자친구는 끔찍한 자동차 사고를 겪었다. 그는 매우 무심하지만(외부로부터 자신을 차단하는 데 상당히 능하다) 좋은 선수다. 내 말을 믿어라.

가가와 신지는 그해 여름 이뤄낸 또 하나의 좋은 영입이었다. 독일 리그에서 그가 첫 시즌을 치른 뒤 영입을 서두르지 않기로 결정했다. 선수들은 종종 한 단계 높이 올라설 수 있는데 우리는 그가 그 상태를 유지할 수 있는지 확실히 해두고 싶었다. 그는 도르트문트라는 굉장히 좋은 팀에서 뛰고 있었다. 2013년 나는 그들이 챔피언스리그 우승을 할 실력이 충분하다고 생각했다. 그들은 결승전까지 올라갔지만 바이에른 뮌헨에게 패배했다. 내가 신지에게 처음으로 느낀 건 매우 날카로운 축구 두뇌를 가졌다는 점이다. 믹과 나는 2012년 여름 독일컵 결승전을 관전하러 베를린으로 날아갔고 옆자리에 도르트문트 시장 내외가 앉은 것을 발견했다. 그는 운동화를 신고 있었다. 앙겔라 메르켈도 대표팀 감독인 요아힘 뢰브와 함께 가까운 자리에 앉아 있었다. 독일 총리인 메르켈 여사에게 소개된 나는 속으로 생각했다. '맙소사, 난 정말 먼 곳까지 왔구나.'

경기장 관중석에서 몸을 숨길 도리는 없었고 어차피 내가 보러 온 사실을 모두 알고 있었다.

그해 여름, 글레이저 사람들은 판페르시나 로베르트 레반도프스키 그리고 가가와를 사오는 데 아무런 반대도 하지 않았다. 여러 번의 전성기를 겪는 동안 우리는 네 명의 환상적인 스트라이커를 확보할 수 있었다. 그들 모두에게 자신이 가치 있다고 느끼게 하는 일은 어려운 문제였다. 고도의 외교적 능력이 필요한 일이었다. 그러나 도르트문트는 주력이 좋고 훌륭한 체격 조건을 가진 레반도프스키를 팔지 않았다.

또 다른 영입은 네덜란드 클럽인 피테서 아른험에서 데려온 알렉산더르 뷔트너르였다. 우리는 파비우가 퀸스파크로 임대되도록 허락했고 잠재력이 있는 어린 레프트백을 두 명 데려왔다. 그러나 우리는 그 자리에 경험 있는 선수 및 에브라의 백업이 필요했다. 뷔트너르가 추천되었다. 그는 언제나 공을 쫓아다니고 슛을 날리며 수비수들과 맞선다. 250만 유로로 이적료도 헐값이었다. 그는 적극적이며 단호하고 빠른 편이면서 크로스가 좋았다.

시즌 전반기에 우리는 모래성도 방어하지 못할 정도로 수비가 형편 없었던 적이 있다. 우리는 내가 허용할 수 있는 이상으로 많은 골을 내줬다. 1월에 이루어진 수비력 강화는 시즌이 끝날 때까지 유지되었다. 골키퍼 자리의 문제는 복잡했다. 데 헤아가 치통이 생겨 어금니 두 개를 제거하는 수술을 받아야 했다. 그 일 때문에 두 경기에 빠졌고 안데르스 린데고르는 1번 자리에서 어떤 실수도 저지르지 않았다. 갈라타사라이와 웨스트 햄 전에서 그는 좋은 경기를 했다. 데 헤아에 보내는 나의 메시지는 안데르스에게 공평한 대우를 해야 한다는 것이었다. 그러나 12월 1일 레딩 전에서 4대 3으로 간신히 이기자 데 헤아가 다시 들어왔고 시즌 후반기 내내 골문을 단단히 지켰다. 특히 2월에 있었던 레알 마드리드와의 1대 1 승부에서 그가 보인 선방은 환상적이었다.

나는 여전히 하비에르 에르난데스에게 큰 기대를 하고 있었다. 치차리토의 문제는 체력이었다. 세 시즌 연속으로 그는 여름 내내 대표팀 경기에서 뛰었다. 멕시코와 좋은 협력 관계를 가졌지만 그들의 FA 회장과 올림픽 위원회가 멕시코 감독들과 함께 나를 만나러 왔다. 나는 그들에게 의료 기록을 보여줬다. 우리가 논의했던 것은 그가 월드컵 예선 두 경기와 올림픽에서 뛸 수 있을지에 대한 문제였다.

치차리토가 말했다. "전 차라리 예선전을 건너뛰고 올림픽에서 뛰고 싶어요. 우승할 것 같거든요." 나는 그가 농담하는 줄 알았다.

그가 이야기를 계속했다. "만약 8강에서 브라질을 피한다면 우리는 이길 수 있을 거예요."

한편 우리는 캐링턴에 새로운 의료센터를 짓는 데 많은 돈을 투자하고 있었다. 이제 수술 외에 모든 치료를 그 자리에서 할 수 있게 되었다. 발 치료사, 치과 의사, 온갖 스캐너 등 모든 것이 구비되어 있었다. 모든 것을 현장에서 치료하는 게 가능해진 것 말고 또 하나 좋은 점은 선수의 부상이 외부로 즉각 새나가는 일이 없어졌다는 것이다. 과거에는 선수를 병원에 보내면 도시 전체에 소문이 돌곤 했다. 의료센터는 우리가 가만히 있지 않았다는 것을 보여주는 예이고, 어쩌면 맨체스터 유나이티드 최고의 투자가 될 수도 있을 것이다.

그 시즌의 중요한 사건을 언급해야겠다. 마크 클래튼버그 심판이 10월 28일, 우리가 3대 2로 승리한 스탬퍼드 브리지 원정 경기 도중 첼시 선수들에게 인종차별적인 단어를 사용했다는 혐의를 받았다가 나중에 당국에 의해 철회되었다. 경기에 대한 이야기를 먼저 하자면, 디마테오가 감독인 첼시에 대항해 우리는 후안 마타, 오스카 그리고 에덴 아자르를 어떻게 공략해야 할지 연구해야 했다. 이 세 선수는 공격의 핵이었다. 두 수비형 미드필더인 하미레스와 미켈은 공을 끊임없이 배급했다. 우리는 그들이 공격을 위해 비워두는 오른쪽을 집중 공략하기로 하고 마타의 활동 공간을 좁히기로 했다.

경기가 끝날 무렵 터진 헛소리를 제외하고는 흥미진진한 경기였다. 페르난도 토레스가 퇴장당하자 디마테오의 코치진 중 하나인 스티브 홀랜드가 나를 비난했다. 나는 어이가 없어 그를 쳐다봤다. 대기심인 마이크 딘은 홀랜드의 비난을 이해할 수 없었다. 토레스는 이미 클레버리에게 한 태클 때문에 전반전에 퇴장당했기 때문이다.

에르난데스가 결승골을 넣자 의자 절반이 날아와 캐릭의 발을 맞혔다. 라이터와 동전들도 쏟아졌다.

나는 아직도 클래튼버그의 혐의가 관중 난동을 가리기 위한 연막이 아닐까 생각한다.

경기 종료 20분 후, 나는 스태프와 한잔하러 들어갔는데 그 작은 방에는 첼시의 브루스 벅 회장, 론 구얼리 사장, 디마테오와 그의 부인이 있었다. 분위기를 짐작할 수 있을 것이다. 뭔가 잘못된 느낌이었다. 우리는 문 앞에 서서 들어가지 않는 게 낫겠다고 결정했다.

음식에는 뚜껑이 덮여 있었고 와인은 코르크가 뽑힌 상태였다. 그들에게 "많이 드십시오." 하고 말하고 방에서 나왔다.

미켈이 존 테리, 디마테오와 함께 심판 사무실로 뛰어들어가는 모습을 우리 스태프가 봤다. 미켈에게 클래튼버그가 뭔가 혐오성 발언을 했다고 말해준 사람은 엄청난 결심을 한 것이다. 그리고 언론에 문제의 발언이 신고되었다는 사실을 곧바로 알린 첼시 역시 대단했다. 변호사라면 의자에 몸을 기대며 "내일까지 기다려봅시다." 하고 말할 것이다.

그 경기에서 브라니슬라브 이바노비치의 퇴장도 매우 깔끔했다. 토레스는 쉽게 넘어지지만 에번스는 그를 잡긴 했다. 그때 클래튼버그의 위치를 보면 왜 그가 시뮬레이션으로 그를 퇴장시켰는지 알 것이다. 그는 한 걸음 더 간 뒤에 넘어졌다. 전속력으로 뛰어가는 선수를 넘어뜨리려면 발가락 하나만 갖다 대도 된다. 그러나 토레스는 살짝 넘어졌다. 왜 내가 클래튼버그에게 토레스를 퇴장시키라는 압력을 넣었다고 홀랜드가 생각했는지 도대체 이해가 안 간다. 며칠 후, 디마테오는 내가 심판들에게 너무 큰 영향력을 행사한다고 발표했다.

나는 평생 심판들과 충돌했다. 선수로 있을 때 여덟 번 퇴장당했다.

스코틀랜드에 있을 때는 세 번인가 네 번 스탠드로 쫓겨났다. 잉글랜드에서는 수없이 벌금을 냈다. 나는 언제나 이런저런 일로 언쟁을 벌였다. 하지만 내가 본 대로만 말할 뿐이었다. 무리하게 그들을 궁지에 몰아넣으려고 한 적은 없다.

내 생각에 일류 심판이 선수에게 인종차별적일 수는 없다고 생각한다. 나는 마크 클래튼버그에게 전화로 "이 사건에서 뛴 상대팀이 우리라서 유감이오." 하고 말했다. 나는 당국에서 우리에게 증언을 요구할 것이라고 생각하며 마음의 준비를 했지만 다행히 그런 일은 벌어지지 않았다. 나는 맨체스터로 가는 비행기를 타기 전에는 그 일에 대해 아무것도 알지 못했다. 축구협회는 마크가 결백하다는 최종 결정을 내릴 때까지 엄청나게 오래 끌었다. 이틀 안에 해결될 수 있는 문제였다.

2013년 1월부터 우리는 맨 시티에게 압박을 가중시키며 리그를 쾌속으로 순항했다. 은퇴를 앞둔 내게 안도와 해방감은 리그의 우승을 확정지었던 애스턴 빌라를 이긴 날 밤에 찾아왔다. 우리는 어차피 리그 우승이 확실한 상태였다. 하지만 그 일을 4월에, 그것도 홈그라운드에서 완수하는 것은 엄청난 위로가 되었다. 나는 정상의 자리에서 화려하게 물러나게 될 터였다. 나는 계속 팀에 동기를 부여했고 전력을 다해 경기를 준비했다. 맨체스터 유나이티드의 프로 정신은 손상되지 않았다.

유일하게 실망스러웠던 점은 물론 챔피언스리그 때 레알 마드리드와 붙은 16강전에서 탈락한 것이다. 그 경기에서 터키 주심인 쥐네이트 차키르가 악의 없는 항의를 한 나니를 퇴장시키는 황당한 일이 벌어졌다. 스페인에서 있었던 1차전 때 우리는 경기 초반 20분간의 폭풍 같은 공격을 퍼부으며 맹공에 나섰다. 우리는 여섯 골로 이길 수도 있었다. 조제 모리뉴의 팀을 다시 홈에서 만나는 건 두렵지 않았다. 우리의 준비는 완벽했다. 우리는 경기를 위해 치밀한 계획을 세웠고 체력도 비축했으며 그들의 골키퍼가 슛 세네 개를 선방하게 했다. 다비드는 거의 공을 만져보지 못했다.

그런데 나니는 공을 따내기 위해 점프했다가 알바로 아르벨로아와 조금 접촉해서 56분에 퇴장당했고 우리는 10분 동안 공격당했다. 우리는 충격을 받은 상태였다. 마침내 레알의 모드리치가 세르히오 라모스의 자책골을 만회할 동점골을 넣었다. 그러고 나서 69분에 호날두가 우리를 탈락시켰다. 그러나 우리는 마지막 10분간 다섯 골을 넣을 수도 있었다. 어느 모로 보나 완벽한 재난이었다.

나는 그날 밤 특히 화가 나서 경기 후 기자회견을 생략했다. 만약 우리가 레알 마드리드를 꺾었다면 우리가 챔피언스리그에서 우승할 가능성이 매우 컸다. 나는 2차전에서 루니를 제외시켰다. 알론소 윗자리에서 그를 막을 누군가가 필요했기 때문이다. 몇 년 전의 박지성이라면 그 자리에 완벽하게 들어맞았을 것이다. 밀란 팀에서 안드레아 피를로의 패스 성공률은 75퍼센트였다. 우리가 그들과 맞붙었을 때 박지성은 그를 쫓아다니는 역할을 맡았고 그 수치를 25퍼센트까지 떨어뜨렸다. 우리 팀에서 알론소 담당으로 대니 웰벡보다 더 나은 선수는 없었다. 그렇다. 우리는 웨인이 골을 기록할지도 모를 가능성을 스스로 희생했다. 그러나 우리는 알론소를 옭아매서 거기에서 얻는 차이를 최대한 이용해야 했다.

호날두는 그 두 경기에서 뛰어난 활약을 보였다. 마드리드 원정에서 그는 우리 선수들을 만나러 드레싱룸까지 찾아왔다. 그가 예전 동료들을 그리워한다는 것을 알 수 있었다. 올드 트래퍼드 경기가 끝난 뒤 퇴장 장면 비디오를 돌려보고 있을 때, 그가 위로하러 들어왔다. 레알 선수들은 퇴장이 어이없었다는 것을 알고 있었다. 메수트 외질은 우리 선수 중 한 명에게 경기가 끝나고 감옥에서 풀려나온 느낌이었다고 털어놨다. 다행스럽게도 크리스티아누는 골을 넣고 세리머니를 하지 않았다. 했다면 녀석의 목을 졸라버렸을 테니까. 그와는 경기 내내 아무 문제도 없었다. 호날두는 정말 착한 청년이다.

맨 시티가 우리에게 타이틀을 빼앗긴 것에 대한 나의 최종적인 생각은 이렇다. 그들이 44년 만에 우승을 차지함으로써 이룩한 업적의 무게를 이해할 만한 선수를 모으지 못했기 때문이라고. 그들 중 일부는 단지 맨체스터 유나이티드를 타이틀 레이스에서 따돌린 것으로 충분하다고 생각하는 것처럼 보였다. 그들은 안도감 속에서 안주했다. 그다음 밟아야 할 어려운 계단은 타이틀 방어였는데 시티는 프리미어리그 역사상 가장 극적인 마지막 경기에서 쟁취한 것을 지킬 만한 정신 상태를 갖추지 못했다.

1993년 처음으로 리그에서 우승했을 때 나는 팀이 해이해지는 걸 원하지 않았다. 그런 일은 생각만 해도 끔찍했다. 나는 계속해서 앞으로 나아가 우리의 권좌를 더욱 굳건히 지키기로 결심했다. 1993년 팀을 모아놓고 나는 이렇게 말했다. "어떤 사람들은 휴가를 받으면 글래스고에서 40킬로미터 정도 떨어진 솔트코츠 해변으로 가고 말지. 어떤 사람들은 그 정도도 움직이기 싫어해. 그들은 그저 집에 죽치고 앉아 공원에서 새나 오리가 날아다니는 걸 보는 것으로 만족해. 하지만 어떤 사람들은 달에 가고 싶어한다고.

중요한 것은 사람의 야심이야."

하버드 교수로, 새로운 도전

　은퇴한 이후 1년이 지났을 무렵, 어쩌다 보니 나는 하버드 경영 대학원에서 엘리트 학생들을 강의하게 되었다. 40년간 드레싱룸에서 축구 팀을 상대로 연설하다 전혀 다른 청중 앞에서 경영에 대한 강의를 하는 일은 생소한 경험이었지만 그만큼 흥분되는 일이기도 했다.

　하버드처럼 명망 있는 교육기관의 일원이 되어 얼마나 자랑스러웠는지 모른다. 개인적으로도 엄청난 도전이었다. 그 정도로 우수한 인재들에게 강의를 할 때는 긴장을 늦추지 않고 전달하는 바를 명확하게 생각해야 한다. 하버드에서 처음 일을 시작할 때는 광범위한 분야를 다루려고 했으나 곧 성공적인 리더십에서 가장 중요한 요소를 우선 가려내야 한다는 걸 깨달았다. 여기에는 직업윤리, 투지, 결단력, 그리고 관찰력이 포함된다. 그런 요소는 리더 자리에 있는 누구에게나 적용될 수 있으며 나는 축구계에서의 경험을 통해 학생들이 자신이 속한 게임을 이해할 수 있도록 도와 나갔다.

　리더십에 대해 이야기하며 질문을 받는 일은 나 자신의 감독 시절에 대해 이해를 깊게 했다. 일에 파묻혀 있다 보니 한 번도 스스로를 뒤돌아본 적이 없다. 이제는 자주 그렇게 하고 있지만. 기억 속에서 가장 찬란히 빛나는 것은 나와 함께 뛰었던 빼어난 선수들이다. 최고의 선수들을 그토록 많이 데리고 있었다니 나 자신도 믿을 수 없을 정도다. 경영의 명백히 중요한 측면 중 하나는 자신이 목표하는 지점까지 도달하는 데 도움을 줄 수 있는 사람들이 누구인가를 판별해내는 것이다. 재능을 포착하는 일이 간단한 작업이었다면 모든 팀이 다 성공을 거뒀을 것이다.

맨체스터 유나이티드 감독직을 내려놓은 지 넉 달 후인 9월, 나의 첫 보스턴 여행이 이루어졌다. 하버드 대학의 총장인 드루 파우스트를 만나 학교에서 내가 맡을 역할에 대해 세부적인 이야기를 나눈 뒤 경영자 교육 과정의 교수로 임명되었다. 폭넓고 다양한 내용을 포함하여 나의 지식과 경험을 가장 잘 발휘할 수 있는 학과과정과 강의를 맡도록 하버드 대학이 배려해준 자리였다. 인생의 황혼에 얻은 멋진 기회가 아닐 수 없다.

휴가, 가족들과 함께 보낸 시간, 고관절 수술을 모두 아울렀던 그 해 여름의 하이라이트는 헤브리디스 제도를 한 바퀴 돈 크루즈 여행이었다. 세 아들, 동생 마틴, 매제인 존과 몇몇 막역한 친구들이 함께했다.

출발하기 전에 우리는 앤디 머리가 극적인 승리를 쟁취하며 윔블던 남자 단식 타이틀을 따는 것을 확인할 때까지 선장이 배를 띄우지 못하게 했다. 그가 매치 포인트를 성공시키는 것을 보자마자 우리는 샴페인을 터뜨린 뒤 돛을 올리며 오반을 떠났다.

일흔한 살이 되어서야 이곳에 발을 딛게 되어 조금 부끄러웠지만 이제까지 내가 했던 여행 중 가장 즐거운 여행이었다. 우리는 뮬의 아이오나, 스카이, 토버머리를 돌아봤다. 스타파에 있는 핑갈의 동굴은 환상적이었다. 고반 역사에서 아이오나 수도원은 떼려야 뗄 수 없는 곳이어서 이곳을 방문하기를 무척이나 고대했었다. 이야기는 글래스고에서 고반이 중요한 역할을 했던 30년대로 거슬러 올라간다. 퓨너리의 조지 맥레오드는 부친과 조부의 뒤를 이어 스코틀랜드 국교 총회의 의장이라는 영광스러운 직위에 올랐다. 이 숭고한 지위를 물려받기 전에는 고반교구의 목사였으며 그의 영향은 오늘날까지 남아 있다. 30년대의 아이오나 수도원은 거의 폐허로 변해버렸기 때문에 원래 모습대로 되돌리려면 긴급히 보수할 필요가 있었다. 조지는 모든 정력과 설득력을 동원해서 페어필드 조선소의 노동자들을 집결시켜 이 위대한 수도원을 보수했다. 이제 아이오나를 난생처음으로 가게 된 내가 왜 그렇게 흥분했는지 이해할 수 있을 것이다. 조금도 실망하지 않았고 기대만큼 멋진 경험이었다. 이 모든 업적과 내가 고반이라는 연결고리로 이어져 있다는 사실이 가슴 깊이 와 닿으며 조선 노동자들의 노력에 무한한 긍지를 느낄 수 있었다.

아침에는 갑판에 앉아 숨 막힐 듯 멋진 경치를 바라보았다. 낮 시간에 항해할 때면 온갖 종류의 야생동물과 마주쳤다. "왜 진작 여기에 오지 않았을까?" 나는 스스로에게 물었다.

어느 날 밤, 나는 장난에 걸려들고 말았다. 선장을 만나보라는 부탁을 받았는데 40년간 바다를 누비고 다닌 그는 수백만 가지의 모험담을 들려줘서 그와 함께하는 시간은 언제나 즐거웠다. 그러나 이번 만남은 함정이었다. 그와 담소를 나누는 동안 아래층에 있는 내 '친구들'은 해적으로 변장했다. 다시 선실로 내려왔을 때 내가 맞닥뜨린 것은 가발을 쓰고 안대를 한 불한당 무리였다. 그들은 나에게 고함을 지르며 플라스틱 칼을 휘둘렀다. 하마터면 심장마비를 일으킬 뻔했다.

다음 날 아침, 크노이다트 반도에 상륙한 우리는 "이 섬에는 휴대전화 신호가 잡히지 않으니 본인의 위치를 누군가에게 알려놓으세요"라는 지시를 받았다. 사실 이번 여행 대부분은 휴대전화 불통지역이었지만 나의 은퇴를 둘러싼 바깥세상의 감정적인 반응을 차단하는 이상적인 해독제였다.

우리는 동네 펍 밖에 자리 잡고 앉아 햇볕을 즐기며 유유히 시간을 보냈다. 내가 누군지 아무도 몰랐다. 완벽한 하루였다.

자서전을 출간하는 일이 극장 순회 사인회로 발전했다. 맨체스터, 런던, 글래스고, 애버딘, 그리고 더블린을 도는 일정이었는데 프레스턴의 커컴 공립중등학교에도 들렀다. 축구계에 몸담고 있던 시절을 돌아보는 이런 행사에서 인터뷰는 즐거운 일이다. 팬들의 열광적 반응도 매우 감동적이었다.

스트렛퍼드의 테스코 엑스트라에서 열렸던 사인회에서 사람들은 사인을 받기 위해 여섯 시간 동안 줄을 섰다. 그 전날, 나는 레알 소시에다드와의 경기를 보려고 올드 트래퍼드에 가는 길에 어떤 여자가 줄 맨 앞에 서기 위해 아침부터 기다리고 있었다는 이야기를 들었다. 경기에 가는 길에 들러 그녀에게 고맙다고 말한 뒤 첫 번째로 사인한 책을 선물로 주었다. 모여든 인파에 놀란 나는 사람들의 정성에 보답하기 위해 기꺼이 예정보다 몇 시간 더 사인을 해주었다.

올해 초에 우리는 친구의 50번째 생일을 축하하기 위해 일주일 예정으로 바베이도스에 갔다. 정말 근사했다. 우리는 위건 애슬레틱의 구단주 데이브 웰런의 융숭한 대접을 받았으며 그의 웅장한 저택에 머물렀다. 론스타 레스토랑에서의 파티는 정오에 시작되었고, 몇몇 사람들은 다음 날 새벽 4시까지 연회를 즐겼다. 오스카 시상식은 또 하나의 즐거운 추억이었다. 우리는 금요일 밤 영국 대사관 파티에 참석해 필로미나리를 만났다. 50년 동안 잃어버린 아들을 찾아다녔던 어머니의 실화를 다룬 영화 〈필로미나의 기적〉의 실존인물인 그녀는 정말 멋진 숙녀였다. 거기에 더해 영국 대사관의 직원 중 열 명이 스코틀랜드 출신이라는 말을 듣고 기분이 좋았다.

오스카 상 시상식 전야에 열렸던 또 다른 파티에서 우리는 〈노예 12년〉에 나왔던 젊은 여배우 루피타 니용고와 열혈 맨체스터 유나이티드 팬이라는 그녀의 남동생을 만날 수 있었다. 세리나 윌리엄스를 만나 이야기를 나눈 것도 기억에 남는다.

여행의 하이라이트는 아마 리즈 위더스푼과의 만남일 것이다. 그녀의 스코틀랜드인 조상인 존 위더스푼은 1768년부터 훗날 프린스턴 대학교가 된 뉴저지 대학의 6대 총장으로 재직했다고 한다. 미국 역사에 족적을 남긴 또 하나의 스코틀랜드인이라고 할 수 있겠다. 내 친구인 마틴 오코너는 어떻게 손에 넣었는지 모르지만 나와 캐시를 위해 시상식 입장권을 구해주었다. 정말로 장엄하고 무척이나 재미난 시상식이었다. 나의 희망사항 리스트에서 높은 순위에 있었던 이 여행은 결코 나를 실망시키지 않았다.

시상식 뒤에 열린 '배니티 페어' 파티는 할리우드의 내로라하는 인물들이 모두 한자리에 모이는 중요한 행사이다. 그곳에서 나는 많은 배우들을 만났다. 그중에서 나의 좋은 이야기상대가 되어주었던 새뮤얼 L. 잭슨은 뛰어난 유머감각의 소유자로 인상에 남았다.

그곳은 나에게 일상적인 세계는 아니었지만 영화광인 캐시와 나로서는 매우 흥미로운 경험이었다. 평상시에도 자주 영화관을 찾는 우리 부부에게 이번 여행은 처음부터 끝까지 환상적이었다.

내 삶은 모든 방면에서 변화하고 있었다. 우선 고관절수술로 클럽의 이사이자 관중으로 돌아갈 날을 미루어야 했다. 마침내 본부석에 앉았을 때 팬들이 눈에 띄게 호기심 어린 눈길로 쳐다보는 걸 느꼈다. 27년이란 세월을 유나이티드의 감독으로 있었던 내가 이제는 사인을 부탁하는 팬들이 찾아오는 본부석에 앉아 있게 되었다. 이 새로운 자리는 처음에는 무척이나 낯설게 느껴졌다. 서포터들은 호기심을 담은 눈으로 날 뚫어져라 쳐다봤다. 아마 그들은 내 의중을 읽으려 하는 걸 거다. 물론 내가 비전투원의 역할로 관중석 높은 곳에 앉아 있는 게 그들로서는 익숙지 않을 것이다.

나의 복귀 첫 경기는 네 손주들과 며느리인 타니아, 매제인 존과 함께 관람했다. 아무런 감정도 드러내지 않았지만 그것은 내가 감독으로 있을 때도 마찬가지였다. 특히 감독 말년으로 갈수록 표정에 감정을 내비치지 않았던 것 같다. 본부석에서는 그렇게 행동하는 게 마땅했다. 올드 트래퍼드에 온 지 얼마 안 되었을 때는 지금보다 훨씬 더 감정적이었다. 하지만 적극적으로 나서야 될 필요가 생길 때를 제외하고는 커리어 대부분 무표정한 얼굴을 유지했다.

이사이자 대사로서 나는 여전히 맨체스터 유나이티드의 일원이었지만 정작 축구인으로서의 생활은 UEFA(유럽축구연맹)의 홍보대사로 임명된 후 활발해졌다. 그들은 내게 코칭 세미나의 의장을 맡아주기를 부탁했고 나는 기꺼이 승낙했다.

감독 대상의 첫 세미나는 올드 트래퍼드의 비디오 링크를 통해 이루어졌는데 기분이 묘했다. 마치 다른 행성에서 이야기하는 느낌이었지만 그들은 잘 진행했다고 이야기했다. 내가 처음 맡은 UEFA 세미나는

200명의 코치들이 참석한 부다페스트 학회로 나는 연설을 하고 질문을 받았다.

나는 그들이 성공의 길을 걸을 수 있도록 인도하고자 했다. 그러기 위해서는 우선 축구에 대한 애정을 갖고 헌신해야 한다. 이는 엄청난 희생을 요구하는 일이다. 그러나 그 보상은 제대로 된 성과를 일궈냈을 때, 특히 어린 선수들을 훌륭하게 키워낼 때 느낄 만족감이다. 이에 대해서는 이견이 없을 것이다.

토리노와 리스본에서는 코치들과 현재 경기를 하는 방식, 전술을 의논하는 회의를 가졌다. 지난 몇 년간 몇몇 변화가 이루어졌는데 특히 두드러지는 건 역습 방식이다. 예전의 역습 상황을 살피면 대부분 한두 러너에게 침투를 맡겼던 걸 알 수 있다. 주로 남아메리카 국가에서 볼 수 있는 방식이다. 이제는 대여섯 명이 위로 죽 밀고 올라간다. 또 다른 변화는 잔디 상황인데 놀라울 정도로 개선이 되어서 경기의 질을 향상시켰다.

이러한 회의에 참석하는 일을 매우 즐기는 편인데 자신의 지식을 나누고 경험에서 얻은 혜택을 전하는 것은 나에게 중요한 일이다. 업계에 이제 막 진입한 젊은 감독들은 그들이 몸담을 세계에 대한 충고와 인도가 필요하다. 그들의 직업은 결코 쉬운 일이 아니며 난이도는 점점 높아지고 있다. 프리미어 리그 감독들은 하루살이처럼 없어지는 존재이다. 젊은 감독들은 구단주와 회장들과 의사소통을 하는 노하우를 익혀야 한다. 그 부분에 대한 중요성은 구단주들의 유형이 다양해진 지금 그 어느 때보다도 높아졌다. 어떠한 경우라도 자신의 신념을 포기하거나 통제권을 상실해서는 안 되지만 의사소통을 하는 방식은 익혀야 한다.

프리미어 리그라면 미국, 러시아, 중동이나 말레이시아 출신의 구단주에게 답변을 해야 한다. 나로 대변되던 모델은 역사 속으로 사라졌다. 한 클럽을 26년간 맡는 감독은 두 번 다시 보지 못할 것이다. 그래도 아스널에서 장기 집권하고 있는 아르센 벵거는 특별한 언급을 해야 마땅하다. 모든 사람들이 그가 FA컵을 들어 올리는 것을 보고 기뻐했다. 나로서는 예전에 내 밑에서 선수생활을 했던 헐 시티의 스티브 브루스 감독이 우승하기를 바라고 있었다. 하지만 9년 동안 우승컵 하나 따내지 못해서 중압감을 느끼고 있었을 아르센에게는 특별한 감정이 있을 수밖에 없었다. 아르센은 언제나 자신의 신념을 고집스레 고수해왔으며 변화를 요구하는 압력에 결코 굴복하지 않았다. 그의 기준과 방식은 한결같았다. 또한 어린 선수를 데리고 와서 성장시키는 데는 언제나 비상한 재주가 있었다. 어린 선수들은 아직 완전히 성숙하지 않아 위험부담이 있지만 대담하게도 그들을 경기에 내보내는 것을 아르센은 전혀 두려워하지 않았다.

아르센이 내 기록을 깨지 못할 거라고 그 누가 장담할 수 있을 것인가? 어느 정도 의심이 드는 건 사실이라 해도 그라면 가능할 것 같다.

리버풀 감독인 브렌던 로저스는 또 다른 흥미로운 사례다. 2013/14 시즌이 시작하기 전만 해도 내가 꼽았던 톱3는 맨유, 첼시, 그리고 맨체스터 시티였다. 그러나 리버풀의 경기력은 놀라울 정도로 환상적이었다. 게다가 성적의 수직상승은 올바른 방법으로 이루어졌다. 긍정적인 축구를 한 것이다. 철천지원수인 유나이티드 팬조차도 리버풀의 성적이 리그 테이블 상위로 솟아오르는 걸 시기하지 않았다. 내 관점에서 보면 그들은 분명 올해의 팀이었다. 대니얼 스터리지는 팀에 활기 넘치는 변화를 가져왔고 라힘 스털링은 그의 본래 포지션인 윙어가 아닌 다른 역할을 맡아 만개했다. 리버풀에서 스털링을 스트라이커 바로 밑에 세웠을 때 결과는 무시무시했다. 루이스 수아레스의 경우 늘 하던 대로 많은 골을 넣을 거라는 게 모든 이들의 예측이었다. 그는 지난해의 수준을 유지했다. 스털링과 스터리지는 그 위에 파괴력을 보탰다. 또 다른 변화는 스티븐 제라드를 백포의 앞에 배치한 것으로 이전의 어떠한 리버풀 감독도 사용하지 않은 전술이다. 제라드는 그 위치에서 엄청난 플레이를 펼쳤고 환상적인 시즌을 보냈다.

토니 풀리스는 희망 없는 강등싸움을 벌이고 있는 크리스털 팰리스를 맡아야 될지 조언을 구하러 나를 찾아왔다. 나는 토니에게 서포터가 열광적인 응원을 펼치는 홈에서는 꺾기 힘들 정도로 팰리스의 전력을 강화시킬 수는 있을 거라고 지적했다. 이것이 그에게 있는 단 하나 유리한 카드라고. 셀허스트 파크의 에너지는 광적일 정도다. 리그 밑바닥에 있을지라도 연말에 어느 정도 경기력을 끌어올리면 최후의 5개월 동안 성적이 극적으로 향상될 수 있다는 사실을 토니는 스토크 시티에 있을 때 이미 알고 있었다.

풀리스는 12경기 동안 승점을 단 7점밖에 못 딴 상황에서 팰리스를 맡았지만 놀랍게도 45점으로 시즌을 마쳤다. 2014/15시즌이 개막되기 직전인 8월에 팰리스를 떠난 그가 올해의 감독으로 선정될 거라고 생각했다. 그러나 올해의 감독은 브렌던 로저스에게 돌아갔고, 토니는 올해의 프리미어 리그 감독으로 뽑혔다. 아마 토니의 업적이 단지 시즌 후반에만 한정되었던 게 이유가 아닐까 생각한다. 어쨌든 두 감독 모두 압도적인 시즌을 보냈다.

또 인상적인 경기력을 선보인 다른 감독으로서는 번리의 션 디시를 들 수 있다. 션은 나와 이야기를 하기 위해 두세 번 찾아오기도 했다.

그는 엷은 스쿼드 문제로 고민 중이었다. "뭐, 기도하는 수밖에." 내가 말했다. 다시 좀 더 심각한 어조로 이야기했다. "선수들이 얼마나 에너지가 넘치는지 보는 사람마다 꾸준히 이야기하게. 그러다 보면 선수들은 결국 자기들이 실제로 그렇다고 믿게 될 거야. 에너지는 육체적인 것만큼이나 심리적인 요인이 크니까." 결과적으로 내 말이 잘 맞아 떨어져 기분이 좋았다.

사이드라인에서 리그가 형태를 갖추어가는 모습을 지켜보는 일은 흥미로웠다. 나는 첼시가 이기리라고 확신하고 있었다. 2월부터 3월 초까지 그들이 힘든 일정을 잘 소화하리라고 생각했다. 조제 모리뉴가 그들에게 있다는 사실이 내 예측의 근거였다. 그는 늘 자신의 팀을 언더독이라든가 "작은 말"이라고 불렀고 시즌 말미로 갈수록 기행으로 사람들을 즐겁게 했다. 기자회견만 하면 그에게 눈을 뗄 수가 없었다. 그를 잘 아는 나조차도 그가 진지한 건지 장난하는 건지 확실히 감을 잡을 수 없었다. 조제는 사람을 혼란스럽게 만드는 재주가 남달랐다.

시티가 챔피언스 리그에서 탈락하자 국내 리그에 집중하며 무섭게 치고 올라올 거라고 생각했다. 그러나 리그컵 결승에 진출한다는 건 좋지 않은 타이밍에 체력을 낭비한다는 의미도 될 수 있었다. 1990년 이후 처음으로 리버풀이 리그 우승을 할 수도 있겠다고 생각한 사람들은 그들이 첼시에게 홈에서 패배를 당하기 전까지 엄청난 기세로 11연승을 거뒀던 4월 이전에는 아무도 없었다. 시티 감독인 마누엘 펠레그리니는 그가 말라가 감독으로 있을 때부터 잘 아는 사이라 동료로서 그의 우승이 반가웠다. 시티가 가장 우수한 선수단을 가지고 있다는 것은 의심의 여지가 없지만 두 차례 모두 아슬아슬하게 우승했다는 것은 의문의 여지를 남긴다. 대체 왜 그런 것일까? 세르히오 뱅상 콩파니가 자주 전력이탈을 했지만 그들은 두터운 스쿼드를 갖고 있었다. 때문에 시티가 쉽게 우승을 거두지 못한 것은 놀랍다.

챌시의 전술적 변화는 확연했다. 그들이 8월 26일 올드 트래퍼드에 왔을 때 스트라이커 없이 경기했다. 나는 깜짝 놀랐다. 조제가 자신의 골잡이들을 신뢰하지 않거나 '자신의' 팀을 내보내는 느낌을 받지 못했기 때문일 수도 있다. 그는 실용적인 감독이며 진다는 것은 어떠한 경우에도 염두에 없는 일이다. 리버풀에서 그는 세사르 아스필리쿠에타, 토마시 칼라스, 브라니슬라프 이바노비치 그리고 애슐리 콜이라는 낯선 조합의 백포를 출격시켰는데 그들로부터 이끌어낸 경기력은 굉장했다. 10분이 지난 후 나는 생각했다. '이 경기는 챌시가 이긴다.' 수아레스는 매우 조용했다. 평소의 번뜩이는 플레이는 보이지 않았다. 챌시는 이변을 노리고 있었다.

샘 앨러다이스를 보러 웨스트 햄에 몇 차례 내려갔었다. 샘은 업튼 파크에서 팬들에게 비난을 당하고 있었다. 내가 죽기 전에 누군가 '웨스트 햄 방식'이라는 것을 설명해주었으면 좋겠다. 그게 뭐냐고? 그들이 마지막으로 우승을 한 것은 1980년 FA컵이다. 그동안 내가 만났던 웨스트 햄은 내게 한 번도 두려움을 안겨주지 못했다. 그들은 언제나 살아남으려고 발버둥을 치거나, 운이 좋거나 거칠게 나올 뿐이었다. 1995년 5월 그들은 우리의 우승을 향한 희망의 불길을 1 대 1 무승부로 꺼버렸다. 페널티 박스 안에서 한 걸음도 나오지 않는 그들을 상대로 마치 포위작전을 수행하는 느낌이었다. 그렇다면 이 웨스트 햄 방식이란 과연 무얼 말하는 것일까?

샘에게 동정이 갔다. 그는 승리를 거둘 수 없었다. 웨스트 햄 팬들 사이에서는 빅샘은 선수들에게 공을 피치 위로 뻥뻥 차올리라고 말하는 생존주의자라는 선입관이 자리 잡고 있었다. 하지만 진실은 그가 매우 평범한 선수들을 데리고 잔류에 성공하고 있었던 것이다. 그것이 감독이 하는 일이다. 그는 그들로부터 최상을 이끌어냈다.

이제 인생의 다른 부분에 전념하고 있다고 해서 예전의 스파링 파트너들에게 등을 돌릴 생각은 없었다. 사실 하버드 경영대학원에서의 활동은 이 모든 것이 어떻게 연결되는지 보여줬다. 대학의 학생들과 학자들은 내가 날카로운 지성을 유지하도록 도와줬다.

하버드 대학에서의 새로운 임무는 2014년 봄, 조직행태학과 리더십 학과의 교수 일곱 명과 회의를 가지는 것으로 시작되었다. 그들은 내 경험과 철학에 대해 질문했고 거기에서 어떻게 기여를 할 수 있는지 평가하고 싶어 했다. 나에게 아주 유익한 세션이었다. 내가 그곳에서 매우 큰 존중과 환영을 받고 있다고 느낄 수 있었다.

다음 세션은 젊은 경영자들과 함께하는 자리였는데 그들은 고급경영 관리학 8주 과정에 등록했다. 45개국에서 온 68명의 사람들 앞에서 애니터 엘버스 교수가 나와 인터뷰를 했고 이것 역시 순조롭게 진행되었다. 중요인물들과 가진 여러 만남 외에 나의 마지막 하버드 강의는 '엔터테인먼트, 언론 그리고 스포츠 경제학' 이라는 새로운 과목을 지원하기 위한 것이었다.

강의는 내 감독 경력의 초창기 사례 연구를 중심으로 짜였다. 첫 한 시간은 참석자들과 앉아 그들이 사례 연구에 대해 논의하는 것을 들었다. 그리고 잠시 휴식시간을 가진 후 80분 동안 나는 방 한가운데서 학생들의 질문을 받았다.

세션 1부에서는 선수, 스태프, 언론, 회장 등이 모두 중앙에 있는 나와 연결되어 있는 도표가 칠판에 나타났다. 나는 맨체스터 유나이티드 감독으로서의 내 세계의 일부를 구성하는 모든 요소와 각각의 관계를 설명해나갔다. 칠판 지우개를 한 손에 들고 칠판의 글자를 거의 지워버린 뒤 나는 청중에게 말했다. "궁극적으로 이 모든 것은 별로 중요하지 않습니다. 언론은 일주일에 기자회견 한 번, 경기 후 인터뷰 한 번만 채우면 됩니다. 에이전트는 선수가 돈이 필요할 때나 연락을 해옵니다. 죽 이런 식이죠. 이 일의 핵심은 따로 있습니다. 나의 선수들, 나의 스태프, 나의 회장, 이 사람들을 매일 보기 때문입니다. 나머지는 필요할 때나 대응하면 되는 겁니다."

감독생활 후반기에 업무분담을 심화시킨 것은 이제 와서 생각해보면 매우 적절한 시기에 이루어진 지혜로운 조치였다. 덕분에 정말로 중요한 것, 즉 피치 위에서의 결과에만 집중하면서 마지막 10년을 여유롭게 감독생활을 할 수 있었다. 이것은 자신의 에너지의 원천이 어디에서 나오는가를 이해하는 문제이다. 내가 젊었을 때는 전날 밤 나가 놀다가도 훈련을 위해서 6시에 일어날 수 있었다. 하지만 나이가 들면서 이런 일이 불가능해지고 말았다. 변화를 이해한 후, 자신의 에너지를 다르게 사용해야 한다. 내가 섭취하는 음식, 내가 취하는 수면. 자연적인 에너지는 중요한 자산이다. 그러나 이것조차 줄어들기 시작한다.

사람은 늙게 마련이다. 나 자신이 노인 같은 기분이 든다는 말을 하려는 게 아니다. 그러나 내가 클럽에 있던 마지막 10년은 내 60대에서 70대에 걸쳐 있다. 나의 모든 초점은 축구클럽에 대한 적절한 통제와 승부욕을 유지시키는 데 두었다. 조수에게 업무를 분담시키면서 나는 그 과정에 도움을 줄 수 있었다. 그리고 나는 아이디어에 늘 열려 있었다. 우리가 다른 세계에 들어섰다는 것을 알고 있었기 때문이다. 이제 앞부분에 징이 박힌 축구화는 사라졌다. 선수들은 슬리퍼를 신었다. 대부분은 진보했다. 모든 게 아니라 대부분이. 나는 결코 언론이 나를 지배하도록 허락하지 않는다. 언론과의 관계에 에너지를 허비하지 않는다. 현대적인 감독 중 일부는 그들이 언론에 뭔가 던져줘야 된다고 생각하며 에너지를 소모한다.

나의 철학은 다음과 같다. 맨체스터 유나이티드는 결코 언론을 두려워해서는 안 된다. 그렇다, 우리는 소통할 필요가 있다. 하지만 매순간, 모든 이야기, 모든 선수들에 대해 알려줄 필요는 없다. 그 대부분에 보호막이 쳐져야 한다. 숨겨야 하는 부상이 있을 수도 있다. 왜 우리가 적을 도와야 하는가? 나는 비밀을 잘 통제했고 내 에너지를 꼭 필요한 곳에 사용했다. 상업적 활동, 만찬 같은 것조차 많은 시간과 에너지를 잡아먹는다. 그렇기 때문에 감독생활 말기에 접어들수록 이러한 행사를 점점 엄격히 선별해서 참석하게 되었다.

일은 언제나 나에게 첫 번째였다. 선수 복만 있는 게 아니라 나는 스태프 복도 있었다. 많은 사람들이 20년도 넘게 나와 함께 일했다. 값을 따질 수 없는 지원체계를 구축해준 그들은 영원히 나의 감사를 받을 자격이 있다.

이제 내 인생의 다음 단계로 넘어간 지금, 축구 밖의 세계에 내가 뭔가 공헌할 수 있을 거라는 생각은 틀리지 않았다. 결코 은퇴가 나의 호기심이나 투지를 꺾이게 두지 않을 것이다.

과도기의 맨체스터 유나이티드

가장 잘 짜인 계획조차 뜻밖의 고비를 만날 수 있다. 어떠한 축구감 독도 세계를 완전히 정복할 수 없다. 우리는 상황이 한순간에 몰라볼 정도로 변해버리는 직업에 몸담고 있다. 중요한 것은 우리의 자긍심을 온전히 간직하고 늘 새롭게 시작하는 것이다. 새로운 기회는 그러다 보 면 오게 될 것이다.

대형클럽의 감독에서 해임된다는 것이 미래의 성공을 가로막을 수 없다. 2014년 4월 데이비드 모이스가 맨체스터 유나이티드를 떠났을 때, 나는 그가 다른 좋은 클럽으로 갈 거라는 사실을 의심하지 않았다. 그보다 이력서의 유나이티드 감독직이란 자신이 높은 평가를 받고 있 으며 충분한 재능을 지녔다는 사실을 증명해주는 거나 다름없다.

데이비드가 부임한 지 1년도 안 돼 감독 자리를 잃은 것은 슬픈 일이 지만 나를 포함해 셀 수 없을 정도로 많은 감독들이 해고된 후 더 큰 성 취를 이루곤 했다. 최근에 있던 가장 좋은 예로는 카를로 안첼로티를 들 수 있다. 첼시를 떠난 후 그는 파리 생제르맹과 함께 프랑스 리그를 우승했고 2013/14 시즌에는 레알 마드리드에서 챔피언스 리그 우승을 거머쥐었다.

해고를 축구 인생의 마지막으로 간주해선 안 된다. 데이비드 모이스는 여전히 많은 가능성을 가지고 있다. 그의 기록에는 맨체스터 유나이티드의 감독으로 선택되었다고 남을 텐데 이는 흔한 일이 아니다. 예를 들어 론 앳킨슨이 유나이티드에서 해임된 후 얼마나 잘 풀렸는지 보라. 얼마나 명문이든 간에 클럽에서 떠나는 순간 감독생활이 끝나는 것이 아니다. 데이비드는 계속해서 훌륭하게 감독생활을 할 것이다.

내 후계자를 지명할 때 투명한 과정을 따랐다는 점을 밝혀둬야 할 것 같다. 설마 사람들은 글래이저 가문이 새로운 감독을 단지 한 사람이 고르게끔 허락할 거라고 믿지는 않을 것이다. 사임을 결심한 뒤 뉴욕에서 진행되었던 글래이저 가와의 회의에서 우리는 다른 외부의 주요 기관에서 하듯 새로운 감독을 고르는 작업을 시작했다. 우리는 최고의 후보자들을 선별해 능력을 검토한 후 계속해서 선정 작업을 진행했다.

바깥세상에서는 마치 아무런 과정 없이 새로운 감독을 지명했다고 생각하는 것 같은데 말도 안 되는 소리다. 이것은 우리의 의중이 언론에 조금도 새어나가지 않았기 때문에 품을 수 있는 오해이다. 우리의 논의는 축구클럽이라는 사방의 벽 안에서 은밀히 이루어졌다.

비밀엄수가 최우선적으로 이루어진 만큼 외부의 압력은 존재하지 않았다. 우리가 언론에 발표했을 때 아무도 이를 예측하지 못했다. 반대로 내 은퇴 뉴스는 공식발표 하루 전에 새어나가 선수들과 스태프에게 알려줘야 하는 내 입장을 난처하게 만들었다. 데이비드의 임명은 모든 것이 올바른 방식으로, 은밀히, 철저히, 프로답게 이루어졌다. 이러한 꼼꼼한 과정을 거친 후 데이비드 모이스는 맨체스터 유나이티드의 감독으로 임명되었다. 이사회는 처음부터 끝까지 우리와 공조해서 일해 나갔다.

그를 데려올 수 있어서 우리는 매우 기뻤고 당시에는 대부분의 언론사가 클럽의 전통과 가치를 따른 뛰어난 선택이라는 데 동의했다.

에버턴에서 11시즌을 보낸 데이비드는 근면하고 고결한 양심의 소유자였다. 그가 그토록 긴 시간 동안 단 한 번도 우승컵을 들어 올리지 못한 것은 사실이며 이 점은 언제나 그를 공격하는 근거로 이용되었다. 그러나 자세히 들여다보면 오해의 소지라는 것을 알게 된다. 그는 재정과 경기장 크기 등 여러 면에서 우승을 목표로 하지 않는 클럽의 리더였다. 그러므로 그는 여러 장애물과 난관을 극복하고 좋은 에버턴 팀을 만들어내고 그 과정을 통해 좋은 결과를 냈다.

코치진 구성을 둘러싸고 우리가 가졌던 초기의 대화에서 데이비드는 그가 두 사람이나 세 사람의 코치를 데려올 거라고 밝혔다. 데이비드는 이미 그가 직접 선수들을 지도할 거라고 내게 말했으므로 르네 뮐렌스틴은 실질적으로 아무 역할도 맡지 못하게 되었다. 나는 그에게 믹 펠란은 큰 도움이 될 테니 그대로 두라고 제안했다. 믹은 클럽을 잘 알고 있었고 유나이티드에 100퍼센트 충성했으므로 데이비드의 좋은 인도자가 될 터였다. 그를 남기지 않기로 한 데이비드의 결정에 믹은 아무런 불만도 갖지 않았다. 데이비드는 그저 자신의 사람들을 곁에 두고자 했을 뿐이었다.

어쩌면 데이비드는 맨체스터 유나이티드 같은 거대클럽에서는 클럽의 모든 것이 그의 지원체계로 이루어져야 한다고 생각했을지도 모른다. 나는 이미 뛰어난 사람들이 중요한 위치에 배치되어 있기 때문에 그를 위한 조직망은 갖춰져 있다고 생각했다. 데이비드가 자신의 측근을 곁에 두고 싶어 했던 유일한 사람은 아니다. 감독들이 클럽에 새로 부임할 때 여섯 명이나 일곱 명 정도의 스태프를 대동하고 도착하는 일은 비일비재하다. 그것이 현대축구의 추세이다.

이러한 인적구성의 변화가 그가 부진했던 요인은 아니다. 자신이 기자회견에서 인정했듯이 에버턴에서 맨체스터 유나이티드로 오는 것은 엄청난 변화이다. 그는 부임했을 때부터 정직하고 개방적이었다. 단지 유나이티드라는 클럽이 얼마나 거대한지 그가 미처 깨닫지 못했을 뿐이다.

26년간 모든 이들은 매일 아침 내가 훈련장에 걸어 들어가는 모습에 익숙해져 있었다. 다른 방식과 새로운 철학을 가진 감독에 적응하는 것은 문화적인 변화를 요구한다. 이런 거대한 변화는 어떠한 사업체나 기관이라도 운영에 영향을 미치게 마련이다.

데이비드는 자신이 변화를 가져올 것이며 이를 적용시키기 위해 얼마나 많은 시간이 걸릴지 오래도록 이야기를 했다. 새로운 감독이 선수단에 그의 생각을 시행하려고 시도하는 것은 자연스러운 일이다. 그러나 언론과 대중은 원대한 구상과 거대한 계획을 갈망하기에 현실과 균형을 맞추기란 쉽지 않다.

경기 결과는 잔인했다. 8월 26일 가진 첼시와의 첫 홈경기는 0 대 0 무승부였다. 다음 주 일요일 리버풀에서 벌어진 그의 두 번째 원정경기에서 우리는 1 대 0으로 패배했다. 다섯 번째 프리미어 리그 경기로 그는 맨체스터 시티 원정을 가서 4 대 1로 패배했다.

경기장에서의 내 존재를 두고 마치 내가 데이비드의 노력에 그림자를 드리우려고 하는 것처럼 논쟁이 벌어졌다. 모든 이는 내가 은퇴하면 맨체스터 유나이티드의 이사와 대사로 임명될 거라는 사실을 알고 있었다. 당시에는 아무도 '이것은 새로운 감독에게 문제를 안겨줄 것이다'라고 말하지 않았다. 감독은 스탠드가 아니라 덕아웃에 앉아 있으므로 대체 왜 사람들이 내가 여전히 최전선 근처에서 어슬렁거린다고 생각하는지 영문을 모르겠다.

나는 인터뷰에서 여러 차례 내 시대는 끝났다는 사실을 강조했다. 퇴임을 결정할 때도 전혀 망설이지 않았다. 인생의 다음 단계로 넘어가 새로운 것을 시도할 준비가 되어 있었다.

그러므로 경기가 아무리 안 풀려도 선수들이 본부석을 바라보며 '보스, 우리가 어떻게 하면 좋을까요?' 하고 도움을 청하는 일은 있을 수 없는 것이다. 내가 언론의 친구라고 전혀 말할 수 없었기 때문에 언제나 그쪽 업계에서 새로운 심층기사를 낼 가능성은 있었다. 심지어는 유나이티드가 한 사람이 모든 것을 관리하는 구식 체계에서 벗어나고 있다고 암시하는 기사까지 봤었다.

이 자서전 앞장에서 이미 맨체스터 유나이티드가 책임을 분산시켜야 할 당위성이 제기될 정도로 커졌기 때문에 위임은 중요한 문제라고 말했다. 특히 마지막 10년간 위임은 우리 성공에 막대한 기여를 한 필수적인 도구였다.

맨체스터 유나이티드에 내가 남겨놓은 체계를 구식이라고 묘사하는 일은 이해할 수 없다. 우리 연습장을 본 적이라도 있는지 묻고 싶다. 2000년 우리는 더 클리프에서 축구계 정상에 있는 팀에 걸맞은 캐링턴으로 옮겼다. 그러나 시대는 변하고 우리는 또 다른 변화를 추구해야만 했다. 2년 전 재개발에 들어간 캐링턴은 의료시설과 스포츠과학 연구시설 등 축구클럽이 필요한 모든 것을 제공하게 되었다. 우리의 훈련시설은 내가 맨체스터 유나이티드에서 재임한 기간 동안 이루어놓은 가장 자랑스러운 것 중 하나이다.

새로운 감독과 그의 코치진이 적응하는 동안 나는 전임 감독이라면 마땅히 그래야 하듯 적절한 거리를 두었다. 캐링턴은 절대로 방문해서는 안 된다는 게 나의 생각이었다. 예전의 일터를 찾아가고픈 마음도 전혀 들지 않았다. 이사진에게는 통상적인, 경기 후 드레싱룸 방문도 나는 하지 않았다.

동시에 나는 사라지려고 했던 것일까? 나는 클럽의 이사였으며 맨체스터 유나이티드의 경기를 보며 응원하고 싶었다. 데이비드는 내가 경기장에 있는 것을 조금도 신경 쓰지 않았다. 오히려 내가 와줘서 기뻐했다. 나의 경기장 방문이 그에게 압력을 가한다는 것은 대중과 언론으로부터 나온 생각이다. 그들은 전혀 존재하지 않았던 문제를 만들어냈다. 맨체스터 유나이티드의 감독은 강한 정신력과 튼튼한 몸을 가지고 있어야 한다. 그는 수백만 가지의 일을 처리해야 했지만 내가 자리에서 벌떡 일어나거나 소리치는 모습을 본 사람은 아무도 없다. 나는 새로운 역할에 완벽하게 적응했다.

데이비드가 나에게 전화를 할 때마다 나는 기꺼이 그를 도와줬다. 그가 성공하기를 바랐다. 올드 트래퍼드 경기장에서 가진 고별연설에서 나는 팬들에게 새 감독을 지지해주는 일은 매우 중요하다고 언급했다. 그가 잘하기를 바랐고 충고를 구하면 내가 할 수 있는 한 최선을 다해 응해줬다. 맨 시티와의 홈경기가 끝난 뒤 우리는 많은 이야기를 나누었다. 데이비드와 나만의 사적인 자리였고 우리가 논의한 내용을 따로 알고 있는 사람은 아무도 없었다.

성적이 나빠질수록 패배를 당할 때마다 그는 망치로 일격을 당하는 것 같았다. 그의 태도에서도 변화를 볼 수 있었다. 1월에 우리는 후안 마타를 영입했고 모든 이는 기대에 부풀었으나 나에게는 조여드는 벽이 데이비드가 숨 쉴 공간을 점점 잠식하는 게 보였다. 우리가 최악의 성적을 거두고 있던 1989년부터 알고 있는 느낌이었다. 마치 짓눌려지는 느낌이다.

하지만 결과는 데이비드를 조금씩 무너뜨렸다. 우리는 1월 5일 FA컵 홈경기에서 스완지에게 패배해서 탈락했고 나중에 캐피털 원 컵 준결승전에서 선덜랜드에게도 졌다. 나로서는 리그컵 우승이 데이비드의 돌파구가 되기를 바랐다.

경기 속도는 아주 약간 느려졌다. 나에게도 보였다. 하지만 모든 감독은 자신이 선호하는 방식이 있다. 유나이티드 선수들이 템포 빠른 경기를 했던 것은 그런 방식으로 경기하는 데 익숙해 있기 때문이다. 만약 어떠한 이유에서 템포가 느려진다면 나는 하프타임에 그들에게 "이건 우리답지 않아"라고 말했을 것이다. 우리에게는 민첩하고 밸런스가 좋고 주력이 뛰어난 최상급의 선수들이 있었다. 빠른 경기 템포는 결코 승리에 방해가 되지 않았다. 1선에서의 에너지와 투지, 그것이 우리의 방식이었다. 이것이 나를 표현하는 방식이며 나의 본성이었다. 월등한 기술과 결합한 스피드는 위력적인 조합을 만들어냈다.

감독기간 내내 이러한 목표에 충실했지만 경기방식에 종교적인 믿음을 갖지는 않았다. 그 어떠한 때에도 나는 단 하나의 운영방식만 존재한다고 생각하거나 속도와 역동성의 중요성을 인정하지 않는 사람을 이단이라고 몰아붙인 적이 없다. 우리는 수많은 전술체계를 접하며 훌륭한 팀이 부정적인 접근방식으로 취하지 않는 한 나는 그들 모두를 존중한다.

그러나 결과는 계속해서 데이비드의 일에 지장을 초래했다. 2월 25

일 올림피아코스와의 원정경기는 또 다른 걸림돌이었다. 우리 팀은 좋지 않은 경기력으로 2 대 0 패배를 당한 후였기 때문이다. 결국 3 대 0으로 홈에서 승리를 거뒀고 회복세에 들어선 우리는 바이에른 뮌헨과 8강에서 맞붙어 올드 트래퍼드에서 1 대 1 무승부를 거뒀다.

뮌헨에서 파트리스 에브라가 57분에 멋진 골을 기록하자 갑자기 승리가 눈앞에 보이기 시작했다. 그러나 바이에른 뮌헨은 2분 안에 마리오 만주키치 그리고 토머스 뮐러의 골로 반격했고 아르연 로번이 승부를 결정지었다. 패배는 치명적인 일격이었다. 바이에른 뮌헨은 특별히 좋은 경기력도 아니었다. 올드 트래퍼드에서 그들은 높은 점유율을 가졌지만 위력적인 찬스는 골키퍼와의 1 대 1 상황에서 대니 웰벡이 득점을 하지 못했던 우리에게 있었다.

3월에 들어서자 우리는 리버풀과 맨체스터 시티에게 홈에서 3 대 0 패배를 당하면서 더욱 깊이 추락했다. 리버풀과의 전반전에서 찬스를 만들어내는 면에서는 대등하다고 느꼈다. 그러나 리버풀은 34분에 그날 나온 세 개의 페널티 킥 중 첫 페널티 킥을 따냈고 그것이 경기 흐름을 바꿔버렸다. 후반전에 그들이 2 대 0으로 앞서면서 자신들의 폼을 보여줬고 그대로 우리를 박살낼 수도 있었다. 우리에게 고통을 주고 있는 당사자가 리버풀일 때는 그러한 결과를 지켜보는 일은 매우 힘들다. 유나이티드 팬에게는 고통스러운 시즌이었고, 우리 스쿼드에 좋은 선수들이 많이 있다는 것을 알고 있기에 나에게도 힘든 시즌이었다. 그들은 경기력을 보여주지 못했고 데이비드의 어깨에 무거운 짐을 얹어놓는 결과가 되었다. 이러한 패배가 쌓이면서 결국 그의 몰락을 앞당겼다.

실망스러운 시즌이었다는 데는 아무 이견이 없었다. 그리고 그것은 한 남자의 일자리를 앗아갔다. 4월 20일 에버턴 원정에서 2 대 0 패배를 당하자 글래이저 가는 이제 결정을 내려야 할 때라고 생각했다.

이 기회에 몇몇 오해를 바로잡고자 한다.

선수들이 나에게 불만을 털어놓기 위해 찾아온 적이 있다? 절대 아니다. 말도 안 되는 소리다. 리오 퍼디낸드는 그의 미래에 대한 조언을 구하기 위해 나를 찾아왔다. 파트리스 에브라 역시 계약만료가 다가오자 자신의 미래를 불안해했다. 나는 그에게 지금은 월드컵만 바라보고 걱정은 나중에 하라고 충고했다. 두 사람 모두 팀 사정이나 팀에서 일어난 일을 나와 의논하지 않았다. 데이비드의 선수들과 맨체스터 유나이티드 팀에 대해 이야기를 나누는 데는 아무런 흥미도 없다. 그들은 그의 선수지 내 선수가 아니다.

언론에서 경기력이 떨어져 원인을 캐는 동안 스쿼드 개혁 문제가 불거졌다. 또다시 선수진이 너무 나이가 들었다는 데 의견이 모아졌다. 말도 안 된다. 승점 11점 차이로 리그를 우승한 스쿼드에는 다음과 같은 선수들이 포함되어 있었다. 모두 25세 미만의 선수들이다. 에반스, 데 헤아, 존스, 스몰링, 에르난데스, 클레벌리, 가가와, 라파엘 그리고 웰벡은 모두 국가대표 선수이며 모두 리그 챔피언들이다. 또한 린드가르드, 포웰, 야누자이는 1군 문을 두드리는 중이다.

퍼디낸드, 에브라, 비디치, 캐릭, 긱스와 스콜스는 모두 30대 선수들이다. 선수 중 여섯 명이 30대인 첼시는 강력한 우승후보로 이번 시즌을 시작했다. 첼시 선수들의 나이에 대해서는 아무런 불평도 들은 적이 없다. 스쿼드에 있는 경험 많은 선수들을 젊은 선수들의 혈기로 받쳐주면 강력한 조합을 이룬다.

32세 선수가 은퇴를 생각하던 시절은 가버렸다. 스포츠과학의 발달과 경기장의 개선은 선수들이 30대 후반까지 뛸 수 있는 여건을 만들었다. 지난 시즌의 마지막에 웨스 브라운과 존 오셰이가 선덜랜드에서 보여준 경기력은 경험의 중요성을 보여줬다. 리버풀은 얼마 전에 32세의 리키 램버트를 영입했다. 30대 중반에 접어드는 선수가 수준 있는 플레이를 보여줄 수 있다는 것을 알지 못했다면 왜 그를 영입했겠는가?

한 홈경기에서 맨체스터 팬들이 나를 비난했다는 소문 역시 와전되었다. 나를 향한 비방을 들어본 적도 비방을 하는 사람도 본 적이 없다. 나는 어떠한 적의도 마주친 적이 없다. 이러한 주장은 내 앞뒤에 있는 사람들에 의해 검증되었고 아무도 그러한 비방을 들어본 적이 없다고 보고했다. 기사를 뒷받침할 수 있는 증인은 아무도 나타나지 않았다. 맨체스터 유나이티드 팬들이 날 비난할 거라는 생각은 한 번도 한 적이 없다.

데이비드의 해임이 진행되고 있었을 때 나는 애버딘에 있었다. 언론에서는 데이비드가 해고되기 직전, 에버턴에게 패배한 일요일 밤에 호텔에서 긴급회의가 열렸다고 주장했다. 그 자리에 없었기 때문에 대체 어떤 호텔에서 회의를 했는지 나도 알고 싶다. 보비 찰턴, 데이비드 길, 마이크 에델슨을 비롯한 동료 이사들 역시 그 자리에 없었다. 월요일에 비행기를 타고 맨체스터에 돌아오는 중에 옆자리에 앉은 젊은 남자가 '데이비드 모이스 해임 임박'이라는 머리기사가 실린 신문을 나에게 보여줬다.

그때 데이비드가 나에게 문자 메시지를 보냈다. 당시 무슨 일이 벌어지고 있는지 확실히 몰랐기 때문에 그에게 무슨 말을 해야 할지 잘 몰랐다. 에드 우드워드는 얼마 전에 이사들에게 클럽의 의사에 대해 알려주며 모든 사람의 의견을 개별적으로 물은 적이 있었다. 그 후 그는 글래이저 가를 만나 해임 과정을 진행시킨 것이다.

맨체스터에 돌아간 나는 에드를 만나 최종 결정이 내려졌다는 사실을 확인했다. 에드가 다음날 데이비드 모이스에게 직접 말해주고 싶어 한다는 사실을 알았고 데이비드의 올드 트래퍼드 시절은 이렇게 막을 내렸다. 라이언 긱스는 클럽이 후임을 선택하는 동안 감독대행을 맡을 예정이었다. 얼마 안 가 루이스 판할의 이름이 거론되기 시작했다. 후임 감독직을 받아들인 루이스는 내가 감독들의 감독이라고 부르는 유형이다. 그는 극도로 프로페셔널하고 헌신적인 감독이다. 축구는 그의 삶이다. 어떤 팀을 맡든지 모든 축구선수는 그에게 많은 것을 배운다. 네덜란드 팀과 월드컵에서 또 한 번 보여줬듯이 그는 강하고 외골수적인 면이 있다. 월드컵에서 벌어진 매우 흥미진진한 토너먼트 경기는 앞장에서 거론했던 요즘 빈번하게 이루어지는 팀 역습 형태에 관한 내 주장을 뒷받침하는 것이었다. 나는 루이스를 좋아하고 우리는 언제나 좋은 관계를 유지했다. 만약 나에게 그를 상징하는 단어를 하나 고르라고 하면 '가공할'이라는 단어를 선택할 것이다. 그는 늘 매력적인 축구를 하려고 한다. 선수들의 훈련과 경기 모습을 보는 것을 즐기며 어린 선수를 기르는 데까지 모든 레벨에 관여하려고 한다. 아약스에서의 그의 배경을 살피면 유스에 대한 그의 신념은 절대 사라지지 않으리라는 것을 알 수 있다. 그는 좋은 선택이었다. 중요한 결정을 내리는 과정에 들어갔을 때 나는 라이언 긱스가 수석 코치로 임명되어 기뻤다. 루이스의 탁월한 결정이었다.

루이스는 긱스가 축구라는 비즈니스를 배우는 데 도움이 되어줄 것이다. 반대로 라이언은 유나이티드가 내부적으로 돌아가는 방식을 루이스가 이해하도록 도울 것이다. 그때가 되면 라이언은 마침내 위대했던 선수 시절에 종지부를 찍게 될 것이다. 그동안 그가 들어 올린 모든 우승컵과 963회 출장과 168골을 돌아보며 나는 그를 피지컬 괴물로 기억한다. 어떻게 그 오랜 세월 동안 자신의 수준을 유지하며 경기를 뛸 수 있었는지 모르겠다. 긱스에서 나는 완벽을 찾았다.

긱스는 칸토나가 맨유에 있을 때 그랬던 것처럼 주변의 선수들에게 커다란 영감을 주는 존재였다. 경기가 끝나면 선수들은 그의 주위로 모여들었다. 라이언은 언제나 좋은 충고를 해줬고 판할 밑에서도 잘해낼 것이다.

지난 시즌 클럽은 힘든 시기를 경험했지만 팬들의 지지는 결코 흔들리지 않았다. 데이비드 모이스의 일에는 실망했지만 내 후임이라면 누구나 어려움을 겪을 터였다. 루이스 판할의 지도 아래에서 우리는 더 나아질 것이며 성공할 것이다.

올드 트래퍼드에서의 나날을 돌아보며 내가 무엇보다 소중하게 여기는 것은 내가 지도했던 위대한 선수들이다. 새로운 삶을 찾는 그들 모두가 축구 안에서나 밖에서나 성공하기를 빈다. 맨체스터 유나이티드는 앞으로도 위대한 축구클럽으로 남을 것이며 클럽을 거쳐간 사람들은 이 안에서의 경험으로 보다 더 강해지고 지혜로워질 것이다. 나 역시 그랬으니까.

커리어 레코드

시니어 선수 커리어

1958~60년 퀸스파크
31경기
15골

1960~64년 세인트 존스턴
47경기
21골

1964~67년 던펌린 애슬레틱
131경기
88골

1967년 3월 15일 햄프던 파크에서 스코틀랜드 리그 대표(0) 대 잉글랜드 리그 대표(3)

스코틀랜드 축구협회 베스트 11 여름 투어 1967년 5월 13일~6월 15일: 이

스라엘, 홍콩 리그 선발, 오스트레일리아(3경기), 오클랜드 XI, 밴쿠버 올스타스 7경기 출장 10골

1967~69년 레인저스
66경기
35골

1967년 9월 6일 벨파스트에서 1골 기록 스코틀랜드 리그 대표(2) 대 아일랜드 리그 대표(0)

1969~73년 폴커크
122경기
49골

1973~74년 에어 유나이티드
22경기
10골

총
415경기
218골
(스코티시 리그, 스코티시컵, 스코티시 리그컵 그리고 유럽 대항전 한정)

감독 커리어

1974년 6월~10월 이스트 스털링셔

1974년 10월~1978년 5월 세인트 미렌
1975~76년 1부 리그 4위; 1976~77년 1부 리그 우승; 1977~78년 프리미어 디비전 8위

1978~86년 애버딘

1978-79시즌
스코티시 프리미어 디비전

	경기	승	무	패	득점	실점	승점
홈	18	9	4	5	38	16	22
원정	18	4	10	4	21	20	18
합계	36	13	14	9	59	36	40

최종 순위: 4위
스코티시컵: 4강
스코티시 리그컵: 준우승
유러피언컵 위너스컵: 2라운드

1979-80시즌
스코티시 프리미어 디비전

	경기	승	무	패	득점	실점	승점
홈	18	10	4	4	30	18	24
원정	18	9	6	3	38	18	24
합계	36	19	10	7	68	36	48

최종 순위: 우승
스코티시컵: 4강
스코티시 리그컵: 준우승
UEFA컵: 1라운드

1980-81시즌
스코티시 프리미어 디비전

	경기	승	무	패	득점	실점	승점
홈	18	11	4	3	39	16	26
원정	18	8	7	3	22	10	23
합계	36	19	11	6	61	26	49

최종 순위: 2위
스코티시컵: 4라운드
스코티시 리그컵: 4라운드
유러피언 챔피언 클럽스컵: 2라운드
드라이브러컵: 우승

1981-82시즌
스코티시 프리미어 디비전

	경기	승	무	패	득점	실점	승점
홈	18	12	4	2	36	15	28
원정	18	11	3	4	35	14	25
합계	36	23	7	6	71	29	53

최종 순위: 2위
스코티시컵: 우승
스코티시 리그컵: 4강
UEFA컵: 8강

1982-83시즌
스코티시 프리미어 디비전

	경기	승	무	패	득점	실점	승점
홈	18	14	0	4	46	12	28
원정	18	11	5	2	30	12	27
합계	36	25	5	6	76	24	55

최종 순위: 3위
스코티시컵: 우승
스코티시 리그컵: 4강
유러피언컵 위너스컵: 우승

1983-84시즌
스코티시 프리미어 디비전

	경기	승	무	패	득점	실점	승점
홈	18	14	3	1	46	12	31
원정	18	11	4	3	32	9	26
합계	36	25	7	4	78	21	57

최종 순위: 우승
스코티시컵: 우승
스코티시 리그컵: 4강
유러피언컵 위너스컵: 4강
유러피언 슈퍼컵: 우승

1984-85시즌
스코티시 프리미어 디비전

	경기	승	무	패	득점	실점	승점
홈	18	13	4	1	49	13	30
원정	18	14	1	3	40	13	29
합계	36	27	5	4	89	26	59

최종 순위: 우승
스코티시컵: 4강
스코티시 리그컵: 2라운드
유러피언컵 위너스컵: 1라운드

1985-86시즌
스코티시 프리미어 디비전

	경기	승	무	패	득점	실점	승점
홈	18	11	4	3	38	15	26
원정	18	5	8	5	24	16	18
합계	36	16	12	8	62	31	44

최종 순위: 4위
스코티시컵: 우승
스코티시 리그컵: 우승
유러피언컵 위너스컵: 8강

1986-87시즌(1986년 8월~11월 1일)
스코티시 프리미어 디비전

	경기	승	무	패	득점	실점
홈	7	4	2	1	12	3
원정	8	3	3	2	13	11
합계	15	7	5	3	25	14

스코티시 리그컵: 4라운드
유러피언컵 위너스컵: 1라운드

정리

	경기	승	무	패	득점	실점
리그	303	174	76	53	589	243
스코티시컵	42	30	8	4	89	30
리그컵	63	42	9	12	148	45
유럽 대항전	47	23	12	12	78	51
드라이브러컵	4	3	0	1	10	5
총합계	459	272	105	82	914	374

알렉스 퍼거슨 감독 재임 기간 중 애버딘의 유럽 대항전 결과

1978-79시즌 유러피언컵 위너스컵
1라운드 마레크 두프니차(불가리아) (원정) 2-3, (홈) 3-0, 합계: 5-3
2라운드 포르투나 뒤셀도르프(서독) (원정) 0-3, (홈) 2-0, 합계: 2-3

1979-80시즌 UEFA컵
1라운드 아인트라흐트 프랑크푸르트(서독) (홈) 1-1, (원정) 0-1, 합계: 1-2

1980-81시즌 유러피언컵
1라운드 오스트리아 멤피스(오스트리아) (홈) 1-0, (원정) 0-0, 합계: 1-0
2라운드 리버풀 (홈) 0-1, (원정) 0-4, 합계: 0-5

1981-82시즌 UEFA컵
1라운드 입스위치 타운 (원정) 1-1, (홈) 3-1, 합계: 4-2
2라운드 아르제슈 피테슈티(루마니아) (홈) 3-0, (원정) 2-2, 합계: 5-2
3라운드 SV 함부르크(서독) (홈) 3-2, (원정) 1-3, 합계: 4-5

1982-83시즌 유러피언컵 위너스컵
조별 예선 시옹(스위스) (홈) 7-0, (원정) 4-1, 합계: 11-1
1라운드 디나모 티라나(알바니아) (홈) 1-0, (원정) 0-0, 합계: 1-0
2라운드 레흐 포즈난(폴란드) (홈) 2-0, (원정) 1-0, 합계: 3-0
8강 바이에른 뮌헨(서독) (원정) 0-0, (홈) 3-2, 합계: 3-2
준결승 바터쉐이(벨기에) (홈) 5-1, (원정) 0-1, 합계: 5-2
결승(예테보리, 스웨덴) 레알 마드리드(스페인) 2-1(연장전)

1983-84시즌 슈퍼컵
SV 함부르크(서독) (원정) 0-0, (홈) 2-0, 합계: 2-0

유러피언컵 위너스컵
1라운드 아크라네스(아이슬란드) (원정) 2-1, (홈) 1-1, 합계: 3-2
2라운드 SK 베베렌(벨기에) (원정) 0-0, (홈) 4-1, 합계: 4-1
8강 우이페슈트 도자(헝가리) (원정) 0-2, (홈) 3-0(연장전), 합계: 3-2
준결승 포르투(포르투갈) (원정) 0-1, (홈) 0-1, 합계: 0-2

1984-85시즌 유러피언컵
1라운드 디나모 베를린(동독) (홈) 2-1, (원정) 1-2, 합계: 3-3(5-4 승부차기 패)

1985-86시즌 유러피언컵
1라운드 아크라네스(아이슬란드) (원정) 3-1, (홈) 4-2, 합계: 7-2
2라운드 세르베트(스위스) (원정) 0-0, (홈) 1-0, 합계: 1-0
8강 IFK 예테보리(스웨덴) (홈) 2-2, (원정) 0-0, 합계: 2-2(원정골 우선 패)

1986-87시즌 유러피언컵 위너스컵
1라운드 시옹(스위스) (홈) 2-1, (원정) 0-3, 합계: 2-4

우승

유러피언컵 위너스컵
우승 :1983

스코티시 프리미어 디비전
우승: 1980, 1984, 1985

스코티시컵
우승: 1982, 1983, 1984, 1986

스코티시 리그컵
우승: 1985~86

유러피언 슈퍼컵
우승: 1983

드라이브러컵
우승: 1980

1985년 10월~1986년 6월 스코틀랜드

국가대표 대항전

	경기	승	무	패	득점	실점
홈	3	2	1	0	5	0
원정	7	1	3	3	3	5
합계	10	3	4	3	8	5

결과

1985년 10월	동독(친선경기, 홈)	0-0
1985년 11월	오스트레일리아(월드컵 예선 플레이오프, 홈)	2-0
1985년 12월	오스트레일리아(월드컵 예선 플레이오프, 원정)	0-0
1986년 1월	이스라엘(친선경기, 원정)	1-0
1986년 3월	루마니아(친선경기, 홈)	3-0
1986년 4월	잉글랜드(루스컵, 원정)	1-2
1986년 4월	네덜란드(친선경기, 원정)	0-0
1986년 6월	덴마크(월드컵, 멕시코시티)	0-1
1986년 6월	서독(월드컵, 케레타로)	1-2
1986년 6월	우루과이(월드컵, 멕시코시티)	0-0

1986~2013 맨체스터 유나이티드

1986-87시즌
더 투데이 리그 디비전 원

알렉스 퍼거슨 부임 이전의 유나이티드 기록

	경기	승	무	패	득점	실점	승점
홈	7	3	1	3	12	8	10
원정	6	0	3	3	4	8	3
합계	13	3	4	6	16	16	13

리그컵: 3라운드

알렉스 퍼거슨 부임 후의 유나이티드 기록

	경기	승	무	패	득점	실점	승점
홈	14	10	2	2	26	10	32
원정	15	1	8	6	10	19	11
합계	29	11	10	8	36	29	43
시즌 총합계	42	14	14	14	52	45	56

최종 순위: 11위
FA컵: 4라운드

1987-88시즌
바클리스 리그 디비전 원

	경기	승	무	패	득점	실점	승점
홈	20	14	5	1	41	17	47
원정	20	9	7	4	30	21	34
합계	40	23	12	5	71	38	81

최종 순위: 2위
FA컵: 5라운드
리그컵: 5라운드

1988-89시즌
바클리스 리그 디비전 원

	경기	승	무	패	득점	실점	승점
홈	19	10	5	4	27	13	35
원정	19	3	7	9	18	22	16
합계	38	13	12	13	45	35	51

최종 순위: 11위
FA컵: 6라운드
리그컵: 3라운드

1989-90시즌
바클리스 리그 디비전 원

	경기	승	무	패	득점	실점	승점
홈	19	8	6	5	26	14	30
원정	19	5	3	11	20	33	18
합계	38	13	9	16	46	47	48

최종 순위: 13위
FA컵: 우승
리그컵: 3라운드

1990-91시즌
바클리스 리그 디비전 원

	경기	승	무	패	득점	실점	승점
홈	19	11	4	4	34	17	37
원정	19	5	8	6	24	28	23
합계	38	16	12	10	58	45	59*

*승점 1점 삭감

최종 순위: 6위
FA컵: 5라운드
리그컵: 준우승
유러피언컵 위너스컵: 우승
FA 채리티 실드: 공동 우승

1991-92시즌
바클리스 리그 디비전 원

	경기	승	무	패	득점	실점	승점
홈	21	12	7	2	34	13	43
원정	21	9	8	4	29	20	35
합계	42	21	15	6	63	33	78

최종 순위: 준우승
FA컵: 4라운드
리그컵: 우승
유러피언컵 위너스컵: 2라운드
유러피언 슈퍼컵: 우승

1992-93시즌
FA 프리미어리그

	경기	승	무	패	득점	실점	승점
홈	21	14	5	2	39	14	47
원정	21	10	7	4	28	17	37
합계	42	24	12	6	67	31	84

최종 순위: 우승
FA컵: 5라운드
리그컵: 3라운드
UEFA컵: 1라운드

1992-93 FA 프리미어리그

	홈						원정					
	경기	승	무	패	득점	실점	승	무	패	득점	실점	승점
1. 맨체스터 유나이티드	42	14	5	2	39	14	10	7	4	28	17	84
2. 애스턴 빌라	42	13	5	3	36	16	8	6	7	21	24	74
3. 노리치 시티	42	13	6	2	31	19	8	3	10	30	46	72
4. 블랙번 로버스	42	13	4	4	38	18	7	7	7	30	28	71
5. 퀸스파크 레인저스	42	11	5	5	41	32	6	7	8	22	23	63
6. 리버풀	42	13	4	4	41	18	3	7	11	21	37	59
7. 셰필드 웬즈데이	42	9	8	4	34	26	6	6	9	21	25	59
8. 토트넘 홋스퍼	42	11	5	5	40	25	5	6	10	20	41	59
9. 맨체스터 시티	42	7	8	6	30	25	8	4	9	26	26	57
10. 아스널	42	8	6	7	25	20	7	5	9	15	18	56
11. 첼시	42	9	5	5	29	22	5	7	9	22	32	56
12. 윔블던	42	9	4	8	32	23	5	8	8	24	32	54
13. 에버턴	42	7	6	8	26	27	8	2	11	27	28	53
14. 셰필드 유나이티드	42	10	6	5	33	19	4	4	13	21	34	52
15. 코번트리 시티	42	7	4	10	29	28	6	9	6	23	29	52
16. 입스위치 타운	42	8	9	4	29	22	4	7	10	21	33	52
17. 리즈 유나이티드	42	12	8	1	40	17	0	7	14	17	45	51
18. 사우샘프턴	42	10	6	5	30	21	3	5	13	24	40	50
19. 올덤 애슬레틱	42	10	6	5	43	30	3	4	14	20	44	49
20. 크리스털 팰리스	42	6	9	6	27	25	5	7	9	21	36	49
21. 미들즈브러	42	8	5	8	33	27	3	6	12	21	48	44
22. 노팅엄 포리스트	42	6	4	11	17	25	4	6	11	24	37	40

1993-94시즌
FA 칼링 프리미어십

	경기	승	무	패	득점	실점	승점
홈	21	14	6	1	39	13	48
원정	21	13	5	3	41	25	44
합계	42	27	11	4	80	38	92

최종 순위: 우승

FA컵: 우승

리그컵: 준우승

유러피언 챔피언 클럽스컵: 2라운드

FA 채리티 실드: 우승

1993-94 FA 칼링 프리미어십

	홈						원정					
	경기	승	무	패	득점	실점	승	무	패	득점	실점	승점
1. 맨체스터 유나이티드	42	14	6	1	39	13	13	5	3	41	25	92
2. 블랙번 로버스	42	14	5	2	31	11	11	4	6	32	25	84
3. 뉴캐슬 유나이티드	42	14	4	3	51	14	9	4	8	31	27	77
4. 아스널	42	10	8	3	25	15	8	9	4	28	13	71
5. 리즈 유나이티드	42	13	6	2	37	18	5	10	6	28	21	70
6. 윔블던	42	12	5	4	35	21	6	6	9	21	32	65
7. 셰필드 웬즈데이	42	10	7	4	48	24	6	9	6	28	30	64
8. 리버풀	42	12	4	5	33	23	5	5	11	26	32	60
9. 퀸스파크 레인저스	42	8	7	6	32	29	8	5	8	30	32	60
10. 애스턴 빌라	42	8	5	8	23	18	7	7	7	23	32	57
11. 코번트리 시티	42	9	7	5	23	17	5	7	9	20	28	56
12. 노리치 시티	42	4	9	8	26	29	8	8	5	39	32	53
13. 웨스트 햄 유나이티드	42	6	7	8	26	31	7	6	8	21	27	52
14. 첼시	42	11	5	5	31	20	2	7	12	18	33	51
15. 토트넘 홋스퍼	42	4	8	9	29	33	7	4	10	25	26	45
16. 맨체스터 시티	42	6	10	5	24	22	3	8	10	14	27	45
17. 에버턴	42	8	4	9	26	30	4	4	13	16	33	44
18. 사우샘프턴	42	9	2	10	30	31	3	5	13	19	35	43
19. 입스위치 타운	42	5	8	8	21	32	4	8	9	14	26	43
20. 셰필드 유나이티드	42	6	10	5	24	23	2	8	11	18	37	42
21. 올덤 애슬레틱	42	5	8	8	24	33	4	5	12	18	35	40
22. 스윈던 타운	42	4	7	10	25	45	1	8	12	22	55	30

1994-95시즌
FA 칼링 프리미어십

	경기	승	무	패	득점	실점	승점
홈	21	16	4	1	42	4	52
원정	21	10	6	5	35	24	36
합계	42	26	10	6	77	28	88

최종 순위: 준우승

FA컵: 준우승

리그컵: 3라운드

UEFA 챔피언스리그: 조별 예선 탈락

FA 채리티 실드: 우승

1995-96시즌
FA 칼링 프리미어십

	경기	승	무	패	득점	실점	승점
홈	19	15	4	0	36	9	49
원정	19	10	3	6	37	26	33
합계	38	25	7	6	73	35	82

최종 순위: 우승

FA컵: 우승

리그컵: 2라운드

UEFA컵: 1라운드

1995-96 FA 칼링 프리미어십

	경기	승	무	패	득점	실점	승	무	패	득점	실점	승점
			홈						원정			
1. 맨체스터 유나이티드	38	15	4	0	36	9	10	3	6	37	26	82
2. 뉴캐슬 유나이티드	38	17	1	1	38	9	7	5	7	28	28	78
3. 리버풀	38	14	4	1	46	13	6	7	6	24	21	71
4. 애스턴 빌라	38	11	5	3	32	15	7	4	8	20	20	63
5. 아스널	38	10	7	2	30	16	7	5	7	19	16	63
6. 에버턴	38	10	5	4	35	19	7	5	7	29	25	61
7. 블랙번 로버스	38	14	2	3	44	19	4	5	10	17	28	61
8. 토트넘 홋스퍼	38	9	5	5	26	19	7	8	4	24	19	61
9. 노팅엄 포리스트	38	11	6	2	29	17	4	7	8	21	37	58
10. 웨스트 햄 유나이티드	38	9	5	5	25	21	5	4	10	18	31	51
11. 첼시	38	7	7	5	30	22	5	7	7	16	22	50
12. 미들즈브러	38	8	3	8	27	27	3	7	9	8	23	43
13. 리즈 유나이티드	38	8	3	8	21	21	4	4	11	19	36	43
14. 윔블던	38	5	6	8	27	33	5	5	9	28	37	41
15. 셰필드 웬즈데이	38	7	5	7	30	31	3	5	11	18	30	40
16. 코번트리 시티	38	6	7	6	21	23	2	7	10	21	37	38
17. 사우샘프턴	38	7	7	5	21	18	2	4	13	13	34	38
18. 맨체스터 시티	38	7	7	5	21	19	2	4	13	12	39	38
19. 퀸스파크 레인저스	38	6	5	8	25	26	3	1	15	13	31	33
20. 볼턴 원더러스	38	5	4	10	16	31	3	1	15	23	40	29

1996-97시즌
FA 칼링 프리미어십

	경기	승	무	패	득점	실점	승점
홈	19	12	5	2	38	17	41
원정	19	9	7	3	38	27	34
합계	38	21	12	5	76	44	75

최종 순위: 우승

FA컵: 4라운드

리그컵: 4라운드

UEFA 챔피언스리그: 4강

FA 채리티 실드: 우승

1996-97 FA 칼링 프리미어십

	홈						원정					
	경기	승	무	패	득점	실점	승	무	패	득점	실점	승점
1. 맨체스터 유나이티드	38	12	5	2	38	17	9	7	3	38	27	75
2. 뉴캐슬 유나이티드	38	13	3	3	54	20	6	8	5	19	20	68
3. 아스널	38	10	5	4	36	18	9	6	4	26	14	68
4. 리버풀	38	10	6	3	38	19	9	5	5	24	18	68
5. 애스턴 빌라	38	11	5	3	27	13	6	5	8	20	21	61
6. 첼시	38	9	8	2	33	22	7	3	9	25	33	59
7. 셰필드 웬즈데이	38	8	10	1	25	16	6	5	8	25	35	57
8. 윔블던	38	9	6	4	28	21	6	5	8	21	25	56
9. 레스터 시티	38	7	5	7	22	26	5	6	8	24	28	47
10. 토트넘 홋스퍼	38	8	4	7	19	17	5	3	11	25	34	46
11. 리즈 유나이티드	38	7	7	5	15	13	4	6	9	13	25	46
12. 더비 카운티	38	8	6	5	25	22	3	7	9	20	36	46
13. 블랙번 로버스	38	8	4	7	28	23	1	11	7	14	20	42
14. 웨스트햄 유나이티드	38	7	6	6	27	25	3	6	10	12	23	42
15. 에버턴	38	7	4	8	24	22	3	8	8	20	35	42
16. 사우샘프턴	38	6	7	6	32	24	4	4	11	18	32	41
17. 코번트리 시티	38	4	8	7	19	23	5	6	8	19	31	41
18. 선덜랜드	38	7	6	6	20	18	3	4	12	15	35	40
19. 미들즈브러*	38	8	5	6	34	25	2	7	10	17	35	39
20. 노팅엄 포리스트	38	3	9	7	15	27	3	7	9	16	32	34

*3점 삭감

1997-98시즌
FA 칼링 프리미어십

	경기	승	무	패	득점	실점	승점
홈	19	13	4	2	42	9	43
원정	19	10	4	5	31	17	34
합계	38	23	8	7	73	26	77

최종 순위: 준우승

FA컵: 5라운드

리그컵: 3라운드

UEFA 챔피언스리그: 8강

FA 채리티 실드: 우승

1998-99시즌
FA 칼링 프리미어십

	경기	승	무	패	득점	실점	승점
홈	19	14	4	1	45	18	46
원정	19	8	9	2	35	19	33
합계	38	22	13	3	80	37	79

최종 순위: 우승

FA컵: 우승

리그컵: 5라운드

UEFA 챔피언스리그: 우승

1998-99 FA 칼링 프리미어십

	홈						원정					승점
	경기	승	무	패	득점	실점	승	무	패	득점	실점	
1. 맨체스터 유나이티드	38	14	4	1	45	18	8	9	2	35	19	79
2. 아스널	38	14	5	0	34	5	8	7	4	25	12	78
3. 첼시	38	12	6	1	29	13	8	9	2	28	17	75
4. 리즈 유나이티드	38	12	5	2	32	9	6	8	5	30	25	67
5. 웨스트 햄 유나이티드	38	11	3	5	32	26	5	6	8	14	27	57
6. 애스턴 빌라	38	10	3	6	33	28	5	7	7	18	18	55
7. 리버풀	38	10	5	4	44	24	5	4	10	24	25	54
8. 더비 가운티	38	8	7	4	22	19	5	6	8	18	26	52
9. 미들즈브러	38	7	9	3	25	18	5	6	8	23	36	51
10. 레스터 시티	38	7	6	6	25	25	5	7	7	15	21	49
11. 토트넘 홋스퍼	38	7	7	5	28	26	4	7	8	19	24	47
12. 셰필드 웬즈데이	38	7	5	7	20	15	6	2	11	21	27	46
13. 뉴캐슬 유나이티드	38	7	6	6	26	25	4	7	8	22	29	46
14. 에버턴	38	6	8	5	22	12	5	2	12	20	35	43
15. 코번트리 시티	38	8	6	5	26	21	3	3	13	13	30	42
16. 윔블던	38	7	7	5	22	21	3	5	11	18	42	42
17. 사우샘프턴	38	9	4	6	29	26	2	4	13	8	38	41
18. 찰턴 애슬레틱	38	4	7	8	20	20	4	5	10	21	36	36
19. 블랙번 로버스	38	6	5	8	21	24	1	9	9	17	28	35
20. 노팅엄 포리스트	38	3	7	9	18	31	4	2	13	17	38	30

1999-2000시즌
FA 칼링 프리미어십

	경기	승	무	패	득점	실점	승점
홈	19	15	4	0	59	16	49
원정	19	13	3	3	38	29	42
합계	38	28	7	3	97	45	91

최종 순위: 우승

FA컵: 출전 안 함

리그컵: 3라운드

UEFA 챔피언스리그: 8강

인터컨티넨탈컵: 우승

FIFA 클럽 월드컵 조별 예선: 3위

1999-2000 FA 칼링 프리미어십

	홈						원정					
	경기	승	무	패	득점	실점	승	무	패	득점	실점	승점
1. 맨체스터 유나이티드	38	15	4	0	59	16	13	3	3	38	29	91
2. 아스널	38	14	3	2	42	17	8	4	7	31	26	73
3. 리즈 유나이티드	38	12	2	5	29	18	9	4	6	29	25	69
4. 리버풀	38	11	4	4	28	13	8	6	5	23	17	67
5. 첼시	38	12	5	2	35	12	6	6	7	18	22	65
6. 애스턴 빌라	38	8	8	3	23	12	7	5	7	23	23	58
7. 선덜랜드	38	10	6	3	28	17	6	4	9	29	39	58
8. 레스터 시티	38	10	3	6	31	24	6	4	9	24	31	55
9. 웨스트 햄 유나이티드	38	11	5	3	32	23	4	5	10	20	30	55
10. 토트넘 홋스퍼	38	10	3	6	40	26	5	5	9	17	23	53
11. 뉴캐슬 유나이티드	38	10	5	4	42	20	4	5	10	21	34	52
12. 미들즈브러	38	8	5	6	23	26	6	5	8	23	26	52
13. 에버턴	38	7	9	3	36	21	5	5	9	23	28	50
14. 코번트리 시티	38	12	1	6	38	22	0	7	12	9	32	44
15. 사우샘프턴	38	8	4	7	26	22	4	4	11	19	40	44
16. 더비 카운티	38	6	3	10	22	25	3	8	8	22	32	38
17. 브래드퍼드 시티	38	6	8	5	26	29	3	1	15	12	39	36
18. 윔블던	38	6	7	6	30	28	1	5	13	16	46	33
19. 셰필드 웬즈데이	38	6	3	10	21	23	2	4	13	17	47	31
20. 왓퍼드	38	5	4	10	24	31	1	2	16	11	46	24

2000-01시즌
FA 칼링 프리미어십

	경기	승	무	패	득점	실점	승점
홈	19	15	2	2	49	12	47
원정	19	9	6	4	30	19	33
합계	38	24	8	6	79	31	80

최종 순위: 우승

FA컵: 4라운드

리그컵: 4라운드

UEFA 챔피언스리그: 8강

2000-01 FA 칼링 프리미어십

	홈						원정					
	경기	승	무	패	득점	실점	승	무	패	득점	실점	승점
1. 맨체스터 유나이티드	38	15	2	2	49	12	9	6	4	30	19	80
2. 아스널	38	15	3	1	45	13	5	7	7	18	25	70
3. 리버풀	38	13	4	2	40	14	7	5	7	31	25	69
4. 리즈 유나이티드	38	11	3	5	36	21	9	5	5	28	22	68
5. 입스위치 타운	38	11	5	3	31	15	9	1	9	26	27	66
6. 첼시	38	13	3	3	44	20	4	7	8	24	25	61
7. 선덜랜드	38	9	7	3	24	16	6	5	8	22	25	57
8. 애스턴 빌라	38	8	8	3	27	20	5	7	7	19	23	54
9. 찰턴 애슬레틱	38	11	5	3	31	19	3	5	11	19	38	52
10. 사우샘프턴	38	11	2	6	27	22	3	8	8	13	26	52
11. 뉴캐슬 유나이티드	38	10	4	5	26	17	4	5	10	18	33	51
12. 토트넘 홋스퍼	38	11	6	2	31	16	2	4	13	16	38	49
13. 레스터 시티	38	10	4	5	28	23	4	2	13	11	28	48
14. 미들즈브러	38	4	7	8	18	23	5	8	6	26	21	42
15. 웨스트 햄 유나이티드	38	6	6	7	24	20	4	6	9	21	30	42
16. 에버턴	38	6	8	5	29	27	5	1	13	16	32	42
17. 더비 카운티	38	8	7	4	23	24	2	5	12	14	35	42
18. 맨체스터 시티	38	4	3	12	20	31	4	7	8	21	34	34
19. 코번트리 시티	38	4	7	8	14	23	4	3	12	22	40	34
20. 브래드퍼드 시티	38	4	7	8	20	29	1	4	14	10	41	26

2001-02 시즌
바클리카드 프리미어십

	경기	승	무	패	득점	실점	승점
홈	19	11	2	6	40	17	35
원정	19	13	3	3	47	28	42
합계	38	24	5	9	87	45	77

최종 순위: 3위
FA컵: 4라운드
리그컵: 3라운드
UEFA 챔피언스리그: 4강

2002-03시즌
바클리카드 프리미어십

	경기	승	무	패	득점	실점	승점
홈	19	16	2	1	42	12	50
원정	19	9	6	4	32	22	33
합계	38	25	8	5	74	34	83

최종 순위: 우승
FA컵: 5라운드
리그컵: 준우승
UEFA 챔피언스리그: 8강

2002-03 바클리카드 프리미어십

	경기	승	무	패	득점	실점	승	무	패	득점	실점	승점
			홈						원정			
1. 맨체스터 유나이티드	38	16	2	1	42	12	9	6	4	32	22	83
2. 아스널	38	15	2	2	47	20	8	7	4	38	22	78
3. 뉴캐슬 유나이티드	38	15	2	2	36	17	6	4	9	27	31	69
4. 첼시	38	12	5	2	41	15	7	5	7	27	23	67
5. 리버풀	38	9	8	2	30	16	9	2	8	31	25	64
6. 블랙번 로버스	38	9	7	3	24	15	7	5	7	28	28	60
7. 에버턴	38	11	5	3	28	19	6	3	10	20	30	59
8. 사우샘프턴	38	9	8	2	25	16	4	5	10	18	30	52
9. 맨체스터 시티	38	9	2	8	28	26	6	4	9	19	28	51
10. 토트넘 홋스퍼	38	9	4	6	30	29	5	4	10	21	33	50
11. 미들즈브러	38	10	7	2	36	21	3	3	13	12	23	49
12. 찰턴 애슬레틱	38	8	3	8	26	30	6	4	9	19	26	49
13. 버밍엄 시티	38	8	5	6	25	23	5	4	10	16	26	48
14. 풀럼	38	11	3	5	26	18	2	6	11	15	32	48
15. 리즈 유나이티드	38	7	3	9	25	26	7	2	10	33	31	47
16. 애스턴 빌라	38	11	2	6	25	14	1	7	11	17	33	45
17. 볼턴 원더러스	38	7	8	4	27	24	3	6	10	14	27	44
18. 웨스트 햄 유나이티드	38	5	7	7	21	24	5	5	9	21	35	42
19. 웨스트 브로미치 앨비언	38	3	5	11	17	34	3	3	13	12	31	26
20. 선덜랜드	38	3	2	14	11	31	1	5	13	10	34	19

2003-04시즌
바클리카드 프리미어십

	경기	승	무	패	득점	실점	승점
홈	19	12	4	3	37	15	40
원정	19	11	2	6	27	20	35
합계	38	23	6	9	64	35	75

최종 순위: 3위

FA컵: 우승

리그컵: 4라운드

UEFA 챔피언스리그: 토너먼트 1차전

FA 커뮤니티 실드: 우승

2004-05시즌
바클리스 프리미어십

	경기	승	무	패	득점	실점	승점
홈	19	12	6	1	31	12	42
원정	19	10	5	4	27	14	35
합계	38	22	11	5	58	26	77

최종 순위: 3위

FA컵: 준우승

리그컵: 4강

UEFA 챔피언스리그: 토너먼트 1차전

2005-06시즌
바클리스 프리미어십

	경기	승	무	패	득점	실점	승점
홈	19	13	5	1	37	8	44
원정	19	12	3	4	35	26	39
합계	38	25	8	5	72	34	83

최종 순위: 2위

FA컵: 5라운드

리그컵: 우승

UEFA 챔피언스리그: 조별 예선 탈락

2006-07시즌
바클리스 프리미어십

	경기	승	무	패	득점	실점	승점
홈	19	15	2	2	46	12	47
원정	19	13	3	3	37	15	42
합계	38	28	5	5	83	27	89

최종 순위: 우승
FA컵: 준우승
리그컵: 4라운드
UEFA 챔피언스리그: 4강

2006-07 바클리스 프리미어십

	홈						원정					
	경기	승	무	패	득점	실점	승	무	패	득점	실점	승점
1. 맨체스터 유나이티드	38	15	2	2	46	12	13	3	3	37	15	89
2. 첼시	38	12	7	0	37	11	12	4	3	27	13	83
3. 리버풀	38	14	4	1	39	7	6	4	9	18	20	68
4. 아스널	38	12	6	1	43	16	7	5	7	20	19	68
5. 토트넘 홋스퍼	38	12	3	4	34	22	5	6	8	23	32	60
6. 에버턴	38	11	4	4	33	17	4	9	6	19	19	58
7. 볼턴 원더러스	38	9	5	5	26	20	7	3	9	21	32	56
8. 레딩	38	11	2	6	29	20	5	5	9	23	27	55
9. 포츠머스	38	11	5	3	28	15	3	7	9	17	27	54
10. 블랙번 로버스	38	9	3	7	31	25	6	4	9	21	29	52
11. 애스턴 빌라	38	7	8	4	20	14	4	9	6	23	27	50
12. 미들즈브러	38	10	3	6	31	24	2	7	10	13	25	46
13. 뉴캐슬 유나이티드	38	7	7	5	23	20	4	3	12	15	27	43
14. 맨체스터 시티	38	5	6	8	10	16	6	3	10	19	28	42
15. 웨스트 햄 유나이티드	38	8	2	9	24	26	4	3	12	11	33	41
16. 풀럼	38	7	7	5	18	18	1	8	10	20	42	39
17. 위건 애슬레틱	38	5	4	10	18	30	5	4	10	19	29	38
18. 셰필드 유나이티드	38	7	6	6	24	21	3	2	14	8	34	38
19. 찰턴 애슬레틱	38	7	5	7	19	20	1	5	13	15	40	34
20. 왓퍼드	38	3	9	7	19	25	2	4	13	10	34	28

2007-08시즌
바클리스 프리미어리그

	경기	승	무	패	득점	실점	승점
홈	19	17	1	1	47	7	52
원정	19	10	5	4	33	15	35
합계	38	27	6	5	80	22	87

최종 순위: 우승
FA컵: 6라운드
리그컵: 3라운드
UEFA 챔피언스리그: 우승
FA 커뮤니티 실드: 우승

2007-08 바클리스 프리미어리그

	홈						원정					
	경기	승	무	패	득점	실점	승	무	패	득점	실점	승점
1. 맨체스터 유나이티드	38	17	1	1	47	7	10	5	4	33	15	87
2. 첼시	38	12	7	0	36	13	13	3	3	29	13	85
3. 아스널	38	14	5	0	37	11	10	6	3	37	20	83
4. 리버풀	38	12	6	1	43	13	9	7	3	24	15	76
5. 에버턴	38	11	4	4	34	17	8	4	7	21	16	65
6. 애스턴 빌라	38	10	3	6	34	22	6	9	4	37	29	60
7. 블랙번 로버스	38	8	7	4	26	19	7	6	6	24	29	58
8. 포츠머스	38	7	8	4	24	14	9	1	9	24	26	57
9. 맨체스터 시티	38	11	4	4	28	20	4	6	9	17	33	55
10. 웨스트 햄 유나이티드	38	7	7	5	24	24	6	3	10	18	26	49
11. 토트넘 홋스퍼	38	8	5	6	46	34	3	8	8	20	27	46
12. 뉴캐슬 유나이티드	38	8	5	6	25	26	3	5	11	20	39	43
13. 미들즈브러	38	7	5	7	27	23	3	7	9	16	30	42
14. 위건 애슬레틱	38	8	5	6	21	17	2	5	12	13	34	40
15. 선덜랜드	38	9	3	7	23	21	2	3	14	13	38	39
16. 볼턴 원더러스	38	7	5	7	23	18	2	5	12	13	36	37
17. 풀럼	38	5	5	9	22	31	3	7	9	16	29	36
18. 레딩	38	8	2	9	19	25	2	4	13	22	41	36
19. 버밍엄 시티	38	6	8	5	30	23	2	3	14	16	39	35
20. 더비 카운티	38	1	5	13	12	43	0	3	16	8	46	11

2008-09시즌
바클리스 프리미어리그

	경기	승	무	패	득점	실점	승점
홈	19	16	2	1	43	13	50
원정	19	12	4	3	25	11	40
합계	38	28	6	4	68	24	90

최종 순위: 우승
FA컵: 4강
리그컵: 우승
UEFA 챔피언스리그: 준우승
FIFA 클럽 월드컵: 우승
FA 커뮤니티 실드: 우승

2008-09 바클리스 프리미어리그

	경기	홈 승	홈 무	홈 패	홈 득점	홈 실점	원정 승	원정 무	원정 패	원정 득점	원정 실점	승점
1. 맨체스터 유나이티드	38	16	2	1	43	13	12	4	3	25	11	90
2. 리버풀	38	12	7	0	41	13	13	4	2	36	14	86
3. 첼시	38	11	6	2	33	12	14	2	3	35	12	83
4. 아스널	38	11	5	3	31	16	9	7	3	37	21	72
5. 에버턴	38	8	6	5	31	20	9	6	4	24	17	63
6. 애스턴 빌라	38	7	9	3	27	21	10	2	7	27	27	62
7. 풀럼	38	11	3	5	28	16	3	8	8	11	18	53
8. 토트넘 홋스퍼	38	10	5	4	21	10	4	4	11	24	35	51
9. 웨스트 햄 유나이티드	38	9	2	8	23	22	5	7	7	19	23	51
10. 맨체스터 시티	38	13	0	6	40	18	2	5	12	18	32	50
11. 위건 애슬레틱	38	8	5	6	17	18	4	4	11	17	27	45
12. 스토크 시티	38	10	5	4	22	15	2	4	13	16	40	45
13. 볼턴 원더러스	38	7	5	7	21	21	4	3	12	20	32	41
14. 포츠머스	38	8	3	8	26	29	2	8	9	12	28	41
15. 블랙번 로버스	38	6	7	6	22	23	4	4	11	18	37	41
16. 선덜랜드	38	6	3	10	21	25	3	6	10	13	29	36
17. 헐 시티	38	3	5	11	18	36	5	6	8	21	28	35
18. 뉴캐슬 유나이티드	38	5	7	7	24	29	2	6	11	16	30	34
19. 미들즈브러	38	5	9	5	17	20	2	2	15	11	37	32
20. 웨스트 브로미치 앨비언	38	7	3	9	26	33	1	5	13	10	34	32

2009-10시즌
바클리스 프리미어리그

	경기	승	무	패	득점	실점	승점
홈	19	16	1	2	52	12	49
원정	19	11	3	5	34	16	36
합계	38	27	4	7	86	28	85

최종 순위: 준우승
FA컵: 3라운드
리그컵: 우승
UEFA 챔피언스리그: 8강

2010-11시즌
바클리스 프리미어리그

	경기	승	무	패	득점	실점	승점
홈	19	18	1	0	49	12	55
원정	19	5	10	4	29	25	25
합계	38	23	11	4	78	37	80

최종 순위: 우승
FA컵: 4강
리그컵: 5라운드
UEFA 챔피언스리그: 준우승
FA 커뮤니티 실드: 우승

2010-11 바클리스 프리미어리그

	홈						원정					
	경기	승	무	패	득점	실점	승	무	패	득점	실점	승점
1. 맨체스터 유나이티드	38	18	1	0	49	12	5	10	4	29	25	80
2. 첼시	38	14	3	2	39	13	7	5	7	30	20	71
3. 맨체스터 시티	38	13	4	2	34	12	8	4	7	26	21	71
4. 아스널	38	11	4	4	33	15	8	7	4	39	28	68
5. 토트넘 홋스퍼	38	9	9	1	30	19	7	5	7	25	27	62
6. 리버풀	38	12	4	3	37	14	5	3	11	22	30	58
7. 에버턴	38	9	7	3	31	23	4	8	7	20	22	54
8. 풀럼	38	8	7	4	30	23	3	9	7	19	20	49
9. 애스턴 빌라	38	8	7	4	26	19	4	5	10	22	40	48
10. 선덜랜드	38	7	5	7	25	27	5	6	8	20	29	47
11. 웨스트 브로미치 앨비언	38	8	6	5	30	30	4	5	10	26	41	47
12. 뉴캐슬 유나이티드	38	6	8	5	41	27	5	5	9	15	30	46
13. 스토크 시티	38	10	4	5	31	18	3	3	13	15	30	46
14. 볼턴 원더러스	38	10	5	4	34	24	2	5	12	18	32	46
15. 블랙번 로버스	38	7	7	5	22	16	4	3	12	24	43	43
16. 위건 애슬레틱	38	5	8	6	22	34	4	7	8	18	27	42
17. 울버햄프턴 원더러스	38	8	4	7	30	30	3	3	13	16	36	40
18. 버밍엄 시티	38	6	8	5	19	22	2	7	10	18	36	39
19. 블랙풀	38	5	5	9	30	37	5	4	10	25	41	39
20. 웨스트 햄 유나이티드	38	5	5	9	24	31	2	7	10	19	39	33

2011-12시즌
바클리스 프리미어리그

	경기	승	무	패	득점	실점	승점
홈	19	15	2	2	52	19	47
원정	19	13	3	3	37	14	42
합계	38	28	5	5	89	33	89

최종 순위: 준우승
FA컵: 4라운드
리그컵: 5라운드
UEFA 챔피언스리그: 조별 예선 탈락
UEFA 유로파 리그: 토너먼트 2라운드
FA 커뮤니티 실드: 우승

2012-13시즌
바클리스 프리미어리그

	경기	승	무	패	득점	실점	승점
홈	19	16	0	3	45	19	48
원정	19	12	5	2	41	24	41
합계	38	28	5	5	86	43	89

최종 순위: 우승
FA컵: 6라운드
리그컵: 4라운드
UEFA 챔피언스리그: 16강

2012-13 바클리스 프리미어리그

	홈						원정					
	경기	승	무	패	득점	실점	승	무	패	득점	실점	승점
1. 맨체스터 유나이티드	38	16	0	3	45	19	12	5	2	41	24	89
2. 맨체스터 시티	38	14	3	2	41	15	9	6	4	25	19	78
3. 첼시	38	12	5	2	41	16	10	4	5	34	23	75
4. 아스널	38	11	5	3	47	23	10	5	4	25	14	73
5. 토트넘 홋스퍼	38	11	5	3	29	18	10	4	5	37	28	72
6. 에버턴	38	12	6	1	33	17	4	9	6	22	23	63
7. 리버풀	38	9	6	4	33	16	7	7	5	38	27	61
8. 웨스트 브로미치 앨비언	38	9	4	6	32	25	5	3	11	21	32	49
9. 스완지 시티	38	6	8	5	28	26	5	5	9	19	25	46
10. 웨스트 햄 유나이티드	38	9	6	4	34	22	3	4	12	11	31	46
11. 노리치 시티	38	8	7	4	25	20	2	7	10	16	38	44
12. 풀럼	38	7	3	9	28	30	4	7	8	22	30	43
13. 스토크 시티	38	7	7	5	21	22	2	8	9	13	23	42
14. 사우샘프턴	38	6	7	6	26	24	3	7	9	23	36	41
15. 애스턴 빌라	38	5	5	9	23	28	5	6	8	24	41	41
16. 뉴캐슬 유나이티드	38	9	1	9	24	31	2	7	10	21	37	41
17. 선덜랜드	38	5	8	6	20	19	4	4	11	21	35	39
18. 위건 애슬레틱	38	4	6	9	26	39	5	3	11	21	34	36
19. 레딩	38	4	8	7	23	33	2	2	15	20	40	28
20. 퀸스파크 레인저스	38	2	8	9	13	28	2	5	12	17	32	25

정리

홈	경기	승	무	패	득점	실점	승점
리그	517	370	95	52	1098	354	1205
FA컵	53	38	9	6	105	35	
유럽	109	70	27	12	238	95	
리그컵	44	36	3	5	95	40	
슈퍼컵	1	1	0	0	1	0	
합계	724	515	134	75	1537	524	

원정	경기	승	무	패	득점	실점	승점
리그	518	255	143	120	848	576	908
FA컵	67	42	13	12	125	58	
유럽	114	49	33	32	142	108	
리그컵	53	26	7	20	83	67	
FIFA CWC	5	3	1	1	10	7	
IC	1	1	0	0	1	0	
슈퍼컵	2	0	0	2	1	3	
커뮤니티 실드	16	4	7	5	22	22	
합계	776	380	204	192	1232	841	

| 총합계 | 1500 | 895 | 338 | 267 | 2769 | 1365 | 2113 |

FIFA CWC : FIFA 클럽 월드컵
IC : 인터컨티넨탈컵
Super Cup : UEFA 슈퍼컵
중립 경기장에서 열린 경기는 원정 경기에 포함

알렉스 퍼거슨 감독 재임 기간 맨체스터 유나이티드의 국제대회

1999-2000시즌 인터컨티넨탈컵
(도쿄, 일본) SE 파우메이라스(브라질) 1-0

FIFA 클럽 세계 선수권 대회
조별 예선(리우데자네이루, 브라질) 클럽 네카사(멕시코) 1-1, CR 바스쿠
다 가마(브라질) 1-3, 사우스 멜버른(오스트레일리아) 2-0 (조3위)

2008-09시즌 FIFA 클럽 월드컵
준결승(요코하마, 일본) 감바 오사카(일본) 5-3
결승(요코하마) LDU 키토(에콰도르) 1-0

알렉스 퍼거슨 감독 재임 기간 맨체스터 유나이티드의 유럽 대항전

1990-91시즌 유러피언컵 위너스컵
1라운드 페치 문카시(헝가리) (홈) 2-0, (원정) 1-0, 합계: 3-0
2라운드 렉섬 (홈) 3-0, (원정) 2-0, 합계: 5-0
8강 몽펠리에(프랑스) (홈) 1-1, (원정) 2-0, 합계: 3-1
준결승 레지아 바르샤바(폴란드) (원정) 3-1, (홈) 1-1, 합계: 4-2
결승(로테르담, 네덜란드) 바르셀로나(스페인) 2-1

1991-92시즌 UEFA 슈퍼컵
레드 스타 베오그라드(유고슬라비아) (홈) 1-0

유러피언컵 위너스컵
1라운드 아티나이코스(그리스) (원정) 0-0, (홈) 2-0(연장전), 합계: 2-0
2라운드 아틀레티코 마드리드(스페인) (원정) 0-3, (홈) 1-1, 합계: 1-4

1992-93시즌 UEFA컵
1라운드 토르페도 모스크바(러시아) (홈) 0-0, (원정) 0-0, 합계: 0-0(승부
차기 4-3 패)

1993-94시즌 UEFA 챔피언스리그
1라운드 키슈페스트 혼베드(헝가리) (원정) 3-2, (홈) 2-1, 합계: 5-3
2라운드 갈라타사라이(터키) (홈) 3-3, (원정) 0-0, 합계: 3-3 (원정 다득점 원칙으로 패)

1994-95시즌 UEFA 챔피언스리그
조별 리그 IFK 예테보리(스웨덴) (홈) 4-2, 갈라타사라이(터키) (원정) 0-0, 바르셀로나(스페인) (홈) 2-2, 바르셀로나 (원정) 0-4, IFK 예테보리 (원정) 1-3, 갈라타사라이 (홈) 4-0 (조3위)

1995-96시즌 UEFA컵
2라운드 로토르 볼고그라드(러시아) (원정) 0-0, (홈) 2-2 (원정 다득점 원칙으로 패)

1996-97시즌 UEFA 챔피언스리그
조별 리그 유벤투스(이탈리아) (원정) 0-1, 라피드 빈(오스트리아) (홈) 2-0, 페네르바흐체(터키) (원정) 2-0, 페네르바흐체 (홈) 0-1, 유벤투스 (홈) 0-1, 라피드 빈 (원정) 2-0 (조2위)
8강 포르투(포르투갈) (홈) 4-0, (원정) 0-0, 합계: 4-0
준결승 보루시아 도르트문트(독일) (원정) 0-1, (홈) 0-1, 합계: 0-2

1997-98시즌 UEFA 챔피언스리그
조별 리그 코시체(슬로바키아) (원정) 3-0, 유벤투스(이탈리아) (홈) 3-2, 페예노르트(네덜란드) (홈) 2-1, 페예노르트 (원정) 3-1, 코시체 (홈) 3-0, 유벤투스 (원정) 0-1 (조2위)
8강 모나코(프랑스) (원정) 0-0, (홈) 1-1 (원정 다득점 원칙으로 패)

1998-99시즌 UEFA 챔피언스리그
예선 2차전 ŁKS 우치(폴란드) (홈) 2-0, (원정) 0-0, 합계: 2-0
조별 리그 바르셀로나(스페인) (홈) 3-3, 바이에른 뮌헨(독일) (원정) 2-2, 브뢴뷔(덴마크) (원정) 6-2, 브뢴뷔 (홈) 5-0, 바르셀로나 (원정) 3-3, 바이에른 뮌헨 (홈) 1-1 (조2위)
8강 인테르나치오날레(이탈리아) (홈) 2-0, (원정) 1-1, 합계: 3-1

준결승 유벤투스(이탈리아) (홈) 1-1, (원정) 3-2, 합계: 4-3
결승(바르셀로나, 스페인) 바이에른 뮌헨 2-1

1999-2000시즌 UEFA 슈퍼컵
(모나코, 프랑스) 라치오(이탈리아) 0-1

UEFA 챔피언스리그
조별 리그 1라운드 크로아티아 자그레브(크로아티아) (홈) 0-0, 슈투름 그라츠(오스트리아) (원정) 3-0, 마르세유(프랑스) (홈) 2-1, 마르세유 (원정) 0-1, 크로아티아 자그레브 (원정) 2-1, 슈투름 그라츠 (홈) 2-1 (조1위)
조별 리그 2라운드 피오렌티나(이탈리아) (원정) 0-2, 발렌시아(스페인) (홈) 3-0, 보르도(프랑스) (홈) 2-0, 보르도 (원정) 2-1, 피오렌티나 (홈) 3-1, 발렌시아 (원정) 0-0 (조1위)
8강 레알 마드리드(스페인) (원정) 0-0, (홈) 2-3, 합계: 2-3

2000-01시즌 UEFA 챔피언스리그
조별 리그 1라운드 안더레흐트(벨기에) (홈) 5-1, 디나모 키예프(우크라이나) (원정) 0-0, PSV 에인트호번(네덜란드) (원정) 1-3, PSV 에인트호번 (홈) 3-1, 안더레흐트 (원정) 1-2, 디나모 키예프 (홈) 1-0 (조2위)
조별 리그 2 라운드 파나시나이코스(그리스) (홈) 3-1, 슈투름 그라츠(오스트리아) (원정) 2-0, 발렌시아(스페인) (원정) 0-0, 발렌시아 (홈) 1-1, 파나시나이코스 (원정) 1-1, 슈투름 그라츠 (홈) 3-0 (조2위)
8강 바이에른 뮌헨(독일) (홈) 0-1, (원정) 1-2, 합계: 1-3

2001-02시즌 UEFA 챔피언스리그
조별 리그 1라운드 릴(프랑스) (홈) 1-0, 데포르티보 라코루냐(스페인) (원정) 1-2, 올림피아코스(그리스) (원정) 2-0, 데포르티보 라코루냐 (홈) 2-3, 올림피아코스 (홈) 3-0, 릴 (원정) 1-1 (조2위)
조별 리그 2라운드 바이에른 뮌헨(독일) (원정) 1-1, 보아비스타(포르투갈) (홈) 3-0, 낭트(프랑스) (원정) 1-1, 낭트 (홈) 5-1, 바이에른 뮌헨 (홈) 0-0, 보아비스타 (원정) 3-0 (조1위)
8강 데포르티보 라코루냐 (원정) 2-0, (홈) 3-2, 합계: 5-2
준결승 바이어 레버쿠젠(독일) (홈) 2-2, (원정) 1-1, 합계: 3-3 (원정 다득

점 원칙으로 패)

2002-03시즌 UEFA 챔피언스리그
예선 3라운드 잘라에게르세기 TE(헝가리) (원정) 0-1, (홈) 5-0, 합계: 5-1
조별 리그 1라운드 마카비 하이파(이스라엘) (홈) 5-2, 바이어 레버쿠젠(독일) (원정) 2-1, 올림피아코스(그리스) (홈) 4-0, 올림피아코스 (원정) 3-2, 마카비 하이파 (원정) 0-3, 바이어 레버쿠젠 (홈) 2-0 (조1위)
조별 리그 2라운드 바젤(스위스) (원정) 3-1, 데포르티보 라코루냐(스페인) (홈) 2-0, 유벤투스(이탈리아) (홈) 2-1, 유벤투스 (원정) 3-0, 바젤 (홈) 1-1, 데포르티보 라코루냐 (원정) 0-2 (조1위)
8강 레알 마드리드(스페인) (원정) 1-3, (홈) 4-3, 합계: 5-6

2003-04시즌 UEFA 챔피언스리그
조별 리그 파나시나이코스(그리스) (홈) 5-0, VfB 슈투트가르트(독일) (원정) 1-2, 레인저스 (원정) 1-0, 레인저스 (홈) 3-0, 파나시나이코스 (원정) 1-0, VfB 슈투트가르트 (홈) 2-0 (조1위)
8강 포르투(포르투갈) (원정) 1-2, (홈) 1-1, 합계: 2-3

2004-05시즌 UEFA 챔피언스리그
예선 3라운드 디나모 부쿠레슈티(루마니아) (원정) 2-1, (홈) 3-0, 합계: 5-1
조별 리그 리옹(프랑스) (원정) 2-2, 페네르바흐체(터키) (홈) 6-2, 스파르타 프라하(체코) (원정) 0-0, 스파르타 프라하 (홈) 4-1, 리옹 (홈) 2-1, 페네르바흐체 (원정) 0-3 (조2위)
토너먼트 1라운드 AC 밀란(이탈리아) (홈) 0-1, (원정) 0-1, 합계: 0-2

2005-06시즌 UEFA 챔피언스리그
예선 3라운드 데브레첸(헝가리) (홈) 3-0, (원정) 3-0, 합계: 6-0
조별 리그 비야레알(스페인) (원정) 0-0, 벤피카(포르투갈) (홈) 2-1, 릴(프랑스) (홈) 0-0, 릴 (원정) 0-1, 비야레알 (홈) 0-0, 벤피카 (원정) 1-2 (조4위)

2006-07시즌 UEFA 챔피언스리그
조별 리그 셀틱(홈) 3-2, 벤피카(포르투갈) (원정) 1-0, FC 코펜하겐(덴마크) (홈) 3-0, FC 코펜하겐 (원정) 0-1, 셀틱 (원정) 0-1, 벤피카 (홈) 3-1

(조1위)

토너먼트 1라운드 릴(프랑스) (원정) 1-0, 릴 (홈) 1-0, 합계: 2-0

8강 로마(이탈리아) (원정) 1-2, (홈) 7-1, 합계: 8-3

준결승 AC 밀란(이탈리아) (홈) 3-2, (원정) 0-3, 합계: 3-5

2007-08시즌 UEFA 챔피언스리그

조별 리그 스포르팅 리스본(포르투갈) (원정) 1-0, 로마(이탈리아) (홈) 1-0, 디나모 키예프(우크라이나) (원정) 4-2, 디나모 키예프 (홈) 4-0, 스포르팅 리스본 (홈) 2-1, 로마(이탈리아) (원정) 1-1 (조1위)

토너먼트 1라운드 리옹(프랑스) (원정) 1-1, (홈) 1-0, 합계: 2-1

8강 로마(이탈리아) (원정) 2-0, (홈) 1-0, 합계: 3-0

준결승 바르셀로나(스페인) (원정) 0-0, (홈) 1-0, 합계: 1-0

결승(모스크바, 러시아) 첼시 1-1 (6-5 승부차기 승)

2008-09시즌 UEFA 챔피언스리그

조별 리그 비야레알(스페인) (홈) 0-0, 올보르 BK(덴마크) (원정) 3-0, 셀틱 (홈) 3-0, 셀틱 (원정) 1-1, 비야레알 (원정) 0-0, 올보르 BK (홈) 2-2 (조1위)

토너먼트 1라운드 인테르나치오날레(이탈리아) (원정) 0-0, (홈) 2-0, 합계: 2-0

8강 포르투(포르투갈) (홈) 2-2, (원정) 1-0, 합계: 3-2

준결승 아스널 (홈) 1-0, (원정) 3-1, 합계: 4-1

결승(로마, 이탈리아) 바르셀로나(스페인) 0-2

2009-10시즌 UEFA 챔피언스리그

조별 리그 베식타시(터키) (원정) 1-0, VfL 볼프스부르크(독일) (홈) 2-1, CSKA 모스크바(러시아) (원정) 1-0, CSKA 모스크바 (홈) 3-3, 베식타시 (홈) 0-1, VfL 볼프스부르크 (원정) 3-1 (조1위)

토너먼트 1라운드 AC 밀란(이탈리아) (원정) 3-2, (홈) 4-0, 합계: 7-2

8강 바이에른 뮌헨(독일) (원정) 1-2, (홈) 3-2, 합계: 4-4 (원정 다득점 원칙으로 패)

2010-11시즌 UEFA 챔피언스리그

조별 리그 레인저스 (홈) 0-0, 발렌시아(스페인) (원정) 1-0, 부르사스포르

(터키) (홈) 1-0, 부르사스포르 (원정) 3-0, 레인저스 (원정) 1-0, 발렌시아 (홈) 1-1 (조1위)

토너먼트 1라운드 마르세유(프랑스) (원정) 0-0, (홈) 2-1, 합계: 2-1

8강 첼시 (원정) 1-0, (홈) 2-1, 합계: 3-1

준결승 샬케 04(독일) (원정) 2-0, (홈) 4-1, 합계: 6-1

결승(웸블리) 바르셀로나(스페인) 1-3

2011-12시즌 UEFA 챔피언스리그

조별 리그 벤피카(포르투갈) (원정) 1-1, 바젤(스위스) (홈) 3-3, 오첼룰 갈라치(루마니아) (원정) 2-0, 오첼룰 갈라치 (홈) 2-0, 벤피카 (홈) 2-2, 바젤 (원정) 1-2 (조3위)

UEFA 유로파 리그

32강 아약스(네덜란드) (원정) 2-0, (홈) 1-2, 합계: 3-2

16강 아틀레틱 빌바오(스페인) (홈) 2-3, (원정) 1-2, 합계: 3-5

2012-13시즌 UEFA 챔피언스리그

조별 리그 갈라타사라이(터키) (홈) 1-0, CFR 클루이(루마니아) (원정) 2-1, 브라가(포르투갈) (홈) 3-2, 브라가 (원정) 3-1, 갈라타사라이 (원정) 0-1, CFR 클루이 (홈) 0-1 (조1위)

16강 레알 마드리드(스페인) (원정) 1-1, (홈) 1-2, 합계: 2-3

우승

유러피언 챔피언 클럽스컵 / UEFA 챔피언스리그
우승: 1999, 2008
준우승: 2009, 2011

유러피언컵 위너스컵
우승: 1991

FA 프리미어리그
우승: 1993, 1994, 1996, 1997, 1999, 2000, 2001, 2003, 2007, 2008,

2009, 2011, 2013
준우승: 1995, 1998, 2006, 2010, 2012

FA컵
우승: 1990, 1994, 1996, 1999, 2004
준결승: 1995, 2005, 2007

리그컵
우승: 1992, 2006, 2009, 2010
준우승: 1991, 1994, 2003

인터컨티넨탈컵
우승: 1999

FIFA 클럽 월드컵
우승: 2008

유러피언 슈퍼컵
우승: 1991

FA 채리티 / 커뮤니티 실드
우승: 1993, 1994, 1996, 1997, 2003, 2007, 2008, 2010, 2011
공동 우승(리버풀): 1990

알렉스 퍼거슨을 거쳐간 맨체스터 유나이티드 선수들

아래 열거된 선수들은 2012–13시즌 말까지 알렉스 퍼거슨 감독의 부임 기간 동안 정식 1군 경기에 출장한 모든 선수들이다.

가가와 신지Kagawa Shinji

가브리엘 에인세Gabriel Heinze

가브리엘 오베르탕Gabriel Obertan

게리 네빌Gary Neville

게리 베일리Gary Bailey

게리 월시Gary Walsh

게리 팔리스터Gary Pallister

고든 스트라컨Gordon Strachan

그레임 톰린슨Graeme Tomlinson

그레임 호그Graeme Hogg

나니Nani

네마냐 비디치Nemanja Vidić

노먼 화이트사이드Norman Whiteside

니키 버트Nicky Butt

니키 우드Nicky Wood

닉 컬킨Nick Culkin

닉 파월Nick Powell

닐 웨브Neil Webb

닐 휘트워스Neil Whitworth

다비드 데 헤아David de Gea

다비드 벨리옹David Bellion

대니 심슨Danny Simpson

대니얼 나르디엘로Daniel Nardiello

대니 월리스Danny Wallace

대니 웨버Danny Webber

대니 웰백Danny Welbeck

대니 퓨Danny Pugh

대니 히긴보텀Danny Higginbotham

대런 깁슨Darron Gibson

대런 퍼거슨Darren Ferguson

대런 플레처Darren Fletcher

데니스 어윈Denis Irwin

데릭 브라질Derek Brazil

데이니올 그레이엄Deiniol Graham

데이비드 그레이David Gray

데이비드 메이David May

데이비드 베컴David Beckham

데이비드 윌슨David Wilson

데이비드 존스David Jones

데이비드 힐리David Healy

둥팡줘Dong Fangzhuo

드와이트 요크Dwight Yorke

디미타르 베르바토프Dimitar Berbatov

디에고 포를란Diego Forlán

디온 더블린Dion Dublin

라넬 콜Larnell Cole

라벨 모리슨Ravel Morrison

라이언 긱스Ryan Giggs

라이언 쇼크로스Ryan Shawcross

라이언 터니클리프Ryan Tunnicliffe

랠프 밀른Ralph Milne

러셀 비어즈모어Russell Beardsmore

레미 모지스Remi Moses

레스 실리Les Sealey

레이몬트 판데르가우
  Raimond van der Gouw

로니 욘센Ronny Johnsen

로니 월워크Ronnie Wallwork

로랑 블랑Laurent Blanc
로비 브래디Robbie Brady
로빈 판페르시Robin van Persie
로이 킨Roy Keane
로이 캐럴Roy Carroll
루이 사아Louis Saha
루크 채드윅Luke Chadwick
뤼트 판니스텔로이
  Ruud van Nistelrooy
리 로버트 마틴Lee R. Martin
리 로치Lee Roche
리 샤프Lee Sharpe
리 앤드루 마틴Lee A. Martin
리엄 밀러Liam Miller
리엄 오브라이언Liam O'Brien
리오 퍼디낸드Rio Ferdinand
리처드 에커슬리Richard Eckersley
리치 데 라트Ritchie de Laet
리치 웰런스Richie Wellens
리치 존스Ritchie Jones
마누슈Manucho
마르니크 페르메일Marnick Vermijl
마메 비람 디우프Mame Biram Diouf
마스 팀Mads Timm
마시모 타이비Massimo Taibi
마이크 덕스버리Mike Duxbury
마이클 반스Michael Barnes
마이클 스튜어트Michael Stewart
마이클 애플턴Michael Appleton
마이클 오언Michael Owen
마이클 캐릭Michael Carrick
마이클 클레그Michael Clegg
마이클 킨Michael Keane

마이클 트위스Michael Twiss
마크 로빈스Mark Robins
마크 린치Mark Lynch
마크 보스니치Mark Bosnich
마크 윌슨Mark Wilson
마크 휴스Mark Hughes
말 도나히Mal Donaghy
미카엘 실베스트르Mikaël Silvestre
믹 펠란Mick Phelan
박지성Park Ji-Sung
베베Bébé
벤 손리Ben Thornley
벤 아모스Ben Amos
벤 포스터Ben Foster
보얀 조르지치Bojan Djordjic
브라이언 롭슨Bryan Robson
브라이언 매클레어Brian McClair
비브 앤더슨Viv Anderson
빌리 가턴Billy Garton
사이먼 데이비스Simon Davies
스콧 우튼Scott Wootton
스티브 브루스Steve Bruce
실뱅 이뱅스-블레이크
  Sylvan Ebanks-Blake
아서 앨비스턴Arthur Albiston
안데르스 린데고르
  Anders Lindegaard
안드레이 칸첼스키스
  Andrei Kanchelskis
안토니오 발렌시아Antonio Valencia
알렉산더 뷔트너
  Alexander Büttner
알렉스 노트먼Alex Notman

애덤 에커슬리Adam Eckersley
애슐리 영Ashley Young
앤더슨Anderson
앤디 고람Andy Goram
앤디 콜Andy Cole
앨런 스미스Alan Smith
야프 스탐Jaap Stam
에드빈 판데르사르Edwin van der Sar
에디 존슨Eddie Johnson
에리크 네블란Erik Nevland
에리크 캉토나Eric Cantona
에릭 젬바젬바Eric Djemba-Djemba
예스퍼 블롬크비스트
  Jesper Blomqvist
예스페 올센Jesper Olsen
오언 하그리브스Owen Hargreaves
올레 군나르 솔셰르
  Ole Gunnar Solskjær
요르디 크라위프Jordi Cruyff
욘 시베백John Sivebæk
웨스 브라운Wes Brown
웨인 루니Wayne Rooney
윌리암 프루니에William Prunier
윌 킨Will Keane
이언 윌킨슨Ian Wilkinson
제임스 체스터James Chester
제키 프라이어스Zeki Fryers
조너선 그리닝Jonathan Greening
조너선 스펙터Jonathan Spector
조니 에번스Jonny Evans
조란 토시치Zoran Tosic
조슈아 킹Joshua King
존 오셰이John O'Shea

존 오케인John O'Kane
존 커티스John Curtis
주세페 로시Giuseppe Rossi
줄리아노 마요라나Giuliano Maiorana
지미 데이비스Jimmy Davis
짐 레이턴Jim Leighton
카렐 포보르스키Karel Poborský
카를로스 테베스Carlos Tévez
케빈 모런Kevin Moran
케빈 필킹턴Kevin Pilkington
콜린 깁슨Colin Gibson
콜린 매키Colin McKee
퀸턴 포춘Quinton Fortune
크리스 스몰링Chris Smalling
크리스 이글스Chris Eagles
크리스 캐스퍼Chris Casper
크리스 터너Chris Turner
크리스티아누 호날두
  Cristiano Ronaldo
클레베르송Kléberson
클레이턴 블랙모어
  Clayton Blackmore
키런 리Kieran Lee
키런 리처드슨Kieran Richardson
키스 길레스피Keith Gillespie
테디 셰링엄Teddy Sheringham
테리 깁슨Terry Gibson
테리 쿡Terry Cooke
토니 길Tony Gill
토마시 쿠슈차크Tomasz Kuszczak
톰 클레벌리Tom Cleverley
팀 하워드Tim Howard
파비앵 바르테즈Fabien Barthez

파비우 다시우바Fábio da Silva
파트리스 에브라Patrice Evra
패트릭 맥기번Patrick McGibbon
페데리코 마케다Federico Macheda
페테르 슈마이헬Peter Schmeichel
폴 라카Paul Rachubka
폴 래튼Paul Wratten
폴 맥그래스Paul McGrath
폴 스콜즈Paul Scholes
폴 인스Paul Ince
폴 티어니Paul Tierney
폴 파커Paul Parker
폴 포그바Paul Pogba
프랭크 스테이플턴Frank Stapleton
프레이저 캠벨Fraizer Campbell
피터 대븐포트Peter Davenport

피터 반스Peter Barnes
필 네빌Phil Neville
필립 멀라인Philip Mulryne
필 마시Phil Marsh
필 바즐리Phil Bardsley
필 존스Phil Jones
하비에르 에르난데스
　Javier Hernández
하파에우 다시우바Rafael da Silva
헤닝 베르그Henning Berg
헤라르드 피케Gérard Piqué
헨리크 라르손Henrik Larsson
호드리구 포제봉Rodrigo Possebon
후안 세바스티안 베론
　Juan Sebastián Verón
히카르두Ricardo

찾아보기

힐즈버러 참사 255, 352

기타

AC밀란 252, 302, 330
BBC 319~320
BSkyB 257
CFR 클루지 349
FA 유스컵 80, 86, 327
FA컵
   1990 15~16
   1995 27
   2003 80, 87~88
   2004 113, 133, 145
   2005 184
   2011 349
FC 유나이티드 오브 맨체스터 259
FIFA 월드컵
   1998 204
   2002 92~94, 159~160
   2006 146~148, 340
   2010 373
FIFA 회장상(2011) 352~353
LA 갤럭시 85, 95, 97
MLS컵 96
SL 벤피카 348
UEFA 챔피언스리그
   1991 82~83
   1992 83
   1993 332
   1999 288, 293
   2001/02 65~66, 69~70, 73, 92
   2003 84, 89~90
   2003/04 197~198
   2005 204
   2006 196
   2008 113, 234, 281~289
   2009 230, 263, 301~306, 325
   2011 301~303, 308~312
   2011/12 344~348, 353~358
   2012/13 381~395
   2013 328
남북전쟁(1861~1865) 173~174
미국에 대한 퍼거슨의 흥미 170~174

옮긴이 **임지현**

이화여자대학교를 졸업한 후 뉴욕대학교에서 석사학위를 받았다. 옮긴 책으로는《여자의 결혼은 늦
을수록 좋다》《야망의 덫》《인간이란 어떤 것인가》《나를 기억하라》《트레인스포팅》《브리짓 존스의
일기》《작은 실천이 세상을 바꾼다》《올리비아 줄스의 환상을 쫓는 모험》《시티즌 걸》《탱글렉》등이
있다. 평소 K리그 클래식과 유럽 축구를 즐기는 열렬한 축구팬이다.

알렉스 퍼거슨-나의 이야기

1판 1쇄	2014년 6월 13일
2판 11쇄	2024년 7월 26일

지은이	알렉스 퍼거슨
옮긴이	임지현

펴낸이	임지현
펴낸곳	(주)문학사상
주소	경기도 파주시 회동길 363-8, 201호(10881)
등록	1973년 3월 21일 제1-137호

전화	031) 946-8503
팩스	031) 955-9912
홈페이지	www.munsa.co.kr
이메일	munsa@munsa.co.kr

ISBN 978-89-7012-904-4 (03840)

* 잘못 만들어진 책은 구입처에서 교환해 드립니다.
* 책값은 표지 뒷면에 표시돼 있습니다.